btb

Aus Freude am Lesen

Als Waisenkind und einziger männlicher Nachkomme einer süditalienischen Olivenöl-Dynastie hat es Carlino di Lontrone nicht immer leicht. Die Sechzigerjahre verbringt er unter dem strengen Regiment seiner Großmutter Nonnilde, die mit eiserner Hand über Hab und Gut und die zwanzig schmachtenden Cousinen herrscht. Eine erste Rebellion gelingt Carlino in den wilden Siebzigern, als er mit langen Haaren, engen Jeans und Schrottkarren durch die italienische Provinz fährt und sich in schöne Hippie-Mädchen verliebt (die natürlich nichts von ihm wissen wollen). Doch Carlinos Fernweh wächst und wächst. Zum Glück hat er einen reichen Großonkel, der ihn ins brodelnde New York der Achtzigerjahre einlädt – wo Carlino nicht nur den seltsamsten Auswüchsen des American Dream begegnet, sondern sich inmitten all der Künstler, Gangster und Gurus seinen eigenen erfüllt.

Gaetano Cappelli, 1954 im süditalienischen Potenza geboren, gehört zu den renommiertesten Autoren Italiens und hat bereits mehrere preisgekrönte Romane geschrieben. »Ferne Verwandte« wurde vom italienischen Feuilleton als »DER große süditalienisch-amerikanische Roman« gefeiert.

Gaetano Cappelli

Ferne Verwandte

Roman

Aus dem Italienischen von
Sylvia Höfer

btb

Die italienische Originalausgabe erschien 2008 unter dem Titel *Parenti lontani* bei Marsilio, Venedig.

Verlagsgruppe Random House FSC-DEU-0100
Das für dieses Buch verwendete
FSC®-zertifizierte Papier *Pamo House*
liefert Arctic Paper Mochenwangen GmbH.

1. Auflage
Genehmigte Taschenbuchausgabe Februar 2012,
btb Verlag in der Verlagsgruppe Random House GmbH, München

Umschlaggestaltung: semper smile, München nach einem Entwurf
von R·M·E, Roland Eschlbeck / Rosemarie Kreuzer
Umschlagmotiv: Andreas Reeg / Visum
Druck und Einband: CPI – Clausen & Bosse, Leck
SL · Herstellung: BB
Printed in Germany
ISBN 978-3-442-74302-5

www.btb-verlag.de

Für Harold Budd und
zum Gedenken an
Angelina Sofia Morone
(1927–1980),
meine Mutter

You were slim and smooth as a fish
You were a new world. My new world
So this is America, I marvelled
Beautiful, beautiful America.

Ted Hughes, *18 Rugby Street*

1

Ich bin ein Waisenkind, eine arme Vollwaise. Das ist das Erste, was ich mit Sicherheit über mein Leben weiß, aber es regt mich nicht weiter auf.

Das heißt, am Anfang war es wohl schon schwer, nur dass ich mich nicht mehr daran erinnere, an diese Anfangszeit. Ich muss viel geweint haben – was natürlich ist. Du bist vier und hängst noch am Rockzipfel der Mamma, und plötzlich ist deine Mutter weg, und alle – deine Tanten, deine Onkel, vermute ich mal – sagen dir ständig, dass sie weg ist, aber irgendwann wiederkommt und du nicht zu verzweifeln brauchst. Aber sie kommt nicht wieder.

Mein Vater übrigens auch nicht, aber der ist sowieso nie da gewesen. Nonnilde hat sein Foto von seinem Stammplatz auf dem Klavier genommen und auf die Kommode im Schlafzimmer gestellt, neben das von Großvater Carlo, Onkel Arcangelo und den vielen anderen, die ich nicht kenne. Daneben hat sie das Foto von meiner Mutter platziert – ein Foto mit Farben, die wie die Flecken eines misslungenen Aquarells aussehen: Sie trägt ein Kleid aus grüner Seide, neigt sich so zur Seite, dass ihr Haar auf die Schulter fällt, und lächelt, obwohl sie am Rand eines finsteren Bergkamms steht. Jeden Morgen werfe ich der Mamma eine Kusshand zu und auch dem Babbo eine, dann bekreuzige ich mich und renne barfuß ins Klo, weil ich dringend muss. Nachts wache ich manchmal auf und weine. »Sei still. *Schlaf*«, sagt Nonnilde dann ungerührt. Und ich bin still und schlafe. Bei ihr gibt es keine Diskussionen – daran kann niemand in der Familie rütteln.

Seit Großvater Carlo tot ist, führt sie das Kommando. Wenn man das gemeinsame Foto von Großvater und Großmutter betrachtet – unser Haus ist voller Fotos, und dieses befindet sich im Salon mit den Jugendstilmöbeln: er hager, elegant, mit Schnauzer und mit einem Spitzbart auf dem vorgereckten Kinn, die großen Augen sehr sanft, sie im dunklen Kleid mit Blümchenmuster nach französischer Art, zwischen den Fingern die Steine einer ihrer hundert Halsketten und etwas Bedrohliches im Blick –, wenn man sich also die beiden auf diesem Foto ansieht, ist klar, dass es immer schon die Großmutter war, die das Sagen hatte. Es wurde am Tag ihrer Hochzeit aufgenommen. Nonnilde ist nicht in Weiß, weil kurz zuvor ihr Bruder Arcangelo massakriert wurde, der Dichter und Afrika-Legionär – tatsächlich ist er bis auf ein Schienbein aufgefressen worden, wie ich aus einer jener gewundenen Familiengeschichten weiß, die ich hin und wieder aus ihrem Mund höre. Und obwohl sie nicht mehr ganz jung war – sie wird wohl schon über dreißig gewesen sein – und die Ehe mit Großvater Carlo kaum zwei Jahrzehnte dauerte, ist es ihr gelungen, ein Dutzend Kinder auf die Welt zu werfen. Vier von ihnen – Gioacchino, Isidoro, Betta und Agnese – hat sie als Kleinkinder, dahingerafft von Lungenentzündung, Typhus und Masern, zu Grabe getragen und eines, nämlich Enrico, meinen Vater, als Erwachsenen. Von den Überlebenden haben sich zwei in die Klausur eines Klosters zurückgezogen. Die Übrigen sind ordnungsgemäß verheiratet und haben das große Haus, in dem wir unter ihrer unanfechtbaren Herrschaft leben, niemals verlassen. Und Nonnilde kennt wirklich keine Gnade.

Klein, knochig und mit abstehendem, von schwarzen Strähnen durchzogenem Silberhaar tigert sie wie eine Wildkatze durch die stillen großen Zimmer, eine faszinierende Tscherkessenkönigin mit räuberischen Krallen, die in einem fort die Perlen ihrer Ketten malträtieren, und flinken, bohrenden Augen unter finsteren Brauen. Mit einem einzigen Blick kann sie ihr Gegenüber vernichten.

Der kritische Moment des Tages ist das Mittagessen. Jeden Tag sind wir fast dreißig Personen an dem langen Tisch – wer irgend kann, versucht, außer Haus satt zu werden –, reumütig wie die Bauern auf Millets *Angelus*, das an der Wand hängt. Sie jagt uns Schauer über den Rücken, wenn sie uns der Reihe nach mustert – ein Katzenwesen, das sein Opfer aus der Herde herauspickt –, obgleich ihre wahre Leidenschaft darin besteht, ihre Wut an den Erwachsenen auszulassen, an den Söhnen oder Töchtern, Schwiegersöhnen oder Schwiegertöchtern, ohne Rücksicht auf Geschlecht oder Verwandtschaftsgrad – in dieser Hinsicht ist sie absolut unparteiisch. Wenn nichts Geschäftliches anliegt, begnügt sie sich mit irgendetwas anderem – mit einer Gabel, die über den Teller kratzt, mit einem Fleck auf dem Hemd, mit einer noch so geringen Verspätung –, stets bereit, aus der Haut zu fahren. Es kommt allerdings selten vor, dass es nicht um »Geschäftliches« geht, will sagen, nicht um den Olivenöl produzierenden Familienbetrieb *Premiata F.lli Di Lontrone Olii Superfini*, gegründet 1859 – wie das Etikett auf den Flaschen ausweist –, dessen Besitz sich die Großmutter mit Onkel Richard teilt. Aber der weilt in Amerika, und das erklärt alles.

Wir Kleinen wohnen diesen Wutausbrüchen mit angehaltenem Atem bei, starren bestürzt auf den jeweiligen Verlierer, der sich vom Tisch erhebt, manchmal den Teller hinknallt, häufiger aber noch die Tränen zurückdrängt oder es gar nicht erst versucht. Es ist grauenhaft und eindrucksvoll zugleich zu beobachten, wie sie, die zum Umpusten aussieht, so harte Knochen wie Onkel Erminio zermalmt, einen schweigsamen, strengen Riesen, der ohne Weiteres ganze Rudel aufmüpfiger Tagelöhner an die Kandare nehmen kann. Und am Ende bin jedes Mal ich es, den sie – erhobenen Hauptes und mit einer Art Lächeln auf den blutleeren Lippen – so ansieht, als wollte sie sagen: Lern was draus! Denn ich bin nicht nur ein Waisenkind, sondern darf mich eines weiteren Vorzugs rühmen: Die überlebenden Di Lontrones haben sich zwar mächtig ins Zeug gelegt, aber trotzdem nur Mädchen in die Welt gesetzt – meine zwanzig Cousinen –, sodass ich der einzige männliche Erbe bin und letztlich für den Fortbestand des Geschlechtes sorgen werde. Für Nonnilde ist der Name der Familie alles, auch wenn ihr dynastisches Denken ein Rätsel bleibt angesichts der Geringschätzung, die sie den Di Lontrones – und hier spreche ich nicht nur von den Kindern der Di Lontrones! – immer entgegengebracht hat. Warum hat sie zum Beispiel einen Mann wie Großvater Carlo überhaupt geheiratet? Vielleicht hatte sie Angst, als alte Jungfer zu enden, obwohl ich mir absolut nicht vorstellen kann, dass die Großmutter vor irgendetwas Angst hat. Vielleicht war es für eine Frau einfach selbstverständlich, irgendwann einmal zu heiraten, und sie hatte den kritischen Zeitpunkt bereits überschritten. Vielleicht aber war die Sache noch einfacher, und sie fand den Großvater schlichtweg amüsant.

Denn jedes Mal, wenn sie mir von ihrem Mann erzählte, musste sie lachen. Er hatte dem Vino Aglianico tüchtig zugesprochen und war ein glückloser Jäger mit Sitzfleisch gewesen – ganze Tage verbrachte er zigarrerauchend unter einer Eiche und wartete gedankenverloren darauf, dass ihm irgendeine Beute vor die Büchse lief, was praktisch nie geschah. Die einzige Aktivität dieses eleganten Mannes mit den liebenswürdigen Manieren außer jener, die größtmögliche Anzahl von Frauen zu erobern, bestand in der Organisation von Ozeanüberquerungen für die Auswanderer. Seiner Zeit weit voraus, hatte er eine Art Reiseagentur gegründet und kümmerte sich um die *Cafoni*, die Hinterwäldler vom Dorf, die sich in der großen Hafenstadt zu wenig auskannten, um sich allein einschiffen zu können. Unweigerlich verirrte er sich dann selbst in den Gassen von Neapel, obwohl er zehn Jahre dort gelebt hatte, und steuerte nach »Dienstschluss« sicheren Schrittes auf die *cafés chantants* und die Bordelle zu, wo er das Zehnfache dessen ausgeben würde, was er verdient hatte, ohne allerdings zu vergessen, bei seiner Heimkehr Geschenke für seine Frau und seine Kinderchen mitzubringen. Kam die Rede jedoch auf den Bruder ihres Mannes, Riccardo – oder Onkel Richard –, dann lachte die Großmutter nicht mehr. Ihrem Schwager brachte sie nichts als Hass entgegen, während sich ihre Feinde – und mit der gelegentlichen Ausnahme ihrer Kinder war dies der Rest der Menschheit – mit einer diffuseren Variante von Verachtung zufriedengeben mussten. Und doch war es nicht immer so gewesen.

Riccardo ist jünger als Großvater Carlo. Im Gegensatz zu ihm ist er klein und stämmig, hat aber einen großen Kopf, der ihn zu einer imposanten Erscheinung macht. Anders als sein Bruder hat er sein Dorf niemals verlassen, und nachdem er nach dem Tod des Vaters die Leitung übernommen hat, wird der Firma *Di Lontrone Olii Superfini* sogar das Prädikat »Premiata« zuerkannt. Ferner wird sie ausgezeichnet mit der Goldmedaille des Landwirtschaftsministeriums, mit dem Verdienstdiplom Seiner Majestät des Königs und Kaisers und dem Erhabenen Kreuz Seiner Heiligkeit Pius XI., was man ebenfalls alles auf den Flaschen lesen kann, und sie erreicht neue Gipfel der Rentabilität, die allseits gewürdigt werden. Nicht jedoch von ihm. Er hat Ideen und verfügt über die Intelligenz, diese auch umzusetzen – selbst die Großmutter muss das zugeben –, aber wie soll das gehen in einem so gottverlassenen Nest wie jenem, in dem er geboren wurde? So lässt er sich eines schönen Tages von seinem Bruder begleiten, um sich nach Amerika einzuschiffen – und an jenem Tag verirrt sich Großvater Carlo nicht.

Nach Riccardos Abreise ist Nonnilde an der Reihe. Sie muss seinen Platz einnehmen, und dies zu einer Zeit, da ein Großteil der Frauen nicht im Traum ans Arbeiten denkt, geschweige denn daran, einen Betrieb zu führen, noch dazu in einem Kaff im Süden. Sie dagegen ist niemals zufriedener gewesen. Bis dahin hatte sie sich damit begnügen müssen, ihren Mann, ihre Sprösslinge und ihre Bediensteten zu tyrannisieren, aber jetzt eröffnen sich ihr, dank der Abwesenheit ihres Schwagers, neue Horizonte: An einer ganzen Schar von Bauern, Halbpächtern und Arbeitern kann sie nun ihre Machtgier austoben.

Von Riccardo verliert sich bald jede Spur. Wer sich dankbar seiner erinnert, ist Großvater Carlo, der zwar einen Bruder verloren, sich dafür aber von seiner Frau befreit hat. Schon deutlich trauriger gestimmt sind die Lohnempfänger der Firma, zumindest jene wenigen, die sich mit den Schikanen Nonnildes abgefunden haben und nicht ebenfalls in irgendeinen fernen Winkel der Erde ausgewandert sind.

Dann mögen wohl sechs oder sieben Jahre ins Land gegangen sein, und aus Amerika treffen diese großen Pakete ein, voller Kleider, Konserven, Schallplatten, kleiner Gläser mit einer unbekannten Substanz – Erdnussbutter – und gewaltiger Mengen Schokolade – in Gestalt von Pulver, Tafeln und Sirup. Kurz zuvor ist der Krieg zu Ende gegangen und Großvater Carlo dem Typhusfieber erlegen. Die Firma *Olii Superfini* steht kurz vor der Pleite, und Nonnilde sieht sich von einer Schar kleiner Kinder umgeben, deren Mäuler sie stopfen muss. Um das zu bewerkstelligen, hat sie einen Teil des Mobiliars verkauft – den anderen hat sie zu Brennholz zerhacken lassen, denn nie hat es längere und kältere Winter gegeben –, außerdem hegt sie eine echte Leidenschaft für Schokolade. Sie muss ihrem Schwager also wieder dankbar sein. Der hat sich in der Zwischenzeit nicht nur einen hervorragenden Namen in der amerikanischen Finanzwelt gemacht, Kathryn Hudds aus der Familie der berühmten Glasindustriellen geheiratet und den kleinen William in die Welt gesetzt, sondern sich auch einiger Buchstaben entledigt, und so signiert er die liebevollen Briefe, die er den Paketen beilegt und die Nonnilde so liebevoll, wie es ihr möglich ist, beantwortet, nun mit *Richard*. Tatsächlich sollte noch einige Zeit vergehen, bis ihre Beziehung vollends in die Brüche ging, und zwar für immer.

Wenn eine Frau ein Dutzend Kinder zur Welt bringt, vier noch als Wickelkinder verliert, zwei weitere an die Kirche abtreten muss und wenn es sich bei dieser Frau um die Witwe eines unbekümmerten Genussmenschen handelt, eine Frau zudem mit einer angeborenen Neigung zum Kommandieren, die sie noch zu Lebzeiten ihres Mannes veranlasst hat, sich den Familienbetrieb aufzuhalsen, dann ist es nur natürlich, dass diese Frau unter dem Rest ihres Wurfes denjenigen auswählt, der sich am besten eignet, ihre Mission fortzusetzen, und diesen Jemand findet sie zweifellos in Enrico, meinem Vater.

Enrico ist das einzige ihrer Kinder, das keine Probleme mit dem Lernen hat. Er verbringt einen großen Teil seiner Jugend in Neapel, wo er sein Landwirtschaftsstudium in Rekordzeit abschließt. Das Angebot, an der Universität zu bleiben, lehnt er ab – wie freiwillig, ist unbekannt – und beginnt stattdessen in der Firma zu arbeiten, wo er sofort seine große, von der Mutter und vielleicht auch vom amerikanischen Onkel ererbte Entschlusskraft sowie seine erstaunliche fachliche Kompetenz unter Beweis stellt. Es sind verheißungsvolle Jahre. Der Betrieb erreicht wieder die alte Produktivität, ja, übertrifft sie sogar, und die Großmutter kauft einen Großteil ihrer Möbel zurück. Leider hat der junge Mann aber auch das Blut seines Vaters in den Adern und von diesem, außer der Eleganz der Erscheinung, auch die Leidenschaft für die Frauen geerbt. Das müsste an sich noch kein Nachteil sein, wenn nicht Enrico, sobald er in den Zustand der Verliebtheit eintritt – und das passiert ziemlich häufig –, seine Arbeit vollkommen vergessen würde.

Die späte und umso schmerzlichere Entdeckung dieser erblichen Belastung stürzt Nonnilde in düstere Trostlosigkeit. Ihr bleibt nur eine Möglichkeit: die passende Gelegenheit abzuwarten und ihn zu zwingen, wie man so schön sagt, in den Hafen der Ehe einzulaufen. Sie braucht nicht lange zu warten. Enrico verliebt sich in Maddalena Doni. Maddalena ist ein blühendes, schönes Mädchen mit schwarzer Mähne, aus gutem Hause zumal, die einzige und innig geliebte Tochter von Ferruccio Doni, der im Ort für die Steuereinnahmen verantwortlich ist. Für Papà wäre sie eine von vielen geworden, doch dank der Intervention der Großmutter wird sie meine Mutter. Die beiden treffen sich jeden Nachmittag im außerhalb des Dorfes gelegenen Lager der Ölfabrik, und Nonnilde richtet es so ein, dass Ferruccio Doni, Maddalenas Vater, die beiden eines Tages ertappt.

Der in seiner Ehre gekränkte Vater ist nicht nur Steuereinnehmer – ein Aspekt, der bei der Wahl der Großmutter eine Rolle gespielt haben muss, denn welcher Unternehmer möchte nicht mit einem solchen verwandt sein? –, er ist auch der getreue Prior der Bruderschaft vom Allerheiligsten Sakrament sowie Provinzrat der

Katholischen Aktion, weil er nämlich alles versucht, um mittels der Religion die Ausbrüche seines sanguinischen und von Natur aus aufbrausenden Charakters – der ihn zu einem der hitzigsten Teilnehmer des Marsches auf Rom gemacht hatte – abzumildern. Die Heirat mit Donna Nora, der edlen Nichte von Don Ferdinando Talete, dem Päpstlichen Geheimkämmerer, der schon zu Lebzeiten im Geruch der Heiligkeit stand, hatte ihn auf diesen Weg gelenkt, aber dass ihm in dieser Hinsicht kein voller Erfolg beschieden ist, bezeugen die öffentlich ausgetragenen Handgreiflichkeiten, zu denen es alljährlich aus nichtigem Anlass kommt. Doch ist es gerade sein gewalttätiges Naturell, das Nonnilde zu ihrer Wahl bewegt: Wer wäre besser geeignet als ein nicht nur bigotter, sondern auch noch rauflustiger Schwiegervater, um die Launen eines zügellosen Schwiegersohns im Zaum zu halten? Und so geht Enrico, kaum drei Monate nachdem ihn Großvater Ferruccio in flagranti mit Maddalena erwischt hatte – er ist buchstäblich mit einem blauen Auge davongekommen –, eine regelrechte Mussehe ein.

Bis hierhin scheint sich alles nach den Plänen der alten Dame zu entwickeln, doch unter den Geschenken, die bei den Jungvermählten eintreffen, befindet sich auch ein Flugticket in die Vereinigten Staaten von Onkel Richard. Nach der Rückkehr von diesen unvergesslichen Flitterwochen ist Papà nicht mehr derselbe. Er ist traurig, abgestumpft und niedergeschlagen. Endlich hat er verstanden, was unter dem *American Dream* zu verstehen ist, und zwar in seiner vollkommensten Erfüllung. Nach allem, was er gesehen hat, kann er sein Leben im Dorf nur noch als entwürdigend und den Umsatz der *Premiata* nur noch als demütigend empfinden. Er möchte in Onkel Richards Fußstapfen treten und ebenfalls nach Amerika auswandern, doch als Großvater Ferruccio dieser Wunsch zu Ohren kommt, hätte er beinahe wieder auf ihn eingedroschen. »Meine Tochter bewegt sich keinen Schritt von hier fort, und du, der du ihr Ehemann bist, müsstest schon über meine Leiche gehen!«, brüllt er mit hochrotem Gesicht. Nonnilde blinzelt zufrieden. Mein Vater dagegen wird immer trauriger und trostloser. Er lebt nur auf, wenn er jemanden findet, der ihm bereitwillig zuhört – was nach den ersten Monaten immer seltener der Fall ist – und dem er von dem märchenhaften Reichtum der fernen Verwandten erzählen kann, von ihren weißen Villen am Hudson River, den Abenden im Theater, den Männern im Smoking, den Frauen mit ihren Juwelen, die hinter den Scheiben riesiger Straßenkreuzer und vor der düsteren, aber merkwürdig romantischen Masse der Wolkenkratzer funkeln, den Partys auf Tuchfühlung mit Filmstars wie Ava Gardner, die ihn anstarrte, bis er dahinschmolz, oder Frank Sinatra, der, nachdem er ihn um Feuer gebeten hatte, mit seinem Drink bei ihm stehen blieb und herumscherzte, um ihn schließlich für die Woche darauf zu einem Fest bei sich zu Hause einzuladen … Doch just in dieser Woche hatte er abreisen müssen. Am Ende seufzt er jedes Mal ausgiebig, und sein Blick nimmt den untröstlichen Ausdruck eines Verliebten an, der seine einzige, seine wahre, seine große Liebe für immer verloren hat. Mit der Zeit jedoch scheint er sich mit seinem Schicksal abzufinden. Was bleibt ihm schon anderes übrig bei einer solchen Mutter und vor allem einem solchen Schwachkopf von Schwiegervater? Binnen eines Jahres passieren dann allerdings zwei Dinge, die seine Existenz – oder das wenige, was ihm davon noch bleibt – zutiefst erschüttern sollten.

Eines Tages macht sich Großvater Ferruccio in aller Frühe auf die Reise nach Salerno. Er muss die Unterlagen für seine Pension einreichen und wird am Abend zurück sein; das sagt er zumindest Großmutter Nora, die besorgt die ganze Nacht auf ihn wartet, bis die Carabinieri an die Tür klopfen. Natürlich können sie ihr nicht mitteilen, dass ihr Ehemann am Morgen zuvor im Hotel Lux in Vico Equense aufgekreuzt war, und zwar in Begleitung von Mara Saturno, einer Nutte, und deren Tochter Olga, einer Nutte praktisch von Geburt an, und dass er dieselbe Suite mit Meeresblick verlangt hatte, in der Mussolini einst eine heiße Nacht in ungefähr derselben Gesellschaft verbracht hatte, mit Mara Saturno nämlich und deren Mutter wiederum – eine wahre Dynastie von Nutten, diese Saturno-Damen. Bei der ganzen Dringlichkeit des Falles beschränken sich die beiden Carabinieri darauf, Großmutter Nora zu berichten, dass die Leiche ihres Gatten in einem Zimmer des besagten *Château* aufgefunden wurde, aber dies genügt der armen Frau, um zu begreifen: Über Jahrzehnte hat sie in den keineswegs seltenen Augenblicken der Intimität die Phantasien ihres Gemahls über jene wilde Nacht, die er in seiner Eigenschaft als treuester Anhänger des Duce selbst organisiert hatte, über sich ergehen lassen müssen. Der Schlag ist so schwer, dass die fromme Frau eine Herzattacke erleidet und innerhalb weniger Stunden ihr Leben aushaucht. Auf den Fotos von den Beerdigungen der Großeltern Doni – es war dies eine Epoche, in der man wirklich alles fotografierte –, die in einem Aufwasch zelebriert wurden, verrät der Blick meines Vaters in der allgemeinen Trauer endlich eine gewisse Heiterkeit: Unverhofft hatte er sich von der schwersten seiner Ketten befreit. Allein, das genügt nicht.

In einem der Pakete, die im Halbjahresrhythmus aus Amerika eintreffen, befindet sich außer den üblichen Stärkungsmitteln – denen sich im Laufe der Jahre die kleinen Wunderwerke der US-amerikanischen Technik hinzugesellt haben: Küchenmixer, Staubsauger, Rasierapparate, Transistorradios, elektrische Dosenöffner – und dem üblichen liebevollen Brief von Onkel Richard an Nonnilde ein weiterer Brief von Onkel Richard, der für Enrico, meinen Vater, bestimmt ist. Der Onkel aus Amerika bietet ihm einen auf sechs Monate befristeten Arbeitsvertrag an, falls er in Kalifornien am Aufbau einer Artischockenplantage mitwirken wolle. Und hier liegt der Grund für Nonnildes Hass auf den Schwager; das ist es, was sie ihm nie verzeihen wird. Enrico bereitet es nach dem Hinscheiden seines reizbaren Schwiegervaters nicht die geringste Mühe, wortwörtlich über dessen Leiche zu gehen. Zu der Großmutter – seiner Mutter – und zu seiner Frau, die im Begriff ist, meine Mutter zu werden – sie ist im zweiten Monat schwanger –, sagt er: »Das ist eine Erfahrung, die ich einfach machen muss: Bis jetzt ist niemand imstande gewesen, in Amerika so etwas anzubauen, Artischocken, und außerdem komme ich gleich wieder zurück.« So aufgeregt ist er, dass er Probleme mit der Syntax bekommt.

Aber es vergingen die sechs vertraglich vereinbarten Monate, ich, sein Sohn Carlo, kam zur Welt, und mein Vater kehrte nicht einmal wegen dieses freudigen Ereignisses nach Hause zurück – danach übrigens auch nicht. An seiner statt trafen immer größere Pakete ein, mit immer kürzeren Briefen darin. Die Mamma las sie mir abends am Bett vor, das mir so riesig vorkam wie der Ozean, der uns vom Babbo trennte, und die Decke hatte ein Muster wie ein wogendes Meer und fühlte sich kalt an. »Dein Vater schreibt, dass er dich liebhat, Carlino«, sagte sie. »Und ich hab *dich* lieb, und Nonnilde, Tante Ines, Onkel Teodorino, Tante Emma …«, antwortete ich zerstreut, weil ich völlig gefesselt war von dem Spielzeug, das Papà nie für mich dazuzupacken vergaß. Ich war dermaßen glücklich, dass ich überhaupt nicht begriff, warum die Mamma jedes Mal weinend davonlief und mich wie einen Schiffbrüchigen in diesem Riesenbett zurückließ, während draußen vor den Fenstern der Wind über das Tal pfiff.

So geht das vier Jahre lang, bis die Großmutter Besuch von einem ehemaligen Pächter bekommt, der ebenfalls nach Amerika ausgewandert ist. Er ist einer von den vielen, die kommen, um ihr mit gesenktem Haupt und Taschen voller Geschenke ihre Huldigung darzubringen – man weiß nicht recht, warum, da diese Leute in der Zwischenzeit ihr Glück gemacht haben und Nonnilde ihrerseits niemals auch nur die geringste Spur von Großherzigkeit, für die man sich erkenntlich zeigen müsste, an den Tag gelegt hat. Sie empfängt im Arbeitszimmer – einem kahlen Raum mit wenigen dunklen Möbeln, in die grimmige Klauen und Köpfe eingeschnitzt sind –, sitzt in einem Sessel, der wie ein Thron aussieht, und wirkt hochmütiger als eine russische Aristokratin vor der Revolution. Während die Besucher von ihren Erfolgen erzählen, von den angehäuften Ersparnissen, von dem Haus und den Grundstücken, die sie inzwischen im Heimatdorf erworben haben, hört sie mit unbewegter Miene zu, und die Finger spielen nervös an einer ihrer Halsketten herum. Dann schneidet sie ihnen ohne jede Vorwarnung mitten in der überschwänglichsten Schilderung das Wort ab und demütigt sie mit Sätzen wie: »*Cafone* warst du, und *Cafone* bleibst du«, »Der Sohn eines Schweinehirten stinkt nach Schweinen« – wie oft habe ich sie, während ich eingerollt wie eine Katze auf ihren Knien lag, noch schlimmere Dinge sagen hören. Aber dieser hier ist nicht der übliche Schollenknecht. Er arbeitet als Gärtner auf dem Anwesen, das an eine von Onkel Richards Villen grenzt, und sieht meinen Vater oft. Deshalb behandelt die Großmutter ihn freundlich, ja, sie scheint sich geradezu für seine Angelegenheiten zu interessieren und bestürmt ihn mit Fragen, bis sie plötzlich explodiert – angesichts ihrer Körpergröße bemerkt man kaum, dass sie aufgesprungen ist. »Wie kannst du es wagen, du Bettler ... *Raus* aus meinem Haus!«, wirft sie ihm an den Kopf, zusammen mit anderen Liebenswürdigkeiten, die ich hier lieber nicht wiederhole. In Wirklichkeit ist sie alles andere als wütend: Sie hat soeben genau das erfahren, was sie brennend zu wissen begehrt hatte, nämlich dass mein Vater eine Geliebte hat – doch die Familienehre muss trotzdem verteidigt werden. Während sich die Tür langsam hinter dem verdatterten Gesicht des Viehhüters schließt, öffnen sich die Lippen der Großmutter zu dem Lächeln eines Menschen, der sich endlich von einer großen Last befreit hat. Hätte ihr Sohn sie und die Firma aus den üblichen Gründen im Stich gelassen – Zerplatzen übersteigerter Jugendträume, ökonomische Erfolglosigkeit, Frustration oder Melancholie als Folge eines weit verbreiteten Syndroms, das sich mit der räumlichen Entfernung von den neuralgischen Zentren der Welt erklären lässt –, dann wäre die Angelegenheit ernst gewesen. Jetzt aber hatte sie die Bestätigung dafür erhalten, dass, wie sie von Anfang an geargwöhnt hatte, eine Frau dahintersteckte. Und da Nonnilde gegenüber den Vertreterinnen ihres eigenen Geschlechts immer schon die größte Gleichgültigkeit hat walten lassen – nicht einmal den unzähligen Geliebten ihres Gatten ist es gelungen, ihr mehr als ein Schulterzucken zu entlocken –, weiß sie aus Erfahrung, dass bei den Problemen, die von einer Frau hervorgerufen werden, nur eine andere Frau – am besten eine Ehefrau und Mutter – Abhilfe schaffen kann. So bestellt sie meine Mamma zu sich und teilt ihr mit, was sie erfahren hat. Sie erwartet, dass der Kummer sich irgendwie auf die Fülligkeit der Schwiegertochter auswirkt, die, an sich schon eine blühende Person, dank der im Süden traditionell mit dem Eintritt in den Ehestand verbundenen Gewichtszunahme richtiggehend fett geworden ist. Da aber der Gram keine nennenswerten Resultate zeitigt, setzt Nonnilde sie einen Monat auf Wasser und Brot, dann packt sie ihr den Koffer, steckt das Foto von Onkel Evaldo dazu, das mich weinend unter dem Weihnachtsbaum zeigt, und verfrachtet sie, in ihrer ganzen wiedererlangten Pracht, in ein Flugzeug Richtung New York.

Ich weiß nicht, ob mein Vater, als er kaum eine Woche später mit der Mamma ein Flugzeug besteigt, in sein Kaff zurückkehren oder nur seine Frau dorthin zurückbringen oder vielmehr seinen wimmernden Sprössling abholen will, um mit der ganzen Familie im Land seiner Träume zu leben. Ich kann es nicht wissen, weil das Flugzeug, eine viermotorige *Constellation* der letzten Generation, auf seinem ruhigen Flug in tausend Metern Höhe ausgerechnet gegen den Pico Redonta prallt, den einzigen Felsen, der aus dem ganzen Atlantik herausragt, die einzige Landmassenkapriole in einem unendlich weiten Meer. Und so ist es gekommen, dass ich Vollwaise bin und manchmal in der Nacht aufwache und weine. Im Übrigen regt es mich, wie gesagt, nicht weiter auf, zumal die Situation ja durchaus ihre positiven Seiten hat.

Du wächst heran, gehst deinen Weg, hast fast alles vergessen, aber die Leute hören nicht auf, dich gerührt zu betrachten und lieb und nett zu dir zu sein. Vor allem die Frauen. Keine einzige, die sich nicht als deine Mutter fühlte, und das gilt sogar für die Nonnen im Kindergarten, die als ledige Frauen solche Gefühle eigentlich gar nicht haben dürften. Sie überhäufen dich mit Aufmerksamkeiten und Liebkosungen und werden zusätzlich von so manchem theologischen Zweifel gequält – ›Gelegentlich braucht es den ganzen heiligen Glauben, um die Ratschlüsse unseres Herrn zu akzeptieren‹. Die kleinen Mädchen in ihren weißen Kittelschürzen wiederum streiten sich jeden Tag, wer sich mit dir die Brotzeit teilen darf. Aber auch bei den Männern wirkt es: Wenn ich vor den dahinschmelzenden Gläubigen als Messdiener fungiere – »Sieh ihn dir an. Sieht er nicht aus wie ein Engelchen? So ein Unglück, der Ärmste« –, gibt mir der Erzpriester immer das schönste Chorhemd, und in der Schule lässt mir der Lehrer, wenn ich meine Hausaufgaben nicht gemacht habe, das durchgehen und denkt: ›Was kann man von einem armen Waisenkind schon erwarten?‹, und fragt meinen Banknachbarn ab. Was mein Banknachbar und die anderen in der Klasse denken, weiß ich nicht genau. Ich muss ihnen wie eine Art Märtyrer vorkommen, wie ein kleiner Held, der einem fürchterlichen Massaker entronnen ist und dem man jedes Privileg schuldet, das man ihm wohl nicht ohne einen gewissen Neid auch gewährt. Zu Hause schließlich behandelt man mich zuvorkommender als einen Prinzen. Ich werde gleich nach Nonnilde bedient, bekomme aber die feinsten Bissen, und am Morgen bin ich der Einzige – außer ihr, natürlich –, der das Recht auf den Zabaione mit Marsala hat. Verwöhnt, wie ich bin, taumle ich von einer Umarmung meiner Tanten und meiner unzähligen Cousinen in die nächste. Ganze Tage verbringen sie damit, Sommerhemden und Anzüge und Pullover für mich anzufertigen – und so sind es jene Jahre, in denen ich meinen Sinn für Eleganz entwickle. Sogar die Großmutter geht nachsichtig mit mir um, zumindest bis zu einer bestimmten Nacht – jener Nacht, in der ich feststelle, dass die trotz allem glückliche Zeit meiner Kindheit leider zu Ende ist.

2

In dieser Nacht schlief ich bei Tante Ines und nicht bei Nonnilde wie sonst, seit die Mamma »fort« ist, aber das allein hätte nicht gereicht, um diese Nacht zu einer besonderen zu machen. Die Großmutter muss die Rechnungen überprüfen, die Arbeiter beim Olivenpressen überwachen, den Säuregrad des Öls, die Flaschenabfüllung und den Versand kontrollieren, oder sie muss, was belangloser ist, aufpassen, dass der Bäcker, während er das Brot backt, nicht ein paar Kilo Mehl beiseiteschafft – zu jener Zeit kaufen nur arme Leute Brot –, und hat also so viel um die Ohren, dass sie sich oft nicht einmal hinlegt. Dann muss ich mich im Bett einer meiner Tanten einrichten.

Auch nicht die Hitze, die so außergewöhnlich ist, dass man im Dorf schon ein warnendes Vorzeichen darin sieht, die Ankündigung irgendeines Unglücks, das über uns ängstliche *Terroni*, uns arme, unwissende Süditaliener, hereinbrechen wird, hätte genügt, diese Nacht zu einer besonderen zu machen, und tatsächlich: Wenn ich mich hin und her wälze und nicht einschlafen kann, geschieht das weder wegen der Hitze noch wegen der Angst vor einem Unglück: Woher soll ich wissen, dass ausgerechnet ich der wahre Adressat jener himmlischen Warnung bin? Nicht einmal das Licht des Mondes, das grell durch das offene Fenster fällt, hätte mich wach gehalten, wenn es nicht ausgerechnet meine Cousine Tea beleuchtet hätte.

Tea ist siebzehn und verlobt mit dem *Austrungarico* – einem kleinen Glatzkopf, der sich Wunder was einbildet wegen seiner Stellung als Präfekturbeamter in der ehemaligen k.u.k. Stadt

Triest – und schon deswegen anders als meine übrigen neunzehn Cousinen. Obwohl sie eine Erstgeborene ist, trägt sie nicht, wie alle anderen erstgeborenen Mädchen, aus Respekt vor der Großmutter den Namen Ilde. Sie hat helle Augen, strohblonde Haare und ein martialisches Wesen: Allen ist unbegreiflich, wie sie das Produkt von Tante Ines und Onkel Teodorino sein kann, die beide dunkel, phlegmatisch und zartbesaitet sind. Tea lernt wie eine Wilde, weil sie Buchhalterin werden will. Sie geht jeden Tag in der ersten Messe, der Sechs-Uhr-Messe, zur Kommunion, übt sich in einem halben Dutzend Sportarten – und das in einem Nest, das noch nicht einmal über eine Turnhalle verfügt! – und zeigt sich als Einzige für mein Unglück vollkommen unempfänglich. Mit derselben Kälte behandelt sie die ganze Familie. Sie führt ein vollkommen eigenständiges Leben, als wäre sie ein Pensionsgast auf dem Weg zu höheren und unergründlichen Zielen, und ist eigentlich die ideale Frau für den *Austrungarico*. Vor allem aber hat sie zwei große, zwei riesengroße Brüste, und tatsächlich ist es der Anblick derselben, der diese Nacht im späten Frühjahr zu einer besonderen macht.

Von einem unbekannten Impuls getrieben – ich bin schließlich noch ein Kind –, starre ich die Dinger erstaunt an, während sie sich im Mondlicht rhythmisch heben und senken, und ich weiß nicht, was ich darum geben würde, dürfte ich sie berühren, aber wie, da doch zwischen mir und ihrer Besitzerin Tante Ines liegt, die in Abwesenheit ihres Gatten neben ihr hatte schlafen wollen, in einem weiteren vergeblichen Versuch, töchterliche Liebe in ihr zu wecken? Jedenfalls wälze ich mich herum und höre die belegte Stimme der Tante sagen: »Aber was hast du denn, Carlino? Warum schläfst du nicht, mein Schatz?«

»Ich muss mal … Ich muss Pipi machen«, stammle ich das Erstbeste, was mir einfällt.

»Dann geh doch, los«, flüstert sie verständnisvoll.

Ich seufze und gehe. Ich durchquere ein Zimmer nach dem anderen. Ich schaue auf die Leinenvorhänge vor den Fenstern, die wie träge Gespenster wallen. Ich höre die Vitrinen klirren, die vollgepackt sind mit Tellern, Bestecken und Gläsern. Ich sehe, wie die Statue der heiligen Barbara ihre zugespitzte Hand – eine Art mit Rasierklingen gespickte Peitsche – bewegt: Ich weiß, es geschieht, weil der Boden unter meinen Füßen bebt, so alt und ramponiert ist dieses Haus, aber trotz meines zarten Alters ist mir ebenso klar, dass ich gesündigt habe und dass die heilige Barbara zwar die Schutzpatronin der Feuerwehrleute ist, aber auch eine so schreckliche Heilige, dass sie im Dorf mit einem einzigen Blitz ihre eigene Kirche zerstört hat. Was könnte sie also mir, der ich auf die Brüste meiner Cousine geschielt habe, nicht alles antun? Während ich noch darüber nachdenke, kommt es mir vor, als wäre die Statue von ihrem Sockel heruntergesprungen, um mich in der Hölle zu versenken … Bis ich endlich das Klo erreiche, die Tür absperre und mich unter dem Licht der nackten Glühlampe in Sicherheit fühle.

Ich betrachte die Illustrierten mit den herausgerissenen Seiten, die als Toilettenpapier dienen, die bunten Etiketten der Reinigungsmittel gegen das weiße Schwammzeug an der Wand, das kleine Radio, dessen Batterien mit Heftpflaster befestigt sind: Dies ist eine Insel der Realität inmitten eines Meeres der Finsternis. Es ist einer jener Aborte, die man an die alten Häuser drangeklebt hat und die an über dem Tal schwebende Schilderhäuschen erinnern, und obwohl die blühenden Bäume weiß durch die Ritzen leuchten, durchrieselt mich beim Pipimachen ein Schauer, als striche die eisige Winterluft um mich herum. Ich tue einen Schritt zur Seite, richte den Strahl neu aus und sehe zu, wie er sich an der angeschlagenen Emailleschicht der Schüssel bricht. Für gewöhnlich frage ich mich, wo er endet: gewiss doch im Garten, und dann? Wie oft habe ich den Verlauf der in die Wand eingelassenen Leitung studiert und gesehen, wie sie in der Erde verschwindet, habe ihre mutmaßliche Bahn bis zum moosbewachsenen Mäuerchen verfolgt und mit Schwindelgefühlen den darunter gelegenen Felsüberhang betrachtet – wie oft, ohne je die Antwort zu finden? Am Ende schüttle ich mich ein wenig und verräume meinen Pimmel, zusammen mit dieser brennenden Frage. Als ich allerdings die Tür öffne, packt mich erneut die Angst. Eine Hand auf dem Herzen, bleibe ich starr stehen: Ich bitte die heilige Barbara wegen meiner schlimmen Gedanken um Vergebung, und sobald ich überzeugt bin, dass sie mir verziehen hat, renne ich den ganzen Weg mit Überschallgeschwindigkeit zurück. Aber kaum bin ich im Zimmer von Tante Ines – hinter mir noch der Höllenschlund, der mich beinahe verschlungen hätte –, fällt mein Blick auf Teas Riesentitten, diese zwei friedlichen Inseln, die sich aus dem bleichen Meer der Leintücher erheben, und ich zögere nicht: Statt an meinen Platz zurückzukehren, lege ich mich neben sie, neben meine Cousine Tea.

Mir ist bewusst, dass ich etwas riskiere. Wie ich Tea kenne, ist sie im günstigsten Fall imstande loszuschreien, und was würde Tante Ines sagen, und vor allem Nonnilde? Aber Tea ist so nachgiebig, als ich meinen Platz einnehme und mich in die Wärme ihres mächtigen Körpers schmiege. Irgendwann habe ich ihren Arm unter meinem Kopf und die Objekte meiner Begierde direkt vor Augen: Groß sind sie, unendlich und voller Geheimnisse. Und so halte ich den Atem an, strecke eine Hand aus, lege sie sanft auf das glatte Nylon ihres Nachthemds und verharre regungslos, um zu sehen, was passiert.

Nichts passiert. Tea bleibt träge liegen, während mir selbst zumute ist, als hätte ich einen Stromschlag bekommen. Mit wild klopfendem Herzen beginne ich sie zu massieren, erst um die eine Brust herum und dann zur anderen hinüber, ich höre sie stöhnen – es ist nicht zu erkennen, ob sie schläft – und matte Worte murmeln, die mir unbekannt sind.

Immer noch ungläubig staunend über das, was da vor sich geht, tauche ich die Hand in das fleischige Universum, aber jetzt schüttelt meine Cousine Tea heftig den Kopf und stößt ein gewaltiges Schnauben aus. Ich halte inne, fange wieder an, und sie wacht beinahe auf. Es ist klar, dass ich aufhören und mich mit den erzielten Erfolgen begnügen müsste, aber ich bin dermaßen aufgewühlt, dass es mir einfach nicht in den Sinn kommt.

Ich weiß es noch nicht, aber zum zweiten Mal in einer einzigen Nacht – kurz zuvor hatte ich mir den Kopf darüber zerbrochen, wo mein Pipi landen würde – verspüre ich jene ungestillte Neugier und den Wissensdurst, die dem Menschengeschlecht eigen sind und den Anstoß zu den großen Entdeckungen der Zivilisation gegeben haben, wie ich einige Jahre später von dem aus Marcianise gebürtigen Professor Sabino Corelli erfahren sollte. In jenem düsteren Raum des Klosters, der uns als Klassenzimmer diente, sagte er mit seiner brüchigen Stimme: »Kinderchen, glaubt ihr vielleicht, dass einem die Dinge in den Schoß fallen? Nehmt Christoph Kolumbus zum Beispiel, wie hat der wohl Amerika entdeckt? Die anderen sind zum Meer gegangen, um mit ihrem Schatz den Sonnenuntergang zu betrachten oder Fische zu fangen. Ihm hat das nicht genügt, er wollte wissen, was hinter der fernen Linie des Horizonts lag.« Auch ich will in dieser schwülen Spätfrühlingsnacht wissen, was hinter dem spitzenbesetzten Horizont von Teas Nachthemd liegt, doch wie lässt sich dieser Schatz ans Licht befördern? Ich könnte meine Hand in die Tiefe tauchen und durch einen gezielten Stups von unten ihre Titten auftauchen lassen wie ein Floß aus den Meeresfluten, wenn plötzlich Ballast abgeworfen wird. Aber hier ist kein Ballast, den man abwerfen könnte. Man musste nur die rechte Brust meiner Cousine – sie war von der Stelle aus, an der ich mich befand, leichter erreichbar – in Augenschein nehmen, um zu begreifen, dass bei einem derartigen Gewicht ein enormer Energieaufwand erforderlich wäre und selbst die entrückteste Schläferin wachgeschreckt würde. Und das war Tea sowieso nicht mehr. So zog ich einen Träger herunter, so vorsichtig, wie ich eine Banane schälen würde, und ließ ihn ganz langsam auf ihren Arm gleiten, bis die Aureole ihrer Brustwarze bloßlag, dieses erhabene Atoll, und auch die Brustwarze selbst, strack und gerunzelt wie die Spitze eines Vulkans, die ganze Brust in ihrer runden Pracht und Vollkommenheit also, und nach getaner Arbeit versenkte ich mich in die Betrachtung dieser Naturerscheinung mit demselben Staunen, das ein Heiliger angesichts seiner ersten Vision empfinden mochte. Dann näherte ich ohne jede weitere Hemmung meinen Mund diesem Wunder und sog und sog und sog.

In diesem Moment erwachte Tea und reagierte in einer Weise, die ihres Charakters absolut würdig war: Sie schlug mit solcher Heftigkeit nach mir, dass ich aus dem Bett fiel, auch wenn sie gleich danach, selbst verunsichert wegen des Vorgefallenen – ich war schließlich kaum sieben Jahre alt –, seufzte: »Aber was machst du denn da, Carlino?«

Ich weiß nicht genau, was mich trieb – bis dahin war es ja noch nie passiert –, vielleicht war es der nackte Instinkt, der mich wie jedermann in den tragischen Augenblicken der Existenz auf jene Gestalt zurückgreifen ließ, die ich für immer verloren hatte und an die ich mich kaum noch erinnern konnte, jedenfalls wimmerte ich mit der zittrigsten Stimme, die mir zu Gebote stand: »*Mammina*, ich will zu meiner *Mammiinaaa*!«

Dieses Gejammer besänftigte selbst Teas österreichisch-ungarische Strenge. Ihr hartes Herz schmolz dahin, und während ich mich vom Boden aufrappelte, vernahm ich ihre tröstliche Stimme: »Mein armer, armer Kleiner.« Mit einer unvergleichlich größeren physischen Erleichterung spürte ich, wie sie mein Gesicht gegen das ersehnte Objekt – ihren großen, weichen Busen – presste. Diese zärtliche, ungestüme Umarmung war eine weitere, unverhoffte Bestätigung der Vorteile, die sich aus dem Status eines armen Waisenkindes ergaben, und das unerreichbare Vorbild künftiger Anwendungsmöglichkeiten. Natürlich konnte ich nicht ahnen, dass dieses Bollwerk der Gewissheiten kaum ein paar Stunden später in seinen Grundfesten erschüttert werden sollte.

Der anbrechende Morgen wirft gerade sein erstes Licht auf die verblichenen Muster der Tapete, als sich mit einem Ruck die Tür öffnet und Nonnilde auf der Treppe zum Zimmer steht, kerzengerade, mit bleichem Gesicht und zerzaustem Silberhaar, das Gewand von Mehl fluoreszierend, ein wahrer Racheengel: Statt des Schwertes schwingt sie eine Terrine Tagliolini mit Milch und Zimt, die, wie es am Himmelfahrtstag Brauch ist, frühmorgens den Armen und nahen Verwandten serviert werden – in Befolgung dieses eindrucksvollen Brauchs hatte sie sich die Nacht um die Ohren geschlagen. In einer aufsteigenden Woge der Angst wird mir bewusst, dass ich nicht nur neben meiner Cousine geschlafen habe – und folglich gegen eines der wenigen Verbote verstoßen habe, die trotz des gegenwärtigen Wohlwollens der Großmutter für mich gelten –, sondern sogar zwischen ihren Titten. Tatsächlich haben Tea und ich uns in dieser Mutter-Kind-Position vom Schlaf übermannen lassen, und obwohl ich an Polypen leide, war ich nicht nur nicht in der Atmung behindert worden, sondern habe, im Entzücken dieser Umarmung, auch noch vergessen, mich rechtzeitig auf meinen Platz zurückzudrehen. Und Tea, die sich schlagartig aufgesetzt hat, erbringt einen weiteren Beweis unserer Schuld: Von der Taille aufwärts ist sie nackt! Heilige Muttergottes, was für Titten! Sie sind wirklich sehenswert, und auf denen bin ich eingeschlafen! Aber mir bleibt nur die Zeit, mich zu beglückwünschen, als etwas passiert, was ich nie wieder vergessen sollte.

Augenblicklich war Nonnilde bei uns, packte Tea, stieß ihren Kopf gegen das Bett und schrie zu meiner Tante hinüber: »*Ineees*, du schläfst, und in der Zwischenzeit … Deine Tochter, sieh sie dir an, ganz nackt mit Carlino, sieh sie dir an, diese Schlampe!« Nachdem sie ihr einen weiteren mörderischen Stoß versetzt hat, bin ich an der Reihe. Sie nimmt die Terrine Tagliolini mit Milch und Zimt vom Nachttisch und lässt mich, vom Zorn überwältigt, den ganzen Inhalt hinunterschlingen. Es ist nur natürlich, dass ich es zunächst, des unlängst errungenen Erfolges eingedenk, auch bei ihr versuche und zwischen zwei Löffeln heule: »*Mam-miiina*, ich will zu meiner *Mam-miiina*!« Aber je mehr ich plärre, desto mehr stopft sie mich voll – seither kann ich Zimt nicht einmal mehr riechen, ohne mich zu übergeben.

Nun könnte es einem Außenstehenden unverständlich erscheinen, dass selbst eine eher sexualfeindliche Großmutter es so schlimm findet, wenn sich eine ihrer Enkelinnen in einer derartigen Hitze ein wenig entblößt – einer Hitze, die so drückend ist, dass sie schon für ein böses Omen gehalten wird – und so neben ihrem kaum siebenjährigen Cousin, einem vater- und mutterlosen Cousin zudem, einschläft. Um das besser begreifen zu können, muss man sich an die Stelle der alten Dame versetzen.

Sie betritt also das Zimmer ihrer Tochter Ines mit jener Fröhlichkeit und gesunden Geistesverfassung, die ihr ein von Natur aus herber Charakter zugesteht – hatte sie nicht in Vorfreude auf diesen triumphalen Auftritt stundenlang gearbeitet? –, und erkennt in den Augen ihres einzigen männlichen Enkelkindes, des letzten Stammhalters – in meinen schlaflosen Augen also –, statt des kindlichen Staunens über die feierliche Huldigung, tiefbetrübt jene Lüsternheit wieder, die sie so viele Male in den Augen ihres Ehemannes und – schmerzlicher noch, angesichts seines tragischen Endes – in denen ihres Sohnes Enrico, meines Vaters, hatte aufscheinen sehen. Wie pervers musste meine Natur sein, dass ich mich, noch nicht einmal geschlechtsreif, zwischen die Titten ihrer Enkelin gelegt hatte, und ich bin mir sicher, dass sie in diesem Moment die lauernden Gefahren bedachte und auch die möglichen Gegenmaßnahmen, die zu ergreifen waren, um eine x-te und dieses Mal definitive Schmach für die Familie abzuwenden. Die erste dieser Maßnahmen war – wie mir während der Tagliolini-Tortur mitgeteilt wurde – meine Vertreibung aus dem weiblichen Universum, das mich bis dahin zärtlich umfangen hatte.

Und so vollzog sich mein Eintritt in die Welt der Erwachsenen.

3

Meine Haupttätigkeit zu Beginn des folgenden Sommers bestand darin, beim Melken von etwa zehn Stück Braunvieh zu helfen. Die Großmutter hatte mich nämlich zu Genuario, einem ihrer Pächter, verbannt, der in der Zeit, in der er nicht für ihre Firma, die *Premiata Olii Superfini,* arbeitete, also meistens, bei seinem Vieh draußen auf dem Land blieb.

Genuario – über vierzig, immer einen Hut von der Farbe ausgeblichenen Tabaks auf dem Kopf, passend zum dunklen Honigblond seiner Haare, und so hager, dass er einem groß vorkommt – hat ein kantiges Gesicht wie ein amerikanischer Schauspieler. Er ist auch schweigsam wie ein amerikanischer Schauspieler, einer von denen, die im Film immer ein schlimmes Ende nehmen. Ich vermute, dass er das nicht weiß, denn er hat keinen Fernseher und dürfte selten in seinem Leben ins Kino gegangen sein – stattdessen hört er Radio. Jetzt im Sommer hat er es draußen stehen, auf einem Fensterbrett im Hof. Abends nach dem Essen schaltet er es ein. Ich sehe die Kontrolllampe immer heller werden wie ein Asteroid, der aus der Ferne des Weltraums auftaucht, und während Genuario auf einer Stufe sitzt und sich eine Zigarette dreht, höre ich diese rätselhafte Sprache.

»Das ist Jugoslawisch«, erklärte er mir beim ersten Mal, »da bin ich im Krieg gewesen, in Jugoslawien.« Dann sagte er nichts mehr, obwohl ich ihn bat, mir etwas vom Krieg zu erzählen – wie alle Kinder war ich scharf auf blutrünstige Geschichten. Dass er meiner Bitte eigentlich nachkommen wollte, erkannte ich an der Falte, die sich auf seiner Stirn abzeichnete, aber in der Zeit, die er brauchte, um sich zu entscheiden, erklang schon wieder eines jener Musikstücke mit Violinen und Bläsern. Den Kopf gegen die Tür gelehnt und die Augen geschlossen, bedeutete er mir, den Mund zu halten.

Man merkt sofort, dass er ungern redet, dass ihm das Reden schwerfällt. Aber nicht aus diesem Grund habe ich ihn seither nichts mehr gefragt, sondern weil mir am Ende des Tages die Worte ausgegangen sind, sodass ich auf dem Liegestuhl unter der Pergola ebenfalls lieber stumm bleibe und mich von den schwermütigen Liedern einlullen lasse. Ansonsten herrscht eine große Stille: Man hört nur die Grillen und im Haus Vitina. Vitina ist die Frau des Pächters und der wahre Grund meiner Erschöpfung.

Von hier aus kann ich sie sehen, neben Fausto, ihrem zweiten Sohn, der an dem niedrigen Tisch sitzt, an dem wir gerade zu Abend gegessen haben, und wie immer auf eine bestimmte Stelle an der Wand starrt. »Er iss 'n bisschen verwildert, aber ihr könnt Freunde werden«, hatte sie mir bei meiner Ankunft gesagt, obwohl ich seither aus seinem Mund kein einziges Wort vernommen habe. So ist Vitina auch jetzt die Einzige, die spricht, wie übrigens den ganzen Tag. Trotz ihres Namens, der etwas Rankes, Schlankes suggeriert, ist sie riesig und massig, viel größer als ihr Mann, und nur wenn man genau hinschaut, merkt man überhaupt, dass es sich um eine Frau handelt. Ihre Schultern, Arme und Beine sind wahre Muskelpakete, und ihre Waden scheinen zu explodieren in den schottischen Kniestrümpfen, auf die sie mächtig stolz ist: »Die sind so praktisch, die bringt mir Piètr aus Milàn mit.« Sie bindet sich ein Riesentuch um den Kopf, immer dasselbe, eines mit violetten Blumen, und es reicht ihr bis an die Augen, die kugelrund sind wie die von Fausto. Von Piètr, dem »Mailänder« Sohn, steht ein Foto auf dem Kamin, wie er in der Dorfkapelle mitspielt: Er ist eine gelungene Kopie seines Vaters. Vitinas einziges weibliches Attribut ist ihre Stimme – fein, vibrierend, hüpfend und schwebend, ganz nach Art der Nachtigall, aber man hat gerade noch Zeit, sich darüber zu wundern, wie eine solche Megäre eine derart harmonische Musik hervorbringen kann, schon hat sie einem den Verstand geraubt. An dem Tag jedoch, da die Großmutter mich aufs Land verfrachtet hatte, war es genau diese Stimme gewesen, die mich rettete.

An jenem Tag, es war der erste Tag nach Schuljahresschluss, blickten mich alle mit zärtlicheren Augen an als sonst. Tante Ines gab mir einen Kuss, schlug sich dann auf den Mund und lief davon. »Sie hat Zahnweh«, sagte Onkel Erminio und fragte mich, ob ich ihn im Lastwagen begleiten wolle. Und ich freue mich doch immer so, wenn er fragt! Irgendwann bog er in eine Straße ein, an deren Ende ein rosa Haus stand. Vor dem hielt er an, und ich stieg fröhlich aus und schlug die Tür fest zu – was zu den Dingen gehört, die einem das Gefühl vermitteln, erwachsen zu sein. Doch als ich dann die Worte hörte, die der Onkel an Genuario richtete, nahm ich den grimmigen Blick dieses Unbekannten und das in der Morgenluft bläulich schimmernde Dorf hinter ihm ins Visier, und schlagartig war mir alles klar. Natürlich habe ich versucht, wieder in den Lastwagen zu klettern, aber der Pächter hielt mich am Arm fest. Dann warf ich mich auf den Boden, weinte und brüllte: »*Mammiinaa*, ich will zu meiner *Mammiina*!«, aber schon ohne rechte Überzeugung, so genau stand mir mein Schicksal vor Augen. Und doch ist da plötzlich eine Kraft, die mich nach oben zieht, und zwar so steil nach oben und in die Schwerelosigkeit, dass ich mir einbilde, die Mamma sei höchstpersönlich aus dem Paradies herabgestiegen – wo sie sich mit Sicherheit befindet –, um mich zu retten und zu sich zu holen, ihren lieben Kleinen, heraus aus diesem Jammertal.

Die Illusion währt kaum einen Augenblick, jenen Augenblick nämlich, in dem ich mich in die Umarmung flüchte, um dann aber sofort zusammenzuzucken, als ich die ungeheuerliche Besitzerin der Arme – Vitina eben – erkenne, und beinahe wäre ich in eine noch düsterere Verzweiflung gestürzt, hätte sie nicht zu sprechen angefangen, mit dieser Stimme, die mich hypnotisiert. Wie in Trance lasse ich mich ins Haus bringen. Ich bin im dichten Netz ihrer Worte gefangen, im wirbelnden Singsang der Riesin, die inzwischen begonnen hat, mir die Geschichte von den beiden Söhnen zu erzählen, einem braven und einem Verschwender, der viele böse Sachen macht, aber am Ende bereut, worüber sein Vater sich derart freut, dass er ein Kalb schlachtet. Als ich merke, dass Onkel Erminio weg ist, ist es schon zu spät, und es tut mir auch nicht mehr leid – vielleicht weil dieser andere Sohn, dieser Verschwender, ich sein könnte und weil Nonnilde mir dann nach meiner Rückkehr ins Dorf vergeben und ein Kalb umbringen wird, wobei mir, ehrlich gesagt, nicht ganz klar ist, warum es unbedingt getötet werden muss. Vielleicht trauere ich Onkel Erminio auch deshalb nicht nach, weil es hier auf dem Land so viele vergnügliche Dinge zu tun gibt.

Zusammen mit Fausto laufe ich den ganzen Tag hinter der Riesennachtigall her, die das Wasser vom Brunnen holt (ich ziehe den Eimer hoch), den Gemüsegarten hackt (ich hacke auch), die Hühner füttert (auch ich gebe ihnen Futter), das Obst erntet, aus Mehl einen Teig knetet (ich knete mit) – und dies alles, ohne je aufzuhören, Geschichten über reuige Sünder und allerhand Wunder daherzuzwitschern. So bin ich am Abend, wenn ich in mein Bettchen gelegt werde – eine Art aus einem groben Holzblock gehauene Wiege, die eher an einen kleinen Sarg erinnert –, so müde, dass mir fürs Weinen die Kraft fehlt, obwohl ich einen Augenblick daran denke, dass ich das eigentlich tun müsste.

Am nächsten Morgen fällt es mir wieder ein, und ich treffe bereits Anstalten, als sie auch schon wieder da ist, die Nachtigall. »Aufwachen, Euer Wohlgeboren!« – so nennt sie mich. Die Sonne ist kaum aufgegangen, und schon plappert sie und plappert und plappert und zieht mich aus dem Bett, und ich brauche mich nicht einmal wie zu Hause zu waschen – ein weiterer Punkt, der für das Leben auf dem Land spricht. Draußen im Gemüsegarten pinkelt der stumme Sohn gegen einen Baum, denn hier haben sie nicht einmal ein Schilderhäuschen-Klo. Ich pinkle gegen denselben Baum, als ob es nicht genug andere gäbe, atme die frische Luft ein, die nach feuchtem Gras riecht und nach … Doch, mir scheint, dass ich mich nicht geirrt habe. Aber ich habe ihn noch nicht richtig identifiziert, diesen anderen Geruch, da trillert Vitina auch schon aus dem Stall: *Euer Wohlgeboren* hin, *Euer Wohlgeboren* her, und ich lande unter einer braunen Kuh, und mir bleibt die Spucke weg, als ich sehe, was Vitina da zwischen den Fingern hält: nicht einmal die von Tea sind so groß!

Von da an lief ich jeden Morgen pünktlich los. Natürlich war es anstrengend – warum man diese Kühe schon in der Morgendämmerung melken musste, war mir ein weiteres Rätsel –, aber die Mühe lohnte sich, davon war ich in höchstem Maße überzeugt, wenn ich mich in der Betrachtung jener zyklopischen Euter verlor, der prächtigen Runzeln, die diese kolossalen Zitzen umgaben, und der glitschigen Flüssigkeit, die aus ihnen herausspritzte und nach und nach den Eimer füllte. In denselben Eimer tauchte man dann eine Tasse, die man ausschlürfen musste: eine ganze Tasse Milch, die schaumig, aber vor allem noch warm war – und ich habe warme Milch immer schon verabscheut. Nach den ersten Tagen, an denen ich sie stets erbrochen hatte, rührte Vitina einen ordentlichen Schuss Kaffee hinein, und so erinnerte sie fast an Cappuccino – wohl weil ich selten welchen getrunken habe (die Großmutter ist zu allem Überfluss auch noch knauserig, und so gab es bestenfalls am Sonntag mal einen, wenn ich mit einem meiner zu Blödsinn aufgelegten Onkel zur Piazza hinunterging) oder weil auf Vitinas Tisch immer ein Panettone steht, der sich vom Duft her nicht so sehr vom Buondì Motta unterscheidet. Nach Buondì Motta bin ich nämlich verrückt, und man kommt sich in einem kleinen Nest im Süden dieses Landes, das noch weit von der flächendeckenden Versorgung mit Knabberzeug entfernt ist, schon privilegiert vor, wenn man sich aus dem Automaten in der Bar einen dieser Panettoni herausfischt. Und wie groß ist erst der Genuss, wenn man ihn aus dem Zellophan befreit, das man nie aufbekommt, sondern mit den Zähnen aufreißen muss, und einem dann dieses festlich duftende Aroma in die Nase steigt!

Ich fragte Vitina, warum sie im Juni immer noch Panettoni von Weihnachten übrig hatte. Sie lächelte verschmitzt und führte mich in ihr Schlafzimmer, Fausto immer im Schlepptau. Dort war alles durchdrungen vom Geruch nach kandierten Früchten und Hefeteig, und da waren sie dann, in einem polierten Holzschrank mit Spiegeln auf den mittleren Türen: eine glitzernde Masse, Dutzende und Aberdutzende von Panettoni in ihren goldenen Schachteln, übereinandergestapelt bis unter die von der Sonne bestrahlte Decke. »Die hat Piètr aus Milàn mitgebracht«, erklärte sie stolz. »Iss 'n tüchtiger junger Mann. Hat sich 'ne Stellung verschafft, bei der Alemagna, und da ham sie ihn gleich zur Hallenaufsicht gemacht. Ehrlich gesagt, hab ich gemeint, dass er mal was Heiligeres machen tät.«

Und sie erzählte mir, wie sie als junge Frau jeden Morgen zu Fuß ins Dorf und in die Kirche gegangen war, auch wenn es schneite und es viel Arbeit im Haus gab, und dass sie in der Nacht von einem blonden jungen Mann geträumt hatte – »Piètr, genau!« –, der die Messe las, »aber mit 'nem ganz weißen Gewand, wie der Papst, umgeben von Licht und Farben und 'nem Haufen Leute rundum. Ich hab ihn sogar nach San Giovann Rotonn geschickt, zum Padre Pio, und hab geglaubt, der Herr hätt ihn berufen, aber nach 'nem Jahr sagt er: 'S hat nicht geklappt. Jetzt hab ich Fausto, und wer weiß: Der Herr kann auch ihn berufen, und dann bin ich die Erste, die das merkt ... Natürlich, Piètr hätt auch vom Typ her zum Priester gepasst, aber er hat mir gesagt, dass er sich wie 'n Künstler fühlt, und ich hab mich bekreuzigt, aber dann hat der Padre ihm erst mal 'ne Posaune gegeben. Dann hat er in der Blaskapelle gespielt. Dann hat er auch davon die Nase voll gehabt. Dann iss er nach Milàn gegangen, und nach nicht mal 'nem Monat iss er zur Alemagna, und da haben ihn alle so gern, dass sie ihm diese vielen Panettoni schenken. Aber er iss zu weit weg, und für eine Mamma iss das 'n Stachel im Herzen.«

Sie hielt einen Moment inne: Selbst sie hatte gemerkt, dass sie eine Taste angeschlagen hatte, die man bei mir, einem armen Waisenkind, besser nicht anschlagen sollte. Aber dann nahm sie den Faden gleich wieder auf. »Er iss so elegant, wenn er zurückkommt, dass man nicht glaubt, dass er der Sohn von mir und Genuario iss.

Aber ich hoff ja bloß, dass er nicht so 'n leichtfertiges Weib aufgabelt, das ihn mir verdirbt, denn Euer Wohlgeboren sind noch jung und können es nicht verstehen, aber die Weiber aus der Stadt verderben die jungen Burschen … Aber wieso muss ein braver Sohn eigentlich in der Fremde arbeiten, wenn er doch im eigenen Dorf arbeiten kann? Ich bin schon zu Donnilde gegangen, ob sie mir die Gnade erweist, ihn in die Ölfabrik … Wieso fragt nicht Ihr Eure Großmutter? Wieso nicht? Wenn einer so 'n braver Kerl iss, und …?« Jeden hätte man so zur Strecke bringen können! Tatsächlich merkte ich, wie mich die übliche Schläfrigkeit übermannte, und schlafen tut gut, das leugne ich nicht. Nach der ersten Zeit voller Überraschungen hielt ich die kleinen Freuden des Landlebens nicht mehr aus; Erstarrt, wie ich war, ertrug ich den Rest des Tages nur noch in Erwartung der Morgendämmerung mit ihren Wundern im Viehstall. Aber auch dieser Zauber verlosch.

Es geschah an jenem Morgen, an dem die Nachtigall mich endlich selber melken ließ. Erfüllt von einer Mischung aus Erregung, Angst und Widerwille – diese tierischen Euter lösten doch ein wenig Ekel bei mir aus –, schloss ich die Finger um eine der hochempfindlichen Zitzen, und für einen Augenblick durchströmte mich dasselbe Gefühl von Glück und Befriedigung wie in der Nacht mit Tea. Ja, ich war sogar noch glücklicher – wahrscheinlich, weil ich nichts Schlimmes machte, nichts, wofür ich bestraft werden müsste, ich molk schließlich nur eine Kuh. Aber genau das ließ mich in die größte Gleichgültigkeit stürzen, weil mir plötzlich bewusst wurde, welches Ergebnis mein Hantieren zeitigte, nämlich nur die kümmerlichen paar Milliliter schaumiger Milch.

So schlief ich von jenem Tag an länger in meinem kleinen Sarg, und auch die Tatsache, dass ich mich am Morgen nicht waschen musste, war nicht mehr so etwas Tolles. Meine Haare waren verdreckt, und es juckte mich überall, mal abgesehen von dem Gestank, den ich ausströmte, und ich begann mich nach der Schrubberei in den Bottichen meiner Tanten zurückzusehnen. Und wenn ich dann unter Faustos Baum auch mein großes Geschäft erledigte, war es nicht wie zu Hause mit den geheimnisvollen Rohrleitungen. Hier sah man genau, wo es landete, und ich hatte schnell begriffen, woher der andere Gestank kam. Man musste höllisch aufpassen, dass man nicht in die Kacke trat, die Genuario, Vitina und Fausto hinterlassen hatten. Da war sie, direkt neben dem Salat, wie ekelhaft! Irgendwann wählte ich einen anderen Baum und stieg zum Brunnen hinunter, und es erschien mir selbst unglaublich, aber mit diesem frischen, wenngleich sumpfig stinkenden Wasser wusch ich mich sogar unter den Achseln. Um mich herum schlugen die Buchfinken, und die Sonne wärmte mir die Haut, während ich wieder zum Bauernhof hinaufging. Ich trank den falschen Cappuccino zum falschen Buondì, streckte mich friedlich unter dem Baum aus und beobachtete, wie Vitina die Kannen auf den grauen Lieferwagen lud, während ihr Herr Gemahl auf der Treppe zur Eingangstür saß und eine Zigarette rauchte – den ganzen Tag über machte er nichts anderes, und wenn sie fertig war, fuhr ich mit ihm die Milch ausliefern.

Wir brachten sie in das Dorf im Tal. Mitten hindurch floss ein Fluss, und an beiden Ufern standen hinter dicht belaubten Buchen so imposante, von Dachgauben gekrönte Häuser, dass es gar nicht wie ein Dorf aussah. Als wir stehen blieben, lud ein Riese mit einer gelben Plastikschürze die Kannen ab. Dann überquerten wir wieder die Allee und gingen in eine Bar. Genuario bestellte sich einen Espresso, und ich aß ein Eis und betrachtete die supermodernen Chromteile der Espressomaschine, die auf Spiegel geschriebenen Preise, die Gäste, die Zeitung lasen und mit einem Akzent diskutierten, der sich von unserem unterschied, dann den brummenden Verkehr hinter der Fensterscheibe, und es war, als wäre man in einer echten Stadt, in so einer, wie ich sie aus dem Fernsehen kannte. Jeden Tag lief das so, mit einer Ausnahme.

»Es ist Donnerstag, Markttag.« Das war einer der beiden einzigen Sätze, die der Pächter im Laufe einer ganzen Woche zu mir sagte. Zunächst machten wir ebenfalls an der Bar halt. Aber den Espresso trank er im Stehen, und ich nahm mein Eis mit ins Auto, und sobald wir am Ziel eingetroffen waren, lud er, im Gegensatz zu sonst, die vollen Kannen selbst ab und die leeren Kannen auf. Dann kam er zusammen mit einer kleinen Frau mit brünettem Krauskopf wieder heraus. Sie ging durch die Tür neben dem Milchladen, während er an den Lieferwagen herantrat, um den zweiten Satz der Woche zu sagen: »Warte, ich bin gleich wieder da.« Nach höchstens zehn Minuten kam er mit seinem phlegmatischen Gang zurück, setzte das Auto in Bewegung und drosselte genau vor dem Marktstand, hinter dem der Riese mit der gelben Schürze stand, das Tempo. Der Riese fragte: »Alles in Ordnung, Genuà?« Der nickte und beschleunigte wieder. So ging es, bis er einmal etwas länger brauchte und ich ausstieg und zum Fluss hinunterging.

Ich fragte mich gerade, wo all dieses Wasser hinfloss, da hörte ich eine Art Klagelaut, ähnlich dem dieser Katzen, die einen nachts nicht schlafen lassen, weil sie, wie Nonnilde mir erklärt hat, unter Verdauungsstörungen leiden. Aber der Anblick des Gerölls in der Strömung war dermaßen interessant, dass ich die Katze vergaß und mich sogar über das Geländer beugte. In dem Moment schrie jemand meinen Namen, und der Pächter, der aus diesem Anlass sogar einmal rannte, sprach zwei ganze Sätze, und das beinahe in einem einzigen Atemzug. »Bist du verrückt?«, lautete der erste. »Was, wenn du da reingefallen wärst?«, der zweite. Jedenfalls hieß er mich am folgenden Donnerstag aussteigen und nahm mich mit in das Haus neben dem Milchladen. Er deutete mit dem Kinn in Richtung des laufenden Fernsehers und verschwand hinter einer Tür mit Milchglasfüllung.

Es ist ein italienischer Morgen in den sechziger Jahren, und weil wir Sommer haben, zeigen sie ausnahmsweise einen Spielfilm, in diesem Fall einen Kriegsfilm, und ich ergötze mich gerade an einer schönen Schlacht, als ich erneut die Katze klagen höre. Ohne es zu wollen, höre ich außer der Stimme der Katze auch noch die des Schutzengels: Sie erinnert mich an die Pflicht aufzupassen, dass kein Tierchen leidet, und kaum stehe ich auf, merke ich, dass das Stöhnen ausgerechnet aus Richtung der Milchglastür kommt. Deswegen also ist der Pächter so seltsam! In Wirklichkeit ist er so etwas wie ein grausames Ungeheuer, das sich einen Spaß daraus macht, wehrlose Tierchen zu quälen, und während er sich mit ihnen amüsiert, frage ich mich, ob nicht bald auch ich an die Reihe komme, zumal ich ja ebenfalls klein und wehrlos bin.

Ich hätte davonlaufen und der Großmutter erzählen können, bei welcher Art von Leuten sie mich gelassen hat, aber bis jetzt waren es ja bloß Vermutungen. Ich brauchte Beweise. Deshalb schielte ich durch das Schlüsselloch und sah, wie das Ungeheuer sich auf der kraushaarigen Brünetten bewegte und dass das Stöhnen aus ihrem Mund kam, und das wunderte mich nicht, wo er doch gerade im Begriff war, ihr den Hals umzudrehen. Von wegen Katzen! Dieser Unhold quälte Frauen.

Ich hatte nicht den Mut, ihn während der Rückfahrt auch nur anzusehen. Sobald wir auf dem Hof angekommen waren, flüchtete ich mich eilends zu Vitina, blass vor Angst und mit einem so starren Blick wie dem von Fausto, und ich begriff nun, warum der immer dieses Gesicht machte: Was für einen Gesichtsausdruck kann der Sohn eines Peinigers schon haben? Ich musste schleunigst abhauen. Sosehr ich die Großmutter auch verärgert haben mochte – dass ihrem einzigen männlichen Enkelkind der Hals umgedreht wurde, wollte sie gewiss nicht. Ich hatte mich entschlossen, am nächsten Morgen, wenn die anderen im Stall waren, zu türmen. Das war der richtige Augenblick.

Ich blieb die ganze Nacht wach, bis auf einen kurzen Traum, in dem – was nur natürlich ist – der Pächter-Folterer mich verfolgte und packte, und er hätte mich erdrosselt, wenn mich nicht glücklicherweise ein Hupen geweckt hätte. Onkel Erminio, dachte ich – im Dorf hatte nur sein Laster eine so laute Hupe –, und ich stürzte voller Hoffnung ins Freie. Stattdessen sah ich einen flachen roten Rennwagen mit einem Keramikblock auf dem Dach, bestimmt ein Zusatzmotor, der ihm diese Geschwindigkeit eines plutonischen Raumschiffs ermöglichte. Drinnen, umgeben von einer goldglitzernden Masse, saß Piètr, der Sohn aus Milàn; sein schöner Blondkopf ruckte bei der Bremsung vor und zurück. Einen Augenblick blieb er regungslos sitzen. Dann nahm er die Sonnenbrille ab, drehte sich um und grinste mich durch eine Staubwolke hindurch an.

4

Ich war nicht der Einzige, der dieser Szene beiwohnte. Auf der Eingangsstufe saß unter seinem speckigen Hut Genuario, und ich zuckte zusammen, als ich ihn sah. Er dagegen blieb regungslos wie eine Eidechse, die sich sonnt, während sein Sohn, der Auswanderer, aus dem Auto stieg.

Dieser hat die Statur der Mutter und die blonden Haare des Vaters, die ihm aber bis zu den Schultern herabreichen. Über zerschlissenen Jeans trägt er ein schwarzes T-Shirt mit Spiralenmuster; sein Gang ist lässig, und die Spitze des einen Stiefels zeigt immer genau auf den Absatz des anderen. Wie ein soeben vom Pferd gestiegener Cowboy sieht er aus, nur asketischer und eleganter. Nun reckt er das Kinn in Richtung seines Erzeugers und fragt: »Und Ma'? Und Faust'?« Der andere zuckt mit den Achseln, als wollte er sagen, du weißt doch genau, wo sie sind, wo sollen sie schon sein. Der Cowboy wirkt gleichgültig – nicht die geringste Mimik verzerrt sein bildhübsches Gesicht. Er zieht ein zartblaues Päckchen und Zündhölzer hervor, streicht eines an der Hose an – genau wie im Western – und sieht über die Flamme hinweg in meine Richtung. Die Zigarette zwischen den Lippen, rückt er den Gürtel zurecht und streckt mir unvermittelt die Hand entgegen. »Pietro Cardano, für seine Freunde Pit«, erklärt er. »Und du, wie heißt du?« Ich sage es ihm, und er blickt Genuario fragend an. »Der Sohn des Ammericàn … Donnilde«, spuckt der Folterer aus.

»Aha«, kommt als Antwort. »Also der Tscharlz … Gut, kleiner Tscharlz, dann lauf mal los und hol mir mai Madar end mai

Bradar.« Ich sehe ihn unschlüssig an. »*Hey*«, wundert er sich, »der Sohn vom Ammericàn und versteht die Sprache nicht? Meine Mutter und Fausto, geh, hol sie her, sag ihnen, dass Pit aus Mailand da ist.«

Und ich gehe, ich sause in halsbrecherischem Tempo hinunter, über die Felder, zum Weinberg, zum Brunnen, ganz erfüllt von meiner Rolle als Übermittler wichtiger Neuigkeiten, und brülle, kaum in Rufweite angelangt: »Vitina, Pit ist da!«

Sie stößt die Hacke in die Erde und sieht mich verstört an. »Wer iss da?«, ruft sie.

»*Pit*!«, antworte ich.

»Pit? Und wer soll dieser Pit sein?«

»Dein Sohn aus Mailand!«

»*Pieètr, figlio mio*!«, schreit sie auf. Sie wirft die Hacke in die Luft, packt Fausto, spuckt sich im Laufen in die Hand und fährt ihm damit übers Gesicht, rückt ihr Kopftuch zurecht, und bei alledem überholt sie mich noch.

Keuchend, aber gerade noch rechtzeitig, treffe ich ein, um Augenzeuge der nun folgenden Szene zu werden. Die Riesin hat ihren Zweitgeborenen losgelassen und galoppiert auf ihren Lieblingssprössling zu. Wenn auch von robuster Konstitution, gerät dieser unter dem Aufprall dieses Zentners gerührter Muskeln und Knochen sichtlich ins Wanken; sein hübsches Gesicht versinkt in einer Flut von Küssen, und sein Gehör wird dank ihrer spitzen Schreie einer schweren Prüfung unterzogen. Ich höre, wie er zu ihr sagt: »Schon gut, Ma' … Schon gut« – und in seiner Stimme liegt mehr als nur eine Spur Verdruss. Tatsächlich schubst er sie kurz darauf von sich fort.

Vitina merkt nicht einmal, dass ihr Sohn sie um ein Haar umgestoßen hätte. Wie in Ekstase starrt sie ihn an, während er sich ihre Spucke aus dem Gesicht wischt. Verzückt zwitschert sie: »So 'ne Überraschung! Ich hab dich für August erwartet, wieso haben die von der Fabrik dich weggelassen?«, und da sie keine Antwort erhält, schiebt sie nach: »Wie schön du bist, mein Sohn! Wie der Erzengel

Gabriel mit diesem Haar und sooo elegant!« Dann wendet sie sich an Fausto, der wie üblich mit ausdrucksloser Miene schweigt. »Hast du Pièrr gesehen? Er iss dein Bruder. Gib ihm 'n Kuss!«, und Pit schickt sich schon an, ihn zu umarmen, sagt dann aber glatt voller Ekel: »Der Kerl stinkt ja jedes Mal übler ... Na, jetzt sorge ich für Abhilfe.« Er geht zum Auto zurück, öffnet die Tür. »Los, ausladen«, befiehlt er brüsk.

Die Goldmasse, die ihn, als er am Steuer saß, wie die Aura eines Plutonianers umgeben hatte, entpuppt sich nun als Unmengen vergoldeter Panettoneschachteln der Firma Alemagna, mit denen er den ganzen Innenraum hatte vollstopfen können; beim Zusatzmotor auf dem Dach handelt es sich um ein Klosett, das mit Pflaster an einer elektrischen Pumpe befestigt ist; das flache rote Rennauto ist auch nur ein altes Volkswagen-Coupé – aber das sollte mir erst ein paar Jahre später dämmern. Solange wir Kinder sind, erscheint uns bekanntlich alles groß und wunderbar.

Auch Vitina kommt aus dem Staunen nicht heraus, während sie, zusammen mit mir und Fausto, den Flitzer ausräumt. Pit beschränkt sich darauf, die ganze Operation zu koordinieren. Überflüssig zu erwähnen, dass Genuario in der Sonne sitzen bleibt, trotz der aufgeregten Kommentare, die seine Frau bei jeder Ladung abgibt, trotz des Geschreis, in das sie ausbricht, als der Sohn aus Mailand, der sich höchstpersönlich ins Auto gebeugt hat, ein Fernsehgerät herauszieht. Erneut möchte sie ihn mit Küssen bedecken, aber er drückt ihr den Apparat in die Arme und schubst sie umstandslos in Richtung Haus. Dann gibt er mir eine Kabelrolle und Fausto eine Antenne.

Vitina erwartet uns drinnen, den enormen Minerva in den Armen; er ist umklebt mit einem Band, auf dem in roten Buchstaben steht: *Feierabendverein Alcide De Gasperi*. Durchgeschwitzt, wie sie ist, lässt Pit sie erst einmal stehen. Er geht zum Fenster, lässt sich Kabel und Antenne aushändigen und steckt sie in die Steckdose. Dann rollt er das Kabel an den Zimmerwänden entlang ab. »Setz dich auf deinen Platz!«, befiehlt er Fausto. Der gehorcht, ohne einen Muckser zu tun, starrt katatonisch auf die übliche Stelle an der Wand, und genau zu dieser Stelle zerrt sein Bruder jetzt die Nachtigall-Mutter. Dort steht ein Backtrog. »Zu niedrig!«, befindet Pit, läuft hinaus und kehrt mit einem leeren Flaschenkasten zurück, den er auf den Trog stellt. Er nimmt den Minerva aus den bereits steif gewordenen mütterlichen Armen und setzt ihn auf dem Kasten ab. Dann verbindet er die Kabel mit dem Gerät, und der Bildschirm wird langsam hell, um einen jener Filme zu zeigen, wie sie damals ausschließlich im Sommer im Vormittagsprogramm ausgestrahlt wurden.

Auf dem Bildausschnitt sieht man haargenau dieselben Stiefel, die Pit anhat, darin zwei Beine, die – mit dem gleichen elastischen Gang – die staubige Allee eines anscheinend ausgestorbenen Dorfs hinuntergehen. Pit studiert indessen, als würde er zielen, die Bahn von Faustos Blick, schiebt den Minerva ein winziges Stückchen weiter und sagt dann: »Jetzt stimmt's!«, und zwar im selben Moment, als der Sheriff, der inzwischen zur Gänze auf dem Bildschirm erschienen ist, den ersten Schuss auf einen Banditen abgibt, und mir kommt es vor, als hätte Pit ihn umgelegt, diesen Banditen.

Dann ging Pit zufrieden hinaus.

Ich sah, wie er sich in den Liegestuhl fallen ließ, während von drinnen nur das Pfeifen der Kugeln zu hören war: Zum ersten Mal seit meiner Ankunft hielt Vitina den Mund. Aber nicht lang. Einige Minuten vergingen, und schon begann sie, mal für diesen, mal für jenen Partei zu ergreifen, das Schicksal der von den Gesetzlosen entführten Schönen zu bedauern, den Helden anzufeuern – eine einzige Tortur. Pit drehte sich von einer Seite zur anderen, bevor er sich stöhnend erhob und in Richtung Auto ging. Auch ich stand auf. Ich fixierte ihn mit flehendem Blick, wie er da hinter der Scheibe saß, den Motor anließ und den Plattenspieler mit der Schlitzöffnung, der am Armaturenbrett befestigt war, in Betrieb setzte, bis er mich durch seine prachtvolle Sonnenbrille ansah und sagte: »Los, steig ein!« Und so kam es, dass wir unzertrennlich wurden.

Alles, was es zu lernen gab, habe ich von Pit gelernt, und er hatte mir vieles beizubringen. Er kannte sich gut aus in der Welt, und wenn man ihn ansah, hätte wirklich niemand vermutet, dass er der Sohn der Leute war, deren Sohn er war, und dass er bei der Alemagna arbeitete, genauer gesagt, gearbeitet hatte, denn er hatte gerade gekündigt und musste über die Zukunft nachdenken – deswegen war er, wie er mir bald schon anvertraute, nach Hause zu seiner Familie zurückgekehrt. In der Zwischenzeit fuhren wir jeden Tag ins Dorf hinauf. Wir preschten los und bremsten in den Kehren nur wenig ab, sodass der flache rote Flitzer beim steilen Anstieg zur Piazza kaum je das Tempo drosselte. Von der Sonne geblendet, ließen wir die Tagediebe unter den Sonnenschirmen mit der Aufschrift Punt & Mes hinter uns und ignorierten ihre Kommentare – »Wie der daherkommt!«, »Diese Babyfrisur!«, »Wie ein Homo!« – und sobald wir in der Bar waren, holte er mir aus dem Kühlschrank ein Algida-Eis in der Tüte – etwas für wirklich Reiche und ohne dass Sonntag gewesen wäre. Er plauderte ein wenig mit Imma, der Nichte des Besitzers, einer seiner Flammen, während ein Gast mit Mausgesicht und einem aufgeschlagenen Exemplar des Rätselhefts *Settimana enigmistica* vor sich sagte: »Zitrusfrucht mit sechs Buchstaben«, worauf Immas Onkel vom Tresen her beiläufig antwortete: »Hammel.« Dann las das Mausgesicht: »Hauptstadt von Texas mit sechs Buchstaben«, aber da waren wir schon im nächsten Raum, um in Erfahrung zu bringen, was dort abging. Ein Stündchen lang räumte Pit ab an den paar Tischen, um die herum schlecht rasierte Spieler in Blaumännern oder karierten Hemden saßen, Strohhütchen auf dem Kopf, die wie Tirolerhüte aussahen. »Das sind Leute, die ein Leben lang spielen, aber noch nie ein Buch über *Tressette* gelesen haben. Es gibt einen ganzen Haufen solcher Bücher, aber es reicht, sich ein einziges zu Gemüte zu führen, und schon weiß man, worauf es ankommt. Merke, wozu Bildung gut ist!«, sagte er.

Als wir hinausgingen, tanzten grelle Reflexe auf dem Blech der Autos; die Tische unter den Sonnenschirmen waren leer, die Goldfische im Brunnen reglos. Wir machten den üblichen kleinen Abstecher zur Tabakfrau, einer Art Lemure, die mit vier kurzen oxydierten Nadeln im Halbschatten strickte. »Dschitàn«, befahl Pit. Die Lemure senkte den Kopf, um über die dicken Brillengläser und das Gestell von der Farbe und Konsistenz eines abgelutschten Karamellbonbons hinwegsehen zu können.

»Wie bitte?«, fragte sie mit leicht gereiztem Unterton.

»Dschi-tàn«, skandierte er erbarmungslos.

»Piètr, du kommst aus Milàn, aber wer raucht denn hier schon so 'n Zeug?«, kam es von ihr zurück.

»Na dann also King«, sagte er auf gut Glück.

»Ich schau mal, ob noch was da ist«, antwortete das alte Weib resigniert und stöhnte beim Aufstehen, als würde man ihr die Fingernägel ausreißen. »Der Ischias!«, erklärte sie, bevor sie hinter einem Vorhang verschwand und Pit sich geschickt über den Tresen beugte und aus der Kasse eine Handvoll Banknoten »entfernte«, um sich dann in aller Gemütsruhe Kugelschreiber, Rasierklingen, Feuerzeuge, *Tschipgum* – wie man in unserer Gegend für Kaugummi sagt – oder sonstiges, was in seiner Reichweite lag, in die Tasche zu stecken. Im Übrigen kaufte er fast nie etwas, er *entfernte* es einfach – so nannte er das.

Draußen soff ein Hund aus dem Brunnen, die Vorderpfoten auf den Rand gestellt. Sein Herrchen kratzte sich am Ohr. Drei Schwalben flitzten im Tiefflug über die kleinen Gärten, und wir glitten den Hang hinunter bis zu einer Grube mit einer Pyramide aus Rohren daneben. »Schau mal, ob jemand kommt«, sagte er, und nachdem er alles eingeladen hatte, was auf den Rücksitz passte, zündete er sich eine Zigarette an – eine von denen, die er sich bei der Tabakfrau besorgt hatte –, und während er die Handbremse losließ, betrachtete ich ihn, und er war mein Held, Pit, auch wenn ich keinen blassen Schimmer hatte, was er mit diesen ganzen Rohren je würde anfangen können.

Am dritten Nachmittag, nachdem sich jeder von uns, wie es Brauch ist, irgendwo für die Siesta ausgestreckt hatte – die wir hier *penneca* nennen –, hatte ich, bevor ich unter unserer Lieblingseiche eindöste, die unbeweglichen Blätter vor der großen blauen Linse des Himmels betrachtet, und als ich die Augen wieder aufschlug, fand ich ihn nicht mehr an meiner Seite. Zwar sah ich den grauen Lieferwagen talwärts fahren, maß dem aber im Augenblick keine große Bedeutung bei. Ich ging pinkeln, und als ich mich daranmachte, ihn zu suchen, kam Genuario aus dem Stall. Wer war denn dann im Lieferwagen? Trotz meiner Angst wollte ich den Folterer schon fragen, aber bis er mir antworten würde, hätte ich kostbare Minuten verloren.

Ich renne also ins Haus. Fausto starrt auf den ausgeschalteten Fernseher. Vitina rupft ein Hühnchen und plappert, wie üblich.

»Wo ist Pit?«, frage ich sie.

»Weeer?«

Menschenskinder, ist die vielleicht schwer von Begriff! »Dein Sohn aus Milàn!«, brülle ich.

»Ach so, Piètr«, antwortet sie erleichtert. »Woher soll ich 'n das wissen? Der iss jung, und ab und zu verschwindet er halt mal, und dann kommt er wieder zurück.«

»Schon gut. Aber *wann*?«

»Vielleicht heut Abend, vielleicht in 'ner Woche. Euer Wohlgeboren können so 'ne Sachen nicht verstehen, aber was mein Sohn angeht, so sind's die Weiber, die hinter ihm her sind. Der iss so schön, und Haare hat der wie der Erzengel Gabriel. Da weiß nur der Herrgott, wo er hingeht, auch wenn ich nachts davon träum, wie er im weißen Gewand Wunder wirkt, und mein Herz iss froh, weil ich die Hoffnung nicht aufgegeben hab, dass die Wege des Herrn unendlich sind, und …« Sie merkt nicht einmal, dass ich inzwischen in den Hof hinausgegangen bin. Dass ich verzweifelt bin.

Ich schloss mich in Pits Auto ein. Während ich die Staatsstraße fest im Blick behielt in der Erwartung, dass er zurückkäme, hörte ich mir seine Platten an, bis die Sonne zwischen den Bergen rot wurde, die Gitarren langsamer und schleppender spielten und die Nachtigall mich zu Tisch rief. Wir aßen vor dem laufenden Fernseher, und mir kam jetzt alles so anders vor – moderner. Danach hielt ich wieder Ausschau. Aus dem Haus drangen immer seltener Geräusche, und auch die Lichter gingen aus. Die Berge wirkten wie ein Scherenschnitt, so klar und schwarz zeichneten sie sich vom blauen Himmel ab. Hin und wieder zog eine Sternschnuppe einen Leuchtschweif hinter sich her, und ich wartete stundenlang, dass ich ihn zurückkommen und meinen einzigen Wunsch erfüllt sehen würde. Aber Pit kehrte nicht zurück, und als ich mich dieses Mal schlafen legte, war ich so traurig, dass ich wirklich weinte. Dann hörte ich im Schlaf einen Motor näher kommen und lief zum Fenster, aber alles war ruhig und still. Nur an einem der ersten Steilhänge, die aus dem Nebel auftauchten, schien mir etwas zu sein, was dort nicht hingehörte. Tatsächlich, es war eine dieser Umkleidekabinen, wie man sie am Meer sieht. Du träumst noch – sagte ich mir –, da kannst du genauso gut zurück ins Bett, und im Halbschlaf verfolgten mich Erinnerungen, die zu haben ich mich gar nicht erinnerte. Wie wir ans Meer gefahren sind, die Mamma und ich – sie hatte mich rechtzeitig vor ihrem Tod noch dorthin mitgenommen –, und die Treppe hinuntergegangen sind, um zum Strand zu gelangen, vorbei an den imposanten Blumentöpfen auf den Balustraden, dann das himmelblaue Wasser vor uns. Ich weiß, dass wir gleich darin schwimmen werden, und sie bindet sich die Haare zusammen, damit sie nicht nass werden. Danach wird sie mir den Sand abwischen und mich inmitten eines Wirbels von glitzerndem Staub in der Badekabine umziehen. Mir ist warm, und ich lasse mir im Hotel schon meine Aranciata schmecken und spiele im Garten mit dem Hund des Pförtners, ja, ich höre ihn sogar bellen, den Hund, und schlage die Augen auf.

Es ist Genuarios Bracke. Er kläfft die Hütte an, von der ich heute Nacht zu träumen vermeint hatte, die es aber tatsächlich gibt. Auch Fausto, die Nachtigall und Pit sind da; sie tragen das Klosett und die Elektropumpe, die er aus Mailand mit runtergebracht hat, außerdem die Rohre, die wir zusammen geklaut haben, und einen Augenblick später bin auch ich mit von der Partie. Pit hat eine Hacke in der Hand, reicht sie weiter an Vitina, die gleich loshackt. Ich betrete die Hütte – zuvor aber lese ich noch die Aufschrift oben auf dem weiß-hellblau gestreiften Giebelfeld, und da steht doch tatsächlich: *Lido Marilena Salerno*. Ich bleibe so lange drinnen, bis ich von den Lichtstrahlen, die durch die Bretter dringen, getroffen werde, genau wie als kleines Kind mit meiner Mamma, und als ich herauskomme, ist Pit schon wieder verschwunden – keinen Augenblick gibt dieser Mann Ruhe. Ich entwische in Richtung Haus, hüpfe die Stufe hinauf und laufe ihm direkt in die Arme: Er hat ein Handtuch über der Schulter und ein Fläschchen in der Hand. Mit der anderen Hand fährt er mir durchs Haar und sagt: »Tscharlz, du hast auch ein Bad nötig … komm mit!« Im Auto dreht er den Zündschlüssel herum. Er sagt: »Scheiße«, weil nach den vielen Stunden, die ich den Plattenspieler habe laufen lassen, der Motor nicht anspringt.

Ich kam mir vor wie ein ausgebuffter Abenteurer, als wir, nachdem wir das Auto angeschoben hatten, wieder hineinsprangen. Es röchelte noch ein bisschen, bis es sich in Bewegung setzte, und ein Dutzend Kilometer weiter stellten wir es irgendwo an einem Abhang ab. Den Rest der Strecke, ein Labyrinth dicht belaubter Wege, die zum Fluss führten, legten wir zu Fuß zurück. Pit ließ das Handtuch auf die runden Steine fallen. Dann warf er einen Kamm darauf, den er zusammen mit dem prall gefüllten Portemonnaie aus der Gesäßtasche seiner Jeans hervorgekramt hatte. Schließlich zog er sich mit einer raschen Bewegung das T-Shirt von der unbehaarten muskulösen Brust und schlüpfte aus Hose und Unterhose. Ich starrte fasziniert auf das Gold seines Schamhaars, auf seinen großen, langen, glatten Schwanz mit Linksdrall. »Was ist?«, fragte er. »Zieh dich aus, los.« Ich gehorchte, aber der Mut, auch die Unterhose auszuziehen, fehlte mir denn doch. »Zieh sie aus, sonst hast du nachher die Hose nass«, sagte er und ging mit sicherem Schritt auf das grünliche Wasser zu.

Ich blickte mich um, nahm die Brücke hoch oben ins Visier, die Straße, die Autos, die darüberbrausten, das gelbe Haus mit den Bettlaken über der Wäscheleine. Ich fragte: »Und wenn man uns sieht?«

Er drehte sich in Richtung des Hauses. »Na wenn schon, dann erfreuen sie sich eben an dem Anblick ... Los, hinein mit dir«, und obwohl mir die Fußsohlen auf den Steinen wehtaten, lief ich los – im eigenen Interesse: Verglichen mit ihm hatte ich allen Grund, mich zu schämen. Kopfüber stürzte ich mich ins Wasser und reckte den Hintern in die Luft wie eine ertrunkene Maus. Und ich *wäre* ertrunken, hätte er mich nicht am Nacken gepackt.

»Du brauchst nicht alles auszutrinken«, sagte er mit einem Lächeln, und nach ein paar kräftigen Zügen setzte er sich neben mich ans Ufer. Ich hatte seine Schamteile vor mir – so nannte die Großmutter das – und wusste nicht, wo ich hinschauen sollte. Er zauste mir durch die Haare. »Aber was ist denn?«, spottete er verständnisvoll. »Kannst beruhigt sein, noch ein paar Jahre, und du hast genauso einen ... Na ja, vielleicht nicht ganz so. Das wäre ungewöhnlich.« Weil seiner so groß ist, denke ich. Aber er meint nicht die Größe, sondern fügt gleich hinzu: »Du bist brünett, und auch deine Körperhaare werden dunkel sein. Ich bin ein Normanne. Hast du in der Schule schon mal was von den Normannen gehört? Ach nein, du bist ja noch zu klein. Friedrich II. von Schwaben, der Hohenstaufer, der hat sich hier in dieser Gegend jedenfalls ein paar Burgen bauen lassen, um von dort auf die Jagd zu gehen. Hat er jedenfalls behauptet. Aber wo es doch in seinem eigenen Land so viele Wälder gibt, weshalb hätte er dann bis hier herunterkommen sollen? Die Wahrheit ist, dass ihm die Bäuerinnen in unserer Gegend gefallen haben, klein, vollbusig und flaumüberzogen, wie sie sind: Er war ein großer Vögler, dieser Friedrich. Ja, aber ich habe das Gefühl, dass du das auch nicht verstehst ... Also gut, ich erklär's dir.«

Er nahm einen spitzen Zweig, fegte den Sand frei, und während er die Sache dort hinzeichnete, enthüllten sich mir alle mit Sex verbundenen Geheimnisse in ihrer ganzen animalischen Großartigkeit. Außerdem wurde mir klar, was Genuario mit der kraushaarigen Brünetten gemacht hatte, und ich fragte Pit, ob die Frauen nicht zufällig dabei litten. »Nur beim ersten Mal, dann gibt sich das.« Ich nahm an, dass es sich bei der Brünetten noch nicht gegeben hatte, aber er schob nach: »Je lauter sie schreien, desto besser gefällt es ihnen.« Ach so. »Schließlich ist es etwas, was sie sehr mögen, nicht unbedingt alle, aber es gibt einige, die besonders begabt sind. Schau mal dort zum Beispiel!« Er drehte mir den Kopf in Richtung des Hauses mit den Bettlaken. Ich sah eine rasche Bewegung hinter einem der Fenster. »Dort wohnt so eine: Nachher gehen wir sie besuchen, und ich mache dich mit ihr bekannt … Um auf unser Thema von vorhin zurückzukommen, Friedrich hat viele dieser Bauernmädchen gevögelt, und seine Ritter waren auch nicht faul, aber der größte Teil ging doch auf sein Konto, und deshalb bin ich blond und Normanne. Das wird wohl auch der Grund sein, warum ich glaube, am falschen Ort geboren zu sein«, endete er nachdenklich. Dann zündete er sich eine Zigarette an, übergoss mich mit Badeshampoo, und während er mich einseifte, pfiff er vor sich hin.

Ich überlege: Auch Tea ist blond, es könnte also zwischen mir und Pit irgendeine Verwandtschaft bestehen; vielleicht habe ich ihn deshalb so gern. Aber dann betrachte ich ihn mit seinen schönen himmelblauen Augen: Er ist mir in gar nichts ähnlich, und obwohl er Normanne und höchstens ein Dutzend Jahre älter ist als ich, kommt er mir wie mein Vater vor – als hätte ich endlich einen gefunden, nachdem mein erster gestorben ist. Doch plötzlich lässt er seinen Blick zu dem Lastwagen schweifen, der gerade von dem Haus mit den Betttüchern wegfährt. Er sagt: »Siehst du, das ist der Mann unserer Freundin. Er geht arbeiten, er tut seine Pflicht, und wir müssen jetzt die unsere tun … Spül dich ab, los«, und stürzt sich, den Kopf nach hinten gereckt, die Fußsohlen in der Luft, ins Wasser.

Es ist so angenehm, im Wasser zu liegen und sich von der Strömung die Haut massieren zu lassen, dass es mir ein wenig leid tut, aber da Pit mit einem Satz draußen ist, folge ich ihm. Er reicht mir das Handtuch, zieht sich an, kämmt sich, kämmt auch mich, und schon sitzen wir wieder im Auto und landen vor dem Haus mit den Bettlaken. Er kann gar nicht so schnell die Hupe betätigen, wie diese Frau mit den zwei großen Titten, die unter ihrer Bluse hüpfen, aus der Tür herauskommt. Seit sie einige Jahre in Caracas gelebt hat, nennt sie sich Dolores statt Addolorata. Tatsächlich spricht sie einen italo-venezolanischen Mischmasch, und während ich in der Küche auf dem Platz der Katze auf sie warte, glaube ich, ein Schwein zu hören – als würde man eins abstechen, meine ich –, und denke, dass sie wirklich eine besondere Begabung hat.

So geht es eine Stunde weiter, bevor ich ihn wieder auftauchen sehe. Er hält einen Schinken aus der Speisekammer unter dem Arm und sagt lächelnd: »Den haben wir uns wirklich verdient, oder, mein kleiner Tscharlz?« Danach gehen wir in die Bar zum üblichen *Tressette*, auch wenn Pit dieses Mal verliert. »Ab und zu muss das sein, sonst schöpfen sie Verdacht«, erklärt er mir sanft.

Draußen auf dem Land arbeitete die Nachtigall noch immer mit ihrer Hacke, und Fausto saß vor dem Schnee des Bildschirms. Der Film vom Vormittag war seit ein paar Stunden zu Ende, doch für ihn machte das keinen großen Unterschied. Pit schaltete das Gerät aus und schüttelte traurig den Kopf. Dann ging er in das Zimmer seiner Mutter, zog aus dem hohen Panettone-Haufen mit einiger Mühe einen schlangenförmigen Behälter hervor und forderte mich auf mitzukommen. Ich trabte auf der primitiven Treppe, die zu seinem Dachzimmer führte, hinter ihm her. Er nahm ein Buch aus seinem Koffer und blätterte die ersten Seiten durch. »*Dis is e rum, dis is e tebl, dis is e buk*: Das ist Englisch«, sagte er. »Das musst du lernen, wenn du nicht in dem Scheißkaff sterben möchtest, in dem du zur Welt gekommen bist. Hier, lies mal laut vor!«

Mit lauter Stimme lese ich: »*Tis is a room, tis is a table, tis is a book*«, während er den schlangenförmigen Behälter öffnet. Aus dem Augenwinkel sehe ich zwischen seinen Händen einen Gegenstand, ganz aus Gold, auftauchen. Das wird wohl eine andere Art Panettone sein, ein größerer, ganz spezieller Panettone, denke ich, vernehme aber plötzlich einen rauen, melodiösen Ton. Ich höre auf zu lesen, drehe mich um und starre ihn an.

»Was ist? Hast du noch nie ein Saxofon gesehen?«, fragt er und spielt weiter.

5

Und so verbrachten wir auch die nächsten Tage: Wir badeten im Fluss, besuchten besonders begabte Frauen in weit über das Land verstreuten Bauernhöfen und spielten danach in der Bar *Tressette*. Bis auf einen Morgen. »Keine Karten heute«, sagte Pit und parkte den Wagen vor einem verlassenen Haus am Fuße eines hohen Bergs, der ganz kahl war, auf dessen Gipfel aber ein schöner grüner Schopf saß. Kaum waren wir oben, vergaß ich sogar meine Schwindelgefühle. Ich sah zu, wie er durch die hohen Büsche streifte und über ihre Blätter strich, wie es in meiner Phantasie Friedrich II. mit seinen geliebten Schlachtrössern getan hatte. Dann schnitt er mit einem Klappmesser behutsam ein paar ab, legte sie auf die Handfläche, schnupperte an ihnen und setzte sich auf einen Felsbrocken. Dort klebte er drei Zigarettenpapierchen zusammen, bröselte die Blätter hinein und drehte mit einer geschickten Handbewegung eine torpedoförmige Zigarre. Die zündete er an und tat mit vorgerecktem Kinn einen tiefen Zug. Dann nahm er noch einen Zug. »Ausgezeichnet«, sagte er und reichte mir den Torpedo.

Ich sah ihn unsicher an. »Das darfst du rauchen, es schadet nicht.« Ich glaubte ihm. Warum auch nicht? Ich tat einen Zug und schloss ebenfalls die Augen. Ich nahm einen zweiten, und als ich die Augen wieder aufschlug, sah ich es – fern, azurblau, und überall glänzten Segel im Sonnenlicht. Ich habe immer gewusst, dass man es, obwohl es weit weg ist, manchmal sehen kann, aber mir war das noch nie gelungen. Deshalb rief ich: »Das *Meeeeer*!«

»Jaja, das Meer«, murmelte er, und als ich ihm die Buschblätterzigarre zurückgab, schämte ich mich ein wenig, weil ich so laut geschrien hatte. Das leuchtende Bild verschwand auch schon wieder, und wir streckten uns unter den stillstehenden Wolken aus.

Als ich aufwachte, war er dabei, im Affenzahn Pflanzen abzuschneiden. »Ich hab schon geglaubt, du wärst tot«, sagte er und wischte sich mit dem Arm den Schweiß vom Gesicht. »Die anderen lassen wir stehen. Soll die Natur ihren Lauf nehmen«, fügte er kichernd hinzu. Er band seine Ernte zu zwei dicken Bündeln zusammen, und als wir wieder zu Hause waren, hängte er sie auf der kleinen Terrasse in einer besonderen Reihenfolge zum Trocknen auf und sagte: »Das bleibt bitte ein Geheimnis zwischen uns beiden. Vergiss das nicht!«

Ich verstehe, ehrlich gesagt, nicht, um was für eine Art von Geheimnis es sich handelt, bin aber mächtig stolz auf das mir entgegengebrachte Vertrauen. Und glücklich bin ich, obgleich es genügend traurige Momente gibt. So geht er zum Beispiel abends immer allein aus: Er besucht seine Frauen – auch in der Nacht hat er eine ganze Schar zu befriedigen, und das kränkt mich jedes Mal. Ein Glück, dass er stets zurückkommt. Dann bleiben wir im Freien, draußen in der Kühle der Nacht.

Er nimmt einige harzhaltige Blätter, und während wir sie unter dem Sternenhimmel rauchen, erzählt er mir von Mailand: von den Dingen, die er gemacht, und von den Leuten, die er kennengelernt hat, und während ich ihm zuhöre, träume ich davon, erwachsen zu sein und ebenfalls ein so interessantes Leben zu führen. Doch auch Pit hat Träume. Er hat sein Leben satt – und ich hatte geglaubt, es sei das Höchste! Nach Amerika möchte er gehen. »Aber nicht zum Arbeiten! Sobald ich dort bin, nehme ich mir einen riesigen Cadillac-Schlitten und kurve überall herum. Zaster gibt's da genug, man muss nur die richtige Idee haben, um sich was davon unter den Nagel zu reißen. Natürlich, wenn ich noch länger bei Padre Pio geblieben wäre … Das ist so einer, der muss die Leute nur anschauen, und schon geben sie ihm, was er will. Ein bisschen habe auch ich dabei gelernt, aber im Priesterseminar war es hart. Ich wollte frei sein und bin ausgerissen, bloß um mich wie ein Idiot in eine Fabrik einzusperren. Damit ist jetzt Schluss! Mir fehlt nur noch die zündende Idee. Am besten, man schaut sich um und reist durch die Gegend. Bald fahre ich nach Marokko.«

Als ich das höre, bekomme ich einen Kloß im Hals, aber hast du im Ernst erwartet, dass er ewig hierbleibt?, frage ich mich, während er mir durch die Haare wuschelt und lächelnd erklärt: »Für dich, mit einem solchen Onkel, ist das etwas ganz anderes, mein kleiner Tscharlz. Du kannst immer nach Amerika gehen, oder?«

»Na klar«, antworte ich, auch wenn es das erste Mal ist, dass ich überhaupt darüber nachdenke, und überlege, wie die Großmutter das aufnehmen würde. Aber es ist noch keinen Monat her, dass Pit aufgetaucht ist, und schon sind Nonnilde und meine ganze frühere Existenz nur noch eine blasse Erinnerung. Während ich Buschblätter rauche und wir uns über unsere Zukunft unterhalten, komme ich mir älter vor als zehn, als zwanzig Jahre sogar, und auf die Großmutter pfeife ich. Aber dann, beim Einschlafen, denke ich über alles nach. Bald ist die Zeit vorbei, und ich müsste eigentlich Pit fragen, ob wir nicht gleich zusammen abhauen sollen, dann würde Onkel Richard auch ihm weiterhelfen. Ich muss mir einen kleinen Vortrag zurechtlegen.

In der Zwischenzeit ist das Leben auf dem Hof komfortabler geworden. Vitina hatte nach einigen Tagen ihre Kanalisationsarbeiten beendet und beglückte uns mit einem schmucken, lauschigen Klo und einer Dusche, die gleich daneben in der von ihrem Sohn am Strand von Salerno »entfernten« Badekabine installiert worden war – vom Gestank her zu schließen, der immer noch aus dem Gemüsegarten kam, waren allerdings ich und Pit wohl die Einzigen, die das Klo benutzten. Ich schlief zusammen mit ihm im Zimmer unter dem Dach, und am Morgen wachten wir auf, wenn das Sonnenlicht durch die Dachziegel sickerte. Am Nachmittag büffelte ich Englisch. Pit übte Saxophon: Irgendwo hatte er gelesen, dass Frank Sinatra und Dean Martin für ihre Orchester italienische Musiker bevorzugten, und auch das könnte also eine Chance für einen Anfang sein. Auf dem Pfad des Lernens brachte er mich dadurch voran, dass er mich in die Tricks des *Tressette* einweihte, mir die Namen der wichtigsten Musikbands verriet und mich, wo immer das ging, zu klauen lehrte. Vor allem aber brachte er mir bei, wie man Frauen erobert. Auf diesem Gebiet war er tatsächlich ein Meister.

Abgesehen von Imma, Dolores und ein paar weiteren Ehefrauen von Brummifahrern, die wochenlang unterwegs waren, und abgesehen von einer bescheidenen Anzahl von Frauen, deren Männer emigriert waren und die, kaum dass sie ein auswärtiges Auto sahen, auf ihren Balkonen erschienen, um die Blumen zu gießen und herzuzeigen, was sie herzuzeigen hatten – Frauen, die sich nur nach zwei Dingen sehnten: dass man sie anständig befriedigte und hinterher nicht in der ganzen Gegend schlecht machte, und diese Wünsche konnte er beide problemlos erfüllen–, abgesehen von dieser Art von leichter Beute also, stellte sich heraus, dass wirklich alle Pit unwiderstehlich fanden.

Eines Morgens gehen wir zum Beispiel zur Post, um ein Paket abzuholen – Diebesgut, das er in Mailand nicht mehr ins Auto bekommen hatte. Die Angestellte trägt so ein Blüschen, durch das man dank der Transparenz des Büstenhalters und des besonderen Lichts an bestimmten Tagen – und genau einen solchen Tag haben wir – die Brustwarzen sehen kann; außerdem ist sie blond, aus Savoyen und geschminkt, und dies sind Merkmale, die sie in den Augen meiner bäuerischen Mitbürger zu einem leichten Mädchen machen. Wenn man ein paar Gelähmte, den Blinden, einen der beiden Pfarrer, vier der fünf der Impotenz Verdächtigen und einen winzigen Prozentsatz der über Siebzigjährigen abzieht, dann haben es alle schon einmal bei ihr versucht. Allem Anschein zum Trotz ist Berenice Dache – so ihr Name – aber eine tugendhafte junge Frau. Der einzige Ort, wo man sie außerhalb der Arbeit antreffen kann, ist die Kirche, und zwar während der Frühmesse, derselben, die auch meine Cousine Tea besucht. Niemand würde es gern wissen wollen, aber bei dem Gebet, das sie täglich an den Herrgott richtet, geht es darum, dass doch bitte baldmöglichst ihrem Versetzungsgesuch entsprochen werden möge. Sie hat es schon einen Monat nach ihrer Ankunft hier eingereicht, und zwar nicht etwa, weil es sie stört, in einem Dorf zu arbeiten – sie hat immer in einem Dorf gelebt, genauer gesagt, in Tronzano di Vercelli –, sondern weil das Dorf, in dem sie gelandet ist, im Süden liegt, *so tief* im Süden zumal. Dass wir uns recht verstehen: Sie ist keine Rassistin – zumindest nicht im engeren Sinne.

Aus wohlhabender Familie stammend, hat sie sich bei der Post mit dem einzigen Ziel beworben, einem Seelenverwandten zu begegnen: Früher oder später würde jener Märchenprinz das ihr zugewiesene Postamt betreten und sie aus den Nöten einer einsamen Existenz befreien – auch wenn sich jeder, der sie einmal gesehen hat, fragen würde, warum ein so blühendes Mädchen so sinnreicher Tricks bedarf, um zu bekommen, was sich die meisten Frauen, die hässlichsten nicht ausgenommen, im Allgemeinen problemlos beschaffen, nämlich einen Lump von einem Ehemann. Auch sie fragt sich das, wenn sie im Spiegel die Formen betrachtet, die sie von ihrer Mamma geerbt hat, blond und aus Savoyen auch sie, aber im Gegensatz zu ihr eine Nutte – allerdings nicht von Berufs wegen und darüber hinaus ordnungsgemäß verheiratet. Tatsache ist, dass Tronzanos Söhne von Berenice Dache trotz ihrer untadeligen Führung und ihrer eifrigen Kirchenbesuche (die sie auch unternimmt, um den Schatten zu entfliehen, die das mütterliche Verhalten auf ihre Person wirft) ausschließlich das wollen, was Tronzanos Vätern von ihrer Mutter zuteil wurde – ja, oft sind es wieder dieselben Väter, die Anspruch darauf erheben. Deshalb also hat Berenice ihre letzte Hoffnung, die wahre Liebe zu finden, in ihrem neuen Status als Postangestellte und in der Versetzung aus jenem Ort gesehen, in den sie hineingeboren wurde und in dem sie blutenden Herzens ihren innig geliebten und hundertfach betrogenen Vater zurücklassen musste. Doch die meisten Männer, die in jenen Jahren in einem zwischen den unwegsamen Bergen des südlichen Apennin verlorenen Nest das Postamt betreten – sofern sie überhaupt groß geworden sind, sind sie mit Kartoffeln groß geworden, dem Hauptgericht der sogenannten faschistischen Autarkie, um dann anschließend mit der kalorienreichen Kost des Marshallplans vollgestopft zu werden, einer Kost, die auf lange Sicht und in Verbindung mit einer angemessenen sportlichen Betätigung selbst einer zutiefst meridionalen Rasse aufhelfen sollte, vorläufig aber nur schwitzende Speckkugeln hervorgebracht hatte –, diese Männer des Südens also sind so ganz anders als der große, blonde, blaugrünäugige Märchenprinz, von dem Berenice Dache immer geträumt hat. Und dass Berenices Ideal rein ästhetischer Natur ist, beweist die Tatsache, dass sie sogar den Heiratsantrag von Cosimo Cordova ablehnt, der zwar der Erbe der reichsten Familie am Ort, vor allem aber klein und dick ist und außerdem von einem dichten Pelz überwuchert, der üppig aus Kragen und Manschetten seiner zugegebenermaßen eleganten Hemden herausquillt – eine Art Zwerg-Yeti also.

Folglich ist es nur natürlich, dass die Dache, sobald sie des Normannen gewahr wird, der in besagtem Amtsgebäude Einzug hält, endlich ihren Märchenprinzen gefunden zu haben glaubt, zumal er samt seinem wohlkalkulierten Desinteresse tausend Meilen von jenen geilen Böcken entfernt zu sein scheint, die bislang um sie herumgestrichen sind. Es handelt sich um einen klassischen *coup de foudre* – zumindest ihrerseits, denn Pit bewahrt seinen Gleichmut auch dann, als Berenice sich über das Paket beugt und mit dieser einfachen, fließenden Bewegung nicht nur beweisen kann, mit welch reichen physischen Vorzügen, sondern auch mit was für Verführungskünsten ihre Mutter sie ausgestattet hat. Das Paket ist ziemlich sperrig, deshalb bietet Pit an, es selbst zu holen. Berenice öffnet ihm die Tür, beugt sich wieder vor, ihre Arme berühren und ihre Blicke treffen sich. Draußen heult die Mittagssirene, und Pit zögert keinen Augenblick: Er lädt sie zum Aperitif ein – wofür sich die Angestellte aus Savoyen prompt mit einer Einladung zum Mittagessen revanchiert.

Wir werden in ihrem Haus an der Piazza empfangen. »Nichts Besonderes, man muss sich arrangieren, *né*«, verkündet Bere, aber die Pappardelle mit Trüffelaroma, die sie in Rekordzeit zubereitet, sind wirklich gut. Dann gibt es Scaloppine al marsala, die in nichts an die kleinen fettigen Lappen von Tante Ines erinnern. Daran schließt sich der kleine Espresso an. Danach folgt die Siesta. Die Savoyardin begleitet mich in ihr Zimmer, befreit das Bett von der Porzellanpuppe und den Kissen mit Blümchenbezug und sagt zu mir: »Hier kannst du dich ausruhen, *né*.«

Fünf Minuten sind vergangen, und ich höre sie – einsame Wölfin, die sie nun einmal ist – heulen und wundere mich nicht. Wer könnte Pit stoppen? Ohne die geringste Anstrengung hat er bekommen, wonach sich der männliche Teil der Dorfbevölkerung seit Monaten verzehrt. Nachdem sie sich wieder beruhigt haben, liegt auf Berenices Gesicht ein Ausdruck, den niemand je zuvor an ihr gesehen hat. Von heute an ist es eine andere Gnade, um die sie den Herrn bitten wird, auch dieses Mal vergebens. Pit denkt an alles andere als an den Traualtar, und er macht ihr gegenüber keinen Hehl daraus. Außerdem ist die Liebe ein Wunder. Das sollte mir nur wenige Tage später klar werden.

Es passiert am Vormittag. Wir sind gerade aus der Bar gekommen. Pit hat seinen täglichen Gewinn eingestrichen, und wir genießen den Schatten auf dem glatten Stein einer Stufe. Er zündet sich eine seiner Blätterzigaretten an. Es sind die Jahre, in denen man sie noch in aller Ruhe auf der Piazza rauchen kann, obwohl sie derart nach verbrannten Stoppeln stinken, wie keine Zigarette es tun dürfte, und das Ganze nur zwei Schritte von den örtlichen Carabinieri entfernt – was aber sollen die Leute aus einem Kaff im Süden und die dort stationierten Soldaten, die zwar aus dem Norden stammen, allerdings aus nicht weniger primitiven Gegenden, schon kapieren? Jedenfalls schaut der Normanne zwischen zwei Zügen den Arbeitern zu, die für das Fest des Schutzheiligen Lämpchen montieren, und sagt voller Genugtuung: »Schön, oder?«

»Was?«, frage ich.

»Nichts zu tun, während die Welt um einen herum arbeitet.« Pit lacht immer noch vor sich hin, als wir am Ende der Straße gegen das blendende Licht dieses phantastische Auto auftauchen sehen. Er schirmt sich die Augen ab, spuckt einen Krümel aus, der ihm zwischen den Lippen hängen geblieben ist, und erklärt: »Ein Jaguar … Das ist vielleicht ein Auto!«

Ich kenne mich nicht besonders gut aus, aber angesichts einer solchen Pracht ist das auch nicht nötig. Mit der widerstrebenden Langsamkeit, mit der sich Autos der Extraklasse auf Straßen, die ihres Wappenschilds unwürdig sind, voranquälen, kam es vor uns zum Stehen. Einen Augenblick lag Spannung in der Luft. Dann öffnete sich eine Tür, und das Mädchen, das ausstieg, war genauso, wie man sich die Tochter der mondänen Besitzer eines englischgrünen Jaguars vorstellt, eines Jaguars, den es aufgrund einer seltsamen Laune des Schicksals – infolge eines Orientierungsproblems oder, was angesichts der sprichwörtlichen Unzuverlässigkeit der mythischen Marke wahrscheinlicher ist, infolge eines Motorschadens – statt an einen renommierten Zielort wie Amalfi, Sorrent oder Positano in ein ganz gewöhnliches Nest des Südens verschlagen hat. Sie trägt die Haare zum Pferdeschwanz zusammengebunden, und unter dem Pony schauen funkelnde Augen und ein Stupsnäschen hervor – wie eine Internatsschülerin sieht sie aus, die Schülerin eines wirklich exklusiven Internats. Und so ist sie auch gekleidet: Kostümchen mit Wappen an der Jacke. Ihr perfektes Auftreten würde niemanden auf die Idee bringen, dass nicht irgendein verrückter Zufall sie zwischen diese trostlosen Berge geführt habe, sondern dass sie vielmehr jedes Jahr hierherkommt – wenn auch bislang niemals in einem Jaguar. Nur wenn man die Eltern kennt, die, was für die Wirkung der Szene von großem Vorteil ist, dank der bläulich abgetönten Windschutzscheibe vorläufig unsichtbar bleiben, könnte man es vermuten. Tatsächlich ist Silvia die Tochter von Einheimischen, die zwar in Neapel residieren, aber jedes Jahr pünktlich in die Heimat zurückkehren. Sie ist wohl sechzehn, siebzehn Jahre alt, und jedes Mal, wenn sie mich sieht, bedeckt sie mich mit Riesenküssen. Auch jetzt ruft sie meinen Namen und läuft mir entgegen, und kaum bin ich in ihrer

Reichweite, drückt sie mir schon einen Schmatz auf. Ihre Mutter, Donna Augusta Filangeri, eine Art asthmatischer Riesenkarpfen und Gemahlin des Ingenieurs Filippo Filangeri, der kompakter und breiter ist als seine Frau, ist bei Nonnilde in die Lehre gegangen. Wenn sie ihr einen Besuch abstattet, was ziemlich häufig vorkommt, bringt sie immer ihre Tochter mit. Die verbringt dann die Stunden mit mir, und sie muss mich liebgewonnen haben, denn sie lädt mich oft zu sich nach Hause ein. Letztes Jahr war sie noch ein Kind, jetzt aber spüre ich bei ihrem tollpatschigen Versuch, mich in die Arme zu schließen, dass ihr zwei schöne Titten gewachsen sind. Sie stößt eine Reihe spitzer Schreie aus und sagt mir, wie hübsch und wie groß ich geworden sei, doch aus dem Gefährt taucht unter Mühen das breite Gesicht der Mutter auf: »Ciao, Carlino … *harf*«, röchelt sie, und zu Silvia: »Los, Silvia … *harf*… Wir müssen weiter, zum Spielen habt ihr noch genug Zeit … *harf, harf.*«

Silvia lächelte, streichelte meine Wange, doch da starrte sie schon Pit an, wie benommen, als hätte sie eine Kopfnuss erhalten. Auch Pit starrte Silvia an. Und so wurde ich zum ersten Mal in meinem Leben Zeuge eines wirklichen *coup de foudre*. Die Mutter musste sie zwei-, dreimal rufen – *harf, harf … harf* –, um sie aus dieser Art von Verblödung zu erwecken, doch als Silvia endlich zum Auto zurückging, sich ermattet gegen die Tür lehnte und zu mir sagte: »Wir sehen uns dann später, *piccolino*«, war es immer noch Pit, den sie fixierte.

Ich sagte, ja, wir sehen uns, auch wenn es aufgrund meiner derzeitigen Situation als Verbannter schwierig sein würde, und sobald der Wagen anfuhr, drehte ich mich stolz zu Pit um – es ist immer angenehm, Bekannte von solcher Anmut vorweisen zu können. Er stieß einen lautlosen Pfiff aus. »Entzückend«, sagte er und starrte immer noch dem Auto nach, und als es hinter dem Rathaus verschwand, packte er mich am Arm und gab mir lächelnd einen kleinen Klaps in den Nacken. »Also, *piccolino*, wohlerzogene Leute benehmen sich anders! Seinen Freunden muss man seine

Freundinnen vorstellen, vor allem dann, wenn es sich um *solche* Freundinnen handelt … Wie auch immer – zu wem gehört sie?«

Ich erkläre ihm, »zu wem sie gehört« beziehungsweise wessen Tochter sie ist. Damit er mir verzeiht, beginne ich sogar ihren Stammbaum herunterzurattern – die einzige Leidenschaft, die ich von meiner Großmutter geerbt habe. Er blickt so versonnen drein, als würde er gar nicht zuhören, und irgendwann schneidet er mir einfach das Wort ab: »Schon gut, schon gut.« Er zieht Luft durch die Nase ein, reibt sich mit dem Zeigefinger über die Oberlippe und versucht, seinen üblichen Gleichmut zurückzugewinnen, doch es gelingt ihm nicht. Er sagt: »Gut, jetzt hilfst du mir aber, lieber Tscharlz, der Freund deiner lieben Freundin Silvia zu werden. Einverstanden?«

»Natürlich helfe ich dir.« Ich dem großen Pit helfen! Das muss man mir nicht zweimal sagen. Unterdessen heult die Sirene los. Pit zündet die in der Zwischenzeit erloschene Blätterzigarette wieder an, und wir gehen zu seinem Auto, das mir nach dem Jaguar sehr viel weniger rot, flach und bolidenartig vorkommt.

Zu Hause benahm sich der Normanne, als wäre er auf einem anderen Stern. Angewidert schob er den Teller von sich – tatsächlich verströmte der einen beträchtlichen Hautgout. Vitina musterte ihn besorgt. »Aber was hast du 'n, mein Sohn? Was iss mit dir? Die Kutteln haben dir doch sonst immer geschmeckt! Als Mamma darf ich dir das doch sagen, denn eine Mamma versteht ihren Sohn ganz genau.« Der Sohn schwieg. »Aber die Mamma versteht dich, was glaubst 'n du. Die Mädels sind es, die verderben dich. Denk dir nix dabei, die kommen und gehn … iss nur, sonst fällst du noch vom Fleisch. Ich hab auch Hähnchen in die Sauce rein.«

Jetzt zog er ein Gesicht, als müsste er sich übergeben, sagte nur: »Mir ist der Hunger vergangen«, und stand abrupt auf. Er setzte sich draußen unter unsere Eiche, eine Ähre zwischen den Lippen, und blickte auf das Dorf. Ich verschlang die Kutteln mit Hähnchenfleisch, die trotz ihres Geruchs eine wahre Köstlichkeit waren – vielleicht lag es auch nur an der Landluft, die, wie meine Tanten zu sagen pflegten, den Appetit anregt –, und ging erst dann hinaus, um mich in seiner Nähe auszustrecken. Tatsächlich schlief ich – wohl wegen des schweren Essens – auf der Stelle ein, und als ich aufwachte, war er schon wieder verschwunden. Dieses Mal hatte er sich allerdings verzogen, um sich zu rasieren. Er trällerte zur Schallplattenmusik, und sobald er mich sah, sagte er: »Ich habe mir einen Plan zurechtgelegt, Tscharlz. Wie ich schon sagte, es kommt auf deine Mitarbeit an. Kann ich auf dich zählen?«

»Klar doch, Pit! Alles, was du willst, Pit«, antwortete ich entzückt. Ich sollte nur zu Silvia nach Hause gehen, wie ich es schon oft getan hatte, sie aber, weil doch das Fest des Schutzheiligen gefeiert wurde, auf die Piazza einladen.

»Sie wird ihre Eltern um Erlaubnis bitten. Dank deiner geschätzten Anwesenheit dürften sie keine Schwierigkeiten machen. Aber aufgepasst, es muss alles nach Zufall aussehen, verstanden? Der Rest ist dann meine Sache. Irgendwelche Einwände?«

Keine Einwände meinerseits.

»Mhm, und wenn man dich sieht, während du an deinem Haus vorbeigehst?«

»Ich pass auf. Ich mache einen Bogen um das Hindernis und tarne mich«, antwortete ich, als wären wir die Comicfiguren Roddy (ich) und Blek Macigno (er).

»In Ordnung. Ich verlass mich auf dich.« Ihn das sagen zu hören tat echt gut.

Der Himmel war eine blaue Scheibe mit ein paar leuchtenden Sternen darauf, als wir zum Dorf hinauffuhren und die dunklen Bauernhäuser, die bellenden Hunde und die blinkenden Glühwürmchen hinter uns ließen. Von den Lämpchen beschienen, rollten wir zwischen den neugierigen Gaffern hindurch bis hinauf zum Kriegerdenkmal. Dort stoppte Pit den Wagen und sagte, während er mir die Tür aufhielt, mit einem Lächeln: »Jetzt geh und kehre als Sieger zurück!«

Ich rannte los, damit mich keiner sah, und bog dann in die kleine aufsteigende Gasse hinter dem Rathaus ein. Es war der Weg, den ich jeden Tag zur Schule zurückgelegt hatte. Jetzt war die Straße leer. Auf den Stufen zu den letzten Türen, die noch von Sparlampen erhellt waren, saßen in Erwartung ihrer Eltern fein herausgeputzte Kinder und beobachteten mich schweigend. Obwohl ich nie einen Vater oder eine Mutter gehabt hatte, auf die ich hätte warten können, sondern nur eine mürrische aristokratische Großmutter, die stets bis zum letzten Augenblick unschlüssig war, ob sie uns an Feierlichkeiten, die für sie selbst zu plebejisch waren, teilnehmen lassen sollte, und obwohl ich nie bemerkt hatte, wie mild die Sommernächte waren, die uns Di Lontrones, ein fröhliches Heer von Verwandten, vollzählig hinter Nonnilde herschwärmen und uns dem Rest der Dorfbewohner anschließen sahen – am Ende ließ sie sich nämlich immer überzeugen, was nach der anfänglichen Ablehnung unsere Freude nur noch steigerte –, spürte ich jetzt doch, wie sich mir vor Heimweh das Herz zusammenkrampfte. Und als ich aus unserem Haus die Stimmen meiner Cousinen hörte, die mit den letzten Vorbereitungen beschäftigt waren, wäre ich am liebsten hineingegangen und hätte sie weinend gefragt: Was habe ich nur getan, dass ihr mich nicht mehr wollt, und woher nehmt ihr bloß den Mut, wo ich doch nur ein armes Waisenkind bin? Aber dann dachte ich an Pit und an das, was er von mir erwartete. Außerdem war ich inzwischen groß geworden – ein Dieb, Buschblätterraucher und Spielhöllenbesucher zudem –, also lief ich direkt zu Silvias Palazzo, unter dem hohen Portal hindurch und auf das buckelige Pflaster im Hof. Ich streichelte die bemooste Statue in der Ecke, und nachdem ich die Glocke geläutet hatte, sah ich ihr Gesicht hinter der Tür auftauchen.

Sie warf mir einen kurzen Blick zu und schaute dann über mich hinweg. Gleich darauf musste sie über sich selbst schmunzeln: Was hatte sie denn erwartet? Es war doch nicht zu übersehen, dass ich alleine war! Wortlos begleitete sie mich an den großen Sälen vorbei. Ich begrüßte ihren Vater, den man in einen Sessel gesetzt hatte, und ihre Mutter, die Koffer auspackte, und dann betraten wir das Spiegelzimmer, unseren Lieblingsraum. Vorne stand auf ihrem Podest die Sänfte: Wie viele Nachmittage hatten wir nicht darin verbracht und von wunderbaren außerirdischen Abenteuern geträumt?

Einen Moment bin ich in Versuchung, ihr unser übliches Spiel vorzuschlagen, aber man muss sie nur ansehen, um zu begreifen, dass sie nicht mehr wie früher ist. Seit heute Morgen ist Silvia eine andere. Sie trägt die Haare offen, außerdem ein kurzes ärmelloses Kleid, einen Gürtel aus Ringen um die Taille, silberne Sandalen, und vor allem ist sie in einer Stimmung, die ich noch nie an ihr erlebt habe. Mit verschränkten Armen sitzt sie da und redet mit mir, wirkt aber geistesabwesend. Sie scheint auf etwas zu warten. Ich gehe zum Fenster. Man sieht ein Stückchen vom hellen Himmel, in der Ferne hört man Blasmusik. »Warum gehen wir nicht hin?«, frage ich so unschuldig, wie ich nur kann, aber sie kennt mich so gut, dass sie sofort kapiert, denn es ist genau das, worauf sie gewartet hat. Sie ist so begeistert, als sie mich zu ihrer Mutter zerrt, dass es mich fast ein wenig wurmt: Letzten Endes ist sie auch nicht anders als die anderen. Donna Augusta sieht uns an und nickt nichtsahnend.

Wir gehen durch die Gassen. Vor meinem Haus drücke ich ihre Hand fester und ziehe sie weiter, bis sie beim Belvedere eine Pause machen möchte. Sie atmet die Abendluft ein und betrachtet die klare Linie des Horizonts unter dem glasklaren Himmel. Ergriffen sagt sie: »Es ist so schön hier.« Ich blicke mich um, aber sosehr ich mich auch bemühe, ich kann nichts Besonderes erkennen. »Von meiner Terrasse aus sehe ich Ischia und Capri, und weißt du, an was ich denke? Ich denke an diesen … Aber du bist zu klein, um das zu begreifen«, fügt sie hinzu und wuschelt mir durchs Haar. Das stimmt. Ich begreife gar nichts. Ich höre nur die Klänge der Kapelle, die immer lauter wird, und zerre sie weiter.

Pit lehnt am Auto und lauscht. Auch als ich ihm Silvia vorstelle, bleibt er gleichgültig. Er würdigt sie kaum eines Blickes und dreht sich wieder dem künstlichen Licht zu, das vom Armaturenbrett strahlt. Warum sitze ich so auf der Leitung? Es ist ja offensichtlich, dass er genau das macht, was man, wie er mir selbst erklärt hat, mit den Frauen halt so macht. Und dass es funktioniert, bekomme ich wieder einmal bestätigt: Silvia starrt ihn noch schmachtender an als am Vormittag. Die krächzende Musik ist ein solches Ärgernis, dass ich, als Pit die Zigaretten aus der Tasche seines indischen Hemds zieht, ein Zündholz am Gürtel anreibt, den Rauch wegwedelt und sagt: »Warum gehen wir nicht nach Fossacupa? Ich habe gehört, dass dort getanzt wird«, fast einen Freudenschrei ausstoße – und Silvia muss auch nicht lange gebeten werden.

Der Tanzboden ist eine offene, betonierte Fläche mitten im Wald. Ein Dutzend farbiger Lämpchen baumelt knapp über den Köpfen des Publikums, das aus jungen Männern mit sonnenverbrannten Gesichtern besteht. Sie tragen dunkle Hosen und fast ausnahmslos weiße Hemden, die sich im Schein der roten, grünen und gelben Lichter verfärben, und wetteifern um die Gunst der kraushaarigen, in Blümchenkleider gesteckten Mädchen, die überwacht werden von den Blicken ihrer Brüder/Cousins oder Mütter/Tanten, die bei jedem Tanz drohen, dass dies jetzt aber wirklich der letzte sei. Es gibt ein Ziegelmäuerchen mit einem Blechdach darüber, nämlich die Bar, ferner einen Typ mit einer blauen Baskenmütze, nämlich den Barkeeper, der soeben Würste aufschneidet und seinerseits überwacht wird von den gierigen Blicken zweier Mütter/Tanten, die, vorübergehend von ihrem strengen Dienst suspendiert, mit anhaltender Überheblichkeit die Zubereitung ihres *Senguitsch* kontrollieren – so sagt man hier zum Sandwich, das von der lokalen Bevölkerung mindestens als Ersatz für ein Dreigängemenü interpretiert wird. Pit erwidert die herzliche Begrüßung des rustikalen Barmanns nur knapp. Er bleibt abseits stehen und wartet auf das Ende der Belegprozedur, die durch die Wünsche der anspruchsvollen Kundinnen weiter kompliziert wird – »Tu noch 'n Omelett rein, und Artischocken. Und Mozzarella und 'ne Aubergine. Und 'nen Peperone, aber 'nen scharfen, wenn ich bitten darf!« Er beobachtet die kurze Reise der turnschuhgroßen Brötchen aus den Händen des Barkeepers in die hungrigen Mäuler der Mütter/Tanten, und als er sich endlich ein Bier bestellen kann, fragt er uns, was wir trinken wollen.

»Eine Coca«, antwortet Silvia und ich auch.

»Wir haben aber nur Peps«, gesteht der rustikale Barkeeper.

»Wieder mal typisch … Und das Bier ist auch ekelhaft warm«, versetzt Pit.

»Piètr, du lebst in Milàn, da iss es anders. Glaubst du vielleicht, ich will keinen Eisschrank kaufen? Aber es iss kein Geld da, und wir amüsieren uns trotzdem. Schau doch bloß, wie sie tanzen! Das iss doch was, oder?«

»Ja, und dann noch zu dieser Musik!«, schnaubt Pit.

»Hierher kommt nix, wir sind am Arsch der Welt. Aber du hast recht, wir bräuchten mal was anderes, so zur Abwechslung«, räumt der Barmann ein, der jetzt nicht mehr nur rustikal ist, sondern auch noch geknickt.

»Lass das mal meine Sorge sein«, richtet Pit ihn wieder auf. Er schiebt eine Hand in die Tasche seiner absichtsvoll ausgeblichenen Jeans und zieht die Autoschlüssel heraus. Mit affektiertem Ton sagt er zu mir: »Geh und hol mal unsre Platten, Tscharlz.«

Schweren Herzens gehorche ich, und während ich den Waldpfad entlanglaufe, wird es, je weiter ich mich entferne, umso dunkler – mir ist, als würde ich durch einen dieser verwunschenen Märchenwälder gehen. Aber hätte ich Pit etwa sagen sollen, dass ich mich vor Ungeheuern fürchte? Mir jagen noch immer Schauder über den Rücken, als wir mit dem rustikalen Barkeeper zu dem nicht minder rustikalen Discjockey gehen, der den ersten Schlager auf den Plattenteller legt – denselben, den wir auf dem Weg hierher im Auto gehört haben. Pit schnappt sich Silvia und führt sie auf die Tanzfläche. Sie tanzen vorzüglich. Sie sehen aus wie Brigitte Bardot und Gunther Sachs auf einem Foto, das ich ein paar Jahre später sehen sollte, ein Foto, das in Saint-Tropez aufgenommen wurde, und obwohl hier wenig an Saint-Tropez erinnert, legt sich das Bauernvolk trotzdem ins Zeug; sie schrauben sich hinunter bis zum Boden, wie sie es im Fernsehen gesehen haben, und auch die Mütter/Tanten sind zufrieden, weil bei diesem neuen Tanz ihre Töchter/Nichten nun wirklich absolut unberührt bleiben. Die beiden tanzen lange weiter, bis ich sehe, dass Silvia auf die Uhr schaut. Zu dritt gehen wir zum Parkplatz. Jetzt hat Pit tatsächlich den Arm um sie geschlungen. Ich spüre, dass mir etwas über der Schulter baumelt – die Autoschlüssel –, und höre den Normannen sagen: »Warte auf uns.«

Es ist Sommer – in welchem Jahr, erinnere ich mich nicht genau. Ich entsinne mich nur, dass mir in dieser Augustnacht alles wunderbar vorkam: die Lieder, die vom Tanzlokal im Wald herüberwehten, die Lichter zwischen den Bäumen, die Luft, die nach Pinien duftete – selbst hier, wo es gewöhnlich nach Kuhstall stinkt. Ich lese der Reihe nach die Namen auf der psychedelischen Scheibe, die an der Windschutzscheibe klebt. Es sind Hunderte, und auf einem Pfeil steht: *I love*. Aufgrund meiner jüngsten Studien weiß ich, dass das »Ich liebe« heißt. Ich drehe den Pfeil auf »Silvia«, höre, wie sie draußen kichert, und betrachte sie durch das Autofenster: Wenn sie mich trifft, gibt sie mir, wie gesagt, immer diese Riesenküsse, und die sind fast so riesig wie die, die sie jetzt Pit gibt. Eigentlich sollte ich eifersüchtig sein, aber ich bin so glücklich. Nur als sie mich etwas später fragend ansieht, weil Pit sich einen seiner Buschblättertorpedos dreht, werde ich ein wenig böse: Hätte das nicht ein Geheimnis zwischen ihm und mir bleiben sollen? Nachdem wir ihn aber herumgereicht haben, füllt sich der Wagen mit unserem Gelächter und mit dem Wind, der uns die Haare zerzaust, und wir fühlen uns so wohl, dass wir bis nach Amerika fahren könnten, um dort glücklich zu sein. Kurz vor dem Dorf hält Pit an. Er steigt aus und zündet sich eine normale Zigarette an, nachdenklich. Sie geht auf ihn zu. Er küsst sie. Ich begleite Silvia nach Hause.

Ich holte sie an weiteren vier oder fünf Abenden ab. Wir rauchten zusammen eine Blätterzigarre, und dann ließen sie mich im Auto sitzen und kamen jedes Mal später zurück. Nicht dass ich mich gelangweilt hätte!

Ich warte und träume zu der Musik, die sich mit dem Gesang der Zikaden mischt. Ich betrachte die Berge unter dem Mond, die Sternschnuppen, die den Himmel mit Streifen wie von bengalischem Feuer durchziehen, doch Pit ist, seit er Silvia begegnet ist, nicht mehr derselbe. Er ist immer melancholisch und hört sich nur noch traurige Lieder an. Vormittags gehen wir auch nicht mehr in die Bar. Ein paarmal nimmt er mich noch zum Fluss mit, doch wenn Dolores ihm aus dem Fenster etwas zuruft, tut er, als würde er sie nicht bemerken. Kurzum, er scheint tatsächlich ein anderer zu sein. Bis ich nach etwa einer Woche vom Bett aus ein vertrautes Hupen höre. Ich renne zur Terrasse und sehe Onkel Erminios Lastwagen und dann Onkel Erminio, der aussteigt und mit Genuario herumgestikuliert: Mir ist sofort klar, dass irgendetwas nicht stimmt, noch bevor er in unser Zimmer unter dem Dach tritt. »Warum musst du nur immer Probleme machen?«, fragt er kopfschüttelnd. Ich starre an die Wand, während er meine Sachen in den Koffer wirft. Dann zerrt er mich die Treppe hinunter. Kaum draußen, stemme ich die Füße in den Boden, fange zu plärren an, aber der Onkel hebt mich hoch und schwingt mich in den Lastwagen. Mir stehen Tränen in den Augen, als wir durch die kleine Allee fahren und eine Staubwolke hinter uns herziehen. An einen Baum gelehnt, eine Zigarette zwischen den Lippen, sehe ich Pit mit seinem neuen traurigen Gesicht. Zum letzten Mal sehe ich ihn – so will es mir zumindest scheinen.

6

Und so kehrte ich in mein Haus zurück, wo jetzt nichts mehr so war wie zuvor. Meine Cousinen wollten nicht, dass ich an ihren Spielen teilnahm; meine Tanten – dieselben, die mich mit ihren Küssen zu bedecken pflegten und jedes Mal gerührt waren, wenn ich in ihren Armen einschlief, weil sie mein unglückliches Schicksal als Waisenkind vor Augen hatten – hielten mich nunmehr auf Distanz. Im Dorf hatte man mich und Silvia in Pits Auto herumkutschieren sehen und dies Donna Augusta Filangeri hinterbracht, die es ihrerseits meiner Großmutter weitererzählt hatte, was der Großmutter genügt hatte, um einen ihrer Adlaten zu sich zu rufen und mit ihm meine letzten Wochen im Exil zu rekonstruieren. War nicht ich es gewesen, ihr Enkel, der Pit – diesen *Cafone* – jeden Vormittag zu seinen Weibern begleitet hatte? Der ihm in Spielhöllen und an allen möglichen anderen üblen Orten die Stange gehalten hatte? Am Abend des Festes hatte man mich in Fossacupa gesehen – »Da gehen nur die Schweinehirten hin« –, Wein trinken – »Es war Pepsi, Großmutter« –, ja, sogar rauchen – ›Es waren Blätterzigaretten, die sind harmlos‹, lag mir schon, auf der Zunge, aber Pits Warnung: »Das bleibt bitte ein Geheimnis zwischen uns beiden. Vergiss das nicht!«, hinderte mich im letzten Augenblick glücklicherweise daran, es laut auszusprechen. Was am schwersten wog, war aber: War nicht immer wieder ich es gewesen, der das Vertrauen der Filangeris missbraucht hatte, um ihm Silvia »zuzuführen«? Kurzum, klein, wie ich war, hatte ich mich schon mit unverzeihlicher Schuld befleckt, und von nun an galt ich für lange Zeit als der Paria der Familie. Wie ich traurig feststellen musste, wurde mein Zimmer, in das ich mich gleich nach meiner Rückkehr vor lauter Wut eingeschlossen hatte, zu meinem Gefängnis. Stundenlang stand ich am Fenster und schaute durch eines der Ferngläser, die Nonnilde benutzte, um ihre Ländereien im Auge zu behalten. Ich stellte es scharf auf Faustos ausdrucksloses Gesicht, auf Genuarios Hände, die eine Zigarette drehten, auf die Vögel, die sich lautlos auf die Zweige der Eichen setzten; deutlich erkannte ich die violetten Blumen auf Vitinas Kopftuch, ihr Gesicht darunter, und es kam mir so seltsam vor zu beobachten, wie sich ihre Lippen unablässig bewegten, ohne dass ich ihre Stimme hörte. In diesen stummen Szenen lag ein Gefühl von Unwirklichkeit, das sich auf meine ganze einsame Existenz übertrug.

Der flache rote Rennwagen war verschwunden, und Pit bekam ich nie zu Gesicht, auch wenn ich die Hoffnung noch nicht aufgegeben hatte. Am frühen Morgen sagte ich mir: ›Jetzt wird er am Fluss sein‹, später dann: ›Er wird in der Bar sein‹, und am Abend, wenn die Berge transparent wie Schleier wurden: ›Er wird bei irgendeiner Frau sein.‹ Bis ich einmal vor lauter Langeweile aus meiner Zelle herausgeschlüpft war und mich vor der Schwelle jenes Zimmers niedergekauert hatte, in dem meine Tanten den Nachmittag mit Stickarbeiten verbrachten, und hörte, dass sie über ihn und Silvia redeten. Silvia hatte dasselbe Los getroffen wie mich. Ihre Eltern hatten sie ins Haus gesperrt, doch sie hatte sich just an diesem Morgen zu Pit aufs Land geflüchtet, ohne ihn dort anzutreffen, und zwar aus dem einfachen Grund, dass Pit abgereist war. Als man ihr das mitgeteilt hatte, war sie weinend auf den Rand der Tränke gesunken – wie eine jener von Lord Leighton gemalten Jungfrauen, die ein paar Jahre später meine Phantasie bevölkern sollten. Genuario hatte sie dann in den Lieferwagen gesetzt. Den Hut in der Hand, das Haupt gesenkt, war er bei Nonnilde vorstellig geworden und hatte sie gebeten, Silvia zu ihren Eltern zurückzubegleiten, und er hatte erklärt, dass es nicht seine Schuld sei, wenn auch diese junge Dame wegen seines Sohnes den Kopf verloren habe, da alle ihn verlören.

Pit war also weg. Ich rannte zurück in mein Zimmer und warf mich weinend auf mein Bett. Ich fühlte mich so allein und verlassen wie nie zuvor – schlimmer noch vielleicht als damals, als mir zu Bewusstsein kam, dass ich eine arme Vollwaise war. Ich konnte es noch nicht wissen, aber ich war im Begriff, vorzeitig in jenes schreckliche Lebensalter einzutreten, das als Adoleszenz bekannt ist und in dem es uns so vorkommt, als hätten wir die ganze Welt gegen uns, und in meinem Fall handelte es sich leider um viel mehr als nur einen einfachen Gemütszustand. Bald sollte ich mich sogar nach der Isolierung zurücksehnen, zu der man mich verurteilt hatte. Nach allem, was ich angestellt hatte, war Nonnilde tatsächlich zu der Überzeugung gelangt, dass sie mich unter ihre strikte persönliche Kontrolle bringen müsse. Neuerdings fiel sie oft blitzartig in mein Zimmer ein, und dann musste ich sie zur Ölmühle, zu einem Pächter, in eines der Lager der Firma *Olii Superfini* oder einfach nur zu ihrer Friseurin begleiten. Ich wurde ihr ständiger Begleiter oder, genauer gesagt, ihr Sklave.

In jener Zeit erzählte sie mir all das, was ich über meine Familie weiß, auch alles darüber, wie sie das Leben der einzelnen Familienmitglieder und insbesondere das meines Vaters ruiniert hatte. Wenn sie die ganze Liste ihrer Tricks aufzählte – die Kniffe, die sie sich ausdachte, um bei anderen ihre Willkürmaßnahmen durchzusetzen, und die mir, der ich die kindliche Unschuld mittlerweile verloren hatte, wie das vorkamen, was sie tatsächlich waren: regelrechte Gemeinheiten –, sah sie mich triumphierend an. In meinem Blick suchte sie vergeblich nach Beifall, weil ich mir vollauf bewusst war, dass sie mir im passenden Moment dieselbe Behandlung angedeihen lassen würde. Ich verbrachte ganze Tage damit, mir ihr ressentimentgeladenes Geschwätz gegen das gesamte Universum anzuhören. »Die Männer, vergiss das nicht, sind wie Vieh. Aber die Frauen stehen ihnen in nichts nach. Und das größte Schwein trägt am Ende den Sieg davon. Pass doch auf, du blöde Kuh«, herrschte sie das arme Mädchen an, das versuchte, ihre Raubtiermähne zu entwirren. »Du darfst nie etwas für selbstverständlich ansehen, bis auf eines: Gibst du jemandem den kleinen Finger, grapscht er sofort nach der ganzen Hand. Trau keinem, nicht einmal deinem Bruder, abgesehen davon, dass du gar keinen Bruder hast, aber trau auch deinen Cousinen nicht, trau keinem … auch nicht deinem besten Freund, denn was ist schon Freundschaft? Ohne Interesse gibt es auf Dauer keine Freundschaft.«

Dann fing die Schule wieder an. Ich hätte nicht geglaubt, dass ich mit solcher Ungeduld auf diesen Tag warten würde. Die Blätter an den Bäumen färbten sich gelb. Die Landschaft hüllte sich in eine Nebeldecke. Die Schwalben verschwanden vom Himmel, der sich mit Scharen hungriger Spatzen bevölkerte. Kaum war ich am Morgen wach, blickte ich ins Tal, auf das Haus mit der ausgeblichenen rosa Farbe und auf die Strandkabine etwas weiter oben, die trotz des Nebelmeers einfach nicht dorthin passen wollte. Ich zog mich an, schlüpfte in meine schwarze Kittelschürze, legte mir den harten Kunststoffkragen um den Hals, die blaue Schleife, deren Spitzen abgesengt waren, damit das Band nicht ausfranste, und durchquerte in meinem abgetragenen Mäntelchen das Dorf. Am Belvedere legte ich eine Pause ein. Gerührt seufzte ich bei der Erinnerung an jene unvergessliche Augustnacht. Und im kalten Klassenzimmer des Klosters, in dem wir untergebracht waren, fühlte ich mich endlich vor der Welt – genauer gesagt, vor meiner Großmutter – in Sicherheit.

Eines Nachts aber brach die Decke dieser Stätte meiner Weltflucht ein. Was für ein Glück, dachten wir, dass es ausgerechnet in der Nacht passiert war. In der nächsten Sonntagsmesse erfuhren wir jedoch von Don Silvestro, dass es unser barmherziger Herrgott gewesen war, der uns nicht in einen wurmstichigen Brei hatte verwandeln wollen, wie er es mit so vielen anderen Kindern getan hatte, mit Hilfe von Erdbeben, Wirbelstürmen und diversen anderen Katastrophen nämlich, deren Schilderung der noch mehr als sonst geifernde Don Silvestro mit einer Fülle makabrer Einzelheiten spickte. Ein Menetekel wegen unserer Sünden und vor allem wegen der unserer Eltern – sofern wir welche hatten –, denen niemand garantieren konnte, dass nicht doch noch ein wirkliches Unglück folgen würde. Die männlichen Gläubigen legten sich eine Hand auf den Hosenschlitz – eine Geste, die ich noch nicht verstand, die am Ende seiner Predigten aber einfach dazugehörte.

Wenn er nicht gerade am Altar das Messopfer zelebrierte, war Don Silvestro eine gute Haut, ein barmherziger Hirte seiner Herde, der freigebig tröstende Worte spendete. Sobald er aber auf der Kanzel stand, verwandelte er sich in einen erbarmungslosen Geißler der lokalen Verderbtheit und einen grimmigen Savonarola, der allerdings unüberhörbar aus der Provinz Avellino stammte. Und wenn er inmitten seines mystischen Furors Grammatik und Manieren vergaß und uns Spucke und Verwünschungen entgegenschleuderte, vermischt mit in seinem Dialekt kaum verständlichen, aber dennoch grauenerregenden Wörtern – Gottesstrafe, Gräuel, Katastrophe, Toood, Gemetzel, Krieg, Seuchen, Erdbeeeben, Drangsal und Bluuut, viel Bluuut, ganze Ströme von Bluuut, ganze Meere von Bluuut! –, dann blickten wir uns, jeder Einzelne von der eigenen Unschuld überzeugt, im Halbdämmer der Kirche um und unterzogen die Menge einer strengen Prüfung auf der Suche nach Sündern, die so böse waren, dass sie diese furchtbaren Strafen verdienten. Da wir sie nicht fanden, stießen wir einen Seufzer der Erleichterung aus und warteten auf das Ende, das immer dann kam, wenn man es am wenigsten erwartete. Nach einem heftigen Ringen spuckte er das amtliche *Ammen* aus, auf das der männliche Teil des Kirchenvolks mit jener anderen Geste antwortete und sich an den Hosenschlitz griff. Ihm zuzusehen, wie er – ständig in Gefahr herunterzufallen – auf dem hohen metaphysischen Postament herumfuchtelte, war immerhin eines der seltenen Spektakel in einem Kaff, das kein Theater hatte, selbst vom schäbigsten Zirkus links liegen gelassen wurde und pro Woche nur eine Kinovorführung erlebte, und das in einer Ära, in der Fernsehen noch ein Luxus für wenige war – mein Glück, dass ich zu jenen wenigen gehörte.

Nach dem Einsturz der Klassenzimmerdecke begann die Periode der doppelten Unterrichtsschicht. Meine Klasse wurde der Nachmittagsschicht zugeteilt. Wenn ich von der Schule nach Hause kam, war es schon fast dunkel. Schwere Wolken verdeckten die Sonnenstrahlen und segelten drohend über das graue Land hinweg. Der Wind blies so stark, dass ich mich gegen ihn stemmen musste. Da ich das Gesetz der Schwerkraft nicht kannte, lief ich so schief wie in den Zeichentrickfilmen, die ich schon bald in der Kindersendung *Tivù dei ragazzi* zu sehen bekommen sollte. Aber es war eine andere Fernsehserie, der ich die ganze Woche entgegenfieberte und die mich in Rekordzeit nach Hause rennen ließ. Noch im Mantel setzte ich mich vor den Fernseher, tunkte das mit einer rosa und braunen Creme – einer Art Nutella, nur ekliger und billiger – bestrichene Brot in die Milch, die mir Tante Ines auf den Tisch gestellt hatte, und wartete, bis der gebogene Steven des Kanus erschien – was hätte ich darum gegeben, ein solches zu besitzen! Ein Pionier tauchte das Paddel ins Wasser, das dickflüssig wie Öl zwischen zwei zugefrorenen Ufern dahinfloss, und eine Stimme intonierte jene melancholische Fischerballade, die aus ein paar Silben – *turlette tete tete turlette turlette* – und einigen wenigen französischen Versen bestand. Wenn auf dem Bildschirm der Titel *Auf dem Sankt-Lorenz-Strom* aufflackerte, war ich schon dort, auf diesem legendären, wunderbaren Fluss, der so unendlich lang war und so unermesslich weit wie das Meer. Die Titel der einzelnen Folgen – »Die Rentierjäger«, »Das Lied des Weges, der geht«, »Das Land des Jacques Cartier«, »Der Kopf des Wals«, »Der kanadische Diamant«, »Die Pioniere der Bucht« – kündigten jedes Mal ein großartiges Abenteuer an. In meiner Phantasie sah ich mich selbst mit einer Harpune in einem Kanu oder im Wald, in Gesellschaft meiner treuen Winchester, auf der Lauer liegen, oder ich stellte mir vor, wie ich mir mit einer Nadel aus Walfischknochen aus einem Rentierfell ein Tipi nähte und es mit farbigen *wam-pum* im unverfälschten Algonkin-Stil verzierte. Ich starrte auf den weiten Horizont der Steppen, der genauso trostlos war wie der, den ich auf meinem Heimweg von der Schule gesehen hatte, und in der Aufregung, die das zu wenigen, gravitätischen Gitarrenakkorden wiederholte Lied in mir auslöste, nahm ich mich selbst und meine Mitbürger so wahr wie jene Pioniere. Auch wir lebten in einer von Gott und den meisten Menschen verlassenen Ödnis, auch wir kämpften gegen eine undankbare und wilde Natur. Folglich waren auch wir, genau wie Jacques Cartier, *Helden*.

Danach ging ich auf mein Zimmer, und obwohl ich meine Schulbücher aufgeschlagen hatte, beobachtete ich die letzten Strahlen der Sonne, die durch die schwarze Wolkendecke stießen, während der Wind den Nebel im Tal zu einem stürmischen, aber dennoch unbeweglichen Meer zerfetzte und so heftig gegen unser Haus wuchtete, dass es ins Wanken geriet. Von diesem Aufruhr betäubt, legte ich Kopf und Arme auf die Schreibtischplatte und erwartete, dass irgendeine besonders starke Bö es früher oder später aus den Angeln heben würde. Man weckte mich zum Abendessen.

So sahen meine Abende aus, während die Arbeiter der Firma Cacciafumo noch damit beschäftigt waren, die Decke wiederherzustellen, die uns dank der Gnade Gottes nicht zermalmt hatte. Die Ankunft des Frühlings fiel mit unserer Rückkehr in die »Zuflucht vor der Welt« zusammen. Die Mauern rochen nach frischem Kalk – ein Geruch, den ich mehr als jeden anderen immer noch mit dieser Jahreszeit assoziiere.

Am Nachmittag lernte ich jetzt, und wenn ich meine Hausaufgaben erledigt hatte, waren meine Freunde schon seit Stunden auf dem kleinen Platz vor dem Haus – ich hörte ihre fröhlichen Stimmen widerhallen, ihre Flüche wegen eines nicht zugestandenen Freistoßes, das Jubelgeschrei, das auf jedes Tor folgte –, während ich mich in die Lektüre aller für mich greifbaren Bücher vertiefte. Was hätte ich schon tun sollen, eingesperrt, wie ich war? Es waren die Bücher meiner Cousinen. Um sie zu holen, musste ich warten, bis sie außer Haus waren. Sie hätten sie mir nie ausgeliehen, und ich brauchte nicht lange, um zu begreifen, dass der Eifer, mit dem sie die Anordnungen der Großmutter befolgten, nur eine weitere

Methode war, mich für meine einstigen Privilegien büßen zu lassen. Deshalb bereitete es mir großes Vergnügen, die Lieblingsbluse, den Lieblingspullover oder die Lieblingsbrosche der einen in die Schublade der anderen zu legen und mich schon vorab an den von mir ausgelösten Kabbeleien zu ergötzen, bevor ich mich schließlich aus ihren Bücherregalen bediente. Dort gab es von allem etwas: Liebesgeschichten natürlich, aber auch Abhandlungen über Musik, Kunst und Philosophie sowie Handbücher über Astrologie, Gartenbau und gute Manieren. Ich hatte zwanzig Cousinen, und die Bandbreite ihrer Studien und Interessen bildete, befördert durch meine erzwungene Klausur, das Fundament meines eklektischen Wissens. Wieder einmal war es jedoch Tea, die mir zu den größten Freuden verhalf.

Ihrem martialischen Temperament entsprechend, war sie ein Fan von Abenteuerromanen, von Sir Walter Scott bis zu Alexandre Dumas, von Théophile Gautier bis zu den großen Schriftstellern Jules Verne und Emilio Salgari, ja, sogar Ian Fleming, von dem ich nach einer systematischen Durchsuchung nicht weniger als zwei Bände fand, die sie wegen ihres zweifellos gewagten Inhalts hinter einer Kommode versteckt hatte. Ich begeisterte mich für diese Geschichten. Jetzt hörte ich nicht einmal mehr das Krakeelen auf der Piazzetta, und wenn es zufällig die Nebel meiner Phantasie durchbrach, war es nur ein lästiger Lärm oder, seltener noch, der passende Kontrapunkt zu den Seiten, die ich gerade las: der Schrei eines wilden Kopfjägerstamms vor der Attacke, das Hurra der Ritter der Tafelrunde nach einer Schlacht oder der melodiöse Klagegesang der Fischmenschen in der Tiefe des Meeres.

Am Ende ziehe ich den Hass meiner Schulkameraden auf mich: Ich bin allen zu ernst und zu strebsam. Der Lehrer stellt mich als Vorbild hin. Die Großmutter mustert mich mürrisch. Ich verstecke mich mit einer brennenden Kerze am Fußende des Bettes, horche mit einem Ohr auf das stille Haus und sehe mir das Fotoalbum meiner Mamma an – mein einziger zusätzlicher Trost in diesen traurigen Monaten. Dass ich es gefunden habe, verdankt sich einem Zufall.

Wir sind vollzählig zum Essen versammelt. Draußen schneit es, und auch drinnen ist es verdammt kalt. Jeder versucht sich mit seinen Kleiderschichten – Hemden, Pullovern, Mänteln, Schuhen – zu schützen, und die Erwachsenen lassen sich mit Wein volllaufen, genau das Richtige, um sich ein wenig aufzuwärmen. Die alte Dame beschließt, dass ich in den Keller gehen soll – ein Dienst, den, bevor ich in Ungnade fiel, meine Cousinen zu versehen hatten. Ich steige also die steile Treppe hinunter, die aus Holz besteht und merkwürdig nachgibt, denn sie ist vor Feuchtigkeit morsch. Unten ist es wie in einer Kühlzelle. Ich betrachte den Schnee, der hinter dem Fenstergitter herabfällt, die Schinken und die Speckschwarten, die an niedrigen Balken hängen, und merke, dass die Büßerhaltung, die ich einnehmen muss, um nicht dagegenzustoßen, nur ein weiterer Ausdruck der Demütigung ist, die Nonnilde mir zufügen will. Ich stelle den ersten Krug unter das Fass und drehe den Zapfhahn auf. Es kommt ein Strahl heraus, aber mit welch quälender Langsamkeit! Während ich warte, betrachte ich die Wandregale voller Spinnweben, Töpfe und Flaschen. In einer Ecke liegt ein eigenartiger Glaszylinder mit Mess-Skala und Plastikpumpe: ein Klistier. Eine Vitrine ohne Türen ist vollgestopft mit vergilbten Zeitschriften, Blechdosen, verrostetem Besteck, nicht mehr im Umlauf befindlichen Münzen, verbogenen Brillen, kleinen Heiligenstatuetten und einem Bild von Jesus mit durchbohrtem Herzen hinter einer zerbrochenen Glasscheibe. Ich versuche, die Schublade unten aufzuziehen, und benutze ein Messer als Hebel. Dort drinnen finde ich das Album.

Es hat einen Einband aus grünem Leder mit einer Lilie in der Mitte; es ist die Lilie von Florenz. Das erste Foto zeigt die Mamma mit mir im Arm. Ihrem Gesicht nach zu schließen – einem blassen, aber zufriedenen Gesicht –, muss ich gerade zur Welt gekommen sein. Auch ich sehe nicht sonderlich gesund aus. Ich blättere um und sehe meinen Vater im Smoking, wie er ein Glas zum Toast erhebt. Ich betrachte sein forciertes Lächeln und die Zigarette, die im Aschenbecher auf dem Tisch vor sich hin qualmt. Ich blättere weiter, und da ist immer noch Papà, immer noch bei einem großen Diner – vielleicht demselben –, aber dieses Mal sieht man die Gesichter der Leute, die um ihn herum sitzen. Neben ihm ein Herr mit einem großen weißhaarigen Kopf. Darüber steht handschriftlich die Erklärung: Onkel *Ricard*. Das wird wohl die Mamma geschrieben haben – Großvater Ferruccio wollte lieber, dass sie sticken lernt, statt weiter zur Schule zu gehen. Auf der anderen Seite eine Blondine, die Haare onduliert wie die einer Schauspielerin, Augen, die mit den Steinen ihrer Kette um die Wette funkeln, lange Samthandschuhe – über ihr steht ein Fragezeichen. Dann Tante Kathryn, Onkel Richards Frau, neben einem jungen Paar mit nervösem Blick – »Cusin Uilliam und seine Frau Sara«, erläutert die wackelige Handschrift der Mamma. Dieselben in einer anderen Pose, zusammen mit »Charls junior, ihrem sechsjärigen Son«. Ich merke, dass der Wein inzwischen auf den Boden tropft, laufe zum Fass und stelle den zweiten Krug darunter. Dann blättere ich weiter. Mein Vater in seinem großen Büro, bei einem Spaziergang unter den Wolkenkratzern von New York, beim Golfspielen, unterwegs in seiner Corvette – es gelingt mir, den Markennamen auf der Seitenwand zu entziffern –, und inzwischen ist auch der zweite Krug voll. Ich sehe den Stoß Briefe auf der letzten Seite, bevor ich das Album wieder in der Schublade verschließe. Mit einigen der vergilbten Zeitschriften wische ich den Fußboden trocken und laufe nach oben.

»Du hast aber lange gebraucht«, knurrte die Großmutter, und tatsächlich, als ich sie nun ansah, ganz in Schwarz und herausgeputzt wie eine Zarin, und als ich auch die vor Kälte bleichen Gesichter meiner Verwandten sah – in ihre Mäntel eingemummelt erinnerten sie an die Flüchtlinge des Ersten Weltkriegs, wie sie auf einem der Drucke von Großvater Carlo abgebildet waren –, da hatte ich noch derart den Glanz der Fotos vom Babbo in Amerika vor Augen, dass es mir tatsächlich so vorkam, als wäre sehr viel Zeit vergangen. Als hätte mich eine jener Hexereien, denen die Helden meiner Romane zum Opfer fielen, in eine ferne und schreckliche

Epoche zurückversetzt, aus der ich, wie mir jetzt bewusst wurde, so schnell wie möglich fliehen wollte, wartete ich ab, bis alle im Bett waren, und kehrte in den Keller zurück.

Das Album war noch dort, wo ich es zurückgelassen hatte. Ich presste es an meine Brust und stieg eilends in mein Zimmer hinauf. Mindestens eine Stunde verbrachte ich damit, einen Platz zu finden, wo ich es verstecken könnte, falls die Großmutter hereinkäme, und als ich glaubte, ihn gefunden zu haben – ich schob es hinter die Kommode, wie Tea ihre James-Bond-Bücher –, belebte sich das Haus schon wieder. Ich erinnere mich an keinen Nachmittag, der länger gedauert hätte als dieser. Kreuz und quer gehe ich durch das Zimmer und kontrolliere aus allen möglichen Winkeln, ob die Kommode ihr Geheimnis auch gut bewahrt. Bei jedem noch so kleinen Geräusch draußen zucke ich zusammen. Obwohl ich keinen Hunger habe, schlinge ich das Abendessen atemlos hinunter. Dann schlafen endlich alle, und ich kann meinen Schatz hervorholen. Ich zünde eine Kerze an – das Licht der Lampe könnte Nonnildes Verdacht erregen – und schlage mit angehaltenem Atem das Album auf. Immer wieder sehe ich mir die Fotos an, vom ersten bis zum letzten. Ich studiere sie regelrecht. Die funkelnde Blondine erscheint noch zweimal, und jedes Mal steht ein Fragezeichen am Rand – die arme Mamma. Ich lese auch die Briefe, dieselben, die sie mir einst mit Tränen in den Augen in unserem großen Bett vorgelesen hat. Und jetzt bin ich es, der weint. Ich lasse die Augen langsam über die Worte wandern und überlege, was aus meinem Leben geworden wäre, wenn dieses Flugzeug nicht abgestürzt wäre. Bis jetzt hatte ich immer Nonnilde recht gegeben: Ich kannte nur den Schmerz meiner Mutter, die Traurigkeit der verschmähten Ehefrau, aber jetzt, da ich meinen Vater vor mir habe, ist er so schön, so fröhlich, so elegant, so anders als auf den Familienfotos mit der Großmutter, dieser schrecklichen Parze, die das Schicksal jedes Menschen zerstörte, der in ihre Reichweite kam, was gegenwärtig vor allem mich betraf. Nun aber frage ich mich, welcher Mann, der in diesem tristen Nest geboren wurde, noch dazu von einer Mutter wie Nonnilde, nicht dieselbe Wahl getroffen hätte wie er, und bin mir plötzlich ganz sicher, dass auch mein Platz dort ist, in Amerika. Pit hatte wirklich recht. Onkel Richard würde mich mit offenen Armen empfangen. Man merkte an der Art, wie er Papà auf den Fotos ansah, dass er ihn sehr gernhatte, und das würde auch für mich gelten. Nur, wer bringt das der Großmutter bei? Aber warum sollte ich es ihr eigentlich sagen? Ich werde volljährig, und weg bin ich. Wer schert sich um sie? In der Zwischenzeit muss ich zuallererst Englisch lernen, auch da hatte Pit recht. Sein Lehrbuch habe ich allerdings auf dem Land zurückgelassen. Eines Tages, als der Lehrer mir als dem Klassensprecher befiehlt, das Klassenbuch zu holen, das er im Direktorat vergessen hat, bemerke ich eine in Wachstuch eingeschlagene Schachtel voller Schallplatten, auf der *Complete English Course* steht, und trage eine nach der anderen nach Hause.

Ich höre sie mir heimlich auf Großvater Carlos altem Trichtergrammofon an – mit dem Finger verlangsame ich die zu hohe Drehgeschwindigkeit –, und zwar im letzten und abgelegensten Zimmer, in dem Tante Ines die wenigen Erinnerungen an ihren Vater zusammengetragen hat (vier Sättel, sechs Büchsen, eine davon mit Silber verziert, seine Pfeifensammlung, seine Taschenuhren, seinen liebsten Jägerrock, einen wurmstichigen Zylinder, drei Abendanzüge), um sie der ikonoklastischen Raserei Nonnildes zu entziehen, die alles, was nicht direkt verwertbar ist, für nutzlos hält. Am oberen Ende einer Treppe mit hohen Stufen gelegen, wurde dieser Raum, der mit seinem Spitzbogengewölbe und den rissigen Wänden an eine kleine gotische Kapelle erinnerte, meine heimliche Zufluchtsstätte. Die Stimme vom Grammofon vermischte sich mit dem Krächzen der Krähen hinter dem Bogenfenster, während ich mich, umgeben von der Vergangenheit, bemühte, in die Zukunft zu fliehen. Doch nicht einmal dort konnte ich vor der Großmutter sicher sein. Sie hatte ihren Schraubstock nicht im Geringsten gelockert. Im Gegenteil.

Manchmal brach sie mitten in der Nacht in mein Zimmer ein, dann musste ich sie zum Backofen begleiten. »Im Haushalt der Familie kommt es auch auf ein einzelnes Kilo Mehl an, merk dir das!«, sagte sie, während sie, die Hände in die Hüften gestemmt, das Brotbacken überwachte. Zum Glück fand sie immer irgendjemanden, mit dem sie herumstreiten konnte, und ich flüchtete mich in einen verborgenen Winkel, schlief auf einem Mehlsack ein oder, wenn ich Pech hatte, auf der bloßen Erde inmitten der Holzspäne. Noch häufiger allerdings kam sie mich am Nachmittag holen. Aus meinem heimlichen Versteck hörte ich ihre Stimme wie die Klage eines Gespenstes – »Carliii, Carliii!« – und stürzte die Treppe hinunter. Ich holte tief Luft, bevor ich mich ihr stellte, aber das war nicht nötig. Sie ließ mir gar keine Zeit, mich zu rechtfertigen, sondern packte mich am Ohr, warf mir meinen Mantel zu, und ich musste ihr überallhin folgen, wo sie mich hinbringen wollte. »Großmutter, ich bitte dich, lass mich lernen. Was soll ich sonst morgen dem Lehrer sagen?«, hatte ich sie bei einem der ersten Male angefleht. »Es gibt im Leben anderes zu lernen als das, was in den Büchern steht«, hatte sie mir geantwortet. Jetzt hasste ich sie regelrecht und suchte verzweifelt nach einem Vorwand, der mich von ihr fernhalten würde, aber die Schule reichte dafür, wie sich erwiesen hatte, nicht aus.

Mir blieb nichts anderes übrig, als ein glühender Katholik zu werden.

7

Jeden Nachmittag ging ich, sobald es möglich war, in das katholische Jugendzentrum und danach zum Ministrieren. Dort blieb ich so lange, wie ich nur konnte – selbst Don Silvestro war erträglicher als die Großmutter. Die war unschlüssig gewesen: Da sie nur vor dem Tod Angst hatte, flößte ihr die Kirche, die dessen Mysterium hütete, Respekt ein – hatte sie vielleicht nicht erlaubt, dass sich zwei ihrer Kinder für ein Leben in klösterlicher Klausur entschieden? So bekam ich immerhin die Chance, einer der besonders geschätzten Ministranten zu werden. Doch nach ein paar Monaten fing ich an, merkwürdige Phänomene wahrzunehmen.

Ich befand mich im Unterricht und widmete mich der Lösung eines Problems – irgendeiner jener entsetzlichen Textaufgaben, bei denen ein Bauer mit dreißig Eiern von zu Hause aufbricht und mit einem Schnellkochtopf zurückkommt –, oder ich saß bei Tisch und wartete mit ausgestrecktem Arm darauf, dass man sich endlich entschloss, mir den Teller zu füllen, denn jetzt war ich immer der Letzte, der bedient wurde, oder ich zog die Decke hoch, um einzuschlafen, und zwar nicht nur ohne den Trost des mütterlichen Kusses, der allen anderen Kindern zuteil wurde, sondern auch ohne jeden Ersatzkuss seitens meiner Tanten, und spürte plötzlich, wie ein Hauch mein Gesicht streifte. Die Zeit blieb stehen. Wenn Tag war, wurden die Farben lebhafter, bei Nacht die Schatten dunkler, und eine Stimme – zweifellos die süße Stimme Jesu – flüsterte mir zu, ihm zu folgen, dies sei mein Weg. Vitina hätte gesagt, ich hätte die »Berufung« erhalten. Bald darauf fing ich an, Jesus auch zu sehen.

Eingetaucht in blendendes Licht, die Füße gezeichnet von den Stigmata, auf einem duftigen Wölkchen schwebend, ließ er sich ruckweise herab – wie mit einem Flaschenzug, den ich manchmal fast quietschen hörte – und trat auf mich zu wie auf einen jener seligen Jünglinge mit gefalteten Händen und himmelndem Blick auf den Heiligenbildchen, um mir Momente unsäglicher Seligkeit zu schenken, die aber auch weitere Komplikationen für meine Existenz, welche daran bereits keinen Mangel litt, zur Folge hatten. Abgesehen von kleineren Unannehmlichkeiten – nach den Erscheinungen gelang es mir nicht mehr, tiefer in ein Problem einzudringen, aber die Mathematik war sowieso nie meine Stärke gewesen; oder ich hielt, sehr zum Vergnügen meiner Cousinen, den Teller weiter ausgestreckt, obwohl er längst gefüllt war –, befand sich meine Seele, was mich über alle Maßen belastete, im ständigen Kampf zwischen zwei gleichermaßen unwiderstehlichen Verlockungen: der Stimme meiner fernen Verwandten in Amerika und dem Ruf des spirituellen Lebens, zu dem mich der Duft des Weihrauchs und der Zauber der gregorianischen Gesänge, die zitternden Flämmchen auf dem Altar und die inspirierten Predigten des Erzpriesters immer stärker drängten. Mehr noch jedoch die Predigten der Missionare – meistens Combonianer –, die hin und wieder aus den entlegensten Weltgegenden, in die sie vorgedrungen waren, um das Wort Gottes zu verbreiten, zurückkehrten und uns ihre Schauergeschichten erzählten.

Ich verlor mich in den Erzählungen dieser besonderen Spezies von Negromanten mit langen weißen Bärten, geflickten Kutten und Sandalen an den schmutzigen, knotigen Weltwandererfüßen, in denen sich ihre Natur vielleicht am authentischsten manifestierte. Wenn ich im Halbdämmer der Kirche ihren tiefen Stimmen lauschte, ihren Berichten über Wilde, die sich beim hämmernden Klang der Trommeln entfesselten Tänzen hingaben und so außer sich gerieten, dass sie mit den Zähnen Holz und Eisen zermalmten, lebende, ja bluttriefende Tiere verzehrten, sich mit glühenden Kohlen das eigene Fleisch verbrannten und dann, bereits völlig in den

Klauen des Teufels, ihre spektakulär »entblößten« Frauen in den höllischen Tanz hineinzogen – an dieser Stelle tauchten die großen Titten von Tea und die hüpfenden Brüste von Dolores vor meinen Augen auf –, um sofort auf die »bestialischste« Weise Besitz von ihnen zu ergreifen – welch erhabenes, perverses Geheimnis verbarg sich in diesem Adjektiv! –, wenn ich das alles hörte, verspürte ich, wie ich gestehen muss, eine Wollust, die sich nur mit der Enttäuschung messen lassen konnte, die ich empfand, wenn sich am Ende des Berichts die vom Teufel besessenen Primitiven zum Wort Gottes bekehrten. Dann jedoch waren diese seltsamen Predigten – in Wirklichkeit handelte es sich um die absonderlichsten Abenteuergeschichten – auch schon an ihr Ende gelangt. Die aufgestaute Spannung löste sich auf in eine gerührte Hymne auf den Herrn, und meine schlechten Gedanken verflüchtigten sich. Gestärkt im Glauben, war ich zum Märtyrertod bereit – hin und wieder fraßen die Eingeborenen vor ihrer Bekehrung einen Combonianer auf – und zu diesem Zwecke sogar gewillt, auf Amerika zu verzichten. Doch mein Schicksal sollte ein anderes sein.

Wie all die anderen Ministranten – wir waren ein hübsches Häuflein, mit unseren abgetragenen Chorhemden, den kurzen Hosen darunter und den geschorenen Köpfen darüber – gierte ich danach, als Messdiener am Altar zu dienen, ja, aufgrund meiner heimlichen Berufung galt das für mich vielleicht sogar noch mehr als für alle anderen. Da ich ein armes Waisenkind war, gab Don Silvestro meinem Wunsch oft nach – heißt es denn nicht im Evangelium: »Selig die Betrübten, denn sie werden getröstet werden«? –, und wann immer das geschah, war ich so aufgeregt, dass ich nur kurze Zeit stocksteif am Altar stehen musste, um schon ein heftiges Rumoren in meinen Gedärmen zu verspüren. Mehr als einmal wurde die Stille des Offertoriums durch einen meiner ausgiebigen Fürze unterbrochen, und mehr als einmal hatte ich mich von meinem frommen Dienstposten entfernen müssen, um die Toilette aufzusuchen, ein Plumpsklo gleich außerhalb der Sakristei. Bei einer dieser Gelegenheiten war ich sogar mit einem Fuß darin ausgerutscht und hatte, da ich mich bis zum Knie mit Scheiße besudelt hatte, schleunigst nach Hause verschwinden müssen. So kam es, dass der Erzpriester mir schweren Herzens eine andere Aufgabe zuwies: den Blasebalg der aus dem 18. Jahrhundert stammenden Orgel zu bedienen nämlich, weil in der Nähe dieses gewaltigen Klangerzeugers der von mir produzierte Krach gewiss übertönt werden würde. Der Gedanke, dass ich Pits Schicksal, der ebenfalls für die geistliche Laufbahn als ungeeignet beurteilt worden war, nun mit ihm teilte, wenngleich in seinem Fall, wie ich mir vorstellte, weniger demütigende Gründe den Ausschlag gegeben hatten, linderte meine Bitterkeit. Dies umso mehr, als meine neue Aufgabe mich nicht nur vom Rampenlicht des Altars fernhielt, sondern mich darüber hinaus in die Nähe von Medoro Sarchione, dem Organisten, zwang.

Hochgewachsen, krummer Rücken, blasses Gesicht und bleiche Lippen, dazu dunkle Brillengläser unter einem Büschel vorzeitig weiß gewordener Haare – mehr als an alles andere erinnert Medoro an ein glitschiges Tiefseewesen. Dabei ist er freundlich und mir nach einiger Zeit schon weniger zuwider. Ja, während ich die Hebel des Blasebalgs betätige, ihn von meinem Standpunkt aus beobachte und zusehe, wie seine wächsernen Finger über die Tasten gleiten und ihnen zu Herzen gehende Töne entlocken, beschließe ich, ebenfalls Musiker zu werden. ›Hat nicht auch Bach so angefangen?‹, frage ich mich, während ich vom Chor aus meine Ex-Kollegen betrachte und mich ihnen, meiner neuen, prestigeträchtigeren Berufung gemäß, um einiges überlegen wähne. Welcher Heilige kann es schon mit dem Ruhm eines Künstlers aufnehmen?

Meine Visionen verschwanden mit derselben Leichtigkeit, mit der sie aufgetaucht waren. Am Anfang tat es mir ein bisschen leid, denn die Mattigkeit, die sie gespendet hatten, war ein so süßes Gefühl gewesen, aber die Musik hat eine ähnliche Wirkung, und außerdem steht sie meinem anderen großen Traum nicht im Wege. Ich sehe mich schon, kaum in Amerika gelandet, zusammen mit Pit in Frank Sinatras Orchester spielen. Sobald ich mit meinen Hausaufgaben und meiner täglichen Englischstunde fertig bin, begebe ich mich also direkt in die Kirche. Außer dem Orgelpositiv aus dem 18. Jahrhundert, das man verständlicherweise nicht allein spielen kann, gibt es noch ein schepperndes Harmonium. Ich trete das Pedal und pumpe Luft, und meine Finger gleiten wie die von Medoro über die abgewetzten Tasten, und so unglaublich das ist – was dabei herauskommt, ist echte Musik: Kirchenlieder, aber vor allem die Schlager vom letzten Festival in Sanremo und aus dem Radio. Tagelang mache ich so weiter, bis ich eines Nachmittags *Piangi con me* spiele – »Weine mit mir«, und ich spiele es nicht einmal übel, muss ich sagen –, als sich plötzlich eine kalte Hand auf meinen Nacken legt. Ich springe auf und denke sofort an ein Gespenst. Die Kirche ist zu dieser Stunde furchtbar düster, außerdem hatte mir gerade irgendjemand erzählt, dass es unter dem Fußboden von Skeletten der hier begrabenen Priester nur so wimmelte, und als ich mich umdrehe und Medoro sehe, lässt die Angst keineswegs nach: In diesem Schummerlicht wirkt er tatsächlich wie ein Gespenst.

»Hör auf mit den Schlagern! Das sind doch effektiv Sachen, die nur den Geist benebeln. Immerhin hast du Talent, da lässt sich etwas machen«, sagt er und dass er mit der Großmutter reden wolle. Ich antworte, dass es besser wäre, wenn er mir heimlich etwas beibrächte, und er begreift sofort – Nonnilde hat ihren Ruf weg –, und nach ein paar Wochen kann ich viel mehr als nur »etwas«: An Ostern könnte ich, sollte ich dazu aufgefordert werden, schon die *Missa solemnis* spielen. Von Medoro lerne ich allerdings nicht nur Musikalisches.

»Es gibt effektiv zwei Arten von Musik«, verrät er mir, »die, die alle kennen, und dann die Harmonie der Sphären, das heißt, die Klänge, welche die Planeten auf ihrer Bahn erzeugen. Auch die Erde. Ja, ihren Klang kann man effektiv am leichtesten hören. Achte in der Nacht darauf: Hinter der Stille gibt es so etwas wie ein Grundgeräusch. Wenn du dich konzentrierst, merkst du, dass es effektiv so laut ist wie ein Donner.« In der Nacht achte ich also darauf, konzentriere mich, und es gelingt mir *effektiv* nicht einzuschlafen, so laut ist der Donner. »Jetzt bündle die Klänge der anderen neun Planeten, und schon hast du die Harmonie der Sphären. Mir fehlen effektiv nur noch Neptun und Pluto, dann habe ich die komplette Serie, und das, ja, das ist Musik, anders als Bach, anders als Mozart, Musik für Auserwählte natürlich. Man muss nur die Vorschriften beachten, um sie wahrzunehmen. Zum Beispiel darf man keine Saubohnen essen, und ich bin effektiv scharf auf Saubohnen, aber was will man machen, der Weg zur spirituellen Verwirklichung ist mit so manchem Opfer verbunden.«

Medoro bringt mir außerdem bei, dass es mysteriöse Zusammenhänge gibt, die Wesen und Schicksal der Menschen bestimmen, und dass er, Medoro, als Rosenkreuzler und Pythagoreer – wie er mir unter dem Siegel der Verschwiegenheit verrät, denn er könnte sich einigen Ärger mit Don Silvestro einhandeln – nicht nur gelernt hat, die Musik der Sphären zu hören, sondern diese auch zu deuten. »Effektiv hat alles, auch das Banalste, einen ganz genauen Sinn … Beispielsweise kennst du ja die Leute hier im Dorf: Da gibt es fröhliche und gesellige Typen, die wir mal Kategorie Alpha nennen; andere sind traurig und zugeknöpft, die nennen wir Kategorie Omega. Versuch, dich auf die Lage ihrer Häuser zu konzentrieren, und du stellst fest, dass die Kategorie Alpha in der Gegend wohnt, die zum Meer hin schaut, die Kategorie Omega dagegen zu den Bergen blickt.« Er formt Daumen und Zeigefinger zu einem C, dreht die Hand herum und sagt: »Meer-und-Berge, effektiv.«

O ja, ich versuche es, ich konzentriere mich, und er hat recht! Er hat mich mehr als überzeugt und legt schon wieder los: »Jetzt wirst du sagen, aber Sissio der Widerling« – das ist einer dieser Spitznamen, die einem gegeben werden –, »ist der traurigste Mensch im ganzen Dorf, und effektiv hat er schon dreimal versucht, sich aufzuhängen, aber trotzdem schaut sein Haus zur optimistischen Seite.«

»Stimmt, an den habe ich gar nicht gedacht.«

»Tja, aber du weißt nicht, dass Sissio der Widerling in der Nacht vom 24. auf den 25. Dezember geboren ist, wie unser Herr Jesus, was für einen Menschen das schlimmstmögliche Datum ist, die Nacht der Werwölfe, und da wird effektiv selbst die Topographie zur Nebensache.«

Dass er die Geburtsdaten von jedem Dorfbewohner kennt, ist eine weitere seiner Eigentümlichkeiten, denn er verbringt die ganze Zeit im Klosterarchiv, um die Personenstandsregister zu durchforsten, und bald schon mache ich dasselbe. Tagelang sitzen wir in dieser finsteren Höhle – man merkt nicht einmal, dass wir Sommer haben – im Lichte einer Glühlampe, die von einem Balken über einem Schreibtisch baumelt, welcher mit von Mäusen angenagten Faszikeln beladen ist.

In gewisser Weise flößt es einem Respekt ein, die Namen dieser Unmengen von Leuten zu sehen, die im Dorf aufeinandergefolgt sind – auch Namen aus einer sechs, sieben Jahrhunderte zurückliegenden Zeit –, sich die vermutlich glücklichen Augenblicke an jenen Daten vorzustellen, die sich auf Hochzeiten und Geburten beziehen, dann aber auch den Schmerz über den Tod so vieler Kinder, so vieler junger Leute generell, die keine andere Spur hinterlassen haben, als die auf diesen schimmeligen Seiten, bevor sie dann wieder in dem Nichts verschwanden, das uns allen vom Schicksal vorherbestimmt ist. Während Medoro blättert, redet er auf mich ein. »Stell dir vor, wenn, wie es geschrieben steht, am Tag des Jüngsten Gerichts die Seelen all jener Verstorbenen wieder in ihre Leiber zurückkehren würden! Was würde dann effektiv passieren? Und hier sind wir ja nur in einem Dorf! Was würde in der Welt geschehen, was würden sie essen, bei der Arbeitslosigkeit, die rundum herrscht? Wo sind außerdem diese Leiber, die schon nach höchstens fünfzig Jahren aus den Friedhöfen verschwinden, um den Nachrückern Platz zu machen? Nein, da ist die Religion der Hindus effektiv logischer.«

Er erläutert mir die Seelenwanderung und dass er Stunden damit verbringt, die Archive des Klosters zu durchstöbern, um seinen »ihm innewohnenden Ahnen«, wie er es nennt, zu suchen, oder den Besitzer jener Seele, die in ihm inkarniert ist. »Ich bin effektiv überzeugt, dass es einer von hier sein muss. Wie sonst könnte man es sich erklären, dass ich so sehr an dieses Dorf gebunden bin? Stell dir vor, dass ich sogar die Kutte abgelegt habe, nur um nicht von hier wegzumüssen – und sobald ich ihn gelesen habe, diesen Namen, werde ich *innen* eine Vibration spüren, hoffentlich eine positive.« Auf seiner Suche hat er eine überaus wichtige Entdeckung gemacht, dass nämlich ausgerechnet hier bei uns die Ritter des Templerordens Zuflucht gefunden haben! Er nimmt ein Zettelchen aus einem alten Notizbuch, auf das er eine Liste geschrieben hat: »Francesco di Nantessa, Rosario Tirabusciò, Giovanni Sciampagnone, Rodolfo Bosgé.« Er starrt mir in die Augen und sagt: »Komische Namen, findest du nicht? Es gibt sonst keine von dieser Art, das kannst du nachprüfen. Es wäre auch gar nicht möglich, und zwar aus dem einfachen Grunde, weil es Franzosen sind. Die ursprüngliche Schreibweise ist italianisiert worden. Zum Beispiel ist dieser Di Nantessa in Wirklichkeit einer aus ›Nantes‹, Sciampagnone, also Champagn…, na, wo der herstammt, da kommst du selber drauf. Aber am interessantesten ist dieser Rodolfo Bosgé.« Er legt eine geheimnisvolle Pause ein, nickt dann und sagt: »Du musst wissen, dass der Großmeister Guillaume de Molay, als er das Ende des Ordens vorhersah, seine Reliquien und, jetzt hör gut zu, *vor allem* den märchenhaften Schatz seinem Neffen anvertrauen wollte. Und wie hat dieser Neffe effektiv geheißen?«

Er zieht die Brille nach unten, um mich besser beobachten zu können – seine Augen sind blutunterlaufen, und obwohl wir uns täglich sehen, machen sie mir immer noch Angst –, und buchstabiert: »*B-e-a-u-j-e-u*, verstehst du: *Beau-jeu*, was im Französischen so klingt wie ›Bosgé‹, wie sie es hier geschrieben haben. Den Taufnamen müsste ich irgendwo verifizieren, aber wegen der Aussprache habe ich keinen Zweifel: Effektiv kann ich Latein und Griechisch, aber mit den modernen Sprachen bin ich nicht vertraut, und ich habe mir von Pier Pignàc sagen lassen …«

»Ein Tempelritter?«, unterbreche ich ihn aufgeregt.

»Ach was … Pier Pignàc, der Bruder der Hebamme. Die Tempelritter waren ein Orden kriegerischer Mönche, der im 14. Jahrhundert aufgelöst wurde, du Ignorant.«

»Man kann ja nicht alles wissen, außerdem hat mich dieser komische Name in die Irre geführt.«

»Pier Pignàc? Ja, der ist effektiv komisch«, antwortet er und wird sich bewusst, dass seine Theorie kläglich ins Wanken gerät. »Aber das ist ja nur ein Spitzname«, schiebt er geistesgegenwärtig hinterher. »Pier Pignàc jedenfalls war zehn Jahre Kellner in Frankreich, und er hat mir garantiert, dass die Aussprache *Bosgé* ist, und wenn ich richtig liege, und ich liege richtig, dann ist es genau hier, wo der Bosgé den Schatz effektiv in einer … Höhle versteckt haben muss.«

Ich komme aus dem Staunen nicht heraus. Da hatte man mir eingeredet, dass mein Dorf ein von der Geschichte und der Welt vergessener Ort sei, aber nach dem, was Medoro mir verraten hat, und auch nach dem, was Pit mir über die Normannen erzählt hat, begreife ich, dass es in Wirklichkeit ein Kreuzungspunkt alter und edler Kulturen ist – wie es das Lehr- und Arbeitsbuch für die Grundschule im Zusammenhang mit anderen bedeutenden Orten nachweist. Wer käme auf diese Idee, wenn er den bunten Haufen der Bauern betrachtete, die jeden Sonntag vom Land hierherkommen, um die Messe zu besuchen? Ich denke an die Grotten links und rechts des schmalen Pfads, den sie benutzen, an den geheimnisvollen Schatz, den diese Grotten beherbergen, und daran, wie ich ihn als neuer Aladin entdecke und zu Ruhm und Reichtum gelange. Schon wieder habe ich etwas, wovon ich träume: Außer Musiker werde ich vielleicht auch noch ein berühmter Archäologe! Unterdessen fügt Medoro, während er sich mit einem seiner violetten Taschentücher die Mundwinkel trocknet, hinzu: »Nur dass es Hunderte von Höhlen gibt, und viele sind so eng, dass kein Mensch hindurchpasst. Die einzige Möglichkeit wäre, dass man sie vermint und den Berg mitsamt dem ganzen Dorf aufsprengt: Darüber muss man effektiv nachdenken.« Nach dieser Feststellung sieht sein Gesicht genauso aus wie in dem Moment, da sie ihn wegführen.

Es ist Sonntag, und die Kirche ist voll. Wie gewöhnlich bin ich an meinem Platz und betätige den Blasebalg. Medoro spielt beseelt, aber beim *Te Deum* beißt er sich irgendwann am C-Dur-Akkord fest. Ihm ist schlecht, denke ich, er ist tatsächlich noch aschfahler als sonst. Ich sehe ihn schon ohnmächtig auf die Tastatur sinken, als er plötzlich aufspringt und immer noch denselben Akkord in die Tasten haut, den Blick starr auf eines der zehn Bilder eines anonymen Malers aus dem 17. Jahrhundert gerichtet, auf das Bild, das zwischen zwei Fenstern im Mittelschiff hängt und eine kleine Gruppe von mit Speeren bewaffneten Engeln darstellt, die im Begriff sind, inmitten der leuchtend roten Flammen und der schwefelgelben Sturmwolken aus den Sündern einen Mixed Grill zuzubereiten. »He«, rufe ich, »weiter im Text!«, aber er hört mich nicht, starrt unentwegt auf das Bild und schreit plötzlich: »Ich sehe siiie!! Die Engel des Herrrrrn!! Sie kommen! Die Stunde des Gerichts hat geschlaaaagen! Effektiv!« Dann setzt er sich, geht endlich eine halbe Oktave nach unten, doch statt sich zu beruhigen, brüllt er: »Spiel mir was auf dem Akkordeon, brausend wie eine Orgel, und wir tanzen in den Himmel hinein« und so weiter und so fort. Für einen Pythagoreer und Rosenkreuzler, der zudem Schlager verabscheut, macht er seine Sache ganz gut, und er würde unverdrossen so fortfahren, wenn nicht vier oder fünf Gemeindemitglieder ihn mit Gewalt von der Tastatur reißen würden, und als ich seinen Platz einnehme, flöße ich den Gläubigen mit meinen ungeahnten musikalischen Künsten neuen Mut ein und denke über das nach, was soeben passiert ist. Aber ich wundere mich effektiv nicht: Medoro wohnt nicht nur auf der pessimistischen Bergseite, sondern er ist, und das wiegt schwerer, an dem Tag geboren, der, wie ich von ihm selbst gelernt habe, in puncto Gefährlichkeit nur von der Nacht des 24. Dezembers übertroffen wird, und das ist der 2. November. Und genau dieser Tag ist es, an dem ich meinen mir innewohnenden Ahnen finden sollte.

Es ist früh am Morgen, und die Großmutter platzt in mein Zimmer herein, aber in einer anderen Stimmung als sonst: Sie ist traurig, blass und schlapp. Mit einem Seufzer sagt sie: »Zieh deinen Mantel an, wir gehen hinaus.« Ich glaube zu wissen, warum sie so ist. Wir haben, wie gesagt, den 2. November, Allerseelentag. Sie hat ihren Mann, einige Sprösslinge im Kleinkindalter und ihren geliebten Enrico, meinen Vater, unter die Erde gebracht, von der Schwiegertochter, meiner Mutter, und den eigenen Eltern ganz zu schweigen, wobei Letzteres für eine Person ihres Alters jedoch normal ist. So wappne ich mich für den traurigen Besuch auf dem Friedhof. Doch sobald wir aus dem Haus sind – wir haben kaum zehn Meter zurückgelegt –, sehe ich, wie sie vor der steilen Treppe stehen bleibt, an deren oberem Ende sich jene winzige Tür befindet, die ich immer nur geschlossen gesehen habe. Aus ihrer Manteltasche zieht sie den Ring mit den Schlüsseln, mit denen sie die neuralgischen Punkte des Hauses – Vorratskammern, Kommoden, Vitrinen und Zimmer, zu denen nur sie Zugang hat – unter Verschluss hält. Tastend sucht sie einen heraus und sagt: »Schließ auf, es ist so dunkel.«

Ich öffne und finde mich plötzlich in einem unglaublichen, wundervollen Basar wieder. An den Wänden hängen Köpfe von Löwen, Antilopen und Leoparden, außerdem Pistolen und Lanzen, mit denen vielleicht getötet wurde. Auf den Möbeln, deren Ledereinlagen mit Arabesken verziert sind, stehen Wasserpfeifen, Fetische, Idole aus Ebenholz und Fläschchen, in denen seltsame, schuppige Tiere schwimmen. Dann gibt es hier Teppiche, jede Menge Teppiche. Und mitten im Saal sticht das Porträt von Onkel Arcangelo in Legionärsuniform heraus, mit einer riesigen, um den Helm gebundenen Brille und einem Tüchlein um den Hals. Es ist dasselbe Foto, nur in Vergrößerung, das Nonnilde zusammen mit dem Bild des Babbo, der Mamma und der unzähligen anderen Verblichenen auf ihrer Kommode stehen hat, aber nicht dorthin geht sie, um die beiden roten Kerzen anzuzünden, die sie aus der Tasche gezogen hat. Nein, sie steuert auf eine Etagere zu, auf der ein flacher Behälter liegt. Davor stellt sie die Kerzen ab. Ich trete näher und erkenne hinter der mit Fliegendreck verkrusteten Glasscheibe des Kästchens einen langen Knochen, schwarz und angenagt. Nonnilde hält das brennende Zündholz so, dass ich besser sehen kann: »Onkel Arcangelo«, sagt sie und bricht in heftiges Weinen aus – tatsächlich, es handelt sich um Onkel Arcangelos Schienbein, das Einzige, was von ihm übrig geblieben ist. Immer noch in Tränen aufgelöst, erzählt sie mir, wie ihr Bruder, der sich aus irgendeinem Grund von seiner auf Kamelen reitenden Truppe entfernt hatte, auf mysteriöse Weise verschwunden und dann ein paar Tage später bei einem Festmahl rebellischer Neger als Speise wieder aufgefunden worden war.

Dass von Onkel Arcangelo nur ein Schienbein übrig geblieben ist, kommt mir nicht einmal merkwürdig vor. Wie ich ja schon aus den Erzählungen der Combonianermissionare weiß, mögen die Menschenfresser in Afrika nicht nur das Fleisch ihrer Opfer, und zwar in den verschiedensten Zubereitungsarten – gekocht, geröstet, aber auch geräuchert oder mit einer guten Sauce aus *pili-pili*, einer pikanten Chilischote, die ähnlich schmeckt wie unsere süditalienischen Peperoni –, sondern lieben es darüber hinaus auch über alles, die Knochen aufzuknabbern, um das Mark herauszusaugen, das zusammen mit dem Fett, das die Nieren umgibt, und jenem, das sich in Handflächen, Fußsohlen und Augenhöhlen befindet, als die feinste aller Delikatessen gilt. Und während ich so über die armseligen Überreste meines Verwandten nachdenke, fällt mir als Erstes ein, dass Medoro zwar unbestreitbar plemplem war, aber doch wirklich recht hatte: Wie würde es Onkel Arcangelos Seele am Jüngsten Tag schaffen, in den eigenen Leib zurückzukehren, angesichts des wenigen, das von diesem übrig geblieben ist? Vielleicht ist das der Grund, weshalb die Großmutter so verzweifelt weint, denn ich habe nie gesehen, dass sie das für irgendeinen anderen ihrer Verstorbenen getan hätte. Es ist tatsächlich seltsam, sie »Arcan-ge-looo, mein Bruuu-der-herz!« schluchzen zu hören.

Auch ich bin bewegt, um ehrlich zu sein, aber nicht aus Kummer. Nein, es hat mit einer »Vibration« zu tun, die ich verspüre, einer Vibration, die wie ein Beben immer stärker wird, als ich, ohne es bewusst zu wollen, das violett- und goldfarbene Holz des Behälters streichle, und das ist zweifellos der Moment, in dem sich Onkel Arcangelo in meiner Person reinkarniert. Beinahe hätte ich Nonnilde umarmt und ihr gesagt, dass sie nicht traurig sein soll, dass die Seele ihres geliebten Bruders gemäß alter Hindulehren in mir weiterlebt – soeben hatte ich den Beweis dafür erhalten –, doch da dreht sie sich schon um und gebietet kühl: »Gehen wir!«

Sie führt mich zum Friedhof, aber über einen Weg, der ganz uns allein gehört. Ich folge ihr durch den Korridor mit der niedrigen Decke, dann eine steile Treppe hinunter, die an der Tür mit dem Spitzbogen endet, welche man vom Garten aus sieht. Draußen ist der Himmel blau, und eine Wolke in der Gestalt einer Galeone segelt darüber hinweg, angetrieben von einem Wind, der die Spitzen der Zypressen hin und her hüpfen lässt wie die Zeiger eines defekten Zählers. Die Großmutter fingert jetzt im Sonnenlicht an ihrem Schlüsselring herum und sperrt das kleine Tor auf, das auf den Pfad geht, der von unserem Haus am Dorf entlangführt. Bis zu der kleinen Gabelung an dem Felsen, wo die heilige Barbara liegt – ich meine die Ruinen der Barbara-Kirche, deren Ziegel von dem katastrophalen Blitz versengt worden waren –, ist der Weg einigermaßen bequem, aber dann verengt er sich, sodass wir hintereinander gehen müssen. Ich bemühe mich, das Tempo zu halten, weil ich nicht in den Abgrund schauen kann, auf die Bäume, die in Dreier- oder Vierergruppen aufgrund welchen Wunders auch immer in dem glatten Stein Wurzeln geschlagen haben und jetzt mit ihren wogenden Wipfeln versuchen, mich nach unten zu ziehen. Jedes Mal, wenn ich diese Strecke gehen muss, sehe ich den von Blitzen durchzuckten Himmel wieder, die aufgebauschten Wolken, die um den grünen Regenschleier der Berge kreisen. Auch heute, bei so heiterem Wetter, vermeine ich das Dröhnen der Donnerschläge zu hören und die eisige Luft zu spüren, die durch den Tragekorb dringt. Ich habe mich darin zusammengekauert, im anderen Korb sitzt eine meiner zwanzig Cousinen, und wir sind an die Flanken eines Maultiers gebunden, das sich auf diesem Pfad abplagt. Am Anfang ist es lustig – wie auf einer Schaukel, die uns auf dem Heimweg vom Land fröhlich schwanken lässt. Dann verfinstert sich der Himmel, meine Tanten schreien im Regen, der unsere Haare durchnässt, und plötzlich ist es, als würde das Maultier sich aufbäumen. Ich werde auf den Boden des Korbes geschleudert und wie auf einem Schiff in stürmischer See durchgerüttelt, und als es mir gelingt, mich am Korbrand hochzuziehen – immer auf der Hut vor den piekenden Weidenruten, die an die Dornen in der Krone des Nazareners erinnern –, und mir klar wird, dass ich praktisch über einem Abgrund schwebe, mache ich mir vor Angst in die Hose. Seither leide ich unter Schwindelgefühlen, und das bedrückt mich zurzeit sehr: Wie soll ich nach Amerika kommen, wenn ich nicht einmal im Traum daran denken kann, das Flugzeug zu nehmen – zumal ich meine Mamma und meinen Babbo durch ein Flugzeugunglück verloren habe? Auch das Schiff stellt wegen des »Hochseecharakters« meiner kindlichen Ängste keine beruhigende Alternative dar. So gehe ich traurig an der Mauer entlang, bis ich eine zweite Gabelung passiere, wo sich der Weg, der ins Tal hinunterführt, verbreitert und in eine richtige gepflasterte Straße mündet.

Noch zehn Minuten, und wir sind auf dem Friedhof. Dort wird die Großmutter nicht von Rührung überwältigt, was merkwürdig ist, wenn man sich vergegenwärtigt, dass von meiner Mamma und vor allem von Enrico, meinem Vater, ihrem vergötterten Sohn, nicht einmal ein Schienbein gefunden wurde – über ihren leeren Grabnischen sind nur ihre Fotos angebracht. Was hätte auch übrig bleiben sollen von zwei Körpern, die zusammen mit weiteren neunundvierzig Passagieren in einer Höhe von tausend Metern gegen einen Berg geprallt und dann in einem Aluminiumrumpf, der sich nur noch in einen grauenhaften Fleischwolf verwandeln konnte, auf dem Ozean zerschellt sind? Bestenfalls Brei, ähnlich dem stinkenden Futter, das ich während seines kurzen Lebens meinem Goldfisch gegeben habe, diesem letzten Geschenk von Tante Ines zu meinen goldenen Zeiten, und diesen Brei hätten wohl nicht einmal die Haie den kleineren Fischen wegschnappen wollen. Nein,

Medoros triftiger Einwand gegen die Möglichkeit einer leiblichen Auferstehung der Seelen war gewiss nicht der Grund dafür, dass die Großmutter so bitterlich vor Onkel Arcangelos Schienbein geweint hatte. In der Familienkapelle verweilt sie gerade einmal lange genug, um ein paar Kerzen anzuzünden, dann ist sie auch schon wieder draußen, um die Huldigungen ihrer Muschiks entgegenzunehmen, welche sie wegen irgendeiner Arbeitsangelegenheit oder wegen irgendetwas anderem tadelt, und schließlich geht sie mit ihrem Gutsherrinnenschritt nach Hause zurück, ich immer hinter ihr her.

Seit jenem Tag habe ich sie nie mehr auch nur eine einzige Träne hervorpressen sehen, und dafür werde ich ihr ewig dankbar sein. Zu wissen, dass die tragischsten Widrigkeiten, die schrecklichsten Katastrophen, jene Ereignisse also, die jeden in die Knie zwingen würden, meiner Gebieterin und Tyrannin nichts anhaben konnten, war einer der wenigen Fixpunkte in meinem Leben – trotz der damit verbundenen Belastung war es vielleicht sogar der wichtigste, denn ich hätte den Gedanken nicht ertragen können, dass selbst sie in ihrem Innersten einen Rest jener Fragilität verbarg, die ich in allen anderen und vor allem in mir selbst erkannte.

Onkel Arcangelos Allerheiligstes wurde jedenfalls ein weiteres Refugium für mich – das heimlichste und das liebste. Ich hatte einen Weg über die Dächer entdeckt, und in den mondhellen Nächten kletterte ich über die Loggia meines Zimmers dorthin, ja, ich zwang mich regelrecht dazu, weil ich sonst nie nach Amerika würde reisen können. Während sich alles um mich herum drehte, schleppte ich mich über die lockeren Dachziegel zu einer Luke mit einer eigenhändig von mir zerbrochenen Glasscheibe, ließ mich von dort in den afrikanischen Tempel hinab und trat, nachdem ich eine Reihe flackernder Kerzen angezündet hatte, sofort mit meinem »mir innewohnenden Ahnen« in Kontakt. Offen gestanden, teilte er mir nichts Besonderes mit. Deshalb lenkte ich bei jeder passenden Gelegenheit die Gespräche mit meinen Tanten auf ihn, und je mehr Informationen ich ihnen entlockte – ihre Zurückhaltung bei diesem Thema stachelte meine Neugierde nur weiter an –, desto stärker wuchs meine Verwunderung über den überwältigenden Schmerz, den die Großmutter vierzig Jahre nach seinem Tod empfand und der überwältigender war als der Schmerz über den Verlust ihrer eigenen Kinder. Bevor er sich nach Afrika gemeldet hatte, war Arcangelo Dichter und Weltenbummler gewesen. Nonnilde hatte zwar immer versucht, ihn daran zu hindern, aber er war zielstrebig seinen Weg gegangen und hatte so gelebt, wie auch ich leben wollte und bald schon leben würde.

In der Zwischenzeit studierte ich, lernte Englisch und spielte seit Medoros Abgang und Zwangseinweisung die Klosterorgel. Hauptsächlich aber las ich Romane. Ich las sie in der Nacht. Es war meine liebste Beschäftigung. Ich kuschelte mich unter meine Decken und ließ nur Kopf und Hände hervorschauen – in meinem Zimmerchen herrschte eisige Kälte –, aber beim Lesen hatte ich das Gefühl, mich in eine weitere, noch weichere und wärmere Decke zu schmiegen.

So vergingen die grauen Jahre meiner frühen Jugend, aber obgleich ich mir aufgrund der abgekapselten Existenz, die die Großmutter mir aufzwang, sehr spirituell vorkam, hatte sich meine heimliche Natur, die mich auch veranlasst hatte, mich mit kaum sieben Jahren an meine Cousine Tea heranzumachen, keineswegs beruhigt.

Das beweisen die Stunden, in denen ich den inneren Dialog mit Onkel Arcangelo unterbreche und seine Sammlung nacktbrüstiger Berberfrauen betrachte. Einige von ihnen haben spitze Titten, die mich rasend machen. Ich werde von einer Erregung gepackt, der freien Lauf zu lassen mir nicht gelingt, und wenn ich am nächsten Morgen feststelle, dass mein Pyjama patschnass ist, ich mich aber überhaupt nicht schäme, verdanke ich das Pit und seinem Aufklärungsunterricht.

Jeden Sommer warte ich ungeduldig, und sobald ich kann, laufe ich hinaus auf die Felder. Vitina streckt mir Pits Postkarten hin. Er ist in Marokko, in Holland, in England, in Frankreich. Er schreibt, dass es ihm gut geht. Aber er kommt nicht zurück. Mittlerweile haben sie auf ihrem Hof eine amerikanische Küche, einen Kühlschrank, eine Waschmaschine – »Geschenke von Piètr, aber wer weiß 'n schon, wie man mit so 'nem Zeug umgeht?«, seufzt die Nachtigall, während sie mir die noch in Plastikfolie verpackten Gegenstände zeigt. Fausto sitzt wie üblich stumm vor dem Fernseher. Die Strandkabine steht immer noch auf ihrem Hügel.

Wen ich aber in einem dieser Sommer wiedersehe, das ist Silvia. Sie sitzt neben einem braun gebrannten Typ in einem BMW – inzwischen kann ich die Automarken voneinander unterscheiden –, gibt ihm ein Zeichen, dass er anhalten soll, öffnet die Tür und sieht mich, ohne auszusteigen, an. In der Art, wie sie lächelt, ist etwas, was mir nicht gefällt, ebenso in der Art, wie sie mit den Wimpern klimpert und sagt: »He, Carlo, ciao. Was ist, erkennst du mich nicht wieder?« Ich zucke mit den Achseln und laufe wohl bis zu den Ohren rot an. Silvia ist wirklich eine ganz andere geworden. Ich betrachte ihre langen nackten Beine auf dem schwarzen Leder des Sitzes. Sie folgt lächelnd meinem Blick und zündet sich eine Zigarette an. »Und Pit? Was ist aus Pit geworden?«, fragt sie gleich darauf – sie hat ihn also auch nicht vergessen. Ich berichte ihr kurz. Zu kurz, denn schon stehe ich da wie ein Vollidiot, während sie versucht, mit mir zu reden und herumzublödeln. Irgendwann sagt sie: »Was ist los mit dir? Früher warst du anders.« Das stimmt. Früher war ich wirklich anders, aber jetzt hat mich Nonnilde in einen jener schüchternen, nachdenklichen, einsamen Jünglinge verwandelt, die erröten, sobald ein weibliches Wesen sie anspricht – dabei hatte ich doch mal zu den schönsten Hoffnungen Anlass gegeben! Seufzend blicke ich dem Auto nach. Noch kann ich es nicht wissen, aber bald sollte ein anderer das von der Großmutter begonnene Werk vollenden.

8

Jedes Nest im Süden, das etwas auf sich hält, muss eine Piazza haben, die von zumeist kümmerlichen Linden gesäumt ist und sich an Festtagen und nach der Sonntagsmesse bevölkert; außerdem einen Brunnen, der mit allegorischen, von glitschigem Moos bedeckten Figuren geschmückt ist – in der Regel Erdgottheiten, aber auch Sirenen und Tritonen, selbst wenn der Ort, wie in unserem Fall, auf dem stolzen Gipfel eines Berges thront; dann ein Denkmal für die Gefallenen des Ersten Weltkriegs mit Bänken drumherum, die besetzt sind von den Überlebenden dieses beispiellosen Gemetzels, steif gewordenen Veteranen, die ihre Augen auf die immer schwerer zu entziffernden Namen ihrer unglücklicheren Kameraden richten: Das bei der Gemeindeverwaltung eingereichte Gesuch um Neuvergoldung der Buchstaben hat nichts gefruchtet. Nicht verblasst dagegen sind die Erinnerungen an die Schlachten, an den grausamen Tod von Männern, die nur noch zuckende Kleiderbündel waren, an die Akte von Heroismus oder Feigheit oder reiner Dummheit, die ihre Gemüter immer noch aufwühlen beziehungsweise ihren zahnlosen Mündern Gelächter entlocken: Es ist trotz allem ihre Jugend, über die sie sich unterhalten. Und was hat ihnen das Leben im Übrigen schon geboten? Sind sie seither noch jemals so weit herumgekommen? Haben sie je wieder einen König aus der Nähe gesehen oder eine Prinzessin in Rotkreuzuniform? Hat ihnen noch jemals ein berühmter Dichter die Hand auf die Schulter gelegt und seine unsterblichen Verse deklamiert? Haben sie je wieder mit zarten jungen Blondinen herumgeschäkert – jaja, ohne dafür zu zahlen? Feine Damen, Engel voller Anmut, ganz anders als die wilden Weiber, die sie geheiratet haben und die ihnen bald, das wissen sie genau, Blumen aufs Grab legen werden, denn obwohl man sie hat schuften lassen, stecken sie immer noch voller Energie, diese verdammten Weiber. Sicher, heutzutage begegnet man zarten jungen Blondinen, wenn die Emigranten sie mitbringen, hin und wieder auch im Dorf. Eine andere kann man sogar von der Veteranenbank aus hinter der Fensterscheibe des Postamts sehen. Sie ist es, die ihnen am siebenundzwanzigsten eines jeden Monats – vor diesem Tag verbringen sie eine schlaflose Nacht – ihre Pension auszahlt und danach nie zu lächeln vergisst. Wenn sie in der Nacht davor kein Auge zutun, liegt das nicht nur an der Angst, dass ihnen jemand ihr Geld rauben könnte – sie sind niemals überzeugt gewesen, dass sie tatsächlich ein Anrecht darauf hätten –, sondern auch an diesem Lächeln, das sie in eine andere Zeit, nämlich in die glückliche Zeit ihrer Jugend, zurückversetzt. Ja, heute fühlen sie sich sogar zwanzig Jahre jünger, was schließlich das richtige Alter wäre, und ein kleines Geschenk könnte man ihr doch zukommen lassen, wenn sie wirklich »nett« wäre?, überlegen sie, bleiben aber stumm, während sie sie anstarren, ihre himmelblauen Augen, ihre rosa geschminkten Lippen, die weichen Brüste unter dem Seidenblüschen. Auch die Postangestellte sieht sie an – genau, es ist immer noch Berenice Dache, die immer noch auf ihre Versetzung wartet. Sie sieht in jedem von ihnen ihren Vater, ebenfalls ein Kriegsveteran, und schenkt ihm deshalb ein gerührtes Lächeln.

Das Postamt ist übrigens ein weiteres Merkmal, mit dem ein Nest im Süden, das etwas auf sich hält, ausgestattet sein muss. Dazu kommen noch ein halbes Dutzend Kirchen, davon zwei – die beiden bedeutendsten – mit einem Campanile; zwei rivalisierende Priester; zwei Mesner, deren Intonation an den klassischen indischen *khyal*-Gesang erinnert und die mit ihren Melismen bei der Frühmesse die Chöre der quäkenden Witwen veredeln; eine heilige und wundertätige Reliquie für jede der beiden Hauptkirchen, Gegenstand der Verehrung der Pfarrkinder, die sich in den verzweifelten Fällen, mit denen das Leben aufwartet, an diese wenden, wie Hunderte von Votivtafeln an den düsteren Reliquiaren bezeugen. Wenn auch die heiligen Reliquien nicht mehr helfen, kann man sich den Zaubersprüchen der Magierin anvertrauen, die normalerweise in der Nähe des kleinen Friedhofs mit Panoramablick wohnt, ebenso wie der Totengräber, der vorzugsweise verkrüppelt ist, damit er noch unheimlicher wirkt. Unentbehrlich ist auch eine Burg aus der Zeit der Normannen oder der Anjou, um die sich sonderbare Legenden ranken; eine Adelsfamilie, die am Spieltisch ihr märchenhaftes Vermögen verzockt hat und mindestens über ein Mitglied verfügt, das seine Zigarren mit großen Banknoten anzuzünden pflegte; ein alter Kern von Häusern, die manchmal bis auf das Mittelalter zurückgehen und nach Art eines Bienenstocks ineinander verschachtelt sind; ihm stellt sich talwärts ein neuer, im Allgemeinen abscheulicher Teil entgegen, bestehend aus »Villen« – einer Art grob verputzter Siedlungshäuschen –, die sich die Emigranten von ihren erschufteten Ersparnissen bauen; ein paar Stehcafés, die regelmäßig von Tagedieben aufgesucht werden, sich am Sonntag aber mit den verschiedenen Fraktionen füllen, in die eine ländliche Gemeinde sich nur aufspalten kann, als da sind: die Anhänger des Bürgermeisters und seine Gegner oder die Befürworter des neuen Trainers und die des alten – und gibt es vielleicht etwas Unentbehrlicheres als eine Fußballmannschaft? Zu jedem Spiel findet sich das gesamte Dorf beim Fußballplatz ein, im Winter ein Sumpf, im Sommer eine verdorrte Rasenfläche, stets jedoch vor dem Hintergrund himmelblauer Berge und unvergesslicher Sonnenuntergänge. Der Schmied ist fast immer der fanatischste Fußballfan – dass er einem Gegner das Ohr abgebissen haben soll, gehört allerdings ins Reich der Legenden. Üblicherweise befindet sich seine Werkstatt in einer finsteren Höhle zu Füßen der Burg, wo im oberen Stockwerk die Station der Carabinieri untergebracht ist, in deren Räumlichkeiten er dann infolge seiner Fußballleidenschaft jedes Jahr ein paar Nächte verbringen darf.

In diesem Bezirk wohnen auch der Notar, der Amtsarzt, der Apotheker, der Tierarzt, die Hebamme und mindestens eine Hure, die gewöhnlich nach ein paar Dienstjahren einen findet, der sie heiratet, und anderswohin zieht. Von anderswoher dagegen kommt der einzige Kriminelle am Platz, und das ist der hierher Verbannte. Entgegen dem gängigen Klischee sind die Leute in den meisten Dörfern des Südens nämlich arbeitsam, ehrlich und tolerant, und zwar so tolerant, dass sie nach einiger Zeit auch den importierten Delinquenten als Mitspieler beim *Tressette* akzeptieren – letzten Endes scheint er ja doch ein guter Kerl zu sein. Nun braucht man aber einen Ersatz, und zwar einen für seine blutrünstigen Taten bekannten Straßenräuber oder Anarchisten, damit er das oben erwähnte Vorurteil bestätigt.

Ferner ist da noch die Folkloregruppe, die zu den renommiertesten im ganzen Umkreis zählt; ein Ensemble, das von Polka über Mazurka bis zu den neuesten Hits des Sanremo-Festivals alles im Programm hat; eine Dorfkapelle, die dich an den Feiertagen in aller Herrgottsfrühe mit ihren beschwingten Melodien weckt – unvergesslich vor allem jene, die dich als Kind, auch wenn es schneit, barfuß auf den Balkon laufen lassen. Dann muss es einen Ausrufer geben, dessen Schreie, ebenfalls in aller Frühe und oft begleitet von einem Trommelwirbel oder den Klängen einer altersschwachen Trompete, verkünden, dass Markttag ist; ein Kloster mit frommen Schwestern, die einen Kindergarten unterhalten, und außerdem, damit die Kleinen an schönen Tagen ausschwärmen können, einen Park mit einem monumentalen Brunnen, hohen, efeuumrankten Zypressen und Schirmpinien.

Zur Ausstattung gehört ferner eine Grundschule und eine Mittelschule, während für den Weg zur höheren Schule eine Busfahrt in Kauf genommen werden muss; dann der katholische Jugendtreff mit Tischfußball und Tischtennis; die Freizeitorganisation mit Tischfußball und Billardtischen; ein Verkehrsverein, der Wohltätigkeitstombolen und Patronatsfeste veranstaltet; außerdem eine wenige Kilometer entfernte Ortschaft, deren Einwohner durch die

Bank für minderwertig, zurückgeblieben und niederträchtig gehalten werden – und das ist wirklich typisch, nicht nur für jedes Nest im Süden, das etwas auf sich hält, sondern für sämtliche Nester in Italien, und das gilt, wenn man es recht bedenkt, vielleicht sogar für die meisten der hier aufgezählten Stichwörter. Auch der Dorfidiot darf nicht fehlen, beziehungsweise lieber eine Dorfidiotin, deren Schreie in den Nächten, Vollmond oder nicht, die Kinder und nicht nur diese erschauern lassen. Ebenso wenig fehlen darf eine Trattoria, in der typische Gerichte der Region serviert werden – »Immer dasselbe, ist das denn die Möglichkeit?« –, und eine andere, die meist geführt wird von einem, der aus Norditalien zurückgekehrt ist, mit einer kleinen, völlig reizlosen Ehefrau – »So weit isser weg, bloß um sich so ’ne Vogelscheuche zu angeln!« – und mit kühnen Ideen zur Neuinterpretation der heimischen Küche – Pasta mit Safranbohnen, Rübenspitzchen à la Stroganoff, Stockfisch an Sahne und Gurke oder Lamm süßsauer –, was einzig und allein bewirkt, dass man der Tradition nachweint; dann ein Pfarrkino, das sich auf Filme mit heiligen oder episch-mythischen Themen wie *Die Bibel, Die zehn Gebote, El Cid, Ben Hur, Herkules gegen Maciste, Maciste gegen Samson* oder *Samson gegen Ursus* spezialisiert hat, nur am Sonntagnachmittag geöffnet ist und von kleinen Jungen wimmelt, die ungeduldig auf die Pause warten, um sich in den von der Leinwand abgeschauten griechisch-römischen Kampfmethoden zu üben, unmenschliche Laute von sich zu geben und die Mützen der anderen so herumfliegen zu lassen, dass man sich im Sperrfeuer einer Flugabwehrbatterie wähnt. Die Mützen sind nach Ende der Vorstellung nur schwer zurückzubekommen, sodass man in mehr als einem Fall heulend und mit rot gefrorenen Ohren, weil die Mütze, die man zum Ausgleich erhalten hat, ein paar Nummern zu klein ist, zur sauer reagierenden Mamma zurückkehrt. Das Pfarrkino wird üblicherweise auch noch für alle möglichen anderen Veranstaltungen genutzt, zum Beispiel für Maskenfeste, Preisverleihungen oder Aufführungen der Laienschauspieltruppe. Die unbequemen und ramponierten Stühle stapelt man dann im Raum hinter der Leinwand auf, in den man sich in der Regel zurückzieht, um den ersten Kuss mit jenem Mädchen auszutauschen, das einem den Kopf verdreht hat. Es ist diejenige, die dir von allen die Hübscheste zu sein scheint und die aus irgendeinem unerfindlichen Grund ihre sanften Augen während der Sonntagsmesse tatsächlich ausgerechnet auf dir ruhen lässt, weshalb du dich von vornherein mit besonderer Sorgfalt gekleidet hast.

In jedem Nest im Süden, das etwas auf sich hält, muss es außerdem immer einen echten Prominenten geben, der nicht nur seit Jahren einen Bogen darum macht – eben seit er ein echter Prominenter geworden ist –, sondern darüber hinaus auch noch erklärt, aus der nächstgrößeren Stadt zu stammen. Die Tatsache, dass ausgerechnet jene, denen es egal sein könnte, sich ihrer Herkunft schämen, ist das eindrucksvollste Symptom des »Dörflersyndroms«, das dich dein Leben lang verfolgt – und dass besagter Mensch tatsächlich da geboren ist, wo er behauptet, und zwar infolge des Umstands, dass sich dort das einzige Krankenhaus der Gegend befindet, ändert kein Jota an diesem Problem. Ferner braucht es vier oder fünf leichter zugängliche Halbprominente: im Allgemeinen Präfekten, Polizeipräsidenten, Richter, Polizeidienststellenleiter oder Dirigenten der Militär- beziehungsweise Carabinieri-Kapelle, die sich vor der Schwelle zum Ruhestand zurückmelden, um eine schöne Belohnung für ihre Karriere einzuheimsen, und ihre Heimatgemeinde ebenso ehrlich, arbeitsam und gastfreundlich vorfinden, wie sie sie verlassen haben – dermaßen gastfreundlich sogar, dass man sie gar nicht mehr weglässt. Drei Barbierläden, von denen der eine auch als Zeitungskiosk für die jungen Nichtstuer dient, die dort den größten Teil des Vormittags verbringen, um sich über Fußball, Frauen und fahrbare Untersätze zu unterhalten, unterstützt bei dem faszinierendsten dieser Themen durch den Ständer mit den gewagten Magazinen, die jetzt, gegen Ende der sechziger Jahre, allmählich hinter den wenigen Tageszeitungen hervorzulugen beginnen und für einige Exzentriker zurückgelegt werden – die üblichen Honoratioren sowie ein alter Gewerkschafter im Ruhestand. Zwei

Friseurinnen, von denen die weniger angesehene ambulant arbeitet und somit die Tradition der *capera* hochhält; ein paar basarähnliche Warenhäuser, wo alles erhältlich ist, von Mortadella über Besteck, Kladden und Obst bis hin zu Schnürsenkeln und den dazu erforderlichen Schuhen, auch wenn man diese in der Regel in der nächstgelegenen Stadt kauft – »Bedenkt man Auswahl und Qualität dort, dann zahlst du hier glatt das Doppelte«. Einen Schneider und eine Schneiderin, die sich zwar vor Arbeit nicht retten können, aber arm sind wie Kirchenmäuse, weil man ihre Leistung noch traditionsgemäß mit Naturalien vergütet: zehn Eier sofort, ein Zicklein, sobald es geboren wird, und fünf Sträuße Artischocken zu Beginn der Artischockensaison – »Und was soll ich in der Zwischenzeit essen?« Einen Tankwart, der außer der Zapfsäule auch noch das Bestattungsunternehmen betreibt und in der kleinen Schreinerei neben der Tankstelle die notwendige Anzahl von Särgen herstellt, gleichermaßen um die Diesseits- wie um die Jenseitsreisenden bemüht. Und schließlich ein Belvedere, einen Aussichtspunkt oder zumindest einen Felsen, von dem aus man sich an bestimmten sonnigen und windigen Tagen einbilden kann, das Meer zu sehen – oder es manchmal tatsächlich sieht.

Über all das hinaus, und das ist nicht wenig, muss jedes Nest im Süden, das etwas auf sich hält, unter allen Umständen seinen Experten für Heimatgeschichte haben, einen, der seine Existenz dem einzigen Ziel opfert, seinen Mitbürgern das Wissen um eine zweifellos ruhmreiche Vergangenheit zu vermitteln – heißt es nicht schon bei Giacomo Leopardi: »Besinne dich auf deine Ahnen, du morscher Zweig«? –, sie mit Stolz zu erfüllen und ihnen auf diese Weise zu helfen, Elend und Niedergang der gegenwärtigen Zeiten durchzustehen, um dann als Gegenleistung gelegentlich Anerkennung, meist aber jenen Spott zu erfahren, den der »morsche Zweig« für gewöhnlich über seinen Literaten ausschüttet.

Nun war ich bis zu einem gewissen Punkt in meinem Leben davon überzeugt gewesen, dass diese Rolle auf würdige Weise von dem Organisten Medoro verkörpert wurde. Dann aber begegnete ich Sabino Corelli, besser bekannt als der »Professor«. Und um einen Professor handelte es sich tatsächlich – er war mein Italienischlehrer in der Mittelstufe –, aber der Spitzname und die respektlose Herablassung, mit der er in der Regel ausgesprochen wurde, leiteten sich eher von seinem *Hobby* her, ein Begriff, der damals selbst bei uns im Dorf – wo man ihn wie *obbs* aussprach – in Mode war, später allerdings zu Recht in Vergessenheit geriet, weil er unzureichend würdigte, dass jene Tätigkeiten nur deswegen als überflüssig gelten, weil sie während der Freizeit ausgeübt werden, obwohl sie doch oft die einzige, verzehrende Leidenschaft eines ganzen Lebens darstellen. So war es auch im Falle jenes Mannes, in dem ich meinen Meister fand – wenngleich man besser sagen sollte, dass er es war, der mich zu seinem Lehrling erwählte.

Ich war der Klassenbeste, doch das hätte nicht genügt, um aus mir denjenigen zu machen, der ich wurde. Corelli hegte vielmehr gegenüber der Schule wie gegenüber jeder anderen Institution jenes Gefühl der Gleichgültigkeit, wie es für Künstler und geniale Menschen generell typisch ist. Im Übrigen gab es für die Tatsache, dass er sich jeden Morgen pünktlich in seinem makellosen Dreiteiler im Klassenzimmer einfand, einem kalten, spärlich beleuchteten und von übel riechenden Knaben bevölkerten Saal, nicht einmal einen ökonomischen Beweggrund. Schon von Hause aus reich, hatte er seine Einkünfte weiter vermehrt, indem er Donna Edgarda geehelicht hatte, die er anlässlich eines Universitätsausflugs nach Capri sowie eines anschließenden Abstechers zum berühmt-berüchtigten »Sprung« des Tiberius kennengelernt hatte. Vor einem wunderschönen novemberlichen Sonnenuntergang hatten die beiden jungen Leute – er der Sohn von Amilcare Corelli, dem Notar von Marcianese, sie die Tochter des Barons Ugo Olivares Salina – statt der Stimmen der ins Meer gestürzten Opfer des sadistischen Kaisers, die der Legende zufolge genau zu jener Stunde des Tages zu hören sein sollten, eine andere, nicht weniger geheimnisvolle Stimme vernommen. Sie war aus ihrem Herzen gekommen und hatte sie einen Monat später veranlasst, eine inzwischen dreißig Jahre währende

Verbindung zu besiegeln, die sich, obwohl nicht durch die Geburt eines Erben gesegnet, fester und heiterer präsentierte denn je.

Gleich nach der Hochzeit stattete Corelli dem entlegenen Heimatdorf seiner Gemahlin einen Besuch ab und verliebte sich in das Nest mit derselben jähen Leidenschaft, mit der er für seine Gattin entflammt war, sodass er nicht nur den Entschluss fasste, sich dort niederzulassen, sondern auch jenen, sein leibhaftiger Poet zu werden. In Dutzenden und Aberdutzenden von Publikationen besang er seine Geschichte und die romantische Schönheit der Landschaft und stellte schon bald die beiden anderen Anwärter auf das Amt in den Schatten – den Apotheker und sogar den Baron, seinen Schwager, die beide zwar nur mittelmäßige Forscher waren, aber über den nicht zu unterschätzenden Vorteil verfügten, Alteingesessene zu sein.

Doch trotz seines wirtschaftlichen Wohlstands und des enormen Engagements, das ihm seine Studien abverlangten, hatte Corelli niemals das Unterrichten aufgegeben, wenn man einmal von jener Pause absieht, die auf seine erste große Entdeckung wenige Monate nach seinem Umzug ins Dorf gefolgt war, als er nämlich in einem wahren Geniestreich das Bildnis der echten Mona Lisa ausgerechnet in einem der Säle im Schloss seiner Gemahlin lokalisierte – ein Bildnis, das sein Schwager, der Baron, praktisch von Geburt an vor Augen hatte, ohne es indes zu »sehen«. Die Entdeckung hatte ihm die Veröffentlichung eines umfangreichen Artikels in der kalifornischen Zeitschrift *Mysterious Antiquities* eingebracht, außerdem Anerkennung seitens des Rektors der Universität Kairo, eine lobende Erwähnung durch die Freie Universität Locarno und vor allem ein Interview in der seinerzeit hochgeschätzten Fernsehsendung *Cronache italiane*. Der Journalist, dem er es gewährte, war in der Überzeugung aus Rom angereist, es mit dem üblichen Mythomanen zu tun zu bekommen, fand sich aber stattdessen einem geschliffenen Intellektuellen gegenüber, der mit seiner Präsenz die Wohnzimmer eroberte und so die definitive und unwiderrufliche Weihe zum offiziellen Historiker erlangte. Auf der Welle der Begeisterung nahm sich Corelli ein Jahr Sonderurlaub – ein Sabbatjahr, wie er es gern nannte –, um sich ganz der Forschung zu widmen, und erlebte dann den finstersten Abschnitt seines Lebens, das sich schlagartig wieder aufhellte, als er ins Klassenzimmer zurückkehrte. Noch am selben Tag, als er den in die Leere gerichteten Blick der Schüler sah und ihr Gähnen und ihr monotones Murmeln hörte, erwachten in seinem Geist endlich wieder jene Ideen und Intuitionen, nach denen er über lange Monate hinweg vergebens Ausschau gehalten hatte. Er lernte die Arbeit in der Schule samt der ihr eigenen Langeweile und Eintönigkeit ebenso zu schätzen wie die strenge Askese, die notwendig ist, wenn man zur »Vision« gelangen will – oder um es mit Foscolo zu sagen: Es ist die Entbehrung, die den Willen stärkt.

Doch nicht deswegen vernachlässigte er den Unterricht. Seine Stunden waren vielmehr immer gedankenvoll, leidenschaftlich, ja sogar unterhaltsam, aber selbst in jenen Momenten, in denen wir – sein primitives Publikum – uns in das weise erschlossene Universum des Wissens versetzt fühlten, bemerkten wir, dass er mit seinen Gedanken anderswo weilte. Im Übrigen hatte er irritierende Umgangsformen. Unsere unsicheren, aber willigen Lernanstrengungen verfolgte er ohne jede Begeisterung. Mit vollen Händen teilte er Spott aus, wenn er in der Klasse die Hausaufgaben verlas, und während er uns abfragte, kräuselte er die Lippen zu einem unverhohlen mitleidigen Lächeln oder vergrub das Gesicht in den Händen, um sich dann plötzlich zu schütteln und in fieberartiger Ekstase eine seiner Kladden, die in tabakfarbene Seide gebunden waren, mit Notizen zu füllen: Es waren die »Absencen«, auf die alle warteten, um sich jenen Tätigkeiten zu widmen, denen Schüler mit Vorliebe nachgehen, sobald der Lehrer abgelenkt ist: Nasebohren, Raketenwerfen, gegenseitiges Bespucken, Abschreiben der Hausaufgaben für die folgende Stunde, und all dies in absoluter Stille wie eine Bakterienkolonie, die unter der Linse eines Mikroskops wimmelt. Alle taten das, nur ich nicht, der ich ihn entzückt anstarrte: Was hätte ich nicht darum gegeben, lesen zu dürfen, was dieser unverdrossene Lüfter von Geheimnissen notierte … ein Privileg, das mir leider schon bald gewährt werden sollte.

Tatsache ist, dass ich in Corelli viel mehr als nur einen Lehrer sah. Er war anders als jedes andere Mitglied des Lehrkörpers – und auch anders als jeder andere Mensch, den ich kannte. Die Art, wie er sich bewegte, sprach und sich benahm, faszinierte mich. Doch trotz meiner Bemühungen, mich hervorzutun – bereits Mitte des Schuljahrs beherrschte ich den Stoff des folgenden –, legte er mir gegenüber dieselbe olympische Gleichgültigkeit an den Tag wie gegenüber den anderen. Bis ich mich eines Morgens während einer seiner periodischen »Absencen« ebenfalls »absentiere«. Ich bin vollkommen mit einer jener Miniaturen beschäftigt, mit denen Schüler gern die weißen Flächen in ihren Heften verzieren – und die, wenn man nur seine Aufmerksamkeit darauf lenkte, höchst aufschlussreiche Hinweise auf ihren existenziellen Zustand liefern würden –, als ich, bereits zu spät, eine Präsenz hinter mir fühle. Ich drehe den Kopf und sehe, dass er mich mehr oder weniger bedrohlich fixiert, zumal er jetzt mit dem Finger auf die Heftseite deutet und sagt: »Und das da? Was soll das darstellen?« Ich bin gerade dabei, mit einem roten Filzstift, den ich mir just an diesem Morgen gekauft habe, die Kreuze auszufüllen. Vielleicht ist es der Lösungsmittelgeruch, der mir zu Kopf steigt, jedenfalls rede ich forsch drauflos: »Das sind die zinnoberroten Kreuze der edlen Ritter des Templerordens.« Ich sehe, dass er die Augen zu schmalen Schlitzen zusammenkneift, und füge deshalb in devotem Ton hinzu: »Ich entferne sie sofort, Herr Professor. Oder soll ich lieber gleich die ganze Seite herausreißen?« Was so eine geschnüffelte Ladung Filzstiftfarbe nicht alles bewirken kann!

»Was weißt denn du schon über die Tempelritter?«, fragt er von oben herab.

Ich sage ihm alles, was mir bekannt ist, seit ich Medoros spärliche Informationen mit Hilfe der Enzyklopädie *Labor* erweitert habe – ein mit Genehmigung des Duce veröffentlichtes Werk, das damals und auch später noch in jeder italienischen Familie zu finden war, mit beachtlichen Fotos von Abessinierinnenbrüsten, die allerdings, verglichen mit den tadellos spitzen auf Onkel Arcangelos Bildern, ein wenig ausgeleiert sind, aber immerhin. Während die Schüler rundum vorsichtig die Tätigkeiten wieder aufnehmen, denen sie sich gewöhnlich auch dann widmen, wenn sich der Lehrer einen privaten Gedankenaustausch über Themen erlaubt, die nicht Bestandteil der vom Ministerium vorgeschriebenen Lehrpläne sind, schließe ich mein Referat hochtrabend ab, indem ich deklamiere: »Nach der auf Betreiben von Philipp IV., genannt der Schöne, durchgeführten Verfolgung und der anschließenden Vertreibung aus Frankreich sollen sich die wenigen Überlebenden des schändlichen Gemetzels zu uns in unser Dorf geflüchtet haben.« Dann fixiere ich den Professor in Erwartung der verdienten Belobigung. Stattdessen sehe ich, wie sein Blick sich verfinstert. Fast kommt es mir so vor, als bräche er gleich in jenes Gelächter aus, das ich für demütigender halte als seine körperlichen Züchtigungen – zehn Stockschläge auf den Handrücken etwa. Ich muss zu viel gesagt haben, denn tatsächlich findet sich in der *Labor* kein Wort über unser Dorf. Deshalb schiebe ich grinsend nach: »So lautet zumindest die Theorie von Medoro« – angesichts der Tatsache, dass Medoro gegenwärtig Gast im Irrenhaus von Aversa ist, möchte ich ihm zu verstehen geben, dass ich der Erste bin, der einer solchen hirnrissigen Hypothese keinerlei Gewicht beizumessen gewillt ist.

»Die Theorie von Medoro!«, brüllt er jetzt. Das mikroskopische Schülergewimmel erstarrt, und in die regungslose Stille hinein schallt seine empörte Stimme: »Jahrelang hab ich herumknobeln müssen, um zu diesem Schluss zu gelangen, und dann kommt dieser Irre daher und nennt das die Theorie von Medoro!« In seiner Wut ist der Professor tatsächlich in seinen heimatlichen Dialekt zurückgefallen. Nachdem er die Nase hochgezogen hat, fasst er sich wieder, überprüft die Knopfreihe seiner Weste und fügt, ehe er zum Katheder zurückkehrt, in italienischer Hochsprache und in einer protokollarischeren Ausdrucksweise als der, deren er sich üblicherweise befleißigt, hinzu: »Begib dich Punkt 14 Uhr 30 zu meinem

Domizil, damit ich dir zeige, ob es sich hierbei um eine Theorie von Medoro handelt, *pschhhhhh.*«

Von jenem Tag an fand ich mich täglich Punkt 14 Uhr 30 im Hause Corelli ein. Die Großmutter hatte nichts dagegen einzuwenden. Bereits zufrieden mit meiner tiefen Reue – immer mit den besten Noten versetzt, war ich zudem der hochgelobte Organist des Klosters –, glaubte sie, die Besuche beim Professor könnten mich vor möglichen Rückfällen schützen. Außerdem und vor allem ging es mit der Firma *Olii Superfini* aufwärts, und sie hatte viel um die Ohren.

So kam es, dass ich zu den Wissensgebieten, denen Corelli seine ganze Kraft widmete, hingelenkt und der Welt endgültig entrückt wurde.

9

Als ich aus dem Mund des Professors zum ersten Mal das Wort »Demologie« höre, denke ich, wie wohl alle, zunächst an Dämonen, das Böse, den Teufel, statt an »Volkskunde«, und wenn ich, obwohl mir Ursprung und Bedeutung des Begriffs mittlerweile klar sind, immer noch den Teufel vor Augen habe, liegt das zum Teil am Aussehen meines Meisters – er ist klein, leicht verwachsen, hat einen diabolischen Spitzbart und eine runde Hornbrille auf der Habichtsnase –, aber im Wesentlichen doch an seinem Lebensstil, der sich mir bereits am ersten Tag meiner Lehrzeit in seiner ganzen Absonderlichkeit offenbart.

Ich klopfe an jenem Nachmittag ein bisschen zu früh bei den Corellis an. Auch mein Herz pocht schneller, aber die achtzig Pulsschläge – durchaus normal für einen Schüler, der seinen Lehrer besucht – sind nichts im Vergleich zu dem Herzrasen, das sich einstellt, sobald ich die Tür hinter mir zugemacht habe und im Dunkel des Flurs ein schweres Tapsen und ein wildes Knurren höre, worauf mich auch schon zwei schmutzige, geifernde Bestien anspringen, meine Handgelenke umklammern und mich zu Boden werfen – eine wahre Teufelsbrut. Tatsache ist, dass ich kein gewöhnliches Haus betreten habe, sondern ein düsteres Schloss. Eine ganze Abfolge von Generationen eines nicht gerade vertrauenerweckenden Geschlechts – pfählende Ritter, wahnsinnige Kardinäle, blutjunge Selbstmörder und mannstolle Schlossherrinnen, die im Zuge teilnehmerstarker Orgien ermordet wurden – hat in diesen Gemäuern gelebt, um welche sich seltsame Legenden über Gespenster und Verwünschungen ranken. So dauert es ein wenig, bis mir klar wird – ich bin ja auch noch von der Sonne geblendet –, dass es sich bei den beiden Wesen, die mir ihre Zähne in die Handgelenke schlagen, nicht um wild gewordene Gespenster oder ruhelose Seelen unbeerdigter Toter oder Lemuren verruchter Renegaten handelt, die sich infolge der Folterungen, denen sie einige Jahrhunderte zuvor hier unterzogen wurden, verwandelt haben, um sich nun an meiner Wenigkeit zu rächen. Selbst als ich die beiden Bluthunde, die sich in der Zwischenzeit links und rechts von mir niedergelassen haben, endlich sehen kann, stoße ich keinen Seufzer der Erleichterung aus. Zum Glück aber ertönt nun eine silberhelle Stimme: »Castor, Pollux … Warum seid ihr beiden nur immer so verspielt? Meine lieben Wauwauchen, lasst doch Carlino in Ruhe.«

Die Besitzerin der Stimme und besagter Köter leuchtet dank eines ihrer pastellfarbenen Kleider, für die sie im Dorf berühmt ist, im Dämmerlicht. Wie das Hologramm einer dicken, tapsigen Schicksalsgöttin wirkt sie, doch es handelt sich um Donna Edgarda, die Gemahlin des Professors und Nachkommin der Olivares Salina, denen der Bau dieses Schlosses zu verdanken ist. Außerdem ist sie Vorsitzende der Kongregation der Wohltätigen Damen der heiligen Barbara. Sie ist so oft in unserem Haus gewesen, dass sie mich wie meine Angehörigen Carlino nennt. Ich atme ihren Konfektduft ein, als sie jetzt dicht an mir vorbeigeht und in die Handschuhe schlüpft, die genauso himmelblau sind wie ihre Schuhe. Sie rückt ihr Hütchen mit dem kleinen Schleier zurecht, und bevor sie von dem Lichtschein draußen aufgesogen wird, sagt sie sanft: »Aber warum liegst du denn noch immer auf dem Boden, Carlino? Geh, der Professor erwartet dich. Er ist im Studierzimmer. Nach dem letzten Zimmer nimm die Treppe am Ende der Loggia, die nach unten führt.«

Leichter gesagt, als getan, denn die beiden Bestien lassen mich nicht los. Ich versuche mich zu erheben, indem ich mich auf ihre sabbernden Schnauzen stütze. Keine Chance – sie halten mich nur noch fester umklammert. Da kommt mir eine Idee: Ich blase ihnen ins Ohr, erst dem einen, dann dem anderen, wie man es eben mit Hunden macht, damit sie einen loslassen, und endlich bin ich frei – allerdings nur bedingt, denn sie eskortieren mich wie zwei Sekundanten einen Verurteilten. Zunächst geht es durch eine Flucht miteinander verbundener Säle, dann erreichen wir die Loggia, schließlich eine Freitreppe und unten eine kleine Tür. Ich klopfe, und jemand sagt: »Herein!«

Das Einzige, was ich erkenne, ist die Flamme eines roten Keramikofens, aber sie verströmt ein so schwaches Licht, dass ich ein Weilchen brauche, bis ich mich an die Dunkelheit gewöhne. Es riecht sehr würzig, und ich höre die Stimme des Professors von irgendwoher sagen: »Ich beglückwünsche dich zu deiner Pünktlichkeit, das ist nämlich die erste Regel. Jetzt nimm die Kanne von dem Ofen da. Aber pass bitte auf! Sie ist kochend heiß. Gieß den Inhalt in diesen Behälter da und bring ihn mir.«

Angespornt von dem Kompliment und immer verfolgt von den Bluthunden, gelange ich zum Ofen. Ich schütte die Flüssigkeit aus der Kanne in das Gefäß, in dem eine Stoffbrille liegt – von dort kommt auch der Geruch nach Gewürzen, der mir in die Nase steigt und mich zum Niesen reizt –, und durchquere den riesigen Raum. Erst jetzt erkenne ich, dass ich mich unter der Wölbung einer Art Höhle befinde. An den Wänden aus unbehauenem Stein hängen Ringe und Ketten jeglicher Größe. »Das war die Folterkammer«, sagt der Professor, als hätte er meine Gedanken gelesen. »Ich habe sie aus metaphorischen Gründen gewählt: Selbst für den passioniertesten Forscher ist das Studium stets eine Folter, wenngleich eine milde.«

An dem einen Ende des Saals steht ein riesiger massiver Schreibtisch mit hohen Bücherstapeln, zwei Altarkandelabern, einer gewöhnlicheren Tischlampe, zwei Armillarsphären, einem von Schlangen umzingelten kindlichen Herkules, ein paar Köpfen griechischer Denker und einigen kleinen tibetischen Idolen. Neben dem Schreibtisch befindet sich ein Fackelhalter, um dessen Schaft sich ein Drache windet, und auf der anderen Seite stehen eine chinesische Statue, die Göttin Kali mit ihrem Armgewimmel und ein platt gedrückter Tintenfisch auf einer großen Bronzeplatte. An der Wand hängen zwei alte Karten von den Erdhalbkugeln. Ich gehe um eines der Bücherregale herum, die fast bis zur Decke reichen. Dahinter sickert ein schmaler Lichtstreifen durch die schwere Draperie vor dem Fenster, schneidet den Raum in zwei Teile und streicht über die Dormeuse, auf welcher der Professor liegt. Der Ärmel seiner Hausjacke schimmert blutrot, und seine gespenstisch blasse Hand wedelt ungeduldig: »Na also, wie lange brauchst du denn noch? Rasche Entschlüsse, lautet eine weitere Regel!«

Ich gehe auf ihn zu, immer noch von Castor und Pollux verfolgt, die sich vor ihm auf den Boden fallen lassen. Anders als in den anderen Räumen ist der Fußboden hier aus Holz, und nach dem dumpfen Plumpsgeräusch zu urteilen, ist er über einem Hohlraum ausgelegt. Der Professor nimmt die Schüssel, drückt die Stoffbrille aus, und bevor er sie sich auf die Nase setzt, sagt er: »Jetzt pass gut auf: Weck mich, sobald du hörst, dass ich zu schnarchen anfange. Sobald ich *anfange*, verstanden? In der Zwischenzeit lies meine Publikation über die Tempelritter, sie liegt auf dem Schreibtisch. Schalt ruhig die Lampe ein. Aber vergiss gefälligst nicht, mich aufzuwecken! Noch irgendwelche Fragen?« Ich hätte welche, aber es wären zu viele, deshalb verneine ich. »Gut so! *Vertrauen in den Lehrer*. Das ist die wichtigste Regel für den Schüler.«

Das enthüllte Geheimnis der Tempelritter ist ein dicker Wälzer mit einem zinnoberroten Kreuz auf dem marmorierten Einband und einem Epigramm, das lautet: »Allen Unglücklichen, den Opfern der menschlichen Ungleichheit«. Das Vorwort stammt von Herzog Pier Andrea Bellomo Rapaci. Es sind nur wenige Seiten, aber schon mehr als das, was ich in der Enzyklopädie *Labor* gelesen habe. Mein Meister hat unterdessen zu schnarchen angefangen. Ich stehe auf, gehe zu ihm, spreche ihn an. Einmal, zweimal, dreimal. Nichts. Nun erfordert das Aufwecken eines Schlafenden immer eine gewisse Dosis an Unverschämtheit, doch der eigene Lehrer ist gewiss nicht irgendein Schläfer. Andererseits war seine Forderung unmissverständlich. Ich schüttle ihn also leicht. Ich schüttle ihn fester. Grob. Er hat einen Anfall von Muskelstarrkrampf erlitten – und mir steht der Sinn keinesfalls danach, ihn von der Dormeuse herunterzuwerfen, zumal Castor und Pollux mich inzwischen anknurren. Beim Anblick ihrer bedrohlichen Schnauzen fällt mir die Lösung ein: Ich beuge mich vorsichtig zum Meister hinunter und blase ihm ins Ohr. »Wer ist da? Wer ist da?«, fährt er hoch und seufzt dann: »Ach du bist es, Carlino.«

Dass auch er mich bei dem Namen nennt, der bei mir zu Hause verwendet wird, muss mir gefallen, denn noch bevor er mein Meister ist – das habe ich soeben begriffen –, ist er immer noch mein Literaturlehrer. Gewiss wird er mich angesichts der sich anbahnenden Beziehung, sollte ich eines Tages meine Lateinübersetzung vermasseln, immer noch bevorzugen. Unterdessen macht er wider Erwarten keine Anstalten aufzustehen. Er wirkt einen Augenblick wie betäubt und sagt dann: »Leider nichts.« Daraufhin lässt er sich wieder zurücksinken und fordert mich auf: »Sobald ich schnarche, weck mich, hm?« Das ist in der Tat ein merkwürdiges Verhalten. Während ich mir noch so meine Gedanken mache, flüstert er: »Du liest weiter. Nachher möchte ich deine Meinung wissen«, und ihn das sagen zu hören, ist eine große Genugtuung. Man stelle sich vor: Sabino Corelli, der berühmte Historiker, der sogar in der Fernsehserie *Cronache italiane* aufgetreten ist, bittet mich um meine Meinung! So stürze ich mich wieder auf die Lektüre, aber schon bald wird es mir zu bunt. Die Hypothese des Meisters deckt sich mit der von Medoro! Damit wir uns recht verstehen: Die Geschichte vom märchenhaften Schatz, den die Tempelritter irgendwo im Dorf versteckt haben sollen, wird hier von einer Menge Beweise flankiert, die dem verrückten Organisten unbekannt waren – Inschriften, Lieder, Sprichwörter, volkstümliche Erzählungen, Landkarten und in weit entfernten Bibliotheken aufbewahrte Dokumente –, und die Geschichte ist nach wie vor absolut fesselnd, aber nach ungefähr zwanzig Seiten ist alles zu Ende. Was dann folgt, ist eine Abfolge von Verweisen auf ältere Werke mit Auszügen in Latein, Französisch, Deutsch, Englisch, Arabisch, ja sogar Aramäisch, und ich verstehe natürlich nicht die Bohne. Zum Glück hat Corelli wieder zu schnarchen begonnen. Ich gehe ihn wecken, und erneut muss ich warten, bis er wieder einschläft. Die Szene wiederholt sich noch viermal, aber dann, beim siebten »Ohrenblasen«, passiert etwas.

»Ich hab's, ich hab's!«, jubelt der Meister, und der Gebrauch seines heimatlichen Dialekts verrät eine besondere Gefühlsaufwallung. Er nimmt die Stoffbrille ab und beginnt, immer noch auf der Dormeuse liegend, wie wahnsinnig in seinem tabakfarbenen Notizbuch herumzuschreiben. So geht es ein paar Minuten, dann stößt er einen lauten Seufzer aus, streckt sich und fragt mit einem breiten Grinsen: »Du lachst mich aus, wie?« Er massiert sich die Wange, während ich zaghaft verneine. Darauf erklärt er: »Hör auf. Du kannst nichts dafür. Meine Arbeitsmethode kann einem schon seltsam vorkommen, und sie ist es auch, aber du musst wissen, dass nach der Lehre, die Madame Blavatsky uralten gnostischen Texten entnommen hat, der Moment vor dem Tiefschlaf derjenige ist, der vor Intuitionen nur so strotzt. Tatsächlich handelt es sich weniger um Intuitionen als um regelrechte ›Visionen‹, und die gehen verloren, wenn man richtig einschläft, und es ergeht einem wie einem Fischer, der seine Angel auswirft, aber dann wenn der Fisch anbeißt, nicht darauf gefasst ist. Eine Popularisierung dieser gnostischen Lehre findet sich in der italienischen Redensart: ›Wer schläft, fängt keine Fische‹, deren erste Erwähnung sich übrigens in einem aus unserem Dorf stammenden Dokument aus dem 13. Jahrhundert findet, wie ich in meinem Buch *Angeblich fremdstämmige Redensarten und Sprichwörter* ausführlich dargelegt habe. Du wirst dich fragen, wie das möglich ist, da wir ja nicht am Meer liegen, aber du weißt eben nicht, dass es hier bis vor zwei Jahrhunderten einen See gab, den Mefito- oder Stinker-See, der groß und sehr fischreich war.«

Er mustert mich beifallheischend, und nachdem er meinen Beifall natürlich erhalten hat, fügt er hinzu: »Um auf meine Arbeitsmethode zurückzukommen, so assistiert mir in der Regel Donna Edgarda, aber ihr tut es weh, mich aufzuwecken« – und er verfällt wieder in seinen heimatlichen Dialekt – »zumindest behauptet sie das. So sind die Frauen eben. Sie kann sich einfach nicht konzentrieren. Jetzt bist du aber da, und da habe ich, um bei der Metapher zu bleiben, einen guten Fang gemacht, einen wirklich guten Fang.« Dann geht er pfeifend auf eines der Regale zu und zieht einen Band heraus. Weitere Bücher nimmt er aus anderen Stellagen. Hin und wieder ruft er: »Genau!«, »So ist es!«, »Volltreffer!« Und kaum eine Viertelstunde später blickt er von den Büchern auf und sieht mich lächelnd an. Er zündet sich eine Zigarre an, macht es sich auf dem Sessel bequem, nimmt einen tiefen Zug und verkündet zufrieden: »Heute, mein lieber Carlino, bist du Zeuge eines historischen Ereignisses geworden. Auch dank deiner wertvollen Mitarbeit ist die Demologie, von griechisch *demos + logia*, also die Wissenschaft, die das Volk und seine Bräuche erforscht, um eine neue, außerordentlich bedeutsame Entdeckung bereichert worden. Schon seit Jahren habe ich mich gefragt, was die tiefere Bedeutung des Wortes *troccola* ist, mit dem wir die Ratschen bezeichnen. Vergeblich habe ich mir den Kopf zerbrochen über die Bedeutung, die ihnen bei der Karfreitagsprozession zukommt, und mich konnte auch die übliche Erklärung nicht zufriedenstellen, der zufolge an jenem Tag zum Zeichen der Trauer über Christi Tod die Glocken schweigen müssen und deshalb die Ratsche, *huhuhu*, die einzige Möglichkeit sei, die Gläubigen zusammenzurufen. Eine Erklärung, die nicht nur grob funktionalistisch, sondern ein wirklicher Blödsinn ist: Was für eine Notwendigkeit hätte für die Gläubigen denn bestanden, ausgerechnet mittels Ratschen von einer Zusammenkunft zu erfahren, die sich jedes Jahr wiederholt und von der ohnehin alle wissen? Wie mir hingegen diese Texte bestätigt haben«, und er deutet auf den Bücherhaufen, der in prekärer Schieflage auf dem Schreibtisch thront, »ist die *troccola* – von griechisch *trochos*, was so viel wie ›Rad‹ bedeutet – vollkommen identisch mit der tibetischen Knarre und Dutzenden von anderen Instrumenten, die bei den Ritualen apotropäischer Magie – von griechisch *apotropein*, ›jemanden Gefährlichen oder etwas Gefährliches vertreiben, bannen‹ – ebendeshalb benutzt werden, weil der Lärm, den sie erzeugen, die Verstorbenen abschreckt und sie ein für alle Mal aus der Welt der Lebenden verbannt, denn es gibt nichts Widerwärtigeres, als sich einem verwesten Toten gegenüberzusehen. Kurzum, mein lieber Carlino, die Kirche toleriert unwissentlich eine symbolische Modalität, welche die Negation ihrer eigenen Lehre darstellt, aber sobald die Wissenschaft ins Spiel kommt, verflüchtigt sich dank der Gelehrten sowohl die theologische als auch die menschliche Unwissenheit. *He, he.*«

Er zieht ein weiteres Mal an seiner Zigarre und fährt dann mit seinen Betrachtungen fort: »Nun könntest du dich fragen, warum ich nicht schon vorher darauf gekommen bin. Das fragst du dich, nicht wahr? Siehst du, unser Verstand ist ein großes Meer voller Wracks; es gilt herauszufinden, in welchem sich der Schatz verbirgt. Hier hilft dir nun die Vision weiter. Manche nennen es Glück, andere Intuition, aber wie immer man *es* auch nennen mag: Es ist die Kraft, die dich antreibt, in die richtige Richtung zu gehen, statt dich auf tausend anderen Wegen zu verzetteln. Für uns Forscher ist das wichtiger als jedes Talent, vergiss das nicht.«

Gestärkt durch diese fundamentale Erkenntnis, liebte es der Meister, während der täglichen Pause – der *penneca* – seine Phantasie schweifen zu lassen, um auf diese Weise zur »Vision« zu gelangen. Ihm genügten minimale Anhaltspunkte – eine einfache Namensgleichheit, der kryptische Absatz eines Gedichts oder eine vom Zahn der Zeit unleserlich gemachte Inschrift –, um zu den kühnsten Schlussfolgerungen vorzustoßen. Unter Anwendung dieser Methode hat er in seinem Werk *Klärungsbedürftige Persönlichkeiten und Ereignisse* ausführlich nachgewiesen, dass im Gegensatz zur vorherrschenden Meinung mindestens ein Dutzend der Künstler, Denker und Politiker, die Italien groß gemacht haben, in unserem beschaulichen Dorf zur Welt gekommen sind oder zumindest ihre bedeutendsten Werke mit einem versteckten Hinweis auf selbiges geschaffen haben. In diesem Sinne war es ihm gelungen, das Nichtbeweisbare zu beweisen. So stellte er die mit Belegen unterfütterte Behauptung auf, dass das Incipit von Manzonis *Verlobten* – trotz der augenscheinlichen Klarheit des Textes – nicht auf den Comer See Bezug nimmt, sondern auf unseren inzwischen ausgetrockneten Mefito-See, und dass die Protagonisten ihren Ursprung in der – nicht einmal besonders geschickten – Tarnung historischer Persönlichkeiten des Südens haben, denn der ganze Roman ist nichts anderes als das Plagiat des Werks eines aus unserem Dorf stammenden Mönchs, das der große lombardische Dichter zufällig in der Bibliothek der Familie Borromeo aufgestöbert hat. Kurzum, was für Medoro Sarchione reine Intuition geblieben war, verwandelte sich in den Händen Sabino Corellis mittels aufwendiger und komplizierter Analysen in Wissenschaft, und dies mit einem einzigen Ziel – das letzten Endes jeder Heimatforscher vor Augen hat –, nämlich nachzuweisen, dass das Scheißkaff, in dem das Schicksal einen das Licht der Welt erblicken ließ, in einer fernen Zeit der Punkt gewesen ist, von dem der entscheidende Anstoß für die Entwicklung der Kultur der Nation, ja der ganzen Welt ausging. Hatte nicht sogar John Milton, der größte unter den Dichtern Albions, das Werk Bruder Serafinos abgeschrieben, eines anderen bescheidenen Geistlichen, der durch unser Dorf gekommen war und einige Jahrzehnte früher gelebt hatte als der Engländer, aber trotz der hervorragenden Qualität seines *Verlorenen Paradieses* keinerlei Aufmerksamkeit erregt hatte? Auf welche Weise Milton davon erfahren haben mochte, stellte für den Meister ein nebensächliches Problem dar – »Nicht alles lässt sich erklären«, lautete der wichtigste seiner Leitsätze. Merkwürdig war es in der Tat, dass jenes Bildnis, welches Corelli mir noch am selben Tag zeigte, sehr starke Ähnlichkeiten mit Leonardos *Mona Lisa* aufwies, wenngleich mit grobem Pinsel gemalt. Noch merkwürdiger aber war, dass ein großer Teil der anderen zahlreichen und unglaublichen Entdeckungen meines Meisters in belobigenden Briefen, Bescheinigungen seiner Verdienste und Rezensionen seitens der Universitäten der halben Welt bestätigt worden war. Eine ganze Wand seines Studierzimmers hatte er damit tapeziert, und oft las er sie mit lauter Stimme vor, weil er vielleicht nur so den Zweifeln entfliehen konnte, die selbst an seinen in Granit gehauenen Gewissheiten nagen mussten. Ich hörte ihm an den langen Winternachmittagen zu, und in dem fahlen Licht, das sich durch die Fenster verbreitete, konnte ich die geschwärzten Steine eines alten Taubenschlags und das makellose Azur der fernen Berge erkennen, während im Tal hin und wieder Vögel ihre Spiralen an den Himmel zeichneten. Im Frühling begannen wir dann auszugehen, um den dürftigen Spuren zu folgen, die einige der gewaltsam unterbrochenen Träume in seinem Geist hinterlassen hatten. Wir besuchten verfallene Herrenhäuser, seit Jahrhunderten verlassene Klöster, düstere Bauernkaten, vom Efeu verschluckte Kirchen und Nekropolen, die geheimnisvolle Grabsteine und Inschriften in griechischer, lateinischer und oskischer Sprache verbargen. In jener Zeit geschah es dann auch, dass ich, wie man so schön sagt, zum ersten Mal meinen Namen gedruckt sah.

Neben all seinen mannigfaltigen Aktivitäten fand dieses Genie nämlich noch die Zeit, einen Großteil der *Contrada soprana* zu redigieren – das zweimonatlich erscheinende Nachrichtenblatt, das von Don Silvestro geleitet, an die Pfarrkinder vor Ort verteilt und auch ins Ausland verschickt wurde und dessen Name sich von einem Gedicht Gabriele D'Annunzios herleitete. Außer über seine wichtigsten Forschungsarbeiten zu berichten, diesen oder jenen Brauch zu erklären und eine Anthologie von Sprichwörtern und Dialektausdrücken herauszugeben, und das nun bereits in der dreihundertsten Folge, veröffentlichte der Professor auf diesen Seiten unter seinem eigenen Namen und unter dem weniger anderer Auserwählter – im Allgemeinen pensionierter Richter, Ärzte oder Lehrer – Gedichte voller herzzerreißender und dekadenter Schwermut wie das folgende:

Verrinnende Augenblicke

Das glühende Abendrot
Schien der untergehenden Sonne zuzulachen

Ich fühlte mich einsam
Eine Woge der Schwermut ergriff mein Herz
Und ich fragte mich
Ob es nicht um die verlorene Liebste weinte.

Oder:

Die letzte Rückkehr

Ich erinnere mich noch an den Tag, an dem ich dich verließ
Seither habe ich die ganze Welt durchstreift
Doch stets dich im Herzen getragen
Meine Heimat, wo Liebe durch Tätigsein und
Getane Arbeit an Wert gewinnt
Meine Heimat! Jetzt, da das Leben mich verlässt,
Spendet mir nur ein Gedanke Trost:
Meine Heimat! Ich kann es nicht erwarten
Meine müden Glieder
In deinen wohlriechenden Schoß zu betten.

Im Übrigen wurde die *Contrada soprana* ihrer wesentlichen Bestimmung als Mitteilungsblatt gerecht, indem sie Nachrichten über das Leben der Dorfbewohner verbreitete – dortselbst, in Italien und in der ganzen Welt –, kümmerte sich aber auch um die Belange der lokalen Bevölkerung, wie aus flammenden Appellen wie dem folgenden deutlich wird:

Wir müssen darauf bestehen, dass die Gemeindeverwaltung die notwendigen Maßnahmen ergreift, um die Uhr der Klosterkirche wieder in Betrieb zu setzen. Es ist eine Schande! Vor allem wenn man bedenkt, welches Unbehagen unsere alten Menschen empfinden, die selbst keine Uhr besitzen und folglich nicht die genaue Zeit wissen können, worauf doch jeder Bürger ein Anrecht hat.

Oder:

Die Plage der streunenden Hunde verärgert unsere Mitbürger, vor allem nachts. Ihr Gerangel und Gebell stört die Nachtruhe. Was wäre davon zu halten, sie einzufangen und anderswo auszusetzen?

Sicher, gelegentlich ließ die Formulierung zu wünschen übrig, doch an Engagement für den Fortschritt und die Erneuerung der Sitten mangelte es nicht:

Nicht weniger als zwei Pfarrbüchereien stehen unserem lesebegeisterten und geschichtsinteressierten Publikum zur Verfügung. Doch wie der illustre Herr Professor Sabino Corelli feststellt, hat es den Anschein, als gäbe es in unserem Dorf keine Kultur mehr. Gewiss keinen erhebenden Anblick bieten die jungen Leute, die sich zahlreich auf der Piazza und in den Bars versammeln, um zu klatschen und zu tratschen, während doch ein gutes Buch oder ein interessantes altes Dokument dem Geist neue Horizonte eröffnen, die kulturelle Bildung bereichern und dazu beitragen könnten, dass besagte Jugend nicht mehr nur aufs Geratewohl, sondern auf der Grundlage guter und stichhaltiger Argumente diskutieren könnte.

Das Blatt lieferte darüber hinaus Informationen über den Beginn neuer oder die Ausweitung bestehender Aktivitäten. So erhielt ich auf diesem Weg auch die Bestätigung für den Wiederaufschwung der Firma *Olii Superfini*:

Die Olivenernte geht uns alle an, denn sie sorgt dafür, dass das gelbe Gold für unsere Bevölkerung fließt. Deshalb geben wir mit großer Freude bekannt, dass unsere Premiata F.lli Di Lontrone Olii Superfini *die heurige Olivenernte nicht nur im Dorf, sondern auch in der Umgebung erfolgreich durchgeführt hat.*

Und es fehlte auch nicht an der einfachen Nachlese in der Art eines Almanachs:

Auch dieses Jahr hat sich der Schnee pünktlich ein Stelldichein gegeben. Anfang Januar haben sich unsere Berge samt der Talebene in einen weißen Schleier gehüllt. Das Holz für den Kamin beziehungsweise den Küchenherd ist teurer geworden. Die Nächte sind sehr kalt, die Tage etwas weniger. Aber die schönen Tage werden wiederkommen, natürlich erst im Frühjahr!

Von detaillierten Berichten über Theateraufführungen, Kundgebungen und verschiedene kulturelle Ereignisse ganz zu schweigen:

Die Schüler der Grundschule haben die letzten Tage des Schuljahrs mit der Gestaltung der allegorischen Wagen verbracht, welche die Kontinente und die europäischen Nationen repräsentieren. Dem Defilee dieser Wagen durch die Straßen des historischen Zentrums war ein großer Erfolg beschieden. Besonderen Eindruck hinterließen ein kolossales trojanisches Pferd und ein gigantischer Globus. Die zahlreich versammelte Menge spendete wiederholt Applaus.

Schließlich gab es eine Leserpostecke, die meistens mit Briefen von Ausgewanderten gefüllt war, welche sich mit rührenden Worten ihrer alten Heimat erinnerten:

Liebe Contrada soprana!
Wenn jemand die Heimat verlässt, bleiben ihm nur die Erinnerungen an glückliche und traurige Momente. Ich habe viele Erinnerungen an meine Kindheit. Fast alle sind glücklich, die einzig traurige betrifft jenen Tag, an dem ich nach Australien aufgebrochen bin, ohne zu wissen, wann ich zurückkehren würde. Wie es heute aussieht, wohl niemals mehr. Ich denke zurück an die Spiele, die ich mit meinen lieben Freunden gespielt habe: Verstecken, Libero, Räuber und Gendarm, und oft vergnügte man

sich auch mit Knöpfen und Sieben. Wie viele fröhliche Stunden habe ich mit diesen Spielen verbracht!

Oder:

Sehr geehrte Contrada soprana!
Obwohl ich so viele Jahre in Venezuela verbracht und so viele Freunde aus anderen italienischen Dörfern kennengelernt habe, kann sich niemand so glücklich preisen wie wir, die wir als Einzige in einem riesigen Gebiet ein Blatt wie das Ihrige lesen dürfen, das die Verbindung untereinander und mit unserem Heimatdorf aufrechterhält. Für uns ist es, als würden wir den Brief eines Freundes oder eines Verwandten erhalten, einen langen zumal. Ich lese als Erstes ganz besonders, wer gestorben ist, um eine Fürbitte an den Herrgott zu richten. Dann kommen die schönen und zahlreichen Fotografien an die Reihe, auf denen ich immer einen Verwandten oder Bekannten entdecke. Daraufhin lese ich die im Dialekt wiedergegebenen Sprichwörter und Redensarten. Aber letztlich lese ich alles, wirklich alles, weil in Ihrem Mitteilungsblatt wirklich alles interessant ist. Ich bitte Sie von ganzem Herzen, mit Ihrer Arbeit fortzufahren. In diesem Sinne lege ich 57 Dollar bei und grüße Sie mit Zuneigung und Hochachtung.

In keiner Ausgabe fehlte ferner ein Artikel moralisierenden Inhalts aus der gestrengen Feder Don Silvestros mit Überschriften wie: »Unzucht und Begierde – die Hauptlaster unserer Zeit«, »Frau, sei dir deines Wertes bewusst: Verschleudere dich nicht!!!«, »Verfluchter Aberglaube!«, »Verdorbene Jugend – aber liegt uns das Schicksal unserer jungen Leute wirklich am Herzen?«, »Unsere Nächsten sind keine Wegwerfartikel!«, »Selbstmord ist eine Todsünde!«.

Die stärkste Seite der *Contrada soprana* war jedoch die Rubrik »Im Blitzlicht des Lebens«: spaltenweise Fotos von Babys etwa, die, wiewohl in den Arm ihrer Mutter geschmiegt, verängstigt dreinblickten. Außer den Eltern standen da noch der Pate und die Patin, und geknipst wurde bitte schön immer vor der Taufe, weil es nach der kalten Ablution – hier war sie also, die bereits von den Kleinsten geahnte Bedrohung, zu der uns »der erste Ungehorsam von Mensch und Frucht« verurteilt hat (Milton oder Serafino?) – wirklich schwierig ist, dafür zu sorgen, dass die unweigerlich schreienden Kleinen stillhalten. Fotos von Kindern hinter der Geburtstagstorte und vor dem Fernsehapparat, in dem sich das Blitzlicht spiegelt. Kinder auf Sofas, die wie die Vorhänge und Tapeten meistens ein Blümchenmuster aufweisen, im Hintergrund Vitrinen, die schier überquellen von Flaschen der Marken Strega, Punt & Mes und Spumante Cinzano neben muschelüberkrusteten Gondeln, fluoreszierenden Schiefen Türmen von Pisa, Plüschpuppen und Bonbonnieren. Fotos von Buben im Feiertagsstaat, strahlend und stolz auf die weiße Schleifenrosette für die Erstkommunion; daneben Mädchen, die in den Kleidern kleiner Bräute schon jenes echte und schönere und teurere Kleid im Kopf haben, das sie so bald wie möglich tragen werden: Sie sehen sich schon einmal nach ihrem Märchenprinzen um. Fotos von Frischvermählten, er meist in einer glänzenden Jacke, aus der die Finger gerade noch herausschauen, eine blitzblanke Fliege am perlweißen Kragen, die Hosenbeine über den spitzen Schuhen ausgestellt; sie halb erstickt in der Organzawolke ihres Prachtkleides und unter dem ellenlangen, mit einem glitzernden Diadem befestigten Schleier; beide in Pose vor Kulissen mit Berglandschaften oder exotischen Stränden an einem wellenlosen Meer. Fotos von älteren Paaren, die inmitten menschlicher Pyramiden aus Kindern, Schwiegerkindern und Enkeln kaum zu sehen sind, bei der Feier ihrer Silber-, Gold-, Platin- oder Diamanthochzeit; Fotos von rüstigen, schnauzbärtigen Arbeitern mit vorquellenden Augen und Bäuchen, die sich in der Fabrik anlässlich eines gewonnenen Ehrenpreises zuprosten; dann Lehrer, Ärzte, Krankenschwestern, Angestellte oder Carabinieri am Tag ihrer ersehnten Beförderung. Fotos, die im Dorf aufgenommen wurden oder in Iowa City, Montreal, Avellino, Chivasso, Tucson, Phoenix, Hoboken, Tacoma, Dünkirchen, Barletta, Bisceglie, Stuttgart, Rom, Acapulco, Turin, New York, Montevideo, Pozzuoli,

Paris, Battipaglia, Mexiko-Stadt, Kapstadt, Guatemala-Stadt oder Chicago – Schnappschüsse aus der ganzen Welt also, aber auch solche aus früheren Zeiten. Fotos von Gruppen vor dem Maskaron eines bemoosten Brunnens, unter einer Pergola an einem Augustmorgen, aufgestellt um eine funkelnagelneue Vespa auf einer Schotterstraße, zwischen den Zypressen des Kindergartens, auf dem Fußballplatz nach einem Match: Fotos voller Bedeutung, die Zeit und Erinnerung ihnen verleihen. Auf einem habe ich meine Mutter wiedererkannt, auf dem Weg, der zum Kloster hinaufführt. Sie war von Freundinnen und Freunden eingerahmt, in der Blüte ihrer Jahre, lächelte, hatte den Blick einem jungen Mann in Knickerbockers zugewandt, der just in dem Moment vom Objektiv festgehalten wurde, als er einen imaginären Speer warf, und ich habe mich gefragt, ob sie nicht besser ihn geheiratet hätte statt des Babbo. Fotos von Schulklassen aus einer Zeit, die zwanzig, dreißig Jahre zurückliegt, und die unweigerlich das alte Fragespiel auslösen: »Wer ist das?« und »Was ist aus ihm geworden?«. Der da ist nach Caracas ausgewandert, hat aber kein Glück gehabt. Die da hat einen geheiratet, der ein Lokal in Toronto besitzt. Der Kleine da in der zweiten Reihe? Was, hast du ihn nicht im Fernsehen gesehen, wie er behauptet hat, er sei in Neapel geboren, ich bitte dich! Und die da – und du zeigst auf die Hübscheste von allen, die mit dem traurigsten Gesicht –, die hat sich das Leben genommen, die Ärmste, nein, den Grund hat man nie herausbekommen. Weitere Fotos von Mädchen, die mit wehenden Röcken fröhlich durch den Regen laufen, von verlobten Pärchen auf dem Fahrrad, sein Gesicht in ihren Haaren vergraben, von Landpartien am Ostermontag, heldenhaft unter Lausbuben ausgetragenen Schneeballschlachten, Geländefahrten, Festen auf der Piazza, Prozessionen und alten Aufführungen der Laienschauspieltruppe, von Kundgebungen und Wallfahrten. Fotos als Band, das uns mit den Mitbürgern verbindet, die in alle Welt verstreut sind; Fotos, die uns sagen, dass sich trotz der Entfernungen, Zeiten und Schicksale zwischen uns eigentlich nichts verändert hat.

Der Fürsprache des Professors war es zu verdanken, dass ich ein paar Monate nach meiner Investitur als sein Lehrling und Assistent auch noch Mitglied der angesehenen Redaktion der *Contrada soprana* wurde. Ich war der jüngste Mitarbeiter. Vielleicht überließ mir Don Silvestro aus diesem Grund die Spalte »Unter den Zypressen. Unsere in Gottes Frieden Ruhenden«, eine Rubrik, die allseits unbeliebt war, die ich aber ohne Zögern übernahm. Ich verfasste Nachrufe, die, wie ich zu meiner großen Freude erfuhr, auf allen Breitengraden Tränen auslösten, auch wenn die armen Verblichenen unter ihren amtlichen Namen völlig unbekannt waren und unbedingt ihre Spitznamen eingefügt werden mussten, welche meistens so grotesk waren, dass sie auch den einfühlsamsten Anfang, den lyrischsten Übergang und den erbaulichsten Kommentar zu verderben drohten, folgendermaßen etwa:

Wer hätte es an jenem strahlenden Morgen des 12. April, an dem die in dieser Jahreszeit so zahlreichen Vögel zwitscherten und die Natur erneut einen Rausch an Klängen, Farben und Düften erlebte und an dem sich der liebevolle Familienvater vor seiner Haustür von seinen drei kleinen geliebten Kindern Achille, Agnese und Franchino und von seiner treuen Ehefrau Filomena Restucci (Sabbermaul) verabschiedete, wer hätte es also an jenem Morgen gedacht, dass dieser Familienvater die Straße zum häuslichen Herd mit jener verwechseln sollte, die direkt zum Herrgott ins Paradies führt, denn Herr Rocco Pinto (Ziegenbock) zerschellte in seinem blauen Fiat 1100 ausgerechnet im Abgrund unterhalb seines Hauses. Seine Klugheit, seine Großherzigkeit und seine Liebe zu Familie, Verwandten und Mitbürgern werden ewig in unseren Herzen verwahrt bleiben. Auf ein Wiedersehen im Paradies, Ziegenbock!

Oder folgendermaßen:

Unsere Straßen hallen noch vom Echo seiner Schritte durch die Stille der Nacht wider, in welcher er nach einem harten Arbeitstag nach Hause zurückkehrte. Und seine Freunde haben noch die Jubelrufe im Ohr, die im Morgengrauen auf den Abschuss stolzer Beute in unseren heiligen Hainen folgten. Vergebens werden sie versuchen, seinen letzten Ruf zu vergessen, der erscholl, als die Kugel aus seiner eigenen Büchse sein junges, verheißungsvolles Leben auslöschte. Mit nur zweiundzwanzig Jahren wurde er zur letzten Ruhe gebettet, aber die Erinnerung an den Herrn Landvermesser Pasquale Romoli (Schielauge) wird auf ewig in unseren Herzen weiterleben.

Was konnte den Leser solcher Nachrufe vom Lachen abhalten und ihn stattdessen, wie mir zugetragen worden war, zu innerer Sammlung und tiefer Erschütterung bewegen, wenn nicht die unterschiedlichsten rhetorischen Kunstgriffe, die anzuwenden ich als mein angeborenes Talent erkannte? Stolz auf meine schriftstellerische Ader, phantasierte ich über die Wirkung, die ich mit meinen düsteren Prosastücken bei meinen fernen Verwandten in Amerika, denen die *Contrada soprana* regelmäßig zugesandt wurde, erzielen würde; aber während ich diesen kleinen Erfolg schon als ersten Schritt zu meiner unvermeidlichen Karriere als Schriftsteller betrachtete – ein solcher zu werden war es, wonach ich nunmehr lechzte –, entging mir natürlich nicht, dass sich, kaum ein paar Nummern nach meinem literarischen Debüt, mehr als nur ein Mann bei meinem Anblick in den Schritt griff und damit ein Ritual befolgte, dessen »apotropäische« Bedeutung ich inzwischen kannte. Die Tatsache, dass ich mich mit Todesfällen befasste und noch dazu die unglücklichsten bevorzugte – die Kunst bedarf der Tragödie! –, rückte mich also in ein wenig vorteilhaftes Licht, und bevor mein Ruf als Unglücksbringer sich ein für alle Mal festigen – und sich vielleicht in einem Spitznamen niederschlagen – würde, sprach ich mit dem Professor darüber, der mir, um den lästigsten Unannehmlichkeiten abzuhelfen, von Don Silvestro zusätzlich drei Rubriken mit einer angenehmeren Thematik zuweisen ließ: »In der Wiege: Mit ihrer Geburt kam Freude in die Familie«, »Unter Orangenblüten: Sie haben ihren Traum gegenseitiger Liebe gekrönt«

sowie »*Per aspera ad astra*«, eine Übersicht über die Erfolge unserer Mitbürger in aller Welt.

Gewiss ist es schwere Arbeit, und damit meine ich nicht die Mitarbeit an der *Contrada soprana*. Wirklich schwer ist es, mit dem Meister Schritt zu halten. Er ist ein wahrer Vulkan, ein bodenloses Fass voller Intuitionen. Immer müssen schimmelige Bücher konsultiert, alte Inschriften enträtselt und endlose Listen von Verstorbenen durchstöbert werden – das Klosterarchiv, in dem ich bereits einen Sommer in Medoros Gesellschaft verbracht hatte, barg für mich keine Geheimnisse mehr. Bis ich mir nach ein paar Jahren eines Tages, als ich mit dem Habitus des jungen Gelehrten und Schriftstellers, aber bedrückten Herzens ob meiner tausend Pflichten durch die Dorfstraßen stolzierte, eingestand, dass ich meine Altersgenossen beneidete. Sie spielten in ihren kleinen Gärten Fußball oder saßen einfach auf einer Bank und taten nichts, als sich in dem lauen Lüftchen zu wiegen, das den Sommer ankündigte. Und als ich mich an einem strahlenden Junimorgen – ich hatte soeben meine Mittelstufenprüfung abgelegt – vom Professor verabschiedete, der mit Donna Edgarda und den getreuen Castor und Pollux in seinem alten cremefarbenen Renault Dauphine zu einer Studienreise aufbrach, dieses Mal, um den letzten Nachkommen der Hohenstaufen aufzuspüren, fühlte ich mich plötzlich ganz leicht. Wie sich das anfühlte, hatte ich schon völlig vergessen.

10

Die ersten Wochen jenes Sommers verbrachte ich in einer Art Winterschlaf. Erst jetzt kam mir zu Bewusstsein, wie sehr mich die Arbeit mit dem Meister ausgelaugt hatte. Zum Glück kümmerte sich die Großmutter nach wie vor nicht um mich, denn sie hatte ganz andere Dinge im Kopf. Im August sollte Tea heiraten – die von mir selbst formulierte Nachricht stand mit der gebotenen Hervorhebung in der letzten Nummer der *Contrada soprana* –, aber es waren nicht die Vorbereitungen auf das Hochzeitsritual, die sie beschäftigten, auch wenn es heißt, dass bei uns, wie in jedem Nest im Süden, das etwas auf sich hält, das mit einem solchen glücklichen Ereignis verbundene Zeremoniell nur einer drei Tage währenden nubischen Hochzeit nachsteht und daher selbst einer stolzen Firmenchefin Sorgen bereitete.

Alles beginnt mit einem Mittagsmahl zur Feier der Verkündung des Aufgebots, »beschränkt« auf Verwandte und enge Freunde – mindestens etwa hundert Gäste –, circa zwanzig Tage vor dem regulären Hochzeitsbankett, an dem praktisch die gesamte Bevölkerung teilnimmt, nicht ohne zuvor ein anstrengendes religiöses Ritual über sich ergehen zu lassen: Der Priester ist sehr darauf bedacht, groß herauszukommen, und schmückt die übliche Predigt nach bestem Vermögen aus; der Organist bringt, um sich ein schönes Trinkgeld zu verdienen, sein gesamtes Repertoire zu Gehör; durchschnittliche Dauer des Ganzen: rund zwei Stunden. Der Gottesdienst findet meistens in irgendeinem berühmten Wallfahrtsort in den Bergen statt, der gewiss zauberhaft gelegen, aber im letzten

Abschnitt nur in einem beschwerlichen Fußmarsch oder im Extremfall in einer regelrechten Klettertour erreichbar ist. Dann folgen die Fahrt zu einem ebenso berühmten Restaurant und eine Wartezeit von mindestens einer weiteren Stunde, während die unter Hungerqualen leidenden Brautleute von einem gnadenlosen Fotografen fortgezerrt werden, damit sie an den romantischsten Plätzen der Umgebung posieren. Wenn es keine Hindernisse gibt – ein Schwächeanfall der Braut wegen des langen Fastens oder ein Gefühlsausbruch von Braut oder Brautmutter oder der Verlust des Trauzeugen des Bräutigams, in der Regel dessen treuer Zechkumpan und der letzte Junggeselle, der sich in seiner Ergriffenheit, obwohl mit der Lenkung des Brautautos betraut (gewöhnlich ein alter, pastellfarbener Mercedes, der wie eine Pralinenschachtel rundum mit Tüllschleifen geschmückt ist), mit Strega, Anis Moccia und Sambuca Molinari hatte volllaufen lassen müssen, und das schon seit dem frühen Morgen, wobei er in Wirklichkeit trinkt, um zu vergessen: Mit wem wird er die Abende in der Bar Rosetta verbringen, jetzt, da sein Busenfreund, auch er, verheiratet ist? »Und wer so ’nen … Drachen geheiratet hat … Wenn sie einen erst mal am Wickel haben … Letztlich sind sie doch alle gleich. Aber mich kriegen sie nicht!« –, wenn also alles glattläuft, setzt man sich um drei Uhr nachmittags an den Tisch. Das Menü reicht von zehn Gängen – ein Angebot für Hungerleider – bis zu den zwanzig, die benötigt werden, um eine respektable Figur abzugeben, und die im Allgemeinen folgende Gerichte umfassen:

VORSPEISENTELLER NACH ITALIENISCHER ART
ENDIVIENSUPPE MIT KALBSKLÖSSCHEN
BREITE MAKKARONI MIT RAGOUT
PASTA AL FORNO
TORTELLINI IN TRUTHAHNBRÜHE
FLEISCHROULADEN MIT DURCHWACHSENEM SPECK UND KÄSE GEFÜLLT
KOTELETT MIT RAGOUT
HÄHNCHEN NACH JÄGERART ODER GEBRATEN

GEBRATENER SELLERIE IN PIKANTER SAUCE
GEKOCHTER TRUTHAHN MIT KAROTTEN
HEISSE PASTETE: Es handelt sich um das Hauptgericht, eine Art Quiche, aber viel herzhafter und knuspriger, auf der Grundlage von Schafskäse, Eiern und Wurst
KOTELETT MIT BRATKARTOFFELN
KALBFLEISCH MIT ERBSEN
FRIKASSEE AUS EIERN, LAMMFLEISCH UND WILDEM SPARGEL, wenn die Saison dafür ist, aber man sieht es fast nie, da Hochzeiten fast ausschließlich im August gefeiert werden
BEEFSTEAK MIT GRÜNEM SALAT UND FENCHEL
SCHWEINERIPPCHEN MIT PEPERONI
MOZZARELLA, REIFER PROVOLONE UND ANDERE KÄSESORTEN
HOCHZEITSTORTE: ein Turm mit etwa zehn Stockwerken, das Ganze begleitet vom
BRAUTPAARWEIN, der in der Regel ungenießbar ist, und
MUSKATELLERSEKT zum Dessert

Die Zeit, die benötigt wird, um diesen Segen wegzuputzen, beläuft sich auf fünf bis neun Stunden, und was man nicht essen kann – alles zu verdrücken, ist menschenunmöglich –, wird mit nach Hause genommen. Aber damit ist es noch nicht genug.

Tatsächlich folgt eine »Erfrischung«, die angeboten wird, um den erschöpften Gästen einen weiteren und *letzten* Trost zu spenden: zur Erholung von den endlosen Stunden bei Tisch. Zur Erholung von den wohlwollenden Trinksprüchen – jedes Familienoberhaupt ist aufgefordert, sich in dieser Kunst zu versuchen –, die, während das Fest seinem Höhepunkt zustrebt, trotz der Anwesenheit des Gottesmannes immer schlüpfriger werden. Zur Erholung von dem Fotografen, der erbarmungslos damit beschäftigt ist, das Ereignis in Hunderten von Posen und unterschiedlichsten Kombinationen zu verewigen. Zur Erholung von den ausgelassenen Tänzen, die während des Mittagsmahls zwischen den einzelnen Gängen aufgeführt und dann in jener zweiten Phase, die bis spät in die Nacht hinein dauert, wiederaufgenommen werden. Zur »Erfrischung« gehören: ein Spaghettiessen, gemischtes Fleisch vom Holzkohlengrill und zum Abschluss ein Umtrunk – dies alles ausschließlich auf das Konto der Brautfamilie, zusammen mit einem weiteren Kostenpunkt, der die Ausgaben für die Ausstattung der Braut beinhaltet, nachdem gottlob wenigstens die Institution der Brautgabe aus der Mode gekommen ist.

Bevor jedoch Bilanz gezogen wird, muss hervorgehoben werden, dass dank einer gesunden bäuerlichen Sitte den Brautleuten statt der üblichen, oftmals unnützen Geschenke Barbeträge spendiert werden – die »Anteile« werden nach demselben System berechnet, nach dem man eine Restaurantrechnung bezahlt, also auf Grundlage der Menge der verzehrten Speisen, des Anklangs, den diese gefunden haben, der angebotenen Lustbarkeiten und der Zahl der Personen, die deren Nutznießer waren – nicht ohne Grund wird das »Kuvert« mit dem deutlich erkennbaren Namen des Spenders darauf gegen Ende des Festes in einen mit bunten Bändern verzierten Korb gelegt. Dank dieser gesunden, wenn auch unfeinen Sitte und trotz des offenkundigen Aufwands der Zeremonie kommen die Unkosten normalerweise wieder herein. Unser Fall war allerdings nicht »normal«.

Mit zwanzig Enkelinnen konfrontiert, von denen mindestens die Hälfte verlobt und im heiratsfähigen Alter war, wobei sich die übrigen nichts sehnlicher wünschten, als diesen Zustand ebenfalls zu erreichen, verfügte die Großmutter gleichwohl über nur eine einzige Einkommensquelle – die Profite ihrer Firma, der *Premiata Olii Superfini*. Hier lag das Problem, das sie wirklich bedrückte, und das Licht in ihrem Arbeitszimmer brannte die ganze Nacht hindurch. Wenn man sie kannte, war einem klar, dass sie bei der Vorbereitung der ersten dieser endlosen Serie von Hochzeiten vollständig von dem Gedanken absorbiert war, mit welchem Trick sie sich bei den restlichen aus der Affäre ziehen könnte. So wurde ich ganz und gar mir selbst überlassen. Nachdem ich jedoch an einem Morgen dieser ersten Sommertage aufgeregt aufs Land hinausgegangen war, dann aber von Vitina erfahren musste, dass Pit auch in diesem Sommer nicht zurückkehren würde – er war in Nepal –, profitierte ich nicht im Geringsten von dieser Situation.

Kaum wach, lief ich noch in Unterwäsche los, um mir einen jener Filme anzusehen, die ausnahmsweise wieder am Vormittag ausgestrahlt wurden. Ohne es überhaupt zu bemerken, löffelte ich, hingerissen von den Abenteuern, die sich vor meinen Augen abspielten, die kalte Milchsuppe, die Tante Ines mir gebracht hatte. Ansonsten war das Esszimmer um diese Zeit verlassen und wurde nur vom Schein des Fernsehgeräts und den wenigen Sonnenstrahlen aufgehellt, die durch die Fensterläden sickerten, welche man nach dem Putzen zugeklappt hatte, damit die Fliegen nicht hereinkamen. Dann füllte ich, voller Begeisterung über das, was ich soeben gesehen hatte – Geschichten von Piloten, die im Dschungel am Äquator vermisst wurden, von Schiffen, die von den hinterhältigen deutschen U-Booten versenkt worden waren, von amerikanischen Marinesoldaten, die sich in Gefangenschaft bei blutrünstigen Japanern befanden –, eine grüne Kunststoffgießkanne mit Wasser und stieg, mit Heft und Bleistift ausgestattet, zu einem kleinen, unlängst von mir entdeckten Balkon hinauf.

Um dorthin zu gelangen, öffnete ich die mit der vergilbten Tapete verkleidete Tür eines unbenutzten Salons und ging eine steile Treppe nach oben. An deren Ende war ein Fenster: ein Innenfenster mit Spitzbogen, das mit rechteckigen Butzenscheiben verglast war. Ich drückte die Nase gegen das Glas – eine Art alte konvexe Linse –, und während ich das verzerrte Bild des großen Eingangssaals betrachtete, klangen auch die Stimmen meiner Tanten und die Befehle meiner Großmutter verzerrt – so kam es mir jedenfalls vor. Ich war jetzt ganz oben und unerreichbar weit weg, und noch weiter weg war ich, nachdem ich den Weg über die Dachböden zurückgelegt hatte. Kreisende Lichtbündel beleuchteten die Haufen jener Bücher, die Nonnilde nur dieses kahlen Ortes für würdig befunden hatte. Wie erleichtert war ich gewesen, als ich zum ersten Mal darauf gestoßen war!

Der Professor hatte mich oft gefragt, ob es bei uns eine Familienbibliothek gäbe, da die Di Lontrones, wie aus der Partikel vor dem Nachnamen hervorging und wie unsere genealogischen Nachforschungen bestätigt hatten, eine Familie alter Abstammung waren und somit zwangsläufig eine Bibliothek besitzen mussten. Oft hatte er seinen Besuch angedroht, um seine Hand auf diesen veritablen Schatz zu legen, doch jetzt war ich mir sicher, dass ihm das niemals gelingen würde. Die Großmutter würde nicht wissen, was sie ihm sagen sollte – sie neigte dazu, alles zu vergessen, was sie nicht für beachtenswert hielt –, und ich würde mich hüten, ihm meine Entdeckung zu verraten. Kaum auszumalen, welche Mühen es mich kosten würde, diese muffigen Bücher in einen geeigneteren Raum zu transportieren, sie nach Autoren zu klassifizieren, nach Themen und Größe zu ordnen, während ich sie jetzt alle für mich allein hatte – ebenso bereit, mich willkommen zu heißen, wie das strahlende Blau des Himmels, die im Laufe der Zeit ausgeblichenen Dächer und das mit weichem Moos bedeckte Mäuerchen.

Auf diesem kleinen versteckten Balkon übergoss ich mich hin und wieder mit der Gießkanne – das Wasser aus der Brause fühlte sich so sanft an auf der Haut –, um die heiße Sonne besser genießen zu können; dieser kleine Luxus gab mir das Gefühl großer Kultiviertheit. Von dort hörte ich nun, wie sich die Stille, unterbrochen nur vom fernen Brummen der Traktoren, langsam mit Klängen füllte: den Stimmen der Kleinen aus dem Kindergarten, den Glocken der Elfuhrmesse, dem *Ave Maria* von Schubert, das Don Silvestro bevorzugte und dem Don Luigi aus der Mutterkirche sogleich das *Ave Maria* von Gounod folgen ließ. Schließlich mischten sich in dem von ihrem Echo noch widerhallenden Raum die sakralen Melodien mit den profanen Liedern aus den Jukeboxes, die im Sommer auf die Piazza hinausgetragen wurden.

Die Piazza selbst sah ich nicht. Ich sah nur die Dächer des Dorfs und die Berge, die sich unter den Strahlen der Sonne verflüssigten. So blieb ich stundenlang sitzen und phantasierte, und mein Geist erzeugte ein Summen wie das von Bienen. Dies ist nur eine Episode meines Lebens, sagte ich mir mit Blick auf die glänzende Zukunft –

als Musiker, als Archäologe, als berühmter, mit dem Nobelpreis ausgezeichneter Schriftsteller –, die in Amerika auf mich wartete, aber unwillkürlich wurde mir das Herz schwer. Aus der Distanz von Jahren und zu einem Zeitpunkt, da sich Silvia – mit ihrem mittlerweile so zynischen Blick – gewiss nicht mehr daran erinnerte, konnte ich nun jenes Gefühl verzehrender Sehnsucht nachvollziehen, das sie mir in jener fernen Augustnacht beim Anblick des Horizonts anvertraut hatte, jenes Horizonts, der sich jetzt vor mir erstreckte und von dem ich mich in wenigen Jahren für immer trennen würde. Auf der Woge des Hochgefühls und mit der Wucht eines über die Ufer tretenden Flusses quollen aus meinem Herzen die Verse meines ersten und bereits erhabenen Gedichts hervor: *Süße verlorene Horizonte*, jenes Werk, das mich in der ganzen Welt bekannt machen würde. Vom Feuer der Inspiration entflammt, dichtete ich weiter, bis die Sirene die Stunde des Mittagessens verkündete. Die Geräusche der Piazza verstummten schlagartig, aus dem Tal drang kein Traktorengeknatter mehr herauf, und sogar die Schwalben stellten das Fliegen ein. Dies war der Augenblick, den ich am meisten liebte: Ich blickte auf die nunmehr transparenten Berge und tauchte, nachdem ich Heft und Bleistift beiseitegelegt hatte, ganz in diesen Ozean von Licht ein. Dann jedoch gab es immer eine Stimme, die *Carlinooo* rief. Jedesmal tat ich verärgert, rannte aber doch hinunter – ich hatte Hunger, und schließlich müssen auch Poeten essen.

Bei Tisch herrschte noch tieferes Schweigen als sonst. Die düstere Stimmung der Großmutter war wie ein vereinzelter Fleck, der dennoch das beste Kleid ruinieren konnte, eine dunkle Wolke, die eine ganze Landschaft verfinsterte. Dass Teas Hochzeit näher rückte, schien kein freudiges Ereignis, sondern ein Unglück zu sein, das über unsere Familie hereinzubrechen drohte. Ich dagegen war froh: Aus Nonnildes geistesabwesender Miene las ich die unbefristete Verlängerung meiner Freiheit heraus. Nach dem Mittagessen ging ich in mein Zimmer und zog die Läden zu, und im Dämmerlicht sah ich mir, an den Schreibtisch gelehnt, wieder einmal die amerikanischen Fotos meines Vaters an. Ich warf mich so auf das Bett, dass die Maisblätter in der Matratze unter meinem Gewicht knirschten. Aus dem Nachtkästchen holte ich das Englisch-Konversationsbuch hervor, das ich beim Professor »entfernt« hatte, und obwohl ich Pits Rat – »Die Sprache, zuerst kommt die Sprache« – beherzigte, paukte ich nicht, wie ich es hätte tun müssen, sondern beschränkte mich darauf, die Abbildungen zu betrachten: liebenswerte Ladys, die an ihrem Tee nippten, junge Männer mit der geschmeidigen Körperhaltung von Golfspielern, Wachsoldaten mit Bärenfellmützen, vornehme Paare vor ihren in einer blühenden Landschaft verstreuten Cottages. Irgendwann döste ich ein. Es waren lange und heitere Träume, die ich träumte, und immer erwachte ich mit dem Gefühl, dass mir etwas Wunderbares widerfahren würde. Meine Cousinen, die ebenfalls von der Kontrolle durch die Großmutter befreit waren, bereiteten sich unterdessen darauf vor, früher auszugehen als üblich. Ich dagegen kehrte wieder auf meinen kleinen Balkon zurück. Die Tage vergingen, und nichts Wunderbares geschah – nichts, absolut nichts. Hin und wieder, wenn ich mich bemühte, mich für die Lektüre des einen oder anderen Romans zu begeistern, aber stattdessen beobachtete, wie sich das Blau des Himmels immer weiter vertiefte und die Luft auf der Haut frischer wurde, sagte ich mir, dass so zu verharren, den Kopf frei von jeglicher Verpflichtung, das Höchste sei, was ich für mich ersehnen konnte. Doch ich glaubte nicht wirklich daran. Ich kannte die Verlockungen der Welt – Pit hatte mir hinreichend Einblicke verschafft –, und jetzt kam es mir so vor, als würde ich meine Existenz regelrecht vergeuden. Bis eines Nachmittags etwas geschah.

Ich schwebte wie üblich über den Wolken – sie schienen mir zum Greifen nah –, als mir bewusst wurde, dass in den Pausen zwischen den Schlagern, die aus der Jukebox dröhnten, ein bis dahin unbekanntes Stimmengewirr zu hören war. Wer konnte das sein? Das musste ich unbedingt herausfinden! Ich stieg die steile Treppe wieder hinunter, ging durch die Zimmer des großen Hauses voller Erinnerungen, warf einen verstohlenen Blick in das leere Arbeitszimmer der Großmutter und schlich mich hinaus. Je länger ich lief, desto lauter wurde der Lärm. Auf dem letzten Abschnitt rannte ich bereits, bis hinter der Kurve die Piazza sichtbar wurde. Wie anders war sie als im Winter, wenn ich sie auf meinem Schulweg oder auf dem Weg zum Professor überquert hatte, oder damals, als ich mit Pit hierhergekommen war! Überall parkten Autos. Und wie viele Leute sich hier tummelten, so viele, dass es das Fest des Schutzpatrons zu sein schien, nur dass heute nicht sein Tag und auch die Menge nicht die übliche Dörflerschar war, die sich aus diesem Anlass vor den Bars zusammendrängte. War vielleicht die neue Renaissance angebrochen, wie mein Meister Corelli es sich wünschte? Hatte man endlich seine mannigfachen Publikationen und die »enormen geschichtlichen, landschaftlichen und kulturellen Schätze unserer uralten Ortschaft« zur Kenntnis genommen? Und strömten nun, genau wie von ihm vorausgesagt, aus allen Himmelsrichtungen große Massen von Touristen hierher? Zum ersten Mal tat es mir leid, dass er abgereist war; er hätte mir gewiss eine Antwort geben können. So ging ich weiter. Mein Herz pochte wie wild bei dem Anblick, und ich setzte mich auf die Stufe, auf der ich mit Pit gesessen hatte, um das seltsame Treiben einer genaueren Prüfung zu unterziehen.

Auf der Piazza wimmelte es vor allem von jungen Mädchen. Sie stolzierten hochmütig wie die Sommerfrischler auf dem Corso irgendeines exklusiven Urlaubsorts umher. Mit ihren Miniröcken, dem Make-up und den frisch gewaschenen Haaren waren sie ganz anders als die einheimischen Mädchen. Wie berauscht folgte ich ihnen mit dem Blick, während von den Tischen der Bar die Gespräche der erwachsenen Fremden an mein Ohr drangen. Ihr Akzent kam mir trotz ihrer städtischen Nonchalance vertraut vor. Sie erzählten der eingeborenen Bevölkerung, die zwischen Bewunderung und Ungläubigkeit schwankte, wie unvergleichlich besser – ja sogar »besserer« – das Leben *da oben* in Italiens Norden war. Und durch dieses Geplauder erfuhr ich nun, dass die Mädchen mit dem snobistischen Gehabe nichts anderes waren als die Töchter von Fiat-Arbeitern aus Turin, Amtsdienern der Gemeinde Trient, Schuhverkäufern aus Cinisello Balsamo, Bremsern der Staatlichen Eisenbahn in Vercelli oder Lagerverwaltern aus Abbiategrasso. Mit einigen Jahren Verspätung machte sich der Boom auch bei uns bemerkbar – klar, dass ich zu jener Zeit ebenso wenig wie die meisten meiner Mitbürger mitbekommen hatte, dass es diesen wirtschaftlichen Aufschwung überhaupt gab. Die Emigranten konnten sich, nachdem sie ihre armseligen Reichtümer angehäuft hatten, den Luxus eines Urlaubs leisten, und so waren auch in unserem Kaff endlich die *Turist* eingetroffen, wie wir sie trotz allem nach einiger Zeit nannten.

Meine Enttäuschung – auch wenn ich nie ernsthaft an eine neue Renaissance geglaubt hatte – hinderte mich nicht daran, jeden Nachmittag pünktlich auf die Piazza zurückzukehren, denn vormittags war sie nach wie vor menschenleer. In aller Frühe machten sich nämlich die *Turist*-Familien, die selbst schon groß genug waren und dann noch den einen oder anderen ortsansässigen Verwandten – normalerweise betagte Mütter oder Tanten plus abwechselnd je einen Neffen oder eine Nichte – im Schlepptau hatten, in ihrem Fiat 600 auf die Reise ans Meer, zusammengedrängt, aber glücklich, dass sie an diesem neuen und verführerischsten kollektiven Ritual des italienischen Wirtschaftswunders teilnehmen konnten. Und so legten sie mindestens fünfzig Kilometer Kurven auf der Hinfahrt und natürlich ebenso viele auf der Rückfahrt zurück, auch wenn sich die Heimfahrt stets dramatischer gestaltete: Vor allem die *Turist*-Väter, die kaum an die Freuden des Strandlebens gewöhnt waren, mussten feststellen, dass sie wegen zu langer Sonneneinwirkung mit Blasen bedeckt waren, und schwankten im anschließenden Fieberwahn zwischen ekstatischen Visionen: »Natürlich iss 's Meer schön und die Luft gut« und realistischeren Einschätzungen: »Diese ganze Straße und bei dieser Hitze, und dann der ganze Sand, der an einem pappen bleibt – wenn ich wenigstens schwimmen könnte! So 'n Affentheater, aber 's gehört eben dazu«, dachten aber stets auch an die Sonnenbräune ihrer Frauen und

Töchter und an das gesellschaftliche Ansehen, das ihnen diese verleihen würde.

Jeden Nachmittag setzte ich mich nun auf meinen Stammplatz und sah zu, wie die *Turist*-Mädchen vorbeidefilierten. Ich lauschte den Gesprächen der *Turist*-Väter und merkte, dass sie – auch dank der anregenden Wirkung des Alkohols, weil an diesen Tischen ganze Hektoliter von Sambuca, Anisschnaps und Bier konsumiert wurden – außer dem Lack des fremden Akzentes allmählich auch ihren anfänglichen Optimismus verloren. »Wer versteht 'n die schon? … Bei denen geht's immer nur um Pinkepinke« – »Die ham bloß ihre Soldi im Kopf«, übersetzten sie für die Anwesenden, nachdem diese sie verdutzt angeschaut hatten. »Und die Weiber erst! Alle Nutten.« Dann müssen ihnen ihre Töchter eingefallen sein, die ja insofern auch Frauen des Nordens waren, als sie in nördlichen Gefilden geboren und aufgewachsen waren, und sie schoben rasch ein »Fast alle« hinterher. Manche hatten sogar so eine geheiratet, eine Frau aus dem Norden: »Meine Frau, die Turinerin, nein, die iss keine Nutte, im Gegenteil: Die iss ehrlich, sauber, arbeitsam, aber dermaßen launisch, dass ich oft den Tag verfluche, an dem ich sie geheiratet habe«, und stellten plötzlich fest, dass besagte Zicke schon ungeduldig auf sie wartete. Dann sahen sie auf ihre Uhr, in der Regel eine Wonder Watch mit JUVE-Armband, und erklärten mit einem resignierten Seufzer: »Tja, es iss spät geworden. Ich muss die Turinerin spazieren führen, ciao *né*«, und handelten sich so außer dem Spottnamen *Ciaoné* auch noch die endgültige Verachtung ihrer Mitdörfler ein, weil sie die Stammessitte, die mit dem Tag der Heirat eine strikte Trennung von Männern und Frauen in zwei gesellschaftliche Sphären vorschrieb, auf so unzulässige Weise missachteten.

Ich aber sah mir ihre Töchter an – merkwürdigerweise hatten die Emigranten nur Kinder weiblichen Geschlechts. Mit klopfendem Herzen wartete ich, dass sie zu zweit, zu dritt oder zu viert untergehakt um die Piazza herumspazierten und mit ihrem leichten Schritt wieder an mir vorbeikamen. Dann genügte es mir, einen Blick aufzufangen, ein Lächeln – hatten sie wirklich mich angesehen, wirklich mich angelächelt? –, um von einem Gefühl entflammt zu werden, das mich aus den Socken hob und sich vollkommen von dem unterschied, das ich in den Armen meiner Cousine Tea empfunden hatte, oder damals, als ich stundenlang auf die Titten von Onkel Arcangelos Negerinnen oder die aus der Enzyklopädie *Labor* gestarrt hatte. Es war ein vollkommen reines Gefühl und vermochte mich in jene hochgeistigen Sphären zu katapultieren, die mir über die Kunst oder die einfache Betrachtung der Natur schon nicht mehr zugänglich waren. Mir war jetzt klar, dass ich, genau wie mein Vater und mein Großvater, die Frauen über alles liebte. Sie waren die wahren Weltwunder, aber im Gegensatz zu meinen beiden Vorfahren hatte ich Angst vor ihnen. Ich hatte Pits Lehren im Hinterkopf, wenn ich die Vormittage damit verbrachte, die verschiedensten Taktiken des Anbändelns zu analysieren – ganze Vorräte von geeigneten Sätzen speicherte ich in meinem Gedächtnis und studierte bis ins kleinste Detail Posituren und Kleidung –, nur dass ich mich im passenden Augenblick nie hervorwagte, so sehr hatten mich die Jahre mit Nonnilde und dem Professor zurückgeworfen! Die Situation verschlimmerte sich noch, als mich ein Grüppchen *Turist*-Mädchen ansprach und ich, Pits Lehren entsprechend, unterkühlt reagierte – tatsächlich hätte ich vor Aufregung ohnehin kein Wort herausgebracht. Damit hatte ich mir nun ihr vollkommenes und unwiderufliches Desinteresse eingehandelt. Was hatte ich nur falsch gemacht?, fragte ich mich, während die Sonnenbräune sie jeden Tag schöner, snobistischer und selbstbewusster machte – auch wenn sie gerade vom nächstgelegenen freien Strand zurückkamen, wo sie sich nach dem Baden den Bauch mit überbackener Pasta oder Lammfleisch vollgeschlagen und Riesenflaschen Idrolitina-Brause hinuntergestürzt hatten. Wenigstens hatten sie den hiesigen säuerlichen Wein verschmäht.

Traurig sah ich zu, wie sie zu ihren *Ciaoné*-Vätern und -Müttern liefen, die sich zum Abendspaziergang wiedervereint hatten und die sie so begrüßten wie kleine Prinzessinnen ihre königlichen

Eltern. Ich spürte, wie sich mein Herz vor Eifersucht zusammenkrampfte, wenn ich gleich darauf ausgerechnet jene, in die ich mich verliebt hatte – jeden Abend verliebte ich mich in eine andere –, Hand in Hand mit einem Burschen, der oftmals jünger war als ich, in Richtung Park entschwinden sah, der neben dem Kloster lag und das Ziel aller Pärchen war.

Im darauffolgenden Winter sollten die glücklichen Auserwählten in allen Einzelheiten von den völlig unwahrscheinlichen Entjungferungen erzählen, die dort stattgefunden haben sollen – und just in diesen Augenblicken erklangen dann immer die melancholischen Melodien jenes Schlagers, für den im Sommer die meisten Münzen in den Jukeboxes gelandet waren: Lieder über unglückliche Liebschaften, über Treubrüche beim Tanzen oder am Strand oder mitten im raschelnden Röhricht – und noch heute, wenn ich zufällig eines dieser Lieder höre, ergreift mich eine Traurigkeit, als wäre seither kein einziger Tag vergangen.

An vielen Nachmittagen kehrte ich zur Piazza zurück, jedes Mal mit dem festen Vorsatz, dass es dieses Mal klappen muss, aber es gelang mir nie, ein *Turist*-Mädchen anzusprechen, ihre Hand zu nehmen und sie in den Park neben dem Kloster zu führen. Und als dann Lucio, einer meiner ehemaligen Ministrantenkollegen, an mir vorbeilief und rief: »Los, komm mit! Wir brauchen einen Verteidiger«, folgte ich ihm gern. Ich ertrug es nicht mehr, allein zu sein, mich anders zu fühlen als die anderen Jungs – und wenn ich es mir recht überlegte, so hatte ich seit Jahren nicht mehr Fußball gespielt. Doch kaum war ich auf dem Spielfeld, fühlte ich mich schon wieder anders, aber aus einem anderen und triftigeren Grund.

11

Um die Tragweite dessen zu ermessen, was mir jetzt widerfuhr, muss man der Liste jener Merkmale, über die jedes Nest im Süden, das etwas auf sich hält, zu verfügen hat, ein Stichwort hinzufügen. Ein Wort, das bei uns verschüchterten Südländern bis dahin – wir befinden uns am Ende der sechziger Jahre – fast unbekannt war und dessen Einführung sich der jüngst erfolgten Verbreitung der Skandalblätter verdankte, außerdem den nicht häufigen, aber doch sehr geschätzten Fernsehreportagen über die Kinowelt und die High Society sowie den Filmen über die sexuellen Gepflogenheiten der nordischen Völker, und da insbesondere der Schweden. Zusammen mit der Einführung des Bikinis, des Minirocks und der Langhaarfrisuren markierte dieses Wort das Ende einer Epoche: das Ende der guten alten Zeiten, als alles seine unumstößliche Ordnung hatte. Das Wort, um das es geht, lautet: »homosexuell« – oder gemäß der Interpretation der Einheimischen: *uomo*sexuell.

Damit keine Missverständnisse aufkommen: Natürlich hat es bei uns auch vorher schon Homosexuelle gegeben, wie die bereits vorhandenen Dialektbegriffe *ricchione* und *recchione* – in der kontrahierten Form auch *recchia* – bezeugen, aber die praktische Ausübung eines solchen Verhaltens war so absolut unvorstellbar, so unendlich weit vom gesunden Menschenverstand entfernt, dass man seine Existenz lieber negierte. Infolge der oben erwähnten epochalen Umwälzung jedoch musste sich jedes Nest im Süden mit einem *recchia*-Paar versehen, und angesichts der seltenen Bereitschaft der fraglichen Personen, sich öffentlich zu bekennen, und in Anbetracht zudem der bis dahin niemals Lügen gestraften Rechtschaffenheit der Einheimischen, zog man es generell vor, es in der Kategorie der ganz oder teilweise auswärtigen Elemente zu orten, als da waren: beurlaubte Lehrer oder Professoren, Priester oder sonstige Angehörige des geistlichen Standes, die nach einigen Jahren um ihre Versetzung gebeten hatten, Schausteller, die von Jahrmarkt zu Jahrmarkt zogen, oder Emigranten, die andernorts auf dieses Laster verfallen waren – »bevor er weggezogen ist, war er ganz normal; es ist die Großstadt, die sie verdirbt«. Deshalb genügten bereits ein Gesicht mit feinen Zügen, eine natürliche Eleganz des Auftretens, ein ungewöhnlich elastischer Gang und eine etwas leise Stimme, um sich den Ruf eines *uomosessuale* einzuhandeln. Es war die alte Zeit, falls sie denn überhaupt untergegangen ist, in der man so gutmütige Sätze hören konnte wie: »Schau mal diesen weibischen Typ an. Besser, dein Sohn ist tot als ein *recchia/ricchione/uomosessuale.*« Wenn dann der weibische Verdächtige tatsächlich ein *uomosessuale* war, blieben ihm, sofern er aus dem Ort stammte, nur drei Möglichkeiten: sich aufzuhängen, verrückt zu werden oder sich selbst dann, wenn er über ausreichende Mittel verfügte, in das gewaltige Heer der Auswanderer einzureihen. Eine vierte – die häufigste – Option bestand darin, vor sich selbst zu allererst und dann vor allen anderen die eigene Natur zu verleugnen, sich mit der aufgezwungenen zu arrangieren und darauf zu hoffen, dass mit den Jahren, der Ehe und den Kindern, die daraus hervorgehen würden, die »Gerüchte« verstummten.

Man wird also das qualvolle innere Drama nachvollziehen können, das ich an jenem Nachmittag durchlebte, als ich mit meinem ehemaligen Ministrantenkollegen Lucio zum Fußballplatz mitgegangen war – ich, der ich bereits mit den genannten Merkmalen der eleganten Haltung, der physiognomischen Feinheit, der femininen Stimme und der künstlerischen Sensibilität ausgestattet war und bislang nur aufgrund meines zarten Alters nicht als *uomosessuale* abgestempelt worden war – und mich in einen der Jungen verliebte, die an jenem Nachmittag dort Fußball spielten. Aber warum sage ich, in »einen« der Jungen? Er war der Einzige, den ich überhaupt sah.

Ich erinnere mich noch an seinen zärtlichen Blick, die großen haselnussbraunen Augen, die Haare mit dem Bürstenschnitt, die im Nacken unglaublich weich aussahen, die statuengleichen Waden, die von den bis zu den Knöcheln hinabgerollten Stutzen absichtlich bloßgelegt waren, den Dress aus türkisfarbenem Nickisamt, der seine glatte Haut, die brauner war als meine nach einem Monat auf dem Balkon, noch besser zur Geltung brachte, und die phantastischen Sportschuhe eines echten Fußballers. Wie alle Klassekicker jener Zeit war Nicolás – so hieß er, und schon bald wurde sein Name für mich zur Obsession – ein Auslandsitaliener, ein italienischstämmiger Argentinier. Ihn spielen zu sehen war ein Hochgenuss. Hin und wieder schnellte er in die Luft – das Gesetz der Schwerkraft schien für ihn nicht zu gelten, und bei diesen Gelegenheiten traf er den Ball immer ins Tor –, so leicht wie ein Engel, der auf die Erde herabgestiegen ist, um sich mit uns armen Sterblichen zu vergnügen. Er war auch so gut wie ein Engel.

Ich dagegen erwies mich als Niete, und das hatte nichts damit zu tun, dass ich seit Jahren nicht mehr gespielt hatte. Hatte mir nicht weniger als eine Woche genügt, um mich in die Kunst der Klänge einzuarbeiten? Jetzt bot ich all meine Kräfte auf und galoppierte wie ein Wahnsinniger hinter dem Ball her, und das Ergebnis war, dass es mir nie gelang, diesen auch nur zu treffen. Wenn ich es rein zufällig doch einmal schaffte, dann kickte ich ihn in jede Richtung, nur nicht in die gewünschte. Bei jedem Fehler machten sich die anderen – einschließlich Lucio, was besonders demütigend war – vor Lachen fast in die Hose, riefen mir Beleidigungen zu und empfahlen, mich aus der Mannschaft zu werfen. Endlich hatten sie meinen Schwachpunkt gefunden, den Schwachpunkt des Klassenprimus, des Wunderorganisten, des beneideten Kommentators der *Contrada soprana*, und damit die Chance, mich für diese Erfolge büßen zu lassen. Nicolás jedoch, der nichts über mich wusste, zauberte vom Grunde seiner südamerikanischen Sanftmut eine unerwartete Bestimmtheit hervor und brüllte, dass sie aufhören sollten – in seinem Geschrei erkannte man den starken Gerechtigkeitssinn wieder, der Zorro, Pancho Villa, Emiliano Zapata und später auch Fidel und den Ché von friedlichen Tangotänzern und Matetrinkern in die bekannten knallharten Revolutionshelden verwandelt hatte. Nach diesen Wutausbrüchen vergaß er nie, mir ein feines, verhaltenes Lächeln zu schenken, das mir Kraft einflößte, und obwohl wir gleich alt waren, erkor ich ihn mir sofort zum Vorbild.

Wenn ich ihn sagen hörte: »*Pásame la pelota*« – obwohl ich es nie schaffte, ihm den Ball zuzuspielen –, oder er mich, sobald ich schwerfällig auf das Spielfeld trabte, mit »*Come te va, amigo*?« begrüßte, was hätte ich dann nicht darum gegeben, mich auch mit dieser exotischen Sprechweise hervortun und ebenfalls so hervorragend kicken zu können? Ich wäre sogar bereit gewesen, auf meine künstlerischen Anwandlungen zu verzichten, nur um wie er zu sein. Stunden verbrachte ich damit, davon zu träumen und mir sein Leben im fernen Argentinien auszumalen. ARGENTINIEN: *Südamerikanische föderative Republik. Nachbarn: Chile, Paraguay, Brasilien, Uruguay und der Atlantische Ozean. Bevölkerung: 27.600.097. Größe: 2.795.693 km²* – welch unermesslich große Fläche verglichen mit den knapp 300.000 km², die Italien aufzubieten hat, das außerdem mit fast doppelt so vielen Einwohnern vollgestopft ist! Und schon sah ich in der Phantasie glühend rote Sonnenuntergänge über endlosen, vom Ozean – jedenfalls nicht von unserem kümmerlichen Mittelmeer – bespülten Stränden, im Westen dann die Kordillere der Anden – die längste Gebirgskette der Welt mit ihren 7.500 km; dahinter können sich die Alpen verstecken –, im Osten die legendären *Pampas*, wo die *Gauchos*, phänomenale Reiter, die nur aufgrund der *mangelhaft entwickelten Filmindustrie* etwas weniger bekannt sind als die US-amerikanischen Cowboys, ihre gefährlichen *bolas* kreisen lassen, um die gigantischen Herden wilder Fohlen (3.000.000 Stück) im Zaum zu halten. Ständig sah ich deren Mähnen im Wind flattern, während sie, von besagten Gauchos angetrieben, die *längsten Flüsse: Río de la Plata, Colorado, Río Negro und Río Salado* durchwateten. *Im Norden tropische Wälder (Gran Chaco), im Süden die wüstenähnlichen Steppen Patagoniens*, und gab es etwas Extremeres und Entlegeneres als Patagonien? Lange vor Bruce Chatwin – aber auch nach ihm und ohne dass irgendjemand ihn gelesen hätte – pflegte man im Dorf zu sagen: »Kommt er vielleicht aus Patagonien?«, um einen absolut weltfremden Menschen zu charakterisieren. *Tiere: 51.000.000 Stück Vieh.* Also, das mit der Zählung von Tieren habe ich nie verstanden. Gewiss, auch wir Menschen müssen früher oder später einmal sterben, aber diese Kühe, die werden doch in einem fort geschlachtet, wie soll man denn dann feststellen, wie viele es sind? Bei den Schafen ist es einfacher: Wer isst schon ein Schaf, wenn es dem Stadium eines Lammes entwachsen ist? Außerdem trägt die Wolle zu seiner Rettung bei, zumal es sich dort um *Merinoschafe* handelt *(30.000.000 Stück). Wild lebende Tiere: Biber, Hirsche, Jaguare, Affen, Tapire, Pumas, Ameisenbären. Mineralien: Blei, Zinn, Mangan, bedeutendere Produktion von Erdöl und Wolfram*, aber – und das erstaunt mich am meisten – nicht die Spur von Silber. Warum heißt das Land dann ausgerechnet Argentinien, sprich: Silberland? Vielleicht weil das Silber in der Zwischenzeit ausgegangen ist, oder vielleicht hat es dort ja auch nie Silber gegeben, sondern nur irgendwo in der Nähe, und Magellan hat das, bei all dem Zeug, das er entdeckt hat, einfach verwechselt.

Um sich eine Vorstellung von Nicolás' Leben zu machen, erwiesen sich außer dem Erdkundebuch auch jene Informationen als nützlich, die ich in den Bars aufschnappte. In Argentinien, das heißt in den *größten Städten: Buenos Aires, Rosario, Mendoza, Córdoba, Santa Fe und* sein *Paraná* – in diesem Namen, oder in seinem Klang vielmehr, lag bereits die ganze Gleichgültigkeit, mit der er die Gegner ausspielte –, in diesen Städten also fand man nach Aussage der bestinformierten Dorfbewohner manchmal vier, fünf, ja zehn Fußballfelder hintereinander – 2.795.692 km² sollten ja wohl auch ausreichen! –, und alle mit grünem Rasen, bitte schön, nicht so wie unsere verdorrte Grasfläche. Sie waren bestückt mit blutjungen Kickern – von Kindesbeinen an gefördert, damit sie berühmte Spitzenfußballer wurden –, die vor dem Training riesige Beefsteaks verdrückten, viel größer als unsere T-Bone-Steaks *alla fiorentina* – kein Wunder, bei 51.000.000 Stück Vieh! –, und nicht wie wir armen Kinder des italienischen Südens nur drei- oder viermal im Monat Fleisch vorgesetzt bekamen, zumal deren Fleisch frisch war und von höchster Qualität und nichts gemein hatte mit dem Dosenfleisch der Firma Simmenthal, das zusammen mit den ersten gammeligen und faserigen Batteriehühnern oft auf unserem Tisch landete (die Käfighaltung war damals noch nicht besonders ausgereift). All diese Informationen ließen mir ihn und dieses Land immer großartiger und fabelhafter erscheinen, und ich war nicht der Einzige, der so dachte.

Das hing wohl mit der Tatsache zusammen, dass die Ausländer uns im Krieg besiegt hatten und uns dann, statt uns zu zertreten, wie es ihr gutes Recht gewesen wäre, sogar noch den Wohlstand geschenkt hatten. Außerdem wurden alle, die arm ins Ausland aufbrachen, dort reich, und wer an einer schweren Krankheit litt, wurde ins Ausland geschickt und kam nach vielen Monaten geheilt zurück, auch wenn diese Leute nie mehr die Alten sein sollten: Erwachsene mit schleppendem Gang, im Zuge endloser chirurgischer Eingriffe, über die sie ihr Leben lang berichten würden, auseinandergenommen und wieder zusammengesetzt; Kinder mit einer blassgrünen Aura infolge der notwendigen Bestrahlung, die in der Regel auch dazu führte, dass sie klein blieben, aber nach Art der Marsmenschen einen großen Kopf hatten. Es hatte wohl ebenfalls mit dem Zufall zu tun, dass die schönsten Filme, die seinerzeit nur an den Sommervormittagen im Fernsehen oder an den kalten Wintersonntagen im Pfarrkino gezeigt wurden – die abenteuerlichsten mit den phantastischsten Landschaften und diesen Frauen mit dem unwiderstehlichen Blick, den Revolverhelden, Soldaten und unerschrockenen Forschern, den Detektiven von unerhörter Eleganz, die Zigarette im Mundwinkel, die eiskalten Augen im Schatten breitkrempiger Hüte, die schmalen Krawatten an den Kragen der unter den dunklen Kleidern blendend weißen Hemden, immer makellos trotz der Schlägereien –, ausländische Filme mit ausländischen Stars waren. Ja, selbst die italienischen Darsteller der Helden des klassischen Altertums – Herkules, Samson und Maciste – wurden uns als Ausländer präsentiert: Wer hätte schon die Faszination eines Alan Steel und eines Kirk Morris gegen die eines schlichten Sergio Ciani oder Adriano Bellini – so ihre wirklichen Namen – eintauschen mögen? Es hing wohl auch mit dem Umstand zusammen, dass die schönsten Schlager – die schönsten vielleicht deshalb, weil wir ihre Texte nicht verstanden – ebenfalls aus dem Ausland kamen; dass die größten Errungenschaften der Wissenschaft – die Atombombe, die Weltraumraketen, das Fernsehen – aus dem Ausland stammten; dass die größten Politiker, Industriekapitäne und Sportler und auch die aufregendsten Künstler Ausländer waren. Kurzum, wir lebten in Jahren uneingeschränkter Ausländerfreundlichkeit – Jahren, in denen wir jeden für überlegen hielten, der von außen kam, und das galt auch für die Emigranten, die über die heimatlichen Grenzen hinausgedrungen waren.

Wenn man eine fremde Sprache hörte, Kleider ungewöhnlichen Zuschnitts erblickte, ein unbekanntes Nummernschild ortete oder einen jener riesigen rosa-, zyklamen- oder pastellfarbenen, mit Heckflossen versehenen und mit zentnerweise Chrom verzierten Straßenkreuzer wie ein glänzendes Raumschiff durch unser Dorf gleiten sah, dann begann man von einem anderen Leben zu träumen, denn das unsere kannten wir ja schon. Wenn die *Stranier* – diese Bezeichnung unterschied sie von den *Turist ciaoné* – aus ihren funkelnden Wagen der Extraklasse stiegen, eine weiße Mentholzigarette im Mund und eine ausländische Frau am Arm – die oft ebenso gemietet war wie das Auto –, und mit überheblicher Miene eine Bar betraten, ging unser höchstes Streben dahin, uns mit ihnen anzufreunden, damit sie uns von diesem anderen Leben erzählten.

Aber auch sie waren nicht alle gleich. Der effektive Wert jedes Einzelnen wurde unter Zugrundelegung einer Reihe von Kriterien genau abgeschätzt, von denen das erste in der geografischen Distanz zur jeweiligen neuen Wahlheimat bestand. Auf der untersten Ebene befanden sich folglich die Schweizer, Franzosen, Deutschen und Belgier – auch wenn in unseren Augen ein Bewohner der unglaublich weit entfernten Stadt Essen weniger Prestige besaß als einer aus Paris, was auf einem weiteren Kriterium, nämlich der historisch-ökonomisch-sozialen Bedeutung der neuen Wohnorte, beruhte. Es liegt auf der Hand, dass die Kriterien bei den – tatsächlich eher seltenen – Fällen eindeutig prominenter Persönlichkeiten (Künstler, Gangster, Sportler oder Industrielle etwa) keinen Bestand hatten, obwohl deren unbezweifelbare Qualitäten dennoch nicht ausgereicht hätten, sie zum Gegenstand höchster Wertschätzung zu machen, denn dazu mussten sie unbedingt aus dem Ausland kommen. Den höchsten Rang nahmen zweifellos die Transkontinentalen ein. Das heißt jedoch nicht, dass die Spitze der Pyramide den in die Vereinigten Staaten Emigrierten gehörte, wie man angesichts der Entfernung, des Reichtums und des Einflusses dieser Nation hätte vermuten können. Nein, der Lorbeer ging vielmehr oft an die nach Kanada, Kolumbien und Uruguay Ausgewanderten. Das waren weniger bekannte Länder, denen schon deshalb ein höheres Quantum an Faszination und Mysterium zuerkannt wurde – womit wir beim dritten Kriterium wären.

Im Sommer jenes Jahres und trotz seines zarten Alters war eben Nicolás der begehrteste *Stranier*, die Lichtgestalt vom Dienst, derjenige, den alle zum Freund haben wollten. Schöner, begabter und eleganter als jeder andere kam er von sehr weit her, und da er zudem in einer geheimnisvollen Stadt lebte – in der er, wie es schien, keinen Geringeren als Omar Sívori, den seinerzeitigen Spitzenspieler mit italienischen Wurzeln, zu seinen Lehrern gezählt hatte –, erschien uns der junge Fußballstar Nicolás als die Verkörperung der Ausländerüberlegenheit schlechthin, als der unvergleichliche Prototyp der Rassenmischung, das vollkommenste Produkt der Diaspora, die unseren Stamm meridionaler Gebirgler veranlasst hatte, selbst die unermesslichen Prärien Argentiniens zu bevölkern, Gegenden, die trotz des Namens kein Silber besaßen und dennoch reich waren, zum Beispiel an Fußballfeldern.

Ich weiß nicht, wie es den anderen erging – und das war der Kern meines inneren Dramas –, doch jedes Mal, wenn ich ihn sah, fing mein Herz heftig zu pochen an, ganz zu schweigen davon, was geschah, wenn er blitzschnell wie ein Puma im Gran Chaco (466.500 km^2) auf das gegnerische Tor zuflog. Auch ich lief und lief an diesen unendlichen Nachmittagen, während die Berge des Apennin, die mir jetzt zwergenhaft vorkamen – im Vergleich zum Aconcagua mit seinen 7.040 Metern –, unter den roten Strahlen der untergehenden Sonne ohnehin kaum noch wahrnehmbar waren. Am Abend wanderte mein letzter Gedanke zu ihm, und am Morgen galt ihm der erste, wenn ich aufwachte. Ich konnte den Augenblick nicht erwarten, da ich ihn wiedersehen würde, und war es so weit, spürte ich, wie mir die Knie weich wurden und die Sprache versagte. Diesen Zustand kannte ich gut. In den Wochen davor hatte ich überhaupt nichts anderes getan, als mich zu verlieben, aber in entzückende Mädchen aus dem Norden und *niemals* in italienischstämmige Fußballer: Ich war ein Homo geworden, daran gab es keinen Zweifel, und kaum war ich mir, obwohl ich es in jeder Weise vor mir selbst zu verleugnen suchte, dieser Tatsache bewusst geworden, bedeutete das eines der schlimmsten Unglücke, die einem in einem Nest im Süden, das etwas auf sich hält, zustoßen können, und es brachte mich fast um. So weit also hatte mich das Regime der Großmutter heruntergewirtschaftet – mein Gott, wie ich sie hasste! Früher war ich normal gewesen – mehr als normal, wenn man bedenkt, dass ich mich bereits als Siebenjähriger an Tea herangemacht hatte –, und jetzt würden alle merken, was für einer ich wirklich war. Ja, sie hatten schon angefangen. Nun begriff ich erst, warum meine Mannschaftskollegen sich zugrinsten, wenn ich mich erschöpft über das Spielfeld schleppte, und sich jedes Mal grausam zublinzelten, wenn ich den Ball verfehlte: Das ist nichts für Weichlinge, geh nach Hause zu deinen Büchern oder in die

Kirche und widme dich deinem Instrument (Letzteres natürlich in Gänsefüßchen), schienen sie sagen zu wollen.

So ging es Tag für Tag weiter. Ich blieb auf dem Balkon, allein mit meiner Qual und ohne den Trost, den mir die Bücher und mein Gefühl, ein Dichter zu sein, bis dahin gespendet hatten. Ich hatte nämlich beschlossen, aus meinem Charakter jegliche weibliche Spur zu tilgen. Statt zu lesen oder Gedichte zu verfassen – gibt es überhaupt etwas Weibischeres? –, widmete ich mich der männlichen Stählung des Körpers, und auch in die Kirche setzte ich wegen des Instruments in Gänsefüßchen keinen Fuß mehr. Ich unterzog mich gymnastischen Übungen – diesbezüglich ließ ich mich von Tea beraten –, mit dem einzigen Resultat, dass meine Gedanken, sobald ich ermüdete, mit derselben Sicherheit zu Nicolás wanderten wie die Wolken, die über meinem Kopf unbewusst in dieselbe Richtung segelten wie der Wind. Dann bemerkte ich an einem dieser traurigen Nachmittage, dass die Lieder aus den Jukeboxes seltener wurden und das Summen von der Piazza abflaute, um schließlich ganz zu verstummen. Stattdessen drang aus der Ferne der Lärm einer Menschenmenge an mein Ohr, unterbrochen von plötzlichen Pfiffen und Schreien. Ich musste gleich hinunter, um nachzusehen, was los war – in Wirklichkeit erhoffte ich mir nichts anderes, als dass mich irgendetwas aus meiner erneuten Einsamkeit reißen würde.

Die Straßen waren praktisch ausgestorben. Ich gelangte zum Spielfeld, indem ich an dem grünen Gestrüpp des Friedhofs vorbeilief. Hunderte von staubbedeckten, glühend heißen Autos standen kreuz und quer in der Hitze herum: Das zwischen den Dörfern ausgetragene Turnier hatte begonnen, aber die eigentliche Attraktivität dieser ganzen Menge war Nicolás, der zwar noch Junior war, aber bereits in der Mannschaft der Erwachsenen spielte – und *wie* er spielte! Ich schlüpfte durch das Gedränge und kam gerade noch rechtzeitig, um zu sehen, wie er zu einem seiner kurzen, leichten Höhenflüge ansetzte und den Ball mühelos ins Netz köpfte. Während die anderen ringsum herumhüpften, sich umarmten und wahnsinnige Freudenschreie ausstießen, stockte mir, überwältigt von solcher Bravour, der Atem, ebenso wie den Anhängern der gegnerischen Mannschaft. Kaum hatte der Schiedsrichter das Spiel abgepfiffen, wurde Nicolás im Triumph herumgetragen, und als er mich von seiner Höhe seiner Glorie bemerkte und mir zurief: »*Hola, amigo*«, hätte ich mich als noch größere Null gefühlt, hätte nicht hinter mir eine Stimme gesagt: »Mein Cousin, ein Freund von Nicolás – unglaublich. Endlich bist du zu etwas nütze!«

Es ist Ilde, die zweite der drei Erstgeborenen, die den Namen der Großmutter tragen. Und da sie von ihr auch den Charakter geerbt hat, ist sie die unangefochtene Anführerin jener Gruppe von Freundinnen, die uns jetzt, während sie mit mir spricht, umringen, kleine Schreie ausstoßen und mich in ihrer Begeisterung hin und her schubsen. Worum sie mich bitten, ist einfach: Angesichts der Tatsache, dass ich und Nicolás Freunde sind, soll ich ihn zu einer Party am nächsten Abend einladen. Allerdings habe ich mit Nicolás bisher kaum ein paar Worte gewechselt, und allein schon der Gedanke, ihn ansprechen zu müssen, verursacht mir Schwindelgefühle.

Natürlich suchte ich nach Ausflüchten, aber welche Ausflüchte konnte ich schon finden? Zumal ich angesichts der Blicke, die die Mädchen jetzt austauschten, weil ich plötzlich rot anlief, Angst bekam, dass auch sie sich meines Homo-Seins – um es mal so zu nennen – bewusst werden würden. Dies war es, was mich überzeugte, und nicht Ildes Drohung, der Großmutter zu erzählen, dass ich mich erneut an ihr und den übrigen Cousinen vergriffen hätte, etwas, was ich mir in diesem Augenblick trotz der unseligen Nacht mit Tea bald wieder zu tun schwor, denn nur so würde ich meine krankhafte Natur korrigieren – nicht mit Gymnastik. Dann sah man Nicolás aus den Umkleideräumen kommen, und ich wurde in seine Richtung gestoßen. Ich leistete keinerlei Widerstand und ging ihm entgegen. Fast hatte ich schon die halbe Strecke zurückgelegt, als mich jemand am Arm zog. Ildina, die dritte Erstgeborene mit dem Namen der Großmutter und trotzdem meine Lieblingscousine, bat mich in dem ihr eigenen melancholischen Tonfall: »Lad auch José ein, seinen Bruder … bitte, bitte.«

»Geht in Ordnung, Cousinchen«, antwortete ich und sah, wie sie mit ihrem schiefen, aber harmonischen Gang zu ihren Freundinnen zurückkehrte. Sie konnte gewiss nicht ahnen, dass sie soeben jene Maschinerie in Bewegung gesetzt hatte, die zu ihrem traurigen Ende führen sollte. Auch ich hätte mir das nicht vorstellen können, im Gegenteil. Ich atmete erleichtert auf, denn ihre Bitte kam mir gelegen. José war groß, robust, seine Haare glänzten vor Brillantine, und er war ein paar Jahre älter als Nicolás. Im Gegensatz zu ihm kickte er hundsmiserabel, was ihn jedoch nicht daran hinderte, als großer Herzensbrecher aufzutreten. Ich würde die Einladung an ihn richten und ihm sagen, dass er seinen Bruder mitbringen soll, was ich ein paar Minuten später auch tat. Dann blieb ich die ganze Nacht wach, um zu entscheiden, ob ich auch hingehen sollte – tatsächlich hätte mich niemand daran hindern können.

Es war ein großes, denkwürdiges Fest. Die Brüder Nicolás und José Palmieri – groß, sonnengebräunt und Ausländer – glänzten in ihren engen schwarzen Jeansanzügen mit den ockerfarbenen Nähten, den silbern schimmernden Metallecken am Hemdkragen und den bunt bemalten Gürteln und Stiefeln wie die beiden letzten Sterne am frühen Morgenhimmel. In jener Nacht gingen viele Liebesbeziehungen und Treuegelöbnisse in die Brüche: Der schöne und eingebildete José und der noch schönere, aber feine Nicolás waren wie dafür geschaffen, sentimentale Neigungen zu befriedigen, und die in großer Zahl anwesenden Mädchen teilten sich auf in zwei Lager von Verehrerinnen, die zu allem bereit waren, um ihren Auserwählten zu erobern. Ich beobachtete, wie sie Nicolás umringten, der desinteressiert und mit gedankenverlorenem Blick auf einer Couch saß, während sie sich neben ihn setzten, ihm Süßigkeiten brachten, ihm etwas ins Ohr flüsterten. Ich sah, wie José in einem fort Zigaretten anzündete und ausdrückte, Hüften umschlang, mit romantisch-argentinischen Sätzen um sich warf, die ihren Reiz auch dann nicht verloren, wenn er sie in unseren Dialekt übersetzte (die italienische Hochsprache war ihm völlig unbekannt). Ich betrachtete die betrogenen Jungen, die sich mit finsterer

Miene auf die Terrasse zurückzogen, um nervös eine zu rauchen und sich grausame Rachefeldzüge gegen ihre treulosen Mädchen auszudenken, dieselben, die ihnen bis vor einer Stunde ewige Liebe geschworen hatten. Unterdessen legte jemand eine Platte auf, und man begann mit den Tänzen, die sich nach der goldenen Regel des *Drei Schleicher, ein Shake* in die Länge zogen – es war übrigens Pits Regel, die in der Zwischenzeit an die lokalen Gepflogenheiten angepasst worden war.

José tat nichts, als seine Partnerinnen zu wechseln: Er drückte sie an sich, begrapschte sie und führte sie in die dunkelsten Ecken, aus denen ihr Gelächter zu uns drang. Nicolás dagegen saß die ganze Zeit allein herum und eroberte, nachdem er es schon auf dem Fußballplatz getan hatte, die Herzen der beinahe Betrogenen zurück – welche jetzt die enttäuschten beinahe Treulosen in Umarmungen nötigten, die schon etwas Bedrohliches hatten. Mein Herz eroberte er aus ganz anderen Gründen, die man nicht laut aussprechen durfte. Ich hörte nicht auf, mir zu wiederholen, dass vielleicht auch er … Warum sitzt er dort so finster herum, wenn er doch nichts anderes zu machen bräuchte, als sich ein Mädchen auszusuchen? Dieser Gedanke richtete mich auf und schmetterte mich zugleich nieder. Wenn sogar der große Nicolás ein Homo war, konnte ich es doch auch sein – nur, dass er bald nach Argentinien zurückkehren würde, während ich genau wusste, wie mein Leben hier dann aussehen würde. Tatsache ist, dass ich irgendwann seine Blicke immer eindringlicher auf mir ruhen fühlte. Was ist schlimm daran, sagte ich mir, es ist nur ein Sympathiebeweis – Ausdruck einer gesunden und natürlichen Sympathie. Mittlerweile wusste ich aber nicht mehr, was ich tun sollte. Statt ihn anzureden und ein bisschen mit ihm zu plaudern, wie es »natürlich« gewesen wäre, verließ ich den Saal und kam wieder herein und versuchte vergebens, mich den düpierten Jungen anzuschließen – der ältere Palmieri war voll im Einsatz –, aber die hatten anderes im Kopf. Während meines Hin und Hers bemerkte ich Ildina, die auf einem Stuhl saß und düster dreinblickte, und bekam Mitleid mit ihr. Wenn sich dieser Lackaffe von José amüsierte, verdankte er das schließlich meiner melancholischen Cousine! Kaum war eine Platte zu Ende, nahm ich sie also, führte sie mit Gewalt zu ihm und sagte bestimmt: »Jetzt tanz mit ihr!«

Er starrte mir in die Augen, sah Ildina an, und ein seltsames Lächeln umspielte seine Lippen. Er packte sie jäh und zog sie auf die Tanzfläche. Ich trat ein paar Schritte zurück, fassungslos über das, was ich soeben getan hatte, und ließ mich auf die erstbeste Couch fallen – die Couch von Nicolás. Als ich den Kopf drehte, war ich bereits rot im Gesicht. Er reckte das Kinn in meine Richtung, gab mir einen Klaps auf den Schenkel und sagte: *»Hola, caro amigo Carlino!«* mit der süßesten Stimme, die ich je gehört hatte – der Stimme eines argentinischen Schlagersängers.

»Ciao, Nícolas«, wisperte ich, wobei ich vor Erregung den Akzent auf die falsche Silbe setzte, und wir starrten schweigend auf die tanzenden Paare. Dann löschte jemand, wie es bei diesen Partys üblich ist, die Lichter, und im Dunkeln spürte ich, wie sein Körper dem meinen näher rückte und mir das Blut in den Kopf stieg, während ein Schlachtruf erscholl: *ri-cchio-nì, ri-cchio-nì, ri-cchio-nì*. Doch jedes Mal, wenn das Licht wieder anging und ich mich erschrocken umschaute, schienen mich nur die zum Treubruch entschlossenen Mädchen zu bemerken, weil ich ja neben dem Objekt ihrer Begierde saß. Die Jungen, denen der Betrug noch nicht gelungen war, sorgten hingegen dafür, dass sie den Blick wieder abwandten – viele blaue Flecken schmückten die Arme in jener Nacht. Dann ging das Licht wieder aus, und ich wurde erneut in den Strudel hineingesogen, bis Nicolás' Hand von der Rückenlehne auf meine Schulter fiel.

In jenem Moment entschied sich der Lauf meines Lebens – einer der Läufe. Mit einem Satz sprang ich auf und landete bei Danila, einem jener *Turist*-Mädchen, die sich frei nach der Maxime »Teile und herrsche« Ilde angeschlossen hatten, um den Markt besser kontrollieren zu können. Sie war nicht weniger nett als die anderen und gewiss »verfügbar«. So führte ich sie, ohne weiter nachzudenken, in die Mitte des Saals. Während ich den ersten Tanz meines Lebens tanzte, küsste ich auch den ersten Kuss meines Lebens. Es kostete mich keine große Mühe – was die *Turist*-Väter über die Nordländerinnen sagten, schien voll und ganz zuzutreffen. In Wirklichkeit hatte Danila, wie ich in der Folge begreifen sollte, als Teil der Schar von Nicolás' Anbeterinnen, die Leidenschaft, die sie für ihn hegte, einfach auf mich – seinen Freund – übertragen. Er hatte mich unterdessen vergessen, und als ich nach einer Weile auf die Couch blickte, war er verschwunden. Auch José war verschwunden. Und Ildina.

Sie kehrte zwei Tage später nach Hause zurück. Die Großmutter, die in der Zwischenzeit erfahren hatte, wer sich die Mühe gemacht hatte, ausgerechnet den Entführer ihrer Enkelin zu der Party einzuladen, sagte nichts. Auch während Onkel Erminios Wutausbruch hielt sie den Mund. Und nachdem Onkel Erminio das melancholische Gesicht seiner Tochter durch ein paar Maulschellen entstellt und sie in die Holzkammer gesperrt hatte, stieß sie einen Seufzer der Erleichterung aus. Erst dann sagte sie: »Jetzt *muss* er sie heiraten … Eine schnelle Heirat, eine Mussheirat«, sagte sie, ohne ein – bei ihr äußerst seltenes – Lächeln unterdrücken zu können.

An jenem Tag bestand sie darauf, dass mir bei Tisch gleich nach ihr aufgetragen wurde, so wie in den schönen alten Zeiten. Schließlich und endlich war es mein Verdienst, dass Ildinas Hochzeit überhaupt nichts kosten würde und sie darüber hinaus eine Methode gefunden hatte, wie sie auch für ihre übrigen Enkelinnen keine einzige Lira auszugeben brauchte. Dabei handelte es sich doch eigentlich um dasselbe System, das sie schon bei meinem Vater angewandt und mit dem sie sein Leben zerstört hatte. Sie war nur nicht darauf gekommen, weil noch ein Rest von Traditionalismus in ihr steckte: Männer sind eine Sache, Frauen eine ganz andere, klar. Aber sie hatte schließlich neunzehn Mädchen an den Mann zu bringen, und hinter der Ehre jeder Einzelnen her sein zu wollen war verlorene Liebesmüh. So kam es, dass Ildina noch vor Tea heiratete und mit ihrem jungen Gemahl in das ferne und märchenhafte Land der

Gauchos aufbrach – von wo sie beide nie mehr zurückkehren sollten, da sie Jahre später der Tragödie der *Desaparecidos* zum Opfer fielen. Aber wer hätte in jener Sommernacht an so etwas gedacht?

Ich blieb unterdessen meinem Schwur treu, spionierte ab sofort meinen Cousinen nach, wenn sie sich auszogen, sprang sie an, sobald sich die Gelegenheit dazu ergab, und hielt auch an meinen Treffen mit Danila fest. Endlich war es mir gelungen, eines der *Turist*-Mädchen in den Park beim Kloster zu führen, auch wenn sie mich trotz ihrer Herkunft aus dem Norden weder nach der Party noch an jenem Tag, an dem sie nach Chioggia zurückfuhr, ein weiteres Mal küssen wollte.

Dann heiratete auch Tea. Wir verabschiedeten sie am Tag danach. Sie saß in einem schwarzen Fiat 1100, am Steuer daneben saß der *Austroungarico*, der sich nie zuvor so kerzengerade gehalten hatte, und bald verstummten auch die Lieder aus den Jukeboxes, und die Piazza lag wieder wie ausgestorben da.

12

Ich stand frühmorgens auf. Vor Kälte starr verweilte ich im Lokus – es war immer noch derselbe, der wie ein Schilderhäuschen über dem Tal schwebte –, bis ich meine Großmutter *Carliinooo* rufen hörte. Wird das denn ewig so weitergehen?, fragte ich mich. Ich brauchte Zeit und Konzentration, besonders jetzt, da auch die letzte meiner zwanzig Cousinen geheiratet hatte und ich gezwungen war, eine neue Nutzungsmöglichkeit von Illustrierten zu testen – außer sie zu lesen und mir den Hintern damit abzuwischen: Toilettenpapier war nach wie vor Luxus. Aber auch die Zeitschriften hatten wir nicht käuflich erworben.

Es waren Wochenblätter für die Familie. Mein Onkel Teodorino ließ sie sich vom Barbier mitgeben, wenn sämtliche Kunden sie bis zum Überdruss durchgeblättert hatten, aber es kam immer wieder vor, dass ich doch noch etwas Interessantes entdeckte. Zum Beispiel in der bereits völlig zerfledderten Ausgabe von *Oggi*, die ich im Spülkasten versteckt hielt: Ein Bild zeigte Ministerpräsident Fanfani, der eine Rede hielt, und in der ersten Reihe eine Dame, die im Blitzlicht ihre Augen halb geschlossen und die Beine so übereinandergeschlagen hatte, dass über dem schwarzen Strumpf ein Stück von ihrem weißen Schenkel hervorschaute. Während mein Sperma endlich an der abgeschilferten Tür landete – es war so wenig Platz da drinnen – und mein junger Körper von Schaudern der Lust und der Kälte geschüttelt wurde – durch die Ritze des Schilderhäuschens, das wie jedes Schilderhäuschen nicht verglast war, fuhr mir eine gemeine Bö in die Flanke –, dachte ich sehnsüchtig an schönere Zeiten zurück. Bis zum letzten Jahr hatte ich nämlich Besseres zur Verfügung gehabt: Ich hatte nichts zu tun brauchen als die Schubladen meiner Cousinen zu öffnen, auch wenn meine wahre Passion darauf abzielte, mir das Notwendige auf riskantere Weise zu besorgen.

Wenn alle schliefen, schlich ich auf Zehenspitzen durch das Haus. Immer auf der Hut, blieb ich vor den Zimmern meiner jungen Blutsverwandten stehen. Die Träume in der Frühphase ihres Schlafes versetzten die Luft in Schwingungen, die sich auf Vorhänge, Lampen und die korallenfarbenen Perlchenfransen der Lampenschirme übertrugen und sie sanft wie Algen in der Tiefe des Ozeans hin- und herwogen ließen. Auch in den mondlosen Nächten konnte ich diese Wellen erkennen; vom unnatürlichen Glimmen, das mit der Erregung einhergeht, erleuchtet, katalogisierte ich die Strömungen dieser häuslichen Meere – das Beben, das Keuchen, das Stöhnen – wie im Seewetterbericht im Radio. Den hatte ich mir soeben im Bett noch wie eine geheimnisvolle Abenteuergeschichte angehört und mir in den Pausen zwischen den einzelnen Meldungen alles nur vorzustellen brauchen – Leuchtturmwärter, fern vom Weltgetriebe, arme, sich selbst überlassene Fischkuttermannschaften, *yachtsmen* auf ihren Jachten, nicht nur vom Sturm ihrer Gefühle überrascht – jeder liebt die Frau des anderen und wird von dieser wiedergeliebt –, sondern auch von jenem echten, der sich auf andere Weise verheerend auswirkt. Und dann die faszinierendste Ansage von allen: *Wale in der Straße von Messina gesichtet* – imposante Rücken unter dem fahlen Mond, von Seeleuten mit einem nicht auf den Karten eingezeichneten Archipel, einem aus der Tiefe aufgetauchten Atlantis verwechselt. Bisweilen vermeinte ich sogar ihren Gesang zu hören, zumal diese erstaunlichen Wesen ja jedes Jahr in der Paarungszeit ein anderes Lied anstimmen, genau wie wir im Sommer. Und selbst wenn gerade nicht Sommer war, sang stets eine meiner Cousinen ähnliche und ebenso herzzerreißende Melodien vor sich hin.

Nächtliche Orgasmen – nichts als die Vollendung der kaum ein paar Stunden zuvor bei den heimlichen Begegnungen mit ihren ungestümen Liebhabern nur angedeuteten. Die Liebhaber hatten sie sich, dem Beispiel Ildinas folgend, zugelegt: Heiraten bedeutete, sich von den Fesseln der Familie und des Lernens, vor allem aber Nonnildes zu befreien, und zwar mit deren uneingeschränkten Zustimmung. Ich griff nach der abgelegten Unterwäsche der Glücklichen, vergrub mein Gesicht in den noch schweißgetränkten Büstenhaltern, in den feuchten, wohlriechenden Höschen und in den Strümpfen, die während der leidenschaftlichen Vereinigungen Laufmaschen bekommen hatten – in allen waren, wie Fische im Netz, Härchen und Schuppen ihrer glühenden Haut hängen geblieben –, und holte mir auf der Stelle einen runter.

Dann waren diese glücklichen Zeiten plötzlich vorbei. Im Laufe weniger Jahre hatte sich das große Haus meiner Großmutter geleert. Eine nach der anderen hatten meine zwanzig Cousinen geheiratet, und zwar in einer seltsam wohlgeordneten Reihenfolge: zuerst die Erstgeborenen, dann die Zweit-, Dritt- und Viertgeborenen. Und alle ehelichten Männer von außerhalb: Lieferanten, Lehrer, die pendelten, Lastwagenfahrer, Straßenhändler – Leute also, die dank ihres Nomadentums der raschen Lösung, welche die Großmutter anstrebte, besonders entgegenkamen. Alle heirateten – bis auf Sinforosa, die zweite von Onkel Evaldos und Tante Racheles Töchtern. Auf dem Handbüchlein mit dem Glück verheißenden Titel *Anleitung für eine junge Braut*, das seit einiger Zeit auf ihrem Nachtkästchen lag, hatte sich bereits Staub angesammelt.

Außer den Eheschließungen hatte aber noch etwas anderes dafür gesorgt, dass sich die Reihen der Di Lontrones dramatisch lichteten: Im gleichen Rhythmus, in dem meine Cousinen heirateten, starben mysteriöserweise deren Eltern; einzig Onkel Teodorino und Tante Ines überlebten, außerdem die beiden Onkel, die als Mönche in Klausur lebten und – vermutlich – keine Nachkommen hatten, während Onkel Evaldo und Tante Rachele noch vor der gewünschten Verheiratung ihrer Tochter gestorben waren. Ausgerechnet während ihrer täglichen frommen Andacht am Grabe ihrer Eltern knüpfte nun aber auch Sinforosa, »an einem strahlenden Junitag, da leichte weiße Wolkenbäusche über den Himmel segelten ….«, zarte Bande zu ihrem lang ersehnten Seelenverwandten, einem Waschmittelvertreter für Omo. Diese Begebenheit fand einige Jahre später Eingang in dessen Autobiografie *Mein Leben: Ein Traum ohne Trug*, die im Verlag Agamennone veröffentlicht, an Freunde und Verwandte verteilt und mit dem von der Stadt Macerata ausgelobten Förderpreis für literarische Debütanten ausgezeichnet wurde:

Zu jener Zeit pflegte ich auf meinen Reisen als Handelsvertreter stets einen kleinen Imbiss mitzunehmen. Im Sommer suchte ich einen ländlichen Friedhof auf, wo ich mittags eine Pause machte. Dort war es still, ruhig und kühl, und während ich meine Brotzeit verzehrte, kamen mir tiefe und heitere Gedanken zugeflogen. Es war genau an einem dieser heiligen Orte, dass ich sie sah … Sinforosa, am Grab ihrer geliebten Eltern kniend. Ihr sanfter Blick, ihre gefasste und sittsame Haltung nahmen mich sofort für sie ein: Zwei Monate später waren wir Mann und Frau.

Ich selbst war es, der in Vertretung des verstorbenen Brautvaters die Besitzerin jener Dessous zum Altar führte, die Gegenstand der letzten und leidenschaftlichsten meiner familienbasierten Wichsereien waren. Infolge dieser letzten, für mich so traurigen Hochzeit war ich nunmehr gezwungen, mich über die mit Brillantine und Rasierseife verschmierten und mit Haarschnippeln beschmutzten Zeitschriften des Herrenfriseurs zu beugen – denn sosehr ich mich auch bemüht hatte, es war mir nicht gelungen, in den Schlüpfern von Tante Ines, dem einzigen weiblichen Wesen, das neben der Großmutter von den sich überschneidenden Heirats- und Sterbeepidemien verschont geblieben war, etwas Stimulierendes zu finden. Kurzum, ich arrangierte mich, was aber einen gewissen Einsatz von mir verlangte, und deshalb verließ ich das Klo heute, wie an jedem Morgen, ganz außer Atem.

Ich rannte die Straße hinunter. Eine weiße arktische Linie trennte die Berge vom bleifarbenen Himmel – und dabei war gerade erst Oktober. Ich atmete die eisige Morgenluft ein, die mir neue Kraft einflößte, welche ich nach dieser ganzen Anstrengung auch benötigte. Ich sah auf die Uhr des Campanile und sagte mir, dass der Bus schon weg sein würde. Mit Unbehagen dachte ich an den öden Tag, der dann vor mir läge. Lieber würde ich in irgendeiner Bar herumhängen, als nach Hause zu gehen und der Großmutter zuzuhören. Doch er ist noch da: Der weiß-blaue Bus mit dem gewölbten Dach steht unter den Linden der Piazza. Davor hat sich ein Grüppchen gebildet. Ich erkenne Rinos Moppfrisur – er ist derjenige, der am meisten herumhampelt –, und mir ist alles klar. Ich weiß, warum der Bus noch nicht abgefahren ist, obwohl er das schon vor gut fünf Minuten hätte tun sollen.

Bevor ich das Haus verließ, hatte ich wie gewöhnlich etwas aus Onkel Teodorinos Portemonnaie »entfernt« und ging jetzt durch die kleine Menge von Neugierigen, die sich vor der Bar versammelt hatten, denn während Rino unsere Rechte als auf den Pendlerbus angewiesene Schüler verteidigte, blieb noch genug Zeit, um sich einen Cappuccino und einen Buondì zu genehmigen – diesem Mini-Panettone galt immer noch meine Leidenschaft. Imma blickte vom Tresen auf, wischte aber weiter die Platte blank. »Und du streikst nicht?«, fragte sie. Wirklich komisch war, dass sie mich dann mit jenem verständnisvollen Blick anlächelte, mit dem mich im Dorf immer noch alle bedachten.

Ich war inzwischen sechzehn und hatte mich beim Landvermesser einschreiben müssen. Um bei ihm in die Lehre gehen zu können, legte ich täglich die siebzig Kilometer lange kurvenreiche Strecke zu seinem Büro zurück, eingezwängt in einen Bus mit sechzig anderen Schülern, und genau aus letzterem Grund organisierte Rino jedes Jahr im Herbst einen Streik. Derselbe Bus spuckte uns etwa zehn Stunden später wieder am Ausgangspunkt aus, müde und ausgehungert trotz der gewaltigen und vielfältig angereicherten Pausenbrote, die die Mütter – in meinem Fall Tante Ines – liebevoll in Zeitungspapier wickelten, dessen gedruckte Lettern sich unter Einwirkung des Fetts in eine Art arabische Schrift verwandelten. Wenn wir uns dann wie betäubt auf der Piazza wiederfanden, war die Sonne nur noch ein gespenstischer Widerschein. Der Rauch aus den Schornsteinen zitterte vor dem Bleigrau der Wolken, die Schläge der Glocken brachen sich an der eisigen Luft, und den Mädchen, die den Nachhauseweg antraten, gelang es, für Strecken von höchstens fünf Minuten eine halbe Stunde zu brauchen. Sie erzählten sich von ihren Herzbuben – irgendwelchen älteren Schülern von außerhalb, die sie kaum angeschielt hatten, aber auch von angehenden Angestellten, Laufburschen in Metzgereien, Mechanikerlehrlingen, Friseuren und Verkäufern, die sie am Busbahnhof kennengelernt hatten oder sonst irgendwo, wo es sie hin verschlagen hatte: »Er ist so süß, nur ein bisschen dünn.« »Stell dir einen Totenkopf mit Schnurrbart vor«, erläuterte die Busenfreundin den anderen. Unterdessen versteckten sie sich in irgendeiner Gasse und schminkten sich mit den Fingerspitzen, die sie mit Spucke benetzten, das Gesicht ab, machten ihre Röcke wieder etwas länger und ersetzten die Nylonstrümpfe durch züchtigere Kniestrümpfe. Meine Kumpel verweilten unterdessen in den Bars. Sie rauchten die letzte Zigarette aus dem Päckchen, spielten Karten, tranken lauwarmes Bier oder rüttelten nervös am Flipperautomaten. Ich, ich ging allein nach Hause.

Erschöpft warf ich mich auf das Bett. Ich starrte auf die gelblichen Flecken an der morschen Decke und phantasierte über das Schriftstellerschicksal, das mich in Amerika erwartete, aber mit nachlassender Überzeugung: Würde es mir je gelingen, dorthin zu gehen? Ein Pluspunkt war immerhin, dass ich mich dank meines Pendlerdaseins vom Professor befreit hatte. Ich hatte wenig Zeit und musste lernen, obwohl ich, wenn ich mich endlich von einem anstrengenden Tag erholt hatte, nicht im Ernst daran dachte, mich meinen Lehrbüchern zu widmen – wie konnte einer wie ich überhaupt an jemanden wie den Landvermesser geraten? Im Übrigen las ich die üblichen Romane, perfektionierte mein Englisch, spielte sonntags in der Frühmesse Orgel und stattete immer häufiger dem Friedhof einen Besuch ab: Die Serie von Trauerfällen, von der meine Familie heimgesucht worden war, hatte eine weitere unauslöschliche Spur in mein bereits schwermütiges Wesen gegraben. Nachdem ich so oft über ihn hatte reden hören – seit ich vier Jahre alt war – und so oft über ihn geschrieben hatte – in meinen gefühlvollen Nachrufen in der *Contrada soprana* –, hatte ich nunmehr dem Tod ins Gesicht gesehen. Und wie ich ihm ins Gesicht gesehen hatte!

Onkel Erminio, den es von meinen acht verstorbenen Onkeln als Ersten getroffen hatte, kollabierte infolge eines Schlaganfalls praktisch in meinen Teller hinein – in einen mit Pasta und Erbsen gefüllten Teller. Es war Mai, und die frisch geernteten Früchte waren besonders grün, zart und süß. Die folgenden Monate wurden dann zu einem einzigen Albtraum: Kein Zimmer konnte ich betreten, ohne dass jemand auf mich zutaumelte, mit weit aufgerissenen Augen, bläulich blassem Gesicht, den sabbernden Mund zu einem Grinsen verzogen, aber trotzdem fest entschlossen, mich in eine letzte, grauenhafte Umarmung zu ziehen. Wenn nicht gar sie selbst es waren, die mich aufsuchten, wie im Fall von Tante Rachele, einer zentnerschweren Frau, die eines Morgens – ich war noch nicht aufgestanden – nach einem langen, schier unglaublichen Lauf durch das Haus bei mir hereinplatzte, um mich ausgerechnet auf meinem eigenen Bett zu erdrücken. Ich blieb – ich weiß nicht, wie lange – unter ihrem Gewicht eingeklemmt, und ein Rinnsal ihres kalten Schleims verstopfte mir das linke Ohr, bis es mir endlich gelang, sie von mir zu wälzen und auf den Boden zu kippen. In jenen verzweifelten Nächten, in denen es von angsterfüllten Träumen nur so wimmelte, fühlte ich beim Aufwachen, wie sich die Gespenster hinter der Tür versammelten und sich darauf vorbereiteten, mich zu zerfleischen. So flüchtete ich mich, sobald ich konnte, auf den Friedhof, aber meine Besuche hatten einen ganz anderen Grund als den von der Kirche oder von Ugo Foscolo oder den romantischen Dichtern im Allgemeinen vorgebrachten. Ich ging dorthin, um mich zu vergewissern, dass meine Onkel und Tanten hermetisch in ihre Särge eingeschlossen waren, und weil die Familiengruft ein paar Meter unter der Erde bereits überfüllt war, prüfte ich stets, ob nicht irgendjemand die Erde bewegt hatte – alles, damit sie endlich aufhörten, mich zu verfolgen. Einiges Kopfzerbrechen bereiteten mir noch Onkel Teodorino und Tante Ines: Auch sie könnten von einem Augenblick auf den anderen dahinscheiden und auf mich draufplumpsen. Während aber die Zeit verging – die Zeit seit den Hochzeiten ihrer Töchter –, wurde klar, dass sie davongekommen waren.

Allerdings wäre es falsch zu leugnen, dass ich aus diesen traurigen Wallfahrten nicht auch eine gewisse Seelennahrung schöpfte. Sobald ich meine akribische Inspektion beendet hatte, konnte ich mich nämlich an den unendlichen Geschichten hinter den dürren Grabinschriften weiden. Da war zum Beispiel das aus Marmor gemeißelte Bildnis einer jungen Frau mit den klassischen Lilien und Affodillblüten samt Widmung eines Gatten mit gebrochenem Herzen. Und *sein* Grabmal direkt nebenan, mit einem Datum, das kaum einige Monate später lag: Welcher Roman könnte ähnliche Gefühle vermitteln? Dann rätselhafte Geschichten, auf zwei schlichte Zeilen verkürzt: »Geboren 5. 3. 1878, gestorben 10. 4. 1906 in Kalkutta. Der Maharadscha Samir Chatterjee zum Gedenken an seinen unersetzlichen Freund.« Wie mochte es den dorthin verschlagen haben? Und was hat einer von hier mit einem Maharadscha und gar noch mit Kalkutta zu tun? Und welches Gedicht, und sei es das großartigste, kann es mit der folgenden bescheidenen, aber aufrichtigen Hymne auf das Leben aufnehmen – wobei man die Aufrichtigkeit eines Sterbenden wohl ohnehin kaum in Zweifel ziehen kann:

Ich lebte und bewunderte
Sonne und Erde und betete sie an
Und gehe weiter auf dem ew'gen Weg des sterblichen Lebens

Ganz zu schweigen von der schlichten Schönheit der in Kontemplation versunkenen Gestalten vor den erstarrten Wellen unserer Berge – unsere Basilicata: ein Himalaja *en miniature*. Graue, abgezehrte Alte stehen vor den Gräbern ihrer jung verstorbenen Kinder. Mädchen mit zerzausten Haaren und Heckenrosensträußen in der Hand knien vor den Fotos ihrer lächelnden Verlobten. Zu genuinen *tableaux vivants* – der Umgebung zum Trotz – versammeln sich verfeindete Brüder vor dem Grab ihrer Mutter, um sich dort endlich in die Arme zu fallen. Liebesgeschichten nehmen ihren Ausgang. Rein zufällig – an jenem Tag streikten die Busfahrer – war ich auch Zeuge der rührenden Begegnung von Sinforosa und ihrem zartfühlenden Seelenverwandten.

Kurzum, ich war sechzehn und bemerkte mit Schrecken, dass ich Medoro Sarchione immer ähnlicher wurde. In der Kirche hatte ich seinen Platz als Organist eingenommen; wie er hatte ich mich – aufgrund des vielen Lesens oder der vielen Wichserei – mit einer schwarzen Zelluloidbrille ausstatten müssen, dem einzigen Modell, das die Krankenkasse übernahm; wie er hatte ich eine Reihe Marotten entwickelt und stattete außer dem Friedhof auch der Behausung meines »mir innewohnenden« Ahnen Onkel Arcangelo weiterhin Besuche ab. Vor allem aber war ich ein Einzelgänger, ein wirklichkeitsfremder Mensch, dessen Schicksal es war, so zu bleiben – dies war es, was mir in Anbetracht von Medoros traurigem Ende am meisten Angst machte –, auch wenn ich für die anderen glücklicherweise immer die arme Vollwaise blieb. Besonders für die Frauen. Seit einiger Zeit stellte ich sogar fest, dass die Umarmungen, die mir jedes Mal zuteil wurden, wenn eine meiner Cousinen verschwand oder einer meiner Onkel oder Tanten beerdigt wurde, immer länger, schmachtender und stürmischer ausfielen – tatsächlich war das vor allem bei den Begräbnissen der Fall.

Gegen Ende eines jeden dieser traurigen Rituale stellten wir uns, dem süditalienischen Brauch folgend, um den Sarg des Verstorbenen herum auf – das heißt, wir standen, und die Großmutter saß auf ihrem kleinen, eigens dafür vorgesehenen Thron –, um von den Bekannten, und von den erbitterten Feinden mal abgesehen, war das praktisch das ganze Dorf, weitere Beileidsbezeugungen entgegenzunehmen. Ich, der Jüngste der Familie, bildete immer das Schlusslicht der Schlange, die Monat für Monat bedrohlich schrumpfte. Von dieser Position aus konnte ich die Mienen jedes einzelnen Teilnehmers des langen, gewundenen Trauerzugs studieren – eine ganze Galerie psychologischer Typen: Der Formalist ging schnellen Schrittes und präsentierte sich dank der Beherrschung sämtlicher Tricks, die Menge zu umgehen, als einer der Ersten, mit steifer, prothesenartig ausgestreckter Hand für einen raschen Händedruck, den Blick, während er die rituelle Minimalformel – »Beileid« – skandiert, bereits auf den nächsten Hinterbliebenen gerichtet. Den Kopf geneigt, den Blick gesenkt, die leise Stimme vom Getrampel seiner Sohlen übertönt, scheint der Schüchterne Trost weniger zu spenden als zu suchen. Der lässige Gang, die jovialen Klapse und Knuffe und die Schlagfertigkeit sind typisch für den Unbefangenen: Für ihn ist eine Beerdigung eine Gelegenheit wie jede andere, um im öffentlichen Raum ein bisschen zu plaudern. Der Deplatzierte wiederum ist wie der Vorhergehende, nur weniger reserviert, denn er hat erkannt, dass man zum frisch verwitweten Freund sagen kann: »Morgen komme ich das Öl abholen ... bei hundert Litern könntest du mir schon einen Rabatt einräumen, Beileid«, oder, noch niederträchtiger, zur Witwe des Freundes: »Er hat dir doch gesagt, dass er mir den Lieferwagen schenken will? Vergiss das nicht, Beileid.« Nebst den Armen im Geiste mit ihrer üblichen einfältigen Miene ist er am gefährlichsten: Wie oft musste ich mich zurückhalten, um solchen Typen nicht lauthals ins Gesicht zu lachen! Und dann die unvermeidlichen Gefühlsduseler, die weinen, umarmen, küssen müssen und sich zwanghaft an diese oder jene Episode aus dem Leben des Verstorbenen erinnern und unbedingt etwas über ihren unstillbaren Schmerz dahersabbeln müssen: Hinter ihnen schwillt das Rinnsal der Prozession an und staut sich vor dem Hindernis; vorn dagegen schwellen Brüste, denn die Gefühlsduseligen vom Dienst sind bis auf ein paar jämmerliche Ausnahmen immer Frauen.

In der Masse der kleinen, krummen, schnurrbärtigen und zahnlosen Matriarchen fehlte nun nie die eine oder andere wilde Blume von üppiger, durch die Trauer noch betonter Schönheit, wie zum Beispiel Ogiva, mit bürgerlichem Namen Assunta Gigante, die Frau des Schmieds, dann Circe, eigentlich Elvira Rende, die Hebamme, oder Torrediluna, die Witwe des Milchhändlers, die, wie ihr Kosename suggeriert, tatsächlich so imposant und geheimnisvoll war wie ein Turm im Mondschein. Und während ich auf ihre verwirrenden Südländerinnenbusen starrte, die sich unter den Acrylpullis, den ausgefransten Jacken und den stets zu engen Mänteln teilnahmsvoll vorbeugten, genoss ich schon im Voraus den Moment, in dem ihre Besitzerinnen sie, schluchzend und bebend, an mich schmiegen und mein Gesicht darin versinken lassen würden, in stürmischen, tränennassen Umarmungen, unterbrochen von feuchten Küssen auf den Mundwinkel oder gar auf den Mund. Und obwohl mir noch die Müdigkeit der Totenwache in den Gliedern steckte und der *consuolo* wartete – das von engen Freunden zur Erquickung der Trauerfamilie organisierte Bankett, das mit der respektvollen Aufzählung der moralischen Stärken des Verstorbenen beginnt, um sich dann in ein feuchtfröhliches Bacchanal zu Ehren seiner menschlichen Schwächen zu verwandeln –, und obwohl ich mich als männliches Wesen nun schon zum x-ten Mal der Mühe hatte unterziehen müssen, nach Beendigung der Messe mit anderen zusammen den Sarg auf der Schulter zum Friedhof zu tragen, wo er ohne Umschweife in die Grube hinabgelassen wurde, und obwohl noch das dumpfe Geräusch der harten Erdschollen, die der Totengräber darauf fallen ließ, und die Schluchzer und Schmerzensschreie meiner Anverwandten in der Luft widerhallten, rannte ich nach Hause und sperrte mich im Klo ein: Unglaublich, was für Wichsereien jedes Begräbnis nach sich zog!

Imma, nein, die hat mich nie umarmt, nicht einmal bei den Beerdigungen. Sie hat mich auch noch nie angelächelt. Tatsächlich lächelt sie überhaupt niemanden an, aber jetzt, da die Espressomaschine zu schnauben aufhört, streut sie mir nicht nur Kakao auf den Cappuccino, was besseren Kunden vorbehalten bleibt, sondern fixiert mich mit demselben Blick wie weiland Pit. Seit damals, als sie etwas mit Pit hatte, ist allerhand passiert: Sie ist nach Cantù gezogen und hat Saro Merenda geheiratet, den Boxer mit der »Linken, die nicht verzeiht«, wie die Zeitungen seinerzeit schrieben. Als der Onkel starb und ihr die Bar vermacht hat, ist sie wieder hierherauf gezogen; die Karriere ihres Mannes war ohnehin zu Ende, und sie brachte fünf kleine Kinder mit, deren Mäuler gestopft werden mussten. Einige Zeit später konnte Saro Merenda einer harten Linken des Schicksals nicht rechtzeitig ausweichen und erlitt einen Autounfall, weshalb er jetzt an der Kasse sitzt – einer maßgefertigten, damit er samt seinem Rollstuhl Platz dahinter hat –, die Mütze mit dem Schottenkaro über der deformierten Nase.

Aber heute ist es früh am Tag, und Merenda schläft noch. Tatsächlich ist die Bar voller Männer, die, mit zusammengerollter Sportzeitung unter dem Arm, gierig auf die spitzen Titten unter dem Jerseypulli seiner Frau starren, einen Espresso mit einem Schuss Anisschnaps bestellen und sich über den Tresen beugen, um ihre Beine zu betrachten – sie trägt immer noch die schwarzen Netzstrümpfe von einst, die ihren größten Trumpf zur Geltung bringen. Träge wie Hyänen belauern sie die weidwunde Löwin: Wie lange wird sie noch standhalten, bis sie sich einen Mann nimmt? Vor dem Unfall ihres Mannes pflegte sich Imma abends an einen der Tische zu setzen, und auch die Spieler der letzten *Tressette*-Runde ließen sich gern von ihr ablenken, wenn sie sich eine Zigarette anzündete und die Beine übereinanderschlug. Sie waren sich des Geheimnisses bewusst, das sich zwischen diesen Schenkeln verbarg. Nicht zufällig hatte Saro Merenda den Kopf verloren, dieser Protagonist des Nachtlebens von Brianza und spendables Idol der dortigen Frauenwelt, bis er in einen berühmten Skandal verwickelt worden war – die Bestinformierten im Dorf sprachen von »rosa Balletten«, und nach allem, was ich heraushören konnte, muss es sich um eine wirklich explosive Mischung aus Sex und Drogen gehandelt haben. Ihr jedoch, einer einfachen Arbeiterin in einer Möbelfabrik, war es gelungen, ihn aus all dem herauszureißen, ohne Geld oder große Schönheit, nur mit dem Feuer, das sie zwischen diesen nervösen Schenkeln hütete.

Jahre sind vergangen, sie hat fünf Kinder bekommen, viel Schlimmes erlebt und ist immer noch die Gleiche. Körperlich, zumindest. Was den Rest anbelangt, so hat sie sich natürlich verändert. Sie ist traurig und ständig missmutig – und das ist auch kein Wunder, denn es hat den Anschein, dass Merenda außer dem Kopf nur noch die Hände bewegen kann. Obwohl ich mich nicht an das erinnere, was Pit mir über sie erzählt hat, muss man sie nur ansehen, um zu begreifen, welchen Schaden sie durch die Behinderung ihres Mannes erlitten haben muss: Nicht zufällig ist sie das Lieblingsobjekt meiner Wichsereien ohne optische Vorlage – noch am Abend zuvor hatte ich mir, ihrer eingedenk, einen runtergeholt. Unsere Blicke treffen sich, und mir kommt es vor, als würde sie in meinem Inneren lesen. Dann schlägt sie die Augen nieder und poliert die Theke. Ich trinke meinen Cappuccino aus und bin schon im Begriff, meine Bücher zu nehmen und zu gehen, als sie sagt: »Ich habe dich in der Kirche gehört, an der Orgel. Du spielst wirklich gut. Wie sieht es bei dir denn mit aktueller Schlagermusik aus?«

»Pah! Ich kann praktisch alles spielen«, antworte ich frech.

Sie sieht mir wieder in die Augen. »Alles? Wirklich alles?«, fragt sie.

»Tja, ich bin ziemlich musikalisch.«

»Also, dann hätte ich einen Job für dich … Falls du überhaupt arbeiten möchtest.« Und das bei meinem Geldhunger! Über der Bar wird in ein paar Monaten ein Veranstaltungssaal eröffnet, und ich soll bei Feiern für Stimmung sorgen. »Um das Pianola kümmere ich mich. Du musst nur ein Repertoire von – sagen wir mal – ungefähr fünfzig Schlagern einstudieren: Zwanzigtausend Lire pro Abend, wie findest du das?«

Ich finde das ausgesprochen gut. Das einzige Hindernis wäre die Großmutter, aber die hat andere Sachen im Kopf. Gewiss, meine

Cousinen sind alle verheiratet, und zwar samt und sonders nach dem Beispiel von Ildina, sodass die Großmutter keine einzige Lira hatte ausgeben müssen. Leider jedoch sind in der Zwischenzeit der Reihe nach meine Onkel und Tanten gestorben, und das möglicherweise nicht zuletzt wegen der erlittenen Demütigung: Sie hatten sich für ihre Töchter etwas ganz anderes erträumt – prunkvolle Hochzeiten, Hunderte von Gästen, Geschenke und Tanzvergnügen bis tief in die Nacht hinein –, hatten sich dann aber mit mickrigen Mussheiraten abfinden müssen. Nicht zufällig sind die Einzigen, die das Massensterben überlebt haben, Onkel Teodorino und Tante Ines, die Eltern von Tea, die wenigstens ein schönes Fest mit allem Pomp genossen haben. Die Großmutter war über die Eheschließungen hocherfreut gewesen und hatte sich der Trauer verweigert – ungerührt hatte sie ihre Kinder und Schwiegerkinder zu Grabe getragen –, aber die Firma, die *Premiata Olii Superfini*, nein, das war etwas anderes. Natürlich hätte sie es niemals zugegeben, solange sie alle am Leben waren – und sie tat es nicht einmal nach ihrem Tod –, aber der Beitrag ihrer Söhne, allen voran Onkel Erminios, hatte sich im Laufe der Jahre als für den Betrieb unverzichtbar erwiesen. Jetzt ist die alte Dame wieder einmal allein. Außerdem ist es das Jahr der Fliege – die verfluchten Insekten fressen praktisch alle Oliven auf –, und eines unschönen Tages erscheint der Gerichtsvollzieher, um unsere Möbel zu pfänden.

Durch die großen leeren Räume zu gehen löst seltsame Gefühle aus, aber Nonnilde verzagt nicht. Sie mobilisiert einen ihrer alten Schollenknechte, der inzwischen Inhaber einer Möbelfabrik ist und uns binnen einer Woche zumindest mit dem Notwendigsten beliefert, dann macht sie sich erneut an die Arbeit und schert sich weiterhin nicht um meine Existenz – nur am Morgen, wenn ich im Klo bin, brüllt sie, dass es Zeit sei.

Das Geld wird also auch ihr zupass kommen: Wenigstens braucht sie sich dann nicht mehr wegen der Bücher, der Dauerkarte für den Bus und der paar Klamotten, die sie mir kauft, zu beschweren. Geht in Ordnung, sage ich zu Imma. Die drückt mir fest die Hand – es mag nur eine Ahnung sein, aber mir kommt es vor, als ginge es bei unserem Pakt eigentlich um etwas ganz anderes –, und ich schaue sie an und hätte mich wohl kaum losgerissen, wenn sie mir nicht durch ein Zeichen zu verstehen gegeben hätte, dass der Bus gleich abfährt.

Vor der Bustür steht Rino in seinem kurzen Parka aus ausgeblichenem grünen Stoff, neben ihm stehen zwei andere Typen. Er fixiert mich mit demselben provozierenden Blick wie damals im Kindergarten. An jenem fernen Tag hatte ich gerade auf der niedrigen Klostermauer ein paar Ameisen zerquetscht, als er, einen Arm hinter dem Rücken, an mich herantrat und befahl: »Mach mal die Augen zu und rate, was das ist!« Nachdem ich an seinem Finger geschnuppert hatte, rief ich, auch weil wir soeben aus dem Speisesaal gekommen waren: »Velvetakäse!« Er lachte sich schier kaputt: »Velvetakäse, er hat Velvetakäse gesagt!«, und die anderen im Chor: Vel-ve-ta-kä-se, Vel-ve-ta-kä-se. Ein Glück, dass wir noch so klein waren, sonst wäre dieser Spitzname sicher an mir kleben geblieben – eine Dummheit dieser Art genügte nämlich, und schon wurde einem in jedem Nest des Südens, das etwas auf sich hält, das Leben zur Hölle gemacht. Um was es sich tatsächlich handelte, habe ich übrigens nie erfahren. Hin und wieder fällt es mir ein, und jetzt bin ich drauf und dran, ihn zu fragen, ob es vielleicht Scheiße war.

»Es ist Streik«, erklärt er. »Transportmittelstreik«, präzisiert er. Ich werfe einen Blick in den Bus und sehe hinter der beschlagenen, mit Staub und Dreckspritzern bedeckten Fensterscheibe Renata sitzen, gedankenverloren wie eine nordische Prinzessin, die ein böser Zauberer in einen Eissarg gebannt hat. Ich sehe die beiden Schwestern Campochiaro – Incoronata und Concetta – im Bus stehen, die die Szene durch ein offenes Fenster über der stilisierten Aufschrift *CalcianTour* genüsslich beobachten. Sie schütteln ihre Mähnen, die ebenso rabenschwarz sind wie die ihrer Mutter Torrediluna, und lachen mit ihren scharlachrot angemalten Lippen, und um nichts auf der Welt würde ich sie ohne mich abfahren lassen.

»Aber er ist doch voll«, sage ich.

»Eben!«, grinst Rino. »Das Problem ist, dass er *zu* voll ist«, und packt mich am Schal.

»Hängt davon ab, wie man die Sache sieht«, antworte ich, löse mich mit einem Ruck aus seinem Griff und springe die Stufen hinauf. Die Püffe, die er mir versetzt, ignoriere ich einfach. Dann gehen die Türen zu, und ich sehe, wie er sich entfernt, die Faust geballt. Zusammen mit den beiden anderen Schwachköpfen ruft er: »Streik-bre-cher, Streik-bre-cher!«, und mir ist nun klar, dass er ein Scheißkerl ist, weil nur Scheißkerle gegen den einzigen Lichtblick, den der Tag für einen armen, auf die öffentlichen Verkehrsmittel angewiesenen Schüler bereithält, protestieren können.

Unterdessen stellte ich fest, dass ich mich im Gedränge ausgerechnet gegen den Hintern eines der Campochiaro-Mädchen – Concetta in diesem Fall – drückte und nur abzuwarten brauchte, bis die ersten Haarnadelkurven das Übrige erledigten. Dass es sich um einen erbärmlichen Trick handelte, war mir bewusst, aber immerhin befanden wir uns in einer Wirtschaftskrise – der Krise von 1969 –, die über Italien hereinbrach und deren Auswirkungen wir, im Gegensatz zu denen des Booms, unverzüglich zu spüren bekamen. Im Sommer blieb die Piazza leer, das fröhliche Flanieren der *Turist*-Mädchen war nur noch eine schöne Erinnerung, und die Tatsache, dass die saisonale Sprachvermischung ausgefallen war, beschleunigte letztlich die Wiederherstellung des alten Systems der Geschlechtertrennung – Männer auf der einen Seite, Frauen auf der anderen. So bestätigte sich auch das Marx'sche Theorem, wonach »jeder Struktur ein Überbau entspricht«, was ich allerdings nur aus Cafieros *Compendio del Capitale* wusste – Marx selbst war mir zu langatmig für das Minimum an politischen Kenntnissen, mit denen auch ich mich auszustatten beschlossen hatte, weil ich mit der Zeit gehen wollte, die eine Zeit großartiger ideologischer Angebote war.

Zum Wind der Restauration, der im Dorf wehte, kam noch hinzu, dass ich inzwischen Vermessungstechnik studierte. Das war natürlich Nonnildes Idee gewesen. Die Gefühlsanwandlungen der

Menschen waren ihr wohlvertraut, und ohne jemals eine Abhandlung über Psychologie gelesen zu haben, war ihr klar, dass es für die »Melancholie des Emigranten«, dieses typische Verlustsyndrom, nur ein einziges Heilmittel gibt: Die von ihrer Heimat Getrennten wünschten sich nichts sehnlicher, als in ebendiese zurückzukehren. In diesem Fall würden sie Häuser benötigen, und wir, die wir Land besaßen, würden sie ihnen bauen. Sie zu planen wäre dann meine Aufgabe. So kam es, dass ich mich in einer Schule mit absoluter männlicher Dominanz wiederfand und der Omnibus die einzige Gelegenheit bot, mit ihnen, den Frauen, »in Berührung zu kommen«.

Jeden Morgen gab es eine reiche Auswahl: Die Streberinnen, bis auf Renata allesamt behaarte Schreckschrauben, kamen früh, um ihre Stammplätze zu besetzen, während der enge Gang sich später mit den *Vamps* – wie man damals sagte – füllte. Neben den unübertrefflichen Campochiaro-Schwestern waren dies: Pina Restucci di Marcantonio, Amalia Fondi, die Tochter von Bau, dem Tierarzt, und Rosanna Terso, die Schwester von Maciste, dem Bäcker: Sie verspäteten sich jeden Tag, weil sie sich heimlich schminkten. Auf ihren unvermeidlichen Plateausohlen wirkten sie größer, und ihre superkurzen Röcke, deren Bund sie auf dem Weg von zu Hause hochgezogen und umgeschlagen hatten, machten sie erwachsener – lauter Kniffe, die sie in schöneren Zeiten von ihren nordischen Freundinnen gelernt hatten. Die Jünglinge waren sogar noch früher dran als die Streberinnen. Sie besetzten den vorderen Teil des Busses und redeten über Fußball oder schwiegen verschlafen und stierten, von der Angst des Südländers überwältigt, vor sich hin. Nicht so Rino: Wenn er in den Bus stieg, fummelte auch er herum, aber er stieg selten ein, und so hatte ich freie Bahn. Seit Beginn des Jahres war mir allerdings Besseres beschieden, als gegen Concetta Campochiaros Hinterteil zu prallen: Es war mir nämlich gelungen, mich neben Renata zu setzen.

Renata Trevisan ist blond wie eine Nordländerin und kommt auch aus dem Norden; sie ist erst vor Kurzem hierhergezogen. Tatsächlich stammt sie aus Treviso und hat gebürstete nerzfarbene Augenbrauen und blaue Augen, die tief unter den markanten Bogen glänzen. Sie ist bildhübsch und hochmütig und hört auf niemanden. Ob das daran liegt, dass sie aus dem Norden kommt und so wunderbar ist, oder daran, dass sie die Tochter des neuen Maresciallo der Carabinieri ist, der bei uns nach wie vor zu den höchsten Respektspersonen zählt, weiß ich nicht. Am Abend aber, wenn ich an ihrem Haus vorbeigehe und sie im Wind, der durch die dunklen Gassen pfeift, Debussys *Ad Parnassum* und Chopins *Nocturnes* spielen höre, denke ich, dass ihr Verhalten daher kommt, dass sie ein spiritueller Typ ist. Deshalb stehe ich an den ersten Schultagen möglichst früh auf, halte mich nur so lange wie unbedingt nötig im Klo auf und schaffe es, mich neben sie zu setzen. Ich ziehe eine Partitur von Bach oder Rollands Beethoven-Biografie hervor und unterstreiche da und dort etwas mit dem Bleistift in dem Bemühen, ihr Interesse zu wecken – sie hat mich ja schon in der Kirche an der Orgel gesehen und wird früher oder später begreifen, dass auch ich »spirituell« bin.

Eines Morgens hatte ich, während wir Seite an Seite die Staatsstraße entlangglitten und Nebelschwaden über der Landschaft waberten, plötzlich den Eindruck, dass irgendetwas unsere Seelen verband und sie über die menschlichen Schwächen ringsum erhob. Da war zuallererst der Knoblauchgeruch – die Mundhygiene war zu jener Zeit im Süden fast noch nicht verbreitet –, aber auch der Gestank nach ungewaschenen Achseln, Füßen, Schwänzen, Ärschen – um der Wahrheit die Ehre zu geben, war zu jener Zeit die Hygiene im Süden generell wenig verbreitet – und Fürzen, die allerdings überall auf der Welt von dem Rütteln ausgelöst werden, dem die Eingeweide frühmorgens im Bus ausgesetzt sind. An jenem Morgen also war es mir so vorgekommen, als hätten sich trotz alledem unsere Seelen berührt. Dann hatte ich meinen ganzen Mut zusammengenommen und die denkbar banalste Frage an sie gerichtet: »Und Bach … gefällt dir Bach?« Sie würdigte mich kaum eines »Na ja« und drehte sich zum Fenster. Tatsache ist, dass sie das Dorf und jeden, der dort wohnte, verachtete. Das hörte ich sie am nächsten Tag zu Rosaria Dazio aus Viterbo sagen, der Tochter des Amtsarztes, der Einzigen, mit der sie überhaupt ein paar Worte wechselte. Daraus schloss ich, dass sie mich mit den Primitivlingen der Gegend auf eine Stufe stellte.

Seither verspätete ich mich immer, und trotzdem hatte ich, während ich mich in den ersten Kurven gegen die beruhigenden Rundungen von Concetta Campochiaro fallen ließ, stets nur Augen für Renata.

13

Abends ging ich früh zu Bett. Davor sah ich noch mit Tante Ines und Onkel Teodorino ein bisschen fern. Die Großmutter blieb in ihrem Arbeitszimmer und befasste sich mit der Buchhaltung, bei der nach wie vor etwas nicht stimmte – hin und wieder hörten wir in einer stillen Pause, wie sie wütend eine Schublade oder eine Tür des Bücherschranks zuknallte. Dann fingen Onkel und Tante zu schnarchen an, und das Kaminfeuer verpasste ihnen, die auf den neuen, billigen Vinylsesseln saßen wie zwei im All vergreiste Astronauten auf den Schleudersitzen ihres zerstörten Raumschiffs, die rötliche Aureole einer fernen Sonne. Da ich im Programm nichts fand, was meinen romantischen Neigungen entgegenkam – die Epoche der großen Fernsehfilme wie *Die Verlobten, David Copperfield* oder *Die Miserablen* war bereits untergegangen –, zog ich mich ins Bett zurück.

Der Weg dorthin war mit komplizierten Operationen verbunden. Im ersten Zimmer drehte ich den alten Knebelschalter nach rechts, ging weiter, um auch das Licht im nächsten Zimmer einzuschalten – die schwachen Glühbirnen vermochten die Räume kaum zu erhellen –, ging dann wieder zurück ins erste Zimmer, wo ich das Licht ausschaltete, lief im Dunkeln ängstlich in das beleuchtete und so weiter. Zu viele Sterbende hatten mich angesprungen in diesen Räumen, die nun mit den Spuren, welche die gepfändeten Bilder und Möbel – makabren Leichentüchern gleich – an den Wänden hinterlassen haben, an das Interieur eines Spukhauses gemahnten. Selbst die aus dem 18. Jahrhundert stammende *Geburt Jesu* – der letzte uns verbliebene Sakralgegenstand aus der Sankt-Barbara-Kirche (für die Pfandgläubiger zu heilig), der zwischen zwei kleine, in die Wand eingelassene Vitrinen eingezwängt war (für die Pfandgläubiger zu unzugänglich) - konnte diesem Eindruck nicht entgegenwirken. Die düstere Grundierung des Gemäldes wurde nur von einem fahlen Lichtstrahl durchschnitten, der auf die Wiege des Jesuskindes fiel und wie ein Peitschenhieb auf dem bläulich rot verfärbten Gesicht des Joseph und den traurigen Augen der Madonna landete, und so erinnerte die Szene eher an die Leidensgeschichte Christi als an seine Geburt.

Sobald ich im Bett lag, hatte ich die Auswahl zwischen dem Radio, den Büchern, die meine Cousinen infolge ihrer überstürzten Eheschließungen hier vergessen hatten, und dem Englischkurs für Fortgeschrittene, den ich in meiner neuen Schule hatte mitgehen lassen. Doch früher oder später verfolgte mich immer wieder Immas Bild - wie sie mich an jenem Vormittag angeschaut hatte -, und jedes Mal holte ich mir sofort einen runter. An diesem Tag war es das zweite, dritte oder sogar schon das vierte Mal. Danach dachte ich über mein Leben nach. Es kam mir so leer vor, und zwar nicht nur, weil ich solchen Praktiken frönte; hauptsächlich war es die Einsamkeit, die mich so leer machte. Ich erinnerte mich an die Zeit mit Pit und verspürte dieselbe Wehmut, mit der vielleicht ein Sohn an die letzten mit seinem verstorbenen Vater verbrachten Ferien zurückdenkt. Tot aber war Pit mit Sicherheit nicht: Aus seinen letzten Briefen an Vitina ging hervor, dass er sich in London aufhielt - wo sonst hätte sich der große Pit aufhalten sollen? Alles, was es an Neuem und Begehrenswertem gab, von der Musik über die Mode bis hin zu den anderen, faszinierenden Dingen - das Lebensgefühl des *Beat*, kurzum, kondensiert in den Langspielplatten, die ich mir von einem zahlungskräftigen Mitschüler auslieh, und den Covers voller Typen mit verrückten Frisuren und noch verrückteren Klamotten -, all das kam aus London. Und wenn sie im Fernsehen irgendein Bild von dort zeigten, sah ich ganz genau hin, denn ich war mir sicher, früher oder später einmal den von Mädchen umringten Normannen auftauchen zu sehen, wie er in einer qualmigen Kneipe Saxofon spielte oder barfuß im Hyde Park spazieren ging. Erst jetzt begriff ich, dass ich nicht irgendeinem schrägen Vogel, sondern einem *Beatnik* über den Weg gelaufen war, einem der ersten, wenn man bedenkt, zu welchem Zeitpunkt unsere Begegnung stattgefunden hatte. So jämmerlich war mein derzeitiges Leben, dass ich selbst den mit dem Professor verbrachten Jahren nachtrauerte. Damals hatte ich so viele Dinge zu erledigen gehabt, und die Zeit, die mich von meinem Aufbruch nach Amerika trennte, war nur so dahingeflogen.

Jetzt dagegen kamen mir die Tage endlos vor, die Erfüllung meiner großen Hoffnungen schien in weite Ferne gerückt, und die Bangigkeit warf mich früher aus dem Bett als nötig, selbst dann, wenn es überhaupt nicht nötig gewesen wäre, nämlich an den Sonntagen. Wenn ich nicht von selbst aufwachte, weckten mich die Glocken oder die Blaskapelle, die mich immerhin fröhlich stimmte. Eines Tages, als ich diese jungen Burschen in ihren himmelblauen Uniformen betrachtete, die voller Hingabe in ihre glänzenden Instrumente bliesen, sagte ich mir, dass ich auch in der Kapelle mitspielen wollte – dass es eine Gelegenheit sein könnte, meine Isolation zu überwinden. Ich ging also zum Heimatverein, und der Kapellmeister Girolamo Fusacchio, der mich bereits als Organisten schätzte, empfing mich mit den gebührenden Ehren. Ich brauchte mich nur auf ein Instrument festzulegen, und nach vierzehn Tagen nahm ich meinen Platz ein und stimmte das Sax, für das ich mich nach Pits Vorbild entschieden hatte.

Es war ein altes Saxofon aus polnischer Produktion mit abgegriffener Vergoldung. Ich widmete mich ihm eine Woche lang, bis es mir gelang, ihm einen gefälligen Ton zu entlocken, obwohl mehrere ausgeleierte Klappen den Klang beeinträchtigten: Die klobigen Hände von Kapellmeister Fusacchio, einem Mechaniker, eigneten sich eben eher zur Reparatur von Sattelschleppern. Nun begab ich mich in den Saal, der – wie das Schild an der Tür auswies – dem illustren Maestro Amilcare De Stefani gewidmet war, dem

Gründer der bereits seit über hundert Jahren bestehenden Kapelle. Unter seinem düsteren Foto übten wir in dem bisschen Licht, das durch den ehrwürdigen Fliegendreckschleier auf der Kerzenbirne sickerte, stundenlang dasselbe Stück. Die Bauernsöhne, meine Musikerkollegen, in der Mehrzahl Mechaniker- oder Dreherlehrlinge, Hilfsarbeiter oder einfache Tagediebe, reagierten nach dem Ende der Proben einsilbig auf meine Versuche, ein Gespräch anzuknüpfen, was gewiss nicht daran lag, dass ihnen die Puste ausgegangen war. Wie ich rasch feststellen sollte, nahm Fusacchio sie nämlich wöchentlich bei Wind und Wetter mit hinaus aufs Feld, um Atemübungen mit ihnen zu machen. Dann stützten sich ihre Bauernväter auf die Hacken oder das Lenkrad ihrer Traktoren, rückten sich die Mütze zurecht, wischten sich mit dem Handrücken den Schweiß ab, zündeten sich eine Zigarette an – manche nahmen sie vom Ohr, hinter dem sie immer eine stecken hatten, andere drehten sich geistesabwesend eine zwischen Zeigefinger und Daumen – und blickten stolz oder amüsiert oder mitfühlend auf ihre Söhne, die schmetternd hinter dem Mechaniker-Kapellmeister hertrabten. Ich ließ mich bereits nach dem ersten Kilometer völlig ausgepumpt unter eine Eiche fallen. Ein gelbes Blättchen trudelte mir ins Gesicht. Ich nahm den Stiel zwischen die Zähne und hörte, die Hände hinter dem Nacken verschränkt, wie das lustige Getöse meiner Kollegen im Nebel der Landschaft verklang. Bald drangen andere Klänge an mein Ohr, die üblichen *Ave Marias*, und mit welch großer Genugtuung genoss ich sie, weil nicht ich es war, der sie mit dem röchelnden Saxofon hervorbringen musste. Von jenem Nachmittag an konnte meine Karriere als Mitglied einer Blaskapelle als beendet gelten.

Stattdessen begann ich abends auszugehen. Ich musste unbedingt mit jemandem reden, weil ich die Last des Alleinseins nicht mehr ertrug. Aber ich brauchte nur auf die Piazza zu gehen, über die der Wind hinwegfegte, und eine der beiden in tristes Neonlicht getauchten Bars zu betreten – bei Glücksspiel und Alkohol versumpften dort Lottergreise und jugendliche Lümmel –, um mich noch deprimierter zu fühlen, zumal Imma mich keines Blickes würdigte. Bis ich eines Abends an einem leichengrünen Fiat 124 vorbeikomme, aus dem Musik herausdröhnt, als wäre eine Jukebox drin, und höre, dass mich jemand ruft. Ich trete ans Fenster. Durch den Zigarettenqualm sagt Apache zu mir: »Steig ein.« Er hält mir die Tür auf, während die anderen mich nicht einmal anschauen. Deshalb frage ich zuerst:

»Was habt ihr vor?«

»Nichts. Was sollen wir schon vorhaben ... Los, steig ein, oder bist du Rino noch böse wegen neulich?«

Apache ist einer der beiden Schwachköpfe, die Rino beim Verkehrsmittelstreik unterstützt haben. Er hat breite Schultern und rabenschwarze lange Haare und erinnert tatsächlich an einen Apachenkrieger. So schön und so stark wie ein Apachenkrieger kommt er sich auch vor. Seine knapp eins sechzig kompensiert er mit einem stolzen und in gewissem Sinne auch eleganten Gang – ihn mit Halstüchlein, Fransentracht und rituellen Mokassins zu sehen ist eine Sensation, zumal wenn er sich mit stolzgeschwellter Brust in Begleitung seiner Mutter, fast schon einer Zwergin, präsentiert. Er geht aufs Tasso, und trotz seines egalitären politischen Credos bildet er sich allerhand drauf ein, dass er das humanistische Gymnasium besucht. Tarcisio, der neben ihm sitzt, ist der andere Streikende. Er ist ein langer Lackel, klapperdürr und käseweiß mit Hängeschultern, Kranichgang und Papageiennase – der Typ des zornigen jungen Intellektuellen, wie man ihn inzwischen auch im Süden gelegentlich sieht. Er trägt eine Kappe wie die Beatles – mehr wie Lenin – und immer denselben zerschlissenen Mantel mit zwei Reihen vergoldeter Knöpfe auf dem dunkelbraunen Samt, obwohl er der Sohn des Schneiders ist. Auch er ist Schüler am Tasso, wenngleich Gramsci-Jünger. Was mich am meisten wundert, ist, dass sich solche Typen – im ganzen Dorf gibt es kein zweites Paar wie diese beiden – ausgerechnet mit Sebastiano zusammentun. Sebastiano, genannt der Schweizer, aber auch Swiss, Emmental, Edelweiß oder Toblerone, weil seine Eltern bei Toblerone arbeiten, vor allem aber, weil er wie ein Schweizer denkt – vielmehr so, wie wir uns vorstellen, dass ein Schweizer denkt. Er hat einen Hass auf die Langhaarigen, die Kommunisten, die Schwarzen und die Armen generell, weil man in der Schweiz, wie er ständig wiederholt – ich höre es jeden Morgen im Bus –, keine Kommunisten, Langhaarigen, Schwarzen und Armen duldet. Und er, der eine Ausbildung zum Buchhalter macht und es gar nicht erwarten kann, ebenfalls dorthin überzusiedeln, hält diese Urteile hoch. Auch äußerlich setzt er alles daran, wie ein Schweizer auszusehen. Er hat zum Beispiel einen Bürstenschnitt, benutzt ein aufhellendes Shampoo und trägt Sakko und Schlips. Nur schade, dass er klein und untersetzt ist, sein Bart wie wild wächst – trotz der Stunden, die er mit Rasieren verbringt – und seine Augen von zusammengewachsenen Brauen überschattet werden. Er hat noch nicht entdeckt, was sich mit einer einfachen Pinzette alles bewerkstelligen lässt, oder vielleicht glaubt er auch, das sei nur etwas für Homos – und die werden, wie es scheint, im Land seiner Träume ebenfalls mies behandelt.

Obwohl ich ein realistisches Bild von den dreien habe, sind sie immer noch besser, als allein zu sein, also steige ich ein und ziehe die Autotür hinter mir zu.

»Gib ihm was zu rauchen, Schweizer«, befiehlt Apache.

Der grinst: »Aber das sind Hurenzigaretten« – das ist so eine Redensart bei uns, deren Ursprung mir der Professor auch einmal erklärt hat, aber das zu wiederholen, würde hier zu weit führen. Trotzdem streckt er mir das Päckchen Ernte 23 hin und knurrt: »Die müsst ihr aber selbst bezahlen … ihr Genossen.«

»Jetzt hör schon auf! Was für ein Scheißkapitalist bist du eigentlich, wenn du sogar deine Zigaretten abzählst?«, sagt Apache und reicht mir das Feuerzeug, das den gleichen Namen trägt wie das Fahrzeug. »Ich bin froh, dass du uns nicht böse bist. Du musst Rino verstehen, er ist halt so.«

»Ein Stück Scheiße ist er«, gibt der Schweizer zurück.

»Entweder hörst du jetzt auf damit, oder du steigst aus.«

»Wenn dem so ist, gehe ich lieber gleich.«

Sie packen ihn am Kragen und lachen: »Hiergeblieben, du Scheißplutokrat!«

»Wo steckt Rino eigentlich?«, frage ich, nur um irgendetwas zu sagen. »Ich habe ihn schon seit Längerem nicht mehr gesehen.«

»In Turin, bei seinem Bruder. Auf Arbeitssuche.«

»Er hat die Schule geschmissen?«, frage ich ungläubig.

»So 'n Gammler! Wenn schon, dann wenigstens ab in die Schweiz, wo sie einen anständig bezahlen!«, motzt der Plutokrat.

»Richtig«, sagt Apache, »aber man hat noch nie gehört, dass in der Schweiz die Arbeiter streiken.«

»Warum sollten sie auch? Dort machst du deine Arbeit, und sie geben dir, was dir zusteht. In der Schweiz sind alle reich. Das ist nicht so ein Land von Hungerleidern wie Italien.«

»Aber Rino mag's nun mal, wenn's Rabatz gibt. Der spinnt«, folgert Apache, und selbst Tarcisio kichert jetzt zustimmend. Dass sie das auch so sehen, ist immerhin etwas Verbindendes. Ich lehne mich zurück und frage, was für eine Musik wir da gerade hören.

»Led Zeppelin, Toblerones Lieblingsband.«

»Blödsinn! Von denen hab ich noch nie was gehört!«, schießt er stolz los. Und weil wir lachen, fährt er fort: »Ja, ihr könnt ruhig lachen, weil ich kein so 'n Scheiß-Ippie bin wie ihr, ich denke nur logisch. Ich muss mir eine Zukunft aufbauen, weil ich nicht als Bettler enden will. Mit vierzig habe ich schon so viel Geld, dass ich alles hinschmeiße und ein Leben führe wie ein großer Herr. Nur die Blödmänner, die das ganze Leben lang malochen … und du und der Krutschoff da«, sagt er in Richtung Apache und Tarcisio, ohne mich überhaupt in Betracht zu ziehen, »ihr müsst mir die Schuhe polieren, wenn ihr auf Knien in die Schweiz gekrochen kommt, um mich um ein paar Kröten anzuhauen. Hört euch nur die Leddezzeplì an, sage ich dann zu euch. Falls man euch überhaupt in dieses zivile Land reinlässt, euch Gammelvolk. Wenn sie mich nach meiner Meinung fragen, dann sag ich sie ihnen, ja, verdammt, und ob ich das tu!«

Wir spotten weiter, während wir uns den Quatsch anhören, den der Schweizer verzapft, und seine Zigaretten rauchen. Hin und wieder kommt einer aus der Bar herausgetorkelt. Die Nacht legt ihre feuchte Hand auf die Windschutzscheibe, und schließlich sind wir auf der windgepeitschten Piazza allein. Ganz allein jedoch nicht. Das übliche Hundepaar säuft aus dem Brunnen. Auf einer Bank schläft einer seinen Rausch aus. Und Gilera rennt an uns vorbei, der Bruder der Campochiaro-Mädchen, auf seinem imaginären Motorroller. Seit seiner Kindheit hat er diese Marotte. Ich habe ihn nie normal gehen sehen, immer rennt er, die Hände an einer ziemlich hohen Lenkstange. Im Affenzahn flitzt er vorbei und veranstaltet mit dem Mund ein Hupkonzert, und jedes Mal, wenn er einen anderen Gang einlegt, macht er ein anderes Geräusch.

»Der ist total plemplem«, stellt Apache fest.

»Der hat wohl seine Schwestern nackt gesehen und sich von dem Anblick nicht mehr erholt. Das ist bestimmt 'ne Wucht! Stell sie dir vor, wie sie nackt aus dem Badezimmer kommen, nur in Unterhose und die Arme über den Titten gekreuzt.«

»Aber die haben doch gar kein Badezimmer! In Zürich würde man zwei solche überhaupt nicht anschauen, wo es doch so viele *Besserere* gibt«, verkündet der Helvetier.

»Mir gefällt aber der mediterrane Typ!«

»Apache, du bist der sattsam bekannte unterentwickelte Südländer.«

»Unterentwickelt – ich? Ich zeig dir gleich, wie unterentwickelt ich bin!«

»Hör doch auf! Ziehst ja eh den Kürzeren … Und willst du das wirklich vergleichen mit den Blondinen und dass sie es mit fünfzehn mit dir treiben und dass du, wenn sie es nicht tun, immer noch zu den Nutten gehen kannst? Hier gibt's ja nicht mal Nutten … Schau dich doch um, was das für ein Elend ist.«

In der Tat. Die Bar Rosetta auf der anderen Straßenseite hat schon geschlossen, und dabei ist es noch nicht einmal neun. Imma ist gerade herausgekommen, um die Jalousie herunterzuziehen, und entblößt bei der Bewegung ihre nervösen netzbestrumpften Oberschenkel. Eingehüllt in eine Wolke aus Rauch und Musik, starren wir sie aus dem leichengrünen Fiat 124 gierig an.

»Und eine wie Imma, was ist mit der?«, fragt Apache in einem Anfall von patriotischem Stolz. »Oder graut dir vielleicht vor dem schwarzen Pelz, den sie untenherum haben muss? Mir schwant, dass du vom vielen Reden so ein Schweizer mit vielen Löchern wirst, nicht so, wie unser Carlino hier, der nichts anbrennen lässt. Hab schon gesehen, wie du dich im Bus an die Mädchen ranmachst.«

»Ich weiß mir zu helfen«, räume ich ein.

»Schon recht, aber trotzdem: So ausgehungert sie auch sind, und da hat Edelweiß vollkommen recht: Mit dir werden sie es niemals treiben, und weißt du auch, warum?«

Ich denke scharf nach, komme aber wirklich nicht drauf.

»Ganz einfach. Nicht, dass du denen nicht gefällst. Aber du bist aus dem Dorf, und sie haben Angst, dass du sie hinterher durch den Dreck ziehst. Aber wenn die Dinge so stehen, was bleibt uns aufgegeilten Männern dann eigentlich übrig?«

»Der Aufbruch ins Unbekannte!«, antworten Tarcisio und der Schweizer unisono wie auf das Stichwort in einem Drehbuch.

Und dieser Aufbruch folgt sogleich. Wir versuchen es zumindest, denn der leichengrüne 124er röchelt, als läge er in den letzten Zügen. Wir müssen aussteigen und schieben ihn bis zur abschüssigen Straße hinter der Piazza, wo der Motor zu husten anfängt. Keuchend springen wir hinein, die Hände nass vom Raureif, aber voller Begeisterung, als würden wir uns in wer weiß was für ein Abenteuer stürzen. Ich brauche mich allerdings nur umzudrehen und im unbeweglichen Licht der Straßenlaternen die letzten Häuser des Orts zu sehen, und schon spüre ich, wie sich mir vor Heimweh das Herz zusammenkrampft. Irgendwie unglaublich, aber ich denke tatsächlich an Onkelchen und Tantchen, die vor dem Fernseher schnarchen, an das Feuer, das im Kamin züngelt, sogar an Nonnilde in ihrem Arbeitszimmer und an mein eigenes leeres Kämmerchen. Mir ist, als verriete ich für immer meine kleine Welt, und in diesem Augenblick frage ich mich, wie ich es jemals schaffen soll, nach Amerika zu gehen. Auch meine Freunde sind schlagartig verstummt. Wer weiß, vielleicht denken auch sie über das Schicksal nach, das sie erwartet. Genau wie heute Abend wegen einer Traumfrau werden sie früher oder später wegen der anderen Dinge, die im Leben von Nutzen sind, weggehen müssen. Wo werden Apache und Tarcisio landen? In Turin, Bologna oder Mailand, aber nicht unbedingt in den Städten selbst, weil es dort zu teuer ist, sondern in irgendeinem Dorf in der Umgebung, das sich am Ende gar nicht so sehr von unserem unterscheidet, und wenn sie von der Arbeit zurückfahren, eingemummelt in einem kalten Zug sitzen oder im Auto vor einer nebelumhüllten Ampel stehen, wird ihnen genau der heutige Abend einfallen. Sie werden lächeln über unsere Flegelhaftigkeit, über die Art, wie wir uns kleiden, über unsere wenigen Lire, aber es wird ihnen warm ums Herz werden, und wenn sie die Haustür öffnen und Frau und Kinder sie zärtlich, aber mit einem fremdartigen Akzent begrüßen, wird ihnen klar sein, dass dieses hier ihr wahres Leben war und dass sie es niemals vergessen werden. Ich sehe den Schweizer an und könnte wetten, dass sogar er sich über das Drama der Emigration den Kopf zerbricht, dass selbst ihm es lieber wäre, wenn Toblerone hier eine Filiale hätte und nicht in Zürich. Aber ich sehe, wie seine Augen im Dunkeln blitzen und sein Mund sich zu einem halben Lächeln verzieht, als er jetzt sagt: »Scheißnest!«, und trotz meiner Überlegungen von gerade eben seufze ich zustimmend, als er nachschiebt: »Oder vielleicht nicht?« – genau einen Lidschlag bevor sie vorn zu singen anfangen: *Paese mio che stai sulla collina, disteso come un vecchio addormenta-a-to,* Geliebtes Heimatdorf, das du wie ein schlafender Alter auf dem Hügel liegst.

»Großartig, dieser Feliciano«, sagt am Ende Benedetto, wie Apaches richtiger Name lautet, legt den vierten Gang ein und geht mit beschleunigtem Tempo in die Haarnadelkurven. Am Stoppschild der Staatsstraße halten wir den Atem an – und fragen uns, dank welchem geheimnisvollen Mechanismus ein Verbrennungsmotor diese halbe Tonne Stahl – beziehungsweise Blech, da es sich ja um einen Fiat handelt – mit dem zusätzlichen Gewicht von vier jungen Kerlen aus dem Süden, die allerdings noch nicht zu Abend gegessen haben, wieder in Bewegung setzen soll, und das infolge eines einfachen Pedaltritts. Vielleicht fragt sich nur der Schweizer das nicht, weil er als pragmatisch orientierter Mensch wissen müsste, wie diese Kiste funktioniert. Bald aber zerreißt das Dröhnen des Fahrzeugs erneut die Stille und befreit uns vom Rätsel der Mechanik. Noch ungefähr zehn Minuten in der Finsternis des offenen Landes, dann hellen die Laternen am Straßenrand Gesichter und Stimmung auf.

Es ist der Ort, den ich als Kind mit Genuario besucht habe. Wir fahren unter den großen Platanen und an den Häusern mit den Dachgauben vorbei. Wir lassen die Bar hinter uns, in der ich damals mein Eis gegessen habe, und stoppen vor dem roten Neonschild, auf dem »Pizza Vera« steht, und es ist, als wären wir in einer richtigen Stadt – will sagen, dass es hier viele echte Städter gibt: junge Leute und vor allem Mädchen. Sobald wir drinnen sitzen, verpufft allerdings unsere Begeisterung. Wir kennen niemanden, und die wenigen, die wir kennen, hauptsächlich Schulkameraden, grüßen uns kaum. Immerhin gibt es etwas zum Schauen – wie gesagt, sind viele weibliche Wesen hier –, und das ist schon etwas für Leute, die es gewohnt sind, zu dieser Tageszeit höchstens noch dem Dorftrottel zu begegnen. Hin und wieder werfen sie einen Blick herüber, von dem man nicht genau weiß, ob er neugierig oder angewidert ist – für uns ist er schlichtweg mysteriös: wer weiß, vielleicht? Jedenfalls kommt die Kellnerin, und ich bestelle etwas zu trinken. »Und die *wahre Pizza*, die isst du nicht?«, fragt Apache.

Ich erkläre ihm, dass ich nicht über die erforderlichen Mittel verfüge.

»Das ist die Sache von Swiss, deswegen nehmen wir ihn doch mit, oder?«, sagt Tarcisio, der nicht einmal Geld für ein Bier hat.

Der Schweizer schüttelt resigniert den Kopf. Seit wir eingetreten sind, hat selbst er, der internationalste von uns, seine Überheblichkeit verloren und läuft, als er sich etwas bestellt, sogar rot an. Zwei Stunden, und wir sitzen wieder im Fiat 124 und analysieren untröstlich die Gründe unseres Misserfolgs. Apache ist der Einzige, der versucht hat, ein Gespräch anzuknüpfen, und er fühlt sich jetzt berechtigt, uns zu ermuntern, obwohl ihn der vordere Tisch – vorwiegend Frauen – kaum zur Kenntnis genommen hat. »Haltung, Haltung. Wichtig ist, dass man Haltung bewahrt«, sagt er irgendwann mit Nachdruck. »Habt ihr gesehen, wie sie zurechtgemacht waren?« – im Vergleich zu seiner und Tarcisios Aufmachung, vermute ich mal, denn Emmental und ich sind absolut unauffällig. »Man muss ihnen zu verstehen geben, mit wem sie es zu tun haben.«

Ich habe das Gefühl, dass sie das sehr wohl verstanden haben und dass genau hier das Problem liegt. Zum Beispiel wirken wir am Sonntag auf unserer Piazza alle mehr oder weniger gleich, bis auf Details, die so minimal sind, dass man sie kaum bestimmen kann: Körperhaltungen, Teint, Gesichtszüge oder Timbre der Stimme, wer könnte es wirklich sagen? Und dennoch erkennen sich die Kinder vom Dorf untereinander sofort – sie sind etwas anderes, und sie bleiben unter sich. Für die Gäste der Pizza Vera müssen wir also das sein, was für uns die vom Land sind – haben wir es hier mit den ersten Symptomen des Dörflerkomplexes zu tun? Derlei Gedanken bewegen mich unter der großen Eiche, wo wir für eine Pinkelpause gestoppt haben. Und vielleicht, weil ich den anderen meine Schlüsse nicht darlege, werden wir noch viele Nächte dort stehen bleiben, vollgelaufen mit Bier, bevor wir nach Hause zurückkehren, enttäuscht, aber stets mit der Hoffnung, dass es das nächste Mal besser klappt.

In der Zwischenzeit reichen Apache und Tarcisio ihre Schallplatten, ihre alternativen Zeitschriften und dieses oder jenes Buch – Kerouac, Hesse, Ginsbergs *Jukebox Elegien* – an mich weiter und eröffnen mir so den Zugang zur Jugendkultur. Der Schweizer dagegen versorgt mich mit Zigaretten und Pornoheften. So entdecke ich, was zwischen Männern und Frauen – oft zwischen vielen

Männern und vielen Frauen – passieren kann, Sachen, die ich mir nicht im Entferntesten hätte vorstellen können. *Oggi* ist passé, und am Morgen treffe ich pünktlich an der Bushaltestelle ein. Vor allem fühle ich mich weniger allein. Endlich habe ich Freunde.

Als wir eines Abends zur Abwechslung einmal in der Vera Pizza sind, wie wir das Lokal inzwischen nennen, und darauf warten, dass man sie uns serviert, die Pizza, kommt eine kleine Gruppe Mädchen mit einem Typ herein. Der trägt ockerfarbenen Samt, ein Tuch um den Hals und hat einen armeegrünen Brotbeutel dabei. Apache und Tarcisio hampeln herum, um ihn zu begrüßen – er ist genau der Typ, der zu ihren Bekannten gehören könnte –, und er grüßt herzlich zurück, blickt sich aber um, bevor er an den Tisch neben uns geht, auch wenn er am Ende will, dass wir uns zu ihnen setzen. Fausto geht auch aufs Tasso, die Mädchen ebenfalls, und das merkt man: Auf ihre Weise sind sie zurückhaltend. Wie sich das gehört, macht Benedetto uns miteinander bekannt, und ich muss sagen, er hat Phantasie. Über mich erzählt er, dass ich eine Art *poète maudit* sei – wohl wegen meiner Nekrologe in der *Contrada soprana* – und darüber hinaus ein esoterischer Musiker. Über den Schweizer sagt er natürlich, dass er Schweizer ist, was hilft, dessen beharrliches Schweigen zu erklären.

Die Mädchen sind fröhlich, neugierig und offenherzig. Sie lachen über unsere Witze, auch wenn wir – genau besehen – gar keine machen. »Die hätten aus Zürich kommen können«, sollte Toblerone ein paar Stunden später feststellen, nachdem er seine Sprache wiedergefunden hat. Auch Fausto amüsiert sich. Er hat die hervorstehenden Wangenknochen eines Asketen und ein mystisches Bärtchen, und so wundert es mich nicht, dass er ganz ergriffen zuhört, als ich ihm die Harmonie der Sphären erläutere. Kurzum, die Sache gewinnt an Niveau, und als sich der Abend seinem Ende zuneigt, kann Apache die ganze Gesellschaft »in die Berge« einladen, ja, es wird bereits für den nächsten Tag ein Treffen in Tarcisios »Villa« vereinbart – dem einzigen Ort, wo man seine Ruhe hat und einem nicht dauernd die Eltern im Weg sind.

Es ist tiefe Nacht, und die Scheinwerfer malen helle Dreiecke auf die Straße. Wir haben an der üblichen Stelle angehalten, und über dem Dampf unserer jugendlichen Strahlen streiten wir uns um die beiden, für die es sich lohnt, während aus den offenen Wagentüren ein langsames Gitarrensolo über das Tal schwebt. Vor allem Mara hat uns das Herz geraubt, doch der Schweizer meldet Vorrechte an.

»Aber du hast doch kein einziges Wort herausgebracht!«

»Und wer hat die Rechnung bezahlt? Mara steht mir zu. Geht mir bloß nicht auf den Sack!«

»Schon gut, schon gut, falls du bei ihr landen kannst … Die Hauptsache ist, dass wir uns mit Fausto angefreundet haben«, beschwichtigt ihn Apache.

»Verdammt, was für ’n Arschloch«, sagt der andere mit der hämischsten Lache, deren er fähig ist.

Benedetto bedauert ihn: »Das zeigt nur, wo dein Problem liegt, Emmental. Fausto ist der Mann, den wir brauchen. Er ist der Sohn von Rodolfo Calciano. Der Name sagt dir nichts? Dabei fährst du jeden Tag in einem Bus namens CalcianTour, wie es auch Fausto tun müsste, aber statt ihn gratis eines seiner effizienten Transportmittel besteigen zu lassen, hat Signor CalcianTour es vorgezogen, ihm gleich eine ganze Wohnung zu mieten, wo er zusammen mit Sonia wohnen soll. Das ist seine Schwester, die früher in Bologna studiert hat, und das sagt schon alles: Sie ist so ’ne Art Hippie, also ’ne Nutte hoch drei. Fausto soll ein Auge auf sie haben, aber er kümmert sich einen Dreck um sie; es ist also klar, dass die Schwester ihm ihre Freundinnen anschleppt, und so, wie die Sache heute Abend gelaufen ist, werden auch wir bald bei denen zu Hause sein.«

»Verdammt, ein *echtes* Arschloch«, lacht der Schweizer und bietet uns eine letzte Zigarette an. Wir rauchen mit zufriedenem Blick auf die nahen Dörfer, die funkeln wie kleine, zwischen den Gipfeln des Apennin hängen gebliebene Sternbilder, bis die Kälte uns plötzlich erstarren lässt.

Am nächsten Tag im Postbus auf dem Weg von der Schule nach Hause teilen Apache und Tarcisio uns mit, dass die Mädchen wie vereinbart kommen würden, alle, ohne Ausnahme, und zwar mit Faustos tollem Fahrzeug – einem Mirafiori –, und dass sie in Maras Augen schon eine unmissverständliche Geilheit hätten aufblitzen sehen.

»Die machen mit, die machen mit. Wir bilden ’ne Sexgrup… Dann leg ich auch die Tiziana flach. Nur du Apache, pass auf, wo du ihn hintust, für meine Begriffe bist du schon immer leicht aus der Spur gewesen.«

»Beruhig dich, Schweizer, sonst machst du noch alles kaputt. Hauptsache, man schafft die richtige Atmosphäre. Organisation, dazu braucht man Organisation. Abfahrt fünf Uhr.«

Als wir aber nach einem Labyrinth kleiner Schotterstraßen endlich am Ziel ankommen, entpuppt sich Tarcisios Villa als das, was sie ist: eine Bruchbude. Er zuckt die Schultern: »Ja, sie müsste mal richtig durchgeputzt werden … Es kommt nie jemand her.«

»Na großartig! Die überhaupt zu finden! Hast du ihnen auch gut erklärt, wie sie herkommen?«

»Ich habe ihnen einen Plan skizziert.«

»Bestimmt ’n heilloses Durcheinander … Schaun wir mal, was wir noch machen können.« So spricht Apache, der sich in Sachen Innenarchitektur am besten auskennt.

Nach einer genauen Inspektion stellt sich heraus, dass der einzig akzeptable Raum der Speicher mit der typischen Dachschräge ist. Wir montieren ein paar rote Spotlights, die Apache von zu Hause mitgebracht hat, »um die richtige Atmosphäre zu schaffen«.

»Die werden doch nicht zu sehr an ’nen Puff erinnern?«

»Verdammt, wenn sie doch die Beine breit machen wollen! Ich hab sie jedenfalls mit Absicht mitgebracht.«

Wir schleppen Matratzen hinauf und legen sie an der Stelle auf den Boden, wo der Speicher so niedrig ist, dass man nicht sitzen kann, ohne sich den Kopf anzuhauen. »Flachlegen *müssen* die sich in jedem Fall.«

Und da hat Apache einen seiner Geistesblitze. Er zieht die Statue eines Heiligen aus ihrem Glasgehäuse, legt die Hülle einer Platte mit einer seltsamen Zeichnung hinein – »Das ist ein tibetisches Mandala; wenn du draufstarrst, dreht sich alles« –, stellt das Ganze auf ein Podest und legt darunter den Säbel von Tarcisios Großvater, der im Ersten Weltkrieg Kavallerist war. Rundherum platziert er Dutzende von Kerzen und Räucherstäbchen. Es ist das erste Mal, dass ich so etwas sehe. Zufrieden bewundern wir das Werk, und während wir auf das Mandala starren, dreht es sich wirklich.

Apache hat sich auch um die Musikauswahl gekümmert. Er hat eine Abfolge von sieben LPs ausgeklügelt, um die Geilheit der Mädchen unaufhaltsam bis zum Höhepunkt zu steigern. Während er sie der Reihe nach auf den Stift seines Reader's Digest Stereo legt, sagt er: »Wenn sie bei den Moody Blues nicht mit uns bumsen, kastrier ich mich.«

Es bleibt kaum Zeit, an das Büfett zu denken, das natürlich der Schweizer gestiftet hat. »He, du spielst doch immer den Transkontinentalen, und dann kommst du mit so 'nem Zeug daher« – getrocknete Feigen, glasierte Kekse, typische Hausmannskost – »wenigstens eine Salami hättest du mitbringen können, das wär ja auch allusiv … Na ja, du weißt ja nicht mal, was ›allusiv‹ bedeutet.« Zum Glück habe ich, als eigenen kleinen Beitrag, Oliven, Crackers und Kartoffelchips spendiert. Für die Getränke hat Tarcisio gesorgt: den üblichen miesen säuerlichen Wein. »Zumal die Mädchen ja fast nichts trinken. *Drogen*, das wär jetzt das Wahre!«

»Ja, damit sie mich erwischen und ich das Visum für die Schweiz vergessen kann«, sagt der Schweizer.

»Mannomann! Der denkt sogar beim Vögeln noch an seine Schweiz. Hast du wenigstens Coca-Cola gekauft?«

Hat er. Um dem völligen Fehlen psychotroper Substanzen entgegenzusteuern, wirft Tarcisio gemäß dem, was er aus Fernsehen und Skandalpresse gelernt hat, ein halbes Dutzend Aspirin hinein. »Ob das reicht?«, fragt er verunsichert und leert gleich die ganze Packung aus.

Jetzt waren die Vorbereitungen abgeschlossen. Apache ließ *Stand Up* von Jethro Tull erklingen, und wir streckten uns auf den

Matratzen aus und warteten. Bis jetzt waren uns die schamlosesten erotischen Phantasien durch den Kopf gegeistert, aber nun, da der entscheidende Augenblick näher rückte, waren wir genauso bleich, angespannt und verängstigt wie vor einem Examen. Sicher, am Abend zuvor hatten wir zusammen mit unseren künftigen Gespielinnen gelacht und herumgeblödelt, aber wie würden wir dieses Klima wiederherstellen? Worüber würden wir reden? Und was würden wir vor allem machen müssen, um zu dem anderen überzugehen … wenn es überhaupt dazu kam, zu dem anderen. Apache versuchte, eine Strategie auszuarbeiten, aber es war klar, dass er als Erster im Dunkeln tappen würde. Keiner von uns war jemals wirklich mit einem Mädchen zusammen gewesen, und diese hier kannten wir ja kaum. Inzwischen fing Jethro Tull zum dritten Mal von vorne an. Wir hätten die Platte wechseln können, aber Apache wollte den Überraschungscharakter seiner Steigerung nicht zunichtemachen – nur dass die Mädchen nicht kamen. Wir beschlossen, abwechselnd Wache zu schieben.

Als Ersten trifft es natürlich mich. Ich bleibe ungefähr eine Stunde draußen und halte das Gewirr der Gässchen im Auge – nein, das Meer sehe ich nicht, seit damals mit Pit habe ich es nicht mehr zu Gesicht bekommen, und ich sehe auch kein Auto zu uns heraufkriechen –, und weil natürlich keiner kommt, um mich abzulösen, kehre ich über den überwucherten kleinen Pfad zurück, der mit dem leuchtenden Gelb abgefallener Blätter gesprenkelt ist. Von einem Baum pflücke ich einen goldpockigen roten Apfel, der denen auf Onkel Arcangelos Drucken von John Everett Millais ähnelt, und während ich hineinbeiße und auf die drei Zypressen schaue, die sich an ein niedriges Mäuerchen lehnen, und auf die Berge, die sich gegen das milde Abendlicht abzeichnen, dringen die Klänge von *In Search of the Lost Chord* an mein Ohr. Das ist das zweite Album der Moody Blues, die nicht nur wegen dieser plumpen Anleihe bei Proust eine der schlechtesten Rockgruppen der Geschichte sind, berühmt für die Einführung des Mellotrons, das ein ganzes Streichorchester nachzuahmen imstande ist, und den umwerfenden Kitsch ihrer jugendstilartig-psychedelischen Cover, die nur noch von ihren Konterfeis übertroffen werden: fünf bärtige, toupierte Irre mit gewaltigen Koteletten und nabelfreien Pullovern. Und doch, wie magisch klangen sie in meinen Ohren! Vielleicht hatten sie sich in irgendeinem nebeligen englischen Hafen eingeschifft – mit diesen Gesichtern bestenfalls als Schiffsjungen –, hatten sich auf die Reise zum Ursprung der Welt begeben und dort die geheimnisvollen Melodien ihrer Musik geklaut – *Dark as a tomb!, shadows appear from nowhere, great long arms reach upward into the gloom, and sinister coiled shapes lurk in every corner*. Und obwohl ich kurze Haare hatte und das schwarze Kassengestell auf der Nase trug, dazu eine kastanienbraune, von Onkel Evaldo geerbte alte Jacke und ausgebeulte Hosen, fühlte ich mich, als ich die von grauen Sumpfbinsen umgebene Hütte betrat, bei den Klängen der ätherisch zarten Stimmchen über dem Klangteppich von Sitar, Cembalo und Elektrogeigen wie einer jener freien und bunten jungen Leute in London, die ein ganz eigenes, intensives Leben führten und die ich ein paar Sekunden lang im Fernsehen gesehen oder aufmerksam in den Zeitungen studiert hatte: Kurzum, auch ich war ein Beatnik geworden, mit vielen Freunden, die ebenfalls Beatniks waren. In dieser versöhnlichen Geistesverfassung stieg ich die steile Holztreppe hoch. Der Schein der Kerzen und der Rauch der Räucherstäbchen waberten in der Dunkelheit, und meine Freunde waren wirklich niedergedrückt. Von Hochstimmung keine Spur.

Sternhagelvoll sind sie, haben alles ausgetrunken und aufgegessen und wälzen sich jetzt herum, sehen mich fragend an. Ich schüttle traurig den Kopf. Jetzt ist allen klar, dass sie allein bleiben und die Mädchen niemals in diese trostlose Ödnis kommen würden. Mit Orientierungsproblemen hat das nichts zu tun: Fausto wäre in seiner Eigenschaft als Sohn des Signor CalcianTour sozusagen genetisch vorprogrammiert, noch ganz andere und viel kompliziertere Routen zu meistern. Nie würden sich also die weichen eleganten Körper quasistädtischer Gymnasiastinnen mit den unseren, die armen fahrenden Schülern gehören, vereinigen. Wir hatten uns nur Illusionen gemacht, weil wir so sehr darauf gehofft hatten. Einen Augenblick lang herrscht Schweigen – ein Schwebezustand, wie man so schön sagt. Eigentlich handelt es sich aber nur um die Pause zwischen einer Schallplatte und der nächsten, wenn der automatische Arm sich knackend auf die Platte senkt. Dann setzen Trommeln ein, und wir tanzen so euphorisch dazu, als wären wir plötzlich von einem enormen Druck befreit. Im Grunde hat keiner Lust, sich der Situation wirklich zu stellen. Der Schweizer versucht, uns zu stoppen, aber wir reißen auch ihn mit. Ja, es dauert nicht lang, und er führt sich am wildesten auf, wirbelt Flaschen, Stühle, Möbel durch die Luft und ist wie vom Teufel besessen. Am Ende lassen wir uns erschöpft auf die Matratzen fallen, wo wir wer weiß was für Akte hätten vollziehen sollen – aber wir sind so jung, und das Leben wartet auf uns.

Es lässt uns nicht lange warten. Schon am folgenden Tag erfahren wir, dass Fausto an allem schuld war, Faustos Mirafiori, genauer gesagt – er hatte sich einfach nicht in Bewegung setzen wollen –, und dass Fausto uns noch am selben Abend bei sich zu Hause erwarte, zu einer Party, die seine Schwester Sonia schmeiße. Der große Moment schien also unmittelbar bevorzustehen.

»Achtet bitte auf die Klamotten, wir müssen denen schwer imponieren, wir müssen ihnen … Dieses Mal klappt es. Ich spüre es«, sagt Apache hoffnungsvoll. Um acht treffen wir uns wieder an der Piazza, er in einem seiner Anzüge aus Damhirschleder, Tarcisio mit einer schwarzen Binde über dem rechten Auge, darüber wie Joyce auf einem berühmten Foto die Lenin-Kappe, und ich, der ich geplündert habe, was von Großvater Carlos Garderobe übrig ist, mit einem weiten Militärmantel, kragenlosem Seidenhemd und als Tüpfelchen auf dem i Tennisschuhen, für die ich allerdings mit eiskalten Füßen büßen muss. Der Einzige, der aus dem Rahmen fällt, ist der Schweizer mit seinem blauen Blazer und der gebügelten Hose.

»Mensch, Schweizer, du kommst ja daher wie ein Schweizer Bankier, sogar mit Goldknöpfen. Das personifizierte Arschloch«, verspottet ihn Apache.

Gedemütigt steckt der Schweizer das weg.

»Lass uns mal machen … Also, erst mal weg mit den Knöpfen!«

»Was machst du denn da? Scheiße, jetzt hast du mir mein Kaschimìrsakko zerrissen.«

»Wenn du sie nachher wieder annähst, sieht man es nicht, dafür gibst du jetzt einen großartigen Dandy ab«, ergänze ich.

»Aber dieser Dend und Di hat mich zweihunderttausend Lire gekostet!«

»Verzapf doch keinen solchen Unsinn, Schweizer«, erwidere ich ungläubig.

»Ja, weil du mit deinem Dend und Di nicht mal weißt, was Kaschimìr überhaupt ist.«

»Zuerst einmal: Es heißt Kàschmir, und das ist eine Gegend in Nordindien …«

»Quatsch! Das ist Wolle aus Ziegenhaar. Die weichste, die wo's gibt, und die kostet eben 'n Vermögen, du Ignorant.«

»Bravo, Swiss, wenn man da dran fühlt, merken alle Mädchen, die sich an dir reiben, was für ein toller Ziegenbock du bist. Weg auch mit der Krawatte! Bind dir lieber dieses Tuch um den Hals.«

»Nein, Apache, auf gar keinen Fall! Das ist mir zu rot. Wenn mich ein Polizist sieht, hält er mich für einen Kommunisten, und dann ist es Sense mit dem Visum.«

»Okay, das heißt, dass *wir* dir kein Visum geben. Du bleibst zu Hause. Wir können uns ja nicht wegen einem wie dir die Chancen vermasseln, ob du nun kapierst, wie die Welt sich dreht, oder nicht. Pass dich doch endlich den Zeiten an, Mensch!«

Am Ende bindet der Schweizer sich das Halstuch um.

»Jetzt schaust du wirklich wie ein richtiger Rebell aus«, sagt Apache bestimmt. Aber es sollte nicht viel nützen, im Gegenteil.

Faustos Wohnung ist erwartungsgemäß voller Leute, in diesem Fall Mädchen. Sie tanzen, und das Licht ist gedämpft, aber die Musik entspricht nicht gerade unserem Geschmack. Andererseits entsprechen auch wir nicht dem Geschmack der Mädchen. Sie schauen uns zwar neugierig an, schmiegen sich dann aber kichernd an ihre Partner, von denen sie sich auch knutschen lassen, und die sind alle mehr oder weniger so aufgeputzt wie vorhin der Schweizer. »Von wegen Rebell!«, sagt der zu Recht verbittert.

»Ich hab das Gefühl, dass wir zu avantgardistisch sind«, gesteht Tarcisio ihm zu, als wir uns nach einer Reihe erfolgloser Annäherungsversuche mit unseren JB-Gläsern auf einem Sofa wiederfinden und zusehen, wie die anderen sich vergnügen.

Der Einzige, der uns seiner Aufmerksamkeit würdigt, ist Fausto. Er kommt auf uns zu und sagt: »Was will man machen? Die stehen eben mehr auf Baglioni. In Bologna ist das freilich anders gewesen, da hat es nur so gewimmelt von Leuten wie euch. Sonia, meine Schwester, hätte euch gefallen. Die ist total ausgeflippt.« – Aha! – »Gestern hat sie die Party organisiert, und heute komme ich aus der Schule und finde eine Nachricht von ihr vor: Sie ist abgehauen, will in eine Kommune in Amsterdam. Tja, wenn mein Alter das erfährt, dann ist die Hölle los. Und das Schlimmste wird sein, dass sie getrampt ist. Die Tochter des Besitzers eines der größten Busunternehmen im Süden und fährt per Anhalter! Direkt ein Grund, sie zu enterben«, sagt er mit besoffener Lache.

Trotz allem ist und bleibt Faustos Wohnung ein attraktiver Treffpunkt. Schöne Aussicht, direkt am Stadtpark gelegen, geräumig und mit allen erdenklichen Schikanen ausgestattet: eine riesige amerikanische Küche mit überquellendem Kühlschrank, ein Fernseher Marke Brionvega sowie eine HiFi-Anlage von McIntosh. Außerdem gehen trotz Sonias Flucht ins Ausland jede Menge Weiber ein und aus. Wir werden also Stammgäste und schließen natürlich Freundschaften. Nach den ersten argwöhnischen Momenten setzen sich außer Mara und Tiziana auch noch die anderen Mädchen in unsere Nähe. Während wir Faustos Tees mit Orangen-, Vanille- oder Rosenblätteraroma trinken – für uns, die wir nur ATI-Tee Neue Ernte kannten, der Inbegriff des Erlesenen –, hören sie sich zusammen mit den Platten, die Benedetto jeden Abend mitbringt, auch unser Geschwätz über die allerneuesten Neuigkeiten an – Studentenrevolte, Popveranstaltungen, Drogen, freie Liebe. Und dabei blicken sie gedankenverloren drein.

Doch dann kamen ihre Jungs, die Normalen.

Während wir die Abende damit verbrachten, uns mit den Mädchen zu unterhalten, brauchten diese Neuankömmlinge sie nur anzuschauen, und schon standen sie auf und folgten ihnen. Und wenn wir die Mädchen, die völlig in ihren Bann geschlagen waren, davongehen sahen, fragten wir uns, über welch geheimnisvolle Kräfte diese Typen wohl verfügten. Wir nahmen sie kritisch unter die Lupe, aber es gab wirklich nichts, was wir von ihnen hätten lernen können. Selten waren sie hübsch oder auch nur interessant. Meist handelte es sich eher um gewöhnliche Jungs, die vielleicht sogar jünger waren als wir, wenn auch mit diesem gewissen Etwas im Blick. Sie besaßen das »Fluidum« – so nannten wir es. Obwohl die Mädchen sich noch einmal nach uns umdrehten, waren sie ihnen doch hörig, folgten ihnen in die Schlafzimmer der Wohnung oder in die Autos, die unten am Park abgestellt waren, und wenn sie, fast immer ohne ihre Begleiter, zurückkamen, schienen sie nicht mehr dieselben zu sein. Sie wirkten distanziert, anders. Für uns waren sie plötzlich das, was sie waren: Frauen, während wir immer noch Jungs waren. Bis sich die Dinge schlagartig änderten. Es passierte, ohne dass wir es erwartet hätten – ja, wir hatten sogar versucht, es mit allen Mitteln zu verhindern.

14

Alles begann mit einem Plakat in Frakturschrift, das mindestens einen Monat vor dem Ereignis an prominenter Stelle in Schulen, Bars und Treffpunkten aushing: Im Rahmen des MKπ100-Festes des Tasso, des einzigen humanistischen Gymnasiums und somit des exklusivsten Instituts weit und breit, würden in diesem Jahr die New Trolls auftreten. Die Nachricht klang sensationell für die gesamte jugendliche Bevölkerung der Umgebung, aber ganz bestimmt nicht für uns, die wir an andere Größen des angloamerikanischen Rock gewöhnt waren und die Gruppe – so nannten sie sich damals – für wenig mehr als ein auf Sanremo begrenztes Phänomen hielten. Sogar in unserem Autobus armer pendelnder Schüler hörte man nichts anderes als das Echo dieses magischen Namens – natürlich in der örtlichen Aussprache: *Njù Droll.*

Er war in aller Munde – im Munde der Jungs, die sonst nur über Fußball redeten oder, von der Bangigkeit des Südländers niedergedrückt, überhaupt nichts sagten, aber vor allem im Munde der begeisterten Mädchen, der hässlichen und der schönen – von Pina Restucci, Amalia Fondi, Rosanna Terso, den unvergleichlichen Campochiaro-Schwestern und sogar der stolzen Renata Trevisan: Schweigend hörten wir ihnen zu, wenn sie sich lautstark den Kopf darüber zerbrachen, wie sie ihre Eltern überreden sollten, sie zu diesem fabelhaften Fest zu lassen. Sie dachten sich die phantasievollsten Tricks aus, um so lange wie möglich dort bleiben zu dürfen, sie debattierten darüber, ob sie dieses oder jenes Kleid anziehen sollten, und waren aufgeregt wie junge Aristokratinnen am Vorabend ihres Debütantinnenballs.

Auch wir unterhielten uns darüber, aber erst in der Nacht, auf der Heimfahrt von Faustos Wohnung, nachdem jeder von uns geduldig haargenau demselben Gerede unserer neuen Freundinnen gelauscht hatte – das Klima allgemeiner Verzückung sparte wirklich niemanden aus. Lange, endlose und erbitterte Diskussionen waren das: Konnten wir, ausgerechnet wir, die wir den authentischen Rock kannten, wie irgendwelche kleinen Provinzler am Angelhaken der verpöntesten kommerziellen Musik enden? Die *Njù Droll* fanden wir echt zum Kotzen – bis auf den Schweizer, versteht sich. Als Mara uns dann einmal, vollkommen hingerissen, *Concerto grosso* mitbrachte, und wir uns die Platte anhörten – Streichorchester mit einem Kontrapunkt aus Flöte, elektrischer Gitarre und Schlagzeug, bei dem sich einem die Nackenhaare sträubten – na ja, da fanden wir sie zwar immer noch beschissen, aber irgendwie interessant beschissen, will sagen, das Album hatte einen unerklärlichen Reiz. Und ein Geheimnis. Keiner von uns hätte das je zugegeben: Es waren andere Sachen, die uns gefallen *mussten*. Außerdem war auf dem Cover das Foto von Pierre Clementi, einem Schauspieler, der gleich nach dem Film, für den *Concerto grosso* den Soundtrack lieferte, wegen Drogen verhaftet worden war, sich aber trotzdem nicht in einen Mythos verwandelt hatte. Und während ich dieses Foto studiere, ertönt Maras Befehl: »Nimm die Brille ab!«

Kurz zuvor hatte ich aus dem alten schwarzen Kunststoffmodell der Krankenkasse die Gläser herausgenommen und sie in eine ovale silberne Fassung eingesetzt, die ich im Keller gefunden hatte und die identisch ist mit der von Robert Fripp, wobei ich aber alle mit Nachsicht behandle, die sie für die von John Lennon halten. Meine Haare reichen mir inzwischen bis auf die Schultern, und das mit vollem Einverständnis der Großmutter, weil sie auf diese Weise nicht nur das Geld für den Friseur spart, sondern, wie sie mir wehmütig mitteilt, auch »Arcangelo sie so getragen hat, bevor er sich zu den Legionären meldete«. Mara mustert mich prüfend, blickt auf das Foto und sagt: »Du bist Clementi ja wie aus dem Gesicht geschnitten!«

Klar, als ich sie das sagen höre und unter ihrem bewundernden Blick dahinschmelze, denke ich natürlich, wer weiß, ob sie nicht in Verbindung mit der Musik ihrer Idole Lust hat, diese Ähnlichkeit näher zu untersuchen – und nun will ich unbedingt bei den New Trolls dabei sein. Die anderen übrigens auch: Was könnten sie schon Wichtigeres zu tun haben, speziell an diesem Abend und in dieser Gegend, in der es *nie* irgendetwas zu tun gab? Und obwohl die ästhetisch-ideologische Polemik nun abgehakt ist, diskutieren wir immer noch: Der Preis für den Eintritt übersteigt unsere finanziellen Möglichkeiten. Ein Glück, dass es den Schweizer gibt! Er hatte sofort seine Begeisterung für den Auftritt bekundet, aber schüchtern, wie er ist, hätte er niemals den Mut gehabt, allein dorthin zu gehen. Deshalb erbot er sich, die Hälfte des Eintrittspreises für uns zu übernehmen.

Dann war der ersehnte Abend endlich da. Wir mussten das Auto vor dem bereits überfüllten Parkplatz abstellen, und als es uns nach langem Schlangestehen gelang, den Saal zu betreten, war dieser bereits gerammelt voll. Auf den ersten Blick war klar, dass keines der Mädchen den Monat seit der Ankündigung ungenutzt hatte verstreichen lassen – man stellte eine gewisse Eleganz zur Schau. Selbst die Hässlichen kamen uns, sei es wegen des allgemeinen Hochgefühls, sei es wegen des Schummerlichts, ganz passabel vor, und die Hübschen waren sogar bildhübsch: Mara, Tiziana und die anderen, die rauchend an den wenigen Tischen saßen und in ihren Glitzerkleidern viel nacktes Bein zeigten. Oder jene, die in den Gruppen der normalen Jungs standen, bei denen sie sich untergehakt hatten. Oder auch die busfahrenden Vamps mit ihren stark geschminkten Augen und Lippen – in die steife Seide ihrer von den Dorfschneiderinnen angefertigten Kleider gezwängt, blickten sie nervös um sich, ob sich nicht irgendein schmachtender Typ von auswärts ausmachen ließ. Alle erschienen sie uns wie entrückte Göttinnen. Im

Übrigen hatten auch wir den Monat nicht ungenutzt vorübergehen lassen: Trotz der glühenden Debatten hatte jeder in der Tiefe seines Herzens längst darüber nachgedacht, was er an jenem Abend anziehen würde.

Apache trug einen seiner rituellen Gala-Anzüge aus fransenverziertem Hirschleder – jedes Mal, wenn ich ihn fragte, wo er die alle aufgetrieben habe, gab er mir eine ausweichende Antwort. Tarcisio erschien mit der üblichen schwarzen Binde über dem Auge und der üblichen Lenin-Kappe, hatte sich allerdings von seinem Vater einen bordeauxroten Samtanzug mit Glasknöpfen nähen lassen. Ich steckte in einem von Tante Ines gestrickten und in allen Farben des Regenbogens gestreiften Maxipullover, gleich jenem, den Clementi auf dem *Concerto-grosso*-Cover anhatte, dazu trug ich ein entsprechend abgewetztes Cutaway-Sakko plus Zylinder, immer noch aus Großvater Carlos Kleiderfundus. Der Schweizer, im höchsten Maße unschlüssig über die passende Aufmachung, hatte Apache bis zum letzten Augenblick mit Anrufen bombardiert – er war der Einzige der Kompanie mit einem Telefon – und Fragen gestellt wie: »Was meinst du, soll ich die Ray-Ban aufsetzen?«, und ist deswegen während der ganzen Fahrt veräppelt worden. Jedenfalls hatten wir auch ihn aufs Feinste herausgeputzt. Er trug einen schwarzen Anzug von Apache mit ungeheuer vielen Knöpfen und starken Reminiszenzen an die frühen Beatles, dazu eines von Großvater Carlos kragenlosen Hemden sowie die unverzichtbaren Korallenkettchen – und mit Sicherheit machten wir Eindruck. Immerhin ließ Fausto – und ich spreche hier von einer der markantesten Persönlichkeiten der lokalen Szene! –, sobald er unser ansichtig geworden war, sogar seine Freundinnen stehen – er hätte besser gleich ein paar mitgeschleppt, dieser Scheißkerl –, um sich in seinem zinnoberroten Chenilleanzug zu unserer Gruppe zu gesellen.

Jetzt standen wir in stolzer Abkapselung in einer Ecke, musterten, übermütig wegen der Präsenz von CalcianTour-Junior, das konventionelle Publikum, machten uns über die Klamotten des einen oder des anderen lustig – ausgerechnet wir, die wir aufgetakelt waren wie die Komparsen eines Spaghetti-Western – und lachten jedes Mal laut los, wenn einer der Veranstalter des Abends, ein geistloser Abiturient im Smoking, in immer kürzeren Abständen zum Mikrofon griff und die unglaublichsten Plattitüden hineinhauchte: »Phantastischer Abend mit den *Njù Droll,* soeben zurück von ihrem Erfolg in Sanremo!«, »Sie sind im Anmarsch – Mädchen, dass ihr mir ja nicht in Ohnmacht fallt!«, »Zum ersten Mal im Süden: die fabelhaften *Njù Droll,* die einzigen und wahren Erben des Quartetts aus Liverpùl!« Als jedoch nach ungefähr zwei Stunden Warten – überbrückt mit den üblichen langsamen Schnulzen, denen wir uns empört entzogen – die *Njù Droll* durch die in zwei Flügel geteilte Menge in den Festsaal des Motel Elite einzogen, ließ uns das keineswegs kalt. Sie waren, falls das überhaupt möglich war, noch schrecklicher gekleidet als wir. Ich erinnere mich etwa an den ochsenblutfarbenen Redingote und die weißen Stiefel, die um die Knöchel von Nico Di Palo, dem Beau der Gruppe, schlabberten. Als der Schweizer Di Palos indiskutable blau getönte Ray-Ban bemerkte, maulte er: »Ich hab euch doch gesagt, dass die Ray-Ban passt! Ihr seid schon wirklich echte Blödmänner.« Ein seltsames Licht fiel auf die *Njù Droll* und spiegelte sich in den Instrumenten, die sie achtlos herumtrugen, und der silberne Glanz der Flöte ließ mein Herz höher schlagen. Das war das »Licht des Erfolgs«, wir erkannten es sofort, auch wenn wir es zum ersten Mal sahen. Ein Licht, so blendend, dass es sogar echte Blödmänner erleuchten konnte – und die *Njù Droll waren* echte Blödmänner. Sie spielten hundsmiserabel. Beim Liveauftritt machte Di Palo das Flötensolo von Ian Anderson noch ungenierter nach, und in den hohen Tonlagen, für die sie berühmt wurden, schrillten sie in einem unerträglichen Falsett herum. Aber es war trotzdem eine tolle Sache: Immerhin handelte es sich um unser erstes Rockkonzert, und nach wenigen Minuten demonstrativer Skepsis wurden auch wir vom Sog der verstärkten Klänge mitgerissen. Schade nur, dass es so schnell aus war. Kaum eine Dreiviertelstunde, und die *Njù Droll* packten zusammen und schickten sich an, den Saal auf schnellstem Wege zu verlassen, wobei sie die Veranstalter ignorierten, die sich, allen voran der Moderator, auf der Bühne zusammendrängten, um sich von ihnen zu verabschieden. Während sie sich den Weg durch die brav applaudierende Menge bahnten, lag Traurigkeit in ihrem Blick. Sie waren etwas ganz anderes gewöhnt, die Begeisterung der Fans nämlich, insbesondere der weiblichen Fans: Hysterie, Schreie, Autogramme. Doch hier: Fehlanzeige. Ein wenig lag das an der angeborenen Schüchternheit der Provinzler und ein wenig daran, dass es nicht nur für uns, sondern für alle Anwesenden das erste Rockkonzert war. Bestimmte Rituale werden eben erst mit der Zeit erlernt, sodass sich die Menge darauf beschränkte, sie wie Gäste anzustarren, die sich vorzeitig von einem misslungenen Fest davonstehlen.

Und in diesem Moment passierte es.

An der Spitze des kleinen Zuges wich Di Palo plötzlich vom Kurs ab, und, seinem Beispiel folgend, blieben die New Trolls genau dort stehen, wo wir standen. Ohne dass wir sie darum gebeten hätten, drückten sie uns die Hand, klopften uns auf die Schulter und lächelten, sagten dann etwas, was wir im Stimmengewirr der Menge, die sich um uns herumdrängte, nicht verstanden, und umarmten uns schließlich wie Brüder, die sich vor einer langen Reise voneinander verabschieden.

Verdattert blieben wir im Saal zurück, der sich allmählich leerte. Vor allem die Mädchen folgten ihnen nach draußen. Gebannt sahen sie zu, wie die New Trolls in eine Limousine mit dicken, abgedunkelten Scheiben stiegen und wie ein Trugbild der Berühmtheit, die in keinem Verhältnis zur Bedeutungslosigkeit ihres Auftrittsorts stand, verschwanden. Vom Himmel taumelten derweil Schneeflocken herab, setzten sich auf die kunstvollen Frisuren der Mädchen und auf ihre Wimpern und lösten, zusammen mit den Tränen, die Schminke in lange schwarze Rinnsale auf. Überwältigt von der ganzen Aufregung, stürzten sie sich nun auf uns, um von uns die nächste Etappe und das Hotel, in dem die *Njù Droll* übernachten würden, zu erfahren, und während sie sich die unwahrscheinlichsten Verfolgungsjagden und Liebesfluchten ausmalten, rückten sie immer näher an uns heran und blickten uns an wie niemals zuvor – und es waren Faustos Freundinnen, die sonst auf die normalen Jungs scharf waren, und die busfahrenden Schülerinnen, die immer Typen von auswärts bevorzugt hatten. Im Kontakt mit ihren Körpern und der Weichheit ihrer Brüste wurde uns rasch klar, dass wir in dieser Nacht jedes Mädchen haben könnten, und wir bekamen es.

Unterdessen gab der geistlose Abiturient, der sich erneut vor dem Mikrofon heiser geschrien hatte, um mit melancholisch bebender Stimme die Einzigartigkeit des Ereignisses hervorzuheben – es war ja längst vorüber –, das Startsignal für das allgemeine Tanzvergnügen. In diesem Augenblick fand ich mich Renata gegenüber. Ich umschlang ihre Hüften und spürte ihre nackte Haut unter dem leichten Kleidchen, während eine aalglatte Stimme wisperte: *Einem Reiher nachblicken, der über dem Fluss dahinschwebt, und plötzlich selber Flügel haben*. Es war keineswegs das erste Mal, dass ich sie hörte, und ich hatte immer darüber gelacht, aber jetzt, da hinter den großen Fensterscheiben des Motel Elite die Schneeflocken herabtrudelten und ich Renata an mich drückte, glaubte ich keinen wahrhaftigeren Text zu kennen. Wie hatte mir die Melancholie der Morgenröte entgehen können, das Gefühl einer unschuldigen und poetischen Rebellion? Dies war doch, tief im Inneren, das eigentliche Lebensgefühl!

Es dauerte so lange wie dieses ewige, unvergessliche Lied. Dann gab Renatas Vater, der Maresciallo, der unter anderem hierhergekommen war, um sie zu überwachen, und der sich außerdem dank seiner Uniform das Eintrittsgeld gespart hatte, ihr ein Zeichen. Sie sah mich mit einem stummen Versprechen an und folgte ihm. Ich hatte kaum Zeit, dem süßen Sehnen dieses Grußes nachzusinnen – in der Folge sollte ich noch lange daran denken –, da fand ich mich auch schon an Concetta Campochiaro und dann an Mara und dann an Pina Restucci geschmiegt wieder, und dann weiß ich nicht mehr, an wen sonst noch. Als auch das letzte Mädchen von Vater, Mutter, Tante oder Cousin abgeholt worden war, gingen wir hinaus in das Schneegestöber, das die Lichter der Autos wie ein Wattebausch dämpfte. Nachdem sich Fausto verabschiedet hatte, wälzten wir uns wie berauscht im Schnee und lachten über die Mädchen, die sich verschenkt hatten, über ihre Liebesworte und die Küsse, die wir ihnen geraubt hatten – jeder fühlte, wie ihm heimlich das Herz aufging bei der Erinnerung, aber mehr noch wegen der Verheißungen für die Zukunft.

Im Bus machten die Vamps uns jetzt schöne Augen – nur Renata nicht: Über einen Monat lang wartete ich jeden Morgen vergeblich auf sie, denn ihr Festtagskleidchen war so dünn gewesen, dass sie sich eine Lungenentzündung geholt hatte –, aber jetzt waren wir es, die ihnen die Quasistädterinnen vorzogen. Freizügiger als die mit uns pendelnden Begleiterinnen, hatten Faustos Freundinnen ihre Begeisterung für die normalen Jungs abgeschüttelt und zeigten sich mehr als bereit, uns in die freudigen Geheimnisse der Sexualität einzuweihen. Mara hatte sich bereits mit Apache abgegeben, der uns danach alles in sämtlichen Einzelheiten schilderte, und nachdem ich meine Enttäuschung über ihren Verrat verarbeitet hatte – war nicht ich es, der Clementi wie ein Ei dem anderen glich? –, war ich im Begriff, mich mit einer gewissen Camilla einzulassen. Obwohl mein Herz immer noch für Renata schlug – nach wie vor blieb ich unter ihrem Balkon stehen in der Hoffnung, sie hinter den Vorhängen zu sehen oder wenigstens den Klang ihres Klaviers zu hören –, schaffte ich es nicht lange, die phänomenale Oberweite besagter Camilla zu ignorieren. Genau an dem Abend jedoch, der sich als der entscheidende anbot, nahm alles eine andere Wendung.

Schon wegen der Flucht seiner Tochter Sonia stocksauer und von den Nachbarn über das informiert, was zu einer bestimmten Stunde regelmäßig in seinem Haus vonstatten ging – zumindest in der Wohnung, deren nicht unerhebliche Kosten er trug –, wollte sich Signor CalcianTour persönlich ein Bild von der Lage machen und stieß in einem der beiden Schlafzimmer auf mich und Apache mit Camilla beziehungsweise Mara. Das Licht war aus, und zur Schaffung der erforderlichen sündhaften Atmosphäre spielte ein tragbarer Plattenspieler *Je t'aime moi non plus* – am Ende der Platte ließ mein Freund sie jedes Mal mit einer Fußbewegung wieder von vorn beginnen. Wir versuchten, Signor CalcianTour davon zu überzeugen, dass wir nichts Schlimmes machten – dass zumindest keine Orgie stattfand, denn beide Paare waren ja in ihre eigenen Spielchen vertieft –, dennoch setzte er uns, zweifellos unter dem Eindruck der Dunkelheit und des unentwegten Stöhnens von Jane Birkin, vor die Tür, ohne uns auch nur die Zeit zum Anziehen zu lassen. Fausto wurde ins Internat verfrachtet, die Wohnung dichtgemacht, und damit war auch jener fulminante Abschnitt unserer Jugend zu Ende.

Wir fuhren immer noch von unserem Dorf hinunter, aber selbst wenn wir von den Restriktionen, welche die von Signor CalcianTour pflichtschuldigst informierten Eltern den quasistädtischen Mädchen auferlegt hatten, mal absahen, war es ohne unseren Treffpunkt einfach nicht mehr dasselbe. Außerdem hatte sich der Vater des Schweizers durch einen Strom heißer Toblerone-Schokolade schwere Verbrennungen zugezogen, und sein Sohn musste nach Zürich reisen, was uns unserer unentbehrlichen ökonomischen Stütze beraubte. Nur noch ein paarmal gelang es uns, unsere Freundinnen zu sehen, für jeweils wenige Minuten am Nachmittag, und eines Tages hatten wir nicht einmal mehr genug Geld für Sprit. Wir versuchten, auf die pendelnden Vamps auszuweichen, die uns allerdings aufgrund unserer früheren Ablehnung die kalte Schulter zeigten. Anfänglich trafen wir uns weiter auf der Piazza, aber nach allem, was wir erlebt hatten, gelang es uns bald nicht mehr, das ringsum herrschende Elend zu ertragen. So verkroch sich jeder in sein Haus und wartete, dass der Winter zu Ende ging. Für mich dauerte es weniger lang als für die anderen.

Es geschah an einem Morgen im Februar, als ich bei Imma mein Frühstück bezahlte und sie mit einem Augenzwinkern zu mir sagte: »Komm auf dem Rückweg bei mir vorbei. Ich muss dir was zeigen.«

15

Erwartungsvoll betrat ich die Bar. Den ganzen Vormittag hatte ich darüber nachgedacht, was Imma gesagt hatte, und über den Ton, wie sie es gesagt hatte. Was war es, was sie mir zeigen wollte? Sie gab sich einen Ruck, entfernte sich von ihrem Stützpunkt, beugte sich vor, um ihre Zigaretten vom Tresen zu holen, und deutete, während sie sich eine anzündete, auf den Karton mit der Aufschrift »Zerbrechlich«. In eine Rauchwolke hinein sagte sie: »Jetzt brauchst du dich nur noch an die Arbeit zu machen. In zehn Tagen weihen wir das Lokal ein.«

Ach ja, die Arbeit. Nicht, dass ich sie vergessen hätte, nur hatte ich mich gerne trügerischen Hoffnungen hingegeben. Ich nahm das Paket und trug es nach Hause. Drinnen war eine Farfisa-Orgel mit einem Haufen automatischer Begleitrhythmen. Sicher, die aus dem 18. Jahrhundert stammende Orgel des Klosters war schon etwas anderes, aber auch mit diesem Spielzeug kam ich so gut klar, dass es eine Freude war. Ich verbrachte ganze Nachmittage mit der Vorbereitung auf das Debüt und spielte gerade etwas auf der Farfisa, als Apache bei mir aufkreuzte. Das war merkwürdig, denn normalerweise kam mich aus Angst vor der Großmutter nie jemand besuchen. Aber auch Apache selbst war merkwürdig. Schon seit einiger Zeit war mir aufgefallen, wie niedergeschlagen und schweigsam er war. Ich hatte geglaubt, dass es mit unserer jüngsten Pleite zusammenhing, aber jetzt teilte er mir mit weinerlicher Stimme mit: »Ich habe lange nachgegrübelt und bin zu einer wichtigen Entscheidung gelangt: Ich haue ab.«

Wie wir aus der einschlägigen Presse – »Ciao, 2001«, bald schon verdrängt von »Re Nudo« – und aus dem Fernsehen wussten, war von zu Hause auszureißen der unwiderlegbare Beweis dafür, dass man dem fortschrittlichsten Teil der Jugend angehörte, ähnlich wie man sich in früheren Generationen freiwillig an die Front gemeldet hatte. Hunderte von jungen Leute verließen ihre Familie auf der Suche nach einem authentischeren, abenteuerlicheren Leben und pilgerten nach dem Vorbild von *On the Road* per Anhalter durch die Welt. Auch ich hatte das Buch gelesen, oder besser: Ich hatte mich daran versucht. Allerdings war ich vor lauter Langeweile nicht über die ersten vierzig Seiten hinausgelangt und tröstete mich mit Capotes lapidarem Urteil: »So etwas nennt man nicht Schreiben, sondern Tippen.« Jedenfalls leuchtete es mir, abgesehen von Fragen des literarischen Geschmacks, einfach nicht ein, warum ich um eine Mitfahrgelegenheit betteln, mich durch Almosen über Wasser halten und in einem Schlafsack unter freiem Himmel übernachten sollte – noch dazu bei der Hundekälte in jenem Winter –, wenn es mir doch schon Mühe bereitete, in meinem eigenen Haus in Würde zu leben. Deshalb lehnte ich Apaches Angebot, mit ihm zu türmen, ab.

Er sah mich mit überlegener Miene an – immerhin gehörte er zu einer Elite –, aber nachdem er auf meine Frage, was denn sein Ziel sei, nachdenklich geantwortet hatte: »Indien, Mexiko, Tibet … in solchen Fällen weiß man nie, wo man landet«, verweigerte er mir zum Abschied trotzdem nicht eine gerührte Umarmung.

Zehn Tage später wurde er bei seinem Vetter in Latina aufgegriffen. Sein Vater brachte ihn ins Dorf zurück, und zwar ausgerechnet an dem Tag, an dem ich die Farfisa wieder einpackte und im Patriarca vorstellig wurde. Diesen Namen hatte Saro Merenda seinem Festsaal geben wollen – fett und verlebt, wie er war, mit einem Haufen Kinder und einer Ehefrau, die ihn bereitwillig bediente, kam er sich eben wie ein Patriarch vor. Imma hatte ihn mit dem Lastenaufzug in das obere Stockwerk gehievt, und jetzt nahmen sie mir gegenüber Platz – das heißt, Merenda saß bereits – in diesem großen leeren Raum, der vor drittklassigem Marmor nur so strotzte, mit wassergrünen Vorhängen vor den Fenstern, die viel von der ohnehin schwachen Wintersonne schluckten. Nach ein paar Minuten fing der Gelähmte zu schnarchen an. Bis dahin hatte ich schon ein bisschen herumgeklimpert, aber was half das alles, wenn Imma doch ihre Schenkel entblößt hatte wie die Dame auf der Veranstaltung mit Fanfani. Die schönsten Momente waren jedenfalls die, als sie hinter mich trat, um einen Blick auf die Liste mit den Schlagern zu werfen, die ich einstudiert hatte.

Zuerst beugte sie sich herunter, um den Entwurf zu lesen, und legte mir, während sie las, ihre spitzen Brüste auf die Schulter. Dann wollte sie, dass ich von jedem Stück eine kleine Kostprobe gab, und im Eifer des Gefechts stieß ich ihr den Ellenbogen zufällig genau zwischen die Schenkel. Ich dachte, dass sie nun zur Seite treten würde. Sie blieb aber, wo sie stand, ja, sie schmiegte sich noch enger an mich. Deutlich spürte ich das Haargekräusel an ihrer Möse, sagte mir allerdings, dass sie unmöglich nichts bemerkt haben könne. Sie hätte alle Männer haben können, die sie wollte, warum also sollte sie sich dann so erniedrigen und etwas machen, was nicht einmal ich mehr im Autobus machte? Doch dann – ich hatte ihr wohl von einem Dutzend Stücke Kostproben geliefert, wobei sie bei den letzten fünf, die echte Tanzmelodien waren, die Arme naturgemäß schneller bewegte – hörte ich, wie sie eine Art Stöhnen von sich gab.

Ohne mit dem Spielen aufzuhören, drehe ich mich um und sehe sie an. Auf ihrem Gesicht liegt der gleiche Ausdruck wie auf dem der verzückten heiligen Frauen auf den Gemälden im Kloster. Als sie bemerkt, dass ich sie anstarre, bohrt sie den Blick in meine Augen, schiebt das Kinn vor und fragt barsch: »Was gibt's?« Ich zucke mit den Achseln, und sie geht auf ihren komatösen Ehemann zu. Während sie den Rollstuhl anschiebt, sagt sie: »Gut, wirklich gut … Also dann bis Samstagabend.«

Es waren noch zwei Tage bis Samstagabend. Als ich eintraf, war ich völlig erledigt. Nicht vor Aufregung, warum auch? Ich spielte ja schon ein Leben lang vor diesen Primitivlingen. Nein, es war wegen der unzähligen Wichsereien. Imma hatte es wohl unbewusst gemacht, aber ich spürte immer noch ihr Haargekräusel am Ellenbogen – und sah ihr Gesicht danach.

Ich setze also wieder den Fuß ins Patriarca, wieder voller Erwartungen. Doch Imma kommt nicht einmal herauf. Sie begrüßt mich von hinter der Theke, im Blickfeld ihres Mannes, der auf den Tasten der Kasse herumhaut. Dort drängen sich viele Leute mit Tippscheinen in der Hand. So setze ich mich an die Farfisa, traurig und eingezwängt in den guten Anzug, den ich bei Teas Hochzeit und bei den Hochzeiten aller meiner Cousinen getragen habe. Ich beobachte den Maître und die Kellner, Leute von außerhalb, Absolventen der Hotelfachschule – Merenda als Mann von Welt hatte die Sache gleich richtig aufziehen wollen –, und allmählich trudeln die Gäste ein. Und dann sehe ich sie: Renata.

Es ist das erste Mal seit jener magischen Nacht mit den New Trolls. Außer der Lungenentzündung hatte sie in der Zwischenzeit auch noch Mumps und Masern, aber jetzt ist sie noch bezaubernder, blass wie sie ist, in ihrem weißen, mit Silberpailletten bestickten Kleid. Ihr Vater in Galauniform, die Mutter hager und mit Brille am Kettchen; man sieht auf den ersten Blick, dass sie aus Treviso stammen – und ich spüre, dass ich Renata von ganzem Herzen liebe.

Sie setzen sich an den Tisch des Bürgermeisters, der gleichzeitig auch der Dorfapotheker ist, zusammen mit seiner Frau und seiner Tochter Alba Chiara, meiner historischen Verehrerin seit Kindergartentagen. Anders als ihr Name vermuten lässt und obwohl sie kaum sechzehn ist, handelt es sich um einen veritablen Trampel von fast einem Zentner. Sie besucht ein Internat in Florenz, ist eigens anlässlich dieser Veranstaltung nach Hause gekommen und hat mich nie vergessen. Ich fange zu spielen an, und trotz des Ambientes – Neonlichter und Gäste, die sich den Bauch vollschlagen und Trinksprüche auf das neue Lokal ausbringen – bin ich hochinspiriert. Hin und wieder suche ich Renatas Blick, finde ihn aber nicht. Sie scheint unser *Cheek to Cheek* beim MKπ100-Fest des Tasso und ihr stummes Versprechen vollkommen vergessen zu haben. Dafür fange ich Alba Chiaras Blick auf. Sie fixiert mich die ganze Zeit, und irgendwann sagt sie etwas zu Renata. Sie spricht von mir, da bin ich mir sicher.

Ich schützte Gleichgültigkeit vor, beobachtete aber heimlich die Szene und die Veränderungen auf dem Gesicht meiner Geliebten. In ihren Augen glomm etwas, als auch sie mich jetzt anblickte und etwas zu ihrer Freundin sagte. Nun trottete Alba Chiara wie ein Bär auf mich zu, legte eine Hand auf die Bank der Farfisa-Orgel und fragte mich im sinnlichsten Ton, dessen sie mächtig war: »Carlì, spielst du für mich *Piccol graand amoore*? Und für Renata *Laitibì*?« Drei Jahre Privatschule in Florenz, und das war nun das Ergebnis! Natürlich lege ich, noch bevor der Abdruck ihrer verschwitzten Hand auf der Farfisa getrocknet ist, mit *Laitibì* los. Es ist nicht im Repertoire, aber ich kann es auswendig, Text inbegriffen. Ich spiele es fast, wie Chopin es gespielt hätte, wenn er sich in Paris an den kalten polnischen Winter erinnerte; mit derselben romantischen Inbrunst spiele ich es, und als ich Renata erneut ansehe, erkenne ich an der Art, wie sie zurückschaut, dass soeben ein Wunder geschehen ist. Dass die Frauen seltsam sind, wusste ich schon von Pit, aber dass sie *so* seltsam sind, kann ich kaum glauben. Ich hatte alle Hebel in Bewegung gesetzt, um ihre Aufmerksamkeit auf mich zu lenken – wenn ich mich so geschmacklos anzog wie beim MKπ100 des Tasso, dann definitiv nur für sie –, und jetzt hatte es genügt, dass die Tochter des Apotheker-Bürgermeisters, Internatsschülerin in Florenz und im Übrigen eine potthässliche Person, ihr anvertraute, wie verrückt sie nach mir war – das hatte sie ihr zweifellos gesagt –, und schon war ihr Interesse geweckt. Ich fuhr fort mit *Strawberry Fields*, *Black Bird* und *Norwegian Wood* und hätte noch weitergespielt, wenn das reizende Publikum nicht zu motzen angefangen hätte – »Was soll 'n das Zeug. Genug! Spiel 'ne Mazurka!« – und dabei bestimmt nicht an eine Komposition von Chopin dachte. Ich sah, wie die Einheimischen beim Tanzen ihre Hemmungen abwarfen, presste die Lippen zusammen, schüttelte den Kopf, und sie lächelte mir zu. Eine Stunde spielte ich noch, bevor ich mir eine mehr als verdiente Pause gönnte.

Ich bin draußen auf dem kleinen Balkon und atme tief durch. Ich beobachte, wie der Mond sich auf die Zacken der Berggipfel legt. Dann springt die Tür auf, und als ich mich umdrehe, sehe ich Renata. »Verdammte Scheiße!«, sagt sie, und von einem so spirituellen Typ würde man so etwas eher nicht erwarten. Sie fischt ein Päckchen Muratti aus ihrer Tasche und fragt mich, ob ich rauche – rauchen tut sie auch noch! Die Flamme ihres Ronson-Feuerzeugs beleuchtet ihr Gesicht, die von der Krankheit noch hervorgehobenen Bogen ihrer nerzfarbenen Augenbrauen und ihre wunderschönen blauen Treviso-Augen. Sie dreht den Kopf und bläst den Rauch kunstgerecht zur Seite aus.

»Weißt du, dass du gut spielst? Und von den Beatles, hast du da die Noten?«

»Ich muss mir nur ihre Platten anhören«, antworte ich von oben herab.

»Und die Texte?«

»Ab und zu wird mal einer in einer Zeitschrift abgedruckt. Außerdem lerne ich ja Englisch.«

»Das lernen wir alle, aber du bist echt gut.«

»Ich hab früh damit angefangen«, sage ich und erzähle ihr in wenigen Sätzen die Sache mit Onkel Richard.

»Die übliche Geschichte von den reichen amerikanischen Verwandten, die sich dort als Bettler entpuppen«, sagt sie altklug.

»Nein, Onkel Richard ist wirklich steinreich. Wenn du willst, zeige ich dir Fotos.«

»Dann ist er wohl ein Mafioso.«

»Nein, nein, er besitzt wer weiß wie viele Fabriken. Sobald ich meinen Abschluss gemacht habe, gehe ich zu ihm. Er hatte meinen Vater so gern, dass er mich bestimmt mit offenen Armen empfängt.«

»Ja sicher! Jedenfalls immer noch besser, als in diesem Scheißkaff zu versauern«, sagt sie, und auch wenn es stimmt, dass es ein Scheißkaff ist, gefällt es mir nicht, dass sie das sagt. »Auch ich nehm Reißaus, sobald es geht … Schreibst du mir die Akkorde von *Let It Be* auf? Ich spiele Klavier.«

»Ich weiß«, beichte ich ihr, und sie sieht mich keineswegs erstaunt an. »Wenn ich an deinem Haus vorbeikomme, bleibe ich immer stehen, um dir zuzuhören.«

»Das ist eine fixe Idee von meiner Mutter, aber ich brauche Noten, sonst kann ich nicht spielen … Gib mir auch noch andere!«

Sie lässt sie sich in ein kleines Notizbuch mit Goldrand schreiben, und als ich es ihr zurückgebe, nimmt sie meine Hand und sagt: »Was für große Hände du hast, richtige Pianistenhände.«

Wir stehen dicht beieinander unter dem Sternenhimmel, und ich kann es noch gar nicht fassen, als Renata plötzlich noch näher an mich heranrückt und mir einen Kuss gibt. Sie legt den Arm um meine Taille, was sie nicht daran hindert weiterzurauchen, und reibt sich jetzt an mir. »Du bist so anders als die anderen hier. Mir war das schon längst klar, aber heute Abend habe ich die Bestätigung bekommen, du bist … du bist einfühlsam.« Während sie das sagt, beginnt ihre Hand – ebenfalls eine große Pianistenhand –, als wäre es das Normalste von der Welt, mir einen runterzuholen, und sie hätte wohl weitergemacht, wäre nicht die Tür erneut aufgesprungen. Wir fahren gerade noch rechtzeitig auseinander und schenken Alba Chiara, in deren Mundwinkeln noch Reste vom Tomatensugo glänzen, ein Lächeln. »Gebt mir auch eine Zigarette«, verlangt sie frisch-fröhlich.

Aber wir haben unsere aufgeraucht. Ich überlege, wie viel Zeit vergangen ist und was der Maître wohl denkt, und weil jetzt Alba Chiara da ist, sage ich: »Ich würde ja gern bleiben, aber die Pflicht ruft.«

»Ich komme mit, hier ist es so kalt«, meint Renata, und wir lassen die Bärin allein auf dem Balkon zurück.

Während ich wieder auf der Farfisa loslege, kann ich immer noch nicht fassen, was gerade passiert ist. Renata starrt mich unentwegt an, bis ich die martialische Armbewegung wahrnehme, mit der ihr Vater, der Maresciallo, seine Uhr freilegt: Unabdingbare Dienstpflichten zwingen ihn wohl, das Fest zu verlassen. Seine Frau Gemahlin bringt es nicht über sich, ihn allein nach Hause zu schicken – sie ist eine so steife Aristokratin, dass sie keine Minute länger in dieser Bude voller verschwitzter Proleten bleiben will –, und die Tochter schließt sich ihnen an, nicht ohne mir noch einen letzten verführerischen Blick zuzuwerfen.

Ein paar Stunden spielte ich die denkbar schrecklichste Musik und merkte es nicht einmal. Jetzt, da Renata mich liebte, hätte ich mich jeder Prüfung stellen können: Aus dem, was sie mit mir machte, konnte ich nur den Schluss ziehen, dass sie wirklich scharf auf mich war – wie ein lästiges Insekt verjagte ich den Gedanken, dass sie denn doch etwas zu »emanzipiert« sein könnte: Sie kam aus dem Norden, und dort haben sie bekanntlich eine andere Mentalität. Die ganze Zeit phantasierte ich, ob ich in der kalten Nacht an ihrem Haus vorbeigehen sollte. Vielleicht würde sie ja am Fenster auf mich warten, oder ich würde vielleicht hören, wie sie auf dem Klavier jene Melodien spielte, die ich ihr an diesem Abend gewidmet hatte. Welche der beiden Möglichkeiten würde mir wohl besser gefallen? In meiner Unschlüssigkeit malte ich mir die Zärtlichkeit unserer Blicke in der morgigen Messe aus, unser anschließendes Treffen, die Küsse, die wir austauschen würden. Ich fragte mich, wann ich sie heiraten würde, und dachte an die Zukunft, die in Amerika auf uns wartete, an unser Haus, unsere Kinder – und wie es ihre Eltern aus Treviso aufnehmen würden.

Unterdessen herrschte eine Luft zum Schneiden – der Zigarettenqualm, die dampfenden Speisen, die unsichtbaren, aber penetranten körperlichen Ausdünstungen –, wirklich ekelhaft, und das offensichtlich nicht nur für mich. Auch die Gäste wurden plötzlich ungehalten, denn sie waren schließlich schon vier Stunden hier eingepfercht. Es war nicht genug Besteck da, und das Essen kam nicht. Irgendwann war auch etwas anderes ausgegangen.

An seinem Tisch fuchtelt der Bürgermeister-Apotheker bedrohlich herum. Ich beobachte die Szene, während ich gerade ein frisches Bier genieße. Es scheint das letzte gewesen zu sein, denn der Maître sucht, nachdem er etwas in die Sprechanlage gesagt hat, nervös den Saal nach einem Kellner ab, kommt dann forschen Schrittes auf mich zu und fragt mich, schon weniger forsch, ob ich ihm den Gefallen tun könne, einen Kasten Bier heraufzuholen.

»Ich«, entgegne ich mit der geziemenden Entrüstung, »bin kein Lastenträger!« Was, wenn mich Renata sehen würde, oder, schlimmer noch, ihre bebrillte Mutter, oder, am allerschlimmsten, Nonnilde!

»Ich bitte Sie, *Maestro*, heute ist unser erster Tag, und es geht etwas chaotisch zu. Es wird nicht wieder vorkommen, das verspreche ich Ihnen. Es ist ein Notfall«, sagt er.

Also gut, aber nur, weil er das gesagt hat und Renata schon weg ist. Im unteren Stockwerk steht Imma immer noch hinter der Theke und bedient. Ihr Mann ist nicht zu sehen, so dicht ist er von Leuten mit Lotteriescheinen umringt. »Imma«, sage ich verärgert, »man hat mir gesagt, dass ich Bier holen soll.«

»Das war ich. Da ist der Kasten, räum ihn voll«, sagt sie gebieterisch.

›So war das nicht vereinbart. Ich sollte nur für die Musik sorgen‹, hätte ich am liebsten geantwortet. ›Von mir aus. Wenn mein Schicksal es so vorsieht und *du* es von mir verlangst, nach allem, was zwischen uns gewesen ist. Andererseits, was ist eigentlich gewesen? Ich spiele also den Lastenträger für dich, was hab ich schon zu verlieren?‹, denke ich, bevor ich sie wie ein geprügelter Hund frage: »Wo sind die Flaschen?«

»Da unten«, antwortet sie und öffnet mit der Fußspitze den Kühlschrank. Ich knie mich hin und fange an, die Flaschen in den Kasten zu stecken. Hin und wieder werfe ich einen Blick auf ihre Beine – sie hat ihre üblichen Netzstrümpfe an, die mich normalerweise so aus der Fassung bringen. Es gelingt mir, einen Blick auf ihr konzentriertes Gesicht zu erhaschen, während sie die Gläser vollschenkt, die schmutzigen ins Spülbecken stellt und den Gästen sarkastische Antworten gibt. Dann geschieht etwas. An der Kasse ertönt eine Lachsalve, und die Stimmen an der Theke wandern in die entsprechende Richtung: eine starke Welle, die alles mit sich fortreißt. Ich sehe Immas linken Fuß über den Bierkasten steigen. Ihre Wade streift meine Wange. Ich blicke auf, um mir einen Reim auf das zu machen, was da vor sich geht, und sehe, wie sie sich nach vorn beugt. Sie greift sich ihre Zigaretten vom Likörregal und zündet sich eine an, kehrt aber nicht in ihre vorige Position zurück, sondern nimmt einen tiefen Zug. Von unten gesehen, kommt sie mir riesig vor. Ihre Beine sind gespreizt, der eine Fuß steht am einen Ende des Kastens, der andere am anderen. Sie schüttelt über den Witz eines Gastes den Kopf, dann neigt sie sich in meine Richtung, sieht mich an und hat wieder dieses Gesicht einer verzückten Heiligen. Gerade noch rechtzeitig lese ich von ihren mystischen Lippen die stummen Laute ab, da schiebt mich ihre Hand auch schon unter ihren kurzen Rock, presst meinen Kopf gegen ihre Schenkel, drückt das Netz ihrer Strümpfe an mein Gesicht. Es ist erregend, den glatten Strumpfrand zu spüren, ihr nacktes Fleisch darüber. Sie bewegt sich im Rhythmus des Schlagers, der wohl aus der Jukebox kommt; Stimmen und Gelächter der Leute dringen nur gedämpft an meine Ohren. Was ich jedoch ganz deutlich wahrnehme, ist ein starker Moschusduft. Nicht, dass er unangenehm wäre, nur weiß ich nicht recht, was ich jetzt machen soll. Wenn wir uns in einer anderen Position befänden, ja, lägen wir zum Beispiel auf einem Bett, aber so … So lässt mich die ganze Angelegenheit ziemlich kalt, ehrlich gesagt. Sie dagegen bewegt sich immer noch, gibt mir ein paar Klapse in den Nacken, und ich begreife wirklich nicht, was sie will, bis mir die Erleuchtung kommt. Auf einmal erinnere ich mich an die Fotos in einem der Pornohefte, die der Schweizer an mich weitergereicht hat, an die Bewegung ihrer Lippen vorhin, als sie lautlose Worte gesprochen hatte, und es ist, als träfe der Ton nun mit verzögertem Echo bei mir ein. *Bitte lecken*. Ja, das war's, was sie gesagt hat.

Hätte ich noch irgendeinen Zweifel, dann zerstreut ihn ihre Hand, die mich gegen diese inneren, glitschigen Lippen presst. Sie pulsieren, kitzeln mich an der Nase. Und dann lecke ich und lecke und lecke, während Imma mich mit einem heißen Schaum überschwemmt, ähnlich dem auf dem Cappuccino, den sie mir morgens serviert. Plötzlich sagt eine Stimme: »Für mich einen Sambuca … Und was darf es für die Herrschaften sein?« Unvermittelt entfernt sich Imma, und es kommt mir vor, als legte sich plötzlich eine eisige Kälte auf mein Gesicht.

Wie benommen hole ich weitere Bierflaschen aus dem Kühlschrank und stelle sie in den Kasten. Als ich aufstehe, tanzen leuchtende Punkte vor meinen Augen, und der Kopf dreht sich mir, aber ich bin so leicht, so schwerelos. An einem einzigen Abend habe ich die beiden Gesichter der Liebe kennengelernt, dabei bin ich doch erst sechzehn! Ich hebe den Kasten auf die Schulter und merke, dass mir etwas von der Stirn tropft, und es handelt sich nicht um Schweiß. Ich sehe, wie Imma mit teilnahmsloser Miene die Gäste bedient, die sich wieder vor der Theke drängen. Ich schaue ihren gelähmten Ehemann an, der auf der Kasse herumtippt. Auch er fixiert mich, während ich mir mit dem Ärmel übers Gesicht wische, und ich sehe ein aufmunterndes Lächeln auf seinen Lippen.

»Braver Junge«, sagt er, »du bist einer, der wirklich zupackt.«

16

Auf dem Heimweg vom Patriarca war ich lange unter Renatas Fenster stehen geblieben, und als ich zu Hause war, hatte ich mich bemüht, Schlaf zu finden – aber wie hätte ich einschlafen können nach all dem, was mir widerfahren war? Und doch stand ich am nächsten Morgen früher auf als sonst. Ich wollte in der Bar vorbeischauen und Imma sehen, bevor ich in die Kirche ging. Ich wollte mir alles nehmen, was das Leben mir bot. Stattdessen grüßte mich Imma kaum, und was Renata betraf, so rannte ich nach dem Ende der Messe vom Chor herunter, um ihr zuzuwispern: Ich warte auf dem Friedhof auf dich, doch sie würdigte mich keines Blickes. Klar, die bebrillte Mutter und ihr Vater, der Maresciallo, standen hinter ihr, aber irgendein Zeichen hätte sie mir doch geben können. Also machte ich mich mit der Befürchtung auf den Weg, dass sie mich womöglich schon wieder vergessen haben könnte. Minuten später kam sie. Ich erkannte ihre Silhouette bereits von Weitem durch das gotische Zierwerk der Gittertür und ging ihr entgegen. Wir blickten uns in die Augen. Dann nahm ich sie bei der Hand, und wir liefen glücklich zwischen den Gräbern herum. Ich küsste sie, gegen das Grabmal von Dante Amilcare Druidi gelehnt, dem einzigen Musiker, den unser Kaff hervorgebracht hat, und versprach ihr, sie so bald wie möglich mit ihm und einem seiner Stücke bekannt zu machen.

»Mit diesem hier … aber jetzt gleich!«, stöhnte sie, aber sie meinte natürlich kein Stück des Komponisten – vielmehr hatte sie mir soeben die Hose aufgeknöpft.

Schon bei diesem ersten Mal kam mir Renata irgendwie geistesabwesend vor. Ich erzählte ihr von meinen Träumen und Wünschen, während sie an etwas ganz anderes dachte. Unter ihren Kleidern war sie, stärker noch, als ich es mir hätte vorstellen können, von einer gespenstischen Magerkeit, und als ich ihn nach einer Minute – kaum eine Minute nachdem ich sie zu bumsen angefangen hatte – herausziehen wollte, sagte sie: »Du brauchst nicht aufzupassen!«, und sog ihn so gierig in sich hinein, als wäre mein Sperma Nahrung. Es wunderte mich, dass die sechzehnjährige Tochter eines Maresciallo der Carabinieri die Pille nahm, wenn auch nur zur Regelung ihres Zyklus, wie sie mir danach erklärte. Vor allem jedoch erstaunte mich, dass sie keine Jungfrau mehr war. Welche Erfahrung hatte ich andererseits, um das mit Sicherheit beurteilen zu können? Und ich brachte es auch nicht über mich, sie danach zu fragen, um nicht als der übliche rückständige Südländer dazustehen. Ein Zweifel, der an mir nagte, bis ich die Bar betrat.

Sie ist voller Leute, die ihren Aperitif nehmen, und Imma behandelt mich mit der üblichen Gleichgültigkeit. Ihr Mann dagegen lächelt mich an. »Spendier ihm eine Coca«, sagt er zu seiner Frau. »Er hat gestern viel Erfolg gehabt.«

Imma beugt sich hinunter, um die Coca zu holen, und befiehlt mir kalt: »Trink sie aus und dann komm, geh mir zur Hand!« Sie blickt Merenda an und schimpft: »Hier ist schon wieder alles ausgegangen. Saro, du musst mir eine Hilfe suchen, allein schaff ich das nicht mehr.«

»Wo ist das Problem? Jetzt hilft dir doch der Maestro«, antwortet er und blickt freundlich in meine Richtung. Dann fährt er, an seine Frau gewandt, fort: »Geh nur, ich kümmere mich um das hier.«

»Ja, aber eine Lösung musst du finden, ich kann nicht mehr«, insistiert sie, dann öffnet sie die Falttür am Ende des Tresens und bedeutet mir, ihr zu folgen. Wir gehen die Wendeltreppe hinunter, und die Stimmen aus der Bar werden geschluckt. Nach der Hälfte der Stufen bleibt sie stehen. Sie sieht mich von unten an. Genau auf jener Höhe. Sie knöpft mir die Hose auf, und mir wird heiß.

»Hmm, wie du riechst«, sagt sie. Dann packt sie mich am Arm und zerrt mich nach unten. »Wir haben wenig Zeit«, flüstert sie, während sie ihren Schlüpfer hinunterrollt. »Komm her«, sagt sie und zieht mich an sich und in sich hinein.

Auch wenn ich mir seit dem gestrigen Abend viermal einen runtergeholt und soeben Renata hinter mir habe, komme ich nach genau neunundneunzig Sekunden. Bei ihr geht es noch schneller. Sie winselt wie ein Tier und lässt sich zu Boden sinken. Dort bleibt sie ein paar Augenblicke mit geschlossenen Augen und entspannter Miene liegen. Zufrieden sagt sie: »Seit geschlagenen drei Jahren habe ich das nicht mehr genossen.« Dann steht sie auf und zieht ihren Schlüpfer wieder hoch. Sie greift nach einem kleinen Kasten mit Pilsner der Marke Peroni und einem mit Coca-Cola und hält mir beide hin. Ich nehme noch zwei weitere, und als sie die Treppe hinaufgeht, wispert sie: »Dieses Mal war's unbequem, aber sei unbesorgt: Nächstes Mal wird's besser.«

Beim nächsten Mal liegt unauffällig zwischen den Kästen ein flauschiger orangefarbener Teppich: Das ist unser Liebeslager. Außerdem hat Saro Merenda eine helfende Hand für Imma gefunden. Als er mir den entsprechenden Vorschlag unterbreitet, ziere ich mich etwas. »Zwischen der Fahrerei und dem Studium bleibt mir nicht viel Zeit«, antworte ich, aber nur, um nicht seinen Verdacht zu erregen, denn ich würde sein Angebot auch ohne Bezahlung annehmen. Die Sache hat einen unerwarteten Nebeneffekt: Er zahlt mir fast das Doppelte von dem, was er zunächst geboten hatte. Jetzt habe ich also beide Jobs, außerdem eine verheiratete Frau, die mir alles beibringt, was man über Sex wissen muss, und eine kleine Verlobte, die ich liebe und die, wie ich glaube, meine Liebe erwidert. Renata kann ich zwar nur am Sonntag treffen – am Nachmittag lassen ihre Eltern sie nicht aus dem Haus, und am Morgen hetzt ihr Vater ihr nach ihrer Überzeugung einen Obergefreiten der Carabinieri auf die Fersen, damit er kontrolliert, ob sie auch tatsächlich in die Schule geht. Doch selbst am Sonntag laufe ich gleich nach Renata stets zu Imma.

Es ist ein besonderer Hochgenuss, nach der einen Frau gleich noch eine andere zu vögeln. Das ist, als hätte man nach einem Anstieg mit dem Fahrrad plötzlich den Abhang vor sich und könnte, den Wind im Gesicht, im Leerlauf hinunterflitzen. Ein Gefühl beschwingter Allmacht stellt sich ein – ich weiß nicht, ob ich das gut rüberbringe. Vermutlich hat es damit zu tun, dass ich, nachdem ich es mir so intensiv ausgemalt habe, nun persönlich erlebe, was zwischen einem Mann und einer Frau alles passieren kann. Ihren Fuß am Knöchel anzufassen, das Bein nach oben zu biegen, bis sie eine obszöne, affenähnliche Position einnimmt, in sie einzudringen und dabei ihren verlorenen Blick im Auge zu behalten, um sie dann, wenn sich unsere Gerüche vermischt haben, in den Mund zu ficken – das ist schließlich der Ort, der dem Gehirn, dem Sitz des Denkens, wenn nicht gar der Seele, am nächsten ist –, bis sie dich ganz ausgesaugt hat und du, wenn du sie küsst, auf ihrer Zunge deinen eigenen Geschmack entdeckst. Das ist eine der Kuriositäten des Lebens, und sie zieht andere nach sich. Zum Beispiel frage ich Imma eines Tages, als wir gerade fertig sind, warum ihre Wahl ausgerechnet auf mich gefallen ist.

Sie hat sich ausgerechnet für mich entschieden, weil ich ihr gefalle, weil ich sie an Pit erinnere – und das erfüllt mich mit Stolz –, weil ich noch ein Junge bin und – wie ist es nur möglich? – nicht einmal ihr vor Eifersucht glühender Ehemann etwas vermutet. Vor allem aber, weil ich ein Einzelgänger bin – meine Beatära ist ihr vollkommen entgangen, da sie außerorts stattgefunden hat – und keine Freunde habe, denen ich erzählen könnte, dass ich es ihr besorge. Wo es doch, aufrichtig gesagt, sie es ist, die es mir besorgt. Ich bin unerfahren, und sie führt mir die Hand, am Anfang zumindest. Kaum ist allerdings ein Monat vorbei, da flüstert sie schon: »Ganz schön ausgebufft!«, und auch Renata ist von Woche zu Woche zufriedener. Sonntags sehe ich sie beide vom Chor aus, während ich die Orgel spiele: Imma mit gesenktem Haupt auf den Knien, Renata zwischen Vater und Mutter, und ich sage mir, dass die Dinge nicht besser laufen könnten.

Auch Saro kann sich nicht beklagen. Er hegt keinerlei Verdacht, obwohl ich es mit seiner Frau fast schon unter seinen Augen treibe, sondern hat mich, im Gegenteil, geradezu liebgewonnen. Wenn in der Bar wenig los ist, was selten vorkommt, plaudert er mit mir. Dann erzählt er mir von seiner Karriere als Boxer, in deren Verlauf er schon einigen Ruhm eingeheimst hatte, bis er wegen der Geschichte mit den »rosa Balletten« eingebuchtet worden war – über dieses Thema schweigt er sich allerdings aus. Dafür erkundigt er sich nach meiner Familie, nach meinen Verwandten in Amerika und fragt, wann ich dorthin gehe, denn auch er hat immer davon geträumt – alle träumen davon. Die Tatsache, dass seine Frau sich verändert hat, empfindet er als wohltuend. Seit ich da bin, ist sie nämlich wieder ganz die Alte; sie lacht und scherzt mit den Gästen, was zu einer Steigerung des Umsatzes geführt hat. Hin und wieder beugt er sich aus seiner Bastion hervor und blickt selbstgefällig und schadenfroh zur Bar Rosetta hinüber, die immer leer ist.

Auch Nonnilde kann sich nicht beklagen. Selbst wenn sie nicht genau weiß, was ich alles treibe, ist es ihr sehr recht, dass ich sie um keine Lira mehr bitte, und sie freut sich auch über die Pralinen, die ich ihr gelegentlich mitbringe. Zwar komme ich auf ausdrückliche Bitte von Imma mit niemandem mehr zusammen – sie hat Angst, dass ich unser Geheimnis ausplaudere –, andererseits habe ich mich in meiner neuen Rolle als Schüler-Handlanger-Vögler so gut eingerichtet, dass ich das nebulöse Geschwätz von Apache, der sich jetzt als Hippie geriert – die Beatniks sind bereits passé –, sowieso nicht mehr ertrage, ebenso wenig wie das infolge der zehn bei seinem Cousin in Latina verbrachten Tage noch nebulösere Gewäsch von Tarcisio, der dort in seiner kommunistischen Überzeugung noch bestärkt worden ist. Als dann auch noch der Schweizer aus Zürich zurückkommt, ebenfalls mit nebulösen Geschichten – ihm soll der Eintritt in ein Kasino gelungen sein, aber nach dem zu urteilen, wie er es erzählt, phantasiert er sich mit Sicherheit nur etwas zusammen –, lasse ich mir nach einem Abend, an dem wir alle zusammen verzweifelt im Auto herumgekurvt sind, jedes Mal eine Ausrede einfallen, wenn sie nach mir suchen. Tatsächlich kommen sie mir ziemlich kindisch vor, während ich mich so erwachsen fühle, so sehr von meinen Frauen in Anspruch genommen. Kurzum, alles läuft gut, *zu* gut. Denn dann passiert etwas.

Zufällig passiert es an dem Tag, an dem ich zum ersten Mal von einer Gesellschaft engagiert worden bin – ein Hinweis darauf, dass der Winter vorbei ist, ebenso der Frühling. Tatsächlich haben wir schon beinahe Sommer, und die Hochzeitssaison ist angebrochen.

Unter den Gästen befindet sich auch Rino – aber war der denn nicht nach Turin gezogen, um zu arbeiten oder, besser gesagt, um zu streiken? Während ich spiele, fixiert er mich mit der üblichen frechen Miene. Irgendwann steht er auf und kommt auf mich zu. Mit theatralischer Geste stützt er sich auf die Farfisa und sagt grinsend: »Bravo! Du bist echt gut!« Es ist das erste Mal, dass er mich spielen hört – er gehört ja garantiert nicht zu den Kirchgängern –, aber so viel Freundlichkeit macht mich stutzig. Und tatsächlich schiebt er sofort nach: »Ich hätte ein ernsthaftes Angebot für dich.«

Ich hebe das Kinn, um ihm zu bedeuten: In Ordnung, schieß los, und strecke die Hand nach meinem Glas aus. Er wirft einen angewiderten Blick darauf und fragt: »Was trinkst du denn da?«

Gewöhnlich trinke ich Bier, aber wenn ich gleich damit anfinge – und solche Bankette dauern ja bekanntlich endlos –, hätte ich später Mühe, nach Hause zurückzufinden. Jedenfalls antworte ich in herausforderndem Ton: »Eine *Aranciata.*«

»*Aranciata*? Er trinkt eine *A-ran-cia-taaa*!«, äfft er mich nach und versetzt mir einen Stoß, der mich fast vom Stuhl haut. »Nein, also so was! Wir müssen unbedingt mal miteinander reden. Dann erklär ich dir auch, worum es im Leben wirklich geht.«

Eigentlich müsste ich ihn hassen, aber es ist eben gerade seine Art, die mich an Rino so anzieht, schon seit Kindergartenzeiten. Außerdem bin ich gespannt zu erfahren, was er jemandem über das Leben beibringen will, der es mit sechzehn nicht nur mit der Tochter des Maresciallo aus Treviso treibt, sondern auch mit einer verheirateten Frau, bei der sonst alle im Dorf abgeblitzt sind. Deshalb antworte ich mit einem provozierenden Grinsen: »Einverstanden. Wann treffen wir uns?«

Wir trafen uns noch am selben Abend. Rino hatte die ganze Zeit getrunken, getanzt und sich vor den anwesenden Mädchen wie ein Idiot aufgeführt. Er ist sehr groß und so hager, dass seine Beckenknochen hervorstehen. Mit der Afrofrisur, der starken Mimik und den Falten, die sich bei jedem Ausdruck auf seiner Stirn bilden, wirkt er selbstsicher und unverschämt und allemal älter als siebzehn. Ich sah, wie seine Hände beim Tanzen über die Hüften seiner Partnerinnen glitten und ihnen schließlich den Hintern streichelten. Irgendwann brüllte er: »Etwas Aktuelleres, Maestro!« Ich spielte Celentano, aber das war eine Pleite. Angewidert verzog er das Gesicht und fing an, wie ein Besessener herumzuzappeln. Anfangs war das sogar noch witzig, doch dann bewegte er sich immer obszöner, und die anderen starrten ihn an, als wollten sie sagen: Jetzt ist er endgültig übergeschnappt. Deshalb pfiffen irgendwann die Väter ihre Töchter, die Ehemänner ihre Frauen, die Brüder ihre Schwestern zurück, und niemand tanzte mehr mit ihm. Daraufhin schenkte er sich noch ein Glas ein und schnaubte mich an: »Gehen wir?«

»Wenn das Fest zu Ende ist.«

»So was nennst du ein Fest?«

»Egal, wie du es nennst: Ich jedenfalls arbeite hier.«

Statt einer Antwort schüttelte er den Kopf, angelte sich einen Stuhl und bezog neben mir Stellung. Dann streckte er die Beine aus, legte die eine Hand fast auf die Eier und starrte mit einem seltsamen Grimassieren auf die Leute, die wieder zu tanzen angefangen hatten. Er ist sternhagelvoll, hört aber nicht auf, mir zuzusetzen. In immer kürzeren Abständen zischt er: »Jetzt reicht's, gehen wir«, und ähnlich nerviges Zeug – »Schau dir bloß das Arschgesicht an«, und »Schau, wie der sie an sich drückt, dem würd ich aber eine knallen« usw. Ich drehe den Verstärker lauter, sonst kriegen die anderen am Ende noch mit, was er sagt. Schließlich erheben sich die Leute nach und nach von den Tischen und reihen sich vor den

Brautleuten auf, um sich zu verabschieden. Er wartet nicht einmal, bis der Saal ganz leer ist, packt meinen Arm und lässt mich partout nicht mehr los. Ich lege eine letzte Phrase hin, blicke den Maître an, und der macht ein zustimmendes Zeichen – er ist ganz froh, wenn ich diesen Unglücksmenschen abschleppe. Unten in der Bar fragt mich Merenda, wie es gelaufen ist. Gut, sage ich, und er nickt. Aber ich hätte gleich kapieren müssen, dass es besser wäre, die Sache mit Rino sein zu lassen, denn Imma wirft mir einen Blick zu, als er mich an ihr vorbeizerrt. Doch mein Herz klopft nur freudig erregt: Was für ein Hochgenuss, sich im Leben einer Frau so wichtig zu fühlen!

Draußen bleibt Rino stolz vor einer Vespa stehen. Es handelt sich um eines jener 50er-Modelle, die wie Rennmotorräder aussehen möchten, mit niedriger Lenkstange und überdimensioniertem Tank. Rino sagt: »Die hab ich mir von meinem Onkel ausgeliehen. Ich muss sie nur noch ein bisschen umfrisieren, dann ist sie perfekt.« Er haut ein paarmal auf den Anlasser, bis es aus dem ordnungsgemäß durchbohrten Auspufftopf donnert – alle Jungs im Dorf durchbohren die Auspuffpötte ihrer »Motoren«, damit es mehr Krach macht und sie sich ihrerseits einbilden können, sie würden einen potenten Ducato steuern. Rino setzt sich auf den langen, schmalen schwarzen Sattel; aus einer aufgeplatzten Naht quillt wie eine Zunge aus einem zahnlosen Mund gelber Schaumstoff heraus, und wir fahren talwärts, hinunter aufs offene Land.

Nach der Hitze im Patriarca tut die frische Luft so gut. Wie gesagt, es ist fast Sommer, und die Grillen zirpen schon. Hin und wieder wehen mir Strähnen von Rinos Haar in den Mund. Er schaltet nun in den falschen Gang und lässt den Roller so lange untertourig laufen, bis er absäuft. Sein einziger Kommentar: »Gut so! Dann spare ich Sprit.« Wir gleiten lautlos auf der schmalen Straße dahin, welche die Felder durchschneidet, und alles duftet nach Heu und nach Blumen und färbt sich blau, ein Blau in den verschiedensten Schattierungen bis hin zum stumpfen Blau der Berge unter dem Mond. Wir kommen an Pits Haus vorbei, und ich frage Rino, ob er ihn zufällig kennt. »Wer kennt ihn nicht?«, antwortet er verwundert.

Ich erzähle ihm von unserer aufrichtigen Freundschaft, aber es kommt gar nicht bei ihm an. Er ist schon in den Weg eingebogen, der zu einem Haus und einem offenen Platz führt, der vollgestellt ist mit Fiats und anderem Schrott wie dem unseren. Drinnen begrüßt uns die kleine Versammlung angeheiterter Männer in Hemdsärmeln und mit gelockerter Krawatte. Rino wird wie ein Erwachsener behandelt, und wir finden uns in einem arabischen Pavillon wieder, wie ich ihn von Onkel Arcangelos Fotos her kenne. Es handelt sich nicht gerade um einen großen Raum, oder genauer gesagt: Es würde sich überhaupt erst um einen Raum handeln, wenn die Wände schon hochgezogen wären. Anstelle der Wände schwanken ockerfarbene Bastmatten, die dem Licht der nackten Glühbirnen eine seltsame Weichheit verleihen, in der Brise hin und her und geben gelegentlich den Blick auf den Himmel frei. Rundum sind Stühle aufgereiht, und auf der kleinen Fläche in der Mitte tanzen unglaublich viele Paare und erzeugen mit ihren Sohlen ein rhythmisches Durcheinander.

Es ist ein wahres Spektakel, wie die Paare, Ellenbogen an Ellenbogen, tanzenden Derwischen gleich, um die eigene Mitte kreisen: die Jungs in ihren weißen Hemden steif und kerzengerade, die Mädchen in ihren mit Schultertüchern umschlungenen Kleidern, in denen üppige Busen wogen, viel rustikaler als die Campochiaro-Schwestern, die mir bislang als das Nonplusultra in dieser Kategorie erschienen waren. Das hier sind wirkliche *country girls*; keine von ihnen hat die fünfte Volksschulklasse geschafft, ihre Arme und Beine sind drall, und die wohl gerundeten Hüften prädestinieren sie dafür, den Tanz der sieben Schleier zu tanzen. Die Atmosphäre ist ausgesprochen exotisch, das muss man schon sagen. Stimmen und Gelächter sind so melodiös wie die der Pygmäen – immerhin hielt sich wegen ihrer stimmlichen Qualitäten jeder Pharao Pygmäen am Hof –, und am Ende eines jeden Stücks trällern alle mit. Bei der Musik handelt es sich trotz des Gitarrenverzerrers um die übliche, um Mazurkas nämlich: Wir sind bei der nächsten Hochzeitsfeier gelandet. Gewiss, das Ambiente ist aufgeheizter, aber das kommt daher, dass die Bauern, wenn sie sich wirklich vergnügen, ganz aus sich herausgehen. Die drei Typen, die Musik machen, drängen sich in einer Ecke zusammen. Den Bassisten und den Gitarristen kenne ich. Das Schlagzeug bearbeitet ein Jüngelchen mit Schnurrbart beziehungsweise dem Flaum eines Dreikäsehochs, denn er kann höchstens dreizehn sein, auch wenn Rino ihm jetzt ein »Ciao, Onkel!« zuruft. Ich starre ihn verdattert an. »Was ist denn daran so komisch? Er ist mein Onkel. Der mit dem Roller«, erklärt er und fährt gleich fort: »Was hab ich dir gesagt? Hier geht es doch gleich ganz anders zu.« Dann greift sich Rino so ein Freilandhuhn, das auf seinem Stuhl sitzen geblieben ist, und fädelt sich mit der angemessenen Sicherheit in den Wirbel der Derwische ein. Seine Körperhaltung ist tadellos: Die Ellenbogen angewinkelt, die Brust herausgestreckt wie ein verliebter Gockel, gleitet er federleicht über den Boden, und seine Hände legen sich ohne weitere Förmlichkeiten gleich auf die Hinterbacken seiner Tanzpartnerin. Nach etlichen Mazurkas, viel Gegrinse und ein paar Sätzen, die er der Erwählten ins Ohr geflüstert hat, führt er sie aus dem arabischen Pavillon hinaus, und als sie etwa zehn Minuten später zurückkehren, ist sie noch röter im Gesicht, während er Strohhalme im Afrohaar und zwei Gläser Wein in den Händen hat. Nicht einmal besonders leise sagt er: »Tolle Nummer! Wetten, dass sich die Weiber nicht mal in Schweden so leicht flachlegen lassen.« Er reicht mir ein Glas: »Trink das, denn jetzt gibt's gleich was zu hören«, und geht entschlossenen Schrittes auf die Musiker zu, die, sobald sie ihn näher kommen sehen, zu spielen aufhören. Der Mikro-Onkel am Schlagzeug steht auf und überreicht Rino die Drumsticks. Der stellt das Mikrofon ein, haut ein paarmal wie irre auf die Snare, verlangsamt dann und hebt an mit *He-j Jo-oe*. Den Rest des Textes saugt er sich in einem Englisch Marke Eigenbau aus den Fingern. Aber er hat eine tolle Stimme, und die Musik ist voller Energie, die von außen kommt.

Zum Finale legt der Gitarrist ein langes Solo mit dem Mund hin – und spielt in Hendrix-Manier Gitarre mit den Zähnen. Ich bin dermaßen verblüfft, dass ich den Wein in einem Zug austrinke und fast umkippe: So ähnlich muss der Essig von Golgatha geschmeckt haben! Nach seinem Auftritt steht Rino auf und nimmt den uneingeschränkten Applaus des anwesenden Publikums entgegen und auch den der Leute, die sich keinen Zutritt in den überfüllten arabischen Pavillon hatten verschaffen können. Er legt die Drumsticks hin und kommt auf mich zu. »He«, ruft er.

»Du bist toll«, sage ich überwältigt, auch vom Gesöff.

»Kennst du den Song?«

»So was Ähnliches.« Diese Antwort kann ich mir einfach nicht verkneifen.

Er schürzt die Lippen, steckt meine Geistreichelei aber klaglos weg und sagt dann: »Tja, was meinst du? Würdest du *so was Ähnliches* mit uns spielen? Das ist der Vorschlag, den ich dir machen wollte.«

»Aber ich spiele doch schon im Patriarca.«

»Das nennst du Spielen? Wenn es wegen dem Zaster ist, dann mach dir mal keine Gedanken: Wir spielen ja auch bei Hochzeiten, und zwar genau aus diesem Grund. Eigentlich machen wir aber Progressive Rock, du weißt schon, was ich meine. Zum Patriarca kannst du trotzdem noch gehen, ich verlange keinen Exklusivvertrag von dir, überhaupt nicht …. Ich brauch nur jemanden an den Tasten, und da kennst du dich ja einigermaßen aus.«

Das »einigermaßen« schlucke ich nicht so ohne Weiteres, und ich hätte ihm beinahe abgesagt, wenn Rino, der mir das offensichtlich ansieht, nicht gleich nachschieben würde: »Na, komm schon. Mit einem, der so auf Zack ist wie du, kommen wir groß raus! Wir setzen uns auf nationaler, ach, was sag ich, auf internationaler Ebene durch. Ich hab schon so einige Ideen im Hinterkopf.«

Obwohl ich nicht genau weiß, warum, sage ich zu.

»Morgen fangen wir mit den Proben an«, sagt er zufrieden.

»Aber was das Pianola anbelangt … die Farfisa gehört mir nicht.«

»Ach, die Farfisa«, sagt er angeödet. »Bei mir spielst du eine Hammond. Eine Hammond! Die Farfisa kannst du vergessen.«

17

Wirklich schön, die Hammond. Damit will ich nicht behaupten, dass sie mir besser gefiele als die Pfeifenorgel aus dem 18. Jahrhundert, aber immerhin. Außerdem haben wir das Raumecho: Man spielt eine Note, und nach ein paar Augenblicken rollt der Klang träge zurück. Dann kommt es mir tatsächlich so vor, als hörte ich die Harmonie der Sphären.

Wir proben in der alten Mühle, und zwar in der nach Käse stinkenden Eingangshalle mit ihrem Bogengewölbe, den mehlbestäubten Wänden und dem großen Mühlstein. Mit dem Professor hatten wir ein paarmal hier haltgemacht und von außen die Architektur studiert und durch die Fenstergitter die alten Gerätschaften beäugt, denn die Mühle selbst hatten wir nicht betreten dürfen. Sie liegt etwas außerhalb des Dorfs in einem Buchendickicht, an einem Bach mit moosbewachsenen Ufern, und gehört Verwandten von Adolfino, Rinos Dreikäsehoch-Onkel, die in Eboli wohnen. Ciano Puglise, genannt Motte, Adolfinos Vater, benutzt den Keller als Lager für seine Ware. Er klappert die verschiedenen Jahrmärkte ab und verkauft dort Käse – daher der atemberaubende Gestank. Adolfino ist ein kleiner, nervöser Typ und der tatsächliche Leiter der Gruppe, auch wenn ich lange brauche, um das zu kapieren. Anfangs dachte ich nämlich, dass Rino nicht nur der Sänger, sondern auch der Frontmann sei. Schließlich verdankt ihm die Gruppe ihren Namen – einen Scheißnamen: *I Misantropi.*

»Weil wir nur Frauen mögen, und dann klingt er auch noch geheimnisvoll. Wer weiß denn schon, was *Misanthrop* bedeutet?«, erklärt er lachend. Ihm sind außerdem die Originalkompositionen im Repertoire zu verdanken. Auch ich versuche mich im Komponieren von ein paar Liedern. Mit der Musik habe ich keine Probleme, aber seltsamerweise – angesichts meiner poetischen Ader, meine ich – sind es ausgerechnet die Texte, die mir nicht gelingen wollen: Heraus kommt nur stinklangweiliges Zeug im Stil von Minnegedichten. Nicht, dass die von Rino besser wären, aber er ist wenigstens unverfroren genug, sie auch zu singen. Sein Bravourstück ist *Leben*, das ungefähr so geht:

Leben, mein Gott, ich will leben!
Gib mir die Kraft zu leben!
Auch wenn die Welt hungert und
Vietnam brennt.
Mein Gott, ich will leben!
Gib mir die Kraft zu leben!

Hier sieht man bereits, dass seine mystisch-vitalistischen Neigungen die alte Leidenschaft für die Barrikaden verdrängt haben – alte Leidenschaft, sage ich, weil er in Turin angeblich begriffen hat, dass »die Kommunisten, sobald sie an der Macht sind, zuallererst die anarcho-pazifistischen Künstler wie uns über die Klinge springen lassen. Denk bloß an Majakowski!«, schließt er, wobei Letzterer nebenbei auch Titelgeber für ein anderes seiner Werke ist:

Dichter und Bruder,
der du an den Menschen geglaubt.
Jetzt bist du ein steifer Leichnam,
Gefesselt, enttäuscht und gescheitert,
Du, die erste Blüte der Revolution,
In einer stockfinsteren Schlucht.

An der Gitarre ist Franco, genannt Francufort, sei es, weil er mit seiner felsenartigen Statur an einen Primaten erinnert, sei es wegen der Emigrantensünden, die er jener Stadt verdankt, wo er nicht nur als Hilfsarbeiter gearbeitet, sondern auch gelernt hat, sich die Haare zu toupieren und die Gitarre mit den Zähnen zu spielen, vor allem aber mit dem Verzerrer – ohne den schafft er es einfach nicht, das stelle ich schon bei unserer zweiten Begegnung fest. Angesichts der Tatsache, dass ich bei den Texten leider nicht zu Potte komme, schlage ich eine lange Instrumentalsuite mit dem imposanten Titel *Astral Pyramids* vor und erkläre ihm des Langen und des Breiten, dass das Stück von der Harmonie der Sphären inspiriert ist, dass die noch vor Pythagoras von den Priestern der mythischen ägyptischen Kultur entdeckt wurde und dass ich einen so zarten, ätherischen Ton brauche, wie ihn die Sterne auf ihren Bahnen erzeugen. Wegen der Reputation, die ich als Organist genieße, lauscht Francufort respektvoll. Er scheint von meinen Worten total berauscht zu sein und sagt begeistert: »Alles klar, hör zu.« Nachdem er aber den Marshall-Verzerrer hat aufheulen lassen, holt er nur wieder das übliche ätzende Geklimper heraus.

Ich sporne ihn an: »Fließender, kosmischer … *atavistischer.*«

Er blickt mich verunsichert an, dann macht er eine Geste, als wolle er eine Fliege verscheuchen, und konzentriert sich wieder auf die Regler des Verstärkers. Nach ungefähr zweistündiger Probe ist das Resultat immer noch dasselbe, sodass ich am Ende genervt sage: »So geht's«, und Vito der Bassist, genannt Agonie, eine Grimasse schneidet. Ich bin ihm nicht sonderlich sympathisch; keiner ist ihm sympathisch. Er ist fahl und schlecht rasiert und so etwas wie chronisch depressiv, düster wie der Klang seines Instruments. Wann immer er den Mund aufmacht, klagt er, vermutlich wohnt er in der Omega-Zone des Dorfs. Ich spiele schon mit dem Gedanken, alles hinzuschmeißen, als Rino in einschmeichelndem Ton zu mir sagt: »Komm, wir gönnen uns 'ne Pause«, um mich mit Unternehmermiene durch die Immobilie zu führen. Sobald wir aus der Halle heraus sind, sage ich, dass die *Misantropi* wirklich Scheiße bauen.

»Na und? Hast du was anderes erwartet? Du musst etwas aus uns machen, musst uns formen. Das Rohmaterial ist da. Und außerdem, schau doch mal, was für ein tolles Nest wir hier haben: Wir könnten es auch als Schlachthaus nutzen.«

Ich blicke ihn fragend an.

»Die Mä-dels, wir ste-chen die Mä-dels ab«, lacht er. »Ach ja! Das hab ich ganz vergessen: Du bist ja ein spiritueller Künstler, du lebst in einer anderen Dimension. Wie hast du sie noch gleich genannt? Kosmisch? Atavistisch? So ein Scheiß!«

Mühsam halte ich mich zurück, um ihm nicht ins Gesicht zu schleudern, dass ich aus meiner »atavistischen« Dimension heraus immerhin Imma und Renata vögle, aber wie oft wird mir das noch gelingen? Kann ein Sechzehnjähriger, der endlich seinen Busenfreund gefunden hat, ein solches Geheimnis überhaupt für sich behalten? Und Rino *ist* mein Busenfreund. Apache und Tarcisio haben es sofort gemerkt. Morgens im Autobus behandeln sie mich kalt – es macht sie wütend, dass ich mich mit ihrem alten Anführer gut verstehe, während er sie seit seiner Rückkehr aus Turin links liegen lässt. Nicht dass Rino und ich außer Musik machen wer weiß was unternehmen würden, aber mit diesem imposanten, schlaksigen Typ mit dem roten Haargebirge, der über die ganze Welt herzieht und sie verarscht, durch das Dorf zu bummeln, gibt mir schon das Gefühl, etwas Besonderes zu sein. Auch Imma missfällt unsere Freundschaft. Sie macht das jedes Mal deutlich, wenn wir uns in unserem beengten Alkoven treffen. Zuerst fickt sie natürlich mit mir. Eines Nachmittags jedoch – sie hat sich gerade wieder etwas beruhigt –, versetzt sie mir einen Schlag, indem sie sagt: »Wenn du mich noch magst, dann hör auf, dich mit ihm zu treffen.«

»Warum denn?«

»Bestimmt merkt er was. Wenn du ihm nicht schon was gesagt hast.«

»Nein, nein. Ich schwör's.«

»Ja, schwör nur!«, höhnt sie. »Jedenfalls hab ich es dir gesagt, dass du mit ihm aufhören sollst, wenn du mich magst.«

Dass ich sie mag, ist klar, aber andererseits: Was sage ich Rino? Renata ist die Einzige, die ihn sympathisch findet, und das mag ich nun wiederum nicht – es macht mich eifersüchtig. Das bin ich seit jenem Sonntag, als ich wie gewöhnlich nach der Messe zum Friedhof laufe, um auf sie zu warten, und statt Renata ihn dort antreffe.

»Aha! Hierher kommst du also, um dir die Inspiration für deine exoterischen Litaneien zu holen.« Diesen Ausdruck gibt es auch, aber ich bezweifle, dass er das weiß. »Na gut, dann leiste ich dir Gesellschaft.«

»Nein«, antworte ich aufgeschreckt. »Ich muss allein sein, das ist eine Frage der Konzentration, verstehst du?«

»Und ob ich das verstehe!«, sagt er und starrt auf Renata, die inzwischen in ihrem Mantel aufgetaucht ist – sie hat ihn sich nach dem Modell der Dienstuniform ihres Vaters umnähen lassen – und wie eine romantische Heldin ihre blonde Mähne schüttelt. Es ist ihm einfach nicht klarzumachen, dass er jetzt Leine ziehen soll. Er ist so was von aufdringlich, das ist sein großer Fehler. Also stelle ich sie ihm vor – was bleibt mir anderes übrig? Sofort fängt er an, ihr von seinem Leben zu erzählen, von seinen jüngsten Erfahrungen in Turin, von unserer Gruppe, den *Misantropi*. Er kann es kaum fassen, dass sie das Wort kennt, was ich mit einer Spur Mitgefühl zur Kenntnis nehme. Ich stelle mir vor, dass Renata denkt: Mannomann, mit was für Leuten hast du Umgang. Doch im Gegenteil, sie lacht, antwortet interessiert – sie antwortet interessiert auf den Mist, den er absondert, während ich ihr als einzigen *flatus vocis* ein Stöhnen beim Orgasmus entlocken kann.

Unterdessen lässt mich Imma, deren Ultimatum ich habe verstreichen lassen, die Flaschen allein aus dem Keller holen. Sie ist abweisend und angespannt, und bald ist auch Merenda nicht mehr so freundlich. Eines schönen Tages dann ruft er mich zu sich und teilt mir mit, dass die Geschäfte nicht mehr so gut liefen und dass er sich keinen Organisten mehr leisten könne, dass sie stattdessen Platten auflegen und sich auch beim Übrigen selbst behelfen würden.

Als ich ihn das sagen höre, fühle ich mich trotz des drohenden Einkommensverlusts erleichtert, wohl weil ich immer Angst hatte, dass er uns ertappen würde, oder weil es, seit ich mich mit Rino treffe, jedes Mal Streit mit Imma gegeben hatte. Kurzum, ich weiß nicht genau, warum, aber in letzter Zeit hatte ich wirklich die Nase voll. Tatsächlich durchlebe ich – auch wenn ich mir dessen gar nicht recht bewusst bin – zum ersten Mal, wie jede Geschichte zwischen Mann und Frau abläuft: Am Anfang kommt es einem vor wie ein Traum, der nie enden möge, später dann – nicht viel später allerdings – werden die Dinge kompliziert. Es gibt Regeln, Befehle und Verbote, und schon hat sich der Traum in einen Albtraum verwandelt, aus dem man nur noch fliehen möchte.

Umso mehr, als es in der Zwischenzeit wieder Sommer geworden war und sich das Dorf seit Saisonbeginn mit *Turist*-Mädchen füllte, die man seit Jahren nicht mehr gesehen hatte, und wir mit den *Misantropi* jeden Abend zu irgendeiner Hochzeit fuhren, um Musik zu machen. Wir fuhren mit dem VW-Bus, der zwar nach Schafskäse stank – es war der Wagen, den Motte für die Jahrmärkte benutzte –, als Modell aber nach wie vor zu den begehrtesten Objekten jener Zeit gehörte. Alle jungen Leute träumten davon, einen zu besitzen, um sich auf die Straßen der Welt zu wagen. Wir waren bescheidener und fuhren über kleine staubige Landstraßen, die in den Felsen geschnitten waren und oberhalb von furchterregenden Schluchten oder mitten durch finstere Wälder verliefen – die niedrigeren Äste prallten lautstark gegen unser Dach –, zu unseren Auftrittsorten: Säle mit unverputzten Wänden in abgelegenen Bauernhöfen, Tennen, auf denen Hunde, Schweine und Hühner herumliefen, Restaurants in Touristenorten, die zwar trist waren, aber voller netter *Turist*-Mädchen, welche uns, obwohl sie an das Ritual der Konzerte gewöhnt waren, mit denselben spitzen Schreien empfingen, mit denen sie bei sich daheim die wahren Popstars bedachten. Dabei spielten wir nur Mazurkas, Instrumentalstücke und vor allem Tarantellas, was sich vielleicht eher für die jungen *Turist*-Mütter eignete, die dank der Abwesenheit ihrer Ehemänner – fürs Erste waren diese noch in ihren Städten geblieben, um zu arbeiten – aufblühten und sich danach sehnten, die gefeierte Welt der Pilzkopfmusiker endlich einmal aus der Nähe kennenzulernen.

Aufgrund ihres Alters hatten sie so etwas, im Gegensatz zu ihren Töchtern, bisher nur im Fernsehen erlebt.

Wir taten alles, um sie nicht zu enttäuschen. Rino kümmerte sich, so gut es ging, um jedes Detail, angefangen bei der Kleidung. Wir protzten mit einer Art Uniform, die aus alten Kleidern zusammengestoppelt war – mit glänzenden Knöpfen versehene Jacken, mit Samt aufgepeppte Revers, Dreiviertelhosen über spitzen Stiefeletten –, und zwar wir alle bis auf ihn selbst, Rino, der es als Solosänger und Lichtgestalt der Gruppe vorzog, sich von uns abzuheben. Er trug Camouflage-Hosen, weite, bis zum Nabel offene Hemden mit Renaissancekragen, dann Seidentücher als Gürtel, die er in einem bestimmten Moment seines Auftritts aus den Schlaufen riss, um sich mit einstudierten lasziven Bewegungen die Eier damit zu massieren. Auf dieses Signal hin waren wir nicht mehr zu halten, hörten mit den Polkas auf und schwelgten in den damals beliebten Riffs. Der Zauber wirkte, und wir fühlten, wie die Blicke der *Turist*-Frauen, Töchter und Mütter gleichermaßen, sich durch den abgewetzten Stoff unserer Szenefummel bis auf die nackte Haut bohrten. Schon am ersten Abend, als ich auf der Hammond die Melodie von *Black Magic Woman* nur andeutete, hatte ich den Schmerz vergessen, den mir Renata am Sonntag bei Ferienbeginn zugefügt hatte, indem sie mich auf dem Friedhof versetzt hatte, weil sie zum Hof ihrer Großeltern in Treviso gefahren war, ohne sich auch nur von mir zu verabschieden. Schon an diesem ersten Abend passierte etwas.

Irgendwann tritt diese üppige rothaarige Belgierin, eine gewisse Monique, an Rino heran und fragt ihn schnippisch, ob wir *My Sweet Lady Jane* spielen könnten. Mit Kennermiene wiegt er den Kopf hin und her, erteilt uns Anweisungen, plustert sich auf wie ein Pfau und schmettert: *Mai suit ledi Dschein, a ju dschet schet wui plein.* Die Person hält sich zwar den Bauch vor Lachen, fängt dann aber doch an, ihren drallen, in ein grünes Seidenkleid gezwängten Körper hin- und herzubewegen, wobei sie droht, auf den vergoldeten Stöckeln ihrer ebenfalls grünen Schuhe umzukippen. Die ganze Zeit sieht sie mich an, und sobald der nächste Gang aufgetragen wird, kommt sie auf mich zu, beglückwünscht mich zu meiner Art zu spielen und fragt mich, ob wir nicht mit dem Auto ihres Vaters, einem flotten Renault Fuego mit allen Schikanen, eine Spritztour machen wollen. Sie ist schon fast dabei, einen Kavalierstart hinzulegen, als Rino daherkommt und einfach nicht kapiert, dass er zu verschwinden hat – er ist, wie gesagt, ein aufdringlicher Kerl. Prompt steigt er hinten ein. Während wir durch die Haarnadelkurven flitzen, quasselt die Flämin in ihrem Mischmaschitalienisch über die Rockbands, für die sie schwärmt – hauptsächlich Sachen für Eurofestivals –, über ihre Hippiefreunde und darüber, dass das Leben in Brüssel so unvergleichlich viel aufregender ist als in diesem Land hier, wo sie gezwungen ist, sich so anzuziehen wie jetzt gerade. Um das zu beweisen, deutet sie auf ihr grünes Lacktäschchen. Ich öffne es. Drinnen ist ein ganzes Album mit Fotos, auf denen unter anderem auch sie selbst auftaucht: An einem Lagerfeuer sitzen mit Gitarren bewaffnete strohblonde Pilzköpfe um sie herum; bei einem Fest wird sie geküsst von einem Paar Lockenköpfe mit Halstuch, sie nur in einem schwarzen Body und Strümpfen von derselben Art wie die, die jetzt an ihren Beinen glänzten, deren dank ausländischer Gene veredelte Form wir zwischen zwei Pedaltritten stets aufs Neue bewundern können. Unterdessen macht sie eine Kehrtwendung und bringt uns mit Vollgas zum Ausgangspunkt zurück.

Sie stoppt das Auto auf dem Schotterweg, ein paar hundert Meter vor dem Haus, wo die Hochzeit gefeiert wird, und öffnet das Fenster. Wir hören das Stimmengewirr vom Fest und schnuppern in die Abendluft hinein, die nach Frische und Blumen riecht. Ohne uns eine anzubieten, zündet sie sich eine Camel an und schweigt abwartend. Ich betrachte sie im Halbdämmer, sehe die Glut der Zigarette bei ihren gierigen Zügen aufleuchten, und da Rino trotz meiner erneuten Gestikuliererei keine Anstalten zu verschwinden macht, fange ich an, ihre aus Belgien importierten Schenkel zu erkunden. Sie spreizt sie. Er schaut zu, begnügt sich aber nicht damit, denn als ich versuche, ihre Titte zu streicheln, stoße ich dort auf seine Hand. Da sie nichts dagegen einzuwenden hat, habe ich auch nichts dagegen. In diesem Augenblick würde ein Außenstehender den Überblick über das, was im Renault Fuego abläuft verlieren, und wir hätten so weitergemacht, hätten wir nicht jemanden schreien gehört. Es ist Adolfino. Er ist wütend. Wo wir denn steckten? Seit einer halben Stunde würden sie auf uns warten. Dieser Kerl ist dermaßen lästig! Bei der Musik geht es ihm nur um die Moneten. Er ist eben der Sohn seines Vaters, der sich, reich, wie er ist, jeden Morgen in aller Herrgottsfrüh als Bettler verkleidet auf den Weg macht, um seinen Schafskäse zu verkaufen, wo er doch ein herrschaftliches Leben führen könnte. Wir müssen Monique also sich selbst überlassen.

Rino sieht mich allerdings jetzt in einem anderen Licht. Als wir das Haus betreten, sagt er: »Nicht übel für einen armen Waisenknaben!« Und als der Abend zu Ende ist, spricht er mit Adolfino: »Es ist gut gelaufen, was? Aber mir scheint, dass du etwas müde bist.« Er hat wirklich eine kränkliche Gesichtsfarbe. »Wegen der Instrumente brauchst du dir keine Gedanken zu machen, darum kümmern Carlo und ich uns.« Ich würde mich gern verdrücken, aber er schiebt das Kinn in Richtung Monique, die auf dem Schotterweg wartet.

An der Mühle angekommen, denken wir gar nicht daran, den VW-Bus auszuladen. Dafür laden wir Monique aus. Lachend steigt sie auf unsere ineinandergeschlungenen Hände. Ihr üppiger Körper bricht uns fast die Handgelenke, während wir sie hineintragen und wie die beiden Halstuchträger auf dem Foto küssen, nur intimer. Sobald das Licht aus ist, springt sie punktgenau auf das Lager mit den Getreidesäcken, und wir treiben es die ganze Nacht, von einer Unterbrechung mal abgesehen. Irgendwann höre ich nämlich, wie die Tür aufgeht. Auch Rino hört es. Und auch Monique. Der Lichtschein der Morgendämmerung spiegelt sich auf unseren nackten und vom staubigen Leinen der Säcke gereizten Körpern. Es ist Motte, Adolfinos Vater. Er lädt die Instrumente aus dem Kleinbus und packt, keuchend und fluchend vor Anstrengung, seinen Schafskäse ein. Sobald er die Tür wieder zugemacht hat, atmen wir erleichtert auf und vögeln weiter.

In diesem glorreichen Sommer taten wir überhaupt nichts anderes. In den großen Städten des Nordens hatten die *Turist*-Mädchen und ihre Mütter, deren fortgeschrittenes Emanzipationsniveau im Dorf bereits legendär war, die Möglichkeit gehabt, die Entwicklung der großen Themen jener Zeit – die sexuelle Befreiung, die Gleichheit der Geschlechter und das daraus folgende Recht der Frauen auf Orgasmus – aus nächster Nähe mitzuerleben, und brannten jetzt im typischen Ferienanfangsklima – durch die vorübergehende Abwesenheit der Väter und Ehemänner noch leichtsinniger gestimmt – darauf, auszuloten, wie weit sie tatsächlich gehen konnten. Die Immigration begann von Neuem Früchte zu tragen, und dank der günstigen Umstände waren wir – als Mitglieder der *Misantropi* die glaubhaftesten Verfechter libertärer Ansprüche vor Ort – dazu bestimmt, diese Früchte zu ernten. Die unterschiedlichsten, ungewöhnlichsten und seltsamsten Früchte.

Nachts, nachdem wir gespielt hatten, kuschelten wir uns manchmal mit einer von ihnen in eine Scheune, und die Grillen und das Blinken der Sterne gaben uns den Rhythmus vor. Häufiger stiegen wir die schmalen Treppen dunkler und armseliger Häuser hinauf, eifrig darauf bedacht, keinen Lärm zu machen: Es gab immer jemanden, der schlief – ahnungslose Kinder, argwöhnische Alte, Mütter und vor allem Schwiegermütter. Wir betraten kleine Wohnzimmer, deren Decken niedrig und vor Feuchtigkeit ganz schwarz waren, und schon kurz darauf schwitzten unsere Körper auf den Plastikhüllen, die niemals von den zu Schleuderpreisen in den ersten großen Einrichtungshäusern erstandenen Sofas entfernt worden waren. Wir rauchten schweizerische, französische oder deutsche Zigaretten und tranken aus hohen Gläsern mit Goldrand Amaro Lucano oder Punt & Mes, bevor wir nachlässig enthaarte und pastellrosa, pistaziengrün oder himmelblau bestrumpfte Beine befummelten. Irgendwann packten wir sie an den Knöcheln, die von Riemchen festlicher Sandalen umschlossen waren, und bogen die Beine nach oben, um den dichten Pelz der Südländerinnenmösen, der aus getüpfelten, weißen, roten, schwarzen, sogar goldfarbenen, aber meistens doch geblümten Höschen herausquoll, bewundern zu können, während ihre Besitzerinnen schwiegen und seufzten. Nein, nein, sagten sie, manchmal, weil man das eben so sagt, manchmal war es aber auch ernst gemeint. Nicht bis ins Innerste überzeugt von der Legitimität der gegenwärtig ablaufenden sexuellen Revolution und zugleich von unbezwingbaren Skrupeln befallen, verweigerten sie sich im letzten Augenblick, weil sie ihren Männern »treu« waren. Allerdings gaben sie sich vielleicht für einen Mundfick her, und während du zusahst, wie leidenschaftlich sie deinen Schwanz lutschten, hast du dich schon gefragt, ob es eine größere Untreue geben könne. Studentinnen oder junge Arbeiterinnen, vor allem *Stranier* aus Dortmund, Den Haag, München oder Vancouver – wo in den italienischen Kolonien die traditionellen Werte viel höher geschätzt wurden –, ließen sich in den Hintern ficken, um sich nur ja ihre Jungfräulichkeit zu bewahren, oder sie setzten sich auf dein Gesicht und ritten als unberührte Amazonen wie wild auf dir herum. Zum Glück gab es aber auch andere: Die walkten ihn gehörig zwischen ihren massigen südländischen Brüsten, welche mit Ach und Krach in orthopädische, transparente, spitzenverzierte, aber am häufigsten doch geblümte Büstenhalter gezwängt waren – die südländischen Frauen hatten eben immer schon ein Faible für Blumen –, leckten ihn dir dann nach allen Regeln der Kunst und genossen es schließlich aber auch noch – rücklings oder bäuchlings, stehend, reitend oder sonst wie –, ihn wirklich hereinzulassen. Wenn sie dir dann dankbar übers Gesicht streichelten, wusstest du, dass du gehen musst. Du schlichst dich so heimlich fort, wie du gekommen warst, und als du dich auf den Weg machtest, erwachten bereits die Vögel. Sie zwitscherten sogar schon ziemlich laut, und du hast deinen Schritt beschleunigt, aus Angst, jemandem zu begegnen, und prompt kam dir das strahlende Gesicht von Rino entgegen, der sich ebenfalls gerade den Gürtel zuschnallte. Den Rest der Nacht verbrachten wir auf einer Bank liegend, und nur das Rauschen des Brunnens antwortete auf das, was wir sagten.

Unterdessen beobachtete meine Großmutter mich aus der Distanz. In der Schule war ich aus unerfindlichen Gründen auch in diesem Jahr mit einem blauen Auge davongekommen, und als ich ihr eine Erklärung dafür liefern sollte, warum ich immer erst im Morgengrauen nach Hause kam, und ihr gestand, dass ich bei Hochzeiten aufspielte, um die Haushaltskasse nicht weiter zu belasten, reagierte sie allzu entgegenkommend. In Wirklichkeit wartete sie nur auf den Moment, da sie mich wieder unter ihre Fuchtel bringen konnte, deshalb antwortete ich erst einmal erleichtert: »Danke, Großmütterchen. Es ist schwere Arbeit, aber sie wird Früchte tragen.« Wenigstens hoffte ich das, denn die Hochzeitssaison neigte sich dem Ende zu, und vom Geld hatte ich noch nichts gesehen: Es war Motte, der uns nicht nur die Engagements verschaffte, sondern auch kassierte, doch ich war vertrauensselig.

Bis wir – ich, Rino und die anderen *Misantropi* – uns eines Nachmittags Mitte September in der Bar an einen Tisch lümmeln. Imma hatte mich feindselig angeschaut wie immer, seit es zwischen uns aus ist, und ich hatte ihr mit einem beruhigenden Lächeln zu verstehen gegeben, dass sie sich keine Sorgen machen soll: Bei allem, was ich erlebe, könnte ich noch ganz andere Dinge erzählen! Jedenfalls trinken wir ein Bier und kommen uns vor wie eine jener berühmten Popgruppen, die man in den Zeitungen sieht, und jetzt bringe ich die Frage aufs Tapet. Adolfino brummt, dass er mit seinem Vater darüber reden werde.

Am Abend nach dem x-ten Hochzeitsfestchen erscheint der Vater endlich mit den Gagen, aber sie sind nicht alle gleich hoch. Mir steht genau die Hälfte dessen zu, was die anderen bekommen. Das ist eine der ersten großen Demütigungen, die ich erleide, und zwar nicht wegen des Geldes. Oder vielleicht doch deswegen, denn Geld ist, wie mir jetzt bewusst wird, nur ein Mittel, um die Menschen zu bewerten, und bei der ganzen Mühe, die ich mir gegeben habe, um diesen vier Bauerntölpeln einen kleinen Schimmer von der Kunst der Klänge einzupflanzen, bin ich eben nur so wenig wert.

»Es ist bloß, weil du kein eigenes Instrument hast«, erklärt Motte scheinheilig.

»Das kommt mir als Miete zu hoch vor.«

»Nehmen oder gehen«, sagt Adolfino, den Kopf in den Nacken gelegt. Er ist noch so klein und schon ein solches Arschloch.

»Ich nehme *und* gehe«, antworte ich, fest entschlossen, meine Ansprüche durchzusetzen, und während Rinos Dreikäsehoch-Onkel mir weitere finanzielle Sanktionen für den Fall meines Ausstiegs androht, empfinde ich es am schmerzlichsten, dass sein Neffe, mein Busenfreund – ja, genau der! –, ihm auch noch beipflichtet.

»Und du willst ein Anarchopazifist sein? Vielen Dank! Nichts weiter als ein Scheißkapitalist bist du!«, brülle ich ihn mit der für diese Epoche typischen, ideologisch befrachteten Emphase an, bin aber im Innersten gekränkt wegen seines Verrats. Und dies ist das letzte Mal, dass man mich zusammen mit den *Misantropi* sieht.

18

Zu Beginn dieses Herbstes fanden zwei wichtige Ereignisse statt, wobei das zweite mir half, das erste zu überleben: Renata zog nach Florenz, und Nonnilde ließ, wie es fast schon alle im Dorf gemacht hatten, im Haus ein Badezimmer mit Wanne einbauen.

Nach dem Sommer und der Enttäuschung, die er für mich gebracht hatte, fühlte ich mich, wie man sich am Morgen nach einem sinnlosen Besäufnis fühlt. Das Einzige, was mich noch aufrechterhielt, war der Gedanke, Renata bald wiederzusehen – trotz allem hatte ich ja nie aufgehört, sie zu lieben. Sicher, in diesen Monaten hatte sie mir nicht einmal eine Postkarte geschrieben, aber dafür war sie mir oft im Traum erschienen. So hatte ich voller Ungeduld auf den ersten Schultag gewartet. An jenem Morgen aber tauchte sie nicht auf, und als ich erfuhr, dass es sich nicht um eine vorübergehende Abwesenheit handelte, weil es ihrem Vater gelungen war, endlich seine Versetzung zu bewirken, verfiel ich in die finsterste Depression.

Den einzigen Trost außer dem Melissentee, den Tante Ines mir gegen die Melancholie zubereitete, spendete mir die Badewanne. Kaum hatte sich Nonnilde auf den Weg zur Ölfabrik gemacht, drehte ich die Hähne auf – wie wunderbar ist heißes Wasser direkt aus dem Hahn! –, ließ sie bis zum Rand volllaufen und blieb stundenlang darin liegen, verloren in einer Art dampfendem Nirwana. Sicher, manchmal gewann mein sinnliches Naturell die Oberhand, und ich holte mir einen runter, sonst aber wanderte mein Geist, wie seit den Zeiten meiner einsamen Jugend nicht mehr, in die unendlichen

Sphären der Phantasie. Mit derselben Kraft wie damals sprudelte aus meinem verwundeten Herzen der unaufhaltsame Fluss der Poesie hervor. Ich fing an zu schreiben und zu komponieren – Musik, die ich ins Repertoire der Sonntagsmesse hineinschmuggelte.

Der folgende Winter war kalt und schneereich. Wir blieben einen ganzen Monat lang von der Welt abgeschnitten, und zu guter Letzt beraubte uns noch ein umgestürzter Mast der elektrischen Energie. Nun streifte ich während des Tages über die verschneiten Felder und blieb hin und wieder stehen, um im Notizbuch lyrische Impressionen festzuhalten. Am Abend goss ich sie dann bei Kerzenschein in Verse, bevor ich mich schließlich ins Bett kuschelte, wo mich im Schlaf, der mich sofort übermannte, weitere Visionen heimsuchten, die ich am Morgen in mein neues Gedicht *Andere Universen* einarbeitete. Bis eines Morgens Stimmen aus dem Gemüsegarten an mein Ohr drangen. Ich öffnete die Fensterläden. Ein Mann, dessen Konturen sich gegen die blaue Weite des Tals abzeichneten, schwebte in der Luft und befestigte die Stromkabel an den Spitzen der in der Sonne glänzenden Stahlgerippe: Endlich war wieder Frühling.

Ins normale Leben zurückzukehren, wieder in den Bus zu steigen, die altvertrauten Gesichter zu sehen und aufs Neue den Gestank der alten Zeiten zu riechen – die Kälte und der Stromausfall hatten uns zeitweise auch von der Wasserzufuhr abgeschnitten – war, als ließe man eine lange Krankheit hinter sich. Ich begrüßte Apache, Tarcisio und den Schweizer, die meinen Gruß herzlich erwiderten. Die Einsamkeit hatte uns den Groll, den wir gegeneinander hegten, vergessen lassen – in meinem Fall auch noch den Liebeskummer, wie ich mit Erleichterung feststellte, als ich auf Renatas Sitzplatz schielte. Wir hatten große Sehnsucht nach der Sonne und genossen sie, an die Fenster gelehnt, oder wir legten uns nach der Schule ins Gras und vertrödelten die Zeit. Damit noch nicht zufrieden, machten wir uns eines Tages auf die Suche nach einer noch wärmeren Sonne. Wir fuhren über die übliche Haltestelle hinaus bis nach Salerno, und auf einer kleinen abschüssigen Straße tauchte es in dem

Zwischenraum zwischen den beiden Mietshauszeilen, eingezwängt zwischen den dunklen Umrissen der Balkone, vor uns auf – ruhig und himmelblau. Das Meer. Eine Stunde mit der Fähre, und wir waren auf Capri.

Wir bummelten über die Mole, bewunderten die großen weißen Jachten und die Segelschiffe mit den drei oder mehr Masten und versuchten zu erspähen, wer sich, gut abgeschirmt, in den mit hellem Holz ausgetäfelten Kajüten befand. Wir spazierten durch die Altstadtgässchen und blieben wie betäubt vor dem Luxus in den Auslagen der Geschäfte stehen, in denen es nur so wimmelte von Ladys mit Foulards und imposanten Brillen. Sie hielten Hündchen im Arm und hatten junge, braun gebrannte oder bleiche, aufgedunsene, bejahrte Begleiter im Schlepptau, und während sich die Welt wie immer mehr schlecht als recht um ihre eigene Achse quälte, schien hier die einzige Sorge darin zu bestehen, sich zwischen diesem oder jenem Pullover, diesem oder jenem Schmuckstück oder diesem oder jenem antiken Möbel entscheiden zu müssen, bevor es dann weitergehen würde zu einem Drink in einer der begehrtesten Bars des Erdballs, wo auch wir nun Platz nahmen, nachdem wir uns mit unserem Busfahrer-Schüler-Frühstück vollgestopft und unsere Bücher hinter einer Gartenmauer aufgestapelt hatten: Hochgeklappter Hemdkragen, Sonnenbrille und eine gewisse Lässigkeit genügten, um uns das Gefühl zu geben, Teil dieses internationalen Ambientes zu sein.

Wir hielten uns bis zum Sonnenuntergang auf der Piazzetta auf, Seite an Seite mit Mädchen aus England oder Nordamerika in marineblauen Baumwollkostümen, mit abgemagerten jungen Französinnen und deutschen Snobs mit protzigen Golduhren – all dies keine zwei Fahrstunden von unserem gottverlassenen Kaff entfernt. Dann bestiegen wir wieder die Fähre und nahmen uns fest vor, am nächsten Tag zurückzukehren. Während aber das Wetter immer schöner und die Tage immer länger wurden, gingen wir bestenfalls noch hinauf zum höchsten Punkt des Dorfs. Der Anblick dieses ganzen Luxus hatte uns letztlich entmutigt. Niemals würden wir so leben können, obwohl ich diesbezüglich noch immer gewisse Hoffnungen hegte. Dennoch schauten wir, unter dem Gekreuzigten sitzend, der das Tal in seine Arme schloss, in Richtung der Insel und beschworen sehnsüchtig jedes Detail jenes unvergesslichen Tages herauf.

Bis eines Nachmittags ein sanfter Wind die Luft reinigte und wir sahen, wie sich die kleine Mulde zwischen den Abhängen mit einem irisierenden Flimmern belebte und die Segel einer Jacht – genau eine »jener« Jachten, hätten wir schwören mögen – im Sonnenlicht leuchteten. Nur ein paar Augenblicke dauerte das. Es war das erste Mal seit Pits Zeiten, dass ich von der Höhe unseres Adlerhorstes einen Blick auf das Meer erhaschte, und selbst noch ganz ergriffen von der plötzlichen Gefühlsaufwallung, hörte ich den Schweizer mit brüchiger Stimme sagen: »Und das ganze Land da unten soll dir gehören, Carlì?« Nur er konnte in einem solchen Augenblick mit einer solchen Frage herausplatzen! »Meiner Großmutter«, gab ich ihm zur Antwort.

»Verdammt, das ist 'n Scheiß wert«, sagt er. »Aber stell dir mal vor, das Meer würde fünfzig Kilometer weiter reichen, vielleicht würden auch schon vierzig Kilometer Luftlinie genügen … Dann wärst du steinreich. Ein Seebeben müsste her, das wär's!«

»Und die Toten, die wären dir wohl schnurz?«, entgegnet Tarcisio.

»Früher oder später müssen wir alle dran glauben ... Wenigstens wäre es dann zu etwas gut. Überleg doch mal, wie viele Touristen – ich meine wirkliche Touristen – aus aller Welt hierherkämen. Den Hafen können wir genau da unten bauen, und hier legen wir einen Panoramaweg an, von dem aus man die in den Fluten untergegangenen Bauernhäuser sehen kann. Von wegen Capri! Das wäre besser als Pompeji, viel besser! Wir werden steinreich, und du Carlino, der Allerreichste von allen. Das wär doch ein Leben wie im Schlaraffenland, oder?«

Seit das Wetter besser geworden war, hatte ich auch meine Wallfahrten zu Onkel Arcangelos Wohnstatt und die Meditationen auf dem Dach wieder aufgenommen. Ich wartete auf die bewölkten

Nächte mit Mondschein, die immer die spektakulärsten sind, und kletterte dann aus dem Fenster meines Zimmers, kämpfte gegen den Schwindel an, nahm den Weg über die lockeren Dachziegel und legte mich auf eine Decke. Aus dieser Position betrachtete ich, wie die dunklen wirbelnden Wolken mit den glänzenden, blinkenden Rändern mal langsam, mal schnell jene phantastischen Formen annahmen, welche die Alten in ihren Atlanten als mythologische Verkrustungen darstellten. Während sie lautlos über meinem Kopf dahinglitten, dachte ich an das Seebeben. Auch wenn ich fast lachen musste, schmiedete ich trotzdem Pläne.

An jenem Abend jedoch versuche ich – eingedenk des *Großen Handbuchs zur Bestimmung der Wolken*, des vielleicht gewichtigsten Werks meines Meisters Sabino Corelli, das aber eigentlich auf dem Kapitel »The Region of the Cirrus« in John Ruskins *Modern Painters* (1843) fußt und ihm die Idee verdankt, dass man selbst die Wolken klassifizieren kann, diesen Inbegriff des Unbeständigen, Launischen und Flüchtigen, den man nichtsdestotrotz in zehn Familien unterteilen und diese ihrerseits nach ihrer Struktur in vierzehn Spezies untergliedern und diese wiederum nach den von ihnen erzeugten Luftbewegungen jeweils in vier Klassen ordnen und diese wiederum nach ihrer Transparenz und Geometrie nochmals in jeweils neun Varietäten unterscheiden kann –, an jenem Abend also versuche ich gerade zu ergründen, ob das Wölkchen vor mir ein *cumulus humilis* oder *calvus* ist, als eine Stimme mein Grübeln unterbricht. »He, da oben!«, ruft sie.

Ich springe auf und bringe dabei die Dachziegel gefährlich ins Rutschen. Unten steht ein Mädchen, und zwar ausgerechnet in der Nähe von Sankt Barbara. Es handelt sich eher um eine Vision als um ein Mädchen: Was sonst könnte ein Wesen sein, das um diese nächtliche Stunde in einem gottverlassenen Nest im Apennin erscheint und in ihrem bunten Kleid im Mondlicht schillert wie der Schuppenschwanz einer Wassernixe? Fassungslos starre ich sie an, während sie mit dem Arm auf die Ruine von Sankt Barbara zeigt und fragt: »Ist das eine ungenutzte Kirche?«

»Ja … das heißt … Meine Familie hält dort ihre Hühner«, murmele ich schüchtern.

Von meinem Standort aus gelingt es mir nicht, auszumachen, ob sie wirklich so wunderschön ist, wie ich sie mir vorstelle, doch mir genügt ihre Stimme, die sagt: »Unglaublich. Komm, zeig mir, wie sie von innen aussieht«, um mich in meiner Überzeugung zu bestärken. Doch da ich die Großmutter für den Fall, dass sie schläft, wecken könnte, bin ich gezwungen, ihr in gedämpftem Ton zu antworten: »Jetzt geht das nicht. Ich habe keine Schlüssel.«

»Ach so. Und wie kommt es, dass du auf dem Dach bist?«, fragt sie kichernd.

»Nur so. Ich hab mir die Wolken angeschaut«, antworte ich, als wäre es das Normalste auf der Welt – und für mich ist es das auch.

»Wie rrromantisch!«, zwitschert sie. »Zeigst du sie mir auch?«

Beinahe erwidere ich, dass auch das unmöglich sei, aber verdammt, dann würdest du selbst bei einem Seebeben das übliche Arschloch bleiben, sage ich mir, denn die Wahrscheinlichkeit, dass dir mitten in der Nacht in diesem Scheißkaff so eine Gestalt unterkommt und dich bittet, ihr die Wolken zu zeigen, ist fast noch geringer als ein Seebeben, das besagtes Scheißkaff in einen internationalen Touristenort verwandeln würde. So teile ich ihr in gerade noch verständlichem Flüsterton mit: »Warte, ich komm dich holen«, und durchquere die stillen Räume des Hauses. Es dauert ein Weilchen, bis ich draußen im Hof bin, und als ich dort ankomme, sehe ich sie nicht mehr. Nicht dass ich mich darüber gewundert hätte. Es war eben nur ein Traumbild.

Doch da ist sie schon wieder. »He, hier bin ich!«, wispert sie, und ich drehe mich um. Sie ist nicht nur schön, sondern geradezu der Prototyp eines Hippiemädchens, wie man sie auf den Plattenhüllen der *Incredible String Band* sieht: zart und geschmeidig, mit einem strahlenden Gesicht unter der schwarzen Mähne, die sie mit einem riesigen Stoffhut bedeckt hat. Sie betrachtet mich und wirft dann lachend den Kopf zurück. »Ich heiße Giuditta, und du?«

»Carlino«, antworte ich – man stelle sich das einmal vor: *Carlino*! »Das heißt, Carlo«, verbessere ich mich, und um ein Haar hätte ich ihr die Hand gedrückt und damit auf himmelschreiende Weise gegen das ungeschriebene Sittengesetz jener Jahre verstoßen.

»Gehen wir, Carlino?«

»Ja, aber wir müssen aufpassen, dass wir keinen Lärm machen.«

»Natürlich«, lächelt sie und hakt sich bei mir unter.

Während wir durch die Räume gehen, die mir jetzt überhaupt nicht mehr still vorkommen, kann ich die weiche Rundung ihrer Hüfte spüren, außerdem höre ich Onkel Teodorino und Tante Ines schnarchen – man muss sich direkt schämen, wie sie schnarchen, aber sie amüsiert es. Sie umklammert meinen Arm und drückt sich mit Verschwörermiene noch dichter an mich. Endlich in meinem Zimmer angelangt, verriegle ich die Tür, als hätte ich soeben den kostbarsten aller Schätze hineingetragen, und sie stellt fest: »Ein nettes kleines Häuschen habt ihr da, hm?«

»Geräumig ist es schon. Früher waren wir mehr als dreißig Leute hier, aber jetzt sind meine Cousinen verheiratet und meine Onkel und Tanten alle tot. Alle, bis auf die Schnarcher. Wir sind nur noch zu viert, wenn man meine Großmutter dazurechnet«, und ich erschaudere bei dem Gedanken, was passieren würde, wenn sie ins Zimmer platzte. Dann helfe ich Giuditta aus dem Fenster hinaus, und wir begeben uns, einander immer noch bei der Hand haltend, über die Dächer bis zu meinem Beobachtungsposten. Dort stehen wir und betrachten die lentikularen Zirruswolken, die das Gebirge und die unnatürliche Transparenz des Tals durchschneiden.

»Es ist wunderschön«, sagt sie. »Das ist alles wunderschön«, bekräftigt sie.

»Tja, schon«, gestehe ich, soweit es meine rhetorischen Fähigkeiten erlauben. Sie dreht sich derweil in die Richtung von Onkel Arcangelos Loggia und sieht den Widerschein der Kerzen, die ich habe brennen lassen. »Und da drinnen … Was ist da drin?« Ich erzähle ihr die Geschichte von Arcangelo, dem Dichter, Weltenbummler und in Afrika aufgefressenen Legionär. »*Suuuper*«, sagt sie und hat plötzlich das Interesse an der Wolkenlandschaft verloren. Obwohl es den Anschein hat, als würden alle Himmel der Welt über unseren Köpfen wirbeln, will sie jetzt nur noch zu Onkel Arcangelo. Sobald wir dort angekommen sind, erkundet sie verzückt jeden Winkel, streicht sachte über alle Gegenstände, über Jaguarfelle und Lanzen, und betrachtet die Fotos und Gemälde an den Wänden. Von Zeit zu Zeit höre ich sie sagen: super – unglaublich – magisch – das vor allem: magisch. Dann setzt sie sich auf einen der kleine Throne, die an einen Bugatti-Sitz erinnern, befreit ihre üppige Mähne von dem Hut, schlüpft aus den grünen Peter-Pan-Stiefeletten und lässt den blauen Samt ihres langen Kleides zwischen die nackten Schenkel fallen. Sie sähe aus wie Sir Lawrence Alma-Tademas römische Kaiserin auf dem Druck, der genau über ihrem Kopf hängt, würde sie sich nicht ausgerechnet jetzt einen Joint anzünden. Sie nimmt ein paar Züge und reicht ihn mir. Es ist mein erster seit Pits Zeiten – mittlerweile weiß ich, um was es sich damals gehandelt hat –, und sosehr ich mich auch bemühe, etliche tiefe Züge zu machen, bleibe ich doch stocknüchtern. Sie dagegen wirkt konfus, sieht mich an und lacht. »Welches Tierkreiszeichen bist du?«, fragt sie. Und dann: »Darauf hätte ich gewettet.« Aber ihre Aufmerksamkeit wird auf etwas anderes gelenkt. Mit ihren bloßen Füßen trippelt sie im Saal über die Teppiche. Dann bleibt sie vor dem von Kerzen beleuchteten Reliquiar stehen und fragt in meine Richtung: »Was ist das?«

»Onkel Arcangelo«, antworte ich, als wäre es das Natürlichste auf der Welt.

»Onkel Arcangelo?«

»Ja, der Schienbeinknochen von Onkel Arcangelo. Ich habe dir doch erzählt, dass sie ihn zerfleischt haben und auch den noch aufgefressen hätten, wenn die Legionäre nicht dazwischengekommen wären. Die haben dann alle Kannibalen mitsamt dem Schamanen umgebracht.«

»*Wirk-lich ma-gisch* … Er muss mit einer Menge *Mana* aufgeladen sein.«

Ich mustere sie fragend.

»Mit kosmischer Energie, meine ich. Bitte, ich möchte ihn berüüühren«, sagt sie mit dem Gesichtsausdruck einer Besessenen.

Ich öffne das Fensterchen für sie, und sie steckt die Hand hinein und greift sich den Knochen. Sie streichelt ihn, liebkost ihn und blickt mich an. Dann sagt sie: »Ha! Wirklich magisch. Berühr ihn selbst, los, berühr ihn.«

Ich tippe ihn kaum an. Auch wenn es sich um den Knochen meines eigenen Onkels handelt, löst er in mir doch einen gewissen Abscheu aus. In ihr nicht im Geringsten. Sie führt ihn an ihre Stirn und drückt das andere Ende gegen die meine. Dann fragt sie: »Spürst du die Energie nicht?«

Mehr als irgendetwas anderes spüre ich ihre im Einklang mit der Hippie-Ikonographie büstenhalterfreien Titten und ihr Schambein, das sich gegen das meine presst, doch um die Atmosphäre nicht zu stören, sage ich: »Doch, es stimmt. Ich füüühle … ich fühle eine Vibration.«

Immer noch den Schienbeinknochen mit unseren Stirnen haltend, lassen wir uns mit bemerkenswertem Gleichgewichtssinn auf dem Teppich nieder. Sobald wir sitzen, lässt sie die Reliquie zwischen unseren Nasen und unseren Lippen kreisen, und während das gute Stück weiter nach unten wandert, versiegeln wir unsere Lippen mit einem nicht allzu spirituellen Kuss. Dann öffnet sie eine Reihe ihrer unzähligen Knöpfe, schiebt das Dutzend Kettchen zur Seite und streicht sich mit dem Knochen über die Haut zwischen den entblößten Brüsten. Sie schält sich aus dem Kleid wie aus einer Hülse und immer noch nicht zufrieden, will sie, dass ich sie überall mit ihm abreibe, bis sie anfängt, sich zu winden und zu stöhnen: »Jetzt … jetzt bin ich voller *Mana*: Spürst du die Energie?« Und ob ich sie spüre!

Zehn Minuten später betrachte ich sie näher. Giuditta besucht das Giulio-Cesare-Gymnasium in Rom. Sie hat Castañedas *Die Lehren des Don Juan* gelesen, und da sie im Augenblick nicht nach Mexiko kann, hat sie sich mit einer Reise in den Süden begnügen müssen – in das Heimatdorf ihres Vaters, der Richter ist und mit einer Engländerin verheiratet, die ebenfalls einen Spiritismusfimmel hat. Giuditta ist auf der Suche nach den Ursprüngen der Magie im Mittelmeerraum – in der Zwischenzeit hat sie Ernesto De Martino und *Christus kam nur bis Eboli* gelesen –, und außerdem sucht sie nach ihren Wurzeln. Ins Dorf ist sie nur als kleines Kind einmal gekommen, und auch jetzt ist eigentlich nicht klar, ob sie aus eigenem Willen zurückgekehrt ist oder weil ihr Vater sie hergeschickt hat, um sie von ihrem stets bekifften Freund fernzuhalten. Auf jeden Fall braucht sie nicht lange, um sich hier zu akklimatisieren.

Wir vereinbaren ein Treffen für den folgenden Tag, weil ich ihr das abgelegene Landhaus der echten Mona Lisa zeigen und sie natürlich wieder ficken möchte. Auch wenn ich beinahe platzen würde, erzähle ich Apache und den anderen nichts von ihr: Wie sollte ich mir die Bande sonst vom Hals halten? Deshalb meide ich die Piazza, mache einen großen Umweg und verstecke mich halb hinter einem Baum, während ich auf sie warte. Als ich Rinos VW-Bus auftauchen sehe, verstecke ich mich ganz, aber er bremst schon ab und bleibt genau vor mir stehen. Neben ihm sitzt Giuditta, die mich frisch-fröhlich fragt: »Was machst du denn hier?«

»Ich habe …«, antworte ich ausweichend in typischer Südländermanier.

Seit dem Abend der Gagenaufteilung habe ich nicht mehr mit Rino geredet, es hatte sich auch keine Gelegenheit dazu ergeben. Nachdem sich die *Misantropi* in den Winterschlaf zurückgezogen hatten, um auf die nächste Hochzeitssaison zu warten, hat er die Schule endgültig geschmissen. Jetzt arbeitet er für Motte, fährt über Land und verkauft alle möglichen Waren, die er über Megafon anpreist. Er starrt mich mit seiner üblichen herausfordernden Miene an, während Giud zu mir sagt: »Steig schon ein. Los.«

»Nein, mit dem da komme ich nicht mit«, antworte ich.

»Ich habe dir doch gesagt, was das für ein Typ ist … Fahren wir weiter«, meint Rino.

Aber sie insistiert: »Na los, sei kein Frosch!«

Sie einfach so ziehen zu lassen, zumal klar ist, dass sie mit Rino weiterfahren würde, passt mir überhaupt nicht, und so steige ich ein, und während wir auf das einsame Haus der echten Mona Lisa zufahren, ist Giuditta so schön und so quicklebendig, dass ich bald schon in ihr Gelächter einstimme.

Als wir das baufällige Gemäuer betreten, zieht sie aus ihrer mit Spiegelchen bestickten Umhängetasche Räucherstäbchen hervor und zündet sie an. Danach zündet sie sich auch noch einen Joint an. Sie inhaliert tief, reicht ihn weiter und fängt an, sich langsam um sich selbst zu drehen. Wir sehen sie bestürzt an, aber nicht wegen des Haschs: Rino hat in Turin so seine Erfahrungen gemacht und bestätigt mir durch eine Kopfbewegung, dass das Zeug gestreckt ist. Es ist vielmehr Giuditta, die uns aus den Socken haut mit ihrem Kleid aus amarantrotem Samt und dem Blümchenkranz, den sie sich geflochten und über die Stirn gelegt hat. Jetzt dreht sie wie eine Nymphe im Hain ihre Pirouetten. Irgendwann hält sie inne. Sie scheint von etwas fasziniert zu sein, was nur sie wahrnimmt. Sie sagt: »Lisa ist hier, ich fühle sie … gebt mir euren Arm.« Wir geben ihn ihr und bilden einen engen Kreis – einen magischen Kreis, versteht sich. Doch ich weiß schon, was Rino denkt, deshalb schreie ich, sobald er ihr einen Kuss auf die Wange drückt: »Ich fühle sie … Ich fühle sie auch, Lisa, sie ist hier … Nein, doch nicht, sie geht hinaus.« Draußen drehe ich den Kopf nach rechts und nach links und flüstere traurig: »Ich hab sie verloren ...«

Rino wirft mir einen vernichtenden Blick zu, aber jetzt haben wir die Sonne direkt vor uns, außerdem eine hundertjährige Eiche, unter der wir uns niederlassen, um in die Sonne zu schauen und uns einen weiteren von Giuds minderwertigen Joints reinzuziehen. Wir hören ihr zu, während sie auf ihrer Querflöte bläst und als sie später sagt: »Wie friedlich es hier ist … Das ist das Leben! Nein, nach Rom gehe ich nicht mehr zurück. Ich möchte ein Haus auf dem Land, wir könnten hier zusammen leben. Wir arbeiten als Bauern und gründen eine Landkommune, wäre das nicht toll?« Ja, muss sie da noch fragen? Doch wir sind noch mitten in der schönsten

Planung, als sie plötzlich aufsteht und zum allabendlichen Telefongespräch mit ihrem Vater zurückmuss. Vor dem Haus ihrer Tante klettern wir, ich und sie, aus dem Kleinbus, und sie gibt mir einen Kuss und flüstert: »Am üblichen Ort?« Ich seufze: Also bin doch immer noch ich es, der ihr Herz höher schlagen lässt.

Dieses Mal zeige ich ihr zuerst die ehemalige Kirche. Übermütig scheuchen wir mit einer Taschenlampe die Hühner auf. Dann fummeln wir herum, wieder unter Zuhilfenahme von Onkel Arcangelos Schienbeinknochen, aber am folgenden Nachmittag sitzen außer Rino noch Apache, Tarcisio und der Schweizer im VW-Bus. Als ich einsteige, mustern sie mich feindselig: Einen solchen Schatz hatte ich an der Hand und ihnen nichts davon gesagt! Aber wenn man mit diesem Mädchen zusammen ist, das einem zwischen zwei Joints die unglaublichsten Geschichten erzählt, hat man bald jegliche Unstimmigkeit vergessen.

Fast einen Monat lang waren wir auf der Suche nach dem Haus für unsere Kommune.

Während wir durch die grüne Landschaft streiften, war Giuditta so hingerissen von so viel Schönheit, dass sie nichts anderes tat, als ihr Leben in Rom, ihre Freunde – hauptsächlich verlotterte junge Rocker – und die für uns so wunderbaren Lokalitäten, in denen sie verkehrte, schlechtzumachen. Schließlich erzählte sie uns sogar ausgiebig von dem legendären Pink-Floyd-Konzert, über das wir seinerzeit begierig Folgendes gelesen hatten:

Roger Waters scheint, wie er sich so über den Bass beugt, von einem LSD-Fieberanfall gepackt, der ihn lange in die Knie zwingt, bis er in den Schrei Careful with that Axe, Eugene *ausbricht. Dann folgt mit einer phantastischen Sequenz das siderische* Astronomy Domine, A Saucerful of Secrets, *und zwar in der dissonantesten und visionärsten Version mit Masons endlosem Trommelwirbel am Ende, und* Set the Controls for the Heart of the Sun, *bei dem Waters auf noch verstörendere Weise flüstert:* of the sun … of the sun. *Der Applaus bleibt aus, denn das Publikum scheint wie hypnotisiert von dem aromatischen [?] und mitreißenden Klang der Gruppe. Der Auftritt von Pink Floyd in Rom hat uns die Gelegenheit geboten, live nachzuvollziehen, worum es sich bei dem psychedelischen Sound handelt, über den wir so viel phantasiert haben.*

Der Punkt war, dass wir unsererseits wer weiß wie lange hätten weiterphantasieren müssen, und das traf auf die meisten Dinge zu, von denen Giuditta uns erzählte. Wie konnten wir sie verstehen, wenn sie schwor, dass sie hier bei uns und mit uns leben würde? Aber sie blieb dabei: Hier war sie endlich in – selbstverständlich magischem – Einklang mit Erde, Sonne und Natur. Aber auch die anderen Aspekte des Landlebens bezauberten sie. »All die Leute, die dich grüßen, auch wenn sie dich gar nicht kennen. Der Geruch nach frischem Brot auf der Straße und diese Sonnenuntergänge, dieser grenzenlose Himmel! Die Wahrheit ist, dass ihr großes Glück habt und es gar nicht wisst. Nein, ich habe mich entschieden: Mit Rom bin ich fertig.«

Weil wir sie das so hartnäckig wiederholen hörten, waren wir fast überzeugt, dass unser Nest letzten Endes doch nicht das Scheißkaff war, für das wir es immer gehalten hatten, und es genügte wirklich, dass sie hier war, barfüßig unter ihren langen Samtgewändern und mit Blumenkränzen auf dem Kopf, um es uns erscheinen zu lassen wie einen jener legendären, von den Hippies entdeckten Orte wie Ibiza, Mykonos oder Formentera. Wäre Giuditta nicht eines schönen Tages so, wie sie aufgetaucht war, auch wieder verschwunden … Das stürzte uns alle in tiefe Trostlosigkeit, mich im Besonderen. Und selbst wenn man von jeglicher Rücksichtnahme auf Gefühle absehen wollte – verdammt, mir hätte sie es schon sagen können, wir waren schließlich in der Nacht davor zusammen gewesen –, so war mit ihr auch verschwunden, was von den sterblichen Überresten Onkel Arcangelos übrig geblieben war. Zum Glück gelang es mir, sofort etwas zu finden, was ihm ähnelte: Beim Metzger besorgte ich mir den Schienbeinknochen eines Kalbs, schwärzte ihn über der Flamme einer Kerze und bettete ihn, wieder beruhigt, auf seine schöne Ruhestätte im Reliquiar.

Jedenfalls stärkte die Traurigkeit über das Verschwinden unserer Muse den Zusammenhalt der Gruppe enorm. Wenn wir uns trafen, stellte jeder seine eigenen Hypothesen über ihr mysteriöses Verschwinden auf, bis Apache über seine mit ihrer Tante befreundete Mutter in Erfahrung bringen konnte, dass es überhaupt kein Geheimnis gab: Giuditta war schlicht nach Rom zurückgekehrt.

»Nach allem, was sie gesagt hat? Und die Kommune? Sie war doch so begeistert. Nein, ich kann es nicht glauben. Es muss irgendetwas anderes dahinterstecken … Ihr Vater wird sie gezwungen haben«, schlussfolgerte Rino, und wir stimmten ihm alle zu. Also besorgten wir uns ihre Nummer und bombardierten sie mit Anrufen, aber sie war nie zu Hause, und trotz der Nachrichten, die wir für sie hinterließen, rief sie nie zurück. Im Übrigen streiften wir, ihre Lehren beherzigend, weiterhin durch die Felder, immer auf der Suche nach den eindrucksvollsten Orten, von denen aus wir uns am blutroten Licht des Sonnenuntergangs berauschen könnten. Ebenfalls nach ihrem Vorbild hatten wir uns mit einer ganzen Batterie von Querflöten ausgestattet, doch wenn wir jetzt vor der untergehenden Sonne darauf bliesen, kamen wir uns wie vier Vollidioten vor. Bis wir einmal irgendwohin geraten, wo ich einen *flash* habe, wie man damals sagte. Ich lege das letzte Stück im Laufschritt zurück, und siehe da: Auf dem Gipfel des Berges gibt es Pits Plantage immer noch, ja, sie hat sich zu einer Art Wald ausgewachsen.

»Das scheint Himalaja-Kraut zu sein«, urteilt Apache, der es während seiner Flucht in Latina geraucht hat. »Sehr gut.« Vielleicht sogar *zu* gut: Ein einziger Joint reicht aus, um uns umzuhauen. »Das ist echter Kif, ganz was anderes als das Zeugs von Giud«, kommentiert wieder Apache, der als Einziger noch die Kraft hat, überhaupt etwas zu sagen. So beschließen wir unter dem Vorwand, ihr ein paar Kilo von dieser Köstlichkeit schenken zu wollen, unserer lieben kleinen Giuditta einen Überraschungsbesuch abzustatten.

Nach siebenstündiger Fahrt im VW-Bus erreichen wir Rom. Wir brauchen eine Weile, bis wir das Giulio Cesare finden, fahren aber mit einer solchen Begeisterung durch die große Allee, die so anders ist als unsere holprigen Sträßchen, dass auch die Sonne, die abschnittsweise zwischen den imposanten Baumkronen aufblitzt, ein anderes Licht für uns zu haben scheint: das dynamische, pulsierende und optimistische Licht einer Metropole. Auf dem weiten grünen Platz vor dem Gymnasium stehen haufenweise Schüler herum, und da ist sie auch schon, mittendrin. *Giud, Giuditta, Giuuud* rufen wir wie die Irren aus dem Fenster, und das Lächeln gefriert ihr auf den Lippen.

»Wir haben sie total überrumpelt. Ihr ist glatt die Spucke weggeblieben«, sagt Rino. Kaum sind wir aus dem Kleinbus geklettert – sie lässt sich nicht einmal dazu herab, uns entgegenzugehen –, fühlen wir uns auch schon fehl am Platze, obwohl wir gar nicht so anders sind als ihre Freunde, die uns skeptisch beäugen. Oder vielleicht doch. Zunächst einmal stinken wir nach Schafskäse – da haben wir so viel Gras geraucht, und trotzdem ist der VW-Bus noch immer vom üblichen dumpfen Geruch erfüllt, den auch wir jetzt an uns haben. Außerdem wirkt unsere Aufmachung etwas übertrieben – zu viele und zu grelle Farben. Rino und Apache haben sich, um Eindruck zu schinden, Bänder um den Kopf gebunden, ganz zu schweigen von dem Soldatenspencer und der Ray-Ban-Sonnenbrille, die der Schweizer trägt. Kurzum, man sieht uns auf einen Kilometer Entfernung an, dass wir vom Lande kommen, und die Städter mögen das wohl nicht. Giud scheint es auch nicht zu gefallen. Sie trägt Lederjeans und einen schwarzen Pulli, die Lippen hat sie sich violett angemalt, und auf der Nase sitzt eine fabelhafte Sonnenbrille. Die Haare sind streichholzkurz geschnitten in einem Stil, dessen Name uns im Moment entfallen ist. Sie hat auch ihre ganze Spontaneität verloren und bringt, als sie uns vorstellt, nur mit Ach und Krach unsere Namen und Spitznamen heraus, die auf einmal ziemlich albern klingen. Zum Glück zieht Rino jetzt aus einer Tasche eine Handvoll Himalaja-Kraut und dreht sich nonchalant einen Riesenjoint, was seine Wirkung auf die Städter nicht verfehlt und in Verbindung mit der mörderischen Wirkung das anfängliche Eis auftaut.

»Nicht übel. Wo kommt das Zeug her?«, fragt einer von ihnen kühl. Er heißt doch glatt Alain, ist hager und blond, hat eiskalte blaue Augen und eine Elektroschockfrisur. Auch er ist von Kopf bis Fuß in Schwarz gekleidet. Und er hat den Arm um Giud gelegt.

Ich spüre einen Krampf im Magen. Rino grinst: »Aus dem Himalaja-Apennin.«

Die anderen lachen. Alain fragt von oben herab: »Kann man das kaufen?«

»So viel du willst«, antworte ich und fixiere Giuditta, die durch mich hindurchschaut.

»Warum gehen wir nicht zu mir nach Hause und reden über das Geschäftliche?«, schlägt Sandro, ein anderer aus der Gruppe, vor.

Wir fahren hinter seinem Volvo Kombi her, allesamt gekränkt, weil Giud mit denen mitgefahren ist, auch wenn keiner den Mut aufbringt, es zuzugeben. In einer Straße steht der Verkehr still. Dann folgt eine Reihe von Sträßchen bis zu einer Gegend mit niedrigen, ausladenden Wohnhäusern mit viel Rasen davor.

Sandros Wohnung ist riesig, voller Nussbaum und Lederpolster. »Hier stört uns keiner«, sagt er. »Meine Eltern sind in London.« Na toll. Er zieht sich die Schuhe aus und schaltet eine HiFi-Anlage mit allen Schikanen ein. Der Rest der Gesellschaft nimmt die Sofas in Beschlag, von denen jedes anders aussieht, während Giud sich zu Füßen von Alains Sessel niederlässt und die Beine unter einem Glastischchen ausstreckt. Wir fühlen uns inmitten von so viel Luxus befangen, auch weil der Schafskäsegestank in geschlossenen Räumen noch durchdringender wirkt. Doch Rino verliert keine Zeit. Aus einer Tasche fischt er eine weitere Handvoll Gras.

»Verdammt, du trägst das Zeug so mit dir herum. Du hast es nicht einmal in Stanniol verpackt?«, fragt Sandro, der sich bei dem ganzen Zaster, über den er verfügen muss, ausgerechnet über solche Kinkerlitzchen wundert.

»Da bräuchten wir schon kilometerweise Stanniol«, sagt Rino hochnäsig und zündet sich einen Riesenjoint an, der sofort die Luft verbessert.

Nach ein paar Joints erhebt sich der Herr des Hauses mit der Frage, auf die wir gewartet haben: »Habt ihr Hunger?« Er kehrt mit einem massiven Silbertablett zurück, und darauf liegen gerade mal ein paar Tomaten und Parmesan- und Mortadellahäppchen. Es mag vielleicht zwei Uhr sein, und der kommt mit so einem Sparteller daher, noch dazu mit Mortadella – so betucht, wie der ist! Trotzdem schlingen wir alles gierig hinunter. Alain sieht uns angewidert zu, und während er raucht, streicht er über die Streichholzhaare von Giud, die immer noch wie ein Hündchen zu seinen Füßen sitzt. Da fällt mir der Knochen von Onkel Arcangelo ein. Beinahe hätte ich ihr die Frage ins Gesicht geschleudert, was sie damit gemacht hat, die blöde Kuh, doch da geht die Eingangstür auf, und wir sehen einen kleinen hässlichen Typen hereinspazieren. Er ist aufgetakelt wie ein Pirat aus der Karibik, nicht nur mit Kopftüchlein, sondern sogar mit niedrigen weiten Stiefeln und Dreiviertelhosen. Sofort sagt er: »Verdammt, wonach riecht es denn hier?« Mir bricht der kalte Schweiß aus, weil ich an den Schafskäse denke, doch er fragt: »Himalaja-Kraut?«, und kommt freundlich näher und drückt uns sogar die Hand – womit er beweist, dass er trotz seines Outfits die guten Manieren vergangener Zeiten zu schätzen weiß. Schon nach dem ersten Zug – ausgeführt mit muschelförmig zusammengelegten Händen, wie nicht einmal wir auf dem Land es noch machen – sind wir alte Freunde.

»Sandro, was soll denn das Gedudel? Hier braucht es was Handfesteres … José Feliciano: Ja, das ist der richtige Sound!«, sagt er.

Einen Augenblick glauben wir, er macht Witze. Doch er sieht uns ernst an.

»Ich schwöre, er ist der Beste unter den lebenden Gitarristen«, und tatsächlich hatten wir – es mag am Joint gelegen haben – noch nie etwas Ähnliches gehört. Es ist der Livemitschnitt eines Konzerts, und während wir uns das anhören, führt Tito, Sandros Piratenbruder, so etwas wie einen traumtänzerischen Flamenco auf.

Am Anfang dachte ich, er will uns verarschen, weil Feliciano doch der Interpret des unvergesslichen *Che sarà* war, doch dieser kleine Kerl ist der lebende Beweis dafür, dass es möglich ist, sich einen Dreck um den äußeren Schein zu scheren und trotzdem glücklich zu sein. Wenn man ihn ansah, hätte man nie in ihm den Besitzer des hochklassigen Apartments vermutet, das uns beherbergte; man hätte vielmehr geglaubt, dass er ebenfalls gerade erst mit dem VW-Bus aus dem Süden hier eingetroffen sei. Deshalb nehme ich es ihm nicht krumm, als er, nachdem er uns über unser Leben ausgefragt hat, sanft erklärt: »Dann seid ihr also die ›wahren‹ Vettern vom Lande … Und ihr bestellt es gut, hm?«

»Ehrlich gesagt, haben wir das nur geerntet: Gepflanzt hat es ein Freund von mir, und es ist ein ganzer Wald daraus geworden«, antworte ich.

»Super!«, ruft Tito.

»Ach, übrigens, wie viel verlangt ihr pro hundert Gramm?«, fragt Alain ganz unvermittelt, während er Giud mit seinem unsympathischsten Gesichtsausdruck weiterstreichelt.

»Wir verkaufen es kiloweise«, sage ich.

Tito schüttelt sich vor Lachen. »Super! Kiloweise!«

»Na schön, und das Kilo für wie viel?«, grinst Alain.

Ich gebe Apache ein Zeichen, der prompt seinen Brotbeutel auf das Tischchen knallt, und sage dann: »Das hier ist ein Geschenk für euch … für dich, Giud.« Das ist die Abkürzung für Judas, denke ich dabei.

Sie sehen uns verblüfft an, Giud inbegriffen. Tito gerät fast in Ekstase. »Verdammt! Oh, selbstverständlich seid ihr meine Gäste: Heute Abend hauen wir auf den Putz, und ich zeige euch Landeiern mal *Rome by night.*« Er ist doch ein sympathischer Typ, dieser Tito. Alain jedoch steht auf, nachdem er sich seinen Anteil genommen hat. »Also, wir gehen dann«, verkündet er und zieht den weiblichen Judas hinter sich her, der uns kaum eines Grußes würdigt.

»Was wollt ihr, so sind sie nun mal«, rechtfertigt der Pirat dieses Verhalten.

»Giuditta schien ganz anders zu sein.«

»Das Problem ist, dass sie sich mit diesem Eisschrank zusammengetan hat. Egal, entspannt euch erst mal. Ich organisiere inzwischen den Abend.«

Apache und Tarcisio bleiben den ganzen Nachmittag vor dem Fernseher hocken. Ich gönne mir ein Bad in einer Megamarmorwanne. Rino und der Schweizer schlafen sich auf den Sofas aus. Tito verschwindet eine Zeit lang, und als er zurückkommt, sagt er: »Super, diese Vettern vom Lande!«, und haut sich aufs Ohr, bis es Nacht ist, und wir losziehen.

Das Lokal ist ein makrobiotisches Restaurant. Viele Leute stehen drinnen herum, weil dort eine Ausstellung gezeigt wird. Auf die Bilder sind Schuhe in derselben grellen Farbe geklebt, mit der die Leinwand bedeckt ist – moderne Kunst eben. Wir bemerken sie sofort inmitten der Leute, auch wenn wir Gleichgültigkeit vorschützen, um nicht wie die üblichen Provinzler dazustehen. Sie hat immer noch dasselbe Unschuldsgesicht wie damals, als sie im Fernsehen auftrat. In ihrem Maxirock mit dem Blümchenmuster sieht sie nicht viel anders aus als die Bäuerin, in die sich Millionen von Italienern verliebt haben. Auch sie bemerkt uns: Wahrscheinlich, weil auch wir uns mit unseren Frisuren nicht allzu sehr von den Bauern im Fernsehfilm unterscheiden. Es ist unglaublich, aber ein paar Minuten später habe ich sie neben mir. Das Erste, was ich sehe, ist ihre große Nase, aber mein Gott, wie gut sie ihr steht! Wir haben beide ein eigenes Glas Cidre, und sie fragt mich, ob ich Italiener sei.

»Hm, ja«, stottere ich, und das Blut pulsiert mir in den Ohren. Ich bin heilfroh, dass ich von der Megawanne Gebrauch gemacht habe.

»Woher?«, und nachdem ich es ihr gesagt habe, ruft sie: »Was für magische Orte!«, und zitiert De Martino und *Christus kam nur bis Eboli*. Das muss eine fixe Idee der Städterinnen sein.

»Stimmt, die Luft dort ist stark mit *Mana* aufgeladen«, schiebe ich nach, um den Effekt zu steigern.

Verunsichert blicken ihre großen haselnussbraunen Augen mich an.

»Mit kosmischer Energie, meine ich.«

»Ach so«, sagt sie bewundernd – Volltreffer!

»Es hat den Anschein, als hätten die Tempelritter den Heiligen Gral dort versteckt«, setze ich noch einen drauf, und daraufhin will sie, dass ich ihr alles erzähle, und ich erzähle es ihr, während sie gar nicht mehr aufhört, mich mit ihrem berühmten verschämten Blick anzusehen. In der Zwischenzeit haben wir uns auf eine Bank gesetzt, und da nicht viel Platz ist, sitzen wir eng beieinander. Sie ist so großartig, so gefesselt von meinen Geschichten – ich spule haarklein mein ganzes Repertoire einschließlich der Harmonie der Sphären ab, bin mir aber nicht sicher, ob ich ihr die »wahre« Herkunft der *Verlobten* verraten soll: Vielleicht hat sie, sage ich mir, die Nase schon gestrichen voll, auch wenn sie den Eindruck erweckt, dass sie sich nichts entgehen lassen will, aber leider erwartet sie einen Anruf. »Warum kommst du nicht auf einen Sprung zu mir rauf?«, fragt sie. »Dann kommen wir wieder her. Ich wohne gleich um die Ecke.«

Ich gebe Rino und den anderen ein Zeichen und gehe an ihren ungläubigen Gesichtern vorbei, immer hinter ihr her: Ja, wir sehen wirklich so aus wie eines jener Paare, die in den Illustrierten landen – und das täte mir gar nicht leid, wenn ich an Giuditta, dieses Miststück, denke. Da würde sie uns mal sehen: Ich – jung, rebellisch, zudem aus einer geheimnisvollen Gegend, die kosmisches *Mana* ausstrahlt. Sie – berühmt, aber angeekelt von der hohlen Welt des Showbusiness, wie die Klamotten, die sie trägt, eindeutig beweisen. Sie wohnt in einer kleinen Mansarde voller tibetischer Skulpturen und *Thangkas*, wo sie nun indische Musik auflegt, und um nicht aus der Rolle zu fallen, drehe ich mir einen Joint. Ich reiche ihn ihr, aber sie schüttelt den Kopf. »Davon bekomme ich Herzrasen«, gesteht sie. Ehrlich gesagt, mir geht es genauso, und außerdem wird alles zu intensiv und zu aufgeladen mit unverständlichen Bedeutungen. Trotzdem zünde ich ihn an. Wir sitzen auf dem schmalen

Sofa, an dem vermutlich auch die Beine abgesägt wurden, und ich soll ihr noch etwas über den magischen Süden erzählen, aber ich weiß nicht recht … Irgendwie ist der Zauber verflogen. Sie drückt die Schultern gegen die Armlehne und sieht mich schweigend an: Ich komme ihr wohl exotisch vor mit dem Akzent, in den ich verfalle. Dann blicke auch ich sie schweigend an, und sie erscheint mir bildschön, und wie die Lage nun einmal ist, hätte ich beinahe … Aber jetzt schrillt das Telefon. Sie steht auf, wobei sie mir mit der Seide ihres flatternden Rocks übers Gesicht streicht, und sagt: »Einen Augenblick.«

Ihre Stimme aus dem anderen Zimmer zu hören, ist, als hätte man den Fernseher eingeschaltet: Doch sie ist leibhaftig anwesend, und es ist so wunderbar, hier zu sitzen und auf sie zu warten, darauf zu warten, dass sie nach »einem Augenblick« den Hörer auflegen und sich wieder neben mich setzen wird. Unterdessen hat sie den Ton zu einem undeutlichen Flüstern gedämpft, und während der Warterei nicke ich ein, entweder weil ich nach der Reise einfach müde bin oder weil das Gras mich umhaut – immerhin habe ich mir allein einen ganzen Joint reingezogen.

Als ich aufwache, ist es vier Uhr. Ich suche vergebens die Wohnung nach ihr ab und betrachte die Fotos überall; sie zeigen sie, wie sie einen Preis entgegennimmt, auf einer Party, in jener berühmten Fernsehserie, und ich erinnere mich an das Gefühl quälender Sehnsucht, das mich in jenen kalten Winternächten überfiel, wenn ich eine Folge sah, und daran, dass ich jedes Mal von ihr träumte, auch wenn Tante Ines und Onkel Teodorino schnarchten. Bei der Aussicht, dass das nun so weitergehen würde, strecke ich mich wenigstens in ihrem leeren Bett aus – wohin hätte ich um diese Uhrzeit schon gehen sollen? Die Laken duften nach ihrem würzigen Parfüm. Anstelle von Sprungfedern gibt es ein Holzbrett: Die Merkwürdigkeiten des *star system*, denke ich und schlafe trotzdem wie ein Stein.

Am Morgen nehme ich einen Omnibus zum Giulio Cesare. Dort treffe ich meine Freunde im Bulli an. Sie empfangen mich wie einen Helden, und eigentlich nur, um sie nicht zu enttäuschen, sauge ich mir intime Details über mein sensationelles Abenteuer aus den Fingern. Rino hat den Wagen kaum in Bewegung gesetzt, als auf der anderen Straßenseite Giuditta vorbeigeht, die immer noch an Alain klebt.

»Sie ist ein Miststück, aber gefickt hat sie gut«, gestehe ich ihr als erfahrener Herzensbrecher zu.

»Und ob!«, »Sehr richtig«, »Das muss man ihr lassen«, kommentieren alle bis auf den Schweizer.

Dass ich mir eingebildet hatte, der Einzige gewesen zu sein, lasse ich mir nicht anmerken, während sie andeutungsweise das Kinn zum Gruß hebt, und einen Augenblick später sind wir sowieso schon weit weg.

19

Meine von Mal zu Mal unglaubwürdigeren Berichte über jene Nacht boten Stoff für die folgenden Wochen. Ich erzählte, und meine Freunde wurden nicht müde, mir zuzuhören. Ich ging sogar so weit zu behaupten, meine berühmte Geliebte wünsche, dass ich nach Abschluss ihrer Tournee zu ihr nach Rom ziehe und dass sie sich meinetwegen scheiden lassen wolle – sie, die überhaupt nicht verheiratet war. Und wenn keiner von ihnen jemals in Zweifel zog, was ich sagte, so lag das nicht an meinem Fabuliertalent: Während sie mit brüchiger Stimme den angeschwollenen Fluss meiner Phantasie mit ihren Fragen begleiteten, verrieten mir ihre begeisterten Gesichter, dass sie einfach nur das Bedürfnis zu träumen hatten. Von einer Schauspielerin zu träumen, noch dazu von einer, die im Fernsehen auftritt – ganz schön abgeschmackt, oder? Aber gibt es etwas Verführerischeres als Schönheit, kombiniert mit Berühmtheit? War Venus denn nicht nur wunderschön, sondern auch, wie unser Serienstar, eine »Diva«, eine Göttin? Und hatte Paris sie nicht etwa der Macht, dem Genius und dem Ruhm vorgezogen? Und inwiefern sollten wir – arme Burschen vom Lande – uns anders fühlen als der Hirt aus Troja? Obwohl es heißt, dass lügen zur Lehrzeit jedes Schriftstellers gehört und ich Schriftsteller werden wollte, war ich dennoch der Erste, der dieses Geflunker nicht mehr aushielt, und das Merkwürdigste war, dass Rino und die anderen es auch vergaßen, schlagartig und mitsamt meinen bindenden Zusagen, für die sie von mir niemals Rechenschaft verlangten. Wenn man es recht bedenkt, verhielten sie sich wie jemand, der aus einem Traum erwacht. Wir kehrten zu unseren üblichen Beschäftigungen zurück und schmiedeten Pläne für die Ferien.

Einem Brauch entsprechend, der sich in jenen Jahren bis in den Süden verbreitet hatte, zogen nun auch bei uns Schüler und Studenten im Sommer ins Ausland – vorzugsweise in die Schweiz oder nach Deutschland –, um, wie man so schön sagt, »Erfahrungen zu sammeln« oder um als Tellerwäscher in Restaurants oder Hotels der miesesten Kategorie zu arbeiten und goldene Reserven für den Winter anzulegen oder um eine angemessene Zahl von Nordländerinnen zu bumsen und außerdem Sprachen zu lernen: in der Regel Deutsch, vor allem aber genügend Englisch, das uns trotz mangelhafter Beherrschung das Gefühl vermittelte, Weltbürger zu sein. In jenem Jahr hatte ich es mir in den Kopf gesetzt, ebenfalls zu verreisen, um »Erfahrungen zu sammeln«, und ich hatte sogar bei der Großmutter schon das Terrain erkundet und festgestellt, dass sie wieder einmal mehr als entgegenkommend war. Allerdings wartete in jenem Sommer eine Erfahrung ganz anderer Art auf mich.

Alles hatte, ohne dass es mir bewusst gewesen wäre, zwei Monate zuvor begonnen. Wir saßen zusammengequetscht in Apaches Fiat 124 und kurvten ziellos durch die Gegend, als wir das unverwechselbare Getöse von Gileras Roller – eine Mischung aus Hubschrauber und Maschinengewehr – vernahmen. Endlich hatte er es geschafft und sich tatsächlich einen gekauft. Wir streckten die Arme aus dem Fenster und fuchtelten herum, während er in seiner schwarzen Lederjacke, die Hände in den langen Nietenhandschuhen auf die *Chopper*-Lenkstange gelegt, grußlos zu uns aufschloss. Im Rausch der Geschwindigkeit fuhren wir ein paar hundert Meter nebeneinander her, bis er uns mit einer phänomenalen Beschleunigung exakt vor der großen Kurve der Staatsstraße überholte, wo sich unsere Wege unwiderruflich trennten. Da wir gezwungen waren, das Steuer scharf herumzureißen, warfen die Schleuderkräfte uns alle nach rechts, während Gilera geradeaus weiterflitzte. Wir sahen, wie er sich triumphal in die Lüfte erhob und über die Leitplanke hinausschoss. Sein Schatten und der seines Rollers zeichneten sich einige Augenblicke lang gegen die Mondscheibe ab, die tief über dem silbern schimmernden Tal hing. Nicht einmal der weichen Getreidedecke gelang es, den Aufprall abzudämpfen. Kurz bevor er in meinen Armen starb, hauchte er mir noch ein paar Worte ins Ohr.

Zwei Tage später gingen wir zu seinem Haus auf dem Land, aber nicht einmal die Tatsache, dass wir uns jetzt unter dem Vorwand der Beileidsbekundung an seine unvergleichlichen Schwestern Incoronata und Concetta Campochiaro hätten drücken können, gab uns den Mut einzutreten. Wir blieben draußen auf der Wiese unter den blühenden Mandelzweigen stehen, zusammen mit den anderen. Ringsum herrschte eine seltsame Stille. Gilera, ein Junge von gerade einmal siebzehn, war tot, und die Männer aus dem Dorf lehnten sich an die Bäume oder setzten sich ins Gras, um eine zu rauchen und sich in der milden Luft des Nachmittags zu unterhalten, stets im vollen Bewusstsein der Unausweichlichkeit des menschlichen Schicksals. Dann hörten wir Schreie drinnen, und alle, bis auf uns, setzten sich in Bewegung. Traurig schlossen sie sich dem Zug an, der sich vom Haus auf den kleinen Pfad zubewegte, mit dem Sarg, der wie ein poliertes Holzboot auf den Schultern der Hinterbliebenen schaukelte. Wir sahen, wie er in der Stille der Felder immer wieder aufglänzte, einer Stille, die hin und wieder von den verzweifelten Schreien, die aus immer größerer Entfernung zu uns drangen, zerrissen wurde.

Etwa zwei Monate nach diesem traurigen Tag und unmittelbar nach meiner Rückkehr aus Rom merkte ich, dass die aus dem 18. Jahrhundert stammende Orgel etwas verstimmt war. Deshalb blieb ich nach dem Ende der Messe in der Kirche, um das Instrument zu stimmen, als mich plötzlich jemand am Ärmel zupfte. Es war Incoronata Campochiaro. Nach dem Tod ihres Bruders hatte sie nicht nur die Schule verlassen, sondern auch ihren Verlobten Titino Darsena, einen stumpfsinnigen jungen Kerl, der aber das bestsortierte Warenhaus im Ort besaß. Seither war die Kirche ihr

Zufluchtsort geworden; zu jeder Tageszeit traf man sie dort an, immer auf den Knien und mit bedecktem Haupt. Sie war majestätisch, bleich und schöner denn je: Schwarz stand ihr zweifellos gut zu Gesicht. Sie sagte: »Ich muss mal mit dir reden, Carlì.«

Ich machte ihr neben mir auf der Bank Platz. Sie wirkte gefasst, als sie meine Hand zwischen die ihren nahm und gestand: »Heut Nacht iss mir im Schlaf der Liborio erschienen.«

»Weeer?«

»Liborio, mein Bru ... Also, der Tote.« Für uns war er immer nur Gilera gewesen. »Jede Nacht tut er mir jetzt erscheinen.«

»Und was sagt er zu dir?«, frage ich, nachdem ich mit einer gewissen Verwunderung zur Kenntnis genommen habe, dass sie sich fest an mich drückt.

»Die tollsten Sachen hat er mir erzählt ... In der Familie ham wir ihn immer wie ’nen Trottel behandelt.«

›Was das anbelangt, so hat sich diese Behandlung nicht auf eure Familie beschränkt‹, denke ich.

»Aber jetzt isser bös. Du weißt doch, wie das iss, mit den Seelen der Toten. Die sind imstand und ziehen dich an den Füßen, auch wenn sie’s gar nicht wollen, und werfen den bösen Blick auf dich. Man muss sie besänftigen ...«

›Scheint ja ’ne ganze Sippe von Trotteln zu sein‹, denke ich bei mir. »Jaja, man muss sie besänftigen ... Aber was hat das mit mir zu tun?«

»Du bist der Letzte, der ihn hat was sagn hörn ... Was hat er dir denn gesagt?«

»Tja, ich weiß nicht. Er hat was gemurmelt, der Ärmste. Ich hab’s nicht richtig verstanden.«

Sie sieht mich an, als hielte ich den Schlüssel zu wer weiß was für einem Geheimnis in der Hand: »Mir hat er’s gesagt, mir hat er’s gesagt.« Dann führt sie meine Hände an ihren üppigen Busen, schließt die Augen und sagt: »Du musst die Blume pflücken.«

Ich sitze also da, habe endlich die Hände im Spiel – mein Gott, was für Titten! – und frage: »Aber was für ’ne Blume denn?«

»Die Blume meiner Keuschheit! Ich bin Jungfrau, und das iss die einzige Möglichkeit, die Seele meines Bruders, die wo so leidet, zu besänftigen … Um sich für all das Böse zu rächen, was wir ihm angetan haben, will er mich beschmutzt sehen, dieser Scheißke … Friede sei seiner Seele.«

Sie ist wirklich übergeschnappt, andererseits aber auch so lieb, dass es mir gar nicht in den Sinn kommt, ihr zu widersprechen. »Tja, wenn er das gesagt hat, der Gilera … der Liborio, meine ich.«

»Du bist 'n Schwein, ich hab's immer gewusst. Glaubst du vielleicht, ich hab's nicht gemerkt, wie zudringlich du im Bus geworden bist?«

»Wir sind auch nur aus Fleisch, Inco.«

»Und das bekommst du, das Fleisch, mein Fleisch, du Unglücksmensch … Ich muss für das Böse büßen, was ich meinem armen kleinen Liborio angetan hab, und zwar bei mir daheim, in meinem Bett: Das isses, was er mir gesagt hat.«

Mir zittern ein wenig die Knie, als ich mich mitten in der Nacht zum offenen Fenster hineinbeuge. Da liegt sie, die Arme nach oben gestreckt, als wären sie ans Kopfteil des Bettes gebunden. Auf ihren weißen Unterrock fällt das Licht des Mondes, und ihre Augen sind weit aufgerissen. Sie starrt mich an wie ein Opfertier, während ich mich nun neben sie setze und sie auf Stirn, Wangen und Lippen küsse. Wütend schiebt sie mich weg. »Mach schnell!«, und mein Gott, wie ich gehorche!

Am Anfang bleibt sie teilnahmslos. Urplötzlich beißt sie sich in die Hand, als ich sie nach einigen Versuchen – es ist anstrengender, als ich gedacht hatte – endlich ficken kann. Ich fühle, wie er in ihren heißen Blutstropfen badet, und bin schon völlig ausgepumpt. Sie dagegen bleibt ungerührt, schließlich »besänftigt« sie ja nur die Seele ihres verstorbenen Bruders. Zu guter Letzt jedoch – ich hatte schon jede Hoffnung aufgegeben – beginnt sie, sich zu bewegen und zu stöhnen. Sie umarmt mich, küsst mich, besabbert mich, beißt mich, schlingt mir die Beine um die Hüften und sagt: »Heilige Muttergottes, das ist zu schön … Ich merke, dass du mich lieb hast, wegen dem, was du mit mir machst, ja, mach nur.« Das war offensichtlich an den armen Gilera gerichtet, und weiter dann an mich: »Gib's mir, gib's mir, gib's mir«, aber in der Zwischenzeit hatte ich schon alles gegeben. Sie hat jetzt überhaupt nichts mehr gegen mich, sondern erklärt sogar: »Du bist der Mann meines Lebens.«

Das erscheint mir übertrieben, aber … Jetzt ist sie so anders, sie kommt mir nicht einmal mehr so übergeschnappt vor. Sie leckt ihn mir hingebungsvoll, und als ich wieder flott bin, fleht sie mich an: »Sag alles, was ich dir machen soll, und ich mach's.« Es wird wohl diese Mischung aus Naivität und Laszivität sein, in die ich mich verliebe, während ich, ausgelaugt wie noch nie zuvor, nach Hause gehe.

In der nächsten Nacht und in der übernächsten lernen wir uns besser kennen, bis sie mich vor der vierten Nacht für den Sonntag zum Mittagessen einlädt, was in unseren Breiten der amtlichen Besiegelung einer Liebschaft gleichkommt.

»Und deine Mutter?«

»Sie erwartet dich.«

»Aber sind wir denn nicht zu jung dafür?«

»Und zum Vögeln, dafür bist du wohl nicht zu jung, was?«

So finde ich mich praktisch als »Hausverlobter« wieder, wie man so schön sagt. Nicht dass ich etwas dagegenhätte. Ihre verwitwete Mutter, Torrediluna, behandelt mich, wie sie ihren verstorbenen Sohn behandelt hätte, wäre er wiederauferstanden. »Er ist auch ihr im Traum erschienen und hat gesagt, dass wir heiraten müssen«, erklärt Inco. Das ist allerdings das letzte Anzeichen ihres Totenwahns. Ansonsten ist sie ganz verrückt nach mir, der ich lebendig bin, im Augenblick jedenfalls noch, denn ich weiß nicht, wie lange ich ihre Leidenschaftsausbrüche, die sich mit stillschweigendem Einverständnis ihrer Mutter jederzeit entladen können, überleben werde. Sie ist ein tolles Weib, hat einen prachtvollen Körper und eine natürliche Begabung zur Geisha. Wie eine Geisha ist sie ganz da für ihren Herrn, der in diesem Fall ich sein würde. Sie ist ebenso gut am Herd wie im Bett – inzwischen bin ich schon ständiger Gast im Haus. Nur ist sie so besitzergreifend. Wenn ich sage, dass ich verreisen möchte, um mit meinen Freunden »Erfahrungen zu sammeln«, nimmt sie meine Hand, schiebt sie zwischen ihre Schenkel, lässt mich durch eine Laufmasche ihrer Strümpfe ihr glühendes Fleisch spüren und sagt dann: »Genügen dir denn die Erfahrungen nicht, die du bei mir sammelst?«

»Darum geht es nicht. Es ist nur, dass ich in meinem Alter sehen muss, wie die Welt beschaffen ist.«

Sie rutscht der Länge nach an mir herunter. »Und warum weißt du nicht, wie ...« Die letzten Worte sagt sie nicht, weil sie ihn schon im Mund hat und lutscht, mein Gott, und wie sie das macht! Sie ist die Frau, von der jeder Mann träumt. So verabschiede ich mich ohne allzu großes Bedauern von meinen Freunden, die sich an einem makellos strahlenden Julimorgen auf die Reise machen.

Zwei Monate später bin ich nur noch der Schatten meiner selbst. Incoronata mag ja ein Vulkan der Sinnenfreude sein, aber was zu viel ist, ist zu viel. Ich sperre mich zu Hause ein und schütze eine Krankheit vor. An einem regnerischen Nachmittag Ende September höre ich, wie es klopft. Einen Moment denke ich, dass sie es ist, aber obwohl sie sich vor Sehnsucht verzehrt, hätte nicht einmal Inco den Mut, Nonnilde gegenüberzutreten, die nichts von unserer Verlobung weiß oder zumindest so tut, als wüsste sie nichts. Jedenfalls öffne ich die Tür und sehe Rinos Gesicht vor mir.

»Wir sind wieder da«, sagt er. »Aber was ist denn mit dir los?«

»Ich fühle mich nicht wohl«, antworte ich, ohne ihn hereinzulassen.

»Tja, man sieht's. Sie hat wohl Kleinholz aus dir gemacht, hm? Das hier wird dir auf jeden Fall guttun.« Er öffnet die Faust, und in seiner Hand liegen orangefarbene Kapseln.

»Ellessdee«, sagt er.

»Ellessdee?«, frage ich.

»Orrriginnnal holländisch! Wir nehmen sie heute Abend ...«

»Eigentlich, na ja … Wenn Inco mich sieht! Ich hab ihr gesagt, ich hätte Fieber.«

»Dann hat sie dich ja schon voll versklavt. Du weißt nicht, was dir entgeht, und außerdem haben wir dir 'ne Menge zu erzählen. Ach, komm schon, stell dich nicht so an.«

Recht hat er, denke ich – eine angenehme Überraschung ist genau das, was ich jetzt brauche.

»In Ordnung, und wo?«

»Bei Apache zu Hause. Seine Eltern sind nach Belluno gefahren, zu ihrem Ältesten, der sich einen Bruch gehoben hat.«

»Aber wohnen bei Apache denn nicht die Carabinieri im Haus?«

»Um diese Uhrzeit haben die Dienst. Die Alternative wäre bei Tarcisio auf dem Land, aber bei dieser Kälte … Sei ganz beruhigt, ich hab's schon in Amsterdam ausprobiert.«

»Waaas – in Amsterdam bist du auch gewesen?«

»Überall bin ich gewesen. Und weißt du, wen ich getroffen habe? *Sonia*, jawoll, die Schwester von Fausto CalcianTour! Ich hab sie nicht nur getroffen, sondern auch gevögelt. Stell dir vor, bei all dem Zaster, den die hat, haust sie in einem Schuppen am Fluss! Nicht zu fassen. Dann bleibt es also dabei: um sechs bei Apache.«

Apaches Haus ist eigentlich eine Pension – die Pension Miramonti. In den vier Stockwerken leben seine Familie und eine gewisse Anzahl von Stammgästen, darunter die Dorf-Carabinieri, die sich ein Klo mit der Wohnung teilen, in der wir das Acid zu uns nehmen. Mit von der Partie sind außer mir, dem Hausherrn und Rino noch Tarcisio und der Schweizer, den die Nähe der Polizisten nervös zu machen scheint.

»Müssen wir ausgerechnet hier Drogen nehmen?«

»Immer mit der Ruhe, Schweizer. Gleich wirst du sehen, was für 'n Genuss das ist«, sagt Rino, während er die Pillen verteilt.

In der Erwartung, dass sie ihre Wirkung entfalten, erläutert uns Apache stolz die offensichtlich »alternative« Einrichtung seines Zimmers, eine kleine Wohnlandschaft mit Baumstammscheiben, bunt angemalten Abfalltonnen, einem gipsernen Säulenkapitell, zwei aus der Mülldeponie geretteten Korbsesseln, einem Büchergestell aus Eternit-Lochziegeln und einer grün lackierten 50er-Jahre-Konsole, von der herunter uns die mittelgroßen Fotos von Apaches verstorbenen Großeltern anstarren. Die sehen tatsächlich wie zwei Rothäute aus – vor allem die Großmutter in ihrer herkömmlichen Tracht mit einem Kränzchen über der Stirn.

Eine halbe Stunde später ist der Schweizer dazu übergegangen, sich über Rino lustig zu machen: »Du Schwachkopf, dir ham sie Aspirin angedreht oder ’n ganz ordinäres Abführmittel.« Er lacht noch, als wir merken, wie er blass wird. Auf die Porträts von Apaches Indianergroßeltern starrend, sagt er: »Verdammt, die bewegen die Lippen ... Die sagen was, schau.« Lachend tritt Tarcisio zu ihm, doch da fängt auch er plötzlich an, vor Angst zu wimmern. Der Schweizer packt ihn, trotz seines Schreckens, an der Gurgel: »Du willst mich ruinieren, du Arschloch! Hier wimmelt es von Carabinieri, und wenn die uns erwischen, wie komme ich dann noch an mein Visum ran?«

Rino ist der Einzige, der das Acid bereits probiert hat, und versucht uns nun zu erklären, dass es sich nur um eine optische Täuschung handelt, die das Rauschgift auf der Netzhaut erzeugt. Um uns zu beruhigen, nimmt er eines der beiden Fotos, doch angesichts des Gegrinses des ausgewählten Verstorbenen überläuft es ihn kalt. »Verdammt noch mal! Apache, wie hältst du es nur aus, diese Kretins immer vor Augen zu haben?« Also werden die Bilder umgedreht und auf den Tisch gelegt, und in diesem Augenblick befinden wir uns plötzlich mitten auf dem magischen Trip, wie man das nannte. Das LSD verleiht uns Momente unsäglicher Ekstase. Es kommt uns vor, als schwebten wir auf dem Klangteppich der Musik – der typische Effekt der Levitation, von der die Kulturen der Ekstase sprechen –, wobei sich Allmachtsgefühle mit Todesgefühlen abwechseln, wie es bereits William James, der Bruder des berühmteren Henry, des Schriftstellers, und der Vater der modernen Psychologie, in seinen Untersuchungen über veränderte Bewusstseinszustände ausführlich dargelegt hat. Wir sind high, kurz gesagt. Oder besser gesagt: Wir wären high, wäre da nicht der Schweizer.

Nach der Todesvision, die er hatte, ohne auch nur im Mindesten *Das tibetische Totenbuch* – den Katechismus der psychedelischen Kirche – zu kennen, befindet auch er sich voll in mystischer Trance. Irgendwann tiriliert er: »Ich komm mir vor wie 'n Vögelchen«, und flattert im Zimmer herum, das sich schlagartig mit anderem schnatternden Federvieh füllt – dem Rest der Kompanie. In diesem Moment legt der Schweizer auch schon wieder mit seiner Paranoia los. »Pssst! Verdammt! Nicht lachen. Die Caramba sind da!« Tatsächlich wirken die mit kastanienfarbenen Papp-Achtecken beklebten Wände jetzt so dünn wie Zeltbahnen, und es kommt uns vor, als sähen wir die Caramba dahinter hervoräugen und hörten ihre Stimmen sagen: ›Die haben sich aber zugedröhnt!‹ Der Schweizer dreht die Musik ab und fordert absolute Stille. Und wieder einmal ist es Rino, der für Beruhigung sorgt. »Vergiss nicht, dass *wir* die Richtung der Reise bestimmen«, sagt er in prophetischem Tonfall zum Schweizer, und merkwürdigerweise scheint der sich tatsächlich zu beruhigen, obwohl er offensichtlich nicht das Geringste verstanden hat. Keiner hat es kapiert, ehrlich gesagt, aber wir sind nun mit dem Anblick beschäftigt, der sich uns plötzlich bietet, denn überall im Zimmer blühen Blumen auf. Sie haben dieselben schwellenden Formen und dieselben Pastellfarben wie jene, die wir tausendmal auf den Hüllen unserer Lieblingsplatten gesehen haben –, und es dämmert uns, wo das Phänomen der *Flower Power* seinen Ursprung haben mag. Noch im elendigsten Ort der Welt gibt es also einen Garten Eden, der sich nun vor unseren erstaunten Augen belebt. Nach ein paar Minuten, Stunden oder Äonen – wer kann das schon sagen? – kommt es zu gravierenden Komplikationen. Tarcisio steht auf und geht zur Tür. Der Schweizer fällt über ihn her. »Was willst du, du Idiot?«, brüllt er ihn an.

»Pissen.« Der springende Punkt ist, dass er sich zu diesem Behufe jener Toilette bedienen müsste, die mit der Polente geteilt wird. »Schlag dir das aus dem Kopf, zugedröhnt, wie du bist. Wenn dich ein Caramba sieht, landen wir alle im Knast, und ich bin erledigt.« Er zieht den Türschlüssel ab und steckt ihn in seine Tasche, und eine Zeit lang delektieren wir uns an dem Duett, weil wir glauben, dass der Schweizer im Grunde nur Spaß macht. Aber er macht keinen Spaß.

Tarcisio schreit: »Sperr auf, verdammt, mir platzt die Blase.«

»Leck mich.«

»Pass auf, dass ich nicht auf den Boden pinkle. Ich halt's nicht mehr aus.«

»Hier geht keiner raus, bevor dieser ganze Drogenscheiß vorbei ist.«

Tarcisio macht seine Ankündigung schließlich wahr. Er stellt sich an die Wand und pisst dagegen. Ewig dauert das, endlos, ein Schwall, ein Meer, ein Ozean von Pisse. Apache, der gerade noch gelacht hat, lacht jetzt nicht mehr. Stocksauer steht er auf: »Was fällt dir ein? Du pisst mir das Zimmer voll, du Pisser.«

»Der da hat mich nicht rausgelassen!«

»Immer mit der Ruhe«, sagt Rino abgeklärt. »Wo ist das Problem? Nachher wischen wir einmal durch.«

»Was heißt hier Ruhe? Scheißruhe! Was stellst du dir vor? Da pinkelt mir einer die Bude voll ... Wir sind doch nicht im Busch!«

»Emmental, her mit dem Schlüssel, ich kann's auch nicht mehr halten«, sagt mit neuer Verve Rino, der überraschend die Maske des psychedelischen Weisen fallen gelassen hat.

»Einen Scheiß werd ich tun ... Leckt mich doch, ihr Papasöhnchen. Ich muss von meiner eigenen Hände Arbeit leben, und wenn die mich einbuchten, kann ich mir das Visum für die Schweiz abschminken.«

»Schweizer, her mit dem Schlüssel!«, flehen wir ihn nacheinander an, gedrängt von einem plötzlichen, unaufhaltsamen Bedürfnis.

»Nur über meine Leiche«, sagt er. Und wir fangen schon mal an, fallen über ihn her, ziehen ihn nackt aus, aber nichts, der Schlüssel ist nicht da. Er muss ihn irgendwo versteckt haben.

Es dauert nicht lang, und das Zimmer mutiert zu einer Bedürfnisanstalt. Abwechselnd bespritzen wir die braunen Papp-Achtecke, die unter unseren ergiebigen Strahlen schon wie Herzen pulsieren. Apache weint, lacht, weint, dann schifft auch er. In die Sessel gelümmelt und die Füße hochgelegt, bleiben wir in diesem Pissemeer sitzen wie Schiffbrüchige auf Flößen. Der Schweizer döst ein. Hin und wieder schlägt er die Augen auf und fragt schläfrig: »Sind wir immer noch high?«

Ja, wir sind noch high. Jetzt fühlen wir uns vom ganzen Dorf umzingelt – vorneweg sehe ich meine Großmutter –, wie in Szenen, in denen gleich jemand gelyncht wird. Unsere Haut ist grün, schuppig, das Herz rast, der Speichel fließt nicht mehr – und das soll nun die psychedelische Erfahrung sein? Garantiert ist es das letzte Mal, dass ich sie mache, und sobald die Wirkung des Stoffs nachlässt, kehre ich liebend gern in Incoronatas Arme zurück.

Ich kam mir vor wie ein Krieger, der aus einer großen, verlustreichen Schlacht heimkehrt, als ich sie küsste – ich spürte, wie das Blut in ihren Lippen pochte und wie groß ihre Liebe war. Ja, sie war zu groß. Inco wollte mich ganz für sich allein, und jetzt, da meine Freunde wieder da waren, rang sie mir das Versprechen ab, mich nicht mehr mit ihnen zu treffen. Das war nicht schwer, nach allem, was passiert war. Wenn wir nicht beisammen waren, blieb ich allein zu Hause, aber es bedrückte mich nicht. Ich hatte mein Gleichgewicht wiedergefunden. Eines Nachmittags erzählte ich ihr zur Abwechslung von Amerika, Onkel Richard, seinem märchenhaften Reichtum und davon, dass wir nach unserer Heirat bei ihm wohnen würden, dass er fest damit rechne.

»Wieso bist du dir da so sicher?«

Ich antwortete, dass es gar nicht anders sein könne: Mein Vater sei für Onkel Richard mehr gewesen als ein Sohn.

»Ja, aber hat er sich denn jemals bei dir gemeldet? Was weiß ich, hat er dir je ’nen Brief geschrieben? Oder irgend ’n Geschenk geschickt oder Geld, wenn er schon so ’n Haufen hat?«

Ich schüttelte den Kopf.

»Wenn er dich bei sich haben wollte, würde er dich sicher einladen. Und außerdem läuft die Ölfabrik wieder wie geschmiert. Erklär mir doch mal, warum wir da weggehen und die armen Einwanderer spielen sollten? Wieso sollten wir deinen Onkel um Almosen bitten, wenn wir hier alles haben, was wir brauchen? Das wär doch ein echter Blödsinn, mein Schatz.«

Wir lagen auf einer Wiese. Aus der Ferne drangen durch den Schleier der Abendluft die Klänge von Maestro Fusacchios Kapelle zu uns herüber. Ich erinnere mich, dass ich Inco, während sie mich umarmte, recht gab. Meine großen Hoffnungen – die strahlende Zukunft in Amerika, die Karriere als Magnat an der Seite von Onkel Richard oder die noch ruhmreichere Karriere als Schriftsteller – waren nichts als Jugendträume, und nun war die Zeit gekommen, sich von ihnen zu verabschieden.

Inco hatte auch in Bezug auf die Ölfabrik recht, wie mir Nonnilde ein paar Tage später bestätigte. Sie kam vorbei und bat mich in ihr Zimmer. Ich sollte sie in den Betrieb begleiten, was seit Jahren nicht mehr passiert war. Dort zeigte sie mir stolz die Bilanz, das Ergebnis ihrer beharrlichen Mühen, und sagte: »Jetzt muss ich nur noch das Kapital auftreiben, damit ich die Verarbeitungsprozesse automatisieren kann, und verlass dich drauf, dass ich es auftreibe … Dich zum Landvermesser ausbilden zu lassen war ein Fehler: Unsere Zukunft liegt in der Olive. Was es zu lernen gibt, wirst du von mir lernen. Mach im Herbst dein Diplom, dann geht's an die Arbeit.«

Alles in allem hätte ich zufrieden sein sollen. Der Firma *Premiata Olii Superfini* war es niemals besser gegangen, und meine Zukunft stellte sich ohne Unwägbarkeiten dar. Aber genau das war es, was mir Angst machte. Ich wusste ganz genau, welches Schicksal mich erwartete – das meiner Onkel nämlich, dasselbe, das auch meinen Vater unglücklich gemacht hatte. Bald erschien mir Inconata als das, was sie war: eine weitere Kette in meinem künftigen Sklavendasein. Ich liebte sie immer noch, klar, aber mit jedem Tag wurden mir ihr Klettenverhalten und ihr Gefühlsüberschwang unerträglicher. Keinen Augenblick hatte ich meine Ruhe. Im Autobus – sie ging nun wieder zur Schule – musste ich neben ihr sitzen und Händchen halten, und wenn wir nicht zusammen waren, verfolgte sie mich mit ihren Anrufen – dank der Erholung der Firma hatten auch wir jetzt leider ein Telefon. Aber was wäre ich ohne sie gewesen? Außerdem ertrug ich den Gedanken nicht, sie bei einem anderen zu wissen – den Gedanken daran, was sie mit einem anderen machen würde.

Ich versuche, im Schreiben Trost zu finden. Auch wenn ich mich damit abgefunden habe, im Dorf zu bleiben und bei der Großmutter zu arbeiten, verzichte ich nicht auf meine Berufung; im Übrigen könnte ich Dutzende von Schriftstellern aufzählen, die Industrielle waren oder aus der Provinz stammten. Nur, es kommt nichts. Stundenlang sitze ich vor einem leeren Blatt und fühle mich ausgelaugt und ausgedorrt. Deshalb mache ich mich ans Büffeln und bestehe problemlos die Prüfungen, immerhin.

Eines Tages hat Incoronata Fieber, und statt auf den Omnibus zu warten, fahre ich per Anhalter. Ich erwische den Fiat 124 mit Apache und Tarcisio, die beide nun auch die Schule hinter sich haben und für eine neue Sommerreise bereit sind.

»Aber keine Arbeit, dieses Jahr.« – »Wir machen uns ein schönes Leben in Christiania«, sagen sie.

»Christiania? Und wo soll das bitte sein?«, frage ich.

»In Kopenhagen. Das ist das Hippie-Viertel. Rino sagt, dass dich gleich nach der Ankunft die Wikingerinnen anspringen. Sie brauchen sich nicht einmal auszuziehen, weil sie schon alle nackt sind … Und du, was machst du? Immer noch mit Incoronata zusammen? Aber hängt dir das nicht schon zum Hals raus? Warum kommst du nicht mit uns? Mit der kannst du das ganze Leben noch zusammen sein.«

Ja, ich habe das ganze Leben noch vor mir – mit ihr und Nonnilde. Einen letzten Urlaub könnte ich mir da schon noch gönnen. Nur wer bringt es Inco bei? Und wer sagt es der Großmutter?

Die Großmutter sagt es mir selbst. Kaum habe ich sie über den glücklichen Ausgang meiner Schulzeit in Kenntnis gesetzt, gesteht sie mir großmütig zu: »Bravo, Carlino, jetzt mach erst mal eine schöne Reise. Zwei, drei Monate, was immer du willst, denn nach der Rückkehr heißt es Ärmel hochkrempeln. Vergiss das nicht.« Dann zieht sie ihren Schlüsselbund heraus, öffnet verstohlen eine Schublade, reicht mir einen Hunderttausendlireschein und sagt: »Amüsier dich!« Na toll, hunderttausend Lire für drei Monate! Da ich sie kannte, hätte mich die Ausgabe einer solchen Summe allerdings stutzig machen müssen. Nun galt es nur noch, meinem Schatz gegenüberzutreten, und das würde wirklich schwierig werden.

Ich überlege schon, ob ich nicht doch verzichten soll, als dieser Schatz eines Abends anfängt, vom Heiraten zu reden – von Terminen vielmehr. Jetzt muss ich mir aber wirklich etwas einfallen lassen, und mir kommt eine Idee.

Am nächsten Morgen gehe ich hinunter aufs Land. Ich warte auf Rino, der im VW-Bus seines Onkels unterwegs ist. Über eine grässliche neapolitanische Musik hinweg höre ich ihn schreien: »Stühhü-le! Staub-lap-pen! Lein-tüüü-cher! Bett-la-a-a-ken, eben-falls aus Lei-nen ...!« Er bremst scharf ab, sobald er mich sieht: »Bist du echt, oder handelt es sich um eine Fata Morgana?«, ruft er, während seine Stimme unerschütterlich weiter aus dem Lautsprecher erschallt: »In Es-sig ein-ge-leg-tes Ge-mü-seee! O-liii-ven! Mailän-der Sa-laaa-mi! Beee-sen, die gut keh-ren! Pan-tof-feln, weicher als Ba-by-flaum!«

Verdattert starre ich ihn in seinem Hemd mit dem bunten Affenmuster an. Er reckt das Kinn in Richtung Schalltrichter, der die Werbung hinausposaunt: »Das ist eine technische Erfindung von mir. Ich habe alles auf Band aufgenommen und mit Merola-Schnulzen unterlegt. Den Leuten auf dem Land gefällt das sehr, und ich brauch mir nicht mehr die Seele aus dem Leib zu schreien. Was verschafft mir denn die Ehre?«

»Na ja, ich bin gerade so vorbeispaziert.«

»Schon seit einer Ewigkeit fahre ich nun auf dieser Straße und hab dich nie gesehen … Dann haben dir also Apache und Tarcisio erzählt, dass wir als richtige Hippies nach Christiania fahren. Und was iss mit dir? Kommst du mit oder nicht?«

»Doch, doch … mit neunzigprozentiger Sicherheit.«

»He, verdammt, 'nen Monat lang wirst du sie wohl allein lassen können, die Inco. Stimmt schon, sie iss 'ne tolle Biene, aber du bist wirklich übertrieben eifersüchtig.«

»Nein, nein. Du wirst schon sehen, dieses Mal komme ich mit. Ich muss dich nur um einen Gefallen bitten.«

»Für dich tu ich doch alles«, sagt er großherzig.

»Hast du noch ein bisschen von dem Acid übrig?«

»Aha, verstehe. Du möchtest psychedelischen Sex ausprobieren, du Lüstling. Tja, seit dem Mal mit dem Schweizer hat keiner mehr den Mut dazu. Von Emmental mal abgesehen – da ist wirklich zu viel *speed* drin. Es reicht ein Hauch, und schon bist du high.«

»Hör zu, gib mir so eine Pastille und sei ganz unbesorgt.«

»Ach, das ist dein Problem«, sagt er und nimmt eine Bäuerin ins Visier, die mit ihren gigantischen Titten auf uns zukommt. Er schiebt die Zunge in einen Mundwinkel und fügt scheinheilig hinzu: »Jetzt entschuldige mich bitte, ich habe zu tun.«

Noch am selben Nachmittag immerhin bringt er mir eine kleine Tablette, die ich in der Mitte durchteile – besser behutsam vorgehen – und beim Abendessen in Incoronatas Glas fallen lasse. Wir sind gerade in ihrem Zimmer angelangt, da seufzt sie schon: »Mir ist ein wenig seltsam …« Dann nehme ich das Bild ihres Bruders vom Nachtkästchen. »Du weißt, dass ich und Liborio nicht gerade Freunde waren, aber trotzdem fehlt er mir«, sage ich, springe plötzlich vom Bett auf und rufe: »Schau, er bewegt die Lippen … Ja, er sagt was, er will dir was sagen.«

»Armer kleiner Liborio«, antwortet sie verständnisinnig und fährt dann nachdenklich fort: »O Madonna, er spricht ja wirklich!« Sie muss schon völlig aus der Spur sein.

»Leg dein Ohr dicht dran, du weißt doch: Er hat so eine leise Stimme gehabt.« Und sobald sie das tut, flüstere ich mit der ernstesten Miene der Welt: »Bevor du Carlino heiratest, musst du ihn auf die Reise schicken, diesen Sommer noch, 's iss 'n Muss« – schließlich hatte Gilera nicht einmal die fünfte Grundschulklasse absolviert. Und sie verspricht gerührt: »Ja, mein Brüderchen, wenn's 'n Muss iss.« Dann dreht sie sich zu mir, blickt mich selig an und sagt: »Jesusmaria, wie schön du bist, Carlì! Mit diesen ganzen Blumen auf 'm Kopf siehst du wie 'n Engel aus.«

20

Am Tag der Abreise warteten wir den ganzen Vormittag auf Rino und litten nicht nur unter der Hitze, sondern auch unter den Verhören der Landbevölkerung, deren Vertreter uns, weil wir mit dem beladenen Auto auf dem Präsentierteller standen, immer wieder fragten, wohin es denn ging. Als wir dann, nachdem wir ihn vergeblich gesucht hatten, ohne Rino losfuhren, steckten wir kaum eine Stunde später erneut fest. Der Kühler des Fiat 124 rauchte, und was der Mechaniker der nächsten Vertragswerkstatt für die Reparatur haben wollte, hätte fast unsere gesamten Reserven aufgezehrt – mit Ausnahme der Schweizer Franken von Emmental. Flehentlich blickten wir den Schweizer an, aber der schüttelte nur den Kopf: »Diese Klapperkiste ist nicht einmal neu so viel wert gewesen, verdammt noch mal.«

Wir überließen das historische Vehikel seinem Schicksal und versuchten, Autos anzuhalten, und zwar mit einem gewissen Erfolg. Fünf Stunden später befanden wir uns an der Mautstelle südlich von Rom. Das Problem war nur, dass außer uns noch mindestens hundert weitere Tramper eintrafen – per Anhalter zu reisen war offensichtlich immer noch große Mode. Entmutigt liefen wir eine lange Strecke bis zur Haltestelle eines Busses, der uns nach Rom, zur Stazione Termini, brachte. Wir würden mit dem Zug weiterfahren, natürlich ohne für die Fahrkarte zu zahlen, frei nach dem Vorbild der *hobos*, auch wenn wir uns, da wir weit und breit keine Güterzüge erblickten, mit ordinären Personenzügen zufriedengeben mussten. Es war trotzdem ein grauenhaftes Abenteuer.

Wir fuhren die ganze Nacht hindurch, wobei wir zwischen zwei Waggons hin- und herpendelten, um den Kontrolleuren aus dem Weg zu gehen. Wenn plötzlich einer auftauchte, flüchteten wir uns in die Aborte. Es war ein wenig beschwerlich, über die Gepäckstücke und ihre Besitzer hinwegzusteigen, die zwar mit einer gültigen Fahrkarte ausgestattet waren, sich aber trotzdem in den Gängen hatten arrangieren müssen. Zusammen mit der Müdigkeit versetzte uns der benebelnde Gestank dort in eine Art Halluzinationszustand, und bald schon fühlten wir uns umzingelt von einer Schar furzender Flüchtlinge und zerzauster Männer und Frauen, die uns wie die Pestkranken auf den Karren der Totengräber vorkamen – vielleicht weil wir gerade die Pflichtlektüre von Manzonis *Verlobten* hinter uns hatten –, bis wir schließlich, als bereits der Tag dämmerte, in einen Lokus traten und unter dem Waschtisch eine Plastiktonne mit wimmelnden Aalen entdeckten. Keiner von uns hatte die Kraft, die Wahrhaftigkeit dieser Vision zu bestätigen. Es war klar, dass wir mit offenen Augen träumen mussten, und so schlossen wir sie lieber. Wie die anderen Entrechteten streckten wir uns bis Mailand auf dem Gang aus und schliefen.

Wir waren vier Schüler aus dem Süden, die Urlaub machten, und doch verspürten wir unter den riesigen düsteren Glasscheiben des Bahnhofs dieselbe Beklemmung wie unsere Landsleute, die in ihrer Eigenschaft als Emigranten hier ausstiegen. So nahmen wir schleunigst einen Zug nach Chiasso und waren froh, diesen Ort der Leiden zu verlassen. Nach zehn Minuten in einem der üblichen Aborte mussten wir allerdings einem Kontrolleur öffnen, der uns ungefähr so viel abknöpfte, wie die ganze Fahrkarte ab Rom gekostet hätte. Am Zoll schickten wir einen Gutteil unseres persönlichen Reisegepäcks zurück in die Heimat, weil es uns jetzt, da wir kein Auto mehr hatten, nicht mehr so unentbehrlich vorkam, und wieder waren wir *on the road* und ohne diese Bürde tatsächlich so frei und leicht wie Kerouac und Genossen. Mit Freude stellten wir fest, dass es hier keine Tramper gab – die wiederum vielleicht deshalb fehlten, weil es auch niemanden gab, der sie mitgenommen hätte. Nach vier Stunden Wartezeit dachte jeder in seinem Innersten darüber nach, ob dieses ganze Gerede von der Anhalterei nicht doch ein Riesenquatsch war, und als Apache und ich mitten in der Nacht an einer Raststätte Tarcisio und den Schweizer wiederfanden – kaum vierzig Kilometer von der Stelle entfernt, wo wir in zwei verschiedene Fahrzeuge gestiegen waren –, hatten wir keinerlei Zweifel mehr. Fix und fertig betraten wir das Motel, um dort unsere erste teutonische Speise auf der Grundlage von Sauerkraut und Würstchen zu verzehren, doch es genügte eine nette blonde Kellnerin, die uns – und Apache im Besonderen – schöne Augen machte, und schon hellte sich unsere Stimmung auf. Wir waren Italiener, und bald würde uns eine unglaubliche Zahl von Nordländerinnen zu Füßen liegen. Während die Blondine uns bediente, fragte sie, wo wir hinwollten. Amüsiert hörte sie sich die Geschichte unserer Unannehmlichkeiten an, zeigte beim Lachen ihre gelben Zähne und versprach, am nächsten Morgen einen befreundeten Fernfahrer zu bitten, uns nach Zürich mitzunehmen. Apache wartete hoffnungsvoll vor dem Kücheneingang auf das Ende ihrer Schicht, konnte ihr aber nur ein Lächeln entlocken, bevor sie in den Opel ihres Freundes stieg.

Zusammen mit den anderen legte ich mich in meinem Schlafsack auf eine Wiese, entzückt, das Dach des Sternenhimmels, wie man so schön sagt, über mir zu haben. Feuchtigkeit, Insekten und Schiss vor durchgeknallten Raubmördern hielten uns allerdings wach, und kaum waren wir dann doch eingeschlafen, wurde unser Trommelfell von einem trillernden Jodler aus Emmentals Radiowecker durchbohrt. Bevor wir über ihn herfielen, begannen die Philosophischeren unter uns sogleich darüber nachzugrübeln, was für ein einziger Gemeinplatz das Leben doch ist: Zum Schall eines Jodlers in der Schweiz aufzuwachen – ist ein größerer Gemeinplatz überhaupt denkbar?

Nachdem wir uns die Rucksäcke umgehängt hatten, überquerten wir die Straße in Richtung Motel und hatten plötzlich eine Vision: Mit seiner Höchstgeschwindigkeit von ungefähr achtzig Kilometern pro Stunde sahen wir Rinos VW-Bus daherbrettern. Am Anfang hatten wir wirklich geglaubt, wir würden mit dem Kleinbus fahren – handelte es sich nicht um das Lieblingsfahrzeug der Jugendlichen aller Welt auf dem Weg in die Freiheit? –, aber Motte war nicht dieser Meinung gewesen. Vielleicht war es Rino gelungen, ihn im letzten Augenblick doch noch zu überzeugen? Deshalb also war er nicht zur verabredeten Zeit erschienen! Wie Schiffbrüchige, die ein Boot gesichtet haben, ruderten wir mit den Armen, hüpften herum und schrien. Vergebens. War er es jetzt, oder war er es nicht? Auch wenn er mit kurz geschnittenen Haaren, Jackett und Krawatte nicht wiederzuerkennen war, sprach das Nummernschild eine eindeutige Sprache. Er ist immer noch der alte Schwachkopf, dachten wir, jetzt fährt er noch hundert Meter, und dann bleibt er stehen. Aber nicht einmal die äußerst detaillierte Aufzählung sämtlicher Unfallarten, die wir ihm an den Hals wünschten, vermochte ihn zum Anhalten zu bewegen. Also stellten wir uns – dann war er es doch nicht? – resigniert darauf ein, auf den Lastwagenfahrer der kleinen blonden Kellnerin zu warten. Der traf mit fünf Stunden Verspätung ein, fünf Stunden, in denen wir erfolglos versucht hatten, uns andere Transportmöglichkeiten zu beschaffen. Fünf Stunden Langeweile und absolute Verzagtheit. Zwei weitere vergingen, und wir wurden in Zürich abgeladen.

Der Schweizer zeigte uns stolz das Viertel der Toblerone-Angestellten – folglich in Kürze auch das seine – mit der gigantischen Replik des berühmtesten Schokoladenzackens der Welt; golden drehte sie sich auf einem grünen Hügelchen. Am Anfang hatten wir geglaubt, die von ihm vorgeschlagene Zwischenstation bei seinen Eltern sei mit unserer Abenteuerlust absolut unvereinbar, nun aber war es, mehr als der legitime Drang, nach vielen Monaten liebe Bekannte wieder in die Arme schließen zu dürfen, die andere, wahre Lust, der Hunger nämlich, die es uns akzeptabel erscheinen ließ, für einen Teller Spaghetti – es hatten zwei Tage *on the road* genügt, und schon trauerten wir mit jeder Faser unseres Leibes der heimatlichen Küche nach – die Umarmungen, die Fragen, die Empfehlungen und das ganze lästige Zeug, das der Wiedereintritt in den Schoß unseres Stammes mit sich bringen würde, über uns ergehen zu lassen.

Gegen alle Befürchtungen sollte uns niemand umarmen oder fragen, wer denn geboren oder gestorben sei, und niemand sollte uns verärgert auf die Gefahren unserer Reise hinweisen. Vor allem aber sollte auch niemand unseren Hunger stillen. Es stellte sich heraus, dass die Mutter des Schweizers zwar erwartungsgemäß klein, behaart und schwarz gekleidet war, dass ihr aber nicht nur die typischen Eigenschaften der südländischen Mamma abgingen – die zudringlich und aufmerksam ist und nahe am Wasser gebaut hat –, sondern dass sie darüber hinaus auch jeden Anflug jener Gastfreundschaft vermissen ließ, die unseren Landsleuten generell zuerkannt wird. Sie umarmte ihren Sohn nur andeutungsweise, und nachdem sie uns ein kaum wahrnehmbares Zeichen eines Grußes gegönnt hatte, teilte sie ihm mit: »Dein Vater ist in der Fabrik, macht Überstunden, kommt bald zurück.« Dann setzte sie sich neben der großen, modernen Schrankwand mit Glasfront auf ein Korbstühlchen und wandte sich ihrem Strickzeug zu, gerade so, als wäre sie im Dorf. Anders als im Dorf handelte es sich jedoch nicht um einen Strumpf, sondern um einen Handschuh. Das einzige Geräusch, das man hörte, war das Ticktack der runden Aluminiumuhr an der Wand, das auf unheimliche Weise die Zeit zerlegte.

Nachdem wir aus dem achtzehnten Stock des Hochhauses, in dem wir nun aus freiem Willen gefangen waren, das Panorama bewundert hatten, blieb uns nichts übrig, als der Reihe nach darum zu bitten, das Bad benutzen zu dürfen: ein finsteres Loch mit Klosettschüssel. Die Dusche und der Rest waren, wie uns der Schweizer mit schwindendem Stolz zeigte, in einem anderen Raum untergebracht. In so einer Zelle zu kacken verlieh unserem Aufenthalt nur einen weiteren Anstrich von Traurigkeit. Den letzten Rest gab uns dann der Vater.

Beim Eintreten begrüßte er uns betrübt. Er wechselte ein paar Worte mit Emmental und fragte ihn, was er hier mache, und als dieser antwortete, wir seien Touristen, fixierte er uns stumm, als würde er sich unfreiwillig in der Gesellschaft von Fremden wiederfinden. Nachdem das erste Thema auf diese Weise erschöpft war, beabsichtigte er nicht, nach anderen zu suchen. Die Situation war unerträglich geworden. Schweigend saßen wir um den Resopaltisch herum. Der Schweizer war bleich im Gesicht und atmete schwer, nachdem er auf jede erdenkliche Art und Weise versucht hatte, mit seinem Erzeuger ein Minimum an Konversation in Gang zu bringen. Der Mann saß mit seiner üppigen ergrauten Mähne da und gab einsilbige Antworten, die Augen auf die Hand gerichtet, die er sich mit Toblerone-Masse verbrüht hatte und die in einem grauen Wollhandschuh steckte – so einem wie dem, an dem seine Ehefrau so emsig strickte. Umsonst warteten wir, dass besagte Ehefrau wie jede Ehefrau im Süden – und nicht nur im Süden – die Arbeit jetzt beiseitelegen würde, um das herzhafte Abendessen zuzubereiten, das uns vielleicht für diese Verrohung entschädigt hätte; oder dass, wenn sie sich schon nicht selbst aufraffte, zumindest der Ehemann wie jeder Ehemann sie dazu drängen würde. Als klar war, dass nichts von alle dem geschehen würde, stellte Tarcisio mit einem tiefen Seufzer fest: »Tja, es ist spät geworden.«

Der Schweizer unternahm einen letzten jämmerlichen Versuch, einen Schimmer jener Aufmerksamkeit zu erregen, die ihm gebührte, und sagte mit brüchiger Stimme: »Also dann, Ma, Pa … Wir gehen jetzt also?«

Die Mutter blickte kaum vom Strickzeug auf und sagte: »Gute Reise, Bastià.« Auch der Vater sagte: »Gute Reise, Bastià« – der legendären meridionalen Gastfreundschaft zum Trotz. Keiner von uns hatte den Mut, das anzusprechen, geschweige denn den armen Toblerone zu verspotten, während wir verzweifelt nach einem italienischen Restaurant suchten. Jetzt brauchten wir wirklich dringend einen Teller Spaghetti.

Am nächsten Morgen machten wir uns wieder auf die Reise, wie üblich in zwei Gruppen. Und dieses Mal gewannen wir unseren Glauben an die Anhalterei zurück: Wenn du das Glück auf deiner Seite hast, ist und bleibt es die beste Art zu reisen. Du kommst durch Orte, durch die du sonst nie gekommen wärst und durch die du auch nie wieder kommen wirst, gleichsam aus Holz geschnitzte Dörfchen, wo dich die Kellnerinnen in schnuckeligen Gasthäusern an zauberhaften Seen neugierig bedienen. In so großer Schönheit – und nicht nur in Bier – badend, fühlst du dich mit der ganzen Menschheit versöhnt. Natürlich hast du das Böse auf der Welt nicht vergessen, aber es ist so weit weg, da du dich jetzt in diesem geheimen Paradies befindest, nur um dann, sobald du wieder auf der Straße bist, auf einem Schild zu lesen, dass du soeben Dachau hinter dir gelassen hast. Jedenfalls dauerte es kaum zwei Tage, und wir trafen uns alle vor den Gittern von Christiania wieder – ja, das Paradies der Hippies war umzäunt wie ein Lager.

Was uns sofort ins Auge springt, als wir die erste Kneipe betreten, ist, dass wir die einzigen bekleideten Menschen sind. Die anderen schlürfen ihre Drinks an der Theke oder essen ihre Brötchen im Sitzen und sind allesamt peinlich darauf bedacht, kein einziges Kleidungsstück am Leib zu haben. Als wir hinausgehen, sehen wir außerdem einen Tisch, vor dem sich die Leute drängen und hinter welchem Rino unser Himalaja-Kraut verkauft. Seine Haare sind kurz geschnitten, aber er steht ohne Jackett und Krawatte da, eine stattliche Blondine neben sich. Er trägt einen Kaftan, der ihm bis zu den Füßen reicht, und so etwas wie ein rituelles Band um den Kopf. Wir wollen ihm schon den Schädel einschlagen, als er uns gütig anlächelt und mit strahlenden Augen sagt: »Immer mit der Ruhe. Ich hab's nur für das Gemeinwohl getan. Ich hatte fünfzig Kilo Gras im Gepäck, und so ausgeflippt, wie ihr daherkommt, wären wir bestimmt geschnappt worden. So ist alles glattgegangen. Am Zoll haben die Hunde vor lauter Schafskäsegestank im VW-Bus nichts gewittert.« Aus einer Tasche zieht er ein Bündel Banknoten hervor und wedelt damit vor unseren Augen herum: »Schaut, und dabei hab ich gerade erst angefangen. Natürlich teilen wir. Jetzt geht erst mal mit Urzula mit« – er gibt der Wikingerin ein Zeichen – »sie begleitet euch nach Hause. Einen Palast habe ich euch besorgt, euch Dreckskerlen. Sobald ich den Laden hier dichtmache, komme ich nach.«

Rino kann überzeugend sein, und das Haus ist wirklich komfortabel. Es ist eines der Holzhäuser im »Nobelviertel« und liegt auf den Hügeln, die auf den Fluss schauen, gegenüber von den alten, verlassenen Arbeiterhäuschen. Beim Näherkommen hören wir Violinenmusik, aber sie wird keineswegs vom Band gespielt, sondern von einem leibhaftigen Streichquartett. Die Musiker sind ebenfalls nackt, und die Cellistin ist eine Fee. Sie sitzen in einem Garten vor einem ganzen Rudel Nordländer – Nordländerinnen vor allem –, allesamt nackt, wie es sich ziemt, und mit brauner Haut, wie man sie nicht von Leuten erwarten würde, die auf diesem Breitengrad aufgewachsen sind. Urzula zeigt uns unser Zimmer. Wir rollen unsere Schlafsäcke auf dem Holzboden aus, aber draußen gibt es so viel zu tun und zu schauen, dass unsere Müdigkeit sofort verfliegt.

Kaum ist das Konzert zu Ende, stürzen sich alle in den Fluss. Ein Bad kann auch uns nur guttun, selbst wenn das Wasser nicht gerade das sauberste ist; also springen wir ebenfalls hinein, und als wir das Wasser wieder verlassen, achten wir am Treppchen der kleinen Mole darauf, hinter den Mädchen zu sein, damit wir in aller Ruhe und aus großer Nähe das Geheimnis ihres tropfenden Geschlechts erkunden können – bald werden wir begreifen, dass es bestimmter Vorwände gar nicht bedarf: Die Mädchen, aber auch die Jungs, sind sehr entgegenkommend. Nach dem Bad beladen sie einen Tisch mit vegetarischen Spezialitäten, und nach beendetem Mahl gehen sie dazu über, sich mit der größten Natürlichkeit zu paaren, will sagen: sie ficken, und wir, die wir unversehens in eine Orgie in großem Stil geraten sind, ficken mit. In jeder Hippie-Kommune, die etwas auf sich hält, ist das so üblich, und in einer Hippie-Kommune sind wir wahrlich gelandet. Die Freundlichkeit, die Oluf, der Chef und Gründer der Gruppe, Rino entgegenbringt, ist gewiss nicht uneigennützig: Die fünfzig Kilo von unserem Himalaja-Kraut stellen für die Sippschaft nicht nur hochgeschätzte Reserven dar, sie sind im Moment auch eine ihrer wichtigsten Einnahmequellen. Rino zahlt nämlich einen Teil der Einkünfte, die durch den Grasverkauf erzielt werden, in die Kasse der Kommune ein und erhält als Gegenleistung für sich und uns die angenehmste Gastfreundschaft.

Unvergessliche Tage verbrachten wir so: die Vormittage in Tuchfühlung mit der Natur, auch wenn die ein wenig beschädigt war – wir befanden uns immerhin mitten im Zentrum einer der großen Hauptstädte Europas –, und die Abende auf unseren Streifzügen durch die Lokale. Die untere Zone der Hippie-Siedlung war voll davon: Stehcafés und kleine Pubs, drinnen oder draußen, von Kerzen beleuchtet, schmuddelig und trist, aber stets gefüllt mit Musik und Leuten jeglicher Art, die nicht alle *Flower-Power*-Jünger waren, wie wir anfangs angenommen hatten.

Eines Nachts sitze ich mit Gwinevere, der Cellistin, die unterdessen meine Favoritin geworden war – der freien Liebe zum Trotz bildeten sich auch hier spezielle Sympathien heraus –, zufällig neben einem Riesen mit Schaffellweste über dem nackten Oberkörper und einer zu Zöpfchen geflochtenen Mähne, einem authentischen Wikingerkrieger also. Ich klopfe den Rhythmus der Musik auf meiner Bierdose mit, und das muss dem Hünen dermaßen auf den Wecker gegangen sein, dass er sie mir aus der Hand reißt und zerknüllt, als wäre sie ein Stück Papier. Natürlich hebe ich zum Zeichen der Kapitulation die Arme. Er schaut mich an und bricht in Gelächter aus, aber auf der anderen Seite des Tischs sitzt ein Typ, der nicht lacht, sondern anfängt, ihm »meine« Argumente entgegenzubrüllen, das glaube ich zumindest, und irgendwann schleudert er einen Hocker auf ihn, aber zu dem Zeitpunkt sind wir, Gwinevere und ich, schon weit weg.

Praktisch jeden Abend brachen in Unter-Christiania Streitereien aus, dennoch mochten wir uns nicht fernhalten. An den Straßenkneipen vorbeizugehen, wo sich an langen Tischen die unterschiedlichsten Vertreter der Gattung Mensch zusammendrängten, die ineinanderfließende Musik zu hören, den Geruch der würzigen Speisen und den penetranten Gestank von Haschisch und allen erdenklichen anderen rauchbaren Drogen zu riechen, den entsprechenden Hustenattacken zu lauschen – das war schon eine unverzichtbare Erfahrung. Es war, als reiste man durch eine seltsame Nacht der Zeiten, in der sich die Stämme der Hells Angels, Junkies, Blumenkinder, Huren und ihrer Söhne, Maschinenstürmer, Verzweifelten, Alkoholiker, Punks – ja richtig, das war Giudittas neuer Stil gewesen! – vor den in der Finsternis leuchtenden Freudenfeuern ein Stelldichein gaben. Inmitten der Ordalien, von denen die Combonianer-Missionare meiner Kindheit erzählt hatten, schien man sich plötzlich zu befinden und den unwiderstehlichen Lockruf des Bösen zu vernehmen. Außerdem war es so angenehm, aus diesem Höllenkreis unter dem bestirnten Himmelszelt in die Stille am Fluss zurückzukehren. Am nächsten Morgen würden wir zu den Klängen eines Vivaldi-Quartetts geweckt werden und auf der Terrasse frühstücken, dann würden das Bad, Massagen, ein bisschen Yoga und ein paar Bumsereien folgen. Bis an einem dieser Vormittage der Schweizer verschwunden war.

Anfänglich hatten wir das Gras abwechselnd verkauft, aber nach einiger Zeit hatte er sich der Sache allein angenommen. Das ganze Geld zu scheffeln bereitete ihm eine große, eine unermessliche Freude, nur wollte es ihm nicht in den Kopf, dass er es mit den Kommunarden teilen sollte, wie er in seinem kurzen Brief deutlich machte:

Meine Freunde, Brüder und Landsleute,

nemt es mir nicht krumm wenn ich abhaue, aber im Leben mus man Entscheidungen trefen, und ich hab beschlosen, das ich nicht bei Toblerone arbeite. Ihr habt gesehn, was aus Papa und Mamma geworden ist, wo es so leicht ist, Geld zu verdinen, und jetzt weis ich, dass ich am libsten diele, also den pusher mache. Verzeit mir wegen eurer hohen Ideale, aber sie sind mir schnurtz.

Alles Gute und bleibt mir gewogen
Immer euer
Sebastiano genannt Schweizer

Abgesehen von formalen Aspekten wäre nichts dagegen einzuwenden gewesen, hätte dieser Schwachkopf nicht den ganzen Grasvorrat und damit unsere einzige Einkommensquelle mitgenommen. Es vergingen noch ein paar Tage, dann gab uns Oluf, natürlich in aller Liebenswürdigkeit, zu verstehen, dass unser Urlaub zu Ende sei.

Zu Ende war auch der Sommer, und jeder ging nun gern seiner eigenen Wege. Rino war Urzula inzwischen so herzlich zugetan, dass er ihr nach Lappland folgte. Apache und Tarcisio mussten sich an der Universität in Rom einschreiben. Und ich würde ins Dorf zurückkehren, was mir gar nicht leidtat. Dies hier konnte nicht mein Leben sein. Ich brauchte Gewissheiten, feste Bezugspunkte, und in den letzten Monaten hatte ich jeden Sinn für die Realität verloren. Außerdem war mir doch tatsächlich die allgemeine Promiskuität auf die Nerven gegangen – seit wann hatte ich nicht mehr allein in einem Zimmer geschlafen? Und um ganz ehrlich zu sein: Das Haus am Fluss war ja im Sommer ganz schön, aber im Winter beispielsweise, wie wusch man sich da, wo es doch nicht einmal eine Dusche gab? Ganz zu schweigen von dem verdreckten Lokus, der schlimmer war als die Aborte in den Zügen. Jetzt erschien mir sogar die Aussicht, mit der Großmutter zu arbeiten, in rosigem Licht. Und Incoronata wieder in die Arme zu schließen, konnte ich kaum erwarten: Nach all den Frauen, die ich gehabt hatte, war dies das eindeutigste Zeichen dafür, dass ich sie wirklich liebte. So sagte ich also Gwinevere Ade und kaufte mir eine Fahrkarte, und dieses Mal tat ich während der ganzen Reise nichts anderes, als mir die tollsten Entschuldigungen auszudenken, warum ich Inco kein einziges Mal angerufen hatte.

Aber ich hätte mir keine Entschuldigung auszudenken brauchen. Als ich mich am Ende der unendlich langen Fahrt – in meinem weißen Kaftan schön, langhaarig und unwiderstehlich wie Odysseus bei seiner Heimkehr nach Ithaka – bei ihr zurückmelde, treffe ich nämlich keine Inco an.

»Sie ist auf Hochzeitsreise. Sie hat Titino Darsena geheiratet«, schleudert mir ihre Schwester Concetta entgegen.

»Sie hat geheiratet?«, staune ich.

»Was hätte sie machen sollen, sich vielleicht auf Bigamie einlassen?«

»Bigamie?«

»Na klar, du heiratest eine Deutsche, und sie darf dann in Bigamie leben.«

»Ich eine Deutsche heiraten? Spinnst du? Wer hat dir denn diesen Bären aufgebunden?«

Sie knallt mir die Tür vor der Nase zu, ich klingle wie verrückt, sie öffnet wieder und hat ein Telegramm folgenden Inhalts in der Hand:

Bitte Abwesenheit und schlechtes Benehmen zu entschuldigen. Aber jetzt habe ich mich mit einer Deutschen verheiratet, da diese von mir geschwängert. So etwas kommt leider vor. Auch Dir alles Gute und viel Glück.
Unterfertigt von dem hier vorstellig Gewordenen:
Carlino Dilontrone

»Und so ein Zeug soll ich geschrieben haben? In so einem Stil?«

»Auf den Inhalt kommt es an!«

»Aber ich habe keine Deutsche geheiratet, ich bin nicht einmal in Deutschland gewesen!«

»Und während der drei Monate, wo bist du da gewesen? Hättest du mal einen Brief geschrieben oder angerufen … Vielleicht hast du dich schon wieder scheiden lassen, aber Incoronata ist jedenfalls vor Kummer fast eingegangen, und dann hat sie den Titino genommen, weil der noch da war, meine arme Schwester. Du bist ein Schuft, und wenn der Liborio noch am Leben wäre, der würde es dir heimzahlen. Jetzt schau, dass du verschwindest!«, und sie schlägt mir wieder die Tür vor der Nase zu, dieses Mal endgültig.

Mehr als Schmerz verspüre ich Wut und kicke auf dem Heimweg Steine durch die Gegend. Ja, ich hatte es mir selber eingebrockt – auf diese Weise zu verduften! Und dennoch … Wenn nicht jemand beschlossen hätte, mich zugrunde zu richten, wäre diese Episode bald nur noch eine Erinnerung gewesen, eine jener Erinnerungen, welche die jungen südländischen Ehefrauen aus ihren Träumen wecken, sie erzittern und im Halbdämmer mit kaum verhohlener Mordlust das Profil des Geliebten betrachten lassen. Dann denken sie an das, was sie verlieren würden, an das, was sie schon zu verlieren riskiert haben, und schmiegen sich an ihn. Von jetzt an würden sie ihn in ihre Obhut nehmen – o ja, das würden sie – und ihn von allen Versuchungen fernhalten. Dann seufzen sie und schlafen voller Argwohn ein. Mir dagegen hatte man es nach allen Regeln der Kunst gegeben. Aber wer konnte das gewesen sein? Titino Darsena? I wo, der war zu dumm. Wer dann? Die Antwort erhielt ich postwendend zu Hause, wo Nonnilde mich ungewohnt liebevoll empfing. Sie ließ ein Mahl wie für einen verlorenen Sohn bereiten und fragte mich beim Essen: »Na, Carlino? Hat es dir in Deutschland gefallen?«

Aha!

»In Dänemark, Großmutter, ich bin in Dänemark gewesen!«, schrie ich und sprang auf. Ich hätte sie an den Haaren packen, sie auf die Piazza zerren und alles beichten lassen wollen. Aber welchen Sinn hätte das gehabt? Inco war auf Hochzeitsreise, und da ich sie kannte, wusste ich, dass sie um nichts auf der Welt die von der Heiligen Römischen Kirche besiegelte Fessel zerreißen würde. Also ließ ich mich kraftlos auf den Stuhl zurückfallen.

Das Gesicht der Großmutter blieb undurchdringlich. »Dänemark oder Deutschland, das ist doch egal. Hauptsache, du hast dich amüsiert«, meinte sie. »Jetzt müssen wir aber über ernsthafte Dinge reden. Das Kapital für die neuen Maschinen habe ich aufgetan. Der Apotheker wird investieren ... Das heißt, es ist so gut wie beschlossen. Du musst nur Alba Chiara heiraten.«

Jetzt ergab alles einen Sinn. Ich hatte kaum mehr die Kraft zu seufzen: »Und wenn ich Nein sage?«

»Versuch's nur«, grinste die Mutter meines Vaters.

Ich verbrachte eine schlaflose Nacht. Den Gedanken an Inco unter Titinos fettem Körper ertrug ich einfach nicht – vielleicht vögelte er sie just in diesem Augenblick. Die Vorstellung von meiner Zukunft ertrug ich auch nicht: die Tage mit Nonnilde und die Nächte mit Alba Chiara. Blieb einzig die Möglichkeit, nach Amerika abzuhauen. Die Angelegenheit konnte nur ein weiterer Wink des Schicksals sein – meines ruhmreichen Schicksals –, und schon war ich aufgestanden, um erneut meine Sachen zu packen, als mir plötzlich Incos Worte an jenem Abend auf der Wiese in den Ohren klangen: Für Onkel Richard existierte ich wahrscheinlich überhaupt nicht, und wenn er sich bisher nicht um mich gekümmert hatte, gab es wirklich keinen Grund, weshalb er es jetzt tun sollte. Ja, sie hatte recht – Inco, meine kluge, meine liebe Inco –, und dieses Eingeständnis stürzte mich in eine noch tiefere Mutlosigkeit, die mich veranlasste, mit einem Achselzucken auch jede andere Möglichkeit zu verwerfen – nach Christiania zurückzukehren etwa oder wie so viele meiner Altersgenossen auszuwandern oder eventuell die Eltern des Schweizers um seinen Erbplatz bei Toblerone anzubetteln – dann doch lieber gleich Selbstmord begehen! – oder eine meiner über die ganze Welt verstreuten Cousinen um Asyl zu bitten – aber welche, wo wir doch seit ihrer Verheiratung keinerlei Kontakt mehr haben? Irgendwann versank ich in einen kurzen, unruhigen Schlaf, aus dem mich gleich darauf das Kreischen der Schwalben riss, die im Morgenrot am Himmel schwärmten. Beklommenen Herzens kletterte ich zu Pits Plantage hinauf, um mich mit Hanf zu betäuben, aber da ich nur noch ihre Zerstörung feststellen konnte – jemand hatte die Pflanzen bis zu den Wurzeln niedergemäht –, ging ich zurück zur Piazza, wo ich mich auf einer Bank ausstreckte, unglücklich wie ein Lamm im Schlachthaus. Dieses Mal war es eine Oktoberböe, die mich weckte. Ich schlug die Augen auf, und just in diesem Moment erblickte ich das Auto, das blau und schnittig in der zitternden Luft der Allee glänzte. Ich stützte mich auf die Ellenbogen und betrachtete das Paar, das drinnen saß.

Sie trug eine große Sonnenbrille mit ovalen Gläsern, weiße Handschuhe und einen Foulard um den Kopf, so wie die Diven vor zwanzig Jahren, aber trotzdem – oder auch deswegen – war sie eine Augenweide. Sie zündete sich eine Zigarette an und blieb sitzen, den Arm auf den Rahmen des aufklappbaren Verdecks gelegt, den Kopf gegen den Sitz gelehnt. Er aber stieg aus. Er trug einen weiten Pullover und Ledersandalen zu den ausgebeulten Schlabberhosen und hatte, als er den Strohhut aus der Stirn schob und sich vergnügt umblickte, etwas Vertrautes im Blick. Irgendwann bemerkte er mich, und ein Lächeln ließ sein Gesicht erstrahlen. Dann kam er auf mich zu und sagte, immer noch lächelnd: »*Mr* Carlino Di Lontrone, *I suppose*?«

Einen Augenblick später hielt ich Charles, meinen amerikanischen Vetter, in den Armen.

21

Charles Di Lontrone jr. war ganz anders, als man sich den Enkel eines der dreißig reichsten Männer Amerikas vorstellen würde. Mit den kurz geschorenen Haaren, der drahtig-hageren Gestalt und seiner Kleidung erinnerte er eher an einen jungen Asketen. Nicht zufällig lehrte er, obwohl er noch keine dreißig war, mittelalterliche Mystik an der Columbia University. Er war wegen einer Vortragsreise nach Italien gekommen; außerdem wollte er die Heimat seiner Vorfahren kennenlernen und hatte Jennifer Collins Jones mitgebracht. Sie dagegen schien genau das zu sein, was sie war: eine anspruchsvolle New Yorker Erbin, die er bald heiraten würde, und eine WASP, wie sie im Buche steht – von einigen überschüssigen Rundungen vielleicht mal abgesehen. Nachdem ich schon jede Hoffnung aufgegeben hatte, befand ich mich nun also zwar nicht Onkel Richard gegenüber, aber doch dem Sohn seines Sohnes, dem Mann jedenfalls, der den Lauf meines Schicksals ändern konnte – und niemals hatte ich seiner dringender bedurft.

Ich war dermaßen aufgeregt, dass mir die Knie zitterten, als ich unter den Blicken der üblichen Tagediebe, die vor der Bar herumlungerten, in ihr Auto stieg, um sie zur Pension Miramonti von Apaches Mutter zu bringen. Es sei eine bescheidene, aber die einzig verfügbare Unterkunft, erklärte ich ihnen. Um nichts in der Welt wollte ich ungastlich erscheinen, aber sie nach Hause mitzunehmen kam überhaupt nicht infrage. Ich wusste genau, wie Nonnilde reagiert hätte.

Nach ein paar hundert Metern stiegen wir aus dem Mercedes. Beflissen lud ich mir die sperrigsten Gepäckstücke auf, und als wir die alten Gässchen hinauftrabten, begann ich, von lokalpatriotischem Stolz erfüllt, ihnen die Geschichte des Dorfes zu erläutern. Dabei lief ich voran und machte weite Umwege, um die elendsten Winkel zu meiden, denen die Moderne ihren Stempel aufgedrückt und die kostbare, über Jahrhunderte entstandene Patina unwiderruflich zerstört hatte. Irgendwann fühlte ich mich allerdings nicht nur erschöpft – verdammt, was hatten die denn in ihren Koffern? –, sondern kam mir auch noch lächerlich vor: Was konnte dieses bröcklige Gemäuer, sofern es nicht mit Beton verstärkt war, Menschen bedeuten, die wohl die ganze Welt bereist hatten?

Als wir beim Belvedere angelangt waren – in diesem Augenblick verkündeten die Glocken die Mittagsstunde, und am strahlend blauen Himmel flitzten Hunderte von Schwalben herum –, bemerkte ich aber, dass sie ganz begeistert waren, so begeistert, wie nur Amerikaner es sein können. Und in der Tat, sobald der letzte Glockenschlag verklungen war, war es Charles, der wieder mit der Lokalgeschichte anfing. Er war eine wandelnde Enzyklopädie, dieser Mann. Nachdem die Apache-Mutter die Tür zu ihrem besten verfügbaren Zimmer hinter sich zugezogen hatte – ein Zimmer mit einer Tapete, die einen seekrank machte, ohne Bad, aber mit Emaille-Krug und Emaille-Schüssel in der Ecke, was eine weitere Aufwallung von Yankeerührung auslöste – und wir auf die kleine Terrasse traten, die über dem Tal schwebte, holte Charles tief Luft, breitete die Arme aus, als wollte er sich vom Panorama aufsaugen lassen, zeigte dann Jennifer zielsicher mein Zuhause und sagte: »Mir ist bekannt, dass Tante Ilde erzürnt ist, aber mein größter Wunsch ist es, jene Stätte zu sehen, in der einstmals mein Vater weilte« – ja, sein akzentfreies Italienisch konnte manchmal ein wenig gestelzt klingen.

Nachdenklich wiegte ich den Kopf hin und her. Ich wollte ihm klarmachen, wie kompliziert die Sache war, und antwortete dann mit einem Lächeln, dass ich alles tun würde, um ihn zufriedenzustellen.

»*Grazie*, Carlo, ich weiß nicht, wie ich dir je meine Dankbarkeit werde bekunden können.« Angesichts seiner Rührung war ich in Versuchung, ihm gleich darzulegen, wie er sie bekunden könne, seine Dankbarkeit, aber dies war noch nicht der richtige Augenblick. Sie waren ja gerade erst angekommen, und ich musste gut achtgeben, dass ich mir diese letzte große Chance nicht verdarb. Weitere würde ich nicht bekommen, das wusste ich.

Am Nachmittag nahm ich sie auf die übliche Touristentour mit, die auch die Wohnstätte der wahren Mona Lisa einschloss. Sie fanden die Theorie des Professors amüsant und die Orte entzückend, aber eine Sache machte sie geradezu sprachlos. Wir standen unter der alten Eiche, wo Incoronata und ich uns ewige Liebe geschworen hatten, vom Übrigen ganz zu schweigen. Die Sonne ging bereits unter, und aus der Ferne drangen die Klänge des *Ave Maria* an unser Ohr, zuerst vom Kloster her die von Schubert, dann die von Gounod aus der Mutterkirche. Charles und Jenny blickten mich fragend an. »Das ist ein alter lokaler Brauch«, erklärte ich treuherzig und fügte hinzu: »Sie spielen es jeden Abend.« Ein träumerischer Ausdruck lag auf ihrem Gesicht, als die Musik verklang und die Stille sich wieder der Landschaft bemächtigte.

Später gingen wir zur Taverne des sogenannten Nordländers, der uns seine hybriden Spezialitäten empfahl – Pasta und Bohnen mit Safran, Stockfisch an Sahnecreme mit Gürkchen oder Hammelfleisch süßsauer. Ich gab die beiden als Freunde aus, die ich auf meinen Reisen kennengelernt hatte, denn obwohl die Apache-Mutter ihre Dokumente in den Händen gehabt hatte, hoffte ich, Charles' Wunsch erfüllen zu können, bevor die Nachricht von seiner Anwesenheit Nonnilde zu Ohren kam. Während wir zu Abend aßen, beantworteten sie meine Fragen über ihr Leben, vor allem aber wollten sie etwas über das meine erfahren. Im Verlauf des Tages hatte ich mich absichtlich vage ausgedrückt, doch jetzt zog ich die Nase hoch, wie man es tut, wenn man seine Angst bezwingt, und murmelte, dass sie im Urlaub seien und ich sie nicht beunruhigen wolle, was mich nicht daran hinderte, gleich auf ihre erste Nachfrage hin die ganze rührselige Geschichte an sie hinzulabern. Umständlich berichtete ich von den Misshandlungen, die ich seitens der Großmutter von Kindesbeinen an erlitten hatte, und den Machenschaften, mit denen sie mich aus den Armen meiner Liebsten gerissen und zu meiner unglücklichen Existenz an der Seite von Alba Chiara verurteilt hatte. Jenny sah mich aus ihren großen, langwimprigen Augen an – sie hatte eine merkwürdige Art, mich zu fixieren – und pickte ständig mit den Fingern etwas von meinem Teller, eine Unart, die ich immer verabscheut hatte, die mir jetzt aber als Gipfel kosmopolitischer Raffinesse erschien. Mein Vetter dagegen aß mit Appetit weiter, trotz des Berichts über die Misslichkeiten meines Lebens, und als ich am Ende, so gut ich konnte, wie ein armes, verlassenes Hündchen dreinblickte, schwieg er, seufzte und sagte dann: »Es sieht so aus, als hätte sich hier wirklich nichts geändert, hm?« Dann legte er mir die Hand auf die Schulter und fügte verständnisvoll hinzu: »Aber mach dir keine Sorgen, irgendeine Lösung werden wir schon finden – so oder so.«

Ich blickte ihn hoffnungsvoll an. Seine Augen waren feucht, und er war mein Vetter – mein Vetter zweiten Grades, genau genommen –, aber er würde dafür sorgen, dass ich aus diesem Schlamassel herauskam. Doch was ihm den Blick verschleierte, war leider nicht die Rührung über mein menschliches Drama, wie sehr hatte ich mich da getäuscht! Jennifer hatte versucht, ihn am Trinken zu hindern, aber zwei Glas Bier hatten genügt, um seine Gesichtszüge und den Ton seiner Stimme zu verzerren. Er war dermaßen betrunken, dass er beim Hinausgehen von zwei Seiten gestützt werden musste, und schon bei diesem ersten Mal hätte mir klar sein müssen, dass irgendetwas mit ihm nicht stimmte.

Jedenfalls tat ich am nächsten Morgen, sobald sich die Großmutter, Onkel Teodorino und Tante Ines frühmorgens auf den Weg machten – die beiden Ersten in Richtung Ölfabrik, Letztere zur Messe im Kloster –, was zu tun ich versprochen hatte. Ich holte

Jennifer und Charles in der Pension ab und begleitete sie zu mir nach Hause.

Charles wollte jeden Winkel sehen. Beim Anblick der *Geburt Christi* zuckte er regelrecht zusammen. »Das sieht nach einem *Tenebristen* aus«, sagte er und trat an das Bild heran, um es genauer zu studieren. »Ja, es gibt keinen Zweifel. Es ist wahrhaftig ein Tenebrist, und ich finde ihn ausgerechnet im Haus meines Großvaters! Unglaublich!« Als er mir erklärte, dass der Name der Schule sich von *tenebra* – Finsternis – herleitete, von der gewollten Düsterkeit ihrer Themen also, war auch ich überzeugt, dass es nichts Unglaublicheres gab. Bis jetzt hatte ich nicht besonders darauf geachtet, aber deprimiert, wie ich durch das Ende meiner Liebe und meine Zukunftsaussichten war, stellte sich mir mein Zuhause, das über einem Abgrund schwebte, pfeifenden Winden ausgesetzt war, in der Nacht beängstigend schwankte und nunmehr bloß noch von den Schatten meiner verstorbenen Onkel und Tanten bevölkert war, in seiner ganzen tristen Düsterkeit dar. Hätte es eine passendere Endstation für einen »Tenebristen« geben können? Charles sagte ich das natürlich nicht; ich bemühte mich vielmehr, seinen Enthusiasmus zu teilen, während wir uns auf der in den Felsen gehauenen Straße aufs Land hinaus begaben und eine der Grotten erkundeten, deren Legende er bestens kannte – er ergänzte lediglich, dass es in Süditalien mindestens zwanzig Dörfer gebe, in denen die Tempelritter angeblich ihren Schatz vergraben hatten.

Am Nachmittag zeigte ich ihnen dann die zwei oder drei bedeutenden Kirchen, und sobald wir im Kloster waren, spielte ich auf ihren Wunsch hin auf der aus dem 18. Jahrhundert stammenden Orgel eine meiner esoterischen Kompositionen, wobei Jenny allerdings umherging, um die Votivbilder zu betrachten, und Charles viel stärker an den zweiundvierzig Heiligenreliquien in den staubbedeckten Flaschen, die wie Weckgläser in der großen Glasvitrine hinter dem Altar aufgereiht waren, interessiert zu sein schien. Pergamentröllchen oder wenigstens angeschimmelte Etiketten verzeichneten Angaben zur jeweils darin enthaltenen Besonderheit – eine große Auswahl an Fingern, Augen, Nägeln, Füßen und Nasen – und zum dazugehörigen seligen Märtyrer, dem »Spender« gleichsam. Charles trug alles akribisch in ein Notizbuch ein, auch wenn er am Ende lachend feststellte: »Es scheinen eher Hindugottheiten zu sein als christliche Heilige: Dies ist schon der fünfte Zeigefinger des heiligen Hieronymus, den ich in Italien zu Gesicht bekomme.« Dann bat er mich, ihn an einen Ort zu führen, von dem aus er noch einmal die Musik zur Vesper hören könne. Sobald wir auf dem Gipfel von Pits Berg angelangt waren und aus der Ferne in sanften Wellen jene heiligen Melodien an unser Ohr drangen, erzählte ich ihm, dass man von hier aus an bestimmten Tagen das Meer sehen könne.

Das Meer sahen wir dieses Mal nicht, aber die dräuenden Wolken am Horizont hatten sich derart zusammengeballt und verfinstert, dass sich die Konturen der Berge enorm streckten und sie uns ungeheuer groß und hoch vorkamen – und das Tal ungeheuer tief. Wir blieben stehen und schauten, bis das Licht des Mondes, der aus einer kleinen Wolkenspalte herausschlüpfte, ihre Konsistenz auflöste und den Apennin langsam wieder auf seine natürliche Größe schrumpfen ließ. »Schade, dass wir morgen abreisen müssen«, seufzte mein Vetter angesichts dieser Szenerie, und ich spürte, wie mir der Boden unter den Füßen wegrutschte, nicht nur wegen meiner Schwindelgefühle. Während des Tages hatte ich vergeblich gehofft, dass er wieder auf meine Zukunft zu sprechen käme. Meine Ungeduld zügelnd, hatte ich mir gesagt, dass ich ihn nicht bedrängen durfte: Es würde noch genug Zeit bleiben. Jetzt wusste ich, dass überhaupt keine Zeit blieb, und kaum waren wir beim Abendessen, versuchte ich verzweifelt, das Thema anzuschneiden. Charles hörte mir allerdings kaum zu, so abgelenkt war er von der Auswahl der Speisen – die Entscheidung für die traditionelle Trattoria erwies sich als weiterer Fehler. Entnervt unternahm ich einen letzten Versuch, und er lächelte nachsichtig. ›*Idiot*, was gibt's denn da zu lachen?‹, dachte ich, aber inzwischen waren wir mit dem Essen fertig, und sobald wir draußen waren, sagte ich mir, dass ich für immer verloren sei, während er jetzt mit seiner üblichen versoffenen Stimme in seinem üblichen professoralen Tonfall deklamierte: »Ist nun, mein lieber Vetter, der Augenblick des Abschiednehmens gekommen?«

»Sieht so aus«, antwortete ich frostig.

Er lachte mir zum x-ten Mal ins Gesicht, und ich hätte es nicht ertragen, hätte er nicht hinzugefügt: »Warum kommst du nicht mit uns mit?« Das Herz wollte mir zerspringen, und beinahe hätte ich vor Freude losgeheult: Ist es möglich, dass ich es geschafft hatte? Doch er wollte nur, dass ich sie auf ihrer nächsten Etappe begleitete, und dann: danke schön, auf Wiedersehen. Aber immerhin besser als nichts. Es würden sich weitere Gelegenheiten ergeben, mit ihm zu reden, und was hatte ich schon zu verlieren? »Na komm schon, auch Jenny würde es freuen, oder, Jenny?«, insistierte er und wackelte dabei bedrohlich mit dem Kopf.

»Sehr sogar«, bekräftigte sie und lächelte, ohne mich anzusehen. Es war ein seltsames Lächeln – so eines, wie es Räuber miteinander austauschen, wenn sie sich im Foyer einer Bank treffen, bevor sie dieselbe ausräumen. Plötzlich fühlte ich mich schwerelos, als hätte eine Stichflamme die Materie meines Körpers verbrannt und mich in reinen Geist verwandelt – na ja, so rein nun auch wieder nicht –, und am nächsten Morgen stand ich um acht Uhr vor der Pension Miramonti.

Nicht dass es besonders bequem wäre, auf dem Klappsitz eines Spider zu hocken, aber in einem Auto dieser Klasse herumzukutschieren, war an sich schon ein Vergnügen – zumal Charles mich irgendwann ans Steuer ließ. Es war Oktober, ein milder Oktober. Ich hatte, wie man so schön sagt, die Sonne im Gesicht und die Haare im Wind, und angenehme Ahnungen im Kopf hatte ich auch – bald würde ich Amerikaner sein, das fühlte ich. Aus dem Radio kamen beschwingte Schlager, und alle Leute drehten sich um und blickten uns nach, ich weiß nicht, ob wegen des Mercedes oder wegen Jenny, die hinter der getönten Windschutzscheibe wie eine Fata Morgana wirken musste. Auch ich betrachtete sie. Hin und wieder ließ ich meinen Blick auf die Spalte zwischen ihren Brüsten und auf ihre langen Beine fallen und dachte zurück an dieses gewisse Lächeln.

Die erste Etappe war Bari. Am Nachmittag hörten Jennifer und ich zu, wie Charles über mittelalterliche Mystiker referierte; die übrigen Konferenzbeiträge fanden wir aber langweilig. Charles nicht, er war ganz in seinem Element – schließlich war er deswegen hierhergekommen. Zerstreut verabschiedete er uns, als Jenny ihm mitteilte, dass wir einen Bummel durch die Altstadt machen würden. Wir sprachen nicht viel miteinander: In Amerika hatte man die italienische Mode entdeckt, und sie wollte offensichtlich eine schöne Auswahl importieren. Ich ging hinter ihr her, trug ihre Pakete und wunderte mich, wie viel Geld man in nicht einmal einer Stunde ausgeben kann, und das, ohne eine einzige Lira hervorzuziehen – sie zahlte alles mit Kreditkarte: Es war das erste Mal, dass ich so etwas sah. Mit noch mehr Verwunderung erfüllte mich allerdings die Intimwäsche, die sie sich im letzten Geschäft aussuchte. Keine der Frauen, die ich gehabt hatte, hätte sich Derartiges leisten können, und sie hatten mir trotzdem gefallen. Als ich aber jetzt beobachtete, wie ihre schlanken Finger die Weichheit der Seide testeten, und ich sie mir in diesen hauchzarten fleischfarbenen, perlgrauen oder schwarzen Slips aus Spitze oder *Ramagé* vorstellte, außerdem in diesen Bandeau-, Bügel- oder Balcony-BHs, stieg mir das, obwohl ich auf meine Füße starrte, tatsächlich zu Kopf. Charles war immerhin meine einzige Hoffnung, und bei all den Frauen, die es gab, konnte ich es mir da erlauben, mich ausgerechnet bei seiner danebenzubenehmen? Nein, es bestand nur die Gefahr, in die Rolle des üblichen italienischen Verwandten zu verfallen, der selbst die allernormalste Bezeugung von Zuneigung misszuverstehen imstande war, und das war ein Risiko, das ich nicht eingehen wollte. Als wir also das Geschäft verließen und sie sich fröhlich bei mir unterhakte, versuchte ich, dem verwirrenden Kontakt mit ihrem Busen keine Bedeutung beizumessen, was mich einige Mühe kostete, denn bei jedem kleinsten Hindernis – einem Bordstein oder einem Auto, das abbremste, um uns über die Straße zu lassen, denn jeder wäre stehen geblieben, um einer solchen Schönheit Vortritt zu gewähren –, drückte sie sich an mich.

Vor einer Bar, die mir besonders elegant erschien, fragte ich sie: »Gehen wir etwas trinken?« Ich wurde ansonsten freigehalten, und da ich, bevor ich ohne jede Vorwarnung abgefahren war, Onkel Teodorinos Portemonnaie geplündert hatte, konnte ich ihr getrost einen Aperitif spendieren. Um diese Tageszeit hätte ich ein Peroni getrunken, höchstens einen Amaro Lucano, aber um nicht unangenehm aufzufallen, bestellte ich nach ihrem Vorbild einen Martini, und als der rothaarige Kellner die Gläser vor uns abstellte, kippte ich ihn mit Genuss hinunter.

Jennifer dagegen hatte kaum daran genippt, als sie auch schon eine angewiderte Grimasse schnitt und sagte: »Ich hatte doch einen Martini bestellt!«

»Das ist ein Martini, Signora«, erwiderte der Rotschopf ungehalten.

Sie lachte ihm ins Gesicht. Dann sah sie mich fragend an, und in diesem Moment kam mir, ich weiß auch nicht, warum, der alte Vater von Humphrey Bogart in *Sabrina* in den Sinn, ein Magnat und eben Martini-Fan. Also erläuterte ich dem dienstbaren Geist, dass die Signora eigentlich einen »Martini Cocktail« wollte, auch wenn ich auf seine prompte und dieses Mal unterwürfige Nachfrage nicht reagierte. Jenny dagegen zählte in einem ebenso holprigen wie rüden Italienisch auf: »Eis, Gin und nur ein paar Tropfen Martini, Martini Dry, *of course*.« Dann sagte sie, ohne den Rückzug des jetzt auch im Gesicht roten Kellners abzuwarten, in einer für mich neuen Art und Weise: »Man muss ihnen wirklich alles erklären!«

In diesem Augenblick wurde mir zum ersten Mal die Distanz bewusst, die uns voneinander trennte. Beim dritten Martini – Martini Cocktail, versteht sich – konnte ich diese Distanz bereits bemessen, und sie war wirklich gewaltig. Unter der Wirkung der Drinks erzählte mir Jennifer Collins La Pierre – so ihr voller Name – ihr Leben, und sie begann dabei viel früher als mit ihrer Geburt. Ich hatte ihr nur eine Frage zu stellen brauchen – ich hatte es getan, um das peinliche Schweigen zu brechen, das auf ihren Ausbruch gefolgt war: »Und Charles, wie hast du den kennengelernt?« –, und schon blieb mir nichts mehr übrig, als zuzuhören. Sie war wie ein reißender Fluss, und ich – beduselt und glücklich, wie ich war – wurde wie ein Strohhalm von dieser starken Strömung mitgerissen. Sie war so verführerisch: ihre vom Alkohol raue Stimme, der Abdruck ihrer Lippen auf dem beschlagenen Glas, die Reflexe der Brillanten an ihren Fingern, wenn sie zwischen einem Schluck und dem nächsten über den Glasrand strichen.

Meinen Vetter hatte sie in Yale kennengelernt, an einer der Universitäten der amerikanischen Aristokratie, und ihre Familie gehörte, wie sie mir lachend gestand, »trotz allem« zu den aristokratischsten Amerikas, denn sie stammte von Fairfax Collins Jones ab, der wie die Begründer jeder bedeutenden Yankeedynastie zu den Pilgervätern auf der *Mayflower* gezählt hatte – wie viele Leute auf dieser *Mayflower* Platz gehabt hatten, bleibt eines der Geheimnisse der amerikanischen Geschichte. Besagter Vorfahr, der einige Jahre lang Gast auf den Galeeren Ihrer Majestät der Königin gewesen war, hatte dort seine Lebenskenntnisse verfeinert, ein Umstand, dem zweifellos jene mystische Krise zuzuschreiben war, welche ihm, einmal dem Kerker entronnen und von seinen Gläubigern verfolgt, als Ermutigung gedient hatte, sich in die Gebiete des neuen Kontinents zu flüchten, und zwar mit dem erstbesten Schiff, der *Mayflower* eben. Er ließ sich als Küchenjunge anheuern, denn die *Pilgrim Fathers* gingen auch bei der Auswahl der einfachen Mannschaft äußerst fundamentalistisch vor. Sobald jedoch die Küste von Massachusetts erreicht war, verabschiedete sich der ehemalige Galeerensträfling sofort von seiner falschen Berufung.

Die Neue Welt war dermaßen unberührt und unermesslich, dass man ein Dummkopf hätte sein müssen, wenn man sich nicht irgendetwas hätte einfallen lassen, um ein Vermögen zu machen, und Fairfax Collins Jones war kein Dummkopf – es ist klar, dass ich hier zusammenfasse, aber Jennys Erzählweise war eben sehr lebendig. Er setzte sich also von dem mystischen Häuflein ab, um sich erfolgreich dem Handel mit jenem stärkenden Sirup zu widmen, dessen Rezeptur er sich ausgedacht hatte – Fairfax's Elisir. Zwei Jahrhunderte sollte es aber noch dauern, bis die Collins Company, wie sie prosaisch genannt wurde, in die Gänge kam, und dies war dem nach ihrem Stammvater zweitliederlichsten Exponenten der Sippe zu verdanken: Brendan Collins Jones.

Brendan war tatsächlich ein Tunichtgut, und sein Vater hatte, nachdem er ihm zum x-ten Mal die Spielschulden bezahlt hatte und bevor er ihn endgültig enterben würde, beschlossen, ihm eine letzte Chance zu geben. Er schickte ihn los, damit er das Elixier der Familie in gleicher Weise an den Mann brachte wie jeder Vertreter. Der junge Mann war des lasterhaften Lebens ohnehin überdrüssig, und wenn der Absatz trotz aller Bemühungen Monat für Monat zurückging, so lag das an dem Produkt, das kaum noch wettbewerbsfähig war, wie ihm nach einem langen Jahr unter jenen Pionieren, die es in die entlegensten Gebiete des Kontinents verschlagen hatte, klar wurde.

Die Pioniere waren Fremde in diesen riesigen Weiten, melancholisch geworden durch die Ferne von der Heimat, wo sie – wie jeder weiß, der einen Roman von Dickens oder den wunderschönen ersten Teil des *Kapitals* von Karl Marx gelesen hat – oft noch traurigere Lebensbedingungen hinter sich gelassen hatten: stinkende und überfüllte Häuser, von Kindern mit äußerst geringer Lebenserwartung bevölkerte Bergwerke oder von Cholera und Hungersnöten heimgesuchte Lehnsherrschaften. Trotz allem war es aber ihre Heimat gewesen – und der Mensch hängt sein Herz wirklich an alles. Falls sie dort also Bauern gewesen waren, würden sie die grünen malariaverseuchten Landschaften nie wiedersehen, und wer nicht vom Land kam, würde nie wieder die stinkende Luft der großen Metropolen einatmen. Nie mehr würden sie ihre Mütter umarmen, auch wenn die oft Nutten waren, oder ihre Väter, oft Säufer, oder ihre nicht selten inzestuösen Brüder und Schwestern oder ihre verwelkten, zahnlosen Ehefrauen, geschweige denn ihre Geliebten. Es ist klar, dass der typische Pionier unter der Last derart nostalgischer Erinnerungen in Versuchung geriet, sich dem Alkohol zu ergeben. Aber abgesehen davon, dass das Arbeiten im Rauschzustand ein Problem darstellt und der typische Pionier sich, um zu überleben, zu Tode schuften muss, ist auch in Betracht zu ziehen, dass ein Ende als Alkoholiker eine der häufigsten Gefahren für den Depressiven darstellt und die Pioniere fast alle depressiv waren, auch wenn man die Depression damals Melancholie nannte und diese in ganz anderen Sphären angesiedelt war: Dafür musste man wenigstens ein dekadenter Dichter sein. Im Umfeld der Pioniere handelte es sich um ein namenloses Übel, das dennoch den schwunghaften Handel mit Getränken, Elixieren, Tees und Sirups erklärt, die wegen ihrer unübertrefflichen, wenn auch unbewiesenen stärkenden Eigenschaften Verbreitung fanden. Trotz Brendans beachtlicher Anreißerqualitäten – die Jahre, die er in Spielhöllen verbracht hatte, waren immerhin Lehrjahre gewesen – hatten die Siedler allerdings kein Interesse mehr an Fairfax's Elisir. Angesichts der Rezeptur – Melisse und Zimt waren, um der Wahrheit die Ehre zu geben, aufdringlich rubinrot gefärbt – hatte man schon zu lange daran festgehalten, denn in ebenjenen Jahren war auf dem Markt ein neues sensationelles Produkt aufgetaucht, eine wirklich euphorisierende Bombe auf der Grundlage von Extrakten aus Kokablättern und Kolanüssen, das dank dem Zusatz von Phosphorsäure außerdem noch sprudelte – und damals wirkten die Bläschen tatsächlich noch wie ein unerklärlicher Zauber. Kurzum, die Pioniere, diese armen, gottverlassenen Individuen in den unermesslichen, unberührten Weiten Amerikas, brauchten etwas wirklich Starkes und hatten es endlich gefunden. Es war die Geburtsstunde von Coca-Cola – oder zumindest ihres Prototyps –, jenes Getränks also, das ein paar Jahrzehnte später die Welt erobern sollte.

Brendan, der sich nunmehr seines Scheiterns bewusst war, wandte sich traurig von seiner Mission als Kaufmann ab, und als sein Wagen – einer jener typischen, durch die Western bekannt gewordenen Planwagen –, der mit Hektolitern von dem Elixier vollgestopft war, in einen Abgrund stürzte, wünschte er sich beim Gedanken an die Reaktion seines Vaters inständig den Tod herbei. Tatsächlich jedoch begann ausgerechnet in diesem Augenblick sein Glück. Nachdem er, infolge seiner Prellungen unter Schmerzen leidend, lange auf dem einzigen überlebenden Pferd umhergeirrt war, erreichte Brendan völlig erschöpft einen isoliert lebenden Algonkinstamm. Weil sie den weißen Mann vielleicht nicht richtig kannten, nahmen sie ihn auf, statt ihn zu skalpieren, und behandelten ihn mit einer ihrer Zaubersalben. Deren tatsächlich magische Wirkung brachte den jungen Mann auf die Idee, dass er die Siedler, nachdem man erfolglos ihr spirituelles Unwohlsein zu lindern versucht hatte, mit diesem Wundermittel zumindest von ihren körperlichen Schmerzen befreien könnte. Dies war die Geburtsstunde der berühmten Collins Pomade, ein wahres Allheilmittel zunächst für ein Volk von Pionieren, dann für ein Volk von Kriegern, die der Welt das Heil brachten, und gegenwärtig für eines von Fitnessfanatikern, die sich ja besonders leicht Prellungen zuziehen.

Zwar musste Brendan, um hinter das Geheimnis der Salbenzubereitung und in den Besitz des Alleinverkaufsrechts zu gelangen, zunächst Yeopotàc, ›Gestirnter Himmel‹, schwängern und heiraten – sie war eine Art Karibu und Tochter des Häuptlings Teopotàc; aber der Erfolg fordert eben Opfer. Zu Ehren der Gattin wurde auf jede Tube ein ferner Nebelfleck geprägt, was in Wirklichkeit aber nur eine seiner vielen phantastischen Reklameideen war: »Sterne sehen« ist in allen Kulturen und also auch in den Vereinigten Staaten das Bild für jede Verletzung, gegen welche die Salbe zuverlässig helfen würde – wie im Übrigen auch der erste Werbespruch hervorhob: *Collins Pomade hilft so sehr, Sie sehen keine Sterne mehr.* Diesem folgten andere Slogans, denn der junge Collins hatte rasch begriffen, dass Werbung die Seele des Handels ist: Werbung – wie so manch anderes –, bezahlt mit dem Gold, das Yeopotàc als Mitgift erhielt. Übrigens hatte Brendan seinen Vater, der gegen die Ehe mit einer Wilden Einwände erhoben hatte, zum Teufel geschickt, sich einen Lebenstraum erfüllt und eine eigene Firma, Collins &

Collins, gegründet, die sich in kürzester Zeit unter den führenden Firmen der Branche durchsetzte und aus ihm einen der reichsten und bekanntesten Männer von New York machte. Zur Krönung seines gesellschaftlichen Aufstiegs verstieß der skrupellose Industrielle seine indianische Ehefrau und heiratete eine La Pierre, die einem zu Zeiten der Revolution nach Amerika geflüchteten französischen Adelsgeschlecht entstammte.

Kurzum, alles schien sich zum Besten zu entwickeln, hätte sich nicht Yeopotàc, die stolze Squaw, der ihr zugedachten Rolle als Dienerin verweigert und ihren Ex in einer schönen Nacht zusammen mit seiner anmutigen aristokratischen Gemahlin im ehelichen Gemach abgestochen, beider Herzen auf einen rituellen Dolch gespießt und diese dann ihrem Vater Teopotàc gebracht, der sich seinerseits beeilte, sie dem Schamanen seines Vertrauens zu übergeben. Doch nicht einmal dem schrecklichen Fluch, dem dieser zur Wirksamkeit verhelfen wollte, gelang es, den Erfolg der Firma Collins & Collins aufzuhalten. Sobald Ryan, der kleine unschuldige Mischlingssohn, der dem finsteren Zorn seiner Mutter nur entgangen war, weil ihn sein deutsches Kindermädchen in einer Speisekammer versteckt hatte – Episoden wie diese sind es, denen das Ansehen der deutschen Kindermädchen zu verdanken ist –, sobald Ryan also erwachsen war, brauchte er sich nur noch um die immer bedeutenderen Umsätze zu kümmern. In den folgenden Jahrzehnten achtete auch niemand mehr auf den eigenartigen Schnitt der Augen seiner Nachkommen, schon weil die indigenen Gesichtszüge dank der Heiraten mit Angehörigen der reinen Yankeerasse und in Verbindung mit deren blassem Teint und den blonden Haaren eher an eine ferne und überaus edle sächsische Abstammung denken ließen – was auch jeder, der Jenny sah, gesagt hätte.

Aber erst mit dem Ersten und mehr noch mit dem Zweiten Weltkrieg nahmen die Gewinne der Firma einen wirklich unglaublichen Aufschwung. Im Tornister eines jeden amerikanischen Soldaten steckte eine Tube Collins Pomade, die ständig ersetzt werden musste, denn die Soldaten verwendeten sie nicht nur in der strikt vorgeschriebenen Dosierung, indem sie vor oder nach der Schlacht ein wenig auf Rücken, Füße und Arme auftrugen, sondern auch, weil sie eine merkwürdig euphorisierende Wirkung hatte, und zwar dank der Mischung aus Kräutern und Pilzen, deren Geheimnis von der Familie eifersüchtig gehütet wurde. Nachdem Lamonte Collins, der mit diesen letzten außergewöhnlichen Einnahmen einen Großteil der pharmazeutischen Industrie der Vereinigten Staaten aufgekauft hatte, bei einem Polounfall ums Leben gekommen war, fand sich sein jüngerer Bruder, Carter Collins Jones, unversehens an der Spitze eines regelrechten Imperiums wieder.

»Und so kommt es, dass du jetzt mit der Tochter des gegenwärtigen Pomadenkönigs sprichst, denn Carter Collins Jones ist mein Vater«, schloss Jennifer entzückend beschwipst und versuchte, einen letzten Rest aus dem Glas zu lecken. »Aber es war bestimmt nicht wegen unserer ursprünglichen Gemischtrassigkeit, dass meine Eltern nichts gegen Charles einzuwenden hatten«, setzte sie dann hinzu.

Ich sah sie entgeistert an: War Charles nun der Enkel eines der reichsten Männer Amerikas oder nicht? Was hätten sie gegen ihn einwenden sollen? Ich unterschätzte den Umstand, dass die Italo-Amerikaner bis vor nicht allzu langer Zeit kaum mehr Ansehen genossen als die Rothäute, und zwar wegen ihres unzweifelhaften Geschicks, aus dem Verbrechen Profit zu schlagen. »Auch dazu braucht es Talent«, fuhr Jenny lächelnd fort. »Die Di Lontrones sind allerdings immer anders gewesen. Nicht zufällig habe ich deinen Vetter in Yale kennengelernt.« Tatsächlich hatte sich Onkel Richard nicht nur ganz bewusst von der Mafia ferngehalten, sondern hatte auch eine Yankee geheiratet, spielte Golf, frequentierte französische Restaurants und machte all die Dinge, die in Amerika die Reichen machen müssen: Wohltätigkeit, Schenkungen an Museen – kurzum, es war ihm gelungen, sich seinen Platz in der guten Gesellschaft der Vereinigten Staaten zu sichern. »Außerdem haben sie zu Hause ganz andere Sorgen. Cybill, meine kleine Schwester, ist das wirkliche Problem«, und sie fing an, mit einer Art empörter Belustigung deren Unternehmungen aufzuzählen.

Tatsächlich hatte diese Cybill alles gemacht, was eine junge Frau aus den Vereinigten Staaten in jenen Jahren machen konnte. Sie hatte Drogen genommen, war von zu Hause durchgebrannt, hatte in einer Hippie-Kommune und in einer buddhistischen Sekte gelebt und war nach einem Jahr im Orient mit einem koreanischen Künstler – was in der Rassenskala weit unter den Italienern rangiert – zurückgekehrt. »Es ist klar, dass Papa und Mama ganz froh waren, Charles aufzunehmen«, erklärte sie. »Trotzdem ist es schwer … mit Charles zu leben. Das ist dir vermutlich klar geworden, oder?«

»Na ja, er scheint doch schwer auf Draht zu sein«, antwortete ich aufrichtig.

»Ja, das ist er«, antwortete sie und sah mich unverwandt an.

Dann blickte sie auf die Uhr und sagte mit einem Seufzer: »Es ist spät geworden. Gehen wir zurück.«

So fanden wir uns alle drei im Restaurant auf der Hotelterrasse beim Abendessen wieder. Insgesamt sind wir ungefähr ein Dutzend Leute am Tisch, und es beeindruckt mich schon zu sehen, wie mein Vetter Charles im Kreis von Gelehrten das Wort führt, obwohl die angesichts der Tatsache, dass sie in Italien geboren sind, eigentlich selbst etwas über unsere Heiligen wissen müssten. Stattdessen hängen sie an seinen Lippen. Von Nachteil ist, dass Jenny weit von ihm entfernt sitzt und er eine Flasche in seiner Nähe hat. Am Anfang macht ihn das sogar lockerer, aber der zweite Gang ist noch nicht aufgetragen, da sinkt Charles schon mit lautem Gepolter vom Stuhl, und sobald er am Boden liegt, fängt er zu schnarchen an. Jennifer springt auf und zieht mich am Arm. Auf Englisch sagt sie: »Es hat damit zu tun, dass sein Tagesablauf durcheinandergeraten ist, das hat immer solche Folgen.« Ich übersetze für das offenkundig monolinguale Publikum, während wir ihn im allgemeinen Schweigen abschleppen. Im Lift versucht sie, ihn mit ein paar Klapsen, ja, mit regelrechten Ohrfeigen wiederzubeleben, und stößt dann ein verzweifeltes: »*Fuck off*« aus – was ich wohl nicht zu übersetzen brauche.

Das Zimmer wird von außen kaum erhellt, und Charles über den Teppichboden zu schleifen ist äußerst mühsam, und als es uns schließlich gelingt, ihn auf dem Bett abzulegen, kommen wir uns ziemlich nahe – ihr Gesicht ist nur einen Hauch von meinem entfernt. Ich starre auf ihre Lippen, und in ihren Augen erkenne ich den Ausdruck ihrer Vorfahrin Yeopotàc, als sie in jener Nacht ihren Gemahl abstach. Tatsächlich seufzt sie und sagt mit drohendem Unterton: »Dein Cousin geht mir allmählich auf den Geist.« Dann senkt sie den Blick und fügt, dieses Mal mit einem bezaubernden Akzent, hinzu: »*Grazie, Carlo … Buona notte.*«

Ich ziehe die seidengepolsterte Tür hinter mir zu und gehe ins Bett. Lange sollte mein Schlaf allerdings nicht währen.

22

Jetzt, da ich so weit herumgekommen bin, kann ich getrost behaupten, dass der kurze Küstenabschnitt zwischen Acquafredda und Castrocucco zu den zehn – na ja, sagen wir: dreißig – schönsten Gegenden der Welt gehört. Aber auch damals, als ich zusammen mit Charles und Jennifer dort ankam und der Mond den Berg mit der Christusfigur – diesen Mini-Zuckerhut –, die Koniferen an den Hängen zwischen den Buchten und die im glitzernden Meer schwimmenden Inselchen beschien, glaubte ich bereits, dass es wohl nicht viele solcher Orte geben dürfte. Mein amerikanischer Vetter und seine Begleiterin schwiegen – sie, die sich sonst für alles so begeisterten. Tatsächlich hatten sie während der ganzen Fahrt nichts gesagt. Vor unserer Abfahrt hatte ich sie von meinem Zimmer aus gehört, und auch wenn ihre Stimmen nur gedämpft zu mir gedrungen waren, war unschwer zu erraten gewesen, dass sie miteinander stritten. Sie waren auch gleich nach unserer Ankunft in Maratea in ihr Zimmer hinaufgegangen. An diesem Tag aß ich allein zu Abend.

Am nächsten Morgen kam mich Charles um sieben Uhr wecken und fragte ganz aufgekratzt: »Gut geschlafen, Vetterchen?«, und warf einen skeptischen Blick in mein Zimmer. »Na ja, es ist das einzige Hotel in der Gegend, in dem man eine Tagung abhalten kann … Aber jetzt bringe ich dich zum Frühstück an einen wirklich besonderen Ort.«

Um dorthin zu gelangen, laufen wir im Gänsemarsch durch einen schmalen Hohlweg über den Klippen. Es riecht nach Harz, das Meer ist wie aus Kristall, und Charles kommt es komisch vor, dass ich noch nie hier war, obwohl mein Wohnort doch ganz in der Nähe liegt.

»Aber auf Capri bin ich immerhin gewesen«, entschuldige ich mich.

»Na ja, dann …«, und er lächelt belustigt. Er blickt auf die Pinien, die das Meer säumen, und holt tief Luft. »Es ist sogar noch schöner, als ich es mir vorgestellt habe«, gesteht er, und ich beobachte unterdessen, wie er geht: Er wirft den rechten Fuß genauso nach außen wie ich, und mich überkommt Rührung. Ich denke an die Mühe, die unsere Gene – der Entfernung und dem Schicksal zum Trotz – aufwenden mussten, um zu diesem Ergebnis zu gelangen, und mittlerweile sind wir bei einer kleinen Bucht mit hellen Steinen in klarem Wasser angekommen. Nahebei befinden sich eine Bootsanlegestelle und mehrere Pavillons aus Holz und Ziegeln. Über einen schattigen gewundenen Pfad steigen wir wieder nach oben, an den üblichen Pinien, Buchen und Eichen vorbei, bis zu einer englischen Rasenfläche, in die ein ovaler Swimmingpool aus weißem Marmor eingelassen ist. Dahinter erstreckt sich ein Bau mit bogenförmigen Loggien, der eher an ein Kloster erinnert als an ein Hotel.

Der Portier fixiert uns abweisend. Von unserer Aufmachung her zu urteilen, hat er nicht ganz unrecht, aber dann genügt es, dass mein Vetter den Mund aufmacht – er spricht mit ihm in seiner Sprache, im selbstsicheren Ton eines Mannes von Welt –, und sofort wird uns ein junger Hoteldiener an die Seite gestellt, dem wir durch menschenleere Salons folgen. Sie sind in strahlend gelbes Licht getaucht, das durch Baumwollvorhänge sickert und auf die bemalten Keramikkacheln fällt.

Der Speisesaal ist von nüchterner Eleganz. Nussbaumstühle sind an die wassergrünen Tischtücher herangerückt, und wenige, aber ausgewählte Bilder hängen an den Wänden. Der Maître leitet die Bestellungen an einen Kellner weiter. Dienstbeflissen antwortet er auf Charles' Fragen und erzählt, dass der Ort in den fünfziger Jahren eine obligatorische Etappe auf den Kreuzfahrten der Freunde des Grafen und Hotelbesitzers geworden war. Ich registriere Namen von Schauspielern, Schauspielerinnen, Industriemagnaten und Schriftstellern und blicke auf die Küste mit ihren kleinen Inseln, die auf dem himmelblauen Schleier des Meeres schweben, und obgleich sich, wie ich aus dem Mund des Maître erfahre, die Dinge seither verändert haben – der gräfliche Eigentümer ist gestorben, das Hotel hat seine alten Gäste verloren, und für Kongresse wie jenem, an dem Charles teilnehmen muss, ist es zu klein –, so ist es doch das erste Mal, dass ich von einem silbernen Service frühstücke.

»Na, was hast du für einen Eindruck?«, fragt mich Charles, als wir allein sind.

»Es ist schön, und wenn ich bedenke, dass es kaum eine Stunde vom Dorf entfernt ist …«

»Aber auch dort ist es wunderschön.«

»Ja, für ein paar Tage schon. Aber versuch mal, dort zu leben!«, antworte ich und schüttle betrübt den Kopf.

Er nippt an seinem Tee und blickt mich unverwandt an. Sobald er die Tasse von den Lippen nimmt, fragt er mich: »Geht es dir dort wirklich so schlecht?«

»Ich habe dir doch erzählt, wie die Lage ist, oder?«, weiche ich lachend aus.

Auch er lacht und sagt dann: »Und Amerika, hast du schon einmal daran gedacht, nach Amerika zu gehen?«

Ich spüre, wie mir das Herz aufgeht. Es ist, als hätte mir jemand mitgeteilt, dass ich in einer Lotterie gewonnen haben könnte – oder etwas noch Wichtigeres und Entscheidenderes. Eigentlich fehlen mir die Worte, aber es gelingt mir zu murmeln: »Daran denke ich seit meiner Geburt.«

Charles ist der Einzige, der mir sagen könnte, ob ich wirklich das große Los gezogen habe, aber er lässt mich zappeln. »Und was stellst du dir vor, was es dort gibt?«, fragt er mich.

Tja, was stelle ich mir vor? Ich müsste jetzt irgendetwas Intelligentes von mir geben, stattdessen aber sage ich: »Nichts Bestimmtes.«

»Streng dich ein bisschen an, nur Mut.«

Dann sehe ich ihn an. Sehe seine treuen, ehrlichen Augen und beichte: »Hör zu, ich war noch ein Kind, als ich die Fotos gefunden habe, die Papà meiner Mamma geschickt hat. Nonnilde hatte sie im Keller versteckt, und in all diesen Jahren ist kein einziger Tag vergangen, an dem ich sie mir nicht angeschaut hätte. Für mich ist Amerika … ein Traum, ja, das ist es.«

»Wie originell«, bemerkt er, und sein Sarkasmus kränkt mich so sehr, dass ich am liebsten sagen würde, ich hätte ihn um nichts gebeten, ich könnte auch bleiben, wo ich geboren bin – natürlich mit einem Kloß im Hals –, aber da lächelt Charles schon wieder und sagt: »Sei ganz ruhig. Dein Traum wird in Erfüllung gehen. Das verspreche ich dir«, und redet, ich kann es kaum fassen, als würde es morgen bereits losgehen. Er fragt mich, ob ich einen Pass hätte, ob mit meinem Militärdienst alles geregelt sei – man hat mich als armes Waisenkind freigestellt –, und sogar, was für eine Tätigkeit mir gefallen würde.

»Jede«, erwidere ich aufgeregt.

»Oh! Das ist aber keine Antwort, die eines Träumers würdig ist«, spottet er.

Dann brauche ich mir also keinen Zwang anzutun. »Eigentlich fühle ich mich zum Schriftsteller berufen.«

»Dafür müsstest du Jude sein, kein Italiener, und schau … Wenn es mir gelingt, Onkel Richard zu überzeugen …«

»Wieso? Ist das so schwierig?«, frage ich ängstlich.

»Du brauchst dich nicht darum zu kümmern, lass das nur meine Sorge sein. Trotzdem, Onkel Richard erwartet sich von dir etwas anderes: Du musst ihn verstehen, den armen Mann. Ich bin sein einziger Erbe und befasse mich mit mittelalterlicher Mystik! Jetzt schicke ich ihm aus Italien den Sohn von Enrico, dem einzigen Di Lontrone, der außer ihm einen Sinn fürs Geschäft hatte, und dann möchte dieser Typ ausgerechnet Schriftsteller werden ... Nein, nein« – er schüttelt mit geheuchelter Enttäuschung den Kopf – »das geht wirklich nicht.«

»Schon gut, schon gut«, setze ich erneut an, so versöhnlich wie möglich. »Ich stürze mich also ins Geschäft, und die Schriftstellerei betreibe ich als Hobby, statt Fußball zu spielen.«

»Großvater Richard hasst Fußball.«

»Tja, ich eigentlich auch, ich hab's nur so dahingesagt ... Wie wär's mit Polo? Oder Golf? Egal – Hauptsache, ich habe Nonnilde vom Hals.«

»Ich warne dich: Richard ist noch schrecklicher.«

»Unmöglich.«

Er lacht aus voller Kehle und sagt: »Ich habe dich jedenfalls gewarnt. Außerdem kannst du schon mal deine Sachen zusammenpacken.«

Menschenskinder, dann ist es also geschafft, denke ich und will meinen großherzigen Vetter schon umarmen, da hält er mich am Handgelenk fest, blickt auf die Uhr an dem seinen und sagt: »*Okay, okay*, Carlino« – so hat er mich noch nie genannt, aber es gefällt mir! –, steht dann auf und fügt hinzu: »Jetzt muss ich zurück. Eine Gruppe illustrer Gelehrter wartet ungeduldig auf meinen Vortrag.«

Dieses Mal ziehe ich mit Jenny los, ohne auch nur den Beginn seines Vortrags abzuwarten. »Das haben wir schon gehört«, stöhnt sie mit derselben finsteren Miene wie am Tag zuvor. Ich möchte meinen Wohltäter nicht vergrätzen, aber er ist dort im Foyer und verabschiedet uns ganz fidel. Sobald wir im Auto sitzen, erzähle ich Jennifer von meiner nahen Zukunft in Amerika. Manchmal würde man sich ein Minimum an Interesse wünschen, doch als ich fertig bin, hat sie kein einziges Wort herausgebracht. Man könnte glauben, dass sie böse auf mich ist – vielleicht habe ich etwas gesagt, was ich nicht hätte sagen sollen, obwohl ich mir nicht vorstellen kann, was; vielleicht behagt ihr die Neuigkeit auch einfach nicht –, aber ich bin dermaßen froh, dass mir das egal ist. Ich kann mein kleines Glück auch für mich allein genießen. So suche ich Schlagermusik im Radio und trete vergnügt aufs Gaspedal, während die Luft immer frischer wird.

Wir hatten inzwischen nämlich eine beträchtliche Höhe erreicht. Die letzten Kurven führten auf einen Viadukt zu, der über einem veritablen Abgrund schwebte. Mir drehte sich schon der Kopf – meine Schwindelgefühle. Wie würde ich es nur im Flugzeug aushalten? Ich klammerte mich an das Lenkrad, bemüht, den Blick immer schön auf das Asphaltband zu heften, aber es war dermaßen schmal, dass es sich unter dem Gewicht des Autos zu bewegen schien, und als ich wieder festen Boden unter den Rädern zu haben glaubte, zitterten meine Knie weiter: Der Anblick um uns herum vermittelte nicht unbedingt das Gefühl von großer Stabilität – wir fuhren zwischen Häusern hindurch, die bei irgendeinem Erdbeben eingestürzt waren. Der dunkelhaarige Junge im weißen Hemd, der auf der kleinen, menschenleeren Piazza im Souvenirkiosk saß, schien einen ganz anderen Stoß zu verspüren, als er den Blick von seiner Zeitung hob und Jenny sah. Indessen hörte man nur das Krächzen der Krähen über dem unbefestigten Pfad, an dessen Ende uns der Betonzyklop erwartete. Wir schirmten unsere Augen ab, um ihn von unten betrachten zu können, und er kam uns grässlich vor: Gesicht und Körper wie von einer Walze platt gewalzt, die Arme ausgebreitet und unheimlich weit nach hinten gestreckt. Er erinnerte eher an einen Zombie als an Christus.

»So ist es immer«, seufzte Jenny in ihrer üblichen düsteren Art, »von Weitem sehen die Sachen wunderschön aus, und wenn man näher kommt, dann …«

Wie ist diese Frau nur auszuhalten?, fragte ich mich. Ich war jung und voller Hoffnungen. Eine strahlende Zukunft erwartete mich in Amerika – Charles hatte es mir ausgerechnet in dem Moment versprochen, in dem Nonnilde mich endgültig zugrunde gerichtet hatte –, und da sollte ich über die Enttäuschungen des Lebens nachsinnen? Ich betrachtete den Horizont; er war so offen, so weit, so himmelblau. Die ganze Welt hätte ich umarmen mögen – von dieser Höhe aus erschien das möglich – und mich von den Luftströmungen davontragen lassen können, doch ich deutete auf die duftige Wolke des Meeres und deklamierte theatralisch:

»Ängstige dich nicht, Jennifer, dieses hier wird in alle Ewigkeit weit und wunderbar sein.« Nachdem ich das gesagt hatte, spürte ich, wie mich eine Gänsehaut überlief, und ich drehte mich um, weil ich ein höhnisches Lachen befürchtete. Stattdessen band sich Jennifer das Tuch vom Kopf. Ihre Haare glänzten in der Sonne, und als sie sich zur Seite neigte, um sie zu ordnen, waren die blauen Zebrastreifen ihres Kleides wie eine einzige laszive Tätowierung auf ihrem Körper – kein Schauspiel der Natur hätte zauberhafter sein können. Dann änderte sie die Blickrichtung und lächelte, als hätte das Licht, das uns überflutete, plötzlich ihre düsteren Gedanken aufgelöst – oder war es mein Gelaber gewesen? Wie auch immer, sie trat näher an mich heran. Mit starrem Blick nahm sie mich bei der Hand und wollte mich zu dem niedrigen Mäuerchen des Belvedere führen. In diesem Augenblick hätte, wie mir bewusst war, alles Mögliche passieren können, was nicht passieren durfte. Ich legte den Kopf in den Nacken. »Nein, nein, ich bitte dich«, sagte ich. Sie war genauso lange verunsichert, wie ich brauchte, um zu gestehen: »Mir ist so schwindlig.« Dann brach sie in Gelächter aus. Was für schöne Zähne sie hatte!

Am Abend sitzen wir zu dritt auf einem dunklen Hotelbalkon. Das Meer unten schlägt Wellen wie Wasser, das jemand in einem Eimer aufgerührt hat. Wir blicken auf die Bucht, über der Blitze zucken, und auf das kleine Kabinenboot, das inmitten des verdreckten Schaums vor Anker liegt und zappelt: Jenny und ich tun das; Charles dagegen schnarcht, wie üblich – während des Abendessens war es ihr gelungen, ihn nüchtern zu halten, aber dann habe ich gesehen, wie er heimlich etwas an der Bar getrunken hat.

»Es erinnert an eine Gegend in Mexiko … wenn es nur nicht so kalt wäre«, seufzt sie und verschlingt die Arme, die das schwarze Schlauchkleid nicht bedeckt. Es lässt auch einiges andere unbedeckt. Ich betrachte die Perlen, die von ihrem Ausschnitt herüberblitzen, ihre langen, schräg gestellten, übereinandergeschlagenen Beine, und wenn ich auch nie in Mexiko gewesen bin, erinnere ich mich, als ich wieder auf die zerklüfteten Klippen und die ausgefransten Schatten der wie an einem tropischen Strand bis zum Ufer hinabwuchernden Vegetation schaue, an einen jener alten Schwarz-Weiß-Filme, die ich mir immer an den Sommervormittagen im Fernsehen angesehen hatte – *Die Nacht des Leguans*, glaube ich, hieß er. Ganz bestimmt war er mit Ava Gardner, die nach Aussage des Maître unseres Hotels mit einem ihrer italienischen Liebhaber hier abgestiegen war, und ich sage mir, dass Jenny wirklich recht hat und dass Ava – bei ihrem ganzen Alkoholkonsum – sicherlich davon überzeugt war, wieder hier zu sein und den *Leguan* zu drehen. Kein Zweifel, auch wir legen uns ins Zeug. Jenny gibt dem Kellner ein Zeichen, uns noch einen Jack Daniel's zu bringen. Dann heftet sie den Blick auf Charles, mustert ihn angewidert und sagt: »Es ist nicht seine Schuld … Er ist krank.« Sie lehnt den Kopf gegen die Wand und fängt zu erzählen an, und es kommt mir vor, als hörte ich tatsächlich die Stimme einer jener Femmes fatales aus so einem Film, während ich mich bemühe, die geheimnisvollen Töne in der gleichen Weise zu enträtseln wie die Wolken, die der Mond mittlerweile erstrahlen lässt. Sie spricht nämlich in ihrem erlesenen Amerikanisch zu mir – mehr als zwei Jahrhunderte Privilegien und Reichtum hat es gebraucht, bis es diese Gestalt annahm –, und ich bin doch nur ein armer Dorfjunge. Sie erzählt über Charles und den Ursprung seiner Krankheit. Deshalb beginnt sie mit der Geschichte seines Vaters, William Di Lontrone, und davon will ich mir wirklich kein Wort entgehen lassen.

Wie jedes Kind träumt William davon, einen bedeutenden Vater zu haben, bis er sich, als er heranwächst, bewusst wird, wie bedeutend sein Vater tatsächlich ist, und sich im Vergleich zu ihm wie ein Nichts vorkommt. Die einzige Person, die ihn zu verstehen scheint, ist seine Mutter, und als sie an einem Infarkt stirbt, lässt er nichts unversucht, um aus dem gigantischen Schatten seines Erzeugers herauszutreten. Irgendwann kommt er zu dem Schluss, ein Künstler zu sein. »Ein gewisses Talent hatte er«, sagt Jenny und nimmt rasch einen Schluck. »William hat alles gesammelt, was er fand, merkwürdiges Zeug: Details aus Illustrierten, Gipsabdrücke von Autos. Er war seiner Zeit einfach zu weit voraus. Wäre er beständiger gewesen, hätte man ihn irgendwann entdeckt.« Aber William Di Lontrone ist kein beständiger Mensch. Er gibt die Malerei auf und fängt zu schreiben an. Ihm schwebt eine Familiensaga vor, und da er sich, ebenfalls in dem Wunsch, sich von seinem Vater abzusetzen, bis ins Mark hinein als Italiener fühlt, erzählt er die Saga einer New Yorker Familie von Mafiosi. Auf zweitausend Seiten bringt er es, aber das Werk ist ein solcher Schinken, dass keiner es liest. »Den Titel allerdings muss sich jemand gemerkt haben: *Der Pate* … Das ist wohl Zufall, aber wirklich ein großer.« Jedenfalls flattern William immer noch die Absagen der Verlage ins Haus, als er erneut umsattelt. Er nimmt nun Musikstunden und verkehrt in Jazzkreisen in Greenwich. Er heiratet Sarah Gilles, die singt und säuft, und bald gilt das auch für ihn, das heißt, er singt nicht, aber er säuft. Dies ist also das Paar, das Charles zeugt, der zu allem Überfluss im Alter von zehn Jahren gekidnappt wird. Nach einem Monat beängstigender Verhandlungen rasen William und Sarah mit dem Lösegeld, das natürlich Onkel Richard herausgerückt hat, zu dem vereinbarten Übergabeort, aber in einer Kurve kommen sie von der Straße ab und prallen gegen eine Mauer. In diesem Augenblick hätte der alte Di Lontrone die Hoffnung aufgegeben, seinen Enkel je zurückzubekommen, hätte ihn nicht die Polizei dort aufgefunden, wo er die ganze Zeit gewesen war – in einer von seinen Eltern beschafften elenden Hütte. Bald begreift Onkel Richard, dass auch dieser Knabe nicht der Erbe ist, den er sich erhofft hat: Charles ist ernsthaft, intelligent und strebsam, aber absolut nicht fürs Geschäft geeignet. Sollte er, wie es den Anschein hat, die Archive irgendeiner Universität der Wall Street vorziehen, wäre er, Richard, gewiss der Letzte, der ihn daran hindern würde – er hat bereits das Scheitern seines Sohnes auf dem Gewissen –, zumal inzwischen Enrico eingetroffen ist, mein Vater also.

Richard Di Lontrone hatte immer alles getan, um sich von seinen Wurzeln zu lösen und Amerikaner zu werden, aber jetzt, da sein junger Neffe aus Italien eintrifft – und er kommt nicht aus einem der großen Zentren der Kultur oder der wieder aufblühenden Industrie; nein, er stammt aus einem kleinen, gottverlassenen Nest im Süden –, jetzt hört Onkel Richard mit Rührung jenen Dialekt wieder, den er trotz aller Bemühungen niemals vergessen hat. Und dieser Neffe bietet bereits nach ein paar Monaten den bewährtesten Yankeemanagern die Stirn. In Enricos praktischem, aggressivem und phantasiereichem Wesen sieht Richard den besonderen Ausdruck des italischen Genius, und bald schon schwillt ihm die Brust vor patriotischem Stolz. Tatsächlich erkennt er in Enrico sich selbst als jungen Mann wieder, außerdem den Sohn, den er immer ersehnt hatte.

»Er hat ihn richtig verehrt … Sein Verlust war ein schrecklicher Schlag für ihn. Ich glaube, er hat mehr um ihn getrauert als um den armen William und konnte keine Ruhe finden, denn hätte er ihn nicht nach Amerika geholt, wäre das Unglück nicht passiert. Das ist so ein Gedanke, der einem schon kommen kann, und deine Großmutter hat alles getan, damit er ihn nicht vergisst. Und dann ist da noch das Problem mit Charles.«

Einige Jahre sind ins Land gezogen, und die Crème de la Crème der New Yorker Jugend befindet sich im Waldorf Astoria, um Sally Haynes' Einführung in die Gesellschaft zu feiern. Obwohl Sally die Tochter von John Arthur Haynes ist – einem republikanischen Senator und großen Hasser der Italo-Amerikaner – und praktisch verlobt mit Riddley Wensworth, einem waschechten Yankee, hat sie eine Schwäche für Charles. Das bekräftigt sie durch ein überdeutliches Briefchen, das ihm nach Beginn des Festes von einer jungen Dame zugesteckt wird: Wider alle Erwartungen will Sally ausgerechnet mit ihm den Tanz eröffnen. Charles' Herz pocht, ja, es schlägt ihm bis zum Hals. Um seine Aufregung zu bezwingen, leert der Junge zum ersten Mal in seinem Leben ein Glas Champagner, und der schmeckt ihm nicht nur, weil es sich um einen Cristal handelt, sondern weil er sich fühlt, wie er sich noch nie gefühlt hat. Als Sally dann ihren triumphalen Einzug hält und Wensworth mit einem Schlenker ausweicht, um sich auf Charles, den schüchternen, verlegenen Charles, zu stürzen, ist dieser durchaus bereit, sie in den Arm zu nehmen und mit der vermeintlichen Geschicklichkeit eines geübten Tänzers herumzuwirbeln, obwohl er nie zuvor auf einem Ball gewesen war. Mittendrin jedoch bremst er unvermittelt ab, löst sich von seiner Partnerin und neigt wie zu einer drolligen Verbeugung den Oberkörper vor – diesen Eindruck hat zumindest die Gästeschar. Auch das Orchester spielt langsamer, um den originellen Einfall des jungen Mannes ins rechte Licht zu rücken, doch der rücksichtsvoll harmonische Rahmen lässt den ungeheuren Rülpser, der aus seinen Eingeweiden hervorquillt, nur noch ungeheurer erscheinen. Charles wankt ein bisschen, und als er schwer zu Boden sinkt, bleibt nichts, als ihn abzuschleppen. Es könnte sich lediglich um ein vorübergehendes, durch die Aufregung ausgelöstes Unwohlsein handeln, doch hier haben sich zum ersten Mal die Symptome seiner Krankheit gezeigt: erblich bedingter lethargisierender Alkoholismus, lautet die Diagnose der Ärzte.

»Seither ist er in den besten Kliniken gewesen, aber ohne Erfolg. Ein Schluck genügt – und wann immer er kann, trinkt er mehr als nur einen Schluck –, und schon besteht die Gefahr, dass er ins Koma fällt. Ein paarmal haben wir ihn schon an den Haaren hochgezogen, damit er nicht im eigenen Erbrochenen erstickt«, endete Jenny mit einem Seufzer. »Und trotzdem sind wir noch zusammen«, schiebt sie mit einem befreienden Lachen hinterher.

Die menschliche Natur ist wirklich seltsam. Ich hatte der Geschichte von Charles gelauscht – es handelte sich nicht nur um meinen Vetter, sondern auch um meinen Wohltäter –, ohne dass er mir leidgetan hätte. Es fällt mir schwer, es mit einer Art grimmigen Genugtuung zuzugeben, aber sein Unglück war mein Glück. Bald würde ich seinen Platz im Herzen von Onkel Richard erobert haben, genauso wie mein Vater, der William verdrängt hatte. In diesem Moment fiel mir, ich weiß auch nicht, warum, der Schweizer ein. Ich überlegte, was für ein Gesicht er machen würde, wenn er erführe, dass ich es geschafft hatte, einer wie ich, wenn doch nicht einmal er selbst es trotz seines gewaltigen Größenwahns zu schaffen geglaubt hatte, und ich fühlte mich als Herr des Universums. Alles, was ich wollte, würde ich mir nehmen … Und jetzt wollte ich Jennifer. Natürlich war ich betrunken, sie aber auch. Vielleicht wich sie deshalb nicht zurück, als ich ihr mit den Fingerspitzen über den Hals strich. Sie drehte sich mir zu und hatte jenen Blick, den die Frauen in gewissen Momenten haben. Ein Blick, der an das Dunkel der Nacht und die Tiefe des Ozeans erinnert, an alles, was verschlingt und endgültig ist. Ein solcher Blick hatte meinen Vater das Leben gekostet – Nonnilde hatte alles versucht, mir das einzubläuen, aber in diesem Augenblick war ich bereit, es über Bord zu werfen. Dann trank Jennifer den letzten Schluck. Ausdruckslos blickte sie auf Charles und sagte dann: »Heute sind es zwei Jahre, dass wir zusammen sind … Eigentlich wollte ich das feiern.« ›Mach dir keine Gedanken, ich werde für ein ganz anderes Fest sorgen‹, grinste ich in mich hinein, und wir zogen ihn über den Flur zu ihrem Zimmer. Durch das offene Fenster drang das Tosen der Wellen herauf, und der Mond tauchte Charles' Gesicht und Hände auf dem Bett in aschfahles Licht. Schweigend blickten wir uns an. Der Satin ihres Kleides glänzte prächtig. Ich ließ die Spaghettiträger über ihre Arme gleiten, und das Kleid rutschte zu Boden. Jetzt schien ihr Körper nur noch von züngelnden Schatten bedeckt zu sein. Ich betrachtete sie betört, und sie lachte über mein Staunen. Dann legte sie ihre Hände auf die Spitzenarabesken ihres Büstenhalters und flüsterte mit der Grimasse einer Betrunkenen: »Worauf wartest du noch?«, und zog mich zu Boden.

Das Stöhnen, das ich ein paar Minuten später hörte, war zu rau, als dass es aus ihrem Mund hätte kommen können. Mit einem Ruck hob ich den Kopf und hatte die weit aufgerissenen Augen meines Vetters vor mir. Aber sie waren glasig, leblos. Jennifer zog mich am Nacken wieder zu sich herab und presste mein Gesicht zwischen ihre Brüste. Dann sagte sie: »Fick mich«, und sie sagte es auf Italienisch.

Als ich die Tür hinter mir zuzog, dachte ich über ihre Aufforderung nach: *Fotti*. Ab sofort würde das mein Motto sein, der Imperativ meines neuen Lebens. Der Spiegel im Aufzug warf mein Lächeln zurück.

Ich lächelte auch am Morgen danach, als ich zum Frühstück nach unten ging. Doch an unserem Tisch traf ich niemanden an. Herr Di Lontrone und Frau Gemahlin, teilte mir der Maître mit, ließen sich entschuldigen, aber sie hätten früher als vorgesehen abreisen müssen. Ich blickte nach draußen auf die Wolken, die der Wind über das Meer wälzte, und konnte es nicht fassen, dass mein amerikanischer Traum so schnell ausgeträumt war.

23

Im Laufe der Zeit hatte Alba Chiara ihren Babyspeck verloren, obwohl sie immer noch ihre siebzig Kilo wog. Sie hatte auch keinen Schnurrbart mehr, und ich vermutete, dass sie sich rasierte, denn wenn sie mich küsste, kratzte es an meinen Lippen. Trotz alledem würde ich sie heiraten, was blieb mir schon übrig? Bis jetzt war ich mir immer anders vorgekommen, einzigartig, als jemand mit einer besonderen Zukunft. Ein paar Jahre noch, und ich würde nach Amerika gehen, zu meinen fernen Verwandten, und mein Leben im Dorf würde nur noch eine Erinnerung sein. Jetzt aber waren meine großen Hoffnungen endgültig geplatzt, und wenn ich jemandem deswegen böse sein musste, dann nur mir selbst. Die Großmutter hatte es an jenem fernen Maientag klar gesehen, als sie in meinen Augen – den lusterfüllten Augen ihres einzigen männlichen Enkelkindes, das sich an die üppigen Titten eines ihrer zwanzig weiblichen Enkelkinder schmiegte – den Keim meines Ruins erkannt hatte, aber die Mittel, mit denen sie ihn hatte abwenden wollen, hatten nichts gefruchtet, denn das Schicksal des Menschen liegt – wie es die besten Kenner der menschlichen Seele von Homer bis Walt Disney verkündet haben – in seinem Charakter.

Meine Verlobung mit Alba Chiara war inzwischen amtlich geworden, mein künftiger Schwiegervater hatte das Geld für die neuen Maschinen herausgerückt, und Nonnilde war glücklich. Ich verbrachte meine Tage und oft auch die Nächte an ihrer Seite. Sie erklärte mir die Arbeit und verlangte, dass immer alles sofort erledigt wurde. Die Firma *Premiata Olii Superfini* durchlebte einen magischen Augenblick, und es war keine Zeit zu verlieren. Onkel Teodorino hatte sich inzwischen seinen Ruhestand mit der Alzheimer-Krankheit erkauft, und umgeben von den neuen, gigantischen Ölpressen der Officine Bux, vom Höllenlärm der Granitmühlsteine und vom widerlich süßen, Übelkeit erregenden Geruch der ausgepressten Oliven, den keine Seife zu tilgen vermag, befasste ich mich innerhalb von sechs Monaten praktisch mit allem: Herstellung, Abfüllung und Versand. Außerdem musste ich mich um Alba Chiara kümmern. Sobald es ihr möglich gewesen war, hatte sie mir den sogenannten Liebesbeweis gegönnt – obwohl sie seit ihrer Kindheit hinter mir her war, hatte sie in der Zwischenzeit bereits viele andere damit beglückt. Sie schneite immer häufiger ins Dorf herein, alle vierzehn Tage mittlerweile, und ihr gegenüber konnte ich nicht einmal die Arbeitsüberlastung vorschützen, denn die Großmutter ließ mir in diesem Zusammenhang »freie Hand«. Sie legte Wert darauf, dass die Tochter ihres wichtigsten Investors keinen Grund zur Unzufriedenheit hatte, und als das Trampeltier endgültig aus dem Florentiner Internat zurückkehrte, ging ich bereits auf dem Zahnfleisch.

Es waren finstere Jahre, nicht nur für mich, sondern für die ganze Nation, die von der steigenden Flut des Terrorismus erfasst wurde – nicht die ganze Nation, um die Wahrheit zu sagen: In unseren kleinen, zwischen den Bergen gelegenen Winkel drang über die Berichte des *Telegiornale* nur ein fernes Echo davon, und das Leben ging seinen gewohnten Gang, unterbrochen nur von der Rückkehr der *Turist* und nunmehr auch der auswärts Studierenden.

Der auswärts Studierende, ein Produkt der Schulreform und insbesondere des »staatlichen Zuschusses für Studenten mit einkommensschwachen Eltern« – eine Zulage, die Bedürftige nach einer bestimmten Anzahl von Prüfungen erhielten –, war, genau besehen, die x-te Manifestation jenes Auswanderungszwangs, der die Dörfer des Südens seit Beginn des Jahrhunderts entvölkert hatte. Dank des phantastischen Ausbaus der italienischen Autobahnen – der schnellsten in ganz Europa – belebten sie sich wieder, weil die

Emigranten nicht nur im Sommer auftauchten wie früher, sondern auch zu Weihnachten und Ostern. Die auswärts Studierenden dagegen kamen alle zwei, drei Wochen, je nachdem, wie lange sie benötigten, um die Lebensmittelvorräte aufzubrauchen, welche die Mütter unter den widerstrebenden Blicken der Söhne liebevoll in riesige Pappschachteln packten – »Das reicht, Ma' … Wer soll denn das ganze Zeugs essen? … Da schau her, jetzt packt sie auch noch die Wurst dazu! … O nein, den Schafskäse bitte nicht, nein, der stinkt, der Schafskäse.« Dieser Proviant stellte wegen seiner Naturreinheit den größten, wenn nicht gar den einzigen *Appeal* der auswärts Studierenden für ihre Kollegen aus der Stadt dar – auch wenn das Wort »Kollegen« aus dem Vokabular des typischen auswärts Studierenden strikt verbannt war. Der protzte nämlich schon bei seiner ersten Rückkehr nach Hause mit der Sprechweise des gewählten Studienortes, trug die exzentrischste Garderobe, welche die Händler dort feilboten, und schaute als Universitätsstudent inmitten eines Meeres von Analphabeten auf seine Mitdörfler herab. Schon aus diesem Grund verdiente er die Ehrerbietung, die den Notabeln gezollt wurde, hauptsächlich aber verdiente er sie, weil er Träger einer *Weltanschauung* war, was für den ungehobelten Pöbel in den Bars etwas absolut Unerhörtes war. Zu den ersten Repräsentanten dieser neuen, seltsamen Phalanx im alten Heer der Emigranten – auch »intellektuelle Emigranten« genannt, um sie von der Masse zu unterscheiden, die den harten Kern dieses Heeres ausmachten – gehörten meine Freunde Tarcisio und Apache.

Als ich sie am Allerheiligentag wiedersah, affektierten sie schon mit ihrem römischen Akzent herum – auch wenn dieser weniger elegant klang als der von Giuditta und ihren Freunden. Da sie nun einmal in die revolutionäre Atmosphäre der Hauptstadt geraten waren, hatte ihnen ihr politisches Credo sofort den Anschluss an jene Kreise ermöglicht, die im Augenblick *en vogue* waren. Apache war, was sich ja anbot, Großstadtindianer geworden, während Tarcisio – der einen anstrengenden Abstecher aufs Land auf sich genommen hatte, um sicherzustellen, dass niemand ihm hinterherspionierte – uns anvertraute, dass er sich den *Ronde Combattenti Ultracomuniste* angeschlossen habe, ja, sogar einer ihrer Führer sei, und dass die Revolution bald das ganze Land aus den Angeln heben werde.

»Unser Dorf auch?«, fragte ich zaghaft.

»Natürlich unser Dorf auch, aber mit Sicherheit handelt es sich nur um ein sekundäres Ziel«, grinste er.

Von seinem selbstsicheren Ton ermuntert, malte ich mir die Szene aus: zahllose Aufständische, die mit wehenden roten Fahnen in einer Lastwagenkolonne die Staatsstraße herauffahren und auf Befehl des Sohns des einfachen Schneiders außer den verschiedenen Vertretern der Obrigkeit auch noch – in ihrer Eigenschaft als Kapitalistenschwein – meine Großmutter festnehmen und mich so mit einem Schlag von ihr und Alba Chiara befreien. Keine Gewalt, versteht sich, aber wenn Tarcisio nur ein einziges Mal von der proletarischen Strategie abweichen und auch hier unten eine Stippvisite machen wollte, würde ich ihm ewig dankbar sein. Nachdem er gründlich über meinen Wunsch nachgedacht hatte, stimmte er – und das gereicht ihm zur Ehre – im Namen unserer alten Freundschaft zu. Leider sah ich ihn etwas später im Fernsehen, wild entschlossen, sich seine fünfzehn Sekunden Berühmtheit zu nehmen – nicht fünfzehn Minuten, wie man Warhol meist falsch zitiert. Er war verhaftet worden, mit der üblichen P38 im Gepäck, was ihm fünf Jahre im *Käfig* einbrachte, um es im Jargon der auswärts Studierenden auszudrücken, und zwar in einer Konditorei, wo er sich im Zuge einer jener legendären proletarischen Enteignungsmaßnahmen aufgehalten hatte. Mit sahneverschmiertem Mund, einem blauen Auge und erhobener Faust rief er unverständliche Slogans, wobei seine Stimme noch von der des Reporters überlagert wurde. Mir rutschte das Herz in die Hose: Sollte ich gehofft haben, dass Tarcisio und seine Genossen meine Probleme lösen würden, dann war ich jetzt wirklich aufgeschmissen. Wie es dem Menschen in den Augenblicken der Niedergeschlagenheit oft widerfährt, suchte ich in Träumen von der Vergangenheit Zuflucht; da ich aber nicht einmal einen Zipfel meines lebenslangen Traums erhaschen konnte, ohne dass sich mir der Magen umdrehte – wegen einer Fickerei hatte ich alles verspielt –, entschied ich mich für einen anderen Traum.

Im Vorübergehen hatte ich Incoronata oft im Halbdämmer des Kaufhauses Darsena erspäht, allerdings eher Abschnitte ihres Körpers als das Ganze: die Rundung einer Hüfte, während sie sich über das Obst beugte, ihren üppigen Busen, der bei dieser Bewegung wogte, das Blitzen in ihren Augen, wenn sie auf den Betrag starrten, den die Kasse anzeigte. Diese Anblicke begleiteten mich wieder durch die Nacht, und es konnte leicht passieren, dass ich mir ein paarmal nacheinander einen runterholte – trotz allem war ich immer noch ein hitziges Wesen und konnte vor Wollust derart explodieren, dass meine Knochen knirschten wie die Olivensteine unter den Rädern der Ölpresse. Ich weiß nicht, ob es Liebe war, aber wenn ich hinterher den Kopf im Kissen vergrub, drückte ich mich gegen das Bett, streckte die Beine in dem engen Keil zwischen Bettdecke und Matratze aus, dachte nur noch an Inco, und schon durchströmte mich ein solches Gefühl des Wohlbefindens, dass ich alles vergaß – und zu vergessen hatte ich allerhand.

Am Morgen stand ich mit dem Vorsatz auf, ins Geschäft zu gehen, aber immer war Titino da, ihr Mann. Bis ich mich eines Abends aus der Firma *Superfini* schlich und zu ihrem Haus lief, um dort Stellung zu beziehen. Eine Viertelstunde lag ich auf der Lauer, bis Inco endlich am Ende der Gasse auftauchte.

Seit meiner Abreise nach Christiania hatte ich praktisch nur Teile von ihr gesehen, und jetzt, da es nach so vielen durchträumten Nächten endlich so weit war und sie mit dem schwerfälligen Schritt einer Riesin dahertapste, vernahm ich, wie sich die Strümpfe am Speck ihrer Schenkel rieben. In schönster meridionaler Tradition hatten ein, zwei Ehejahre genügt, um aus der stattlichen, aber bildschönen Inco einen Trampel zu machen. Und wegen dieses Fettwanstes hätte ich sogar auf Amerika verzichtet? Und mit dem Gedanken an diesen Koloss hatte ich Linderung für meine Qualen gesucht? Dann gibt es wirklich nichts mehr, was mir in meinem Leben noch bleibt. Noch leise verunsichert ziehe ich sie in eine Mauernische und gebe ihr – und mir – eine letzte Chance, indem ich frage: »Bist du etwa schwanger?«

»Ach was«, antwortet sie, ohne bei meinem Überfall aus dem Hinterhalt auch nur zusammenzuzucken.

Ich fixiere ihre Glupschaugen – ja, sie sind so rund wie die ganze Frau – und muss lachen. Mit Titino stimmt was nicht! Vom Tonfall ihrer Antwort mal abgesehen: Wie sonst wäre zu erklären, dass er sie – immer gemäß der meridionalen Tradition – nach zwei Jahren noch nicht geschwängert hat? So presse ich sie an mich und versuche, sie zu küssen. Natürlich ekle ich mich vor ihr – zu allem Überfluss hat sie einen eiterigen Schneidezahn –, aber meine Lust, sie zu demütigen, ist stärker. Ich möchte sie dafür bestrafen, dass sie in diesen Zustand herabgesunken ist und meine letzte Zuflucht vor dem Bösen in der Welt zerstört hat.

Sie indessen stöhnt: »Lass mich in Ruhe, Carlì, wenn man uns sieht …«

Ich drohe: »Hast du jetzt kapiert, dass ich nicht verheiratet bin? Dass uns jemand übers Ohr gehauen hat … Ich weiß auch, wer das war, und du weißt es ebenfalls, oder?«

»Ja, iss schon klar, Carlì, aber jetzt isses passiert. Ich hab in der Kirche geheiratet, vor unserem Herrgott, und das iss was, was mehr zählt als Gefühle … Ich bitte dich, lass mich in Ruhe! Zerstöre nicht meine schönsten Erinnerungen an die Liebe!«

Mein Gott, wer redete denn da? Die Heldin eines jener Fotoromane, welche die Mädchen vom Land so eifrig tauschen? Nur befand ich mich nicht in einem Fotoroman. Es war die reine Wirklichkeit, und die beiden Camparis, die ich getrunken hatte, um mich auf dieses Rendezvous vorzubereiten, ließen es mich in seiner ganzen unglaublichen Realität genießen. Also versetzte ich mich in meine Rolle und deklamierte, während ich ihr den Hals abküsste, mit dem melodramatischsten Ton, der mir zu Gebote stand: »Mein Liebling, es war dein Mann *slurp* … dieser Impotente *slurp* … dieser Hahnrei *slurp*.«

Einen Moment lang fand sie die Kraft, meine Attacke abzuwehren, und ihre Stimme warf unter dem niedrigen Bogen, unter den wir uns geflüchtet hatten, ein schrilles Echo: »Nein, *Hahnrei, nein.*«

Mit der Einschätzung des Ehemanns hatte ich also richtig gelegen. Durch diese Offenbarung bestärkt, ging ich dazu über, an ihrem Busen herumzufummeln.

»Aber was machst du denn da? Jesusmaria!«, schmachtete sie. »Carlino, lass mich, hab Mitleid mit mir. Wenn du mich zur Sünde verleitest, bring ich mich um …«, aber an der Art, wie sie unter meinen Fingern erbebte – ich besorgte ihr einen Orgasmus, indem ich einfach nur ihre Brustwarze zusammendrückte, eine Brustwarze, die zugegebenermaßen so groß wie ein ganzes Baiser war –, wurde mehr als deutlich, dass »Sündigen« genau das war, wonach sie sich im Moment am meisten sehnte. Trotz des ganzen Specks hatte sie ihre Sinnlichkeit nicht verloren. Dessen war ich mir noch sicherer, als ich sie, nachdem ich ihre Melonen entblößt hatte, gegen die Mauer drückte und ihn zwischen die fetten Speckscheiben ihrer Lippen und in ihre tiefe Fotze stieß. Bevor ich sie zurückließ, spürte ich ihren zweiten Orgasmus. Sie weinte. Ich aber lachte, ein bitteres Lachen allerdings. Ich hatte Wochen damit verbracht, mir diese Begegnung auszumalen. Ganze Nächte hatte ich die Erinnerung an Incoronata Campochiaro beschworen, daran, wie sie gewesen war, als sie zusammen mit ihrer Schwester Concetta die Herzen einer ganzen Generation hatte höher schlagen lassen, das meine vorneweg. Und jetzt …

Nichts ist trauriger als das Ende eines Traums, zumal dann, wenn es sich um deinen letzten handelt. Von nun an war ich nicht mehr derselbe. Ich wurde der Bücher überdrüssig – selbst welche zu schreiben stand gar nicht mehr zur Debatte –, und wenn ich von der Arbeit kam, verkroch ich mich nicht mehr, wie es meine Gewohnheit gewesen war, in meinem Zimmer und las, sondern ging in die Bar, spielte mit den Dorfbewohnern *Tressette*, beteiligte mich an ihren Gesprächen, die ich bislang immer haarsträubend gefunden hatte, und kehrte besoffen nach Hause zurück. Ich war ein Durchschnittsmensch geworden. Schlimmer noch: Es genügte ein Nichts, ja, es genügte, dass mir jemand widersprach, und schon sprang ich ihm an die Gurgel und schleuderte ihm meine ganze aufgestaute Wut entgegen. Nicht umsonst war ich der Enkel von Don Ferruccio Doni! Und wie der Vater meiner armen Mamma fing ich an, mich den Tafelfreuden hinzugeben. Ich verschlang ungeheure Mengen und weckte so weitere Gelüste bei Alba Chiara, die mich, knallrot, wie ich war, bei jedem Besuch begehrenswerter fand. »O ja, jetzt bist du ein richtiges Mannsbild«, sagte sie. »Nicht so wie diese Florentiner, denen ich es früher besorgt habe, diese Klappergestelle« – dass sie damit aufgehört hatte, glaubte ich eigentlich nicht, doch es störte mich auch nicht – »aber der Mann des Südens ist, wie ein Mann sein muss, du musst ihn auf dir spüren: Ach, wie stramm du bist, wie stark … Gott sei Dank … Gib's mir, gib's mir.«

Es vergingen zwei weitere Jahre, und Alba Chiara stand jetzt, obwohl sie wirklich unterbelichtet war, kurz vor dem Diplom und folglich vor der Hochzeit. Der Frühling kam und mit dem Frühling das Ritual »des ersten Jaworts«. Eines Abends finde ich mich also im Patriarca wieder, eingezwängt in ein Kleidungsstück, das kaum zehn Tage nach dem Kauf schon wieder spannte, und hatte mich, um nicht inkonsequent zu sein, volllaufen lassen. Ich war gerade dabei, mit der üblichen Genugtuung zu pissen, als mein Blick auf meine Figur im Spiegel fiel. Wer war dieser Typ, der mich finster anstarrte, die Augen Schlitze unter den schweren Lidern, die aufgedunsene, graue Visage unrasiert? War das vielleicht der schüchterne, einfühlsame künftige Schriftsteller, der sich auch damit zufriedengegeben hätte, der steinreiche Liebling seines Onkels in Amerika zu werden? Nein, dieser Mann war ein Wrack im Ozean der Illusionen, denen er sich allzu lange hingegeben hatte. Angesichts dieser Erkenntnis schnitt ich allerdings keine angstverzerrte Grimasse, und meine Augen vergossen auch keine

Tränen des Bedauerns, und mein Mund verzog sich nicht zu einem verzweifelten Grinsen, sondern öffnete sich vielmehr zu einem Lachen, einem schallenden, gewaltigen Lachen, das in dem engen, gefliesten Raum des Lokus widerhallte und nach draußen drang, in den Saal hinein. Und an Immas Ohren. Als ich sie ein paar Minuten später unter der Treppe vögelte, fragte sie mich, warum ich gelacht hätte. Ich konnte ihr keine Antwort geben, weil ich mich schlicht nicht erinnerte – und ich konnte mich auch nicht daran erinnern, wie ich zwischen ihren nervösen Schenkeln gelandet war.

Am nächsten Morgen wachte ich spät auf – Nonnilde hatte mich dieses Mal in Ruhe gelassen. Ich war fahl im Gesicht, hatte Kopfweh, und die Leber stach. Es ging mir wirklich beschissen. Immer noch im Festtagsanzug trat ich ins Freie – ich hatte nicht einmal mehr die Kraft gehabt, mich auszuziehen – und lieferte eine sehr üble Interpretation der Verlobtenrolle, zumal ich, kaum in der Bar, Imma um eine Auswahl der Lieblingsspirituosen der örtlichen Bevölkerung bat. Mit vollem Recht zählte ich mich inzwischen dazu.

Ich bin bei Stock 84 angelangt, als vor der Fensterscheibe ein Taxi anhält, mit Apache an Bord. Natürlich laufe ich sofort hinaus, um ihn zu begrüßen, doch als ich ihn in die Arme schließe, habe ich das Gefühl, eine Schneiderpuppe zu umarmen. Auch sein Blick ist so, ebenso seine Stimme, wenn Puppen eine hätten. Seit Jahren habe ich ihn nun schon nicht mehr gesehen, und das Erste, was er sagt, ist: »Bezahl das Taxi, ich geb's dir nachher zurück«, und das bleibt dann auch das Einzige: Kaum habe ich dem Taxifahrer schlappe hunderttausend Lire ausgehändigt – er ist von Rom mit dem Taxi hergekommen, dieser Blödmann –, sehe ich ihn bereits in der Ferne, wie er sich nach Hause schleppt. Ich denke, er wird müde sein, freue mich aber schon auf unsere nächste Begegnung. Was gibt es in bestimmten Augenblicken Besseres, als einen Freund aus vergangenen Zeiten wiederzufinden? Außerdem muss er mir den Zaster zurückerstatten – der enge Kontakt mit Nonnilde hat mich unwiderruflich gezeichnet.

Als ich ihn am Abend besuchen gehe, schläft er noch, und wieder sage ich mir, er wird müde sein. Ich kehre am nächsten Abend zurück und am übernächsten, und er schläft immer noch, und schließlich begreife ich, dass etwas Merkwürdiges passiert ist, und prompt zieht mich seine Mutter weinend ins Vertrauen.

»Wenn er aufwacht, dann nur, um zu essen … einmal am Tag, aber er ist stumm und starrt vor sich hin, wie eine Holzpuppe. Ich weiß nicht mehr, was ich tun soll. Versucht Ihr es« – ich bin inzwischen der Signor Di Lontrone – »versucht Ihr doch bitte, mit ihm zu reden.«

Und ich versuche es. Ich betrete sein Zimmer, schließe die Tür, rüttle ihn am Arm, an der Schulter, nichts. Dann packe ich ihn am Hals, stoße ihn gegen das Kopfteil seines Betts, und er seufzt tief, schlägt die Augen auf und sagt mit einem dünnen Stimmchen: »Ciao, Carlino.« Ich bin schon fast gerührt, als ich ihn das sagen höre, und antworte: »Ciao, Apache … Aber was ist denn mit dir los?« Und er erzählt es mir.

Alles hatte im Winter davor auf dem Campo de' Fiori angefangen, wo sich die Großstadtindianer – das, was von ihnen noch übrig war – wie gewöhnlich ihren mühseligen Aktivitäten widmeten, als da waren: Joints drehen, Flöten, Gitarren und kleinen Bongos grauenhafte Klänge entlocken, sich an den Flammen kümmerlicher Feuerchen aufwärmen, traurige Pantomimen aufführen, Geld sammeln, mit vergrämten Squaws, deren Tierkreiszeichen man zuvor erraten hatte, herumknutschen, über Reisen zur Wiege der Welt nachgrübeln, Bier oder minderwertigen Whiskey aus der Flasche trinken, ohne diese mit dem Mund zu berühren, um den Inhalt dann vor den Augen der Touristen auszukotzen. An einem Abend jedoch hielt sich Apache merkwürdig abseits. Nachdenklich beobachtete er die konzentrischen Kreise in einer Pfütze, die er mit seiner Spucke in Bewegung gesetzt hatte. Aufgrund seiner Betätigung als Großstadtindianer hatte er im Laufe von vier Jahren kaum vier Prüfungen abgelegt – Gruppenexamina mit vorher ausgehandelter Note – und lebte daher schon seit einiger Zeit ohne Regierungszuschuss und die entsprechende Unterkunft im Studentenheim. Seine Mutter, die bereits gegen seinen Entschluss, sich an der Universität zu immatrikulieren, Einwände erhoben hatte – »Wozu brauchst du denn 'n Doktor, wo wir doch 'n Hotel haben?« –, lehnte seine mitleidheischenden Bitten um Geld ab. Er aber hatte es satt, zwischen den Tipis seiner Blutsbrüder herumzuwandern, im Schlafsack zu übernachten, in vor Scheiße verkrustete Klos zu kacken, sich mit kaltem Wasser zu waschen und stinkendes gebratenes Zeug zu essen, das, wenn es gut ging, aus einer Rosticceria stammte. Andererseits hatte er auch keine Lust, ins Dorf zurückzukehren. Nicht ausgeschlossen, dass er das eines Tages tun würde – dort warteten mit Sicherheit ein gefüllter Teller und ein Dach auf ihn –, aber jetzt noch nicht. Ja, die Epoche der großen revolutionären Umwälzungen war bereits im Untergang begriffen, doch er war noch jung, und bevor er wieder in seine bürgerliche Existenz zurückschlüpfen würde, wollte er sich noch ein wenig den Wind um die Ohren wehen lassen. Aber wie, wo er doch keine einzige Lira sein Eigen nannte? Und während er über diese entscheidende Frage nachgrübelte, erregte plötzlich etwas seine Aufmerksamkeit.

Platt wie jene Läuse, die man oft in den Schamhaaren findet, schlich ein feuerroter Ferrari um den Platz herum. Apache, der aufgrund seines ideologischen Credos immer eine nur heimliche Leidenschaft für das Rot der Firma aus Maranello gehegt hatte, verfolgte mit dem Blick, wie das Auto über die holprigen Pflastersteine fuhr, ein paar Meter von seinem Standort entfernt anhielt und aus der Tür, die so stromlinienförmig war wie ein Flugzeugflügel, den Schweizer entließ. Er erkannte ihn nicht sofort wieder. Der Schweizer war so anders, dass er fast ein anderer zu sein schien. Aber er war es, da gab es gar keinen Zweifel, und während Apache nach süditalienischem Brauch seinen Namen – seinen Spitznamen also – brüllte und auf ihn zustürzte, um ihn zu umarmen, unterbrachen die Großstadtindianer, die diese Szene mit feindseligen Blicken verfolgt hatten, ihre emsige Geschäftigkeit. Gemäß der Stammessitte hielten sie das Fraternisieren mit den Besitzern solcher Fahrzeuge nämlich für ungehörig, zumal der Schweizer nicht irgendein reicher Schnösel war: Bleich wie der Tod, das Gesicht hinter der üblichen, aber schwarzen Ray-Ban verborgen, in einen langen, schauderhaften Ledermantel gemummelt, der nur die hochhackigen Stiefeletten sehen ließ, erkannte man auf den ersten Blick, was er war. Dessen ungeachtet riskierte Apache ein paar Minuten nach der Begegnung eine Rüge der Indianer und ließ sich vom Innenraum des aerodynamischen Sportwagens verschlucken: War nicht die Freundschaft, wie er in *Black Elk Speaks* gelesen hatte, der heiligste aller Werte? Außerdem kann der Schein durchaus trügen.

Der Wagen der Sonderklasse brauste mit einem klassischen Kavalierstart davon und beendete seine Wahnsinnsfahrt erst auf einem großen freien Platz am Tiber. Während Apache den Champagner trank, den er der Minibar in der Mittelkonsole entnommen hatte, lauschte er dem Schweizer, der ihm begeistert von seinem neuen Leben als Krösus erzählte. Die Erleuchtung war ihm in Christiania gekommen; dort hatte er begriffen, wie man das werden konnte, wovon er immer geträumt hatte. Während wir unbekümmert den Müßiggang der Hippies genossen hatten, hatte er die ersten Millionen – in Lire – verdient. Nachdem er uns dann unserem Schicksal überlassen hatte – und das waren die einzigen Gewissensbisse, die er verspürte: »Aber ihr wart ja so ausschweifend und seid es noch« –, war er ins Dorf zurückgekehrt, hatte Pits Plantage plattgemacht – aha, er war das also gewesen! – und war mit dem Verkaufserlös ins Geschäft eingestiegen. Aber ins ganz große Geschäft! Natürlich verschwendete er keine Zeit mehr mit Gras: Bald schon handelte er mit Heroin, dem besten, das auf dem Markt war.

Dann war es also doch nicht nur der äußere Schein, sagte sich Apache und schleuderte ihm aus einem von der Ideologie seiner Bewegung geprägten Impuls heraus ins Gesicht: »Du bist ja wahnsinnig! Du verkaufst den Tod!« Dann aber fügte er ruhiger hinzu: »Es tut mir leid, mein Freund, aber das war's. Was die harten Drogen angeht, so verstößt das gegen meine Prinzipien als Großstadtindianer«, und öffnete die Tür, um auszusteigen.

Emmental hielt ihn am Arm fest und murmelte mit flehentlicher Miene: »Okay, okay, ich versteh dich ja … Lass dir aber doch wenigstens ein Abendessen spendieren als Entschädigung dafür, dass ich euch in Christiania übers Ohr gehauen habe: Es ist ein zutiefst reuiger Freund, der dich darum bittet.« Und dann führte er ihn ins Restaurant des Hassler aus – jenes phantastischen Hotels am oberen Ende der Spanischen Treppe, oberhalb der Piazza di Spagna, damit auch ja keine Missverständnisse entstehen.

Das unvergleichliche nächtliche Panorama der Ewigen Stadt zu Füßen, eingetaucht in die erlesene Atmosphäre des Lokals, benebelt vom Geschmack der Speisen und ein paar Flaschen Champagner der Marke Krug – Spaghetti alla carbonara, ein Frikassee und ein Chianti in einer x-beliebigen Trattoria hätten aber wahrscheinlich denselben Effekt erzielt angesichts der Tatsache, dass Apache seit Monaten keine komplette Mahlzeit mehr zu sich genommen hatte –, erfuhr Apache von der tausendjährigen Tradition der Opiumraucher in Burma, dem Land, in dem sich der Schweizer mit Ware eindeckte. Und als Letzterer ihm großherzig vorschlug, sein Kompagnon zu werden, stellte Apache folgende Überlegung an: Wenn sich der Mensch in Burma seit Jahrtausenden mit Opium zudröhnte – und er und seine Brüder predigten ja gerade die Wiederbelebung jahrtausendealter Traditionen –, was konnte dann schlecht sein an Heroin, das ja ein Derivat des Opiums ist? Jeder Großstadtindianer hätte das einsehen müssen, und außerdem gingen ihm, um endlich Farbe zu bekennen, diese Großstadtindianer sowieso schon auf den Keks. Als er das Angebot annahm, wurde ihm zudem bewusst, dass er auf diese Weise endlich *die* Möglichkeit gefunden hatte, sich noch ein wenig in der Welt umzusehen.

Kaum eine Woche später waren sie schon unterwegs, und obwohl sie sich auf den bequemen, ausziehbaren Sitzen der *upper class* einer Boeing 747 der Thai Airways ausgestreckt hatten, eingelullt von gedämpfter Musik und zeremoniös bedient von exotischen Stewardessen, hatte Apache rasch das Gefühl, sich wieder in dem alten Bus zu befinden, der ihn jeden Morgen vom Dorf zur Schule gebracht hatte. Tatsächlich fing der vom Courvoisier stockbesoffene Schweizer plötzlich mit Erinnerungen an jene fernen Zeiten an. Ja, er war sich vollkommen bewusst, dass wir ihn immer auf den Arm genommen hatten, insbesondere konnte er das eine Mal nicht vergessen, als wir ihn wegen der Ray-Ban beim Konzert der New Trolls aufgezogen hatten – »Wenn du es genau wissen willst, trage ich sie, um euch blöden Versagern eine moralische Ohrfeige zu verpassen« –, und doch heulte er bald wie ein Schlosshund und gestand Apache nach ungefähr zehn Minuten: »Aber ich kann diese schönen Zeiten wirklich nicht vergessen, zu schön, hi-i-i … Manchmal nehme ich in der Nacht den Ferrari und fahr hinunter ins Dorf, hi-i-i … Mit dem Ferrari brauche ich nicht mal 'ne Stunde, hi-i-i … Ich dreh 'ne Runde und fahr zurück, hi-i-i … zu schön, hi-i-i, hi-i-i.«

Dann ist also wirklich er es gewesen, den ich gesehen hatte! Als ich von meinem Freund die Sache mit dem Ferrari gehört hatte, war bereits ein leiser Verdacht in mir aufgestiegen, aber das konnte doch wohl kaum wahr sein: Toblerone, der größte Hasser des Dorfes, auf nächtlicher Pilgerfahrt, und doch … In jener Nacht hatte ich nicht einschlafen können, war im Haus herumgewandert und hatte über mein Leben nachgedacht, als ich plötzlich draußen ein Lied hörte. Ich kannte es nur zu gut, dieses Lied: *Immigrant Song*, der schönste Song von Led Zeppelin. Ich trat ans Fenster und sah diesen im Dunkeln glänzenden Flitzer, der über den steilen Abschnitt zum Kloster hinaufrollte, vibrierend wie ein Raumschiff auf einer Abschussrampe – und dabei hatte Emmental Led Zeppelin doch immer so gehasst.

Weniger als zehn Stunden Flug hatten dem Schweizer genügt, um seinem Heimweh so sehr Luft zu machen, dass es dem Ex-Großstadtindianer nur unter Mühen gelang, ihn in seinem Zimmer im Siam in Bangkok abzuladen. Fast noch im Morgengrauen wurde er jedoch von einem Anruf des Schweizers geweckt: In dieser Hinsicht war der sich treu geblieben. Obwohl er steinreich war, fühlte er sich immer noch ausgegrenzt – er gehörte zu jenen Menschen, die einsam geboren werden und einsam sterben, egal, wie ihr Leben verläuft. Natürlich knallte Apache den Hörer hin.

Am Morgen begaben sie sich dann an Bord eines Touristenfliegers, überquerten Thailand und landeten später, böse schwankend, im Schutz einer Ansammlung von Hütten auf einer Piste, die vom satten Grün des burmesischen Urwalds in mehrere Teile zerlegt war. Als sie ausstiegen, liefen die Dorfkinder dem Schweizer jauchzend entgegen. Apache brauchte ein bisschen, um zu kapieren, dass sie *Holy Swiss Pusher* leierten, und genau wie ein Heiliger – ein komischer moderner Heiliger – bedachte der Schweizer sie aus vollen Händen mit Streicheleinheiten und Dollars und nahm sie der Reihe nach gerührt in die Arme. Mit Tanang, dem alten Dorfhäuptling, war die Stimmung nicht weniger herzlich: Der Holy Swiss Pusher hatte kaum an einem der Nylonsäcke mit dem Heroin geschnuppert, schon klappte er vor Tanangs Augen das mit Greenbacks vollgestopfte Köfferchen auf. Der Alte fing an, die Scheine zu zählen, aber irgendwann hörte er auf und schenkte ihm ein strahlendes Lächeln: Es waren viel mehr als die vereinbarten. Kurzum, nach einer halben Stunde konnte das Geschäft als abgeschlossen gelten, und es ging nur noch darum, die Etikette zu wahren. Tanang legte Wert darauf, sie als seine Gäste dazubehalten, und ihm zu widersprechen wäre nicht angezeigt gewesen.

Es war ein schönes Festchen, mit Musik und rituellen Tänzen, die den Neid eines jeden Großstadtindianers erregt hätten, und am Ende zog sich Apache in seine eigene Hütte zurück, wo er nicht nur zwei anmutige Mädchen vögelte, die ihm liebenswürdigerweise vom alten Häuptling zur Verfügung gestellt worden waren, sondern auch die Chance bekam, die jahrtausendealte burmesische Tradition, sich mit Opium zuzudröhnen, persönlich wertzuschätzen. Der Lärm des landenden, dann wieder startenden Flugzeugs unterschied sich nicht von einer jener Halluzinationen, von denen sein Geist heimgesucht wurde. Auch als er am Tag danach den

Schweizer wiedersah, glaubte er an eine Halluzination, denn der starrte ihn aus einem Glasgehäuse heraus an.

Der Schamane hatte die ganze Nacht fleißig gearbeitet und ihn einbalsamiert. Es war ihm sogar gelungen, das Loch, das ihm das Projektil durch die Stirn gebohrt hatte, als eine Art mystisches drittes Auge zu tarnen. Im Lotossitz, halbnackt und mit einem rätselhaften Lächeln auf den wächsernen Lippen, war Emmental jetzt einer der zigtausend Buddhas von Burma geworden – im Vergleich zu dem fetten Inder allerdings ein junger und magerer –, und der ganze Stamm psalmodierte in einem unheimlichen hypnotischen Mantra seinen Namen: *Hooo-ly Swiss Pu-shér, Hooo-ly Swiss Pu-shér*. Apache war, wie ihm Tanang unter Tränen erklärte, nur davongekommen, weil Bad Black, der geschworene Feind des Holy Swiss, der in der Nacht mit seinem Flugzeug eingefallen war und ihm den Garaus gemacht hatte, seine, Apaches, Anwesenheit nicht bemerkt hatte.

»Holy Swiss Pusher ist tot, verstehst du … Unser lieber, unvergesslicher Holy Swiss Pusher wird nicht wiederkehren … Nie mehr werden wir ihn wiedersehen«, waren die letzten Worte meines armen Freundes. Dann neigte er den Kopf nach vorn wie ein erschöpfter Spatz nach einem langen Flug und fiel wieder in seinen komatösen Zustand.

Sie ist wirklich seltsam, die menschliche Natur: Der große Schmerz, den ich bei der Nachricht vom Tod des Holy Swiss Pusher, wie er sich zuletzt nannte, empfand, deprimierte mich weniger, als dass er mir half, meine Situation plötzlich aus einer anderen Perspektive zu sehen. Im Leben, so sagte ich mir, kann einem immer noch etwas Schlimmeres zustoßen. Ich hatte schlicht resigniert. Mehr als resigniert. Ein paar Tage später überredete ich Apache, der immer noch verschlafen, aber auf dem Weg der Besserung war, mich nach Neapel zu einem Schneider zu begleiten. Für meine Hochzeit brauchte ich eine Sonderanfertigung, und da ich schon einmal dabei war, bestellte ich für ihn, der mein Trauzeuge sein sollte, gleich einen Anzug mit. Es war das erste Mal, dass ich es mir leisten konnte, unbekümmert Geld auszugeben. Die Großmutter überwies mir mittlerweile auf Anweisung meines künftigen Schwiegervaters ein reguläres Gehalt, was einen weiteren Trost für mich darstellte.

Eines Morgens jedoch, als ich mich gerade auf den Weg zur Arbeit mache, stoße ich vor der Tür auf Godzilla, den Postboten, der mir ein Einschreiben aushändigt. Darin enthalten sind ein Flugticket erster Klasse, ein Brief und eine Einladung zu einer Hochzeit, genauer gesagt: zur Hochzeit von Charles und Jennifer.

Sie heirateten am gleichen Tag, an dem auch ich heiraten sollte.

24

Mein Vetter Charles hatte sich also wieder gemeldet, und ich konnte es noch nicht glauben. Aber das Glück, das ich empfand, währte nur so lange, bis ich meine Unterschrift unter Godzillas Quittung gesetzt hatte – nicht ohne einen gewissen Widerwillen wegen der Pusteln, die ihm seinen Spitznamen eingetragen hatten –, in mein Zimmer gelaufen war und die wenigen Zeilen meines fernen Verwandten gelesen hatte. Nein, Charles wusste nichts von mir und Jennifer, aber das war schon die einzige Gewissheit. Im Übrigen fand sich im Brief nicht die leiseste Andeutung auf das Versprechen, das er mir vor nunmehr drei Jahren gegeben hatte.

Wenige Wochen vergingen, und ich verlor sämtliche Kilos, die ich zugenommen hatte. Ich aß nicht, ich schlief nicht, ich musste eine Entscheidung treffen, und zwar die schwierigste Entscheidung meines Lebens. Auch wenn ich mir immer wieder sagte, dass mein Vetter gewiss nicht der Typ war, der ein gegebenes Wort nicht halten würde, hatte ich doch nur eine Hochzeitseinladung erhalten. Pikant an der Sache war, dass eine Teilnahme an seiner Hochzeit das Platzen meiner eigenen bedeuten würde. Und konnte ich wegen eines lange zurückliegenden und vielleicht vergessenen Versprechens das opfern, was ich inzwischen als meine »sichere Zukunft« zu betrachten pflegte?

Ich dachte über diese sichere Zukunft nach. Ich dachte an die Arbeit bei der Firma *Olii Superfini* unter Nonnilde, an die Nächte auf Alba Chiara und sagte mir, ja, ich könnte. Doch am Tag meiner Abreise, als ich die *Geburt Jesu* aus ihrem Rahmen genommen hatte – sie sollte mein Geschenk für Charles sein –, die frische Luft einsog und zur Piazza hinunterlief, wurde mir bewusst, dass es außer der Ungewissheit, was mich in Amerika erwartete, noch etwas anderes gab, was mir in die Seele schnitt: Ich war im Begriff, am Vorabend meiner Hochzeit zu verschwinden, und würde mit Sicherheit nie mehr den Fuß ins Dorf setzen können. Nonnilde würde mir niemals verzeihen. Beim Belvedere betrachtete ich zum letzten Mal diesen Horizont, das Regen verkündende Blau der Berge, das silberne Licht der Olivenbäume im Tal. Ich hörte Silvias Stimme: »Es ist so schön hier … Aber du bist zu klein, um das zu verstehen.« Jetzt war ich groß und weinte die bitteren Tränen des Emigranten, während ich mich auf den Weg zum Bus der Schüler machte.

Viele kannte ich. Es waren dieselben, mit denen ich bis vor ein paar Jahren jeden Tag gefahren war, aber ich hatte keine Lust, mit jemandem zu reden, und hielt mich abseits, um die Jüngsten zu betrachten. Auf ihren Gesichtern, in ihrer Kleidung, in der Art, wie sie sich bewegten und sprachen, suchte ich nach Spuren von dem, was Rino, Apache, Tarcisio und der arme Holy Swiss gewesen waren – vergeblich, weil sich die Generationen mit eigenartiger Geschwindigkeit verändern oder weil wir uns, einfacher gesagt, immer und in jedem Fall einmalig vorkommen. Sie wiederum warfen mir Blicke aus jener Mischung von Neugierde und Respekt zu, die man in diesem Alter den Größeren konzediert. Wenige Stunden, und sie würden wochenlang, vielleicht monatelang, nur noch von mir reden, wie von einem unvergleichlichen Helden. Jeder würde in die Bargespräche eine Einzelheit von diesem Morgen, dem Morgen meiner glorreichen Flucht, einflechten, bis ich mit der Zeit nur noch eine vage Erinnerung sein würde. War es nicht das, was ich mir immer gewünscht hatte? Als es nun endlich so weit war, war ich mir da allerdings nicht mehr so sicher.

Am Abend zuvor hatte ich Onkel Teodorino und Tante Ines, die wie üblich in ihren Raumschiffsesseln vor sich hin geschnarcht hatten, einen Kuss gegeben. Bei der Großmutter hatte ich mich darauf beschränkt, sie von der Tür ihres Arbeitszimmers aus zu beäugen: Regungslos auf ihrem kleinen Thron sitzend, den Blick auf einen Punkt jenseits des dunklen Fensters gerichtet, war sie mir zufrieden erschienen. Sie hatte bekommen, was sie wollte, und um ihr Ziel zu erreichen, hatte sie nicht gezögert, meine Existenz mit Füßen zu treten. Trotzdem hasste ich sie nicht mehr. Genau wie der letzte heroische Verteidiger von Fort Alamo – ich stellte mir Nonnilde im Schwarzweiß des betreffenden Films vor, bis zu den Zähnen bewaffnet, ihre zierliche Statur unter der zerfetzten Fahne – hatte sie nichts anderes getan, als sich gegen das Schicksal zu stemmen, von dem die Di Lontrones seit Jahrzehnten verfolgt wurden. Wenn ich nun wegging, würde ich mit einem einzigen Schlag all ihre Mühen zunichte machen. Das große Haus, das von dem Gelächter meiner zwanzig Cousinen, den Stimmen meiner Onkel und Tanten, meiner Mutter, meines Vaters und der unzähligen Di Lontrones, die uns vorangegangen waren, widergehallt hatte, würde bald für immer verstummen.

In jener Nacht hatte ich nicht geschlafen, und die Fortsetzung meiner Reise im Zug nach Rom, in einem Waggon voller Rauch und Passagiere, welche die ganze Strecke damit beschäftigt waren, sich den Bauch vollzuschlagen – Parmesankäse, Koteletts und Hühnchen nach Jägerart, wobei sie von Letzteren gewissenhaft jedes kleinste Knöchelchen abnagten –, aus Riesenflaschen Wein zu trinken und mich aufzufordern, mich, wie man so sagt, zu »bedienen«, diese Reise verdüsterte meine Gemütsverfassung weiter. Was hatte ich hier nur verloren? Wohin war ich unterwegs?, fragte ich mich untröstlich.

Ich verspürte ein starkes Bedürfnis, allein zu sein, und leistete mir nach meiner Ankunft in Rom ein Taxi. Das kostete ein hübsches Sümmchen, aber es diente dazu, meine Stimmung zu heben, sodass ich mich zwischen den strahlend hellen Flächen des Flughafens Leonardo da Vinci, dem Vielerlei der menschlichen Rassen und den im Dunst des Nachmittags flimmernden Umrissen der Flugzeuge – ich hatte noch nie welche aus solcher Nähe gesehen –

als vollwertiger Bürger jener quicklebendigen Welt, als freier Mann und endlich auch als Herr meines Schicksals fühlte. Aber meine Eltern waren immerhin in so einem Ding umgekommen, außerdem litt ich unter Schwindelgefühlen, und so stieg ich nicht ohne eine gewisse Beklemmung in die »Maschinen« – im Süden der gängige Begriff für Flugzeuge, der in die unter uns Freunden verwendete Sprache jedoch erst mit der Führerscheinprüfung des Schweizers eingegangen war, nachdem er nämlich auf die Frage nach den Verkehrsmitteln, die auf der Autobahn verboten seien, nach reiflicher Überlegung mit »Maschinen« geantwortet hatte. Trotz seiner jüngst erfolgten Verwandlung in den *Avatara* eines burmesischen Buddhas konnte ich mir, wenn ich an ihn dachte, nie das Lachen verkneifen, und bei dem Gedanken an ihn hatte ich nun den falschen Eingang erwischt und musste, um zur ersten Klasse zu gelangen, durch die ganze Maschine gehen.

Ich verbrachte unendlich viel Zeit damit, hinter bescheideneren Reisegefährten Schlange zu stehen, und hatte Zeit, sie der Reihe nach zu studieren und ihre Kleidung und Gerüche zu katalogisieren. Sie verstauten derweil unter literweise Schweiß erzeugender Anstrengung enorme Schachteln – von den Fettflecken her zu urteilen, waren sie, in völliger Missachtung des allseits bekannten amerikanischen Einfuhrverbots für Speisen, mit Lebensmitteln gefüllt: geblümte Riesentaschen, Koffer aus Kunstleder, wenn nicht gar Karton, manche sogar mit Bindfaden zugeschnürt. Derartiges hatte man selbst in unseren Überlandbussen seit Jahren nicht mehr gesehen, und ich hätte alles andere erwartet, als im modernsten Linienflugzeug, das in das modernste und reichste Land der Welt fliegen würde, solche Unglückswürmer anzutreffen. Sie unterschieden sich in nichts von den Auswanderern, die mein Großvater Carlo zu den »Frachtern« begleitet hatte, und zwischen ihnen eingekeilt kam auch ich mir vor wie ein armer Teufel, der wegging, um das tägliche Brot anderswo zu erbetteln – dabei hinterließ ich einen gut laufenden Betrieb, der binnen weniger Jahre mein eigener gewesen wäre. Wenn ich in diesem Moment nicht umkehrte, dann wirklich nur, weil ich von der drängelnden und zu allem Übel noch stinkenden Menschenmenge daran gehindert wurde.

Zum Glück gelang es mir irgendwann, meinen Sitzplatz zu erreichen. Abgesehen davon, dass es da nicht stank, herrschte überhaupt eine andere Luft dort – nichts als klimatisierte Luft, aber zwischen den weit auseinanderstehenden Sesseln der *first class* kam ich erstmals in den Genuss ihrer beruhigenden Leichtigkeit. Auch das Licht war anders – es gab blaue Vorhänge anstelle der Plastikrollos –, und erstklassig war auch das Lächeln, mit dem die Stewardess mich empfing – die beste der ganzen Crew. Und als ich mich ein paar Minuten nach dem Start vorsichtig dem Fenster zuwandte und sah, dass das Meer und die zerfurchte Küste sich in eine Landkarte verwandelt hatten, und feststellte, dass mir nicht schwindlig war – meine Spaziergänge auf den Dächern waren also nicht umsonst gewesen –, wurde ich plötzlich wieder zum Heimatlosen, der nach Abenteuern hungerte, aber nicht nur nach Abenteuern.

Ich hatte praktisch seit Wochen nichts gegessen, und als man mir das Mittagessen servierte, schlang ich sogar die Dekorationen mit hinunter – ich hätte sie wahrscheinlich sowieso verschlungen, einfach aus Unkenntnis.

»Jesses Maria, die lassen einen ja glatt verhungern. Ich verlang 'nen Nachschlag, und du, für dich auch noch was?«, fragt mich mein Nebenmann.

Seit Beginn der Reise versucht er, mit mir ins Gespräch zu kommen. Er spricht im langsamen, schleppenden Tonfall der Salernitaner und mag so um die dreißig sein. Ein ausgesprochen feister Typ mit einem dunklen Gesicht ohne Backenknochen, die Augen zwei Spiegeleier hinter dicken Weitsichtgläsern, das Polohemd mit babylonischen Reliefs bedruckt. Bei dem ganzen internationalen Publikum, das mich umgibt – staunend bewundere ich die elegante Körperhaltung und die aus erlesenen Stoffen verfertigte Kleidung der Passagiere in der Reihe gleich neben mir –, musste ausgerechnet dieser Primitivling neben mich geraten! Ich winke ab, auch wenn ich einen solchen Hunger habe, dass ich ein Dutzend dieser Tablettchen leeren könnte. Das ist eine Frage des Stils: Bin ich nun im Begriff, ein bedeutender Geschäftsmann zu werden, oder nicht? Darauf hoffe ich zumindest, und zwar mit jeder Faser meines Seins.

Als ich mit dem Abendessen fertig bin, versuche ich, mir den Film anzusehen, den sie im Programm haben, aber der Stammesgenosse neben mir setzt seine Gesprächsbemühungen fort, und von ihm mal abgesehen fühle ich mich tatsächlich erschöpft. Also trinke ich das x-te Glas Champagner, das die gute Stewardess mir serviert, setze mir die Kopfhörer auf und schlafe, die Musik in den Ohren – die durch die Wolken gefilterte Musik, welche man nur in Flugzeugen hört –, auf der Stelle ein.

Seit Jahren habe ich nicht mehr von meiner Mutter geträumt. Vom Bett aus betrachte ich den Sonnenstrahlenkranz um die Fensterläden und die Staubwirbel der trägen Nachmittage meiner Kindheit, und jede Einzelheit ist so lebendig, dass es eher an eine Vision erinnert als an einen Traum, so eine Vision, wie sie sich die Mystiker mithilfe der Askese verschaffen und wie sie uns Normalsterblichen vielleicht während einer Krankheit, infolge eines Sonnenstichs oder unter Einwirkung von Drogen widerfährt – oder noch einfacher, wie in meinem Fall, wenn man nach Erschöpfung sämtlicher Kräfte einnickt. Die Großmutter hatte mich soeben ausgeschimpft, und ich hatte mich zur Mamma geflüchtet, auf unsere Bettdecke mit dem Ozeanmuster. Mit ihrer Umarmung ist meine Schuld getilgt. Ich dachte an meinen Vater, daran, wann er zurückkommen würde, und im Halbschatten sah ich ihn, den Papà. Er lächelte das heitere Lächeln seiner Fotos aus Amerika. Er führte den Zeigefinger an die Nase, machte *Pssst*, kam auf mich zu und legte sich neben mich. Jetzt, ja, jetzt war ich glücklich, und mit der noch unsicheren Stimme eines Kindes skandierte ich: »Jetzt sind wir drei: Mam-maaa, Pa-paaa und ich« und tastete nach ihren Händen. Es waren zwei Eisklötze. Ich starrte auf ihre wie aus Wachs modellierten Gesichter, die scharfen Profile, den *rictus* ihrer Lippen: Ich lag zwischen zwei Leichen, verspürte aber kein Grauen, fühlte nur einen großen Schmerz, eine unendliche Sehnsucht, und wimmerte: »Ich will auch sterben. Ich bitte euch, nehmt mich mit in den Himmel. Mamma, ich flehe dich an, lass mich nicht wieder allein.« Daraufhin drehte mir meine Mutter mühsam den Kopf zu – ich hörte deutlich das Knacken der toten Sehnen an ihrem Hals –, riss die gläsernen Augen auf und rief mit entsetzlicher Stimme: »Nein, mit diesem Schwein kommst du nicht mit, verstanden? Du kommst nicht mit!«, und das Bett sackte unter mir weg, und ich fand mich plötzlich hellwach im Flugzeug wieder, das unter den verzweifelten Schreien der Passagiere abstürzte – denselben, die mir so elegant vorgekommen waren, als könnten sie jegliche Situation mit absoluter Beherrschtheit meistern. Ich schrie nicht, dazu fehlte mir die Kraft. Ich presste mich gegen die Lehne in Erwartung des Aufpralls oder der Explosion des Rumpfes infolge der Geschwindigkeit oder meines Herzens aufgrund des Schreckens. War jetzt mein Leben zu Ende? Ausgerechnet jetzt, da ich mir endlich meinen Traum erfüllte! Aber wie jeder weiß – und wie mir während des rasanten, bodenlosen, unendlichen Absinkens immer klarer wurde –, schert sich der Tod einen Dreck um deine Träume. Deshalb machte ich, was alle Menschen in bestimmten Momenten tun: Ich schloss die Augen und flehte: »*Maam-maaa*«, und just in dieser Sekunde versuchten zwei skelettartige Hände, mich von hinten an den Armen festzuhalten, aber wir verloren in einem solchen Wahnsinnstempo an Höhe, dass ich ihrem Griff entschlüpfte und spürte, wie sie an meinem Hals entlangglitten, bis sie mich in letzter Not an den Ohren packten und so meinen persönlichen Absturz und daraufhin auch den des Flugzeugs stoppten. Ungläubig schlug ich die Augen wieder auf, und in der Turbulenz, die auf den toten Punkt folgte – wir tanzten schlimmer als eine alte Waschmaschine –, sah ich zwischen den kleinen Gegenständen, die wie die Bälle eines aus dem Takt geratenen Jongleurs herumflogen, einen bläulichen Schatten wogen. Noch einmal wisperte ich: »*Mammaaa*«, und der Schatten hielt mitten in der Luft inne, drehte sich um sich selbst und nahm im allgegenwärtigen Dunst des Kondenswassers Gestalt an. Es war tatsächlich meine Mutter. Sie hatte mich kaum angeblickt, da wurde sie von einem Klick des Mikrofons schon wieder ausgelöscht.

Mir taten die Ohren weh, neben mir im Bullauge hatte ich den finsteren und offensichtlich eisigen Ozean, aber der Kapitän teilte uns über die Sprechanlage mit, dass es sich um ein einfaches Luftloch gehandelt habe. Bevor er uns mit äußerst irritierender Nonchalance einen guten Weiterflug wünschte, spezifizierte er noch unsere Position: mehr oder weniger dieselbe, bei der die *Constellation* meiner Eltern abgestürzt war. War auch dies nur ein Zufall? Oder war ich wirklich mit meiner armen verstorbenen Mutter in Kontakt getreten? Wenn ja – und zu dieser Überzeugung gelangte ich immer mehr –, dann hatte sie mich vielleicht nur dadurch gerettet, dass sie mich von diesem »Schwein« von Papà fernhielt. Ich war jedenfalls am Leben und hätte jubeln müssen; stattdessen brach mir dieser Gedanke das Herz und peinigte mein Hirn, und bald würde ich, das fühlte ich, darüber verrückt werden. Irgendein Psychiater würde meinen Fall als einen der vielen klassifizieren, wo jemand bei einem Unfall oder einem Massaker davongekommen war und infolge des erlittenen Schocks durchdrehte: Wie hätte man sonst das Geschehene rational erklären sollen? »Verdammte Scheiße«, keuchte eine Stimme. »Verdammt noch mal, beinah hätt es uns erwischt!«

Die Stimme meines rüpelhaften Nachbarn. Ich wende den Kopf und sehe ihn an. Er trocknet sich mit einem grau umrandeten Taschentuch Schweiß und Tränen ab, und ihn so zu sehen, groß und massig und gleichzeitig lachend und weinend, ist wie ein wohltuendes Bad in der Realität.

»Ich hätt mir vor Schiss beinah in die Hose gemacht … du auch, oder? Du bist ja ganz grün im Gesicht«, sagt er gleich darauf und vertraut mir an, dass es sein erster Flug sei.

»Meiner auch«, antworte ich, plötzlich gesellig – besser die Freude, davongekommen zu sein, mit einem Armen im Geiste teilen als sich in düsteren übersinnlichen Meditationen verlieren. Ich frage ihn sogar, wo er herkommt.

»New York City«, sagt er.

»Wie bitte?«

»New York City«, bekräftigt er stolz.

»Aber ist es denn nicht das erste Mal, dass du im Flugzeug unterwegs bist?«, gebe ich zurück, unter anderem erstaunt über seinen Dialekt.

»Ich hab 'n Hinflug hinter mir, jetzt iss Rückflug, falls es gut geht ... Und das iss meine erste Flugreise, wie sagt ihr gleich wieder? *Viagg compleeeto*«, grinst er und lacht glücklich.

»Und in Amerika? Ich habe gelesen, dass man auch das Flugzeug nimmt, wenn man nur zum Tabakwarenhändler will.«

»Ich rauche nicht.« Gewiss, schlagfertig ist er, und außerdem hat er einen Cadillac mitsamt Chauffeur, der ihn überallhin bringt. »Und ich schwör dir, in so 'n Ding setz ich keinen Fuß mehr. Stell dir vor, ich bin nach Italien, weil ich's dem heiligen Antonius von Padua versprochen hab. Der iss mein Lieblingsheiliger, wie sagt ihr gleich wieder? Mein *Sant predileetto*, und der hat mich noch nie im Stich gelassen. Los, trinken wir was ... Aber auf meine Rechnung, damit das klar iss.«

Er ruft die Stewardess, und während sie uns bedient, fängt er an, Faxen zu machen, und das Merkwürdigste ist, dass sie mitspielt. Irgendwann zieht er seine Visitenkarte aus einer Brieftasche, die so prall gefüllt ist, dass sie die Form einer Semmel hat, und streicht ihr beim Abschied über den Hintern. »Tolle Weiber, die Italienerinnen, ehrlich, Mann. Wenn ich mal heirate, kannst du Gift drauf nehmen, dass ich mir 'ne Italienerin angle, das will auch meine Mamma ... Ach, übrigens, tschuldige die Frage, aber wie zum Teufel kann man in Italien leben? Da iss doch alles so langsam.« Und er fängt zu erzählen an.

Nach der ersten Station in Pontecagnano, seinem Heimatdorf, ist er nach Padua hinaufgefahren. Er hätte ein Auto mieten können, hat sich aber gedacht: »Mit 'm Zug fährt sich's ruhiger. Das einzig Schnelle, was ihr macht, iss Autofahren.« Zumal man bis Padua lange braucht, hat er sich gesagt: »Zwölf Stunden hat's gedauert, verdammt noch mal. Und so isses mit allem: zu langsam. Du gehst in ’n Geschäft, und es dauert ’ne Ewigkeit, bis du wieder draußen bist. Und das geht doch nicht. Wenn du nach Amerika kommst, merkst du den Unterschied: schnell und effizient«, deklamiert er mit stolzgeschwellter Brust und hebt das Glas. »So iss Amerika, das Land der großen Tschanzen«, und das auch aus seinem Munde zu hören ermutigt mich mit Blick auf meine unsichere Zukunft. Als er mich jedoch nach dem Grund meiner Reise fragt, halte ich mich, keine Ahnung, warum, bedeckt. Ich antworte, dass mein Vetter heiratet und mich eingeladen hat.

»Aha«, sagt er und wiegt ausladend den Kopf hin und her. »Verstehe ... Wenn du trotzdem ’nen Rat willst, sieh zu, dass dein Vetter dich in New York unterbringt. Um ’nen jungen Mann wie dich isses schade, wenn er in Italien bleibt. Hier iss für alle Fälle mal meine Nummer«, und er zieht aus seiner prallen Brieftasche ein weiteres Visitenkärtchen hervor. Den Rest der Flugreise verbringe ich damit, Frank Cargallo zuzuhören – so lautet, wie ich gelesen habe, sein Name –, und obwohl ich in einem fort gähne, findet er mich sympathisch. Er erzählt mir von seiner Familie, hauptsächlich von seiner Mutter und seiner Schwester: *due donne eccezzional.*

»Meine Mamma ist Witwe geworden, kaum dass sie in New York war, hat aber nicht noch mal heiraten wollen. Hat ihr Leben uns Kindern gewidmet. Arme Mamma, sie hat gewollt, dass ich studiere, aber das iss nix für mich. Ich hab mich gleich aufs *bisinìss* verlegt, und verdammt, ich hab Erfolg gehabt, auch dank dem heiligen Antonius. Jetzt bin ich die Nummer eins da, wo ich arbeite, und meine Mamma iss überglücklich. Meine Schwester Gemma, nein, die nicht ... Die iss, wie sagt ihr gleich wieder? ’ne *intellettuaala.* Hat in Harvard ’n Dokter gemacht, verstehst du. Kunst, das isses, was sie mag. Sie malt. Schau, was ich in Italien für sie gekauft hab.« Er springt auf, öffnet das Gepäckfach, und als er sich wieder setzt, hat er eine lange Papprühre in der Hand. Einen Moment lang denke ich, es ist meine mit dem Tenebristen drin. Stattdessen zieht er diese Bilder von Christus mit dem dreidimensionalen Herzen heraus, dann die Jungfrau Maria und den heiligen Antonius von Padua mit

tisch die ganze Minibar, die sich hinter einem Nussbaumpaneel verbarg – war gar nicht so leicht gewesen, sie zu finden –, aber trotzdem pochte mein Herz immer noch wie verrückt, ja, irgendwann kam es mir so vor, als hallte das ganze Zimmer davon wider.

Ich war dermaßen beduselt, dass es einige Zeit dauerte, bis ich kapierte, dass es an der Tür klopfte, doch kaum rannte ich hin, um zu öffnen, sah ich meine Angst wie einen Schwarm schwarzer Vögel davonfliegen. Vor mir hatte ich das lächelnde Gesicht von Charles Di Lontrone jr. Der Enkel eines der dreißig reichsten Magnaten Amerikas, der in weniger als vierundzwanzig Stunden Jennifer Collins Jones La Pierre, die Tochter des Pomadenkönigs, heiraten würde, zog also nicht durch die Gegend, um seinen Abschied vom Junggesellendasein mit Seinesgleichen zu feiern, der exklusiven *jeunesse dorée* von New York nämlich – glücklichen jungen Leuten mit jenen herb-raffinierten Manieren, wie man sie auf den besten Schulen erwirbt, und mit Meistertiteln in jeder einschlägigen Sportart, vom Baseball bis zum aristokratischeren Polo, Leuten, die gleichzeitig verkorkst genug waren, um irgendeine Nutte aufzugabeln, sich zu besaufen und zur Feier des Tages auf dem Klavier unflätige Lieder zu klimpern –, und wenn Charles lieber zu mir gekommen war, um mich willkommen zu heißen, konnte dies nur bedeuten, dass es der Beginn meines neuen Lebens war, wie er selbst es mit einer brüderlichen Umarmung ankündigte. Dann trat er einen Schritt zurück. »Darauf müssen wir sofort anstoßen«, sagte er und steuerte zielstrebig auf die Bar zu. Er zog zwei Sektflöten heraus, entkorkte die Flasche, die er mitgebracht hatte, und erklärte vergnügt: »Cristal ’68, der Beste … Auf unser Wohl, mein lieber Vetter!«

»Ausgezeichnet«, erwiderte ich, ohne mir im Geringsten der Klasse dieses Produkts bewusst zu sein – tatsächlich dauert es Jahre, bis man die höchste Kunst zu schätzen weiß, aber ich würde viel Zeit zum Lernen haben –, und aufgeregt, wie ich war, stieß ich folgenden Allerweltssatz aus: »Jetzt stehst also auch du vor dem großen Schritt, mein lieber Vetter?«

Er tat, als wollte er eine Fliege verscheuchen. »Früher oder später musste es ja passieren«, antwortete er und stürzte das Glas hinunter. »Und … bist zu zufrieden?«

Ich schwebte praktisch im siebten Himmel, und die Welt war mir nie schöner erschienen, aber ich konnte nichts erwidern, als dass ich zufrieden war.

»Sag mir die Wahrheit: Hast du geglaubt, ich hätte dich vergessen?«

»Ja.«

Er lachte amüsiert in sich hinein. »Tja, in der Zwischenzeit habe ich ein paar Probleme gehabt, und auch mit Onkel Richard ist es schwierig gewesen. Doch jetzt ist alles in Butter. Morgen wirst du ihn kennenlernen. Er ist ein bisschen bärbeißig, aber mach dir nichts draus. Es gibt große Pläne für deine Zukunft. Los, trink: Cristal '68, der Beste. Du musst dich daran gewöhnen, von heute an immer nur das Beste zu bekommen. Prosit, mein liebes Vetterchen.«

Er war so glücklich, als hätte er ein persönliches Problem gelöst, und während ich ihn ansah und diesen freudigen Blick studierte, kam er mir vor wie einer der Engel in Frank Capras Filmen, die auf die Erde herabsteigen, um einen aus dem Schlamassel zu befreien, und als ich ihm zuflüsterte, dass er mein Engel sei, lächelte er milde, klopfte mir aufs Knie und murmelte etwas Unverständliches – schon beim zweiten Glas hatte er eine schwere Zunge. »Und was für einen Eindruck hast du von Amerika?«, fragte er, während er sich ein weiteres Glas einschenkte.

Von der Begeisterung für meine neue Heimat mitgerissen, erzählte ich ihm mit Verachtung vom Dorf – und Gott weiß, wie ich gelitten hatte, als ich es verließ, wie es mir zudem immer auf die Nerven gegangen war, wenn die *Turist* das getan hatten. Trotzdem missfiel mir die Art und Weise, wie er mich jetzt unterbrach und gönnerhaft kundtat: »Mag sein, aber die schönsten Tage meines Lebens habe ich dort verbracht. Verleugne niemals deine Wurzeln, Carlino, sie sind das Wichtigste, was wir haben.«

›In einem Monat oder früher noch wirst du merken, wie sehr du dich in deinen Wurzeln verheddert hast‹, hätte ich am liebsten geantwortet. Stattdessen sah ich ihn an. Er war jung, romantisch, amerikanisch. Vor allem aber war er mein rettender Engel, und daher nickte ich, als hätte er mir wer weiß was für eine Lektion über das Leben erteilt.

Er ließ sich auf das Sofa plumpsen und fügte, ohne von der Flasche zu lassen, wie ein Erleuchteter hinzu: »Diese Berge, diese Musik, die sich aus dem Blau des Tales erhob …« Er hielt inne, um sich noch etwas nachzuschenken. »Nie habe ich ein solches Blau gesehen«, sagte er und stürzte das dritte Glas hinunter. »Es war, als wäre ich zum ersten Mal nach Hause gekommen, in mein *wahres* Zuhause. Am unglaublichsten aber ist, dass es auch für Jenny eine einzigartige Erfahrung war.«

›Das will ich wohl glauben, so, wie ich sie gevögelt habe‹, hörte ich eine Stimme in meinem Inneren sagen. In diesem »Inneren« hatte ich die ganze Bandbreite an Getränken, die eine Minibar im Zimmer eines Luxushotels enthalten kann, und jeder Drink sprach mit einer anderen Stimme. *Diese* aber erkannte ich sofort wieder: Es musste die arrogante Stimme des Cristal '68, des »Besten«, sein. Charles goss sich, von Nostalgie erfüllt, eine weitere Flûte hinter die Binde, und seine Lider wurden noch ein paar hundert Gramm schwerer. Er öffnete sie mühsam und lallte: »Hast du alles, was du für morgen brauchst … Oder möchtest du, dass ich den Schneider des Hotels vorbeischicke?«

»Sei beruhigt, ich werde dir keine Schande machen. Ich habe genau den richtigen Anzug«, antwortete ich und erzählte ihm von der Koinzidenz unserer Hochzeiten.

»Und du … bist zu der meinen gekommen?«, sagte er mit dem Ausdruck eines kleinen Jungen, der begeistert ist über die x-te Unternehmung seines liederlichen Freundes, dem er niemals wird nacheifern können.

»Hätte ich sie denn versäumen sollen, diese Hochzeit des Jahrhunderts?«

Er schüttelte sich vor Lachen. Das Problem war nur, dass er nicht mehr aufstehen konnte. Ja, Charles war nicht nur jung, romantisch, amerikanisch und ein rettender Engel, sondern auch sturzbesoffen, aber als ich ihn schließlich wie einen Schwimmer nach einem Kopfsprung aus dem Wasser auftauchen sah, vergaß ich es wieder – denn auch ich war sternhagelvoll. So unternahm ich nichts, um ihn am Trinken zu hindern, streckte vielmehr mein Glas aus, und wir stießen aufs Neue an. Er bekleckerte sich das Kinn, hustete und stammelte mit plötzlich finsterer Miene: »Un-glaub-lich … Ich stelle mir gerade Tante Ilde vor … und deine Verlobte.«

»Aus der habe ich mir nie was gemacht, und was Nonnilde anbelangt … Besser, gar nicht an sie denken«, aber während ich das sagte, vermeinte ich schon ihre gellenden Schreie zu hören – ein entsetzliches Echo, das über die ungeheure Weite des Ozeans hallte –, und ein Schauder durchfuhr meinen Körper. Ich kippte hinunter, was noch in meinem Glas war, und leerte gleich noch eines. Jetzt war ich wieder auf dem Damm. Aber das dauerte nicht lange. Eigentlich nur so lange, bis ich einen Moment später einen Blick auf ihn warf. Mit fahlem Gesicht, glasigen Augen und schlaffen Armen und Beinen sah er aus, als wäre seine nächste Station eher das Leichenschauhaus als der Traualtar. Mit letzter Kraft gelang es ihm zu wispern: »Un-glaub-lich«, dann ließ er den Kopf auf die Schulter fallen und blieb wie versteinert sitzen. Der ganze Alkohol, den ich intus hatte, verflüchtigte sich schlagartig, und mit einem Satz war ich bei ihm. Irgendwie atmete er noch, aber das war auch schon das einzige Lebenszeichen. Ich schüttelte ihn, rief seinen Namen, verpasste ihm zuerst vorsichtige, dann immer kräftigere Ohrfeigen. Nichts, er war hinüber. Nun zog ich ihm die Jacke aus, knöpfte sein Hemd auf und fing an, ihm die Brust zu massieren. Ich riss ihm sogar ein Büschel Achselhaare aus – was wie ein primitiver Elektroschock hätte wirken können, aber er rührte sich nicht. Ja, ihm trat grünlicher Schaum aus dem Mund: Das war die anderen Male nicht passiert, und mit Grauen erinnerte ich mich an Jennifers

Worte über das Risiko, dem Charles sich beim Trinken aussetzte: Koma infolge von Alkoholvergiftung.

›Von wegen neues Leben‹, hörte ich eine zweite Stimme – nach der des Cristal – in meinem Inneren sagen. Auch sie erkannte ich sofort wieder: Sie ist immer so verdammt aufrichtig, die Stimme des Gewissens. Mein Vetter, in Bälde Gemahl einer der begehrtesten Erbinnen Amerikas, lag im Koma, und zwar in meiner Suite im Plaza … Bei all den Möglichkeiten, die ihm offenstanden, musste er ausgerechnet hier seinen Geist aufgeben, dieser Trottel! Doch der Gedanke, einen Arzt zu rufen, kam mir nicht im Entferntesten in den Sinn. Hätte ich das getan, hätte ich die Schuld auf mich genommen, und Onkel Richard hätte mich mit Fußtritten nach Italien zurückspediert, wo um diese Zeit Alba Chiara wohl schon angefangen hatte, sich unter Mühen in ihr Brautkleid zu zwängen, und bald – sehr bald – allein vor dem Altar stehen würde. So blieb es bei einem letzten Wiederbelebungsversuch, wozu ich ihm, meinem Vetter Charles, das Gesicht mit Maulschellen traktierte, bis ich mich schließlich erschöpft auf das erstbeste Sofa fallen ließ. Nein, es gab nur eine einzige Möglichkeit: Ich musste ihn loswerden. Aber wie, mitten im Herzen von New York? Ich zerbrach mir noch den Kopf darüber, als ich plötzlich seine Jacke auf dem Boden liegen sah. Als ich ihn vorhin aus ihr herausgeschält hatte, war auf der einen Seite etwas merkwürdig Schweres zu spüren gewesen, und so stürzte ich mich jetzt darauf.

Der Schlüssel steckte in der rechten Tasche. Ich beglückwünschte mich zu meiner Intuition, als ich die Nummer unter der Aufschrift Plaza Hotel las. Zum Glück hatte Charles beschlossen, seine letzte Nacht als Junggeselle im Hotel zu verbringen – eine Nacht, die wohl zugleich seine letzte sein würde. Jetzt musste ich ihn nur noch in sein Zimmer verfrachten, und alles wäre geritzt – zumindest für mich. Ich wischte ihn, so gut es ging, mit einem Handtuch sauber und lugte hinaus. Der mit Teppichboden ausgelegte Flur war leer und still. Ich zerrte ihn zur Tür und spähte, bevor ich hinausging, noch einmal nach beiden Seiten: Ein junges fettleibiges Paar taumelte dicht aneinandergeschmiegt durch den abgedämpften Raum. »Hallo«, sagte ich einfältig.

»Hallo«, hörte ich die beiden Fettwänste hinter dem Schutzwall der Tür einfältig antworten.

Ich wartete ein paar Minuten, bevor ich mich wieder vorwagte: Jetzt war niemand in Sicht. Ich zog die Mumie bis zum Aufzug. Sobald ich auf der richtigen Etage war, musste ich sie noch etwa zwanzig Meter weit zerren, bis ich erschöpft den Schlüssel ins Schlüsselloch steckte. Drinnen brannte Licht, aber das beunruhigte mich nicht. Nur dass der große Spiegel, dessen Rahmen ebenso mit Gold überkrustet war wie die Konsole darunter, gezielt einen von kegelförmigen Lichtern angestrahlten weiblichen Körper reflektierte, der bis auf die nerzfarbene Unterwäsche nackt war: Es war der Körper meiner künftigen Cousine Jennifer. Über den schimmernden Marmor des Waschbeckens gebeugt, war sie gerade dabei, sich abzuschminken. Ich sah, wie ihr Rücken sich straffte, die Steine ihrer Ohrringe kaltes Feuer sprühten und ihre Augen mich durch das Labyrinth der verschiedenen Spiegel hindurch anstarrten, ohne auch nur, wie es die Situation erfordert hätte, im Geringsten erstaunt zu sein, und ich konnte das gerade noch der typisch amerikanischen Ungezwungenheit zuschreiben – bei uns hätte nicht einmal das ausgebuffteste Paar vor der Hochzeitsnacht ein Zimmer miteinander geteilt, und sei es auch nur aus Aberglauben –, da hatte ich sie auch schon neben mir. Jennifer.

Sie trug eine in Wellen gelegte Frisur, typisch amerikanisch auch das, aber die Art, wie sie mich ansah, nachdem sie Charles mit einer Grimasse den Puls kontrolliert hatte, war dieselbe, die Frauen überall haben, wenn ihnen etwas Bestimmtes in den Sinn kommt. Während wir den Komatösen auf das Bett hievten, öffnete sich vorne der Schlafrock, den sie sich übergezogen hatte. Ich versuchte, nicht darauf zu achten, aber sie – dieser Abkömmling der gestrengen Pilgerväter, der in wenigen Stunden meinen Vetter heiraten würde – kam näher, starrte mich unverwandt an, befummelte mich und sagte: »Du ahnst ja nicht, wie oft ich an deinen schönen italienischen Schwanz gedacht habe.«

Als ich mitten in der Nacht in mein Zimmer zurückging, kam mir alles wie ein Traum vor. Aber es war kein Traum. Ich sah sie noch, wie sie sich in die Hand biss, um nicht zu schreien. An mir haftete noch der Duft, der mich kurz zuvor in Ekstase versetzt hatte und mir jetzt Übelkeit verursachte, so wie selbst der edelste Wein auf einen Betrunkenen wirkt. Und ich war wirklich granatenvoll. Mit ihr hatte ich weitergebechert, hatte ihr Champagner – natürlich Cristal '68, »den Besten« – von den Brustwarzen geleckt und ihn aus ihrem tiefen Nabel genippt, und jetzt kam es mir vor, als würden die Zimmerwände pulsieren. Ich schaffte es gerade noch rechtzeitig zum Klo, und nachdem ich mich ausgekotzt hatte, sank ich irgendwie zu Boden. Seit kaum zehn Stunden war ich in Amerika, und schon war ich zwischen Jennifers Schenkeln gelandet. Schlimmer noch, sie wünschte, dass sich das wiederholte – »Es war dumm, dich gehen zu lassen … Aber jetzt bist du hier, und ich lass dich nicht mehr weg. *Fotti, fotti*«, hatte sie gefordert, und trotz der verzweifelten Jahre, die ich durchlebt hatte, und obwohl ich ihretwegen riskiert hatte, das, was mir am wichtigsten war, für immer zu verlieren, hatte ich gehorcht und bloß gefragt: »Warum ausgerechnet ich?« – »Es ist doch offensichtlich, dass ich ein Faible für die Di Lontrones habe«, hatte sie von oben herab geantwortet. Von dieser Frau musste ich die Finger lassen, das war die einzige Möglichkeit, mich zu retten. Ich schwor es mir feierlich, so wie ich mir, als ich entkräftet, mit schlingerndem Kopf und Galle im Mund zu meinem Zimmer geschlichen war, geschworen hatte, niemals mehr einen Tropfen Alkohol anzurühren.

Die Luft, die ich vom zwölften Stock des Plaza aus in meine Lunge pumpte, kam mir nicht so anders vor als jene, die ich um dieselbe nächtliche Stunde zu Hause aus einem der Fenster über dem Tal eingeatmet hätte. Ich verspürte ein Gefühl des Staunens und des Trostes zugleich. Einen Augenblick lang vermeinte ich, die vertraute Stille zu hören, die so vollkommen war, dass man, wenn man sich konzentrierte, in seinem Inneren das Gemurmel einer Schar Affen oder einen unterirdischen Fluss zu hören vermeinte. Wie Medoro mir offenbart hatte, handelte es sich in Wirklichkeit um den Klang, den die Planeten auf ihren Bahnen erzeugen. Hier war sie nicht nötig, die Konzentration. Die Stadt New York erzeugt ihren eigenen Basso continuo, und in je größerer Höhe man sich befindet, desto deutlicher nimmt man ihn wahr. Es ist ein tiefer, rauschender, ozeanischer Ton, das Geräusch der Klimaanlagen, der elektrischen Leitungen, der Stromkreise, und es unterscheidet sich von jenen anderen, niederen, flimmernden Frequenzen, deren Herkunft einem niemand erklären kann. Man blickt auf die Wolkenkratzer ringsum, auf die Leuchtsignale für die Flugzeuge auf den höchsten von ihnen, die vom Gekräusel wirbelnder Wolken umhüllt sind. Tausendmal hat man dieses Panorama im Kino gesehen, aber wenn man die Augen schließt, ist es, als befände man sich im Herzen eines Regenwaldes, der von geheimnisvollen Vögeln bevölkert und von deren nächtlichem Gesang durchdrungen ist.

Am folgenden Nachmittag hörte ich einen anderen Gesang: Er kollerte aus dem mit kastanienbraunem Lippenstift beschmierten Mund einer vierschrötigen Sopranistin. Eigentlich begleitete ich sie eher, als ihr zu lauschen, denn ich griff meinerseits in die Tasten der Orgel der St. Patrick's Cathedral. Das war der Wunsch meines Vetters gewesen.

Er hatte mich am frühen Morgen geweckt und mich darum gebeten, und das war kein schönes Erwachen gewesen. Völlig verschlafen hatte ich den Hörer abgenommen, und als ich um diese Zeit Charles' Stimme erkannt hatte, war mir das Blut in den Kopf geschossen. Jetzt war es also endgültig vorbei. Aber Charles hatte die verträumte Intonation eines Mannes, der im Begriff ist, die Frau zu heiraten, die er liebt, und der einen brüderlichen Freund um einen Gefallen bittet. Einen der unvergesslichsten Augenblicke seiner Rückkehr zu den Wurzeln – so er wortwörtlich – hatte ihm das von den Kirchtürmen verbreitete *Ave Maria* beschert, und er wollte, dass ich, sein soeben aus dem Land der Erinnerung eingetroffener

Organisten-Vetter, während der Trauung diesen Zauber wieder heraufbeschwor. Ich war also auch dieses Mal davongekommen, und während ich mir feierlich schwor, dass es kein weiteres Mal geben würde, fragte ich ihn: »Welches von den beiden denn?«

»Wieso, sind es denn zwei?«

»Ja, eines von Schubert und eines von Gounod« – Musik war eindeutig nicht seine Stärke.

»Richtig, richtig. Dann nehmen wir Schubert *und* Gounod … Du ahnst ja nicht, wie froh ich bin, dass du hier bist, mein liebes Vetterchen. Auch Jennifer ist überglücklich, dass du gekommen bist.«

Tja, Jennifer. Ich spielte schon, als sie erschien, und bei dem Gedanken daran, wie oft in der Nacht zuvor sie »gekommen« war – sie war so etwas wie eine multiorgastische Sexbombe, und amerikanischer Sex war das unwiderstehlichste Produkt der menschlichen Phantasie des zwanzigsten Jahrhunderts –, griff ich böse daneben. Es gelang mir jedoch, mich in einen swingenden Schlenker zu retten, der einen gewissen Eindruck machte, weil man als Musiker die Neigungen seiner Zuhörer erspüren muss, und ich befand mich schließlich im Heimatland des Jazz. Das war jedoch nichts im Vergleich zu dem Eindruck, den die Braut auf mich machte. Sie war auch von hinten eine Wucht – zarte Schultern, geteilt von einer tiefen, im tiefen Rückendekolleté gut sichtbaren Kluft, die von der ellenlangen Schleppe kaum verhüllt wurde –, und in diesem Augenblick lösten sich alle meine guten Vorsätze in Luft auf: Ich begehrte sie schon wieder, sofort, auf der Stelle. *Nein, nein*, dachte ich laut – so laut, dass der Sopranistinnenkoloss sich mit einem Ruck umwandte. Ich *musste* mich von Jennifer fernhalten. Und tatsächlich: Als ich zusammen mit anderen Gästen und einer kleinen Flotte von nach Nussbaum und Leder riechenden Limousinen beim Empfang eintraf und sie, ein wolkenverschleiertes Zwielicht in ihrem goldbesprühten Kleid, mir in den Armen lag, schob ich sie mir vom Leib. Leicht war das nicht. In dem Geheimnis, das wir miteinander teilten, lag ein unwiderstehlicher Reiz, aber ich fühlte, dass mir ein großer Stein vom Herzen fiel und dass ich, da mich dieser Empfang trotz allem stolz machte – Jennifer hatte immerhin Gäste und Gemahl stehen lassen, um mir entgegenzulaufen und mich zu umarmen –, bereit war, meinen so lang ersehnten Einzug in die Gesellschaft zu meistern, selbst wenn mir inmitten jener anspruchsvollen Menge jetzt schon wieder die Knie zu schlackern anfingen und mir, um meiner Aufregung Herr zu werden, nichts anderes übrig blieb, als mich mit einem schönen Kelch Champagner – natürlich Cristal '68 – zu versorgen. Gewiss, ich hatte mir auch vorgenommen, keinen Tropfen mehr zu trinken, aber in diesem Augenblick hatte ich alles, was ich an Willenskraft aufbieten konnte, bereits aufgeboten.

Der Saal kam mir wie das Innere eines Theaters vor. In den mit Samt und Stuck geschmückten Logen standen Tische, und Tische gab es auch rund um das Parkett, das von baumartigen Kandelabern beleuchtet wurde, die ein vegetabiles Licht verbreiteten. Auf der niedrigen, breiten Bühne wob ein ganzes Streichorchester an seinem weichen Klangteppich, und über die Standards hinweg, die jeder kannte, säuselte ein *crooner*. Ich durchquerte andere, kleinere Säle, die durch weinumrankte Separees voneinander getrennt waren. Die Gäste wählten frei den Raum, in dem sie sich aufhalten wollten, und bedienten sich frei an den verschiedenen Büfetts oder setzten sich an die Tische, um von Kellnern bedient zu werden. Die Frauen trugen lange Roben, ließen ihre Juwelen funkeln und verströmten Wohlgerüche; die Männer waren im Smoking. Auf den ersten Blick stellte ich allerdings schon fest, in welch hohem Maße Eleganz selbst unter den Reichen Mangelware ist: eine banale Entdeckung – andererseits hatte ich noch nie so viele Reiche an einem Ort gesehen –, die aber dazu diente, meinen Arme-Verwandten-Komplex abzubauen. ›Wenn dies die bedeutenden Amerikaner sind‹, sagte ich mir, während ich mich in einem der allgegenwärtigen getönten Spiegel meiner eigenen Distinguiertheit vergewisserte, ›warum machst du dir dann Sorgen?‹ Ermutigt bummelte ich durch die bunte Vielfalt von Individuen, die sich zu Gruppen hinzugesellten oder welche verließen, Gläser von den glänzenden

Tabletts der Kellner nahmen oder leere darauf abstellten, und berauschte mich, sofern gegeben, an der Schönheit der Frauen, öfter jedoch daran, mich über die soeben entdeckte Vulgarität der auserwählten Klasse der mächtigsten Nation der Welt zu freuen. Ja, bald schon stellte ich, wie es für Provinzler auf Reisen typisch ist, gewisse Ähnlichkeiten fest.

Allenthalben ist bekannt, dass jeder Mensch sieben Doppelgänger hat – zumindest wird das behauptet. Jedenfalls schien sich an jenem Abend und an jenem Ort ein Großteil der Doppelgänger meiner Mitdorfbewohner ein Stelldichein zu geben. Irgendwann befand ich mich jemandem gegenüber, der dem Original dermaßen ähnlich war, dass ich beinahe gefragt hätte: ›Was machst du denn hier?‹ Genau in diesem Moment nahm mich aber mein Vetter Charles am Arm und sagte: »Bravo, du hast fabelhaft gespielt, Carlino.« Ich antwortete, ohne den Blick von dem Doppelgänger zu wenden, und Charles lachte: »Ja, er ist es wirklich. Komm, ich stell ihn dir vor.«

Als Schauspieler hatte er mir nie besonders gefallen, aber als ich ihn sah, hatte ich ihn doch glatt mit einem aus dem Dorf verwechselt, was bei der Begegnung mit Berühmtheiten durchaus geschehen kann – man hat sich genauso an sie gewöhnt wie an den Nachbarn von nebenan. Dies war eindeutig der Abend der außergewöhnlichen Erkenntnisse. Mein Vetter ließ mich noch viele berühmte und nicht berühmte Hände drücken. Frisch aus meinem primitiven Bergdorf hierherversetzt, aber auch dank der Hilfe des Cristal '68 bewegte ich mich locker zwischen den Gruppen hin und her und mischte mich mit der Unbefangenheit eines erfahrenen Weltmanns in die Gespräche ein, und als ein Strom von Gästen Charles mit sich fortriss und ich alleine weiternavigierte, machte ich noch eine Entdeckung: Alle begriffen sofort, dass ich soeben aus Italien eingetroffen war, doch statt mich – aufgrund unseres Rufs als Halunken, Hungerleider und Mafiosi – mit jener Zurückhaltung zu behandeln, die ich erwartet hatte, platzten sie vor Neugier. Die Frauen fragten mich über Mode, Kunst und Esskultur aus – in New York war man zurzeit, wie es den Anschein hatte, auf Pizza scharf. Die Männer klopften mir auf die Schulter und hakten sich bei mir unter, und voller Wohlwollen ob meines jugendlichen Alters erzählten sie mir nostalgisch von ihrem schweren Start und ihrem erworbenen Vermögen: Es war der *American Dream*, von dem sie erzählten, und ihre Worte und ihre Ratschläge sog ich gierig auf. Ich wollte eilends lernen, was zu lernen war, auch wenn sie, kaum dass mein Name fiel, mit einem Lächeln sagten: »Na, dann bist du ein gemachter Mann, mein Sohn.« – »Für dich wird es leicht sein … Richard ist ein Ass.« – »Dein Onkel wird dich besser anleiten können als jeder andere.« Irgendwann sagte jemand: *Cheese please*, und ein Blitzlicht ließ mich für den Bruchteil einer Sekunde erstarren. Es war, als würde ich mich an der Stelle meines Vaters auf einem seiner amerikanischen Fotos wiedersehen: schön, lächelnd, elegant. ›Armer Papà, du bist nicht umsonst gestorben. Ich, dein Sohn Carlino, werde deinen Weg fortsetzen‹, dachte ich, ein pathetischer bis grotesker Gedanke, das gebe ich gerne zu, aber ich war so aufgeregt, begeistert und gerührt, dass ich mich anstrengen musste, um nicht loszuheulen. Ich stieß einen Seufzer aus, der mir sehr lang vorkam, zumal er ergänzt wurde durch einen Seufzer von Charles – ich hatte ihn wieder an meiner Seite –, der sich spürbar versteifte und murmelte: »Onkel Richard.«

Auch ich erstarrte, als ich ihn sah – er hätte ihn mir nicht zu zeigen brauchen. Er stand zwischen einem halben Dutzend Gästen und war genauso, wie ich ihn aus dem alten Familienalbum in Erinnerung hatte: kurz geschnittene silberne Haare auf dem großen Kopf, der ihn seiner mittleren Statur zum Trotz imposant erscheinen ließ. Um mir Mut zu machen, nahm Charles mich am Arm, aber sein Griff suggerierte eher Unsicherheit, die ich dann auch in seiner Stimme wahrnahm, als er sich in einer Gesprächspause einklinkte und auf Amerikanisch sagte: »Großvater, das ist Carlo.«

Er wandte sich mir einen Augenblick zu, gerade lange genug, um mich zu fixieren und zum Zeichen des Grußes das Kinn anzuheben. Dann drehte er sich wieder seinen Gästen zu, und ich blieb stocksteif stehen, ohne zu wissen, wo ich meine Hände lassen sollte – selbst das Atmen kam mir nicht mehr wie eine normale Angelegenheit vor. Plötzlich war mir meine ganze Unternehmungslust vergangen, und als ich merkte, dass Charles verschwunden war, wäre ich am liebsten davongelaufen. Doch an diesem Abend entschied sich meine Zukunft, und darum würde ich mit Zähnen und Klauen kämpfen. Ich musste ihn mir unbedingt schnappen, meinen Vetter; er war wirklich ein Phantast, wenn er glaubte, mich nach all den Versprechungen einfach so im Stich lassen zu können. Ich schaute mich um und sah ihn nicht weit von mir Hände schütteln und mit dem Gesicht eines Mannes, der soeben einer Gefahr entronnen war, in die Runde lächeln. Ich war beinahe bei ihm angelangt, als ich diese Stimme hörte.

Sie erinnerte an das Blubbern in einer verstopften Leitung, doch es handelte sich um die Stimme von Onkel Richard. Auch er war allein zurückgeblieben und fragte mich jetzt Sachen, die man in einer solchen Situation fragt – ob ich eine gute Reise gehabt hätte, ob der Chauffeur pünktlich gewesen sei, ob mir das Hotel behage – aber in einem so reinen, schleppenden und obskuren New Yorker Akzent, dass er sich, obwohl er bemüht war, sich das nicht anmerken zu lassen, wunderte, dass ich ihm überhaupt antwortete. Dann – unser Gespräch hatte höchstens ein paar Minuten gedauert – schenkte er mir ein Lächeln, das mir das Blut in den Adern gefrieren ließ, und sagte zum Abschied: »Gut, dann danke, dass du gekommen bist, und viel Glück.«

›Viel Glück? Was heißt hier *viel Glück*? Ist das vielleicht eine Art, mich willkommen zu heißen, den Sohn deines Neffen Enrico, der mich, um an deiner Seite zu sein, verlassen hat, mich, der ich noch gar nicht geboren war, und der dann irgendwann, ebenfalls deinetwegen, zusammen mit meiner angebeteten Mamma das Zeitliche gesegnet hat? Das soll nun die Entschädigung sein für den ganzen Schmerz, den ich erlitten habe, und das, nachdem ich jahrelang von nichts anderem geträumt habe, als mit dir zusammenzukommen? Aber dann hat Nonnilde ja wirklich recht damit, dass du ein

Scheißkerl bist, Onkel Richard‹, dachte ich. Das, was ich am meisten befürchtet hatte, war passiert, und nur, um mich auf diese Weise behandeln zu lassen, hatte ich mein Leben ruiniert! Zuvor hatte ich wenigstens eine Zukunft gehabt, gewiss keine strahlende, aber doch eine sichere. Und was zum Teufel hatte ich jetzt? Wo würde ich hingehen? Was würde ich tun? Als Allererstes würde ich meinem Vetter Charles den Hals umdrehen, und ich machte mich wie eine Furie auf den Weg, um nach ihm zu suchen, aber kaum hatte ich mir den Weg durch die Menge gebahnt und den zweiten Saal durchquert, da war meine Wut schon verraucht.

Es ist möglich, dass ich weinte, als ich das nächste Büfett ansteuerte – ich war dermaßen verwirrt, dass ich mich nicht mehr daran erinnere. Ich riss einem Kellner eine Champagnerflasche aus der Hand – Cristal '68, »den Besten«, den, an den ich mich würde gewöhnen müssen und den ich nun zum letzten Mal trank – und goss mir ein Glas nach dem anderen hinter die Binde. Ich befand mich im idealen Zustand, um zu begreifen, welch Gottesgeschenk der Alkohol doch war, und bald vollzog ich eine Wendung vom tiefsten Unglück zur fügsamen Resignation, um gleich darauf meine Angelegenheit aus einer unbestimmten Ferne zu betrachten – aus einer Art buddhistischem Nirwana, vermute ich mal. Noch ein paar Schlucke, und schon fand ich die ganze Sache komisch: meine schmerzensreiche Abreise als Emigrant, meinen Vetter Charles, dem in meinem Zimmer Schaum vor den Mund tritt, mich, der ich in seinem Zimmer mit Jenny ficke, Onkel Richard, der mir viel Glück wünscht, Alba Chiara, die in der Zwischenzeit in ihrem Brautkleid verzweifelt … Ich kicherte in mich hinein und stellte mir die Betretenheit ihres Vaters und ihrer Mutter vor und den Aufruhr unter den Gästen – trotz des alkoholischen Nirwanas sah ich über Nonnildes Reaktion hinweg. Mir fielen andere Hochzeiten im Dorf ein, die auf ähnliche Weise geplatzt waren. Die Flüchtenden waren in der Regel die Männer gewesen, und meistens hatten sie sich an irgendeinem Baum aufgeknüpft – wegen Impotenz: Der auf die Hochzeitsnacht folgenden Schmach hatten sie den Tod vorgezogen, das wurde zumindest behauptet. Jetzt, da ich darüber nachdachte, fielen mir auch weniger tragische Fälle ein: vorübergehender Gedächtnisverlust, Autounfälle, unvorhergesehene Einlieferungen ins Krankenhaus wegen Vergiftung, gewaltige Besäufnisse im Rahmen des Junggesellenabschieds. Und in Anbetracht der Mengen, die ich gerade trank, kam mir blitzartig ein Gedanke: Wer könnte mir ein Attest über einen akuten Rauschzustand verweigern? Man verweigert doch niemandem ein Attest, oder? Zumal ich verschwunden war, ohne mich jemandem anzuvertrauen, ja sogar, ohne irgendjemandem eine Nachricht zu hinterlassen. Hauptsache war, sofort nach Italien zurückzukehren, sagte ich mir seufzend … Aber nicht jetzt. Jetzt fehlte mir die Kraft dazu. Ich riss mir eine weitere Flasche Cristal unter den Nagel, entschlossen, trotz der bereits gekippten Mengen endlich seinen für mich noch immer geheimnisvollen Wert zu entdecken – dann hätte ich wenigstens etwas dazugelernt –, und war gerade im Begriff, mir das x-te Glas einzuschenken, als eine Stimme auf Amerikanisch sagte: »Schenk mir auch was ein, oder beabsichtigst du, sie allein zu leeren?«

Sobald ich mich umgedreht hatte und die blonde Yankeegöttin sah, die das Wort an mich gerichtet hatte, begriff ich schlagartig zwei Dinge: dass sie die Schwester von Jennifer war und außerdem die Frau, von der ich immer geträumt hatte. Ich führte die Flasche an ihr Glas heran, betört wie von einer Erscheinung. Ihr Blick war von atemberaubender Starre – sie wirkte irgendwie »erledigt«, als hätte irgendjemand sie soeben erledigt –, doch ohne den Ausdruck eines gehetzten Hirschkalbs, wie er unter den jungen Schönheiten üblich war. Das Kleid, das sie trug – ein Hängerchen aus wahren Seidenkaskaden –, passte nicht unbedingt zu ihrem Typ, aber der Körper, der darin steckte, hätte jeden Modeschöpfer herausgefordert. Sie war groß gewachsen und muskulös, aber schlank und biegsam, ihre Wangenknochen waren exotisch markant, ihre glatte Haut sonnengebräunt. Sie war das gelungenste Beispiel einer unbekümmerten Durchmischung der Rassen. Um den Hals trug sie ein

Band aus indianischen Steinen mit einem walnussgroßen Smaragd in der Mitte, der das mystische Grün ihrer Augen und das Honigblond ihrer Haare erstrahlen ließ.

»Halt … Das ist genug«, raunte sie mir zu. Kichernd führte sie das Glas, das ich unvorsichtigerweise bis zum Rand gefüllt hatte, an die Lippen, und nach dem ersten Schluck hob sie den Blick und sagte: »Warst du nicht der, der in der Kirche gespielt hat?«

»Doch, ja … das heißt: Das war ich«, antwortete ich, vollkommen betäubt von ihrem Glanz – vom Übrigen mal ganz abgesehen.

»Dieses Stück, das letzte … Das war doch *Air*, oder?«

Als die Brautleute durch die Gästeschar hindurchdefiliert waren, hatte ich es gespielt und die Register gewählt, die dem Harmonium am ähnlichsten waren; es war so leicht, so romantisch und eben so »luftig«, dass es mir für das Ende der Zeremonie am geeignetsten erschienen war, und nachdem ich es bestätigt hatte, verfiel ich in Schweigen. Sie legte mir eine Hand auf den Arm. Mit großer Natürlichkeit streichelte sie meinen Ärmel. Die Vertraulichkeit dieser Geste überwältigte mich.

»Schöner Stoff«, stellte sie dann seltsamerweise fest.

Ich berührte sie auch, und zwar an der Hüfte. »Aber deiner ist weicher«, sagte ich wie ein Einfaltspinsel.

»Aus Italien?«

»Hundertprozentig«, antwortete ich, weil ich dachte, sie meinte den Anzug, aber sie hatte sich offenkundig auf mich bezogen und lachte nun über den entschiedenen Tonfall meiner Antwort. Danach sahen wir uns an wie zwei Tiere, die, angetrieben von einem unbekannten Impuls, eine unendlich weite Strecke zurückgelegt hatten und erst jetzt, da sie einander schweigend gegenüberstanden, den Grund ihrer Wanderung begriffen. In diesem Moment hätte alles passieren können. Was wirklich passierte, war, dass Charles daherkam.

»Ach, da bist du ja!«, sagte er, und an den Engel neben mir gewandt: »Mein Vetter Carlino.«

Ich hasste ihn. Er hatte nicht nur den Zauber zerstört und zuvor mein Leben ruiniert, jetzt musste er mich auch noch *Carlino* nennen!

»Das ist Cybill, Jennifers Schwester«, setzte er hinzu. Aber selbst ihm fiel auf, dass wir uns unverwandt anblickten. »Wie es aussieht, habt ihr euch schon miteinander bekannt gemacht«, bemerkte er und griff nach einer Flasche. Dann stellte er sie schnell wieder auf den Tisch zurück und sagte: »Ich hatte dich ganz aus den Augen verloren, mein Liebling.«

Soeben war nämlich Jennifer neben Cybill aufgetaucht und musterte mich übellaunig. Meine Kälte vorhin hatte ihr wohl nicht gefallen, und noch weniger gefiel es ihr, dass ich mit ihrer Schwester turtelte. Dieser Gedanke kam mir aber erst später. Im Augenblick war ich vollkommen hingerissen: Sie zusammen zu sehen, die Schwestern Collins Jones La Pierre, hatte die Wirkung eines Windkanals – es verschlug einem schlicht den Atem. Hier hatte Gott wohl die perfekte Synthese von Schönheit erschaffen wollen. Ich stellte mir vor, wie viele Männer sich in sie verliebt haben mussten, ohne sich im Klaren darüber zu sein, in welche von beiden. Was mich anbelangte, so gab es keinen Zweifel. Ich liebte Cybill bereits von ganzem Herzen. Meine Phantasie zersprang allerdings in tausend Stücke, als Jenny, ohne den Blick von mir zu wenden – zweifellos, um die Wirkung ihrer Worte voll auszukosten –, nun sagte: »Stewart ist da.«

Cybill schien wie aus dem Schlaf wachgerüttelt zu werden. Sie drehte den Kopf nach rechts und nach links und fragte: »Wo ist er?«, und die Lippen ihrer Schwester verzogen sich zu einem Lächeln reinster Perfidie. »Komm mit«, antwortete sie und schleifte sie fort, und während Cybill ihr, ohne auch nur die Andeutung eines Abschiedsgrußes, folgte, war ich vernichtet: Das war die zweite kalte Dusche des Abends und würde auch die letzte sein. Ich würde niemandem mehr erlauben, mich zu demütigen. Doch bevor ich ging, wollte ich diesem Stewart ins Gesicht sehen, dem Mann, der alle meine Illusionen zerstört hatte, und zwar definitiv. Da war er auch schon, da hinten, groß, mit langen, glatten Haaren, eingezwängt in seinen weißen Satinsmoking im authentischen kalifornischen Stil und umringt von einer Verehrerschar.

Ich erkannte ihn sofort, J. Stewart Sheffield. Auch in Italien gab es viele, die für ihn schwärmten. Selbst Tarcisio war ein begeisterter Fan von ihm. Ich hatte ihn immer zum Kotzen gefunden, aber jetzt, da ich sah, wie er Cybill mit der Miene eines zerstreuten Eroberers empfing, hasste ich ihn geradezu. Er streichelte ihr übers Gesicht, bevor er mit einem Satz auf die Bühne sprang. Die Lichter wurden abgeblendet, und er nahm eine Gitarre in den Arm, die so weiß war wie die Cowboystiefel, die er immer anhatte. Mit einer einstudierten Armbewegung warf er die dichte Mähne nach hinten, und unter den spitzen Schreien der anwesenden Mädchen legte er mit einem seiner schnulzigen Protestsongs los. Zehn Minuten etwa ging das so, und ich fragte mich, was Tarcisio davon halten würde, dass sich sein Mythos vor einem Publikum reicher Säcke produzierte. Dann nahm er triumphal seinen Tribut an Applaus entgegen und sprang, wiederum mit einem Satz, von der Bühne herunter. Ihn erwartete Cybill, *meine* Cybill. Er umfasste ihre Taille und führte sie frech davon.

»*Sheetman*«, zischte Charles.

Ich sah, dass er den letzten Rest aus der Flasche leerte. Er war so anders, als ich ihn aus Italien in Erinnerung hatte: Er hatte seine ganze Sicherheit verloren. Unter denen, mit denen er mich bekannt gemacht hatte, war keiner in seinem Alter gewesen. Ich stellte ihn mir vor: jung, reich, einsam und ohne einen Freund, genau wie der arme Schweizer – deswegen wohl hatte er mich in Amerika haben wollen. Er tat mir leid.

»Und trotzdem sind die Frauen verrückt nach ihm, wegen dieser dämlichen Liedchen«, fuhr er fort, gefährlich schwankend. »Meine Frau inbegriffen … Du dagegen, du bist auf Cybill scharf, oder, mein liebes Vetterchen?«

Er war betrunken, ich auch, das stand fest, und vielleicht deshalb vertraute ich ihm an, dass ich mir eingebildet hatte, die Frau meines Lebens gefunden zu haben.

»Das passiert jedem, der sie sieht«, erwiderte er. »Lass trotzdem nicht den Mut sinken. Meine Schwägerin stellt so viele zufrieden wie nur möglich. Sie ist ein flatterhafter Typ«, sagte er und schenkte mir ein besonders breites Lächeln, und während er sich eine weitere Flasche entkorken ließ, fing er an, mir von ihr zu erzählen – eine pittoreskere und aktuellere Version als die von Jennifer.

Bevor sie mit sechzehn von zu Hause türmte, war Cybill Volleyballmeisterin gewesen – daher also dieser Körper. Sie hatte in einer der wenigen noch verbliebenen Hippie-Kommunen gelebt – daher also kannte sie *Air*, eine Art Hymne für diese Leute –, hatte als Model gearbeitet und mit Drogen gedealt und war buddhistische Nonne geworden. Zusammen mit dem koreanischen Konzeptkünstler war sie aus dem Orient zurückgekehrt, hatte ihn geheiratet und nach einigen Monaten wieder verlassen. »Und jetzt ist sie mit diesem sangesfrohen Stück Scheiße zusammen, aber ich glaube nicht, dass es lange gut geht. Ich hab's dir ja gesagt: Sie ist flatterhaft und geht keine Verpflichtungen ein.«

»A propos Verpflichtungen … Verpflichtungen, die du mir gegenüber eingegangen bist. Ich habe mit Onkel Richard gesprochen, und es war nicht gerade ein tolles Gespräch, ein paar Minuten höchstens. Ach ja, und beim Weggehen hat er mir *viel Glück* gewünscht. Wie schön, dass es große Pläne für meine Zukunft gibt: Ich weiß wirklich nicht, wie ich dir für deine Bemühungen danken soll, mein *lieber* Vetter!«

»Ach was. Ich hab dir doch gesagt, dass er ein bisschen bärbeißig ist. Es geht alles in Ordnung, du wirst schon sehen.«

»Das glaube ich nicht. Morgen fliege ich zurück nach Hause.«

»Du spinnst ja … Es geht alles in Ordnung, sage ich dir. Wo ist er? Das regeln wir gleich.«

Ich zeigte Charles, wo er stand, auf der anderen Seite des Saals nämlich.

»Warte hier auf mich, ich bringe ihn dir sofort her.«

Er trank einen letzten Schluck und torkelte ihm entgegen, aber im schönsten Augenblick, als er fast bei ihm angelangt war, wich er nach links aus. Zu allem Überfluss war mein Vetter Charles auch noch ein Trottel. Ich drückte den Rücken durch und steuerte schweren Herzens auf den Ausgang zu – was hätte ich sonst tun können? –, als sich ein bleicher, hagerer Typ vor mir aufpflanzte und mir mit einer freundlichen Kopfbewegung ein Kuvert überreichte. Sobald ich allein war, öffnete ich es und las ungläubig den Inhalt.

Onkel Richard erwartete mich am nächsten Morgen um Punkt neun Uhr in seinem Büro.

26

Man konnte sich wie eine Mikrobe vorkommen, wenn man die riesige marmorne Eingangshalle des Wolkenkratzers an der nördlichen Seite der Wall Street, den Sitz der *Lontrone Corporation*, betrat. Ein pneumatischer Aufzug schoss mich hinauf in den vierundzwanzigsten Stock, und eine knochige Sekretärin führte mich schnellen Schrittes in ein vollständig mit Eichenpaneelen verkleidetes Büro von den Ausmaßen einer ganzen Wohnung. Onkel Richard saß am großen Schreibtisch, hinter sich ein Fenster, das einen bedeutenden Ausschnitt des Stadtbildes einrahmte; es wirkte verschwommen, als wäre es in eine himmelblaue Flüssigkeit getaucht. Mürrisch hob er den Blick.

»*Good morning, Zio* Richard«, begrüßte ich ihn, aufgeregt wie ein ABC-Schütze am ersten Schultag.

Wortlos fixierte er mich einen Augenblick. Auch ich starrte ihn wortlos an, während sein Körper erbebte und sich die Grimasse, zu der er den Mund verzog, für ein schallendes Gelächter öffnete, das mich schlimmer traf als eine Ohrfeige. Was hatte ich denn so Komisches gesagt?, überlegte ich und fühlte mich so gedemütigt, dass ich beinahe auf dem Absatz kehrtgemacht hätte, als ich hörte, wie er mich aufforderte: »*Sit down.*«

Das war das Einzige, was er an diesem Tag zu mir sagte. Dann brüllte er »Randolph!« in eine Sprechanlage, und an der Tür erschien derselbe bleiche Typ, der mir am Abend zuvor das Kuvert überreicht hatte. Er fing an, ihm einen ganzen Schwall an Befehlen zu erteilen, und in diesem Moment begann der Sessel unter mir zu schweben: Soeben war ich in die *Lontrone Corporation* aufgenommen worden! Ich versuchte, keine Miene zu verziehen, doch ein kleines blödes Grinsen drückte mir die Lippen auf – nichts im Vergleich allerdings zu den Luftsprüngen, die ich hätte machen mögen. Schließlich wurden wir mit einer barschen Kopfbewegung verabschiedet. Draußen entfuhr Randolph ein dramatischer Seufzer, und ich folgte ihm drei Etagen tiefer durch einen *open space*, der proppenvoll war mit in ihre Arbeit vertieften Angestellten, bis hinein in ein Büro, das weniger groß war als das des Onkels, aber dieselbe Holzverkleidung und denselben Ausblick hatte. Beim Eintreten bemerkte ich, dass sich uns eine Rothaarige im grauen Kostüm angeschlossen hatte, die eine kleine Mappe an sich presste. Randolph riss sie ihr aus der Hand, zog einige Blätter heraus, legte sie mit seinen langen zittrigen Fingern auf den Schreibtisch und deutete auf die Zeile, in der ich unterschreiben sollte.

Es handelte sich zweifellos um meinen Einstellungsvertrag. Da ich nun schon einmal da war, versuchte ich, ihn zu überfliegen, doch sobald mir die fettgedruckte Zahl, die dem Gehalt entsprach, in die Augen sprang, unterschrieb ich blitzschnell, um jede Eventualität, die mich daran hindern könnte – ein Erdbeben, ein Feuer oder, schlimmer noch, ein plötzlicher Sinneswandel meines Onkels –, zu bannen.

»*Congratulations*«, sagte Randolph prompt. »*Congratulations*«, echote die Rothaarige. Sie hieß Shirley, war meine Sekretärin, und ich konnte mich mit jedwedem Problem an sie wenden, ich müsse nur den ersten Knopf rechts auf der Tastatur drücken, erklärte mir der Bleiche, bevor sie beide hinausgingen.

Nachdem sich die Tür geschlossen hatte, ließ ich ein paar Momente verstreichen und horchte auf mögliche Geräusche. Dann stieß ich stumme Jubelschreie aus und boxte in die Luft. Ich hatte es geschafft, und das erschien mir so unglaublich, dass ich quer durchs Zimmer hüpfte und noch einmal die fett gedruckte Ziffer las: ein *Monatsgehalt* gewiss, aber auch wenn es für ein Jahr gewesen wäre, hätte ich zufrieden sein können. Dann machte ich es mir auf dem weichen Ledersessel bequem und legte, natürlich, die Beine auf den Schreibtisch – in wie vielen Filmen hatte ich das nicht gesehen? Diese Position war allerdings nicht die bequemste – vielleicht erforderte sie ein gewisses Training –, und so schwang ich mich herum und hatte, mit der Kulisse von Manhattan vor mir, das Gefühl, dass die Welt, wie man so schön sagt, mir gehörte und ich sie nur noch zu genießen brauchte. Vor allem aber musste man das alles begießen. Trotz intensivster Bemühungen gelang es mir nun nicht, die Bar ausfindig zu machen, aber da ich keinen Augenblick daran zweifelte, dass sie nicht Teil der Ausstattung eines solchen Büros sein könnte, drückte ich auf die Taste, und Shirley trat ein und erläuterte mir lächelnd die verschiedenen Funktionen der Schalttafel. Augenblicklich glitt eine Reihe von Paneelen zur Seite und legte Bar, Espressomaschine, Eis, Fernseher und Walkie-Talkie frei. In meiner Begeisterung über all diese Wunderdinge war ich versucht, sie zum Anstoßen einzuladen, da aber möglicherweise so viel Leutseligkeit gegenüber einer einfachen Sekretärin zu einem Manager meines Kalibers nicht passte, entließ ich sie kühl. Dann öffnete ich eine Miniflasche Moët. Kein Vergleich zum Cristal '68, aber immerhin trinkbar, sagte ich mir kulant, und dass ich das unbedingt sofort jemandem erzählen musste. Ich nahm den Hörer ab und wählte die einzig mögliche Nummer, doch am anderen Ende meldete sich Apaches Mutter. Seit dem Skandal mit meiner geplatzten Hochzeit war gerade einmal ein Tag vergangen, und ich wollte mich nicht ihrer Neugierde aussetzen, also legte ich wieder auf. Die nächste Stunde verbrachte ich damit, Paneele zu öffnen und zu schließen, die Anzahl der Fernsehkanäle herauszufinden und mich an der Ausstattung meines privaten Badezimmers zu erfreuen – es gab sogar eine Sauna mit Dusche und Unterwassermassage. Ich fing schon an, mich zu langweilen, als es an der Tür klopfte. Es war der blasse Randolph.

Während der Fahrt in der Limousine behielt er einen distanzierten Ton bei und beschränkte sich darauf, die Namen einiger Kirchen und Museen zu nennen. Dann blieb er praktisch stumm, bis der Chauffeur in einem Seitensträßchen der Madison hielt, und zwar vor einem kleinen neoklassizistischen Wohnhaus, in dem das persönliche Schneideratelier von Onkel Richard untergebracht war. Beim Eintreten betrachtete ich die Bilder an den Wänden, während das Parkett vornehm unter unseren Sohlen knarrte. Dann nahm mir dieser kleine, glatzköpfige Typ mit dem schmalen Bartstreifen um das fette Gesicht Maß. Aus einer unendlichen Palette von Grautönen suchte ich mir Stoffe aus, und auch der Konfektionsanzug, den ein Angestellter mir anstelle meines alten mit der kleinkarierten Jacke überreichte, war grau. Onkel Richard musste ihn für meine neue Position als nicht angemessen erachtet haben, und mir war nicht danach zumute, ihm das zu verdenken.

Auf dem Rückweg nahmen wir eine andere Route. Die Limousine blieb neben einem smaragdgrünen Vordach stehen, und ein tressenverzierter Pförtner öffnete mir die Tür. Gleich danach betrat ich mein Apartment. Randolph zeigte mir gewissenhaft ein Zimmer nach dem anderen, dann sagte er: »Für heute ist das alles, mein Herr. Bis morgen, mein Herr. Punkt neun.«

Am nächsten Tag, Punkt neun, war ich im Büro. Ich hatte fünfzehn Stunden durchgeschlafen – überflüssig zu sagen, dass ich mich, kaum dass ich wach war, gefragt hatte, ob es sich nicht bei allem nur um einen Traum handle. Auf meinem Schreibtisch fand ich ein halbes Dutzend Bücher über Wirtschaft vor. Shirley teilte mir mit, Mr Di Lontrone habe sie persönlich geschickt – und das erfüllte mich mit Enthusiasmus. Offensichtlich setzte Onkel Richard auf mich. Er wollte, dass ich würde, was mein Vater gewesen war – denn sein Sohn und sein Enkel waren gescheitert. Ich würde ihn sicher nicht enttäuschen, also legte ich mich ins Geschirr.

Den ganzen Vormittag verbrachte ich damit, die Bände zu durchblättern, um zu entscheiden, mit welchem ich anfangen würde, aber so sehr ich auch versuchte, sie interessant zu finden und den von einigen Titeln suggerierten Reiz aufzuspüren – *The Poetry of Finances* etwa oder *Money: Inspiration and Attraction* –, sie wirkten wie absolute Langweiler auf mich. Vor allem wurde mir – und das deprimierte mich wirklich – bei näherer Untersuchung klar, dass ich nicht die Bohne verstand, vollgestopft mit Diagrammen und mathematischen Formeln, wie sie waren. Während ich mich in jeder erdenklichen Weise bemühte, wanderten meine Gedanken in ganz andere Sphären: Ich dachte an Cybill, daran, wie sehr ich sie liebte und wie das möglich war, wo wir doch nur wenige Minuten zusammen gewesen waren, und daran, dass ich sie nie wiedersehen würde. Außerdem schickte ich ein Telegramm an Nonnilde, in dem ich sie über meine hervorragende Stellung in Kenntnis setzte und sie um Verzeihung bat, wohl wissend, dass sie mir diese niemals gewähren würde. Ich rief auch noch mehrmals bei Apache an, doch jedes Mal nahm seine Mutter ab, und beim x-ten Versuch sprach ich sie an: Ihr Sohn war wieder abgereist, wohin, wusste sie nicht, und ich, was sei aus mir geworden? Ich täuschte eine Störung in der Leitung vor und unterbrach die Verbindung.

So verging eine ganze Woche, eine Woche grausamer Angst. Nachdem ich es mir so sehr erträumt hatte, war ich nun endlich in New York, und statt mein Leben zu genießen, wie ich es mir vorgenommen hatte, pendelte ich stumpfsinnig zwischen Wohnung und Büro hin und her. Bald würde mich Onkel Richard zu sich rufen, nach einer kurzen, gereizten Befragung feststellen, dass ich mich absolut nicht für die Finanzwelt eignete, und mich zweifellos dorthin zurückschicken, wo ich herkam – und wo man mich in keinem Fall wieder aufnehmen würde. In der Nacht erwachte ich aus diesem Albtraum, der mich so sehr quälte, dass ich die Bücher ab sofort auch mit nach Hause nahm. Leider waren sie das beste Schlafmittel – kaum hatte ich sie aufgeschlagen, klappte ich über ihnen zusammen. Wenn der Weg zum Erfolg über diese Seiten führte, tja, dann würde ich ihn niemals zurücklegen.

Bis eines Morgens das Telefon läutete. Es war das erste Mal, und als ich den Hörer abhob, konnte ich mein Herz pochen hören. ›Da hast du die Bescherung! Das ist Onkel Richard, und du hast von nichts eine Ahnung‹, sagte ich mir.

Es war mein Vetter Charles, zum Glück. Er befand sich auf Saint Barthélemy in den Flitterwochen, war aufgekratzt und entspannt und sagte: »Bevor ich abgefahren bin, habe ich dein Bild gesehen: Es ist das schönste Geschenk, das ich bekommen habe, dank dir, Vetterchen ... Und du, wie geht's dir? Ich weiß, dass du untergekommen bist.«

»Ja, *untergekommen* ... Charles, ich befürchte, dass diese Arbeit nichts für mich ist«, antwortete ich betrübt.

»Was läuft denn nicht?«, schnaubte er, aber kaum hatte ich ihm von Onkel Richards Büchern und meiner Unzugänglichkeit für die Gesetze der Hochfinanz erzählt, da prustete er auch schon los. »Ach was, er hat in seinem ganzen Leben noch kein einziges Buch gelesen«, sagte er. »Worüber sollte er dich schon ausfragen? Sei unbesorgt, er hat sie dir nur geschickt, um sich wichtig zu machen. Was Großvater will, was er immer gewollt hat, ist jemand, auf den er zählen kann, einer aus der Familie, der an seiner Seite arbeitet. Versuch, du selbst zu sein, und du wirst schon sehen, dass er das zu schätzen weiß ... Die Bücher, hör auf mich, die wirf zum Fenster raus.«

Einige Zeit nachdem er sich verabschiedet hatte, hielt ich noch den Hörer in der Hand. Ganz richtig hatte ich es nicht verstanden, doch wer könnte Richard Di Lontrone besser kennen als Charles? Die Bücher warf ich natürlich nicht weg, aber am Abend machte ich mich endlich auf, um New York zu erkunden. Ich bediente mich eines Reiseführers und bummelte durch die schicksten Lokale. Es war alles so unglaublich, inmitten dieser Leute – der buntesten, die ich je gesehen hatte –, auch wenn ich jedes Mal deprimiert nach Hause zurückkehrte. Wie sehr ich mich auch bemühte, Anschluss zu finden, blieb ich doch immer allein. Ich kam mir wirklich wie ein Tourist vor.

Im Büro las ich jetzt wieder Romane, die ich hinter ökonomischen Abhandlungen versteckte, oder ich sah fern, während ich darauf wartete, dass Onkel Richard zurückkam – in der Zwischenzeit hatte ich dank einer kleinen, diskreten Umfrage herausbekommen, dass er sich auf Geschäftsreise befand. Ich brauchte nicht lange zu warten. Nach ein paar Tagen klingelte das Telefon wieder, und dieses Mal war er es, oder genauer gesagt, Lucille, seine Sekretärin.

Charles' Versicherungen zum Trotz hätte ich mir vor Angst beinahe in die Hose des eleganten grauen Maßanzugs gemacht – eines der beiden ersten, die soeben bei mir abgegeben worden waren –, als ich in den großen Sitzungssaal geführt wurde, wo ungefähr zwanzig Personen, ebenfalls in Grau, um einen riesigen ovalen Tisch herumsaßen. Ich spürte ihre neidischen Blicke auf mir ruhen, als mir, immer noch von Lucille, der Platz rechts von dem einzigen noch leeren Stuhl zugewiesen wurde, auf dem einige Minuten später der alte Tycoon Platz nehmen sollte.

Bei seinem Einzug sprangen alle auf. Er würdigte niemanden eines Grußes – mich erst recht nicht – und beschränkte sich darauf, das Kinn anzuheben. Ein Typ mit sicherem Auftreten ging zu einer Leinwand, öffnete eine Mappe, und sobald sich die Vorhänge mit einem elektrischen Summen geschlossen hatten, hielt er einen ungefähr zehn Minuten langen Vortrag darüber, wie vorteilhaft es wäre, die Firma *Presidium* zu kaufen, eine Fabrik in Minnesota, die Handschellen, Schlagstöcke, Tränengas, Schutzhelme und Schutzschilde herstellte. Als er fertig war, wurden die Vorhänge wieder geöffnet, der Onkel reckte ein weiteres Mal das Kinn, und nun brachten der Reihe nach sämtliche Anwesenden ihre positive Meinung über den Kauf zum Ausdruck. Meine Hände waren vor Aufregung schweißnass, gleichzeitig aber hatte ich große Lust, auch meinen Senf dazuzugeben. Ich wusste nicht, ob man mich darum bitten würde, ich wusste auch nicht, ob ich es in meinem Innersten wirklich wollte, doch kaum hatte Onkel Richard mir ein Zeichen gegeben, legte ich ohne jedes Zögern los. Meine Argumentation beruhte auf zwei einfachen empirischen Tatsachen, aber während meines Vortrages wurde mir klar, dass ich die bis dahin gemachten Analysen allesamt über den Haufen warf.

»Jede Epoche hat ihre führende Nation«, hob ich an, »beziehungsweise die Nation, die aufgrund ihrer wirtschaftlich-militärischen Macht und ihres kulturellen Einflusses der übrigen Welt ihre Gesetze diktiert. Gegenwärtig wird diese Position von den Vereinigten Staaten von Amerika eingenommen. Es ist überflüssig, ihre verschiedenen Spitzenstellungen hier zu erläutern, Sie alle sind sich ihrer vollkommen bewusst und außerdem zu Recht stolz darauf. Nun hatten sich während der bereits weit zurückliegenden sechziger Jahre, wie wir alle wissen, ausgerechnet in den Vereinigten Staaten die ersten Herde dessen entzündet, was als Studentenrevolte in die Geschichte eingegangen ist.« An dieser Stelle flocht ich eine detaillierte Untersuchung des Phänomens ein, ausgehend von der Beat Generation, über den Vietnamkrieg, die Black Panthers und die Bewegungen der Stadtguerilla bis hin zu den Hippies und zur Wiederwahl Nixons im Jahr '71, die, da sie mit der schrecklichsten Eskalation des amerikanischen Engagements in Südostasien zusammenfiel, tatsächlich das Ende der Studentenbewegung markierte. In dieser Situation war Letztere höchstens noch imstande gewesen, ein paar pazifistische Märsche ins Leben zu rufen: ein schwacher Abglanz der Krawalle auf den öffentlichen Plätzen der vorhergehenden Jahre mit Toten und Verletzten wie beispielsweise in Kent State, wo die Nationalgarde auf die Demonstranten geschossen hatte – ähnlich wie die meisten jungen Italiener war ich über die Geschichte der Vereinigten Staaten von Amerika viel besser informiert als über die der eigenen Heimat.

»Die Zeit des großen Aufruhrs ist also vorbei, und ich kann auch keine Möglichkeit eines Wiederaufflammens erkennen, insbesondere wenn man bedenkt, dass sie *sogar* in Italien zu Ende geht, wo man Ihrem Land, der Führungsnation, in allem mindestens zehn Jahre hinterherhinkt.« Zur Untermauerung dieser These schob ich eine weitere lange, in alle Einzelheiten gehende Zwischenbemerkung über die Geschichte der italienischen Rockgruppen ein. Ich zitierte die Geburtsdaten der einzelnen Mitglieder und die einschlägigen Alben der wichtigsten Bands, die seinerzeit den typischen amerikanischen Sound vom Ende der sechziger Jahre kopierten – wenn ich daran zurückdenke, lief mir die Sache tatsächlich ein wenig aus dem Ruder, zumal das Beispiel für das Auditorium denkbar ungeeignet zu sein schien, aber es war eben das Erstbeste, das mir einfiel. »Folglich halte ich«, endete ich hochtrabend, »auch wenn wir Handschellen für den üblichen Gebrauch in der Justiz noch als absetzbare Ware in Betracht ziehen wollen – aber auch dies sollten wir nur theoretisch tun, angesichts des geringen Abnutzungsgrades, dem der Stahl unterworfen ist, und angesichts der Jahre, die ins Land gehen werden, bis man bei der Polizei die Vorräte aufgebraucht haben wird –, folglich also halte ich die Erzeugnisse der Firma *Presidium* aus Minnesota eindeutig für *nicht* marktgängig.«

Grabesstille folgte auf das Ende meiner Ausführungen, und sogleich beschlich mich der Verdacht, den größtmöglichen Scheiß dahergeredet zu haben. Die Sorge, die ich empfand, war jedoch nichts im Vergleich zu dem Ausdruck echter Angst, der sich, wie ich sehen konnte, auf die Gesichter meiner Managerkollegen legte, sobald Onkel Richard das Wort ergriff, und ich verwende hier noch einen Euphemismus: Tatsächlich fing er nämlich zu brüllen an. Er kanzelte jeden Einzelnen von ihnen ab, und keiner tat, während er persönlich gedemütigt wurde, auch nur den Mund auf. Fehlte nur Millets *Angelus* an der Wand, sonst hätte ich vermeint, zu Hause am Esstisch zu sitzen: Der Stil meines Onkels war mit dem von Nonnilde beinahe identisch. In seinen Worten spürte ich dieselbe Energie, dieselbe Unerbittlichkeit und auch dieselbe Schläue. Ich hätte seine Arroganz verabscheuen müssen – wie ich die Arroganz der Großmutter verabscheute –, doch hinter jeder Beleidigung, die er an die anderen richtete, war mit wachsender Deutlichkeit ein Lob für mich, den Neuankömmling, herauszuhören. Als er am Ende meinen Blick suchte, um mir zu bedeuten: Siehst du, wie man das macht? – genau wie Nonnilde nach ihren die Mahlzeiten begleitenden Wutausbrüchen in den Jahren, in denen ich ihnen noch irgendetwas für mich Positives abgewinnen zu können glaubte –, nickte ich respektvoll und handelte mir etwas ein, was wie ein Lächeln aussehen mochte. Dann stand er auf, und auch die anderen erhoben sich. Er nahm mich am Arm, und aus der Art, wie er ihn drückte, schloss ich mit Sicherheit, dass ich mir in sein hartes Herz eine Bresche geschlagen hatte, auch wenn ich, sobald wir draußen waren, begriff, dass man bei ihm – auch darin ähnelte er Nonnilde – immer in Deckung bleiben musste.

Ich war dermaßen glücklich, dass ich die vereidigten Wachleute am Eingang freundlich grüßte. »Diese Leute werden nicht beachtet«, rüffelte er mich und warf mir einen vernichtenden Blick zu, der mich erstarren ließ, und dies war die erste einer unendlichen Reihe von Regeln, die mir auferlegt werden sollten.

Zehn Minuten später saßen wir an einem anderen Tisch, einem Tisch in einem ausgesprochen exklusiven Restaurant, und Onkel Richard kostete den Wein, den der Sommelier ihm eingeschenkt hatte. Mit einem kaum wahrnehmbaren Zeichen signalisierte er Zustimmung. »Es gibt nichts Besseres als einen guten Château Margaux«, rief er dann und studierte die Farbe im bauchigen Glas.

Ich konzentrierte mich darauf, dem Geschmack auf den Grund zu kommen, aber mein Gesichtsausdruck war offenbar nicht übermäßig begeistert – es ist eben ein heikler Wein.

Onkel Richard lächelte vor sich hin und sagte: »Man sieht sofort, dass du ein ehrlicher Junge bist. Aber Ehrlichkeit wird sparsam dosiert! Gib nie zu erkennen, was du wirklich denkst, das musst du lernen«, und er legte los mit einer Liste von Fähigkeiten und Regeln, die notwendig waren, um sich im amerikanischen Kapitalismus behaupten zu können, eine Aufzählung, die Mut, Beharrlichkeit und Intelligenz umfasste – »Auch wenn manchmal ein Dummkopf mehr Intuition hat: Das ist bei dir nicht der Fall, damit wir uns recht verstehen, aber die Intuition gehört zu den wichtigsten Gaben.« Je länger er redete, desto mehr löste sich sein New Yorker Akzent auf. »Und dann vor allem Entschlossenheit. Du kannst den größten Blödsinn behaupten, wenn du es nur mit der nötigen Entschlossenheit tust. Pass außerdem auf, dass du mit den richtigen Leuten verkehrst, das ist vielleicht die erste Regel. Es ist sehr wichtig. Jetzt bist du in Amerika und musst mit Amerikanern Umgang pflegen. Sobald jemand beschließt, aus Italien hierherzukommen, heißt es: Schluss, aus, Amen, sonst leckt man sich den Rest seines Lebens die Wunden. Abgesehen davon, dass es unter den Italienern ganz schön viele Mafiosi gibt und die Mafia für die Hochfinanz eine wahre Pest ist – also Achtung, mit wem du verkehrst! Ich habe Jahre gebraucht, um mir jeden Verdacht vom Hals zu schaffen, und ich dulde keinen falschen Schritt, ist das klar?«

»Ja, *Zio* Richard, zumal du ja weißt, dass es in unserer Gegend gar keine Mafia gibt.«

»Natürlich, natürlich, aber trotzdem Vorsicht … Außerdem ist der Blick in die Vergangenheit reine Energieverschwendung. Worauf es ankommt, ist, Geld zu verdienen. Daher halt alles von dir fern, was dich an dieses verdammte Land erinnert: Heimweh ist ein Räuber, der dich überfällt, sobald du ihm die Gelegenheit dazu bietest. Wenn du Musik hören willst, hör Jazz, wenn du Sport treiben willst, spiel Golf, wenn du dir einen Kompagnon suchen musst, nimm einen Amerikaner, wenn du heiraten willst, heirate eine Amerikanerin …« Das hätte mir natürlich gefallen – schade, dass Cybills Herz schon einem anderen gehörte. »Auch bei dir bin ich mir unschlüssig gewesen … Charles hat mir zwar versichert, dass du auf Draht bist, aber kann ich mich auf Charles verlassen? Er ist der Mensch, der mir auf der Welt am wichtigsten ist, und ich dürfte es nicht sagen: Aber er ist ein Intellektueller, einer, der über den Wolken schwebt … vom Übrigen ganz zu schweigen.« Er sah mich forschend an, um festzustellen, ob ich um das *Übrige* wusste.

Ich verzog keine Miene – hatte er nicht gesagt, dass man mit der Ehrlichkeit knausern musste?

»Da wir uns verstanden haben, merk dir eines: Mach ihn dir *niemals* und aus *keinem* Grund zum Feind, weil ich das nicht dulden würde«, fügte er hinzu.

»Wenn ich hier bin, habe ich das nur Charles zu verdanken. Er ist wie ein Bruder für mich«, erwiderte ich und legte treuherzig die Hand aufs Herz – ich dachte in diesem Augenblick an Jennifer und daran, dass ich nicht einmal mehr ihren Namen hören wollte.

»Bravo, und gib acht, dass du das nicht vergisst … Trotzdem, auf Charles verlasse ich mich nicht, und du kennst den Grund sehr wohl, auch wenn du das Gegenteil vortäuschst«, grinste er heuchlerisch. »Als ich das erste Mal mit dir geredet habe« – er kicherte vor sich hin – »habe ich mir gesagt: Das ist nicht der übliche Italiener, der von Amerika träumt und kein einziges Wort Amerikanisch kann. Und heute hast du mir zudem bestätigt, dass du etwas auf dem Kasten hast. Jetzt befolge nur meine Ratschläge, und du wirst so reich, wie du dir das nicht einmal im Traum vorstellen kannst. Zuallererst: werde Amerikaner.«

Das ist wirklich eine fixe Idee von ihm, sagte ich mir. Unterdessen waren wir bei den Hors-d'œuvres, wie sie hier hießen, angelangt und hatten schon die erste Flasche geleert. Er bestellte eine zweite und beugte den Kopf über den Teller. Tatsächlich hielt er den Kopf viel zu tief – wie ich im Vergleich mit dem feinen Publikum um uns herum feststellte – und verputzte das Gericht in wenigen Minuten, und das kam mir, der hartnäckigen Verleugnung seiner Heimat zum Trotz, doch sehr italienisch vor. Als er dann, gesättigt, wieder auftauchte, um erneut in seine Rolle als Führer auf dem schwierigen Weg zum Erfolg zu schlüpfen, glaubte ich aufgrund der Herzlichkeit, mit der er mit mir redete, dass er seit Jahren auf nichts anderes gewartet hatte.

»Nimm mich, zum Beispiel«, sagte er. »Ich bin bestimmt nicht arm wie eine Kirchenmaus hier angekommen wie die meisten unserer Landsleute damals, doch seinerzeit war es ein ernsthaftes Problem, wenn man einen italienischen Namen hatte. Wollten sie feststellen, ob sie jemandem vertrauen konnten, fragten sie dich, ob du ein gebrauchtes Auto von ihm kaufen würdest: Das ist so eine Redensart. Fang also nicht gleich nach deiner Ankunft an, mit Gebrauchtwagen zu handeln«, prustete er. »Offensichtlich hat niemand *beim Italiener* gebrauchte Autos gekauft, auch keine neuen, nebenbei bemerkt, denn selbst darin habe ich mich versucht … Ich lasse mich aber nicht entmutigen, dafür bin ich nicht der Typ«, beteuerte er stolz. »Ich habe also die Branche gewechselt, aber es waren drei Jahre vergangen, und ich hatte nichts auf die Reihe gebracht. Das einzige vorteilhafte Geschäft, wenn man nicht so tief sinken und den Gastwirt spielen wollte, schien die Mafia zu bieten, aber dafür war ich nicht so weit gereist. Ich hatte in der Zwischenzeit eine kleine Knopffabrik aufgemacht. Qualitätsware: Mein Perlmutt war das beste, es kam direkt von den Philippinen, und ich hatte Handwerker aus dem Orient. Trotzdem wieder nichts, das Geschäft kam nicht in die Gänge. Dann überlegte ich mir etwas anderes: Die Yankees nannten uns verächtlich *Dagos,* aber ihre Frauen hatten seit Rodolfo Valentino eine Schwäche für den sogenannten *Latin lover*: So ein Graus! Ich bin nie ein Adonis gewesen, aber im Smoking sah ich ganz anders aus. Ich lieh mir also einen und begann mit dem Geld, das mir geblieben war, das Leben eines Lackaffen zu führen. Zur damaligen Zeit ging man ins Waldorf: Dort war der Treffpunkt der High Society, dort fanden die exklusivsten Feste statt. Ich bestach einen Portier, damit er mich bei Bedarf hineinließ, und gab vor, ein toskanischer Adliger auf Urlaub zu sein: Ich war elegant, sprach die Sprache perfekt und kannte einen Haufen wichtiger Leute, wichtiger Frauen. Zwischen Diners, Reisen und Süßholzraspelei hatte ich mich schon fast aufgerieben, als ich endlich meiner Kathryn begegnete.«

Ich sehe die unsichere Schrift meiner Mutter über dem Foto von Tante Kathryn im Familienalbum vor mir, während er mit einem Anflug von Melancholie seufzt. »Kathryn Hudds, die Tochter von Robert, dem Glasindustriellen. Drei Monate später haben wir geheiratet, und nach weiteren sieben war ich dank der Unterstützung meines Schwiegervaters der Knopfkönig geworden. Das war natürlich nur das Sprungbrett. Denk an die Pleite, die es bedeutet hätte, wenn ich nach Einführung des Reißverschlusses nicht auch der Reißverschlusskönig geworden wäre! Seither bin ich Herrscher in vielen Reichen gewesen. Am wichtigsten ist es zu merken, wann der Moment gekommen ist, in dem jeweiligen Reich eine Verfassung zuzulassen«, sagte er lachend. Dann setzte er hinzu: »Und so ist es gelaufen … Ja, es ist wirklich gelaufen«, und stieß einen tiefen

Seufzer aus. Ich hätte geglaubt, dass er sich in diesem Moment total entspannen würde. Stattdessen schaute er auf die Uhr und wurde mit einem Schlag ernst. »Wir müssen zurück an die Arbeit«, sagte er. »Und sei unbesorgt: Ich werde dir gründlich beibringen, wie man arbeitet.«

27

Von jenem Tag an ließ er mir keinen freien Augenblick mehr. Jeden Morgen wollte er mich um Punkt neun in seinem Büro haben. Dort verbrachte ich die Stunden und hörte über die Lautsprechanlage – einem weiteren Wunderwerk der US-amerikanischen Technik – seinen Telefonaten zu, die meistens in wütenden Streitereien endeten. Sobald er, obwohl er dem jeweiligen Unglücksmenschen Bedingungen abgerungen hatte, die man nur vorteilhaft nennen konnte, brüllend die Verbindung unterbrochen hatte, versuchte er unweigerlich, mir mit einem zufriedenen Grinsen das letzte Ziel seiner komplizierten Manöver zu erklären, während ich, ebenso unweigerlich, nichts kapierte. Betriebe zu kaufen und zu verkaufen war seine wahre Leidenschaft, und nach der Glanzleistung mit den Schlagstöcken aus Minnesota hatte ich mich der Illusion hingegeben, dass es auch die meine werden könnte. Schon nach wenigen weiteren Sitzungen war mir aber völlig klar, dass dieser erste Erfolg nur ein Glücksfall gewesen war. Was konnte ich schon wissen über steigende und fallende Prozentsätze, über ausgeglichene und unausgeglichene Wachstumsraten, darüber, ob man für Wattestäbchen lieber Baumwolle oder doch besser Kunstfasern verwendete oder ob der brasilianische Gummi sich als strapazierfähiger erweisen würde als der aus Ostindien? Deshalb hielt ich mich abseits. Ich dachte an den wunderbaren Roman, den ich bald schreiben würde – das war mein Weg, dessen war ich mir immer sicherer –, und beschränkte mich darauf, die Entscheidungen des Alten, die nach dem üblichen Krach am Ende getroffen wurden, mechanisch abzunicken. Das Einzige, in dem ich mich in meiner Eigenschaft als Magnatenlehrling auszeichnete, war das Golfspiel – mit Onkel Richard besuchte ich mindestens zweimal die Woche einen Klub für Milliardäre –, aber auch dort wurde von nichts anderem geredet als von Geschäften. So konnte ich es kaum erwarten – obwohl es immer später wurde –, dass ich mich in mein Apartment in der Upper East Side verkrümeln konnte. Ausgehen? Mit wem denn? Alle meine Kollegen behandelten mich mit Argwohn, weil ich der Neffe des Chefs war, also war gar nicht daran zu denken. Ich machte mich vielmehr ans Schreiben. Ich musste nur aufs Blatt übertragen, was mir widerfuhr, freilich mit den angezeigten Verschleierungen: Die Sache mit Jennifer zum Beispiel, würde ich die je erzählen können? Aber der Roman würde trotzdem ein großer Erfolg werden, das spürte ich, und dann würde ich diesen Job hier aufgeben können. Andererseits war ich derart fix und fertig, dass mir nach einer Weile vor dem leeren Papier, den Bleistift noch in der Hand, die Augen zufielen. Dann warf ich mich aufs Bett, steckte die Füße in den Winkel zwischen Bettkante und Decke, und mich erfüllte, genau wie in meinen verzweifelten Jahren im Dorf, ein Gefühl der Genugtuung. In diesen Momenten dachte ich an Cybill. Ich verzehrte mich vor Liebe nach ihr, einer platonischen Liebe, weil ich mich – und das war mir nie passiert – sexuell schlapp fühlte. Irgendwann schlief ich unvermittelt ein, aber nicht einmal dann war ich in Sicherheit. Onkel Richard verbrachte sogar die Nacht im Büro. Er hatte sich für die Augenblicke der Müdigkeit mit einer Art Feldbett ausgerüstet – der arme Randolph, den er bei ihm zu bleiben zwang, hatte nicht einmal das –, und oft weckte er mich zu den unmöglichsten Zeiten, um mich über eine plötzliche Erleuchtung in Kenntnis zu setzen oder über ein Problem, das der Lösung harrte, zu sprechen. Ja, Charles hatte wirklich recht gehabt: Im Vergleich zu ihm war Nonnilde geradezu entspannend – und das wollte etwas heißen.

Gewiss, an positiven Seiten fehlte es nicht. Meine Brieftasche war prall gefüllt mit Kreditkarten, und sobald ich konnte, machte ich eine Runde durch die Geschäfte. In der Stunde Pause – wenn es mir gelang, sie zu nehmen – schaute ich zusammen mit den jungen Angestellten, die sich in die Straßen ergossen, verzückt in die Schaufenster an der Fifth. Nur dass *ich* dann auch in die Läden hineinging. Im Laufe einiger Monate hatte ich mich mit all den Dingen ausgestattet, die ich mir immer gewünscht hatte, außerdem mit jenen, nach denen ich mich einfach deshalb nicht gesehnt hatte, weil mir von ihrer Existenz bislang nichts bekannt gewesen war. Aber nicht einmal in dieser Hinsicht ging es nach meinem Kopf.

Ich hatte immer schon ein Faible für amerikanische Autos gehabt – diese Leidenschaft hatte Pit auf mich übertragen –, und in einem der seltenen Augenblicke, in denen es mir gelungen war, mich von Onkel Richard loszueisen, blätterte ich einmal in einem Prospekt der Firma Cadillac, als er plötzlich, wie es so seine Art war, ohne anzuklopfen in mein Büro stürmte, um mir Anweisungen zu erteilen. Er starrte auf den Katalog, und bevor er wieder ging, riss er ihn mir aus der Hand und knurrte: »Finger weg! … Das sind Sachen für Gangster und Hinterwäldler.«

Am nächsten Morgen erwartete mich vor dem Haus ein prächtiger Mercedes in der Farbe des Morgengrauens. Der Pförtner öffnete mir die Tür und überreichte mir die Schlüssel. Hätte ich da Nein sagen können? Und während ich ihn lenkte, so geschmeidig, solide und elegant, und mich in den Schaufenstern spiegelte, spürte ich, wie ich vor Dankbarkeit überströmte. Dieser Mann war zwar unerträglich, aber er mochte mich. Gleich nachdem ich sein Büro betreten hatte, erklärte ich: »Danke, Onkel Richard, aber das habe ich nicht verdient. Du bist wirklich zu großzügig.« Ich war so gerührt, dass ich es auf Italienisch sagte. Er starrte mich an, als hätte er ein Gespenst vor sich, dann bedeutete er mir, den Mund zu halten, stand auf und ging zur Bar. Den Rücken mir zugewandt, trank er einen Schluck, und als er sich wieder umdrehte, hatte er Tränen in den Augen.

An jenem Tag passierte noch etwas, was mich sehr verblüffte. Wir waren im Sitzungssaal, und am Ende der verschiedenen Wortmeldungen warteten wir vergebens auf die übliche Schreierei, mit der er uns über seine Beschlüsse informierte. Er stand vielmehr auf und ging wortlos aus dem Raum. Ich wollte mir einen Nachmittag Entspannung gönnen und schaute auf die Uhr an der Wand, unsicher, ob ich bleiben oder nach Hause gehen sollte, einmal wenigstens pünktlich wie jeder Angestellte, als ich ihn in der Tür auftauchen sah. »Komm mit!«, befahl er mir schroff.

Während wir Manhattan verließen, brummte er in einem fort eine kleine Melodie vor sich hin, bis der Rolls vor einem niedrigen Wohnhaus in einer kleinen abgelegenen Straße in Queens anhielt. Kurz bevor er ausstieg, richtete er endlich das Wort an mich. »Manchmal reichen alle Qualitäten des besten Geschäftsmanns nicht aus«, sagte er. »Nimm zum Beispiel den Fall von heute: Wer kann schon sagen, ob der traditionelle, teure Ahornsirup aus Vermont oder der gleich schmackhafte, aber billigere aus Kanada eher dem Geschmack des Konsumenten entspricht … Man muss sich dem Schicksal anvertrauen, aber dazu braucht man einen Führer, und den haben wir.«

Wie im Wartezimmer eines Zahnarztes standen etwa zehn kleine mit karmesinrotem Samt bezogene Sessel in einem Kreis herum. Auch das Publikum erinnerte an das Wartezimmer eines Zahnarztes – eines sehr teuren Zahnarztes –, aber die Tapete mit den dunkelbraunen Arabesken auf Goldgrund, der ochsenblutfarbene Teppichboden, der Kronleuchter und die auf mittelalterlich getrimmten Wandleuchter aus nachgedunkeltem Messing hätten durchaus in ein Bordell gepasst. Der große, wächserne Typ in Nadelstreifen mit Schnurrbärtchen und Brillantine im Haar, der in der Ecke hinter einem Schreibtisch im venezianischen Stil positioniert war, begrüßte Onkel Richard ehrerbietig und streckte ihm dann ein Zettelchen mit einer Nummer entgegen. Und statt einen Wutanfall zu bekommen, wie er es bei jeder anderen Gelegenheit getan hätte, wartete der selbstherrliche Tycoon brav, bis er wie ein gewöhnlicher Sterblicher an die Reihe kam.

Ungefähr eine halbe Stunde verbrachten wir in absoluter Stille und beobachteten die Kunden, die durch eine Gittertür eintraten und nach wenigen Minuten mit heiterer Miene wieder herauskamen. Dann wisperte der wächserne Typ unsere Nummer. Durch einen niedrigen, in den Felsen gehauenen Tunnel – in Wirklichkeit war es nichts anderes als gemasertes Pappmaché – erreichten wir den Eingang zu einer Höhle. Von der Decke hingen leuchtende Stalaktiten, und genau in der Mitte des irisierenden Lichts der beiden größten saß hinter einer Kniebank, umhüllt von den bläulichen Spiralen seiner Zigarre, ein in eine Kutte eingenähter Dickhäuter mit einer pechschwarzen Wayfarer und einem langen grauen Bart. Um den Hals hatte er ein mit bunten Steinen besetztes Kruzifix, und obwohl die Aufschrift in gotischen Lettern, die hinter seinem Rücken hing, ihn im vertrauten heimatlichen Dialekt als *Lo Romita de la Muntagna*, also den Eremiten vom Berge, auswies, wandte er sich, als mein Onkel sich vor ihm hinkniete, auf Amerikanisch an ihn:

»*Hi*, Richard.«

»*Hi*, Romita.«

»Hast du gesündigt?«

»Ich habe gesündigt.«

»Bereue.« Er schwieg einige Sekunden und sagte dann: »Jetzt kannst du deine Frage stellen.«

Mein Onkel war sehr ernst, während er ihm in einer seltsamen, metaphernreichen Sprache den Fall darlegte, der ihm am Herzen lag. »Es gibt zwei Wege«, sagte er. »Der eine ist sicher, aber lang, der andere kurz, aber unsicher.«

Da nahm der Romita einen tiefen Zug aus seiner Zigarre und brannte mit der glühenden Spitze eine Reihe von Löchern in ein weißes Blatt, das er daraufhin mit äußerster Nachlässigkeit auf eine mit Nummern versehene Tabelle legte. Er las vor: »Vier neununddreißig achtundzwanzig.« Nachdem er einen Moment nachgedacht hatte, verkündete er sibyllinisch: »Nimm den langen Weg, Bruder, und in der Mitte nimm die Abkürzung über den kurzen, ohne die, die dir folgen, vorzuwarnen.«

Ich musste mir das Lachen verkneifen und tat gut daran: Als wir am Ausgang mit einer meiner Kreditkarten dem wächsernen Typ nicht weniger als vierhundert Dollar zahlten und dafür eine Visitenkarte erhielten, lag eine große Genugtuung in Onkel Richards Blick. Sobald wir im Auto saßen, sagte er: »Warum ist mir das nicht schon vorher eingefallen? Ich kaufe beide Firmen, dann verkaufe ich die erste an den Meistbietenden und mache mit der zweiten weiter: Keiner der Magier von New York kann es mit dem Romita aufnehmen.«

Eines Tages sollte ich meine Meinung über den Romita ändern, aber im Augenblick kam mir das Ganze idiotisch vor und noch unglaublicher war, dass ausgerechnet Richard Di Lontrone – nach dem ganzen Geschwafel über die Notwendigkeit, Amerikaner zu werden – zum Magier ging, was nicht einmal meine armen Tanten je getan hatten. Während ich noch in mich hineinlachte, las Onkel Richard dem Chauffeur die Adresse des Caravel vor. Sie stand auf der Visitenkarte, die uns der wächserne Assistent überreicht hatte, und wir rollten sanft über die Löcher im Straßenbelag hinweg.

Auf den ersten Blick bot das Restaurant, was der Name versprach. Der Raum war wie die glänzende Brücke eines Schiffes – offensichtlich einer Karavelle – konzipiert. Zwischen den Glasscheiben der großen Kabine stand, die Haare im Wind und den Blick vage gen Horizont gerichtet, Christoph Kolumbus in einer zitternden Aura aus smaragdfarbenem Licht. Ich hatte nie ein Hologramm gesehen und war derart beeindruckt, dass ich es, als man uns den Tisch zuwies, immer noch anstarrte. Onkel Richard dagegen schnaubte und sagte: »Jedes Mal verlangt der Romita irgendeine Buße von mir, aber dieses Mal hat er übertrieben.« Den Maître, der ihm am Ende der Bestellung mitgeteilt hatte, dass sie keine französischen Weine servierten, fuhr er an: »Dann bringt mir eben den besten, den ihr habt.«.

Schon als sie ihn kosten ließen, merkte ich, dass irgendetwas vor sich ging. Mit einer merkwürdig ausladenden Geste signalisierte er dem Sommelier seine Zustimmung und wollte, dass man die Flasche auf dem Tisch ließ, damit er sie näher in Augenschein nehmen konnte. Sassicaia, las er von dem etwas zu eleganten Etikett ab. Er nippte an dem Wein, während wir auf die Speisen warteten.

Die Wartezeit war durchaus angemessen – weder zu kurz, wie in den Lokalen, in denen man Vorgekochtes untergejubelt bekommt, noch zu lang, wie in den Restaurants, die zwar anspruchsvoll sind, aber nicht effizient geführt werden. Es war das erste Mal seit meiner Ankunft in Amerika, dass ich italienische Küche aß, und als ich mit besonderem Vergnügen diese unvergleichlichen Gerichte kostete, wurde mir klar, dass es überhaupt das erste Mal war, denn dieses hier war die *große* italienische Küche. Tiefer als gewöhnlich beugte Onkel Richard den Kopf über den Teller. Unterdessen füllte er sein und mein Glas wieder auf und sagte: »Der Romita muss wirklich ein Erleuchteter sein: Bis jetzt hat man in New York nichts als fade Pasta gegessen«, um dann während der gesamten Zeit zu schweigen, in der uns in rascher Reihenfolge die unterschiedlichsten und erlesensten Speisen aufgetragen wurden. Nach jedem Gang hob er den Blick und wartete in einer Art stummen Ekstase auf den nächsten. Beduselt starrte ich auf das Hologramm des Seefahrers, und es war, als befände ich mich einer lieben, vertrauten Gestalt gegenüber. Wohl wegen meiner unvergesslichen Stunden bei meinem Meister Sabino Corelli oder aufgrund irgendeiner gewiss eher psychologischen als physischen Ähnlichkeit kam es mir vor, als würde ich in ihr das Abbild meines Vaters erkennen. Wie der heroische Forschungsreisende hatte auch Papà die Neue Welt herausgefordert und erobert, und wie Ersterer hatte auch er sich, dank eines widrigen Schicksals, damit nichts anderes eingehandelt als den eigenen Ruin. So war ich froh, als Onkel Richard wieder meine Aufmerksamkeit erheischte, und hoffte, dass er mich aus meinen melancholischen Phantasien reißen würde. Doch er fragte mich: »Und deine Großmutter, wie hat sie es aufgenommen? Dass du gekommen bist, um bei mir zu bleiben, meine ich.«

»Ich weiß nicht, ich bin ja praktisch davongelaufen. Aber vorstellen kann ich es mir schon.«

»Sie ist furchtbar, diese Frau. Hasst sie mich immer noch?«

Ich zog die Augenbrauen hoch. Er schüttelte den Kopf und stürzte den Wein in einem Zug hinunter. »Sie hat nicht ganz unrecht«, urteilte er, gab ein Zeichen, damit man ihm nachschenkte, und ergänzte: »*Siehst du, Carlino, das Schicksal von jedem von uns steht schon bei seiner Geburt geschrieben. Es gibt jemanden, der sich darum kümmert … ein Engel oder vielleicht ein Dämon.*«

Mir blieb die Spucke weg. Nicht nur, dass er mich Carlino genannt hatte. Er sprach *sogar* Italienisch mit mir, und das war noch nie passiert.

»Schau mich an: Ich komme quasi als Bettler aus dem Dorf hierher, und nach wenigen Jahren habe ich die Taschen voller Geld, eine schöne Frau, einen Sohn, also alles, was ein Mann sich wünschen kann. Dann stelle ich fest, dass meine schöne Frau Alkoholikerin ist, wie ihr Vater und der Vater ihres Vaters, und auch mein William … Du weißt, was aus ihm geworden ist – oder?« Er seufzte. »Kurzum, sein Leben war nicht gerade großartig, aber wenigstens hat er mir Charles geschenkt. Ich konnte warten, bis er groß war. Ich hätte vielmehr warten können, aber ich brauchte jemanden, der in meiner Nähe war und dem ich beibringen konnte, was ich wusste, und in Italien gab es Enrico, deinen Vater … Als ich ihn zu seiner Hochzeitsreise nach Amerika einlud, war mir sofort klar, aus was für einem Holz er geschnitzt war. Ich sagte mir: Das ist er, jetzt hab ich ihn gefunden. Er war der Sohn, den ich mir immer gewünscht hatte. Deshalb habe ich ihn hierhergeholt.«

»Aha. Er hatte aber eine Familie … Er hatte *mich*«, unterbrach ich ihn. Während seiner Erzählung war eine große Wut in mir aufgestiegen, und sosehr ich mich auch beherrscht hatte – es war mir nicht gelungen, Ruhe zu bewahren. Schließlich war es mein Schicksal, über das er entschieden hatte.

»Das stimmt«, räumte er ein. »Und du kannst natürlich nicht wissen, wie viele Male ich ihm gesagt habe, dass er zurückkehren und euch hierherholen soll …« Er senkte den Blick ins Glas und fügte nachdenklich und mit leiser Stimme hinzu: »Er hatte eine andere …«

Ich beschrieb ihm die Blondine auf den Fotos, über welche die Mamma ihr rührendes Fragezeichen gesetzt hatte.

Er nickte. »Dann aber kam deine Mutter aus Italien, und dein Vater ist mit ihr zusammen abgereist … Den Rest kennst du ja.«

»Nein, nein, ich weiß überhaupt nichts … Ich weiß nicht, *warum* er fort ist. Wollte er mich mitnehmen, oder wollte er uns dort wieder sitzen lassen?«, fragte ich mit dem ganzen Groll, den ich in meinem Inneren hegte.

Er sah mich unsicher an – nie hätte ich ihn eines solchen Gesichtsausdrucks für fähig gehalten. »Er ist nach Italien zurückgekehrt, um euch zu holen«, antwortete er.

Meine Augen füllten sich mit Tränen. In diesen wenigen Wochen hatte ich gelernt zu ergründen, was sich hinter seinen Worten verbarg, und flüsterte: »Das ist nicht wahr«, während sich meine Tränen mit der Sauce des Desserts, das vor mir stand, vermischten.

»Du hast recht«, gab er zu, und ich sah diesen Mann, diesen Felsblock von einem Mann, schluchzen wie ein Kind.

Als wir das Caravel erschöpft verließen, legte er mir seinen Arm um die Schultern und murmelte: »Ich hatte es dir ja gesagt: Die Vergangenheit ist ein Räuber, der einen überfällt«, auch wenn er, sobald er im Wagen saß, knurrte: »Erinnere mich morgen daran, dass wir es kaufen müssen, dieses Restaurant, und auch den Betrieb, der den Wein produziert … Wie hieß er gleich noch mal?« Er war wieder ganz der Alte.

28

An jenem Morgen wachte ich spät auf. Niedergedrückt von der Wahrheit über meinen Vater, über seinen Zynismus – mich, seinen kleinen unschuldigen Sohn im Stich zu lassen –, aber auch von dem Wein und den Speisen, hatte ich eine schlaflose Nacht verbracht und obendrein vergessen, den Wecker zu stellen. Als ich im Büro ankam, musterte Shirley mich mit besorgter Miene: Onkel Richard hatte schon dreimal nach mir gefragt. Ich dagegen machte mir keine Sorgen. Es waren nicht viele Stunden vergangen, seit ich ihn hatte weinen sehen, und er hatte meinetwegen geweint, wegen des Bösen, das er mir angetan hatte, was konnte ich da noch von ihm befürchten? Doch sobald ich sein Büro betreten hatte, war meine ganze Überheblichkeit im Nu dahin.

»Na, hast du den Bericht fertig?«, schnauzte er mich an, und zwar mit seinem üblichen New Yorker Akzent.

Mein Verstand war ein leeres Gefäß, als ich mich krampfhaft zu erinnern versuchte, welchen Bericht er meinte.

»Den über das Caravel und den Weinhersteller«, bellte er.

»Aber, Onkel«, antwortete ich demütig, aber auf Italienisch, »du hast mir das beim Abendessen gesagt …«

»Amerikaner, wir *sind* Amerikaner und sprechen die amerikanische Sprache, vergiss das nicht … Sofort an die Arbeit, und ach, damit das klar ist: Ich dulde keine Verspätungen, von niemandem«, fügte er hinzu und lehnte sich in seinem Sessel zurück.

Und all die schönen Worte, die Rührung und die Umarmungen? Am Abend zuvor hatte ich nach all seinen Enthüllungen zum zweiten Mal und endgültig meinen Vater verloren, mich aber in der Illusion gewiegt, gleichzeitig einen anderen gefunden zu haben, einen älteren und weiseren, der mich vor allem liebte. Stattdessen war Onkel Richard nichts als mein Arbeitgeber, mit dem ich mich gut stellen musste, deshalb erwiderte ich beflissen: »Entschuldige, Onkel, aber heute Nacht konnte ich kein Auge zutun … Dieser Wein ist mir nicht gut bekommen.«

»Aha, dann glaubst du also, dass man die Firma nicht kaufen sollte?«

»Nein, das wollte ich damit nicht sagen … Nur dass wir vielleicht zu viel davon getrunken haben«, sagte ich augenzwinkernd.

»Schon gut, schon gut, aber mach eine Notiz: Das ist ein Punkt, der zu checken ist. Wir gehen noch mal zum Abendessen ins Caravel, dann werden wir schon sehen.«

»Onkel, könnten wir es nicht beim Mittagessen überprüfen? Ich bin so kaputt und möchte heute früh ins Bett gehen«, sagte ich wie ein geprügelter Hund.

»Zum Mittagessen haben wir ein Treffen mit den Japanern von der Yamakoshi. Lass dir von Lucille die Mappe geben … Sie stellen irgendeinen kalorienarmen Käse her.«

»Tofu«, schoss es aus mir heraus.

Er sah mich verwundert an, brüllte dann aber trotzdem: »Ich weiß nicht, kann sein … Irgendetwas sagt mir jedenfalls, dass das Zeug bei diesem ganzen Diätwahn interessant sein könnte.«

Ich ging hinüber, um mir die Unterlagen zu holen, und ja, es handelte sich tatsächlich um Tofu. Von dessen Existenz hatte ich durch ein Haiku von Gary Snyder, einem wenig bekannten, aber mir sehr lieben Beat-Poeten erfahren – ich hatte ja immer schon eine Leidenschaft für die Leute aus der zweiten Reihe gehegt. Eine Randglosse hatte spaßeshalber erläutert, dass es sich um einen Käse aus Soja handle, weiß, leicht und absolut ohne jeden Geschmack. Als ich mich nun daran erinnerte, glaubte ich zunächst, dass er logischerweise auch nicht verkäuflich sei. Aber Konsumenten und Logik gehören nicht unbedingt zusammen, und die Argumentation, die ich mir nun zurechtlegte, glich jener, die meine erste und bisher einzige Managervision beflügelt hatte: Als Erstes kommt immer die Avantgarde auf den Geschmack. Jahre können vergehen, aber dann kommt auch die Masse darauf. Snyders Gedichte hatte ich in Italien gelesen, und das war schon einige Zeit her. Seit damals hatten die elektronischen Produkte der Japaner die Welt überschwemmt, und es erschien mir einleuchtend, dass bald auch ihre Esskultur kommen würde.

Mit meinem Referat, in dem ich mich für die Vermarktung nicht nur des Tofu, sondern der gesamten Produktpalette der Yamakoshi – Sojasaucen, Miso-Paste, Reis und Azuki-Bohnen – einsetzte, und mit meinem darüber hinausgehenden Vorschlag, im Herzen von Manhattan ein japanisches Modellrestaurant der Luxusklasse zu eröffnen, traf ich bei Onkel Richard auf begeisterte Zustimmung. Ja, dieser große Geschäftsmann, der er, von seiner Schwäche für den Romita mal abgesehen, immer noch war, beschloss sogar, statt nur eines Lokals gleich eine ganze Kette zu eröffnen – eine Entscheidung, die sich kaum ein paar Monate später als goldrichtig erweisen sollte: Den Erfolg der berühmten Sushi-Bars, die in NYC und in der Folge in allen großen Hauptstädten der Welt wie Pilze aus dem Boden schossen, kann ich ohne Furcht, dementiert zu werden, für mich reklamieren. Doch trotz meines brillanten Vortrags und obwohl ich ihn angefleht hatte, davon Abstand zu nehmen, zwang mich der Onkel, ihn am selben Abend wieder ins Caravel zu begleiten.

Er aß, trank und weinte, und erneut bediente er sich der verhassten Muttersprache, während er erzählte, wie gern er seinen Bruder, meinen Großvater Carlo, immer gehabt habe und wie sehr ich ihn an meinen Vater erinnerte und dass ich dasselbe Talent besäße wie er oder ihm vielleicht sogar noch überlegen sei. Trotz der üblen Szene vom Morgen erfreute ich mich aufs Neue der Gnade eines der mächtigsten Männer Amerikas – und das alles nur wegen eines Gedichts. Bald, so sagte ich mir in einer meiner üblichen Anwandlungen von Allmachtsgefühlen, würde ich die ganze Wall

Street in der Hand haben. Am nächsten Tag war ich allerdings sehr darauf bedacht, pünktlich im Büro zu erscheinen, und bereitete mich, nachdem ich den üblichen endlosen Telefonaten meines Arbeitgebers gelauscht hatte, darauf vor, den x-ten Abend mit ihm zu verbringen.

Stattdessen gab mir Onkel Richard an jenem Abend früher als erwartet frei, und ich kurvte mit meinem funkelnagelneuen Mercedes herum, genoss die Strahlen der letzten Septembersonne, die sich in den Fensterscheiben der Wolkenkratzer spiegelten, und bewunderte das Tempo der jungen Frauen, die sich in ihren ersten Herbstkostümen gedankenverloren den Weg durch die Menge bahnten, in dieser Mischung aus Intelligenz, Eleganz und Dynamik, wie sie für New York so typisch ist. Plötzlich sah ich auf der Höhe des Pierre einen Rolls Corniche vor mir herfahren – die Kabrioversion, wohlgemerkt. Natürlich würde jedes Mädchen, das keine ausgesprochene Schreckschraube war, am Steuer einer solch prunkvollen Skulptur Aufsehen erregen – wie sehr musste das dann erst für Cybill gelten! Das Bewusstsein, dass ich sie plötzlich vor mir hatte, diese perfekte Fleisch gewordene Replik der *Flying Lady* – der geflügelten Statuette dieser Nobelkarossen –, die entschlossener am Steuer saß als eine Amazone, haute mich fast um. Ich trat das Gaspedal durch, und während ich der wie auf einem Luftkissen dahinschwebenden goldenen Fahne ihrer Haare folgte, glitt ich, wunderbarerweise unversehrt, zwischen den Autos hindurch, deren Fahrer scharf bremsen mussten und hupten, was aber, während ich an ihnen vorbeizog, wie ferne Fanfaren zu meinem Ruhm klang.

Die Gegend, in der wir landeten und die ich alleine niemals gefunden hätte, schien nicht mehr New York zu sein – vielleicht war sie es auch nicht. Ich konzentrierte mich so sehr auf die Verfolgungsjagd, dass ich aufgehört hatte, die Straßenschilder zu lesen. Hin und wieder sah man den Hudson und Wiesen und schließlich zwischen riesigen Bäumen die Fassaden großer weißer Villen aufblitzen. Plötzlich bog Cybill scharf nach rechts ab, und ich befürchtete schon, sie verloren zu haben, als ich mich auf einer stillen kleinen Straße, die von hohen Hecken gesäumt war, wiederfand. In einer Lücke in der Hecke schloss sich soeben ein automatisches Tor. Ich bremste abrupt ab, und bevor es endgültig zuging, sah ich gerade noch den Corniche hinter der Biegung einer Allee verschwinden. Ich stieg aus. Natürlich stand kein Name an der Einfahrt. Es gab überhaupt kein Schild dort, nur das Auge einer Videokamera, das bedrohlich auf mich gerichtet war. Ich fuhr die Straße weiter, die sich bis zu einem kleinen Aussichtsplatz hochschlängelte. Es war fast Nacht, und in diesem Augenblick gingen die Lichter an und fielen aus dem Dunkelgrün der Bäume auf die weiße Front von einer Art griechischem Tempel. Ich fragte mich, ob es sich vielleicht um das Haus handelte, auf das Cybill zugefahren war, als ich plötzlich *Lonely Angel* durch die Luft wehen hörte, einen der Erfolgssongs von J. Stewart Sheffield, und er kam mir, während er mir das Herz bluten ließ, nicht einmal mehr so scheußlich vor, wie ich ihn in Erinnerung hatte. Im Sommer darauf sollte ich es wieder hören, dieses Lied.

In der Zwischenzeit passierte allerhand. Cybill heiratete Sheffield im frühen Frühjahr und füllte tagelang die Klatschspalten, die ich begierig las. Jedes Mal war ich nicht nur von seinen abgewetzten Smokings angewidert, sondern auch von den abgeschmackten Erklärungen, mit denen er – einer der Barden der Gegenkultur – sich vor seinen Fans für die Heirat mit der Tochter des Pomadenkönigs und eines der größten Plutokraten der Welt zu rechtfertigen suchte, wo er doch nichts anderes hätte tun sollen, als dem Himmel dafür zu danken, dass er einen solchen Engel für ihn bestimmt hatte.

Cybill dagegen gelang es, ihre Eleganz sogar im Brautkleid zu bewahren – die ärgste Prüfung für jede Frau. Ich hatte die Fotos gesammelt und den Gatten herausgeschnippelt – eine besondere Lust hatte ich dabei verspürt, ihn in kleinen Scheiterhaufen einzuäschern –, und wurde nicht müde, sie mir immer wieder anzusehen. Ich träumte verstörende Träume und fixierte ihren gedankenverlorenen Blick; ich wand mich in Krämpfen des Verlangens, wenn ich die Rundung ihrer Hüften betrachtete, ihre athletischen Beine, den kleinen Busen – ihr Schwachpunkt vielleicht –, und was für einen strammen Hintern sie hatte, den Hintern einer Volleyballmeisterin, wie es im Artikel hieß. Vor allem ein Foto hatte es mir angetan, eine heimlich geschossene Aufnahme mit ihr im Hintergrund: der Träger des langen, rückenfreien Kleides war ihr auf den Arm gerutscht, auf ihrem Rücken reflektierten sich die Schatten einer Arabeske – ein Vorhang oder eine Gittertür –, die Haare waren zusammengebunden und der Kopf andächtig vor einem gewissen Whiteagle Spencer geneigt, ihrem nicht sichtbaren spirituellen Meister, der als Nomade zwischen abgeschiedenen Dörfern in Kanada lebte und jeglichen Kontakt mit der Technik, Telekameras inbegriffen, ablehnte. Ich trug das Foto in meinem Diplomatenköfferchen selbst ins Büro mit, und sobald ich einen freien Moment hatte, sah ich es mir immer wieder an.

Das kam nicht oft vor – dass ich einen freien Moment hatte, meine ich. In der Tat hatte Onkel Richard, nachdem sich die Produkte der Yamakoshi auf dem Markt durchgesetzt und die Sushi-Bars ihren noch gewaltigeren Siegeszug angetreten hatten – eine Mode, die andauern sollte –, beschlossen, mich dadurch zu belohnen, dass er mich in den Verwaltungsrat der Firma berief, und dieses Mal war ich es, mit dem sich Fernsehsender und Presse angesichts der Bedeutung des Amtes, das ich in meinem jugendlichen Alter bekleiden sollte, mit großem Brimborium beschäftigten. Die Zeitungen erschienen mit Fotos von mir, das Gesicht mürrisch, meine maßgeschneiderten Anzüge und die weißen Hemden mit den weiten Kragen tadellos, die Schlagzeilen knallig: »Onkel Richard ruft, Carlo folgt. Mit kaum dreiundzwanzig Jahren wurde der Neffe des großen Tycoons in den Rat der Lontrone Corp berufen.« Oder: »Richard Di Lontrone erklärt: ›Mein Neffe Carlino, ein wirkliches Ass im Ärmel‹«, und während ich in einer der Firmenlimousinen aus New York herausfuhr, dachte ich mit Grauen an das Interview, das ich soeben gegeben hatte, das erste, das mein Onkel abgesegnet hatte: »Achte auf deine Träume, sie könnten wahr werden.« Diesen

Spruch hatte ich einmal in einem TV-Trailer gehört. Durch reinen Zufall hatte ich dann auch den Film dazu gesehen: einen mittelmäßigen, wie die meisten Filme, und dennoch ging mir dieser Satz nicht mehr aus dem Kopf. Mit kaum mehr als zwanzig Jahren und in völliger Unkenntnis der elementarsten Gesetze des Finanzwesens, wie bald jedem deutlich werden würde, der meine Ausführungen las, hatte ich Manager unter mir, die sich Jahrzehnte hatten krummlegen müssen – Jahrzehnte des Lernens unter Schweiß und Tränen –, ohne auch nur in die Nähe der von mir im Laufe weniger Monate erreichten Ziele gekommen zu sein. Ich war reich, ich war bedeutend, ich kleidete mich großartig und arbeitete an einem der begehrtesten Orte des Globus; ich war genau das geworden, wovon ich – unter anderem – immer geträumt hatte, und doch war ich nichts als eine Null. Meine Karriere, mein Erfolg – ein einziger Bluff. Ohne Onkel Richard hätte man mich nicht einmal als einen der vereidigten Wachleute angestellt – die ich in Befolgung seiner Anweisung keines Grußes mehr würdigte –, und ich lebte in der Angst, dass irgendjemand es bemerkte, und gleichzeitig in der Hoffnung, es möge möglichst bald geschehen. In Wahrheit hatte ich das Gefühl, mit dieser Arbeit, diesem Leben, ja mit dem Leben überhaupt nichts zu tun zu haben. Ein knappes Jahr nach meiner Ankunft wusste ich von New York im Großen und Ganzen so viel, wie ich von meinem zwischen den Bergen verlorenen Kaff wusste, wo ich selbst in den Zeiten, da ich den Beatnik spielte, niemals den Traum aufgegeben hatte, meinem Vater nachzueifern, einen Abendanzug zu besitzen und in der High Society von Party zu Party zu ziehen. Jetzt konnte ich mir so viele Abendanzüge kaufen, wie ich wollte, aber das einzige Fest, an dem ich teilgenommen hatte, war Charles' Hochzeit gewesen. Selbst er schien mich vergessen zu haben. Er hatte mich ein paarmal im Büro angerufen und mich zu Abendessen eingeladen, die er dann, beansprucht, wie er von seinen Studien war, immer wieder verschoben hatte. Mehr als nur ein paarmal hatte mich, ebenfalls im Büro, Jennifer angerufen. Ich hatte ihr ausrichten lassen, dass ich nicht da sei, dass ich in einer

Besprechung sei, dass ich zurückrufen werde. Tatsache ist, dass ich den ganzen Tag im Büro verbrachte, aber Onkel Richard auch dann, wenn ich es verließ, am Hals hatte. Ich war praktisch sein Gefangener.

Der Chauffeur hielt das Auto an – und damit auch den Fluss meiner Gedanken. Den Klub auf dem Land hatten die Japaner der Yamakoshi reserviert, um den Erfolg ihrer Produktlinie zu feiern, und da ich sie kannte – nicht nur sie persönlich, sondern ein wenig auch ihre Sitten –, schwante mir nichts Gutes. Tatsächlich erhob ich mich irgendwann, übersättigt von Sushi, Tempura und vor allem Verbeugungen und stummem Gezwinker, von dem ausschließlich mit Männern besetzten Tisch, gab Onkel Richard, der zu meiner Erleichterung neben dem Chef-Shogun saß, ein Zeichen und entfernte mich aus dem Saal. Durch einen mit grünem Teppichboden ausgelegten und mit üppigen Farnen geschmückten Flur lief ich zu einer Bar, in der sich außer dem Barmann niemand befand. Ich setzte mich an die Theke und wartete, bis er mir einen Whiskey einschenkte, aber als ich aus dem Fenster sah, kam ich zu dem Schluss, dass ein Glas zu wenig war. Deshalb ließ ich mir die ganze Flasche geben und ging hinaus auf den kleinen Landesteg, um den See zu betrachten.

Am Bogen des gegenüberliegenden Ufers leuchteten Lampions wie seltene Perlen zwischen den Schatten der Bäume, und aus der Ferne spielte ein Klavier alte Schlager. Ich blieb, ich weiß nicht, wie lange, dort sitzen und trank, bis mit einem *flap* die Lichter des Klubs ausgingen. Einen Augenblick herrschte Dunkelheit, dann zog mich ein natürlicheres Licht in seinen Bann: Zum ersten Mal seit Monaten fand ich mich unter dem Nachthimmel wieder, und während ich ihn betrachtete, wunderte ich mich über die Erkenntnis, dass die Sterne wie an verborgenen Fäden an ihm zu hängen schienen. Ein Stückchen Mond schwebte über dem dunklen Unterholz, das Wasser glitzerte wie Splitter, über die ganze Schwärme kleiner silberner Fische hinwegsprangen, und plötzlich durchströmte mich ein tiefes Glücksgefühl, denn es gibt kaum einen schöneren Anblick als den von Fischen, die in einer Frühsommernacht zum Klang einer Melodie aus dem Wasser schnellen. Ich schenkte mir noch etwas zu trinken ein, aber als ich wieder auf den Wasserspiegel blickte, bemerkte ich, dass jemand die Oberfläche des Sees in kleine leuchtende Wellen kräuselte. Ich beugte mich im Liegestuhl vor und folgte den Armbewegungen, die näher kamen und sich perfekt dem Rhythmus des Liedes anpassten, das auf dem Klavier gespielt wurde. Ich erkannte sie sofort, als sie glitzernd herauskam: Venus, die den Wassern entsteigt, hätte nicht schöner sein können – um das erstbeste Bild zu verwenden, das mir in den Sinn kommt. Sie dagegen erkannte mich nicht, und während sie die wenigen Meter, die uns voneinander trennten, über den Strand lief, rief sie unter Tränen: »Ich bitte Sie, bringen Sie mich weg von hier. Ich heiße Cybill Collins und habe einen Verrückten geheiratet.«

29

Ich wachte früh am Morgen auf. Bei allem, was geschehen war, hatte ich vergessen, die Vorhänge zuzuziehen. Ich hatte viel Wichtigeres vergessen, als wir uns auf der Fahrt nach Hause im Fond der Limousine gewälzt hatten, und auch danach, als wir den Wagen gegen die Bequemlichkeit des Bettes ausgetauscht und Cybill mir zugeflüstert hatte: »Fick mich wie eine sizilianische Witwe« – was sie damit wohl meinte? –, hatte ich ganz andere Dinge im Kopf gehabt. Aber jetzt, da ich ihren vom ersten Sonnenlicht liebkosten Körper betrachtete, beschlichen mich Zweifel – dies war das Gesicht eines reichen Mädchens, das gewohnt war, sich zu nehmen, was es wollte. Wusste sie eigentlich, während ich sie wie »eine sizilianische Witwe« gefickt hatte – sie ans Kopfteil des Bettes gefesselt, ich kniend, schien mir ihrer Aufforderung am nächsten zu kommen –, wer ich war, oder wäre ihr jeder recht gewesen? Der Gedanke, dass die Frau, die ich mir fürs Leben erkoren hatte, tatsächlich so sein könnte, wie Charles sie geschildert hatte, war mir unerträglich. Daher vergrub ich eine Hand in ihren Haaren – sie mussten mal gewaschen werden, ansonsten waren sie perfekt – und murmelte, dass ich sie vom ersten Augenblick an geliebt hätte, und sie antworten zu hören: »Ich dich auch, *Carlino*«, wie Charles mich am Abend seiner Hochzeit genannt hatte, genügte, um jeglichen Zweifel zu zerstreuen.

Ein paar Stunden später schlug ich die Augen wieder auf und war allein im Zimmer, aber aus der Küche war Geklapper zu hören, und dann sah ich sie eintreten: blond, nur mit meinem Hemd am Leib und ein Frühstückstablett in den Händen – eine klassische Szene aus einem amerikanischen Film. Und gibt es etwas Wunderbareres, als dass sich unser Leben plötzlich in einen amerikanischen Film verwandelt? Cybill war jedoch in keiner Hinsicht klassisch. »Iss das und fick mich«, befahl sie – ihre gewissermaßen offenherzige Sprache war das Einzige, was sie mit ihrer Schwester gemeinsam hatte. Nachdem ich beiden Forderungen nachgekommen war, zog sie sich ins Bad zurück, während ich verzückt im Bett liegen blieb.

Cybill war es genauso ergangen wie mir. Nach unserer ersten Begegnung hatte sie tagelang gehofft, dass ich anrufen würde – sie hatte es auch tun wollen, aber was wusste sie schon von mir? Hätte ich mich nicht über sie lustig gemacht? Und dann gab es ja auch Stewart: Damals hatte sie noch nicht begriffen, um was für einen Dreckskerl es sich handelte. Während sie mir das alles erzählte, erschien es mir dermaßen unglaublich, dass ich dachte, jetzt würde sie mich auf den Arm nehmen, aber die Tatsache, dass sie sich – obwohl sie, wie ich feststellte, überhaupt nichts von meinem Erfolg wusste – meinen Namen gemerkt hatte und sich noch dazu erinnerte, worüber wir uns unterhalten hatten, bewies mir ihre Aufrichtigkeit. Im Übrigen war Cybill so arglos und unschuldig, dass sie zu keiner Boshaftigkeit imstande war.

Wenn ich sie mir so ansah, schien sie zum Glücklichsein wie geschaffen, doch als ich ihre Geschichte hörte, blutete mir das Herz. In ihrer Kindheit hatten sie beide Eltern immer gegenüber Jenny zurückgesetzt. Derlei kommt vor, aber das Bedürfnis, sie, Cybill, in einem fort zu demütigen, hatte ans Krankhafte gegrenzt, und das hatte sie, mehr als ihr rebellisches Wesen, dazu veranlasst, von zu Hause abzuhauen und so zu leben, wie sie gelebt hatte. Nur dass es ihr dabei nicht besser ergangen war. Mit den Männern war es eine Katastrophe gewesen: Ja, sie hatte eine Menge gehabt, aber jedes Mal in der Überzeugung, den Richtigen gefunden zu haben. Es hatte den Anschein, als zöge sie alle möglichen Schurken an, und J. Stewart Sheffield war der Schlimmste von allen. Nach ihrer

Hochzeit hatte der Apostel von *Peace & Love* sie praktisch in jener Villa in der Umgebung von New York eingesperrt, wohin ich ihr im Frühherbst gefolgt war. Und fast ein Jahr später war ich durch reinen Zufall genau gegenüber von dieser Villa gelandet – es war einer jener Zufälle, die das Leben mit einem Schlag verändern.

Wie jeder Rockstar soff Stewart, nahm Drogen und schlief mit *groupies*, aber er wollte auch eine Frau für sich allein, die die Tage damit verbrachte, treu und brav auf ihn zu warten. Cybill hatte eine Weile mitgespielt – ich sagte ja schon, dass sie unbedarft war –, doch schließlich hatte sie es satt und befand sich jetzt, nach einer Liebesnacht, in meinem Badezimmer, aus dem nicht gerade delikate Geräusche drangen, aber ich betete alles an, was ihr Körper hervorbrachte. In meiner Wohnung war sie und wollte es, wie sie mir, an mich geschmiegt, versichert hatte, auch bleiben, und die Tatsache, dass ausgerechnet sie, die fabelhafte, wenn auch unglückliche Cybill Collins Jones La Pierre, die Tochter des Pomadenkönigs und Gemahlin des berühmten J. Stewart Sheffield, mich auserwählt hatte – ohne etwas von meiner bedeutenden Karriere zu wissen –, war der Beweis dafür, dass ich für mich genommen etwas wert war. In dieser neuen Gewissheit rief ich spontan im Büro an und teilte ohne weitere Erklärungen mit, dass ich mir Urlaub genommen hätte. Die Hochfinanz konnte mir den Buckel runterrutschen. Schriftsteller wollte ich werden, und mit Cybill an meiner Seite, da war ich mir sicher, würde ich es schaffen. Als kaum ein paar Minuten später das Telefon läutete und am anderen Ende der Leitung Lucille mir Onkel Richard ankündigte, der Erklärungen von mir verlangte, konnte ich allerdings nur herumstottern: »Das Sushi gestern Abend, Onkel … Ich hab eine höllische Nacht hinter mir: Ich fühle mich schwach … Ich muss mich ausruhen.«

»Du meinst also, wir sollten unsere Investitionen in die Yamakoshi zurückfahren?«

»Ich weiß nicht, Onkel … Ich bin so fix und fertig, Onkel.«

»Kurier dich aus, mein Sohn. Bis bald«, hängte er mich barsch ab.

»Ach, leck mich doch«, sagte ich, natürlich erst nachdem ich den Hörer aufgelegt hatte, und in diesem Augenblick kam Cybill in einem weißen Bademantel aus dem Bad. Nein, wir schlossen uns nicht zu Hause ein – sie war lange genug eingesperrt gewesen –, um wie die Igel zu rammeln und wie die Protagonisten in jedem amerikanischen Film, der etwas auf sich hält, im Chinarestaurant georderte Gerichte zu verzehren. Und obwohl es uns einmal direkt in einem Lokal überkam, so war es jedenfalls nicht in einem chinesischen. Jeden Tag bummelten wir durch Museen und Galerien. »Stewart treffen wir hier mit Sicherheit nicht«, sagte sie mir an jenem ersten Morgen, und sofort fing sie an, mir von ihm zu erzählen, und ich hörte ihr zu, irre vor Glück, weil ich sie in meinen Jeans und in meinem Hemd an meiner Seite hatte.

J. Stewart Sheffield hatte bekanntlich während der Studentenrevolte in Berkeley Berühmtheit erlangt, aber wie es dazu gekommen war, das konnte keiner wissen. Zu jener Zeit war er nicht einmal Student gewesen – er war so früh wie irgend möglich von der Schule abgegangen. Er war auch nicht »J. Stewart Sheffield«, sondern hieß Hermann Goering – ja genau: Sein Vater, ein Österreicher der Herkunft nach, hing noch gewissen Ideen nach. Hermann hatte sich von Kindesbeinen an für einen Künstler gehalten, seit er nämlich trotz seines Namens, den der Ansager in äußerster Verlegenheit zu »E. Garing« entstellt hatte, die *Childlike Voices from Illinois* – ein Pendant zum italienischen Kindersingwettbewerb *Zecchino d'oro* – gewonnen hatte. Allerdings waren die Auftritte als Orchestermusiker in einem Nachtlokal des seinerzeit unbekannten kalifornischen Städtchens der Gipfel dessen gewesen, was er seither hatte erklimmen können.

Er war fünfundzwanzig und hatte die Hoffnung schon fast aufgegeben, als er eines Tages die Tür seiner Bude öffnete und die massige Silhouette seines alten Kumpels und Landsmanns Chuck March vor sich sah. Der war geradewegs aus Spring Town am Lake Michigan eingetroffen, dem gemeinsamen Geburtsort, wo man noch bei der Erinnerung an die Großtaten dieser beiden Nichtsnutze lachte. March, der im Fernsehen von der Revolte gehört hatte, aber vor allem von den damit verbundenen Orgien, war als notorischer Gammler per Anhalter bis nach Berkeley gefahren, um sich dort, auf die Gastfreundschaft seines alten Freundes vertrauend, etwas umzuschauen. Und Hermann, der nichts auf der Welt weniger wünschte, als dass Chuck ihm in die Quere kam, zumal er ihm fabelhafte Märchen über seine Einkünfte aufgetischt hatte, blieb nichts anderes übrig, als ihn hereinzulassen. Chuck tat so, als merke er nichts, und richtete sich in dem elenden Quartier häuslich ein.

Die wenigen Male, die sie sich über den Weg liefen, begegneten sie sich gegen Mittag, wenn auch der spätere J. Stewart Sheffield, von seinen wilden Nächten betäubt, aufstand und Chuck ihn über das informierte, was auf dem Campus los war – und es war einiges los. Am allerseltsamsten war, dass Chuck March, der einfache Bewohner von Spring Town, Illinois, der in den Massenkundgebungen eine natürliche Bühne für seine angeborene Geltungssucht gefunden hatte, irgendwann zu einem Anführer der Bewegung geworden war. Hochgewachsen, mächtig gebaut, mit Rauschebart und orakelhafter Ausdrucksweise hatte er, eine Art vom Berg Ararat herabgestiegener Noah, die extremsten und extravagantesten Vorschläge unterbreitet und die Studenten damit beeindruckt – vor allem die Studentinnen, die er in großer Zahl vernaschte –, und während er Hermann prustend davon berichtete – für ihn war es nur ein weiteres Abenteuer, über das er bei einer guten Flasche Whiskey erzählen würde, wenn er, was er bald zu tun beabsichtigte, an die Gestade des Lake Michigan zurückkehren würde –, hatte er folgende Idee: Sie würden eine Hymne für diese Schafsköpfe von Rebellen komponieren und sich dann darüber amüsieren, wie alle sie sangen.

Es brauchte die Dauer eines Frühstücks, und schon waren sie zufrieden. Sie stellten die absurdesten Sätze zusammen, die ihnen in den Sinn kamen, und achteten nur darauf, dass sie immer und in jedem Fall mit *strike* oder *revolution* endeten, und zwei Abende später, als der Nachtklub, in dem Goering arbeitete, geschlossen hatte, präsentierten sie sich zusammen auf dem Campus. Das einzige wirkliche Problem war, einen Namen für den Barmusiker zu finden, weil sein eigentlicher das Missfallen der Demonstranten erregt hätte, und man brauchte auch etwas, was die Phantasie stimulierte. Beim Durchblättern einer Studentenzeitung hatte Chuck gelesen, dass die blutigsten Streiks der Geschichte in der Arbeiterstadt Sheffield stattgefunden hatten, und da James Stewart sein Lieblingsschauspieler war – wie im Übrigen der meisten Amerikaner –, hob er *J. Stewart Sheffield* aus der Taufe. Ein kluger Kopf war er schon, keine Frage, nur schade, dass er so wenig Gebrauch davon machte. Als sie an die Reihe kamen, fand sich der arme Hermann, der sich nach einem natürlichen Moment der Verwirrung bei der Ansage seines neuen Namens mit einer Dobro-Gitarre den Weg durch die skeptische Menge der Demonstranten gebahnt hatte, allein auf der Bühne wieder. Der frischgebackene Sheffield wartete vergebens, dass sein mehrfach aufgeforderter Freund an seiner Seite auftauchte, raffte sich schließlich auf und legte, trotz des Pfeifkonzerts alleine los. Er hatte eine saubere Intonation – nicht zufällig hatte er bei *Childlike Voices from Illinois* gewonnen – und das erforderliche Äußere. Die Mädchen verschlangen ihn mit Blicken, und beim Song stimmten, obwohl der Text echter Blödsinn war, immerhin Musik und Rhythmus. Trotzdem hätte er sich bestenfalls einen freundlichen Applaus verdient, wäre nicht in der Zwischenzeit die Polizei in die Große Aula eingedrungen und hätte angefangen, auf die Demonstranten einzuprügeln, und wären nicht – vor allem – diese dramatischen Bilder gefilmt und von den Fernsehsendern in die übrigen Bundesstaaten verbreitet worden.

Dass Stewart ein Scheinwerfer direkt in die Augen gerichtet wurde und er trotz der ursprünglichen, vom studentischen Geist geprägten Zielsetzung vollkommen auf seinen Auftritt konzentriert war – es war ja das erste Mal seit den Zeiten des *Childlike*, dass er vor einem so großen und anspruchsvollen Publikum auftrat –, erklärt nur zum Teil, warum er nicht begriff, was vor sich ging. Tatsächlich verwechselte er in seiner Eitelkeit die Schmerzensschreie des Publikums mit Begeisterungsstürmen und sang weiter, bis ihn ein Knüppel – wahrscheinlich einer jener von der Firma *Presidium* aus Minnesota hergestellten Schlagstöcke, jener Fabrik also, von deren Erwerb ich Onkel Richard abgeraten hatte – zu Boden streckte und ihn im wahrsten Sinne des Wortes schlagartig zum Helden und Sänger der amerikanischen Protestbewegung erhob. Sicher, am Anfang litt er ein wenig, nicht so sehr wegen des Stockhiebs – er musste eine Zeit lang eine orthopädische Halskrause tragen –, als wegen des Lebensstils, den ihm diese neue Rolle aufnötigte.

Seine Vorbilder, nicht nur in musikalischer Hinsicht, waren nämlich Perry Como, Tony Bennett und Frank Sinatra gewesen, und wie sie hätte er sich gerne in Luxus und Wohlbehagen ergangen. Stattdessen war er nun, wie sein Publikum es verlangte, zu einem Leben in Bescheidenheit verdammt, aber die Tantiemen aus *Strike and Revolution*, das zum Hit der Saison wurde, waren die Mühe allemal wert. Er zahlte den alten Chuck aus – der an jenem schicksalsträchtigen Abend auf einer Wiese hängengeblieben war, wo er mit der x-ten Studentin herumbumste –, was es diesem erlaubte, so weiterzuleben wie bisher, ohne zu arbeiten nämlich, und brachte das Album *Strike, Revolution and Other Tales* heraus, womit seine atemberaubende Karriere begann.

Jetzt jedoch hatten sich die Zeiten geändert – zu seinem Glück andersherum als im Bob-Dylan-Song: Wie er ihn hasste, diesen Dylan! –, und langsam, aber sicher hatte Stewart endlich aus der Deckung gehen können. Er fing an, sich in seinen Villen fotografieren zu lassen, die über die beliebtesten Orte verstreut waren – eines saudi-arabischen Prinzen würdig war etwa die in Aspen, durch deren Salon ein Bach rauschte –, oder an Bord eines seiner Flugzeuge, von denen aus er mit Vorliebe auf Hirsche schoss, insgeheim aber auch auf Wölfe, ja sogar auf Bären. Seine Begeisterung für die Jagd war, zusammen mit der für ausländische Automobile der Extraklasse, seine heimlichste Leidenschaft gewesen, während er in seinen Songs noch gegen das Konsumdenken und die blindwütige Zerstörung der Natur wetterte. Die mit großem Pomp gefeierte

Hochzeit mit Cybill und der damit verbundene Einzug in eine der mächtigsten Familien des amerikanischen Kapitalismus waren nur der letzte Akt der »Wende«, wie er den kalkulierten Verrat zu bezeichnen beliebte, und gleichzeitig der erste seiner gegenwärtigen Schaffenskrise: Da ihm die eigentliche Grundlage seiner »Inspiration« abhanden gekommen war und er traurig feststellen musste, dass er unfähig war, sich in jenen seriösen Sänger zu verwandeln, der er in seinen Träumen immer hatte werden wollen, verbrachte er die Tage damit, sich zusammen mit Prostituierten und Gespielinnen oder in Gesellschaft seines persönlichen Visagisten zu betrinken. Cybill hatte gesehen, wie er aus Verzweiflung weinte, weil ihm die Haare ausgingen – wo doch die wallende Mähne das Einzige an seiner Vergangenheit war, auf das er trotz allem nicht verzichten wollte. Außerdem flennte er oft aus Neid auf die alten Rivalen, die sich, im Unterschied zu ihm, immer noch im gewohnten Erfolg sonnten, weil sie zwar mit der Zeit gegangen waren, aber weniger drastische »Wenden« vollzogen hatten.

Was immer mir Cybill über Stewart erzählte, sollte mir klarmachen, wie verabscheuenswert und vulgär dieser Mann war – als ob das notwendig gewesen wäre! –, und um mir zu beweisen, welchen Fehler sie mit dieser Heirat begangen hatte. Da war nichts zu machen: Früher oder später tauchte ihr Mann in unseren Gesprächen auf – als wollte sie sich einreden, dass ihre Flucht die einzige Lösung gewesen sei, denn hundertprozentig sicher war sie sich dessen nicht. So kamen nach und nach andere Details aufs Tapet – Details aus ihrem Intimleben und wie er sie zu dieser oder jener Praktik »gezwungen« hatte. Er hatte zum Beispiel einen Porno inszeniert, sich seitlich auf einen Sessel gesetzt und ihr beim Masturbieren zusehen wollen. Oder er hatte sie mit verbundenen Augen und ans Bett gefesselt liegen lassen und war dann in der Nacht gekommen, um sie zu vögeln, und mehr als einmal hatte sie der Verdacht beschlichen, dass er nicht alleine war. Ich weiß nicht, wieso, aber schon am ersten Tag hatte ich den Eindruck, dass Cybill sich aufgeilte, wenn sie mir solche Sachen erzählte.

An jenem Morgen hatte es uns in ein kleines Café unweit des Metropolitan verschlagen, einen jener Orte mit schnuckeligen, gedämpft beleuchteten Räumen und Laura-Ashley-Tapeten und alten englischen Drucken an den Wänden, wo sich junge und weniger junge Damen, alle jedenfalls in Seidenblusen mit Schleife, zu einem leichten Frühstück oder zum Nachmittagstee verabredeten. Wir saßen im bläulichen Halbschatten, und mit genau dem richtigen Grad an Empörung erzählte sie mir die Geschichte, wie Stewart ihr einmal bei der Rückkehr von einer Tournee ein Geschenk überreicht habe. Erfreut habe sie die rotsamtene Schachtel geöffnet und einen *Magic Mandingo* darin vorgefunden, die Latexreplik von Mandingos Penis. Er – »dieses Schwein« – habe ihn genommen und ihn ihr hinten reingeschoben – »hinten, verstehst du«. Unter Tränen drückt sie mir die Hand, als sie das sagt, und küsst sie. Dann steht sie schluchzend auf. Einen Augenblick später folge ich ihr in den Waschraum, um sie zu beruhigen. Es handelt sich um ein süßes, romantisches Badezimmer, und auf dem holzverkleideten Waschtisch steht eine Vase mit weißen Gardenien, deren Blüten nach und nach abfallen, während ich Cybill ficke.

Wegen Stewart machte ich mir – zu Unrecht – keine Sorgen. Obwohl Cybill weiter von ihm sprach, war ich es doch, für den sie sich entschieden hatte. Es gab allerdings einen anderen Mann, auf den ich wirklich eifersüchtig sein musste, einen, der einen hohen Stellenwert in ihrem Leben besaß und den sie in ein Geheimnis gehüllt wissen wollte.

Wir verbrachten ganze Tage außer Haus. Am Nachmittag, nach dem Essen, legten wir uns im Central Park auf den Rasen, umgeben vom zarten Grün der Bäume und von Eichhörnchen, die zutraulich um uns herumhüpften. Dann bummelten wir durch die Geschäfte. Cybill war, als ich sie am See aufgelesen hatte, praktisch nackt gewesen; jetzt brauchte sie eine neue Garderobe, und zwar die Garderobe einer reichen Erbin. Zu allem Überfluss hatte Stewart ihr die Kreditkarten gestohlen, und fürs Erste wollte sie nicht, dass ihr Vater und ihre Mutter von ihrem x-ten Scheitern erfuhren, deshalb musste ich sie ausstatten. Cybill hatte im Leben immer alles gehabt, aber in dieser besonderen Situation geriet sie angesichts der vielen Dinge wieder in Erregung und sah mich vor jedem Kauf wie das kleine Mädchen mit den Schwefelhölzern an. Ihre Naivität und ihre frische Natürlichkeit erfüllten mich mit Rührung. Bei dem ersten Kauf der vielen, die wir tätigten, handelte es sich um ein Holzding in Form eines T, eine Art Kleiderbügel, aber mit einem weniger langen Querbrett, ohne Haken und flach; vor allem im Preis – ein glatter Hunderter – unterschied es sich von jedem anderen Bügel. Der Verkäufer montierte das Gebilde auseinander und steckte es in eine ockerfarbene Stoffhülle. Seine Funktion wurde mir noch am gleichen Abend klar, als ich mit einem Salat und einer Flasche guten Weins das Wohnzimmer betrat und sie in der spartanischen Baumwollunterwäsche, die sie im Gegensatz zu ihrer Schwester bevorzugte, im Lotossitz auf dem Boden sitzen sah, den Kopf erhoben, die Augen geschlossen, das Gestell zwischen den Schenkeln und die Arme darauf abgelegt.

In der Stunde, die sie brauchte, um aus ihrem Trancezustand aufzuwachen, betrachtete ich das perfekte Muskelspiel ihrer Beine, den harmonischen Poansatz, das zurücktretende Becken mit den zuckenden Bauchmuskeln, das markante Gesicht mit der prägnanten Nase, die breite Stirn unter der Linie der nach hinten gebundenen Haare. Ihr zweiter Makel neben den lachhaften Brüsten war übrigens die typisch amerikanische Kinnlade, aber trotzdem kam mir Cybill wunderschön vor, als sie nun aufstand, auf mich zuging und sich wie benommen neben mich setzte.

Der Bügel war in Wirklichkeit ein *Bragon* – von dem sich bereits in den ältesten Gemälden der Hindus Spuren finden – und diente ihr als Stütze während der Meditation, die sie nach geheimen Techniken durchführte: »Wenn es dir gelingt, in den Fluss des Universums einzutauchen, siehst du das Licht. Wenn du dich auch von den Leidenschaften befreist, hörst du den Klang.« – »Was für einen Klang?« – »Tausende von Vögeln oder Grillen … Du findest Frieden in deinem Inneren.« – Techniken, die ihr direkt von

Whiteagle Spencer, ihrem spirituellen Meister, offenbart worden waren. Ihm war es zu verdanken, dass sie ihr – wenn auch fragiles, füge ich hinzu – Gleichgewicht gefunden hatte und dass es ihr zum Beispiel gelungen war, mit ihrem ersten Mann, dem koreanischen Konzeptkünstler, Schluss zu machen, der sie – kaum zu glauben, füge wiederum ich hinzu – nur des Geldes wegen geheiratet hatte. Bald würde sie ihrem Guru nach Kanada nachreisen, um ihn um Aufklärung zu bitten, was nun zu tun sei. In Sack und Asche würde sie reisen, weil er sie vor einer Ehe mit Stewart Sheffield deutlich gewarnt hatte. Seinen Namen hatte er gar nicht wissen wollen – die Welt außerhalb des Aschram existierte für ihn nicht –, sondern einfach an einem rituellen Algonkingürtel geschnuppert, den Cybill ihren Bewerber hatte tragen lassen – das war seine Art, Antworten zu geben. Und dieses Mal, so vertraute sie mir treuherzig an, würde sie, obwohl sie sicher sei, mich zu lieben, die Empfehlungen ihres Meisters, wie auch immer sie ausfielen, befolgen. Das war also der Mann, auf den ich eifersüchtig sein musste, zumal Whiteagle alles andere als der Tattergreis war, als den man sich einen spirituellen Meister gemeinhin vorstellt.

Auch die übrigen Abende verbrachten wir zu Hause oder bestenfalls im Kino, und es gelang mir nie, sie zu überreden, über die Schwelle eines jener Nachtlokale zu treten, die ich aus der Tiefe meiner Provinz als das Symbol für New York schlechthin zu sehen gelernt hatte – »Keine fünf Minuten, und Stewart würde daherkommen … Hier kennen uns wirklich alle«, sagte sie. Aber ich litt nicht mehr so stark darunter. Bei Sonnenuntergang kehrten wir erschöpft in unser Liebesnest zurück, und zu sehen, wie sie durch die Zimmer schlenderte, sich mit angezogenen Beinen auf das Sofa setzte und an einer aus dem Kühlschrank entnommenen Sellerieknolle knabberte, war für mich das grandioseste aller Schauspiele. Bis wir eines Morgens im Begriff waren auszugehen und das Telefon klingelte.

Es war Lucille, Onkel Richards Sekretärin, und sie setzte mich in die Warteleitung zu ihrem und meinem Chef. Im Verlauf der Woche hatte ich mir oft überlegt, was ich ihm sagen würde – ein kniffliges Problem. Von einer Fortsetzung der Arbeit mit ihm wollte ich nichts mehr wissen, das war vollkommen klar, aber jetzt, da der entscheidende Moment gekommen war, musste ich mich konzentrieren, und Cybills Anwesenheit machte mich verlegen. Deshalb ging ich ins andere Zimmer, um den dortigen Apparat zu benutzen. Es gelang mir dennoch nicht, viel zu sagen, da ausschließlich er redete oder vielmehr brüllte, und als ich niedergeschlagen ins Wohnzimmer zurückkehrte, war Cybill ganz blass, presste den Ellenbogen in die Hand und hielt in der anderen eine Zigarette – es war das erste Mal, dass ich sie rauchen sah. Es mag übertrieben erscheinen, aber sie machte mir tatsächlich Angst: Es musste etwas Schwerwiegendes passiert sein, etwas sehr Schwerwiegendes, wenn sie eine so finstere Miene aufsetzte. Vielleicht hatte Stewart uns entdeckt und stand vor dem Haus, bereit, sie unter Gewaltanwendung zurückzuholen. Stattdessen fragte sie mich, mit wem ich telefoniert hätte. Mit Onkel Richard, antwortete ich.

»Nein, es war eine Frau … Pass nur auf, dass ich dich nicht umbringe!«, giftete sie.

Ich seufzte: Es handelte sich also bloß um Eifersucht. In diesen Tagen hatte Cybill mehrfach gesagt, dass sie mich liebe, aber ich hätte nie gedacht, dass sie meinetwegen so weit gehen würde, und das gefiel mir, mein Gott, und wie mir das gefiel! Ihren drohenden Blick und die Wut, die in ihr kochte, fand ich absolut unwiderstehlich.

»Kein Zweifel, dass dem so ist«, drang sie weiter in mich. »Warum bist du denn nicht, wenn du meinetwegen schon im ersten Augenblick den Kopf verloren hast, gekommen und hast mich gesucht? Wenn es nach dir gegangen wäre, hätten wir uns niemals wiedergesehen.«

»Das stimmt nicht. Einmal habe ich dich sogar mit dem Auto verfolgt, aber du warst gerade zu Hause angelangt, da hat er angefangen, *Lonely Angel* zu spielen … Was hätte ich gegen den *großen* J. Stewart Sheffield schon ausrichten können?« Ich legte die größtmögliche Ironie in dieses Adjektiv.

»Du hättest wenigstens versuchen können … mich anzurufen.«

»Ich hatte keine Nummer.«

Sie zuckte die Achseln. »Warum hast du nicht Jennifer gefragt? Bah, bin ich blöd! Die fragst du ja ganz andere Sachen«, platzte es aus ihr heraus. »Ich habe euch bei ihrer Hochzeit beobachtet und gemerkt, wie sie dich angeglotzt hat. Gib es zu: Sie war am Telefon. Immer und überall hat sie ihre Hände im Spiel … Ich hasse sie.«

»Es war Onkel Richard, das hab ich dir doch gesagt. Er will, dass ich wieder ins Büro komme. Leider habe ich auch eine Arbeit, und es ist eine Woche her, dass ich verschwunden bin … Ja, morgen muss ich zurück.« Ich versuchte, sie zu umarmen, sie zu überzeugen, obwohl ihr Argwohn ja teilweise berechtigt war, und je mehr sie mich zurückstieß, desto glücklicher war ich, bis sie sich von meinen Küssen erweichen ließ und wir uns auf das Sofa warfen. Danach fragte sie mich aus heiterem Himmel, welchen Beruf ich ausübte.

Nie hatte sie irgendeine Neugierde für diesen speziellen Aspekt meines Lebens an den Tag gelegt. Was das Übrige anbelangt, hatte ich ihr alles erzählen müssen, und sie hatte stundenlang zugehört. Es muss ihr, die die schönsten Villenviertel der Welt bewohnte, wie eine ungemein poetische Existenz vorgekommen sein. Als ich ihr nun gesagt hatte, dass ich Firmen kaufte und verkaufte, verriet ich ihr, um ihre Enttäuschung zu mildern, dass ich, wie in allen Zeitungen zu lesen gewesen war, in meinem jugendlichen Alter schon eines der ganz großen Tiere der amerikanischen Finanzwelt war. Trotzdem schaute sie an die Decke, seufzte und sagte: »Ich weiß nicht, aber von dir hätte ich etwas anderes erwartet.«

»Eigentlich wollte ich Schriftsteller werden«, antwortete ich wie aus der Pistole geschossen, um mich zu rechtfertigen – es war schließlich die Wahrheit.

»Ich hätte gedacht Musiker, so, wie du in der Kirche gespielt hast … Aber umso besser, einen Musiker hatte ich ja schon, und der hat mir gereicht. Aber du kannst was, ich erinnere mich noch an diese Melodie, *Air*, nicht wahr? … Gib zu, beim Spielen hast du an Jennifer gedacht: Sie ist so leicht wie Luft, dieses Flittchen.«

»Nein, ich bitte dich, hör auf. Ich schwöre dir, es ist nichts zwischen uns, du musst mir glauben.«

Sie nickte, auch wenn sie nicht hundertprozentig überzeugt zu sein schien. »Und was hast du denn so geschrieben?«, fragte sie.

»Ein paar Gedichte.«

»Ich will sie lesen.«

»Sie sind in Italienisch … Aber ich habe einen Roman im Hinterkopf.«

»Und wovon wird der handeln?«

»Von dir natürlich.«

Sie lachte, und ich spürte, wie ihre Lippen mich küssten. Ich zündete mir eine von ihren Zigaretten an und sagte dann mit der Miene eines bedeutenden Mannes: »Ich muss mich bloß von diesem Scheißjob befreien, dann wirst du schon sehen.« Ich sah sie schief an, um festzustellen, welche Wirkung meine Worte hatten, und bemerkte ihren dritten Makel: Ihre Lippen … tja, die waren zu schmal.

Am Tag danach begab ich mich, meine kleine Kündigungsrede schon im Kopf, zur Arbeit, aber sobald ich das Büro meines Onkels betreten hatte, war er es, der erklärte, dass er mit mir reden müsse.

»Ich habe in diesen Tagen nachgedacht, Carlino. Ich habe dich zu sehr ausgebeutet. Von heute an wirst du ein anderes Leben führen, versprochen. Du wirst freier sein, das zu tun, was ein junger Mann tun muss.«

Würde ich es je schaffen, ihm zu sagen, dass ich ihn verlassen wollte? Sobald es möglich war – viel später also, um die Wahrheit zu sagen –, versuchte ich, Cybill anzurufen, um sie über die neuesten Entwicklungen zu informieren. ›Sie ist wohl ausgegangen‹, dachte ich. Aber sie war auch nicht da, als ich nach einem Tag, der ebenso schrecklich und höllisch war wie alle anderen, endlich die Haustür aufschloss.

30

Ich wartete die ganze Nacht auf sie. Immer wieder fuhr ich in die Höhe, als hätte ich die Klingel gehört – aber es war nicht Cybill, sondern nur das geheimnisvolle Gezirpe der New Yorker Nächte. Erst am Morgen war mir endgültig klar, dass sie fort war – dass ich mir nur eingebildet hatte, Anspruch auf diesen Engel zu haben, mich an seinem Körper und seinem jungen Herzen erfreuen zu können, während ich mich ihm gegenüber nur gleichgültig gezeigt und mich aufgeplustert hatte. Wie betäubt zog ich mich an und lief durch die Straßen zu meinem Büro. Dort wohnte ich, noch immer vollkommen benommen, den üblichen nicht enden wollenden Telefonaten von Onkel Richard bei und stellte mich darauf ein, den x-ten Abend mit ihm zu verbringen. Aber zumindest in dieser Hinsicht hielt er Wort: Er gab mir frei, wie er es versprochen hatte – womit ich frei war, mich in meinem Schmerz zu verzehren.

In einem Anfall von Panik rief ich am nächsten Tag bei einem Dutzend Polizeireviere an: Zum Glück war keine Leiche gefunden worden, auf die Cybills Beschreibung gepasst hätte – ich hatte gar nicht ins Kalkül gezogen, dass es, wenn ihr etwas zugestoßen wäre, in allen Zeitungen gestanden hätte, und die Zeitungen hatte ich ja alle durchforstet. Dann versuchte ich es zu Hause bei ihren Eltern. Die streng geheime Nummer hatte ich nicht ganz problemlos von Lucille bekommen und hatte mich sogar von ihr durchstellen lassen, aber der Butler des Hauses Collins reagierte, als kennte er Cybill überhaupt nicht – was in Anbetracht ihres Lebensstils sogar möglich war.

Sie war also verschwunden. Ich war bleich, zerstreut und deprimiert. Onkel Richard musterte mich besorgt. Er wollte für mich einen Termin bei seinem Leibarzt vereinbaren, aber bestimmte Leiden lassen sich nicht heilen. Ich verbrachte die Tage damit, über den verlorenen Schatz nachzugrübeln, und gelangte fast zu der Überzeugung, dass die Begegnung mit ihr nur ein Traum gewesen sei, eine Halluzination. Dennoch wartete ich weiter, ich weiß nicht, wie viele Nächte, und während ich wartete, fing ich mit der Niederschrift meines Romans an. Endlich ging mir die Sache von der Hand. Ich fühlte mich wie der junge Melancholiker von einst, und genau wie damals hatte mich die Inspiration – wie sollte ich es sonst nennen? – mit ihrem sanften Flügel gestreift.

Stundenlang verharrte ich in einem Zustand entrückter Glückseligkeit, der sich in nichts von dem unterschied, den Cybill erreichte, wenn sie ihren *Bragon* in den Armen hielt – ich behalf mir indessen mit Whiskey –, und wenn ich mir, betrunken und erschöpft, ein wenig Schlaf gönnte, verschaffte es mir eine weitere Genugtuung, vorher noch einmal den Manuskriptstapel anzuschauen, der von Nacht zu Nacht anwuchs. Probleme ergaben sich höchstens, wenn ich das Ganze noch einmal las. Die Szene etwa, in der Cybill aus dem See steigt, erinnerte ein bisschen zu sehr an eine Erzählung von Fitzgerald, aber auf sie konnte ich unter keinen Umständen verzichten. Es war schließlich nicht meine Schuld, wenn die Wirklichkeit manchmal die Phantasie übertraf. Dieser Gedanke beschäftigte mich noch, als es plötzlich läutete. Ich wusste nicht einmal, wie spät in der Nacht es war; ich wusste nur, dass Cybill zurückgekehrt war.

Es war aber Charles, und zwar in Begleitung einer seiner mörderischen Cristal-'68-Flaschen. Er wurde Vater und hatte nichts Besseres zu tun, als die Neuigkeit bei mir zu Hause zu feiern. Es gelang mir nicht, einen Anflug von Unmut zu verhehlen, dem er jedoch keinerlei Gewicht beizumessen schien; vielmehr fragte er, nachdem er mich über das freudige Ereignis in Kenntnis gesetzt hatte, ganz aufgekratzt: »Und wie geht es dir, Vetterchen? Bist du endlich glücklich?«

»Na ja«, antwortete ich.

»Sag bloß nicht, dass selbst dir dieser verdammte *American Dream* allmählich zum Hals raushängt!«

Dieses »selbst dir« war eine bittere Pille. Schließlich war ich ihm zu Dankbarkeit verpflichtet, auch wenn ich letzten Endes meine Existenz mit jemandem wie Onkel Richard teilen musste, der hundertmal erdrückender war als Nonnilde. Doch sobald ich bemerkte, dass er sich an seiner verdammten Flasche zu schaffen machte, fuhr ich aus der Haut: »Nein, kommt nicht infrage!«, rief ich entschlossen.

Charles sah mich an. »Wie brav mein Vetterchen ist«, sagte er. »Ein Jahr, und schon erkenne ich dich nicht wieder.« Aber er sagte es mit einem so traurigen Gesichtsausdruck, dass mich Rührung überkam. Einen Augenblick war er unschlüssig, was er tun sollte, dann ging er zum Schreibtisch, stellte den Cristal ab und griff sich ein Blatt von meinem Roman.

Das hätte ich keinem anderen durchgehen lassen, aber Charles hatte ich schon zur Genüge gepiesackt. Dennoch saß ich wie auf Kohlen. In diesem Packen befand sich nämlich ein Blatt – mehr als nur eines –, auf dem er hätte lesen können, dass ich mit seiner Frau geschlafen hatte. Sicher, ich hatte alles getan, um es zu verschleiern, aber was kann man in bestimmten Fällen schon groß verschleiern? Was bei Erscheinen des Buches passieren würde, war ein Problem, das sich im Moment nicht stellte. Was ich jetzt am meisten fürchtete, war, dass ich im Falle eines Falles eine weitere Spottkanonade nicht ertragen könnte. Aber er hob den Blick in meine Richtung – einen bewundernden Blick – und sagte: »Soweit ich sehen kann, steckt da Talent drin.«

Das war Balsam für meine Ohren – immerhin sprach ein Professor der Columbia! Doch selbst wenn es irgendein Idiot gewesen wäre … Gibt es Süßeres für jemanden, der im Begriff ist, in der Welt der Literatur zu debütieren, und gleichermaßen unsicher, hoffnungsvoll und selbstherrlich seine eigenen Texte mit denen anderer Schriftsteller vergleicht, jener Schriftsteller, die das Publikum liebt und für die der aufstrebende große Künstler – als solcher fühlt er sich im Grunde doch bereits – nur Verachtung übrig hat? Ich glaube nicht, und in jenem Augenblick glaubte ich es erst recht nicht. Meine ganze Aggressivität verpuffte schlagartig, und am Ende, als er mit seiner Lektüre fortfuhr, ließ ich ihn dann auch seinen verflixten Cristal entkorken. Ja, ich war es selbst, der in die Küche lief und zwei Sektflöten holte, aber während ich beim Einschenken unverwandt auf seine Mimik achtete, empfahl ich ihm immerhin: »Aber höchstens ein Gläschen.«

»Jaja, sei ganz beruhigt ... Wunderschön, dieser Absatz.«

Klar war der toll! Vorgelesen zudem mit dieser unwiderstehlichen Melodik, die nur Amerikaner den Worten verleihen können, kam er mir selbst nachgerade großartig vor. Von Ruhm umstrahlt, schenkte ich ihm sein Glas bis zum Rand voll und wollte gerade mein eigenes austrinken, als das Telefon schrillte. ›Das wird diese Nervensäge von Onkel Richard sein‹, dachte ich, weil ich schon jede Hoffnung aufgegeben hatte. Doch Charles spitzte die Lippen, schickte einen Kuss in die Luft und verkündete dann: »Deine Ginevra.«

Ich stürzte ins Schlafzimmer, um das Gespräch entgegenzunehmen, und es war tatsächlich meine Ginevra – Cybill, will ich sagen. So wie sie klang, schien sie unter der Einwirkung irgendeines Zaubertrankes zu stehen, und infolge der Aufregung – verstärkt durch den Whiskey, den ich intus hatte – ging es mir genauso. Auch das Gezwitscher eines ganzen Waldes im Hintergrund war zauberhaft – oder handelte es sich um den Klang des Kosmos, den sie mit Hilfe ihres *Bragon* einfing? »De-e-e-nk an mich«, hauchte sie, und ihre Stimme katapultierte mich sofort in eine Höhe, wie keine Musik, kein Gedicht und kein Roman es je vermocht hätten.

»Ich tue nichts anderes«, antwortete ich von dieser Höhe herab. »Wo bist du?«

»In Phoenix.« Genau der richtige Name für eine verzauberte Stadt – mit hohen, in der Wüste flirrenden Stahltürmen. »Mit Stewart. Er spielt gerade, hörst du ihn?« Anstelle des Vogelwaldes hörte ich jetzt den Applaus von ein paar tausend Leuten, dann die Gitarren, und schließlich hob er zu singen an. Ja, jetzt hörte ich ihn, und ich spürte auch, wie sich mir ein Messer in die Brust bohrte. »Stell mir keine Fragen, bitte … Ich weiß selbst nicht, warum ich zu ihm zurück bin« – ja, zweifellos, sie war einem Zauber erlegen. Tatsächlich fügte sie hinzu: »Sein Schwanz ist so lang und so hart wie eine Flasche, aber du bist es, an den ich denke, wenn er mich fickt. Nicht er ist es, sondern du, du ...«

In diesem Moment hatte mir das Messer die Brust aufgeschlitzt – es war das erste Mal, dass mir klar wurde, von welcher Bedeutung Stewarts Körpermaße waren. Andererseits war ich es, der ihr im Kopf herumging. Deshalb fragte ich hoffnungsvoll: »Wann kommst du zurück, mein Liebling?«

»Mhm.«

»Du hast gesagt, dass du an mich denkst …«

»Es gibt zwei Kräfte. Ich kann mich nicht entscheiden.«

Ich hätte wütend werden sollen, aber ich liebte Cybill zu sehr, mehr als ich je irgendjemanden in meinem Leben geliebt hatte. Ich liebte sie so sehr, dass alles, was sie getan hätte, in Ordnung gewesen wäre. Ich seufzte: »Na gut … Ich warte auf dich.«

»Wenn ich heute Nacht mit ihm zusammen bin, werde ich deine sizilianische Witwe sein … Ciao, ich liebe dich«, und diese letzten Worte flüsterte sie auf Italienisch.

Eine Minute lang war ich sprachlos und hielt den Hörer in der Hand. Zwei Minuten – nicht mehr – hatte das Telefongespräch gedauert. Tatsache ist, dass ich, als ich ins Wohnzimmer zurückging, Charles bereits als Leiche auf dem Sofa vorfand. Er hatte die ganze Flasche ausgesüffelt, dieser Blödmann. Und was jetzt? Was, verdammt noch mal, sollte ich jetzt machen? Ich wählte seine Privatnummer.

Nachdem ich Jennifer erklärt hatte, was passiert war, sagte sie nur: »Bring ihn mir zurück.« Ich rief ein Taxi und brachte ihr den Ehemann zurück. Wäre ich flüssig gewesen, hätte ich den Taxifahrer überredet, ihn hinaufzuschaffen, aber als ich Charles' Jacke durchwühlte, kam gerade einmal so viel zusammen, dass ich die Fahrt bezahlen konnte. Was mich anbelangte, so beherzigte ich leider eine von Onkel Richards Lieblingsmaximen, die da lautete: »Nur Bettler laufen mit Bargeld herum.« Nie wieder würde ich ohne mindestens tausend Dollar in der Tasche aus dem Haus gehen, nahm ich mir fest vor – leider vergaß ich es wieder, und wie ich es vergaß! –, jetzt aber musste ich mir Charles selber aufladen, der, nebenbei bemerkt, ganz schön schwer war, und läutete bei der Nummer 656. Der Aufzug setzte uns direkt im bernsteinfarbenen Licht der Eingangstür ab. Jennifer empfing mich trotz ihres Zustands – sie erwartete ein Kind, verdammt noch mal – in einer ihrer atemberaubenden Toiletten, einem nerzfarbenen Morgenrock, der wie von ungefähr über ihrem dank der Schwangerschaft noch pralleren Busen aufsprang, und auch mit ihrem üblichen Lächeln, das von ihren blauen Augen auf ganz eigentümliche Weise sachte zu ihren blendend weißen Zähnen gelangte und sich von dort aus über ihr ganzes sonnengebräuntes Gesicht ausbreitete. Es hatte etwas sehr Sinnliches, so sinnlich, dass ich nur so dahinschmolz, und während ich sie betrachtete, konnte ich mich des Gedankens nicht erwehren, dass Cybill nur beim Sex einen ähnlichen Gesichtsausdruck hinbekam. Jennifer nahm mir ihren Mann ab und ließ ihn auf den blauen Rand eines chinesischen Teppichs sinken, dann legte sie sich eine Hand auf die Hüfte und fragte mich mit samtener Stimme: »Na, und was sagst du jetzt, Vetterchen? Gefalle ich dir auch als Schwangere?« Ich hätte mich auf der Stelle auf sie gestürzt, hatte aber Onkel Richards eindringliche Warnung, mich *niemals* gegen Charles zu stellen, noch allzu gut im Ohr. Deshalb riss ich mich zusammen und drehte mich auf dem Absatz um, auch wenn mir noch, als ich ins Taxi stieg, ihr Duft um die Nase wehte.

Dann verging vielleicht ein Monat. Der Roman wuchs im gleichen Maße wie meine Verzweiflung. Wenn Cybill trotz der erlittenen Demütigungen zu Sheffield zurückgekehrt war, welche Hoffnung blieb mir da noch? Eines Nachts jedoch klingelte wieder das Telefon, und obwohl ich gerade am Einschlafen war, ließ ich es kein zweites Mal läuten. Es kam mir so vor, als hörte ich am anderen Ende der Leitung die Stimme einer zugedröhnten, betrunkenen Verrückten. Es war Cybill, und sie war verrückt und betrunken und zugedröhnt, sagte aber, dass sie mich liebe und auf der Stelle bei sich haben wolle.

Ich stellte mich also an das Ende der langen Schlange, und als ich an die Reihe kam, rümpfte der Rausschmeißer, wie ich die ganze Zeit befürchtet hatte, die Nase. Ich sagte ihm meinen Namen und vor allem, von wem ich erwartet wurde. Sofort trat er zur Seite und winkte jemanden herbei. Endlich war ich im Begriff, einen Tempel der New Yorker Nächte – genauer gesagt: ihr Allerheiligstes – zu betreten, auch wenn der Typ, der mich empfing, ein kleiner Kerl in einem bordeauxroten Spencer, dessen Revers mit glitzerndem Strass eingefasst war, ohne Weiteres als Kellner des Patriarca hätte durchgehen können. Ich folgte ihm eine neonrote Spur entlang durch eine Art Schlauch, in den gedämpft der Lärm der Tanzsäle drang, bis zu einer dicken blauen Glastür, hinter der wir eine Reihe verrauchter, schummrig beleuchteter Räume durchquerten. In Wandnischen um niedere Tische herum saßen Unmengen von Leuten. An einem dieser Tische sah ich Cybill.

Sie hatte eine Flasche vor sich und machte ein finsteres Gesicht. Sie trug eine Art Unterrock, der so ausgeleiert war, dass die Brustwarzen herauslugten – wirklich kein erhebender Anblick. Als ich mich setzte, sah ich auf ihre langen nackten Beine. Sie warf sich mir an den Hals und überhäufte mich, ohne eine Wort zu sagen, mit Küssen. Ich seufzte und rückte zur Seite. Mir war vor allem heiß.

»Zieh deine Jacke aus, du bist doch nicht im Büro«, sagte sie kopfschüttelnd.

»Was ist denn mit dir los?«, fragte ich dümmlich.

»Was-ist-denn-mit-dir-lo-o-os?«, wiederholte sie und lachte mir ins Gesicht. Sie schenkte mir ein Glas ein und befahl wie von einem anderen Planeten: »Trink!«

Ich gehorchte und spürte, wie sich ihre Lippen zwischen die meinen drängten, um mir die Flüssigkeit – den Bourbon, um genau zu sein – aus dem Mund zu saugen. Bei dieser Operation ging die Hälfte daneben, also hielt sie mich mit einer Hand am Nacken fest und führte mich die Bourbonspur entlang bis hinunter zum Busen.

»Du bist verrückt«, murmelte ich.

Sie stieß mich von sich weg. Dann warf sie die Haare zurück und sagte plötzlich mit einem süßen Lächeln: »Ja, mein Liebling, du hast recht … Ich bin verrückt.«

Auch ich war verrückt. Vollkommen verrückt nach ihr. Ich fing an, sie zu küssen, sie zu drücken, sie zu befummeln. Irgendwann hatte ich eine Hand zwischen ihren Schenkeln, vielleicht auch tiefer, was ich aus der Tatsache schloss, dass sie ganz steif wurde. Doch sie starrte auf einen der Bildschirme, die von der Decke herabhingen und die ich zuvor gar nicht bemerkt hatte. Zwei Typen mit Gitarre waren dort zu sehen. Einer der beiden war J. Stewart Sheffield. Er sprach mit leiser Stimme, und als er zu singen anhob, hörte ich nach fast einem Jahr *Lonely Angel* wieder, und Cybill, meine geliebte Cybill, holte mir einen runter. Dann ließ sie sich mit geschlossenen Augen und total entkräftet auf einen Diwan sinken, und in diesem Augenblick sah ich Sheffield anrücken. Unwillkürlich wollte ich sie auf ihn aufmerksam machen, musste aber feststellen, dass sie eingedöst war.

Vermutlich hatte er in einem der anderen Säle gespielt. Er war um etliche Kilos dicker, als ich ihn von Charles' Hochzeit her in Erinnerung hatte, aber dem rothaarigen Playmate, das sich an ihn kuschelte, gefiel er offenkundig trotzdem. Sie setzten sich nicht weit von unserem Tisch entfernt hin, doch selbst nachdem er Autogramme gegeben, Fans die Hände geschüttelt und mit Imponiergehabe ihre banalen Fragen beantwortet hatte, dauerte es noch eine Weile, bis er uns bemerkte. Es dauerte genauso lange, wie man braucht, um den Superbody eines Playmates auszukundschaften, ein halbes Pint Whiskey zu trinken und sich einen Acapulco-Gold-Joint reinzuziehen, bekanntlich seine Lieblingssorte – er war wirklich in jeder Hinsicht gewöhnlich. Als Cybill aufwachte und wieder anfing, mich zu küssen, und jemand mit der Faust auf unseren Tisch schlug, hatte ich keinerlei Zweifel, wer dieser Jemand war.

J. Stewart Sheffield fixierte uns von der Höhe seiner einhundertneunzig Zentimeter, obschon ich ihn nie für so riesig gehalten hätte. Wütend brüllte er mehr oder weniger unzusammenhängende Sätze, die aber alle mit demselben Epitheton – *bitch* – endeten und die Aufmerksamkeit der Anwesenden auf sich zogen. Ist es möglich, fragten sie sich – »Wende« hin oder her –, dass dieser Rasende J. Stewart Sheffield ist, der Sänger von *Peace & Love*, der sich so sehr für einen freien Geist in einem freien Körper und die Blumenrevolution engagiert hatte? Jetzt entriss er mir Cybill und versetzte ihr mit dem Handrücken eine kräftige Ohrfeige. In diesem Augenblick sprang ich auf. Ich musste etwas tun – obwohl es angesichts seiner Massigkeit wohl eher J. Stewart Sheffield war, der mir etwas antun würde, aber es gibt nun mal Pflichten, denen ein Mann sich nicht entziehen kann. Da traf mich plötzlich Cybills Blick: Sie strahlte, und ich sah regungslos zu, wie ihr Mann sie wie eine Trophäe hinter sich herzog. Vom anderen Tisch her warf mir die Rothaarige einen gelangweilten Blick zu, dann sah sie sich, eine Locke ihrer duftigen Haare zwischen den Fingern, im Raum um.

In den darauffolgenden Tagen war ich ungenießbar für alle, und selbst Onkel Richard hielt sich von mir fern. Je mehr ich nachdachte, desto wütender wurde ich. Cybill hatte mich benutzt, und ich hatte mir beinahe einen Faustkampf mit ihrem Mann liefern müssen, um das zu begreifen. Dennoch war die Wut, die ich in mir spürte, nicht groß genug, als dass ich auch nur den geringsten Widerstand geleistet hätte, als sich mir am Abend auf dem Nachhauseweg ein Arm um den Hals presste und mich in eine dunkle Ecke zerrte, wo man mich brutal zusammenschlug. Ich war kurz davor, das Bewusstsein zu verlieren, als ich gerade noch diese Stimme hörte. Tatsächlich brüllte sie, dann zog mich eine Hand an den Haaren hoch, und dieselbe Stimme sagte: »Ja natürlich, du bist der Carlo Di Lontrone, der von der Maschine … Irgendwie iss mir der Name doch gleich bekannt vorgekommen.«

Ich erkannte Frank Cargallo nicht sofort wieder – mal abgesehen davon, dass sie mir auch die Brille kaputt geschlagen hatten. Er mich schon, zum Glück. Er lächelte mich so heiter an, als sähe er mich auf einem Klassentreffen wieder, obwohl er mich um ein Haar massakriert hätte. »Aufhören, Tore!«, befahl er dem schieläugigen, geifernden Bodyguardtyp, der irgendwie in meine Richtung stierte und ungeduldig darauf wartete, seine Arbeit wiederaufnehmen zu dürfen, und befreite mich mit einer Geste, die mir geradezu liebevoll vorkam, aus dem Zangengriff des anderen Schlägers, der mich von hinten gepackt hatte, auch wenn er mich dann ohne Federlesens in den Cadillac verfrachtete, der hinter ihm aufgetaucht war – es stimmte also, was Onkel Richard in Bezug auf Cadillacs und deren Besitzer behauptete. Ein paar Minuten oder Stunden später – ich war außerstande, das festzustellen – wurden wir vor dem Eingang einer Topless-Bar abgesetzt, in einer obskuren Querstraße zur 42ten, vermute ich.

»Da hast du grade noch mal Glück gehabt«, schmeichelte mir Cargallo, während er mir die Lippen mit einem eisgefüllten Taschentuch abtupfte. »Aber was fällt dir auch ein, 'ne Frau zu belästigen, die – wie sagt ihr noch gleich? – 'nem andern gehört.«

»Wie bitte?«

»Na, vor mir brauchst du keine Komödie abzuziehn … Ich red von der Frau vom Stjuarde Scheffild.«

»Die hab ich nicht belästigt.«

»In ihren Augen vielleicht nicht, aber für den Scheffild war klar, dass doch … Er hat mich dafür bezahlt, dass du im Krankenhaus landest.«

»Was? Wie? Du willst mir weismachen, dass J. Stewart Sheffield … Neeein, unmöglich!« Trotz allem, was ich über ihn wusste und was ich ihn hatte machen sehen, erschien mir das wirklich übertrieben.

»Er hat mir tausend Dollar Vorschuss gegeben, und ich erwarte noch einmal so viel nach Erledigung des Auftrags, so sagt ihr doch. Tja, jetzt müssen wir dieses Problemchen lösen … Ich darf da nicht mit Verlust rausgehen.«

»Das heißt, wenn ich nicht genauso viel hinblättere, schickst du mich ins Krankenhaus? Ach, hör doch auf …«

Er fixierte mich mit seinen platten Augen hinter den dicken Brillengläsern. »Das könnte ich«, grinste er boshaft. »Aber mit dem Zaster rückst du schon freiwillig raus, oder?«

Jaja, nickte ich schnell, und dabei durchbohrte mir ein plötzlicher Schmerz den Kopf, der so dick angeschwollen war wie eine Melone.

»So iss brav. Man merkt, dass du 'n nachdenklicher Bursche bist. Na ja, ich würd mich mit tausend Dollar begnügen, sagen wir ersatzweise, weil du mein Freund bist und ich dir das bewiesen hab. Aber merk dir gut, dass ich dir entgegengekommen bin! Wenn dieses Stück Scheiße von einem Scheffild draufkommt, dass ich dir nix getan hab …«

»Aber ihr habt mich fast umgebracht!«

»Ach was, du hast doch bloß 'ne Schramme abgekriegt … Wenn der Kerl dahinterkommt, hetzt er dir 'n andern auf 'n Hals, der nicht Frank Cargallo ist, dein Freund. Und dann geht's dir echt übel. Machen wir's doch so: Du gibst mir tausendfünfhundert Dollar, ich räum dir sogar 'n Rabatt ein, und im Krankenhaus landet der Scheffild. Das iss deine große Tschanze.«

»Richtig, wir sind ja im Land der großen Chancen, nicht wahr?«, platzte es aus mir heraus, aber die Ironie schien ihm zu entgehen. »Nein, so was kann ich nicht machen.«

»Ich hab dich gewarnt. Hüt dich vor diesem Scheffild, das iss einer, der keinen Spaß versteht. Vergiss nicht: mors sua vita mia.«

»Hat dir das deine Schwester beigebracht?«

»Hey, hey, was hat, verdammt noch mal, meine Schwester damit zu tun?«, fragte er und zwickte mich in den Arm.

»Aua, lass los! … Du hast mir doch selbst erzählt, dass deine Schwester 'ne Intellektuelle ist! Sie hat dir diesen Satz beigebracht, oder? Das ist Latein!«

»Ach so, das ist Latein … Also, meinetwegen, aber vergiss nicht: Respekt vor den Verwandten deiner Freunde! Vor allem dann, wenn es sich um weibliche Verwandte handelt!« Meinen Arm ließ er allerdings nicht los. Vielleicht schob ich deshalb nach: »Auch wenn ich wollte, ich habe kein Bargeld: Ich habe nur die da«, und zog die Brieftasche mit den Kreditkarten heraus, und erreichte so, dass er seinen Griff lockerte.

»Kongretjuleschns«, sagte er aufrichtig verblüfft und zog aus dem ganzen Haufen die goldene American Express heraus. Ein paar Minuten später unterschrieb ich einen Scheck über eintausendfünfhundert Dollar. Zwei Tage danach war auf der ersten Seite der *New York Times* das Foto von J. Stewart Sheffield zu sehen, bandagiert wie eine Mumie und ein Bein ruhiggestellt. Darunter war zu lesen: »Blutig geschlagen: Der berühmte Sänger von der West Coast.« Der hatte trotz allem die Chuzpe besessen zu erklären: »Den Rassisten gefallen meine neuen Songs nicht.«

Nein, er tat mir nicht leid. Und zwar nicht nur, weil er gewollt hatte, dass mir dasselbe passiert. An dem Abend, nachdem man mich zusammengeschlagen hatte, war Cybill mit einem blauen Auge nach Hause gekommen.

»Ich liebe dich«, hatte sie zu mir gesagt, »und den Kerl will ich nie wieder sehen.«

31

Seit damals war ein Jahr vergangen. Die Geschäfte meines Onkels florierten weiter. Jennifer hatte Richard Di Lontrone jr. zur Welt gebracht, und Cybill und ich hatten beschlossen zu heiraten. J. Stewart Sheffield, dem es dank der Schlägerei, die ich bei Cargallo in Auftrag gegeben hatte, gelungen war, sich in den engagierten Sänger von einst zurückzuverwandeln, hatte aus demselben Grund sofort in die Scheidung einwilligen müssen. Cybill hatte mich, auch wenn sie mich beruhigt hatte – »Du bist endlich der Mann meines Lebens, und Whiteagle wird das einsehen« –, den rituellen und für die Weissagung notwendigen Algonkingürtel tragen lassen und sich dann zu ihrem spirituellen Meister an jenen Ort begeben, der vor Uneingeweihten – also auch vor meiner Wenigkeit – geheim gehalten wurde. Gleich nach ihrer Abreise lud Charles mich zu einem Dinner zu Ehren seines Stammhalters ein. Ich hatte ihn seit dem Besäufnis bei mir zu Hause nicht mehr gesehen. Ja, wenn man es recht bedenkt, war auch das letzte Jahr vergangen, ohne dass ich jemanden gesehen hatte.

Obwohl es immer noch mein Wunsch war, hatte ich nicht den Mut gefunden, mich von der Firma meines Onkels, der *Di Lontrone Corporation,* zu verabschieden. Auch Cybill hatte mich nicht dabei unterstützt. »Es hat schon zu viele Künstler in meinem Leben gegeben«, erklärte sie. Nachdem sie ihre ausschweifende Jugend hinter sich gelassen hatte, brauchte sie jetzt Normalität. Sie wollte einen Ehemann, der morgens zur Arbeit ging und den sie am Abend mit einem köstlichen Abendessen empfangen konnte. »Von jetzt an will ich statt deiner sizilianischen Witwe dein italienisches Frauchen sein.« Nun ließ ich mir die Sache mit der »sizilianischen Witwe« doch einmal erklären: Es war eine Idee, die sie dem *Paten* entnommen hatte. »Niemand wird dich daran hindern, einen ebenso tollen Roman zu schreiben, aber bitte nur nach Feierabend.« Tatsächlich verbrachte ich die Tage nach wie vor im Büro, auch wenn Onkel Richard schweren Herzens und vor allem nach Verkündung meiner Verlobung seinem Versprechen treu geblieben war und mir zumindest am Abend freigab. Bei Kerzenlicht schlug ich mir den Bauch voll mit den abwechslungsreichen Speisen, die mir Cybill als gutes »italienisches Frauchen« zubereitete und die langwierige Küchenarbeit erforderten. Hinterher konnte von Schreiben keine Rede mehr sein. Wir sahen ein wenig fern und gingen dann wie zwei brave Kinder in die Heia.

Cybills Hingabe hatte mich anfangs gerührt, und ich hatte mich wie ein König gefühlt, weil sie mich so fürsorglich bemutterte. Doch in letzter Zeit kam es öfter vor, dass ich nachts aufwachte und zu ersticken vermeinte. Vielleicht aß ich zu viel. Prompt reduzierte sie die Menge und verordnete mir eine Stunde Jogging pro Tag – immer mit ihr zusammen. Es half nichts, im Gegenteil, jetzt bekam ich auch noch Herzklopfen – was es mir wenigstens erlaubte, mit dem Laufen und dem entsprechend frühen Aufstehen Schluss zu machen. Ich ließ mir die Sache durch den Kopf gehen, und endlich wurde mir einiges klar. Das durfte doch nicht wahr sein: Ich war in New York, der Hauptstadt der Welt, in jener Stadt, die – wie es im Schlager heißt – niemals schläft, der Stadt, in der alle deine Wünsche in Erfüllung gehen, und Zaster hatte ich auch – wovon im Song keine Rede ist –, und nun sollte ich mich mit diesem langweiligen Leben abfinden? Ja, sicher, Cybill war eine tolle Frau, aber ein Käfig mag noch so golden sein, er ist und bleibt bekanntlich doch ein Gefängnis.

Untröstlich las ich in den Zeitungen über die Ausstellungen und Konzerte der beliebtesten Künstler, über die schicksten Lokale, in denen sich jene Models, Schriftsteller und Berühmtheiten drängten, von denen ich wusste, dass Cybill sie persönlich kannte, und ich sehnte mich danach, in die Welt, von der ich in der Tiefe meiner Provinz immer geträumt hatte, aufgenommen zu werden. Und doch blieb sie mir selbst jetzt, da ich am Arm einer ihrer spektakulärsten Persönlichkeiten triumphal Einzug hätte halten können, weiterhin verschlossen. Wie der abstinente Alkoholiker, der nichts inbrünstiger hasst als den Alkohol, empfand Cybill einen tiefen Widerwillen gegen alles, was auch nur vage an die Schickeria erinnerte. Ihre Zeit verbrachte sie in der Küche oder beim Meditieren oder damit, dass sie mir von ihrem *Mahatma* erzählte. Sie wollte, dass auch ich mich zu ihrem Glauben bekannte. »Nur so werden wir wirklich eins sein«, sagte sie. Dann nahm ich sie in die Arme, blickte ihr in die Augen und fragte: »Warum, sind wir denn noch nicht eins genug?« Sie verstand die Ironie nicht, doch das war aus meiner Sicht kein Fehler, ja, ich weidete mich vielmehr an ihrer bezaubernden Naivität, als sie antwortete: »Wir werden es noch mehr sein, wenn auch du dich einer Initiation unterziehst.«

Um mich zu überzeugen, erzählte sie mir von Whiteagles Leben und dass er infolge eines Flugzeugunglücks Vater und Mutter verloren hatte – »genau wie du« –, mit dem Unterschied, dass auch er an Bord gewesen war. Als einziger Überlebender war er inmitten eines kanadischen Waldes – »Stell dir das mal vor!« – von einer Wölfin gesäugt und dann von einem Algonkin aufgezogen worden – »Denk bloß, derselbe Stamm wie der meiner Vorfahrin Yeopatàc! Ist das nicht ein weiteres Zeichen?« –, aber offenbar nicht von einem einfachen Algonkin, sondern von einem Schamanen, von dem er die Techniken der Ekstase erlernt hatte. Die hatte er dann in Tibet perfektioniert, wo er zehn lange Jahre transzendentale Meditation praktiziert hatte – kurzum, ein Scharlatan, wie er im Buche steht. Wenn sie bei diesem Punkt anlangte, war ich in der Regel schon eingenickt, aber ich verabscheute diesen Whiteagle so sehr, dass ich ihm, selbst wenn er der auf die Erde herabgestiegene Jesus Christus höchstpersönlich wäre – was Cybill tatsächlich glaubte –, unbedingt aus dem Weg gehen würde.

Sobald sie also den Moment für gekommen hielt, ihm nachzureisen, war ich absolut einverstanden, dass sie allein aufbrach, und bereitete mich darauf vor, die letzten Wochen meines Junggesellendaseins in der entsprechenden Zwanglosigkeit auszukosten. In den wenigen Tagen der Freiheit, die mir noch blieben, würde ich nachholen, was ich bislang versäumt hatte, auch wenn ich nach der ersten Nacht, in der ich, einsam wie immer, durch die Lokale gezogen war, schon die Nase voll hatte. Ich hatte mich nie so deprimiert gefühlt und trauerte – darf ich es gestehen? – meinen Jahren im Dorf bitter nach. Ich hatte sie ertragen und nur für ein trauriges Vorspiel zu einer glänzenden Zukunft gehalten, aber jetzt, da sich meine großen Hoffnungen erfüllt hatten, erschienen sie mir als die einzigen Jahre, in denen ich wirklich gelebt hatte, und ich verzehrte mich vor Heimweh bei dem Gedanken an die Auftritte im Pizza Vera oder die Spritztouren in Apaches ramponiertem Auto – ach ja, Apache … und Rino und Tarcisio: Wer weiß, was aus ihnen geworden ist? Gewaltsam schob ich die Erinnerungen beiseite. Sie gehörten der Vergangenheit an, diesem perfidesten aller Räuber, und ich durfte mich nicht von ihr überfallen lassen – darin hatte Onkel Richard recht. Aber als ich meine Arbeitskollegen der Reihe nach unter die Lupe nahm, da gab es tatsächlich keinen, mit dem ich auch nur ein einziges Mal ausgegangen wäre. Was hätte ich dagegen nicht darum gegeben, einen meiner alten Freunde wiederzusehen! Selbst der arme Schweizer wäre mir recht gewesen, obwohl er vor seinem Tod kriminell geworden war … Ach ja, einen Kriminellen kannte ich auch in New York. Genau besehen war er der einzige Mensch, den ich kannte, und kaum war er mir eingefallen, rief ich Frank Cargallo auch schon an. So würde ich wenigstens etwas zum Lachen haben.

»*Allò*«, antwortete die heisere Stimme einer Frau, die ich auf Amerikanisch ansprach, die mich aber sofort unterbrach: »Nix verstehn … *parlat taliano.*«

»Okay, ja also …«, sagte ich. »Ich bin ein Freund von Frank, Signora.«

»Name und Vorname, bitte.«

Ich erfüllte ihr die Bitte.

»Tja, und was wollt Ihr von Frank?«

»Nichts, ich wollte mit ihm sprechen.«

»Und wenn Ihr nichts wollt, warum ruft Ihr dann an?«

»Ich habe ihn schon seit einiger Zeit nicht mehr gesehen und wollte wissen, wie es ihm geht … ihn zum Abendessen einladen.«

»Telefonnummer, bitte.«

Ich erfüllte ihr auch diese Bitte.

»Wenn er zurückruft, gut, wenn nicht, dann nicht«, und sie legte auf.

Nach genau einer Viertelstunde hob ich den Hörer wieder ab. Es war Frank. »Was willst du? Sag schon«, herrschte er mich an.

»Würde es dir passen, heute Abend mit mir auszugehen?«

»Willst du mir 'n weiteres *Bisinìss* vorschlagen?«, fragte er, schon weniger barsch.

»Nein, um Gottes willen … Ich hab frei und möchte gern ein bisschen plaudern.«

»Das Problem iss, dass ich nicht frei hab.«

Auch noch von diesem Grobian zurückgewiesen zu werden, war nun wirklich das Letzte! Deshalb erwiderte ich in pikiertem Ton: »Entschuldige. Dann also ein andermal.«

Entweder tat ich ihm leid, oder was weiß ich, jedenfalls sagte er großmütig: »In Ordnung, Carlé, dann sag ich eben den andern Termin ab. Wir sehn uns dann um acht, ja?«

»Ist das nicht ein bisschen früh? Ich hatte eigentlich vor, in irgendein Lokal zu gehen.«

»Das tun wir auch, aber später. Lass nur Frank Cargallo machen, und du wirst schon sehn, was für 'n Abend ich arrangier … Wohnst du noch immer da?«

Er kam pünktlich, doch nicht mit dem graupenfarbenen Cadillac vom vorigen Mal, sondern in einem grimmig aussehenden Pontiac – in Bezug auf Autos hatten wir denselben Geschmack –, den er selbst hinter seinen doppelten Brillengläsern mit einer Wahnsinnsgeschwindigkeit durch ein Gewirr von Nebenstraßen steuerte. Nur ein einziges Mal trat er auf die Bremse, und da standen wir schon vor seinem Haus in Brooklyn – offensichtlich –, in dem er mit seiner berühmten Schwester, die ich nicht sofort zu Gesicht bekam, und mit seiner Mutter wohnte. Mit Letzterer hatte ich am Telefon gesprochen, jetzt aber hatte sie ihr Misstrauen abgelegt und empfing mich mit der Fürsorglichkeit, die bei uns im Süden die Frauen eines gewissen Alters dem Priester und dem Amtsarzt zuteil werden lassen, außerdem jenen wenigen unter den Freunden ihres Nachwuchses, die sie seiner für würdig erachten.

»Tschuldigt wegen heut früh, aber ich hab nicht gewusst, dass Ihr 'n Kumpel von Frank seid … Passt bloß auf: Diese Stadt ist voller Gesindel.«

›Na großartig‹, sagte ich mir, auch wenn niemand, der gesehen hätte, wie liebevoll Frank Cargallo seine Mutter umarmte, sich hätte vorstellen können, um was für einen Verbrecher es sich handelte. Auch was die Wohnung anbelangte, hätte niemand geahnt, wer hier lebte, am wenigsten ich, dem dieses Ambiente wohlvertraut war, so viele Male hatte ich es in der *Contrada soprana* auf den Fotos der Emigranten gesehen: Hier fand man dieselben kleinen Vitrinen, vollgestopft mit Pierrots, Püppchen und Flaschen mit Asti Spumante, Strega und Martini, mit fluoreszierenden Schiefen Türmen von Pisa und muschelüberwucherten Gondeln; man sah dieselben Tapeten mit Achtecken, Blumen und Streifen, zumindest dort, wo man überhaupt etwas sehen konnte, weil es nicht wie alles andere mit Bildern und Bildchen von italienischen Stränden und Bergen, von Heiligen und Madonnen zugepflastert war. Besonders ein großer heiliger Antonius von Padua fiel ins Auge, der Schutzpatron von Frank, wie ich mich erinnerte, und wie ein kleines Kind auf dem Nachhauseweg vom katholischen Jugendzentrum wollte besagter Frank nun seinem Busenfreund – meiner Wenigkeit – das Familienalbum zeigen. Verdammt, da hatte ich ja einen berauschenden Abend vor mir! Beim Bild seines Vaters überkam ihn regelrecht Rührung. »Wie schön er war«, seufzte er in Richtung dieses

Halunken, der uns drohend aus dem Jenseits anstarrte, in das er vorzeitig und auf mysteriöse Weise eingegangen war – darüber, wie er dorthin gelangt war, hatte ich, da ich seinen Sprössling kannte, so meine Vermutungen, die mir von der Mutter prompt bestätigt wurden.

»Er war wie Frank«, beteuerte sie aus der Küche heraus, ebenfalls unter Tränen. Dann wandte sie sich an ihren Sohn: »Ich hab dir immer gesagt, du schuftest zu viel, pass bloß auf, dass du nicht wie dein Vater endest.«

»*Tié*«, erwiderte er und spreizte Zeigefinger und kleinen Finger ab, um zukünftiges Unglück abzuwehren.

»Du rackerst dich so ab. Komm mal zur Ruh. Es iss Zeit, dass du dir 'ne Frau nimmst und 'ne Familie gründest … Hab ich nicht recht, Signò Lontrò?«

»Carlo, Signora, nennt mich Carlo«, forderte ich sie freundlich auf und handelte mir damit ein Lächeln meines Freundes ein.

»Carlé«, fing sie wieder an, »der da will sich nicht binden. Sagt Ihr ihm, dass er heiraten soll … Seid Ihr verheiratet?«

»Ich werde in einem Monat heiraten.«

»So isses brav. Überzeugt ihn auch, sonst werd ich darüber alt und grau. Oder findet doch Ihr 'n braves Mädel für ihn, auch wenn's 'ne Amerikanerin iss, das macht mir nix aus, nur 'ne Negerin soll's keine sein, das sind lauter Nutten. Ich sag immer: Wenn ich mal tot bin, bist du mutterseelenallein, denn auf deine Schwester iss kein Verlass, die iss 'ne Künstlerin. Komm, sei Mammas Augenstern: Hol sie rauf. Ich gieß gleich die Spaghetti ab.«

Frank ging zu einer Haussprechanlage, doch bevor er den Hörer abnahm, klärte er mich auf: »Sie hat ihr Atelier unten.« Dann flötete er mit einer für ihn merkwürdigen Sanftheit in die Sprechmuschel: »Es iss so weit, Schwesterchen.«

Wäre sie sofort gekommen, hätte das auch keinen Unterschied gemacht: Die Spaghetti waren schon, als sie aufgetragen wurden, eine einzige Pampe. Nach Cargallos Schwärmerei über die phantastischen Kochkünste seiner Mutter hätte ich das nicht erwartet. Und trotz allem, was er mir über seine Künstler-Schwester berichtet hatte, hätte ich auch nicht damit gerechnet, eine solche Erinnye auftauchen zu sehen. Ohne ein Wort des Grußes setzte sie sich zu uns an den Tisch, als wir bereits beim zweiten Gang waren – einem Roastbeef, aus dem dunkles Blut tropfte. Gemma Cargallo war hochgewachsen und imposant, wenngleich unter dem weiten schwarzen Pullover platt wie ein Bügelbrett. Das kantige Gesicht erinnerte an das eines Windhunds, der große Mund war violett angemalt, und ein Gewirr verfilzter Haarsträhnen fiel ihr schwer wie Schlangen auf die Augenbrauen herab. Sie konnte einem wirklich Angst einjagen. Tatsächlich sprach niemand ein Wort, und als Frank nach endlosem Schweigen sagte: »Das ist Carlo Di Lontrone, Gemmina«, fielen mir die Kosenamen ein, deren sich die alten Griechen bedienten, um die Erinnyen zu besänftigen.

Mit versteinertem Gesicht blickte sie vom Teller auf, wandte es aber ihrer Mutter zu, der sie in einem allzu perfekten Italienisch entgegenschleuderte: »Das ist ja widerliches Zeug … *Maledetta*, ist es denn die Möglichkeit, dass du nicht einmal einen Teller Pasta kochen kannst?« Als ich schon dachte, sie würde mich beharrlich ignorieren – angesichts des Themas hoffte ich es sogar –, zischte sie: »Di Lontrone? Verwandt mit Richard Di Lontrone?«

»Das ist mein Onkel«, erwiderte ich.

»Ich besitze drei Bilder von William, seinem Sohn. Sie gehören, glaube ich, zu den wenigen, die gerettet wurden«, behauptete sie nonchalant. »Er war ein begabter Künstler«, schob sie hinterher.

»Soweit ich weiß, war er schon zehn Jahre, bevor sie überhaupt erfunden wurde, ein Vertreter der Pop Art«, wagte ich einzuwerfen.

»Ja, das stimmt irgendwie«, schnaubte sie, aber ein Blitz hatte ihren Blick durchzuckt – wahrscheinlich konnte sie es nicht fassen, dass ein Freund ihres Bruders zu einer solchen Bemerkung imstande war. »Ich zeige sie dir nachher«, gestand sie mir zu, und auf diese Äußerung folgte eine so große allgemeine Erleichterung, dass ihre

Mutter den Mut fand, sie anzuflehen: »Gemmì, dann iss doch bitte das Rosbìff, ich hab's so blutig gelassen, wie du's magst.«

Sie mochte es wirklich und aß. Man könnte auch sagen, dass sie eine gewaltige Menge verschlang. Immer wieder stand ihre Erzeugerin auf und schnitt weitere Scheiben ab, die sie, in Blutlachen schwimmend, vor sie hinstellte, bis Gemma abrupt aufstand und ebenso wortlos, wie sie aufgetaucht war, irgendwo hinten in der Wohnung wieder verschwand.

»Tschuldigt, sie iss 'n bisschen komisch, sie iss als kleines Mädchen verwaist und hat sich davon nie richtig erholt«, erklärte die Cargallo-Mutter.

Frank stieß einen Seufzer aus und sagte traurig: »Es iss noch zu früh zum Ausgehen. Spielen wir noch 'ne Partie *Tressette*?«

Das war jetzt aber wirklich der Gipfel! Nur eine Brücke – und es handelte sich um die Brooklyn Bridge – trennte mich von Manhattan, dem Zentrum der Vergnügungsindustrie schlechthin, und zwar nicht erst seit heute, wenn man bedenkt, dass sich der Name vom algonkinischen *Manahatta* ableitet, was so viel wie »Ort allgemeiner Trunkenheit« heißt, und da sollte ich, nachdem ich bei einer echten Proletenfamilie zu Abend gegessen hatte, die zu allem Überfluss auch noch mit einer hysterischen Irren gesegnet war, wie ein x-beliebiger Rentner in meinem Dorf *Tressette* spielen! Zum Glück hatte Frank gerade erst die Karten ausgeteilt, als die Erinnye – Gemma, will ich sagen – wieder auftauchte, mich an einer Hand wegzerrte und ihm einen eisigen Blick zuwarf, damit er – ein harter Bursche von seinem Kaliber – gar nicht erst irgendeinen Einwand wagen würde.

»Iss schon in Ordnung, Carlé«, stimmte er achselzuckend zu. »Ich warte dann oben auf dich …«

Wir stiegen eine enge Wendeltreppe hinunter bis zu einer kleinen Tür aus Spanplatten. Der Raum, den wir betraten, war allerdings groß, mit einem schönen hellen Holzboden und riesigen Gemälden an den Wänden. »Sind das deine?«, fragte ich, las aber gleich einen Hauch von Unmut aus ihrem Blick heraus: Vielleicht war ich zu aufdringlich gewesen, und schob deshalb, bevor sie antworten konnte, nach: »Frank ... Er hat mir selbst erzählt, dass du malst.«

»Ich mag meine Bilder nicht zu Hause aufbewahren«, sagte sie verärgert, auch wenn sie mich gleich darauf besänftigte: »Ich habe sie im Atelier, da gehen wir nachher hin.« Ich musste ihr zweifellos sympathisch sein. »Jetzt will ich dir die von deinem Cousin William zeigen ... Ich habe sie bei einem Trödler aufgestöbert«, fügte sie, dieses Mal auf Amerikanisch, belustigt hinzu und zog sie aus einem Haufen, den sie gegen die Wand gelehnt hatte. Es waren drei: winzige Gegenstände – ein Auto, ein Lampenschirm, eine Tasse –, in schmutzigem Weiß skizziert und über große graue Flächen verstreut.

Na ja ... Verwandtschaft hin oder her, sie sagten mir nicht viel, und das bemerkte sie.

»Du bist anspruchsvoll«, rüffelte sie mich.

»Sie sind interessant, aber ... Nein, lassen wir das, von Kunst verstehe ich nichts.«

»Deine Meinung würde ich aber wirklich gern hören ... Womit beschäftigst du dich noch gleich?«

»Ich kaufe und verkaufe Betriebe. Ich arbeite mit meinem Onkel zusammen.«

»Ach ja, jetzt erinnere ich mich, es stand in der Zeitung ... Tja, für Leute wie dich müssen wir Künstler uns abmühen. Wie sagte doch Peggy Guggenheim: Die Kunst geht dahin, wo das Geld ist, und so ist es, das ist der Gang der Dinge ... Also, was hältst du von ihnen, ganz ehrlich?«

»Zu kopflastig, kalt, dumpf. Grau eben. Wenn ich ein Bild anschaue, will ich eine Kraft darin spüren ... Aber ich kann es nur noch einmal wiederholen: Das ist eine reine Geschmacksfrage.«

»Hm, in der ganzen Kunst geht es immer nur um Geschmacksfragen. Stell dir vor, es soll Leute geben, die Pollock lieben«, sagte sie, als wäre das die unverzeihlichste aller Verirrungen.

Sie fragte mich, ob Pollock auch mir gefiel ... Aber ich hatte keine Lust zu antworten, und so ging ich mit der erstbesten Frage, die mir in den Sinn kam, darüber hinweg. »Und du, seit wann malst du?«

»Ich habe in Harvard damit angefangen«, sagte sie. »Während meines Studiums, und ich hatte einen guten Start. Schon nach meiner ersten Ausstellung hatte ich einen Galeristen, aber ich war nicht zufrieden. Das, was ich gemacht habe, war unpersönlich, es ähnelte zu sehr all den anderen Sachen, die im Umlauf sind ... Standardkunst, Nullachtfünfzehnzeug, *grau*, wie du sagen würdest.« Nun schenkte sie mir sogar ein Lächeln – ein Raubtierlächeln. »Ich wollte etwas Aufregenderes schaffen, und nachdem ich mich umgesehen hatte, kam mir die Erleuchtung: Du bist Italienerin, Italo-Amerikanerin, genauer gesagt. Statt dich dessen zu schämen, produzierst du eben etwas *Italo-Amerikanisches*, wie es die Schwarzen mit dem Jazz und die Juden mit ihren Romanen gemacht haben. Inzwischen hatte ich allerdings vergessen, wie die Italo-Amerikaner sind: Ich war schon im Internat, bevor mein Vater starb. So musste ich mich wieder in meinem Humus vergraben und bin nach Hause zurück, zu diesen *Cafoni* hier«, gestand sie ungnädig. »Es ist schwer gewesen, aber ich habe eine Entdeckung gemacht. Ich habe herausgefunden, dass es eine einzige großartige Sache gibt, die unsere Kultur allen anderen voraushat. Rate mal, was ich meine.«

Während ich vergebens diese großartige Sache zu erraten suchte, blickte ich in ihre verstörten Augen und kam mir vor wie ein ABC-Schütze vor seiner Lehrerin, oder schlimmer noch: wie ein Angeklagter vor seiner Richterin. Sie wartete ein paar Sekunden, bevor sie mit geringschätziger Miene schnaubte. Dann öffneten sich ihre violett bemalten Lippen zu einem entgegenkommenden Lächeln: »Es ist der Katholizismus, verdammt noch mal! Gibt es denn beispielsweise ein mächtigeres Symbol als das Kreuz? Na ja, das Hakenkreuz vielleicht, aber das Kreuz bleibt das einzig wirklich *Italienische,* das ein starkes Zeichen setzt. Deshalb habe ich versucht, seine Energie in die Malerei einfließen zu lassen, und jetzt bin ich gespannt, von dir zu erfahren, ob mir das gelungen ist. Komm, ich zeig dir meine neue Ausstellung. Den Titel hab ich schon: *Prayers and Maledictions*.«

Sicher, diese Frau war nicht ganz bei Trost, aber im Grunde lag eine wilde, unanfechtbare Wahrheit in dem, was sie sagte. Ich fühlte mich immer unbehaglicher. Was, wenn die Bilder mir nicht gefielen? Musste ich ihr das sagen, oder war es besser, so zu tun, als ob, und wäre ich dazu überhaupt imstande? Unterdessen gelangten wir zu ihrem Atelier, wo ich mich in einem ganzen Arsenal von Madonnen, Heiligen und Verdammten wiederfand. Sie entsprachen der klassischen Ikonografie der Volksreligion – eiternde Stigmata, ausgehackte Augen, von Schwertern durchbohrte Herzen, abgeschlagene Köpfe, Beine und Hände –, nur dass diese Details dreidimensional gestaltet oder von purpurfarben blinkenden Lämpchen beleuchtet waren und sich die Figuren von einem Wald von Kreuzen, einer wahren Orgie von Kreuzen in grellen Neonfarben abhoben. »Stark« war das tatsächlich – die Bestätigung dafür, dass in der Kunst der Stil wirklich alles entstellen kann –, und ich ließ mich von dieser Erkenntnis dermaßen hinreißen, dass ich, als ich es ihr sagte, auf ihrem wächsernen Gesicht dieselbe träumerische Genugtuung wiedererkannte, die ich selbst angesichts von Charles' Begeisterung über meinen Roman empfunden hatte. Ach ja, mein Roman! Eine große Lust packte mich, sofort nach Hause zu gehen und mich wie ein Besessener auf das Schreiben zu stürzen. Stattdessen läutete die Haussprechanlage.

»Das muss Frank sein, der dich zurückruft«, sagte sie, schlagartig abgekühlt. »Jedenfalls hast du gesehen, was es zu sehen gibt … Ich hoffe, dich bald wiederzutreffen, Carlo.«

›Ich nicht unbedingt‹, dachte ich, ohne mir im Entferntesten das Glücksgefühl vorstellen zu können, das ich empfinden sollte, als dieser Fall tatsächlich einmal eintrat, und folgte ihr und ihrem sauren Geruch zur Tür, doch während ich auf die spitzen Schulterblätter schaute, die aus ihrem Pullover herausragten, erkannte ich plötzlich, ich weiß auch nicht genau, warum, dass ihre Bilder entgegen meinem ersten Eindruck nichts waren als die Halluzinationen einer armen Irren – aber auch in dieser Hinsicht sollte ich meine Meinung revidieren müssen.

Der Rest des Abends verlief den Umständen entsprechend. Cargallo brachte mich mit dem Gehabe eines noblen Gastgebers in das Lokal, in dem wir schon nach der Schlägerei gewesen waren. Nur dass uns dieses Mal in einem Separee, das uns teilweise vom Rest des Publikums trennte, zwei Mädchen erwarteten. Wir betranken uns mit einem grauenhaften kalifornischen Sekt, aber mitten im schönsten Augenblick stand er auf und sagte: »Amüsier dich gut, ich verabschiede mich jetzt. Ich hab zu tun.«

»Was, du lässt mich allein? Hältst du das für eine Art, seine Freunde zu behandeln?«, nahm ich ihn, einigermaßen irritiert, auf die Schippe.

»Das nächste Mal ruf eben ein paar Tage vorher an … Heut Abend hab ich jedenfalls noch 'nen Termin. Wir sind ja nicht in Italien, hier wird gearbeitet.«

Ich wollte mir nicht einmal vorstellen, was für eine Art von »Termin« wohl auf ihn wartete; außerdem gaben mir die beiden Mädels ganz anderes zu bedenken, auch wenn ich mir, als ich nach Hause zurückkehrte, wirklich armselig vorkam. Bis nach New York hatte ich kommen müssen, um bei den Nutten zu landen – nicht einmal in meinem Dorf hatte ich mich derart erniedrigt.

Auch das Dinner bei Charles am folgenden Abend kündigte sich als Enttäuschung an – und wäre es nur dabei geblieben! Insgesamt waren ungefähr zehn Gäste da, eine Auswahl von drögen Kennern mittelalterlicher Inkunabeln, jungen Spezialisten für Ketzer und Kreuzzüge und kurzsichtigen, vom heiligen Feuer der Forschung entflammten Assistenten, und es war noch nicht einmal Mitternacht, da hatte sich die Zahl der Gäste auf zwei reduziert: mich und Onkel Richard – ja, leider war auch er dabei. Bis dahin hatte ich mich so weit wie möglich von Jennifer ferngehalten, der die Mutterschaft eine noch üppigere Schönheit verliehen hatte. Ich war jedem ihrer Blicke ausgewichen, und während ich so tat, als konzentrierte ich mich auf die Konversation mit einer bebrillten Wissenschaftlerin, die mich über Papst Urban II., Gottfried von Bouillon und die Eroberung von Jerusalem ins Bild setzte, hatte ich Jennifers Aufforderung ignoriert, ihr bei der Auswahl der Aperitifs zu sekundieren. So war ich am Ende des Abends sehr froh, als sie sich von uns verabschiedete, weil sie, wie sie unbekümmert bekanntgab, den Kleinen stillen musste. Soweit ich mich erinnerte, hatten in Italien die Frauen einer gewissen Schicht, die amerikanischen Moden folgte, gerade in jenem Moment aufgehört, ihren Kindern die Brust zu geben, als man in Amerika wieder dazu zurückgekehrt war. Ich nahm es zur Kenntnis und behielt die Idee im Hinterkopf, die kommerziellen Konsequenzen dieser Tatsache in einer der nächsten Sitzungen der *Di Lontrone Corporation* aufs Tapet zu bringen – auch wenn mir das selbst nicht mehr zugute kommen sollte. Noch zufriedener als ich schien Onkel Richard zu sein: Endlich war er mit seinen beiden Lieblingen allein und schien keinerlei Absichten zu hegen, sich irgendwann auf die Socken zu machen. Er hatte vielmehr angefangen, uns mit seinen Lebensweisheiten zu beglücken und von den schwierigen Anfängen zu erzählen, dann aber auch von den Geniestreichen, die seine Karriere als Magnat gekrönt hatten – und immer noch krönten –, und er hätte die ganze Nacht so weitergemacht, wenn er nicht plötzlich einen Anruf bekommen hätte.

»Es scheint ein Problem zu geben, zumindest behauptet das Randolph. Vielleicht handelt es sich aber auch nur um falschen Alarm, dieser Mann ist eine Katastrophe … Wenn ich es schaffe, geselle ich mich später wieder zu euch, meine Lieben«, versprach er, aber in unseren Ohren klang es eher wie eine Drohung.

Kaum war er draußen, seufzte Charles: »Mir ist unbegreiflich, wie du es mit ihm aushältst.« Mittlerweile hatte ich aufgehört, mich selbst das zu fragen. Charles öffnete den Hemdkragen, trat an den Eiskübel heran und zog eine tropfende Flasche heraus – Cristal '68, offensichtlich.

»Nein, Charles … Ich bitte dich!«, flehte ich ihn an.

»Sei ganz ruhig. Seit mein Sohn geboren ist, habe ich mit dem Trinken aufgehört, aber heute Abend muss man sich einfach ein Tröpfchen gönnen … zur Feier des Tages«, sagte er und schwärmte dann mit vor Rührung glänzenden Augen von den Freuden des Vaterseins – Windelnwechseln inbegriffen. »Jedenfalls wirst auch du bald begreifen, was das bedeutet: Cybill kann es kaum erwarten, ein Kind zu bekommen …«, kicherte er und klopfte mir auf die Schulter.

Das war der Gnadenstoß. Ich wusste, dass er die Wahrheit sagte, und während ich darüber nachdachte, blieb mir die Luft weg. Mit dem typisch männlichen Verhalten hatte das nichts zu tun: Ein Kind wollte früher oder später auch ich, klar. Aber nicht jetzt … Ich wollte weg, flüchten, jetzt sofort, und zwar so sehr, dass ich ihn, sobald er mich wieder mit den Wonnen drangsalierte, die ihm das Baby beim abendlichen Baden bereitete oder wenn es ihn im Morgengrauen, wenn nicht gar mitten in der Nacht weckte – »Er scheint ein Vögelchen zu sein!«, O Gott, wie sentimental! –, nicht daran hinderte, sich das zweite, dritte und sogar vierte Glas einzuschenken. Als echte Kanaille fragte ich mich vielmehr, wie lange er dieses Mal wohl durchhalten würde.

»Ja«, stellte er fest, während er einen letzten Schluck nahm, »dieses Kindchen hat wirklich mein ganzes Leben verändert.«

Diesen Eindruck hatte ich nicht unbedingt, als ich ihn jetzt auf dem Sessel zusammensacken sah, mit verdrehten Augen und der üblichen Leichenblässe im Gesicht, und ich wollte mich gerade davonschleichen, als ich Jennifer vor mir sah. Sie warf einen Blick auf ihren leblosen Gemahl und lächelte, ohne mich anzusehen, ihr berühmtes Lächeln.

»Jenny, ich gehe«, sagte ich sofort.

»*Was*, ich werde noch nicht einmal umarmt? Das machen doch alle Italiener.«

In diesem Augenblick hörte ich eine Stimme in meinem Inneren – die Stimme des Gewissens zweifellos: ›Aufgepasst, du bist in Gefahr, Carlino!‹, aber durch das Fenster wehte ein leichtes Lüftchen den Duft des Sommers herein, denselben wie zu der Zeit, wenn früher die Ferien begonnen hatten, und plötzlich erschien mir mein Leben wieder voller Verheißungen, und konnte es eine verlockendere Verheißung geben als jene, welche ich in Jennifers Blick las? Die Verheißung einer Leidenschaft, die auf die zügelloseste, vollkommenste und geheimnisvollste Art und Weise zu genießen war. Deshalb sagte ich mir, dass ich mir diesen letzten Urlaub gönnen dürfe. Danach würde ich der perfekte Ehemann für mein perfektes italienisches Frauchen sein, ja, ich würde sogar ein ebenso rührseliger Vater werden wie Charles, aber später … später.

Alles ereignete sich im Verlauf weniger Minuten. Zwei Sekunden, und ich küsste sie. Zehn Sekunden, und wir lagen zu Füßen des Sofas. Weitere zwanzig, und eine warme, wässrige Flüssigkeit spritzte mir in den Mund – drei Sekunden zuvor, so in etwa, hatte ich angefangen, an ihrer Brust zu saugen, die runzelige, kalte Brustwarze, lang wie ein Nagel. »Milch«, hatte sie gemurmelt und den Mund verzogen. Ein paar weitere Sekunden verbrachte ich in der Ungewissheit, ob das, was ich empfand, Ekel oder Erregung war, aber ich war mir meiner Entscheidung dermaßen sicher, dass sich Jenny, vollkommen außer sich, die Brüste auspresste, mir das Gesicht überschwemmte und jeden Gedanken fortspülte. Eine Minute höchstens, und wir kamen mit der Raserei zweier Tiere. Das Problem war nur, dass auch Onkel Richard gekommen war – er war wieder da, will ich sagen.

Er blieb in der Tür stehen. Von unserer Position hinter dem Sofa konnten wir seinen massigen Kopf erkennen, seine Augen, die glühten wie die einer alten schrecklichen Gottheit. Er starrte auf Charles und gab etwas von sich wie einen Seufzer – eher eine Mischung aus Schluchzer und Seufzer –, dann ging er wieder.

Ein paar Augenblicke verharrten wir regungslos gegen den ockerfarbenen Samt des Sofas gelehnt, nackt, verängstigt, wehrlos wie Adam und Eva nach ihrem berühmten Sündenfall. Mich packte außerdem noch ein ganz anderes Gefühl. Jetzt, da ich mich wortlos wieder anzog, fühlte ich mich schlimmer als ein Wurm … Ich kam mir lächerlich vor, lächerlich und fehl am Platz. Doch ich war auch dieses Mal davongekommen, und ein weiteres Mal würde es nicht geben. Lieber würde ich sterben.

32

Am Morgen machte ich mich pünktlich wie immer auf den Weg ins Büro, doch im Gegensatz zu jedem anderen Morgen war ich vergnügt wie jemand, der einer Riesengefahr entronnen ist und nun erst zu schätzen weiß, was das Leben zu bieten hat. Deshalb hielt ich um Punkt neun mit meinem flotten Managerschritt Einzug in das Gebäude der *Di Lontrone Corporation* – und wurde auf der Stelle hinausgeworfen.

Die Genugtuung, mit der die beiden Wachleute mich auf den Gehsteig katapultierten, machte mir schlagartig bewusst, dass es nicht richtig gewesen war, Onkel Richards Rat befolgt und sie nie mehr eines Grußes gewürdigt zu haben. Vor allem aber begriff ich, dass ich am Abend zuvor die falschen Schlüsse gezogen hatte: Onkel Richard hatte mich und Jennifer sehr wohl bemerkt. Jetzt war alles vorbei. Um nichts in der Welt hätte ich mich gegen seinen Enkel stellen dürfen – seinen *leiblichen* Enkel –, und ich hatte es vor dessen Augen, so blind die auch gewesen sein mochten, mit seiner Frau getrieben, und das würde mir Onkel Richard nie verzeihen, zumal er trotz des ganzen Yankeegetues der Süditaliener von einst geblieben war. Das Merkwürdige war, dass ich mich trotz der Umstände meiner Entlassung – verdammt noch mal, hatte er mich denn unbedingt mit Fußtritten vor die Tür setzen lassen müssen?! – schon beim Aufstehen so fühlte, als hätte ich mich von einer tonnenschweren Last befreit: Ich war frei, endlich. Wäre nicht passiert, was passiert war, weiß ich nicht, ob ich je den Mut aufgebracht hätte, meiner eigenen Wege zu gehen. Aber nun war es geschehen.

Was genau ich jetzt machen würde, wusste ich nicht, doch in den beiden letzten Jahren hatte ich genug verdient, um in Ruhe darüber nachdenken zu können. Außerdem hatte ich Cybill, und wir würden bald heiraten. Ja, es gab wirklich keinen Grund zur Sorge. Die ersten Zweifel beschlichen mich, als ich versuchte, nach Hause zurückzukehren.

Ich klopfte mir den Staub ab und sah, dass ich mir an einem Ellenbogen den Ärmel aufgerissen hatte. Nicht weiter schlimm, denn in meinem Kleiderschrank hingen noch elf ähnliche Anzüge. Ich ging also zum Eingang der Garage, doch mein Mercedes, den ich soeben dort abgestellt hatte, war verschwunden. Der Parkwächter erklärte lakonisch: »Anweisung von Mr Di Lontrone.« Wie kann man nur so gemein sein? Während ich mich das noch fragte, musste ich auch schon lachen. Das war allerdings nur die erste einer Reihe von Überraschungen, die mich erwarteten, und bald sollte ich nicht mehr lachen.

Als ich vor meinem Haus aus dem Taxi stieg, schien mich der über und über mit Tressen verzierte Portier, statt wie üblich die Mütze zu ziehen, gar nicht wahrzunehmen, und mit wachsender Besorgtheit lief ich die Treppe zu meinem Stockwerk hinauf und steckte den Schlüssel ins Schloss. Ich versuchte es zumindest, denn dieser Scheißkerl hatte schon das Schloss auswechseln lassen.

Nachdenklich stromerte ich den ganzen Vormittag herum. Immer mit der Ruhe, sagte ich mir, das Wichtigste ist, Ruhe zu bewahren. Ich musste Entscheidungen treffen, mich neu organisieren. Als Erstes musste ich mir eine neue Unterkunft suchen. Ein Apartmenthotel wäre ideal, zumindest bis zu Cybills Rückkehr, dann würden wir weitersehen – aber wann würde sie zurückkommen? Während ich auf sie wartete, könnte ich mit meinem Roman weitermachen, nur schade, dass er, wie alles, was mir gehörte, in meiner Wohnung geblieben war. Kann man überhaupt ohne die geringste Vorwarnung aus seiner Wohnung geschmissen werden? Ein Anwalt, das war es, was ich dringender brauchte als ein Apartmenthotel! Die Anwälte, mit denen ich bisher zu tun gehabt hatte, waren alles Leute der *Di Lontrone Corporation* gewesen, doch New York wimmelt von Anwälten, und ich würde mir den besten aussuchen. Nur, welcher würde der beste sein? Wen sollte ich fragen, da ich keinen Freund hatte und praktisch niemanden kannte? Während mir solche Gedanken durch den Kopf gingen, wurde ich hungrig, und ich betrat niedergeschlagen eines der Restaurants, die ich mit Onkel Richard immer besucht hatte. Sollte ich ihm dort begegnen, umso besser: Ich würde ihm gehörig die Meinung sagen, auch wenn ich schon vor dem Maître einen Moment verunsichert war. Zum Glück wurde ich mit der üblichen Zuvorkommenheit empfangen. Ich stieß einen Seufzer der Erleichterung aus und schalt mich einen Paranoiker, weil ich kurzzeitig geglaubt hatte, dass die ganze Stadt bereits über meine Verstoßung informiert sei und sich Onkel Richards Anweisungen bereitwillig beuge. Nun erschien mir die ganze Angelegenheit in dem Zustand der Trägheit, in den ich verfiel, nachdem ich mir ein fürstliches Mahl gegönnt und eine Flasche Château Talbot geleert hatte, wieder im selben Licht wie am Morgen. Mit einem einzigen Schlag hatte ich mich von einer Arbeit befreit, die ich hasste, und von einem Onkel, der mich versklavte. Sollte er sich doch ruhig über seine erbärmlichen Triumphe freuen; ich meinerseits malte mir bereits genüsslich die Wonnen meiner Zukunft als Schriftsteller an Cybills Seite aus – was hätte ich mir Besseres wünschen können? Ein gutes Hotel, in dem ich mich richtig ausschlafen konnte, das war's. Deshalb bat ich um die Rechnung, aber als der Kellner mit meiner goldenen American Express zurückkam, erlebte ich die dritte und schrecklichste Überraschung.

»Leider ist sie nicht gedeckt, mein Herr«, sagte er verschämt, und nachdem ich ihm der Reihe nach die anderen gereicht hatte, griff der Maître ein – und dieses Mal war er nicht sehr höflich.

Ich unternahm nicht einmal mehr den Versuch, in meinen Taschen zu kramen. Auf dem Heimweg hatte ich das Taxi mit zehn der zwanzig Dollar bezahlt, die ich, keine Ahnung, aufgrund welchen Zufalls, am Leib getragen hatte, denn ich war trotz meiner guten Vorsätze weiterhin ohne Bargeld aus dem Haus gegangen – im Übrigen hatte ich noch ganz andere Vorsätze über Bord geworfen, und dies war nun die Folge. Beinahe hätte ich zu weinen angefangen, doch mit dem Mut der Verzweiflung teilte ich dem Maître von oben herab mit, dass meine Sekretärin – diese dumme Kuh – wohl vergessen habe, meine Kreditkarten zu erneuern, und dass ich sie, bevor ich sie rausschmisse, zu ihm schicken würde, damit sie die Rechnung beglich – in den Augen der Welt war ich ja immer noch Carlino Di Lontrone, das junge Finanzgenie.

»Ich danke Ihnen und entschuldige mich, mein Herr«, erwiderte der Maître tatsächlich, und der Respekt, mit dem er sich ausdrückte, verlieh mir neuen Schwung. Ich stürmte wie eine Furie aus dem Restaurant, und von der ersten Telefonzelle aus rief ich meine Bank an. Dort teilte man mir mit, dass ich keinen Kredit mehr hätte. Deshalb also waren alle meine Karten gesperrt – die Bank gehörte natürlich meinem Onkel. Immer noch vor Wut schäumend, rief ich ihn an. Ich hatte einen Fehler gemacht, okay, aber das konnte er mir nicht antun. Ich hatte einen Vertrag unterschrieben und zwei Jahre wie ein Irrer geschuftet, und wo war jetzt mein Gehalt? Aber Lucille – sie ist mir immer schon auf den Sack gegangen – antwortete eiskalt: »Mr Di Lontrone hat mich beauftragt, Ihnen mitzuteilen, dass er jede Beziehung für beendet betrachtet.«

Er dachte wohl, er könne sich alles herausnehmen, dieser Mann. Aber so würde es nicht enden. Ein Rechtsanwalt – ich brauchte sofort einen Anwalt. Zuerst musste ich freilich das Geld auftreiben, um ihn zu bezahlen, und viel dringender noch musste ich jemanden finden, der mir das Geld zum Überleben gab. Cybill, genau. Aber wo war sie? Und selbst wenn ich es wüsste – als Verächter der Technik hatte Whiteagle Spencer natürlich kein Telefon, und mit zehn Dollar in der Tasche zu ihm zu gelangen, wäre wirklich schwierig. Mir war auch nicht danach zumute, Charles darum zu bitten: Wie sollte ich ihm das Verhalten seines Großvaters erklären? Er kannte ihn schließlich: Wenn ich so tief gefallen war, musste es einen schwerwiegenden Grund dafür geben, und inzwischen konnte er ja auch ahnen, worum es sich handelte. Wo sollte ich außerdem nach ihm suchen? Wann immer ich es an der Columbia versucht hatte, war er irgendwo anders gewesen, und bei ihm zu Hause anzurufen, verbot mir schon der Gedanke, an Jennifer zu geraten. Ohne sie wäre es ein Tag wie jeder andere gewesen, während mir mein Leben, das ich vor kaum ein paar Stunden noch verachtet hatte, jetzt bereits wie ein fernes, verlorenes Paradies vorkam. Nein, der Einzige, der mir wirklich beispringen konnte, war Frank Cargallo. Ich war regelrecht begeistert von der Vorstellung, wie er auf mein Hilfegesuch reagieren würde. Das war seine große »Tschanze«, er musste mir nur ein paar tausend Dollar für einen Anwalt vorstrecken, und ich würde ihm, dem kleinen Vorstadtkriminellen, die Gelegenheit bieten, Richard Di Lontrone, einem der mächtigsten Männer Amerikas, eins auf die Mütze zu geben. So musste es funktionieren: Onkel Richard hatte meine Konten sperren lassen, hatte damit aber einen Fehler begangen, der unter seiner Würde war. Um ihn mit dem Rücken an die Wand zu drängen, würde es genügen, bei Gericht die Zeitungsartikel über meine Ernennung zum Verwaltungsrat vorzulegen. Wie würde er dann meinen Status als Habenichts erklären? Und nach den Demütigungen, denen er mich ausgesetzt hatte, würde ich mich auch nicht damit begnügen, mein Geld zurückzuerhalten, sondern würde moralische Wiedergutmachung fordern. Außer der Genugtuung galt es, sich zu bereichern, und wie ich Cargallo kannte, würde er gewiss ordentlich zulangen. Am Telefon sagte mir seine Mutter jedoch in feindseligem Ton, dass Frank seit vorgestern Abend verschollen sei, ja, sie wolle vielmehr von mir wissen, wo wir zusammen hingegangen seien. Sie ließ mir kaum Zeit zu antworten, da knallte sie schon unter wüsten Beschimpfungen den Hörer auf. Es schien, als hätte sich die ganze Welt gegen mich verschworen.

Ich machte mich wieder auf die Socken – es heißt ja, dass das Gehen Ordnung in die Gedanken bringe, aber in meinem Fall gab es wenig zu ordnen. Außerdem brach die Nacht an, und ich wusste immer noch nicht, wo ich schlafen sollte. Ich war in New York, in der Nähe des Rockefeller Center, mitten im Herzen jener Stadt, in der zu leben ich mir immer erträumt hatte. Die Menschen – ein ganzer Strom von Menschen – gingen neben mir her, sie kamen von der Arbeit und liefen mit jenem klassischen federnden Schritt, der mich so oft im Fernsehen begeistert hatte, und ich kam mir vor wie das einsamste und unglücklichste Wesen der Welt. Plötzlich vernahm ich in der Ferne die Musik einer Kapelle. Aber wie anders war sie als jene, die mich als Kind im Dorf so oft geweckt hatte! Sie hatte etwas Klägliches, und tatsächlich kam sie aus den Instrumenten einer Kapelle der Heilsarmee. Traurig trat ich an eine der Damen heran, eine kleine Mollige mit runden Augengläsern und einer Haube, deren Band sich um den speckigen Hals spannte. Sie verteilte Broschüren – in wie vielen Filmen hatte ich das nicht schon gesehen? Ihren Angaben folgend, nahm ich die Untergrundbahn, zum ersten Mal seit ich in New York war. Ich hatte nicht viel versäumt. Beim ersten Halt stieg ich in einen anderen Wagen um. Dort starrten ein paar Schwarze bedrohlich auf meine Armbanduhr; ich hatte sie von Cybill geschenkt bekommen, und davon mal abgesehen war sie der einzige Wertgegenstand, der mir verblieben war.

Für diese Nacht gelang es mir mit Hilfe der Summe, über die ich noch verfügte, ein Einzelzimmer zu ergattern. Ich verbrachte ungefähr eine halbe Stunde damit, unter Verrenkungen die lange Hausordnung, die hinter der Tür hing, zu studieren, und als ich fertig war und die geflickte Bettdecke, die mit Rotz und Popeln verschmierten Wände und den buckligen Fußboden betrachtete, schien es mir, als fehlte trotz der Akribie, mit der sie abgefasst war, die wichtigste Vorschrift: »Es ist verboten, Selbstmord zu begehen!« Danach sank ich, vollständig angekleidet, in einen Schlaf voller Albträume: Onkel Richard, Nonnilde, Charles und Jennifer traten darin auf, und alle Gesichter waren bleich wie böse Geister und schrien mich an. Schon bei Tagesanbruch hatte ich die Nase voll und trat, nachdem ich das gemeinschaftliche Bad am Ende des Korridors benutzt hatte, hinaus ins Freie.

Seit ich in New York war, hatte ich die Stadt noch nie zu dieser Stunde erlebt, und wie ich jetzt feststellte, hatte ich auch da nicht viel versäumt. Ziellos wanderte ich durch die Straßen, in denen ein gelblicher Dunst waberte; sie waren von schmuddeligen Typen bevölkert, von Ausgestoßenen der unterschiedlichsten Art. Schließlich stieß ich auf einen kleinen Markt jugoslawischer Flüchtlinge, wenigstens dem Klang des Liedes nach zu urteilen, das aus einem alten feilgebotenen Radio kam und mich an Genuarios melancholische Melodien in jenem fernen Sommer meiner Verbannung aufs Land erinnerte. Damals hatte ich mich für das unglücklichste Wesen der Welt gehalten; jetzt hätte ich alles darum gegeben, in jene Zeit zurückkehren zu dürfen, und ich konnte meine Tränen nicht mehr zurückhalten. In jenen Tagen musste ich unentwegt weinen.

Schon an diesem Morgen versuchte ich erneut, mich mit Cargallo in Verbindung zu setzen, aber jetzt nahm nicht einmal mehr die Mutter ab. So gelangte ich in völliger Trostlosigkeit zum italienischen Generalkonsulat, um dort Hilfe zu erbitten. Ich stellte mich eine Stunde in die Schlange, nur um zu erfahren, dass sich der Beamte, der für meine Art von Problemen zuständig war, im Urlaub befand: Auch in Amerika blieb sich die italienische Bürokratie also treu. Ich flehte den Angestellten an und erzählte ihm, dass mir infolge eines Überfalls alles Geld abhanden gekommen sei, und da ich soeben erst in der Stadt eingetroffen sei, würde ich auch niemanden kennen, an den ich mich wenden könnte.

Er zuckte mit den Achseln. »Füllen Sie dieses Formular für finanzielle Unterstützung in dringenden Notfällen aus, aber Sie werden sich schon einige Tage gedulden müssen, bis Sie etwas erhalten.«

»Was für ein Glück, dass es sich um einen dringenden Notfall handelt! Und wovon soll ich in der Zwischenzeit leben?«, zischte ich.

Er blickte mit säuerlicher Miene auf meine Uhr. »Sie haben eine schöne Uhr. Bringen Sie sie zum Pfandleiher.«

Mit der Summe, die mir dort ausgehändigt wurde, kam ich in einem kleinen Hotel in der 44ten unter. Zum Essen ging ich in die Restaurants, in denen ich bekannt war, immer in der Hoffnung, Onkel Richard dort zu begegnen und ihn auf seine Verpflichtungen festnageln zu können, auch wenn ich nach jeder Mahlzeit und der üblichen Szene dermaßen alkoholisiert und untröstlich hinausging, dass ich mich ihm, hätte ich ihn tatsächlich erblickt, wohl eher zu Füßen geworfen hätte. Konnte er mich wirklich so behandeln? Hatte er nicht immer behauptet, in mir einen Sohn gefunden zu haben? Und ist ein Vater nicht immer bereit zu verzeihen? Schließlich hatte Charles nichts bemerkt, und es war ja auch nichts geschehen, was nicht wiedergutzumachen wäre. Vielleicht wollte mir Onkel Richard nur eine Lektion erteilen und konnte es jetzt, genau wie ich, kaum erwarten, mich wieder in die Arme zu schließen. Bald aber war auch dieser letzte schwache Hoffnungsschimmer zum Erlöschen verurteilt.

An jenem Morgen hatte ich die x-te Telefonzelle betreten und automatisch, ohne noch wirklich daran zu glauben, die Nummer gewählt. Das Herz sprang mir in die Kehle, als ich hörte, dass endlich jemand abnahm, und auch wenn es wieder nur die Mutter sein würde, war ich mir sicher, dass Cargallo in der Nähe war. Den Gedanken, Onkel Richard vor Gericht zu zerren, hatte ich inzwischen völlig aufgegeben. In Anbetracht des unweigerlich ausgelösten Skandals würde Cybill mir Fragen stellen, und beim bloßen Verdacht, dass ihre Schwester dahintersteckte – dass ich sie gevögelt hatte –, würde ich auch sie verlieren, und zwar für immer, das wusste ich genau. Aber es ging nicht nur darum. Ich hatte meine Jugend in der Geborgenheit einer großen Familie verbracht und dann verlassen, was davon übrig geblieben war, heimlich wie der übelste der Renegaten, und nach diesen endlos langen Tagen der Einsamkeit war mir klar geworden, dass Onkel Richard und mein Vetter Charles die Einzigen waren, die mir jene Wärme geben konnten, in der ich aufgewachsen war und deren Fehlen ich jetzt, als der Entwurzelte, der ich war, so sehr spürte, wie ich es seit meiner

Ankunft in New York niemals erlebt hatte. Deshalb hatte ich beschlossen, etwas Zeit vergehen zu lassen und dann beim Onkel vorstellig zu werden, um ihn um Verzeihung zu bitten. Im Moment jedoch brauchte ich dringend Bargeld und wandte mich voller Hoffnung an Cargallos Mutter. »Signora«, sagte ich. »Hier ist Carlo Di Lontrone«, und fügte auf ihr Schweigen hin im reinsten meridionalen Stil hinzu: »Carletto, erinnert Ihr Euch nicht? Der Freund Eures Sohnes.«

»'N Stück Scheiße bist du!«, schimpfte sie drauflos. »Du hast mir meinen Frank umgebracht. Sie ham ihn gestern gefunden, aber eine Mamma, die hat für bestimmte Dinge 'n Gespür, und seit er dich mit nach Haus gebracht hat, hab ich gespürt, dass du meinen armen Sohn mal umbringen wirst ... Dich will ich auch tot sehn, du Schuft, und wenn ich dir das Herz mit meinen eigenen Händen aus dem Leibe reißen muss!«

Ich war patschnass vor Schweiß – einem stinkenden, eiskalten Schweiß –, und die Beine zitterten mir, als ich, ohne ein Wort zu sagen, auflegte. Deshalb also war er verschwunden ... Aber was hatte ich damit zu tun? Ich kaufte mir schnell eine Zeitung, und schon beim Aufschlagen wurde mir klar, wie falsch ich Frank Cargallo eingeschätzt hatte. Er starrte mich mit einer traurigen Grimasse an, die Schlagzeile des acht Spalten langen Artikels lautete: »Grässlicher Tod des aufgehenden Sterns der New Yorker Mafia« – von wegen kleiner Vorstadtboss! Sie hatten ihn halb verwest in einem Lagerhaus der Bowery gefunden, aber nicht einmal, als ich las, dass sie ihm den Kopf in zwei gleiche Teile zersägt hatten, konnte ich einen Seufzer der Erleichterung unterdrücken. Die Zeitung sprach von der klassischen Abrechnung zwischen rivalisierenden Clans, und in der Reihe der Verdächtigen war von meinem Namen jedenfalls keine Spur zu sehen. Die Erleichterung, die ich empfand, hielt gerade so lange an, wie ich brauchte, um ins Hotel zurückzukehren, mich ermattet aufs Bett zu werfen und im Fernsehen mein Gesicht neben dem seinen zu sehen.

Der Wortschwall des Sprechers kam wie in Zeitlupe bei mir an, als würde er eine weite Distanz zurücklegen. Ich war die Nachricht des Tages – die letzte Person, mit der Cargallo lebend gesehen worden war. Ausgerechnet ich, Carlo Di Lontrone, der Neffe des großen Tycoons Richard Di Lontrone, welcher ebenfalls gezeigt wurde, wie er mit düsterer Miene in seinen von Journalisten belagerten Rolls kroch. Das Blut gefror mir in den Adern, mein Kopf wurde leer. Vielleicht verlor ich das Bewusstsein, ich weiß es nicht. Ich weiß auch nicht, wie lange ich in diesem Zustand verharrte, ich weiß nur, dass es, als ich wieder zu mir kam, dunkel war und mir die Angst wie ein Berg auf der Brust lastete. Die Polizei suchte mich wegen Mordes, und nicht wegen Mordes an irgendjemandem, nein, meine Herrschaften: wegen Mordes an dem »aufgehenden Stern der New Yorker Mafia«! *Mafia*. Onkel Richard wollte nicht einmal mehr das Wort hören. Sein ganzes Leben lang hatte er sich bemüht, sie sich vom Hals zu halten, und da komme ich aus Italien daher und hänge sie ihm wieder an, und das würde er mir nun wirklich niemals verzeihen. Jetzt war ich endgültig erledigt. Hätte ich nicht die Kraft gefunden, aus dem Bett zu springen, wäre ich bestimmt gestorben – was weiß ich, an einem Infarkt oder so. Ich musste mich stellen, es half alles nichts. Dann würde passieren, was passieren musste. Ich weckte den Nachtportier und fragte ihn nach der nächsten Polizeistation.

Die Eingangshalle war voller Halunken und Prostituierter, die in Handschellen auf ihr Schicksal warteten. Ich fixierte das Arschgesicht des Polizisten hinter der Glasscheibe. »Ich bin Carlo Di Lontrone«, wandte ich mich theatralisch an ihn, und die Gleichgültigkeit, mit der er meine Worte quittierte, gab mir das Gefühl, lächerlich zu sein, doch sobald ich hinzufügte: »Ich bin hier wegen des Mordfalls Cargallo«, sah ich, wie sich seine schweren Nüstern aufblähten. Er zog die Nase hoch, räusperte sich und reichte mir einen Fragebogen. »Hier bitte … Füllen Sie den aus, mein Herr.«

Es gab einen einzigen freien Stuhl. Der Schwarze daneben trug einen großkarierten Dreiteiler mit Schlaghose und stank nach Erbrochenem. Ich legte den Fragebogen auf meine Knie, füllte ihn rasch und mit angehaltenem Atem aus, und sobald ich wieder am Schalter stand, hob der Polizist die Augen von seinem Register.

»Schon fertig, mein Herr?« Er warf einen Blick auf das Formular. »Sie wohnen im Mainstream Hotel, mein Herr?«

Ich nickte.

»Gut, kehren Sie dorthin zurück. Der Fall, auf den Sie sich beziehen, liegt in der ausschließlichen Zuständigkeit des FAM – *Fight against Mafia*«, erläuterte er angesichts meiner fragenden Miene. »Und das FAM ist im Augenblick mit einer umfangreichen polizeilichen Operation befasst.«

»Aber ich muss mich stellen, ich werde gesucht.«

»Kein Problem, mein Herr, das können Sie …«, er blickte auf seine Uhr, »in genau vier Stunden tun. Jetzt gehen Sie ruhig in Ihr Hotel zurück, und wenn Sie wiederkommen, bringen Sie Kleider mit, die werden Sie brauchen.« Beinahe hätte ich gesagt, dass ich nichts besaß als das, was ich am Leib trug, aber er hatte mich schon abgefertigt. Er schrieb wieder etwas in sein Register, und als ich mich beim Ausgang noch einmal umdrehte, um ihn zu fragen, an wen ich mich bei meiner Rückkehr wenden soll, klebten seine Lippen schon an der Sprechmuschel, wobei sein Blick in alle Richtungen zuckte. Er redete von mir, da war ich mir sicher. Als er mich bemerkte, erbleichte er, klemmte sich den Hörer unters Kinn und antwortete lächelnd: »Bei dem Kollegen, den Sie hier an meinem Platz antreffen werden … Ich diktiere ihm gerade einen Vermerk, mein Herr.«

Als ich hinausging, dämmerte es bereits. Ich steuerte mein Hotel an, doch der Gedanke, mich dort einzusperren, erschien mir plötzlich unerträglich, und ich schlug eine andere Richtung ein. Ich brauchte Luft, und um diese Zeit war die Luft in New York unglaublich leicht. Während ich einsam durch die menschenleeren Straßen ging, wo bläuliches Licht die Wolkenkratzer umspielte, kam ich mir vor wie einer dieser vom Schicksal verfolgten Helden in den Filmen, die ich mir als kleiner Junge angesehen hatte. Ich betrat eine Bar, und nachdem ich mir Zigaretten aus dem Automaten geholt hatte, setzte ich mich an ein Tischchen, trank und rauchte und suchte Blickkontakt mit der Kellnerin – wie das so ist mit diesen Figuren: Mit einem einzigen Blick entflammen sie das Herz von Frauen, die letztlich ihre Retterinnen sein und dabei sogar das eigene Leben aufs Spiel setzten werden. Aber nein, es gab keine Frau, die mich retten würde – ich hatte mich seit einer Woche nicht mehr rasiert, war verdreckt, zerlumpt und betrunken, und das Mädchen riss mir nur angewidert das geschuldete Geld aus der Hand. Beim Hinausgehen wäre ich beinahe hingefallen, so sehr drehte sich mir der Kopf. Die beiden Stunden bis neun würde ich in meinem Bett im Mainstream verbringen.

Das Hotel war nicht weit weg, und obwohl es dank der durchnummerierten Straßen praktisch unmöglich ist, sich in Manhattan zu verlaufen, schaffte ich es trotzdem. Als ich aus einer übel riechenden Gasse herauskam, blickte ich mich um und erlebte plötzlich zwei Überraschungen: Die erste war, dass ich kaum zwanzig Meter von meinem Hotel entfernt war. Die zweite, dass genau vor meiner Nase der graupenfarbene Cadillac von Cargallo stand. Den Typ drinnen erkannte ich schon an den Schultern wieder, und ein Schwall eiskalten Blutes schoss mir in den Kopf. Ich ging rückwärts, ohne mich umzudrehen, ohne auch nur zu atmen, und kaum war ich wieder in der Gasse, rannte ich los und stöhnte. Was hatte ich bloß verbrochen, um das alles zu verdienen?

Ich blieb erst stehen, als meine Beine steif wie Pfähle waren. Mein Mund war schleimverschmiert, Herz und Schläfen platzten schier, und ich fiel der Länge nach auf eine Freitreppe. Tore, Cargallos Stellvertreter, der Mann im Cadillac: Er war es, mit dem der Polizist am Telefon gesprochen hatte! Schon einmal hatte er versucht, mich zu massakrieren, und jetzt würde ihn keiner mehr daran hindern. Ich musste abhauen, verschwinden, aber wie, mit dem wenigen, was mir geblieben war? Während ich noch darüber nachdachte, bemerkte ich den Typ, der auf der Stufe über mir im schmuddeligen Schatten eines Hausflurs schlief, eine Plastiktüte in den Armen und eine ganze Aureole leerer Flaschen um sich herum. Seine Mutter hatte gewiss andere Hoffnungen für diesen Unglücklichen gehegt, aber jetzt hätte nicht einmal sie ihn wiedererkannt. Tja, nicht einmal mehr die eigene Mutter.

33

Und so wurde ich Stadtstreicher – ein *homeless*, wie man sie in New York nennt. Früher hatte ich mich, wenn ich solche Typen unterwegs sah, oft gefragt, wie sie nur so weit hatten herunterkommen können. Jetzt weiß ich es und kann es verraten: Es ist überhaupt nicht schwer.

Abgesehen vom Übrigen genügte es in meinem Fall, einen Secondhandshop zu betreten und mich meines maßgeschneiderten grauen Anzugs zu entledigen. Der fette Kerl hinter dem Ladentisch besah ihn sich nur flüchtig, und auch meine handgearbeiteten Kalbsledermokassins würdigte er kaum eines Blickes. Obwohl sie inzwischen keinen tollen Anblick mehr boten, kamen mir die fünfzehn Dollar, auf die er sie schätzte, dennoch schäbig vor. Für die neue Montur musste ich ihm sogar noch fünf Dollar extra hinblättern. Als ich jedoch hinausging und im erstbesten Schaufenster mein Spiegelbild mit der weiten rotkarierten Jacke, der hässlichen dunklen Hose, den klobigen Schuhen, der Mütze mit den Ohrenklappen und dem über die Schulter gehängten Plaid betrachtete, dazu den Bart und das ausgezehrte Gesicht, tja, da war ich wirklich ein perfekter, namenloser Stadtstreicher. Als Tüpfelchen auf dem i kaufte ich mir bei einem fliegenden Händler noch eine dunkle Brille – meine hatte ich auf der Flucht verloren –, und nun war ich, der ich mich schon als Jugendlicher geweigert hatte, Apache auf sein *On-the-road*-Abenteuer zu begleiten, genau zu dieser Art von Existenz gezwungen. Kaum eine Woche zuvor war ich so weit gegangen, mein Leben im Wohlstand an Cybills Seite zu verachten –

was hätte ich jetzt nicht darum gegeben, in jenes häusliche Glück zurückkehren zu dürfen? Der erste Impuls war, mich vor dem Haus ihrer Familie in der Park Avenue in Stellung zu bringen. Wenn sie nach New York zurückkehrte und mich nicht zu Hause antraf, würde sie gewiss dorthin gehen. Aus diesem Grund hatte ich auch den Gedanken aufgegeben, die Stadt zu verlassen – wie hätte ich ihr sonst je wiederbegegnen sollen? Ich stellte mir Cybills Gesicht vor, wenn sie mich so zugerichtet sähe. Derart abgeschnitten von der Welt, wie sie jetzt war, hatte sie von dem, was geschehen war, sicher nichts mitbekommen. Ich selbst würde es ihr erzählen, und die Tatsache, dass ich in den Mord an Frank Cargallo, dem *Mafioso* Cargallo, verwickelt worden war, gereichte mir sogar zum Vorteil, denn ich hatte eine plausible Erklärung für Onkel Richards Verhalten. Dass ich mich mit Frank angefreundet hatte, war außerdem auch ihre Schuld – genauer gesagt, die ihres Exmannes, Stewart Sheffield. Aber egal. Ich musste mich nur vor Tore hüten. Er wusste natürlich von mir und Cybill und würde dieselben Überlegungen anstellen, vorausgesetzt, er war mit seiner Visage überhaupt imstande, Überlegungen anzustellen. Keinesfalls durfte ich ein Risiko eingehen. Ich erinnerte mich nicht nur an seine Visage, sondern auch an seine Hände und daran, wie stark sie waren; außerdem wusste ich, dass Cybill mindestens bis zur letzten Juliwoche bei Whiteagle Spencer bleiben würde. Deshalb beschloss ich, mich vorerst im Hintergrund zu halten, und schon an jenem Morgen passierte etwas, was ich niemals für möglich gehalten hätte. Während ich so dahinging, kam mir ein elegantes Paar entgegen, und ich streckte, ohne mir viel dabei zu denken, die Hand aus. Die Frau musterte mich mitleidig und stieß ihren Begleiter an, der mir einen Dollar gab. Nun war es amtlich: Ich war ein Bettler geworden.

Die ersten Tage las ich noch in den Zeitungen über mich. Ich verkörperte die x-te Bestätigung der schlimmsten Vorurteile gegenüber den Italo-Amerikanern. »Mafia und Geschäfte« lautete eine knallige Schlagzeile, gefolgt von Onkel Richards jämmerlichem Verteidigungsversuch: »Carlino Di Lontrone? Ich hatte einen

Neffen dieses Namens, aber ich habe ihn aus den Augen verloren, und glauben Sie mir, das war kein großer Verlust.« Dann nahm die Zeit, die alles verschlingt, ihren Lauf. Die Nachrichten, die mich betrafen, verschwanden nach und nach, und ich verwendete Zeitungen höchstens noch zum Hinternabwischen oder um mich darauf schlafen zu legen: Angewidert von den nächtlichen Furzkonzerten in den Schlafsälen der Heilsarmee, in denen es von jeder Art menschlicher Wracks wimmelte, welche jedoch alle durch die Bank große Furzer waren, hatte ich mich eines Nachts entschieden, mein Plaid auf dem Rasen des Central Park auszubreiten. Schon damals war das ein gefährlicher Ort, aber gefährlich für wen? Ich besaß nichts, was jemanden hätte reizen können, außerdem kam es auch im Schlafsaal fast jede Nacht zu Handgreiflichkeiten, und im Park konnte ich wenigstens frei atmen. Dennoch versteckte ich mich hinter einem Busch und unter dem zwischen den Fialen der Wolkenkratzer aufgespannten Himmelszelt, und obgleich mir die Sterne jetzt wie traurige, weinende Augen vorkamen, gelang es mir zum ersten Mal, seitdem das Unglück über mich hereingebrochen war, ruhig einzuschlafen. Außerdem war der Central nur ein paar Schritte von der Park Avenue entfernt, wo ich mich ab Mitte Juli jeden Morgen aufbaute – ich hatte auch schon versucht, dort zu schlafen, aber es fuhren ständig Polizeiautos vorbei.

Auch mit dem Essen war es nicht kompliziert. Zu jener Zeit gab es noch keine so große Konkurrenz, und die New Yorker verteilten großzügige Almosen. Vor allem wurde ich mit jeder Woche, die verging, optimistischer. Bald würde ich Cybill wiedersehen. Alles würde in Ordnung gehen, und später würden wir über diese traurige Erfahrung gemeinsam lachen. Was mich wirklich quälte, war die Hitze, aber mir war nicht danach zumute, auf meine »Verkleidung« zu verzichten. Kaum hatte ich ein paar Dollar gespart, lief ich in ein Stundenhotel, um mich zu duschen, stank aber trotzdem von Tag zu Tag mehr. Was würde meine Liebste denken, wenn sie mich wieder in ihre Arme schlösse? Und vor allem: *Wann* würde das sein? Bald war August, und auch dieser Monat verstrich, und obwohl ich mich jetzt so nah wie möglich vor dem Eingang ihres Elternhauses postierte – stets unter den drohenden Blicken eines der üblichen tressenübersäten Portiers –, und obwohl ich mich nur für jene wenigen Minuten entfernte, die meine körperlichen Bedürfnisse erforderten, war von Cybill keine Spur zu sehen. Bis ich sie eines Morgens – ich war kaum zur Stelle – aus einem Taxi steigen sah und mein Herz einen Sprung machte. Ich beobachtete, wie sie unter das smaragdgrüne Vordach des Hauseingangs trat. Freudetrunken rannte ich hinter ihr her, rief sie beim Namen und hätte sie beinahe am Arm gezupft, doch im selben Moment, da sie sich schreiend umdrehte, begriff ich, dass sie es gar nicht war. Nach den Drohungen, die der Portier mir nachrief, als ich mich mit einem Ruck aus seinem Griff befreit hatte, war mir klar, dass ich mich fernhalten musste, und so beschloss ich zu tun, was ich vielleicht schon viel früher hätte tun sollen: Ich rief bei den Collins an. Natürlich sagte ich nicht, wer ich war, denn dort las man bestimmt Zeitung und sah fern.

»Mein Name ist Pater Sigismondo, ich bin von der Zeitschrift *Glauben und Wissen*«, erprobte ich am Butler meinen sorgfältig ausgeklügelten Trick. »Ich habe einen Termin für ein Interview mit Frau Cybill Collins.«

»Die gnädige Frau ist verreist, Pater«, antwortete er beflissen.

»Gewiss, sie hat eine Zeit der Besinnung eingelegt. Mir hatte sie jedoch gesagt, dass sie in diesen Tagen zurückkäme.«

»Sie haben recht. Nur ist sie leider schon wieder abgereist.«

»Was heißt das?«, fragte ich aufgebracht. Zu aufgebracht. Etwas ruhiger schob ich hinterher: »Und mein Interview?«

»Ich weiß nicht, was ich sagen soll, Pater«, erwiderte er, schon weniger beflissen.

»Sehen Sie, es handelt sich um eine wichtige Angelegenheit. Ihr Beitrag wird neben jenen bekannter Persönlichkeiten aus Kunst und Kultur erscheinen … Bitte, mein Sohn, tun Sie mir den Gefallen, und sagen Sie mir, wo sie ist.«

»Das ist unmöglich, mein Herr.« Und er legte auf.

Was jetzt? Ohne groß nachzudenken, steckte ich sofort eine weitere Münze in den Schlitz. Dieses Mal rief ich bei Charles an. Ich musste unbedingt wissen, wo sich Cybill aufhielt, und von wem ich das erfuhr, war mir egal.

»Mr Di Lontrone ist nicht in der Stadt«, antwortete der zweite Butler.

»Wann kommt er zurück? Wir hatten einen Termin für ein Interview«, fragte ich, immer noch in der Rolle des geistlichen Herrn.

»In sechs Monaten, Pater.«

»Sechs Monate, und wie soll ich … Geben Sie mir bitte Jennifer … Die gnädige Frau, meine ich.«

»Sie befindet sich in Begleitung von Mr Di Lontrone.«

»Und Sie haben keine Adresse, keine Telefonnummer?«

»Ich weiß nur, dass Mr Di Lontrone sich auf Forschungsreisen befindet. Ich bedaure sehr.«

»Ich beschwöre Sie, es ist für mich von größter Wichtigkeit. Ich bin eigens deswegen nach New York gekommen …« Aber schon redete ich alleine weiter. Und alleine fühlte ich mich auch und verloren, während das Telefon mir ins Ohr tutete. Sechs Monate, sechs lange Monate, wo ich doch nicht einmal eine Sekunde mehr von diesem Scheißleben ertrug! Ich riss mir die Jacke vom Leib, warf die Mütze weg und hielt meinen Kopf unter den Strahl eines Brunnens. Als der Verkäufer mich schmutzig und triefend in seinen Laden treten sah, wollte er schon etwas sagen, aber mein finsterer Blick belehrte ihn eines Besseren. Ich legte alles, was ich hatte, auf die Theke, und ging mit den beiden ersten Flaschen meines Kolossalbesäufnisses hinaus.

Ich betrank mich tagelang, wochenlang, monatelang. Sobald ich ein paar Dollar zusammenhatte, kaufte ich mir etwas zu trinken. Ich aß auch nichts mehr, ich lebte praktisch vom Alkohol. Und von Träumen. Ich träumte ständig. Auch wenn ich wach war. Es waren eher Visionen als Träume. Es war, als wäre ich wieder ein Kind, als wäre ich zurückgekehrt in mein Leben von damals, in das Haus der Großmutter. Die Erste, die mir erschien, war meine

Mutter, aber sie war wenig mehr als ein Hauch himmelblauer Luft. Sie flatterte um mich herum mit dem rätselhaften Lächeln, das sie im Flugzeug gehabt hatte, und entschwebte singend in die Sphären. Mit dem Rest der Familie führte ich Gespräche. Ich unterhielt mich mit meinen Tanten, stritt mich mit meinen Cousinen – um ein Spielzeug etwa, auch wenn es sich, noch während wir es uns streitig machten, in einen stinkenden Fetzen verwandelte oder in Gestalt einer Taube davonflog. Nonnilde hörte ich vor allem zu, aber mit liebevollem Herzen – sie hatte stets mein Bestes gewollt, das war mir inzwischen klar, obwohl ich einmal – oder hatte ich mir das nur eingebildet? – in eine Telefonzelle getorkelt war und sie angefleht hatte: »Großmutter, ich bin's, Carlino … Ich sterbe, hilf mir, ich bitte dich«, und zur Antwort nur ein schreckliches Gebrüll erhalten hatte. Ihre Schreie waren mir durch Mark und Bein gegangen. Sollte sie meinetwegen schreien – nach dem ganzen Ärger, den ich ihr bereitet hatte, war damit zu rechnen gewesen –, aber der Lärm und das Getöse, das darauf gefolgt waren, so etwas wie ein brutales, chaotisches Schlagzeugsolo, darauf hatte ich mir wirklich keinen Reim machen können. Trotzdem hatte ich mich gleich danach, als wäre nichts gewesen, wieder an die Flasche gehängt. In meinen Träumen passierten ja immer die seltsamsten Dinge, und die schönsten Träume begannen mich um Weihnachten herum heimzusuchen.

New York wird dann wunderschön, und die New Yorker sind noch freigebiger. Ich brauchte mir nicht einmal mehr die Mühe zu machen, die Hand auszustrecken: Wenn ich aufwachte, war meine Schachtel mit raschelnden Banknoten gefüllt. Trotz der Kälte verwandelten sich die endlosen Lichterketten, die überall leuchteten, in die Lämpchen jenes längst vergangenen Sommers mit Pit, und während ich jede Minute unserer kleinen Abenteuer neu erlebte und über seine Witze in mich hineinlachte, als würde ich in diesem Augenblick tatsächlich seine Stimme hören, fühlte ich mich glücklich – ich, der Obdachlose, den die mit bunten Päckchen beladenen Paare mit Abscheu oder Mitleid betrachteten. Pit aber war noch derselbe: groß, blond und schon eine Legende, und das Leben war ein wunderbares Versprechen.

Doch plötzlich wurde die Kälte eisig. Um mich zu schützen, kuschelte ich mich in ein sargähnliches Gehäuse aus Kartons und alten Zeitungen, und eines Abends las ich im Sargdeckel: »Katastrophales Erdbeben in Süditalien: Ganze Dörfer dem Erdboden gleichgemacht«. Der Name meines Dorfes stand ganz oben auf der Liste. Ein paar Sekunden war ich starr vor Schreck, dann war es, als wischte ein nasses Tuch über die trübe Oberfläche meines Gehirns, und ich hörte das Lärmen am Telefon wieder. Das war es gewesen! Deshalb also hatte Nonnilde mir, statt Trost zu spenden, das Trommelfell zum Platzen gebracht. Wie eine Feder schnellte ich hoch. Ich musste wissen, ob mein armes Großmütterchen noch am Leben war. Aber ich war eine vom Rost angefressene Feder und fiel vollkommen erschöpft auf das Pflaster – mit dem Gesicht auf das Pflaster – und blieb entkräftet dort liegen, während die Leute um mich herum weitereilten. Männerschuhe, Frauenschuhe. Kinderschuhchen. Kinderstimmen, die sich wie Vogelgeschrei in der milchigen Luft fortpflanzten. Ich sah eine ganze Menge Kinder hervorquellen. Sie kamen aus der Schule gerannt – aus der Klosterschule. Ich erkannte Rino, Apache, Tarcisio, den armen Schweizer, mich selbst in meinem abgetragenen Mäntelchen, und viele andere, *alle* anderen, und in diesem Augenblick brach auch der Himmel in Tränen aus. Sanfte, große, weiche, kalte, leichte Tränen. Bald versank ich im Schnee. Nur noch ein Weilchen, und ich würde tot sein. Ich *wollte* sterben. Alles, was einmal gewesen war, hatte sich für immer aufgelöst; verschwunden waren jene, die ich gekannt hatte, verblichen jeder Winkel meiner Erinnerungen, mein Leben selbst auf einen düsteren Wirbel von nichts reduziert, und die Reue quälte mich so sehr, als wäre ich es, der durch seinen Tod alles ausgelöscht hätte. Dann trat fauliger grüner Schaum aus meinem Mund, und ich begriff, dass mein letztes Stündchen geschlagen hatte. Ganz sicher war ich mir, als ich die heilige Barbara mit ihrer spitzen Hand vor mir auftauchen sah.

Trotz der Drohungen, die sie mir, als ich ein kleines Kind war, von ihrem Sockel herab entgegengeschleudert hatte, und trotz Nonnildes Bemühungen, mich zu retten, war mein Leben nichts als eine Aneinanderreihung von Sünden gewesen. Als Kleinkind hatte ich mich in die ozeanischen Brüste meiner Cousine Tea versenkt, ich hatte Renata mit Imma betrogen, Incoronata mit Gwinevere, hatte Dutzenden von unbedarften *Turist*-Mädchen etwas vorgespielt und Alba Chiara am Altar stehen lassen. Am Ende hatte ich sogar unter der Gefahr, mich zu ruinieren – wie es dann tatsächlich auch geschehen war –, Cybill betrogen, die Frau, die ich mehr geliebt hatte als alle anderen, und jetzt also war die heilige Barbara gekommen, um mir die gerechte Strafe aufzuerlegen. Seltsam nur, dass sie mich dieses Mal nicht aus ihrem Gehäuse heraus anstarrte, sondern aus einer weißen Limousine, die so riesig war wie ein Wal. Ein Lichtkegel beschien ihr hölzernes Gesicht, und ihr Finger, der auf mich zeigte, leuchtete. Aus der Tür stieg, groß und schwarz, ein Würgeengel. Als er mich gen Himmel hob, dachte ich: »Ja, dieses Mal bist du wirklich tot, Carlino.«

34

Doch am Morgen danach – ich weiß nicht, wie viele Tage inzwischen vergangen waren – erwachte ich auf einem harten, bläulichen, surrenden Bett, nackt, abgesehen von dem Tuch, das meine Hüften und einen Teil meiner Beine bedeckte, aber in den Knochen die wohlige Wärme des halben Dutzends Fernsehapparate, auf die ich gebettet war. Vor mir hatte ich eine große Leinwand. Dahinter stand Gemma Cargallo und porträtierte mich.

Auch sie hatte mich nicht sofort wiedererkannt: Während ich sie mit der heiligen Barbara verwechselt hatte, hatte Gemma in mir einen Christus gesehen, einen sterbenden Christus vielmehr. Als ich sie das sagen hörte, dachte ich, dass sie als Schwester meines Opfers auf mein bevorstehendes Ende anspiele, aber in ihren Worten schwang keinerlei Drohung mit. Keinen Augenblick hatte sie geglaubt, dass ich etwas mit Franks Tod zu tun haben könnte, außerdem war während meiner »Abwesenheit« der tatsächliche Mörder gefunden worden – einer der Bosse, mit denen er rivalisiert hatte. Nein, sie meinte den *Sterbenden Christus* von Mantegna. Seit Jahren hatte sie daran gedacht, ihn neu zu schaffen, und ich war ihr als das würdige Modell erschienen; deshalb hatte sie mich in ihren Wagen geladen und mir das Leben gerettet. Leider durfte ich mir aus diesem Grund weder die Haare schneiden noch den Bart abrasieren – und Gott weiß, wie sehr ich mich danach sehnte. Ich durfte es übrigens auch später nicht. Gemma Cargallo schien ihrerseits Christus zu sein und mich ganz und gar zu wollen, denn sie hatte sich seit unserer ersten Begegnung noch stärker in ihren religiösen Wahn hineingesteigert.

Inzwischen wohnte sie in einem Haus an der 52ten Straße. Es drang kaum Licht durch die schweren Draperien vor den Fenstern, und das Innere erinnerte mehr als alles andere an eine Kirche, so vollgestopft war es mit Kreuzen, Monstranzen, Tabernakeln, Statuen und Reliquien. Die Werke ihres Zyklus *Prayers and Maledictions* hatten Furore gemacht, und sie hatte sich unter dem Namen »Praetiosa Gemma« mit Aplomb auf dem Kunstmarkt durchgesetzt. Außerdem war sie immer tiefer in ihr Delirium gesunken: Auch jetzt, da ich mich mühsam nüchtern hielt – ein Schlückchen hätte genügt, um mich wieder in den Abgrund des Alkoholismus zu stürzen –, kam mir Gemma nicht viel anders vor als die Statue der heiligen Barbara.

Mit ihren pechschwarzen Haaren, die sie über die Ohren nach hinten gekämmt hatte und die von mehreren, wie Heiligenscheine glänzenden Haarreifen festgehalten wurden, und den steinübersäten Kruzifixen um den langen Hals, der aus den von ihr bevorzugten altgriechischen Gewändern herausragte, war sie von einer gespenstischen Magerkeit und Blässe. Während sie malte, hielt sie kleine Predigten oder theologische Sermone, wie beispielsweise: »In den kontemplativen Seelen können außergewöhnliche mystische Phänomene auftreten, die oft mit der ekstatischen Vereinigung einhergehen. Zu diesen gehören die göttlichen Offenbarungen, mittels deren Gott eine verborgene Wahrheit manifest macht. Die Offenbarungen werden von übernatürlichen Wahrnehmungen begleitet, die auch Visionen genannt werden, oder von Manifestationen des göttlichen Denkens, die von den äußeren oder den inneren Sinnen oder direkt vom Intellekt erfasst und Lokutionen genannt werden. Im Rahmen solcher Lokutionen hat Jesus der Praetiosa Gemma die künstlerische Inspiration aufgezeigt, der sie folgen musste.« Der Erfolg kann auch solchen Aberwitz zeitigen, insbesondere dann, wenn er sich mit solcher Wucht und Fulminanz einstellt wie in ihrem Fall. Sobald ihre Bilder fertig waren, verschwanden sie auch schon wieder, und obwohl sie ziemlich langsam arbeitete – »Die Malerei ist für mich Meditation, Gebet«, pflegte sie zu sagen –, hing inzwischen in den Sammlungen sämtlicher Reicher ein »Praetiosa Gemma«, und reich, märchenhaft reich, war auch sie selbst geworden.

Innerhalb weniger Monate hatte sie mehr verdient als ihr Bruder während seiner ganzen Wegelagererkarriere, hatte sich von ihrer Mutter befreit – und sie gegenwärtig in einem Altenheim untergebracht – und ihr geräumiges, kirchenartiges Domizil erworben. Zudem verfügte sie über einen Butler, einen Assistenten, einen Chauffeur – den Schwarzen, den ich mit dem Würgeengel verwechselt hatte –, und über einen Koch, auch wenn sie sich ausschließlich von Hostien und Lammfleisch ernährte, von enormen Mengen bluttriefenden Lammfleischs. Oft deklamierte sie *Agnus Dei qui tollis peccata mundi*, wenn sie vor einer Reihe smaragd- und rubinbesetzter, an den Heiligen Gral erinnernder Kelche saß und mit ihren spitzen Zähnen das Fleisch zerkleinerte, wobei ihr nicht selten Blut aus dem schmallippigen Mund rann. Dann sprang sie unvermittelt auf und stürmte davon.

Etwas anderes, wonach sie verrückt war, war mein Sperma. Jede Nacht sah ich sie in mein Zimmer stürzen. Sie kniete neben meinem Bett nieder, und ich musste mich auf die Seite drehen. Mehrmals hatte ich versucht, ihr die angezeigten Variationen vorzuschlagen, aber vergebens. Ich fühlte, wie ihre eisigen Finger meinen Schwanz umklammerten, und hörte sie flüstern: »*Corpus Christi.*« Ich spürte, wie ihr Mund ihn ganz verschluckte, bis zu den Eiern, und dann mit letzter Anstrengung auch noch die Eier selbst, und das bereitete mir, der ich durchaus stattlich gebaut bin, eine unerklärliche Wonne – zumindest bis zu dem Tag, an dem ich ihr aus Neugierde auf ihrer Flucht nach solcher Prasserei folgte.

Von der halb geschlossenen Tür ihres Zimmers aus sah ich im Badezimmerspiegel, wie sie sich bis zum Handgelenk die Hand in den Mund schob und sich dann mit wilder Entschlossenheit auskotzte. Jetzt war mir auch klar, warum sie trotz der Unmengen, die sie hinunterschlang, so mager blieb, und obwohl ich zu jener Zeit noch nie etwas von Bulimie gehört hatte, genügte es mir, der Übung beizuwohnen, um zu verstehen, wie ihre Mundhöhle zu dem mir wohlbekannten Wunderwerk hatte werden können. Als ich davonlief, hätte ich um ein Haar Veronica umgerannt, die Atelierhelferin der Kotzerin. Sie wich mir aus und schenkte mir ein verschwörerisches Lächeln. Ich hatte sie einmal gefragt, ob sie wirklich so heiße wie die Heilige, die Jesus auf dem Weg zum Kalvarienberg das blutende Gesicht getrocknet hatte, oder ob ihr Gemma diesen Namen im Delirium aufgedrängt habe, so wie ich für sie eben »Christus« sei.

»Nein, ich heiße wirklich Veronica. Aber du hast recht«, grinste sie. »Die Praetiosa hat mich bestimmt deswegen angestellt.«

Sie kam aus einer Vorstadt in Michigan und war offensichtlich auf der Suche nach Erfolg in New York gelandet. Sie hatte Tanz studiert, ohne das Aussehen dafür zu besitzen, dann Schauspiel, ohne auch nur das Geringste von einer Schauspielerin an sich zu haben – kurz, sie war die klassische enttäuschte Provinzlerin. Veronica wohnte in einem Einzimmerapartment in der Lower East Side und musste sich schon in verzweifelter Geldnot befinden, wenn sie es mit Gemma aushielt. Nach dem glücklichen Abschluss des *Sterbenden Christus* – dreihunderttausend Dollar auf die Hand – hatte die Praetiosa beschlossen, ihn zu einer ganzen Serie auszubauen, und ich blieb ihr ideales Modell, vom Übrigen mal abgesehen. Während sie malte oder »betete«, bekam sie plötzliche Wutanfälle – ausgelöst vielleicht durch jene schöpferischen Pausen, die für Künstler so typisch sind –, und Veronica diente ihr hauptsächlich als Ventil. Stoisch steckte diese jede Art von Demütigung weg, und in solchen Momenten hätte man gesagt, dass ihr die Tränen unter den dick bemalten Lidern hervorquollen, auch wenn ich sie, um der Wahrheit die Ehre zu geben, niemals richtig weinen sah. Dann fasste sich Gemma wieder, und es ging weiter. Bis zum nächsten Wutausbruch. Es tat so weh, Zeuge dieser Szenen zu sein, dass ich allein schon deswegen davongelaufen wäre – aber wohin?

Bei Cybill und Charles hatte ich tausendmal angerufen, ohne ihnen auf die Spur zu kommen. Vor allem jedoch hatte ich andere und tragische Telefonate mit meinem Dorf getätigt. Da bei mir zu Hause niemand abnahm, versuchte ich es in der Bar Rosetta, in der Pension Miramonti und im Rathaus, wo mich endlich eine brüchige Stimme, sobald sie von meinem Anliegen hörte, warten hieß. Ein Mühlstein legte sich auf mein Herz, als mir eine andere Stimme mitteilte, dass meine Großmutter, Tante Ines und Onkel Teodorino leider unter den Trümmern »umgekommen« seien. »Und du, wer bist du?«, wurde ich gefragt, als ich in Schluchzen ausbrach.

Am anderen Ende der Leitung war Adolfino, der Bandleader der *Misantropi* und Knirps-Onkel meines Freundes Rino. Er hatte wirklich das Zeug zum Chef, keine Frage – so jung und schon Bürgermeister!

»Tatsache ist, dass hier fast alle tot sind«, informierte er mich, nachdem er mir, wie es sich gehörte, sein Beileid ausgesprochen hatte. Dann fuhr er fort: »Aber man muss ans Leben denken. Ja, das iss 'ne schreckliche Tragödie gewesen, 'ne Hekatombe, aber so 'n Schaden hat ja auch sein Gutes. Hier werden die Lire demnächst milliardenweise regnen, und nicht nur für den Wiederaufbau. Es iss schon die Rede von Zuschüssen für die Industrie, und du, du hast ja schon 'ne Industrie ... Carlì, ich weiß, dass es dir in Amerika nicht gut gegangen iss, aber das iss vorbei. Mit dem Haufen Geld, das du für die Ölfabrik kriegst, kannst du dich erholen ... Wir werden sicher handelseinig, du verstehst schon, was ich meine, oder? Ich geb dir das Doppelte vom Zuschuss.« Die letzten Worte hauchte er fast, um mich dann laut anzufeuern: »Komm zurück, Carlì ... Hör auf 'n Rat von 'nem Freund: Das iss deine große Chance. Also, kommst du wieder? He, Carlì? Was sagst du dazu?«

»Leck mich am Arsch, sag ich dazu, Adolfi«, und legte auf.

Danach weinte ich ganze Tage lang. Ich weinte um Tante Ines – wie lieb sie mich gehabt hatte, diese Frau! –, um Onkel Teodorino, um alle Toten unseres Dorfes und um noch mehr, denn als ich die amtliche Liste des Konsulats durchging, blieben mir ohne die Spitznamen immer noch Zweifel an ihrer tatsächlichen Identität. Schließlich aber las ich die dem tragischen Ereignis gewidmete Ausgabe der *Contrada soprana*, die ich zum Glück, ebenfalls im Konsulat, zwischen einer Unmenge ähnlicher Publikationen gefunden hatte. Sie war fast ausschließlich von meinem Meister Sabino Corelli verfasst worden – er gehörte glücklicherweise zu den Überlebenden –, der sich nach einer gelehrten Abhandlung über die Geschichte der Erdbeben in unserer Gegend seit den Zeiten Plinius' des Älteren – *Lucania saepe tremuit sed sine damno* – bei der Schilderung der unheilvollen Auswirkungen dieses letzten Bebens zu Anflügen echten Pathos hinreißen ließ – *Nie wieder werde ich die alten Gemäuer sehen / nie wieder die Glocken zur Vesper läuten hören / die heil'gen Lieder, wie sie durch die klaren Lüfte schwingen* –, um schließlich eine Liste der Toten und Überlebenden anzufügen. Diese war, der Tradition der Zeitschrift entsprechend, mit den Spitznamen versehen, was es mir ermöglichte, Gewissheit darüber zu gewinnen, dass meine Exfreundin, Incoronata di Torrediluna – es gab ein halbes Dutzend andere mit dem Namen Incoronata Campochiaro –, im Gegensatz zu ihrer Schwester Concetta und Torrediluna persönlich, überlebt hatte, wenngleich als Witwe von Titino Darsena, der vom Campanile zermalmt worden war. Imma und ihre fünf Kinder, nein. Der Patriarch hatte absurderweise überlebt – er war mit seinem Rollstuhl an der einzigen Stelle des Hauses, die der Erschütterung standgehalten hatte, eingeklemmt gewesen. Medoro, der kurz zuvor aus dem Irrenhaus entlassen worden war, nein. Motte, Rinos Onkel, nein. Der Apotheker und seine Frau waren dem Schicksal, meine Schwiegereltern zu werden, entgangen, nicht aber dem Erdbeben. Alba Chiara, ja – sie war in der Zwischenzeit endgültig nach Florenz gezogen. Überlebt hatte auch Pits Familie – wer weiß, ob Fausto in diesen grauenhaften Momenten nicht von seinem Mutismus geheilt wurde und geschrien hatte? Wer weiß, wo Pit war und ob er davon erfahren hat? Francufort, ja, er auch – er hatte mit seiner »starken Muskulatur« einen Stützbalken gestemmt und so seiner jungen Frau und den beiden Sprösslingen das Leben gerettet. Fusacchio mit der gesamten Dorfkapelle, nein – sie waren gerade dabei gewesen, Paisiellos *Nina* einzustudieren, bekanntlich einer der größten Unglücksbringer der Musikgeschichte, was allerdings, wie mein Meister im Geiste der Aufklärung kommentierte, reiner Zufall war. Addolorata, genannt Dolores, Pits »venezolanische« Geliebte und ihr Mann, der Fernfahrer, ja. Die Apache-Mutter, ja. Agonie, der Bassist der *Misantropi*, ja, während es Sissio der Widerling nach seinen drei Selbstmordversuchen endlich geschafft hatte.

Ich weinte um sie und um die anderen. Ich weinte um mein zerstörtes Zuhause voller Erinnerungen, aber hauptsächlich weinte ich um Nonnilde – und dabei hatte ich sie so gehasst. Die arme Großmutter, wie hatte sie gekämpft, und alles war umsonst gewesen! Als Gemma mich in dieser Verfassung sah, begann sie ihren *Weinenden Christus im Ölgarten* und war mit dem Resultat so zufrieden, dass sie mir einen Bonus von fünftausend Dollar gewährte. Im Übrigen überschüttete mich die Praetiosa mit Geschenken und zahlte mir einen angemessenen Lohn dafür, dass ich stillhielt, während sie mich malte, und dennoch: Je mehr Wochen vergingen, desto stärker wuchs meine Lust zu verschwinden. Ich dachte nur noch an Cybill. Ich liebte sie wirklich, das war mir jetzt vollkommen klar, jetzt, da ich wieder alles hatte: ein Dach über dem Kopf, Geld, Liebe – wenn man das, was die mystische Kotzerin mir gab, so nennen konnte. Und Cybill, liebte sie mich auch? Ist es möglich, fragte ich mich, dass sie nicht einmal versucht hatte, mich ausfindig zu machen? Was weiß ich, indem sie einen Detektiv auf mich ansetzte zum Beispiel – Amerika ist voll davon, und sie spüren jeden auf. Aber vielleicht war ich für sie nur einer von vielen gewesen, und der Zweifel, dass sie mich vergessen haben könnte, ließ mir keine Ruhe. Ich musste unbedingt mit jemandem reden, und deshalb vertraute ich mich eines Abends – ich war gerade dabei, mich wieder anzuziehen, nachdem die Praetiosa erschöpft das Atelier verlassen hatte –, und obwohl ich sie aus irgendeinem Grund nie besonders beachtet hatte, ausgerechnet Veronica an.

»Christus, ich kann nicht glauben, dass *du* etwas mit Cybill Collins Jones hast … Sie ist eine Berühmtheit«, quasselte sie drauflos. »Und wo ist sie jetzt?«, fragte sie.

Das ist genau der Punkt, erklärte ich ihr: Ich wisse es nicht, oder besser: Ich wisse, dass sie bei ihrem Guru Einkehr halte, dass sein Aufenthaltsort aber geheim sei.

»Und wer ist dieser Guru?«

»Whiteagle Spencer«, sagte ich, und ein Licht blitzte in ihren großen, dick mit Lidschatten geschminkten Augen auf – ihr Make-up war wirklich eine Katastrophe.

»Volltreffer, mein Freund, du bist im Bauch der Kuh.«

›Was zum Teufel redet die denn daher?‹, fragte ich mich trotz der guten Nachricht. Sie kannte einen Typ, der einmal zu Spencers Sekte gehört hatte, und den würden wir in Kürze treffen.

Es war das erste Mal, dass ich ausging, seit mich die Praetiosa Gemma mit ihrer Limousine aufgegabelt hatte. Ich hatte ihren üblichen nächtlichen Besuch abgewartet und spazierte nun durch die feuchten Straßen von New York. Es gab jede Menge Stadtstreicher, und jedem gab ich ein Almosen zum Gedenken an die Zeiten, die, wie ich inständig hoffte, niemals wiederkehren würden.

Bei der Danceteria musste ich mich nicht ausweisen, um eingelassen zu werden. Kaum war ich am Eingang, spürte ich das Vibrieren der Bässe im Bauch, und eine merkwürdige, spontane Euphorie bemächtigte sich meiner. Ich bahnte mir den Weg durch die Menge bis zur Tanzfläche, wo ich Veronica sofort ausmachte. Sie hob eine Hand, ohne mit dem Gehopse aufzuhören. Klein, mollig und wie üblich unvorteilhaft gekleidet, wirkte sie mickrig inmitten der langen Bohnenstangen, dennoch ging ich auf sie zu und fing zu tanzen an. Aus den Augenwinkeln genoss ich die raschen und geheimnisvollen Blicke der Frauen, das Kreisen ihrer Hüften, die Eleganz und den Duft ihrer Körper, bis ich jemanden fluchen hörte. Ich drehte mich zu Veronica um. Eine Platinblonde in Silber hatte ihr ein Glas über den Leib geschüttet. »Idiotin, nicht einmal entschuldigt hat sie sich«, sagte sie und zog mich am Arm fort.

›Vielleicht hat sie dich einfach nicht gesehen‹, dachte ich bei mir.

Wir setzten uns in ein ziemlich dunkles Eckchen in der Nähe einer Bar. Nervös wischte sie sich mit Papierservietten trocken und fragte mich, wie viel Uhr es sei. Sie sagte: »Er müsste jeden Moment kommen«, und kaum hatte sie sich eine Zigarette angezündet, wurde ihr Blick auf etwas gelenkt. Sie sprang auf, und ich ging gleich hinter ihr her, weil ich glaubte, unser Mann sei eingetroffen. Aber er war es nicht. Es war ein hoch aufgeschossener, massiger Typ mit einer so dunklen Haut, dass man ihn für einen Schwarzen hätte halten können. Aber er war kein Schwarzer. Veronica schmiegte sich an ihn und fragte, ob er sich ihr Tonband mit den Songs angehört habe, aber statt ihr zu antworten, starrte der falsche Neger mich an, und als ihr das auffiel, machte sie uns, wie es sich gehörte, miteinander bekannt.

»Jeff B, der Große, der mich in die Welt des Rock einführen wird … Mein Freund Christus.« Sie bemerkte, dass ich sie fragend ansah. »Was ist daran so komisch?«, sagte sie. »Ich habe beschlossen, Rockstar zu werden.«

Ich musterte sie von oben bis unten, betrachtete ihre ausgeblichenen, strohigen Haare, die Bluse mit dem Blümchenmuster, den Rock aus orangefarbenem Vinyl über den kurzen Beinen: Ja, sie war wirklich ein enttäuschtes Mädchen aus der Provinz. Jeff B konnte unterdessen den Blick nicht von mir wenden. Er hatte einen breiten Mund in einem Knopfgesicht, und seine Stimme hallte wider, als käme sie aus dem Eingang einer Höhle: »Dich muss ich schon irgendwo mal gesehen haben.«

»Er ist das Lieblingsmodell von Praetiosa Gemma«, erwiderte Veronica wie aus der Pistole geschossen. »Also, Jeff, was hältst du von den Songs?«

Ein Lächeln, so breit wie ein Knopfloch, verschluckte den unteren Teil seines Knopfgesichts. »Jetzt weiß ich, wo ich dich gesehen habe … neulich im Haus von Eddy Melbourne.«

»Von *Eddy Melbourne*, dem Produzenten? Wirklich?«, fragte das Dickerchen ungläubig.

»Höchstpersönlich … Ich bin sein Scout und habe ihm auch eines deiner Stücke untergejubelt«, antwortete er pikiert.

»*Klasse*! Und was hat er gesagt, was hat er gesagt?«

»*Phantastisch*«, antwortete er und legte mir eine Hand auf die Schulter. »Wirklich phantastisch, das Bild … Hör mal, ich weiß, dass sie ein Vermögen kosten, aber wenn du bei der Praetiosa ein gutes Wort für mich einlegen könntest … meinetwegen auch nur ein kleines« – ja, Jeff B hatte wirklich beschlossen, Veronica zappeln zu lassen. Sie blickte mich flehentlich an, und immerhin half sie mir, deshalb gab ich ihm zur Antwort: »Kein Problem, Jeff. Du hilfst meiner Freundin hier, und wir werden uns schon einig: Gemma und ich arbeiten praktisch im Tandem.«

Jeff öffnete das Knopfloch wieder. »Okay, okay«, sagte er, außer sich vor Glück. Dann wandte er sich an den Möchtegern-Rockstar und lieferte ihr salbungsvoll die geforderte Antwort. »Sieh mal, Veronica, deine Songs wären gar nicht so übel, aber du weißt, wie viel Musik auf diesem Niveau schon im Umlauf ist. Das Problem ist, dass man, um sich durchzusetzen, eine Persönlichkeit braucht, und du« – er musterte sie angeödet – »entschuldige bitte, aber du bist keine. Man braucht eine Idee, irgendetwas, was einen aus der ganzen Scheiße heraushebt … Was meinst du, Christus?«

Was sollte ich dazu meinen? Er hatte völlig recht, ja, in meinen Augen hätte Veronica bestenfalls hier drinnen an den Tischen bedienen können. Aber sie blickte mich so zuversichtlich an. Und zuversichtlich fixierte mich auch Jeff B – er musste mich für einen tollen Kerl halten. Deshalb sagte ich, ich weiß nicht, warum: »Die Idee schenke ich dir, mein Freund: Veronica muss in der Musik machen, was die Praetiosa und ich in der Malerei machen … ganz einfach, oder?«

»*Genial!*«, rief Jeff B voll aufrichtiger Bewunderung.

»*Christus*, du bist wirklich ein Genie!«, echote das Pummelchen, und in diesem Augenblick hob ich die Hand, als wollte ich auf den Zuruf von jemandem aus der Menge reagieren. »Jetzt entschuldigt mich bitte, ich habe noch einen Termin«, sagte ich. »Ach ja, Jeff, es war mir ein Vergnügen, dich kennenzulernen, und was das Bild anbelangt, so hast du es schon so gut wie an der Wand.« Ich streichelte

Veronica über das erstaunte Gesicht und lief davon, um mich im WC zu verkriechen. Dort herrschte der übliche Verkehr von Leuten, die koksten, bumsten oder, schamloser noch, kotzten, aber immer noch besser, als die Sache mit Jeff zu vertiefen. Ich hätte nicht gewusst, was ich ihm sagen sollte.

Als ich herauskam, war Veronica wieder allein an unserem Platz, hatte aber einen verträumten Blick. Sie lächelte, klopfte mir auf die Schulter und flüsterte honigsüß: »Sei ganz beruhigt, Cybill finden wir schon … Ach ja, Jeff musste gehen. Er hat gesagt, dass du klasse bist: Das sei ein heißer Tipp gewesen. Jetzt heißt es, gründlich nachzudenken … Ja, ich wollte dich noch fragen, was *genau* du gemeint hast?« Richtig, was hatte ich nur gemeint? Ich bemühte mich gerade, es selbst herauszufinden, als sie plötzlich *»Kenneth!«* rief.

Ich sah ihn eleganten Schrittes auf uns zukommen. Er hatte kleine Augen und verzog die Unterlippe zu einer angewiderten Grimasse. Dem Ambiente zum Hohn trug er eine taillierte Jacke mit Wappenknöpfen. Er rauchte eine Zigarette mit langem Mundstück. Das einzige, allerdings auffällige Zugeständnis an den Zeitgeist war ein glitzernder Brillant, der exzentrisch im oberen Rand seines rechten Ohrs steckte. Er nahm Veronicas Umarmung hin wie ein Kardinal die eines einfachen Klosterbruders, doch das Lächeln, das er ihr schenkte, war aufrichtig. Mir gegenüber hielt er sich anfangs sehr zurück. Er war ein echter Snob, einer von jenen, die sich nur zu gewissen Vertraulichkeiten herablassen, wenn man über die nötigen Voraussetzungen verfügt. Was Veronica anbelangte, so war es die Leidenschaft für *raja yoga* – sie hatten sich in einem buddhistischen Aschram in Soho kennengelernt, – und in meinem Fall war es Cybill, das heißt die Tatsache, dass ich ihr Freund war.

Als er das hörte, musterte er mich plötzlich interessiert. »Sie ist eine tolle Frau, die Cybill … Ich kann nicht behaupten, dass wir Freunde wären, aber ich habe zufällig ein paarmal mit ihr geplaudert, auch wenn ich …«, fügte er mit der ihm eigenen lispelnden Aussprache hinzu, »… nie verstanden habe, was sie an diesem Rüpel von Stewart Sheffield findet. Wo ist sie übrigens abgeblieben? Man sieht sie gar nicht mehr.«

»Das herauszufinden ist genau das, wobei du uns helfen sollst«, säuselte Veronica so einschmeichelnd, wie es ihr nur möglich war. Sie setzte ihn über die Angelegenheit ins Bild und ergänzte dann, ganz erfüllt von meinem Jeff B gegenüber geäußerten Einfall: »Ken, Christus ist für mich wie ein Bruder. Sag ihm doch bitte, wo Whiteagle Spencer ist.«

Kenneth nahm einen langen, gierigen Zug aus seinem Mundstück. Die Glut der Zigarette leuchtete auf seiner glatt rasierten Wange. Dann gestand er seufzend: »Das kann ich nicht.«

»Was heißt hier *können* … Du *musst*«, drängte sie und war plötzlich wütend – ich hatte sie niemals so außer sich gesehen, obwohl sie sehr oft Grund dazu gehabt hätte.

»Beruhige dich, Veronica«, sagte er, peinlich berührt von der Aggressivität seiner Freundin. »Ich habe nicht gesagt, dass ich nicht will. Ich habe gesagt, dass ich nicht kann«, erklärte er mit verzogenem Mund und bürstete nicht vorhandenen Staub vom Ärmel seiner Samtjacke.

Kenneth war einer der ersten Anhänger von Whiteagle Spencer gewesen und hatte zu jener Zeit schon ein paar Selbstmordversuche hinter sich. »Das zweite Mal mit einem ganzen Röhrchen Revonal … Ihr wisst schon, das Lieblingsbarbiturat von Hendrix. Sieht so aus, als wäre er daran gestorben, und wäre Whiteagle nicht gewesen, hätte ich es bestimmt weiter versucht. Vor ihm habe ich sie alle abgeklappert – Maharishi, Osho, Maharaji, aber die sind nichts gegen ihn. Dieser Mann verfügt über einen solchen Magnetismus … Natürlich nötigt er einem schon ein Leben voller Entbehrungen auf. *Disziplin* heißt das. Vor allem muss man sich in einer bestimmten Weise kleiden. Schwarzer Samt, auch wenn man seinen Schneider in der Savile Row hat. Von der Ernährung ganz zu schweigen: Nur Müesli. Null Alkohol, höchstens ein bisschen Hasch am Abend, und das auch nur, wenn der Meister selbst anwesend ist. Jeden Morgen um fünf aufstehen. Kein Radio, kein Telefon, kein Fernsehen und« – er wedelte mit der Hand durch die Luft – »vor allem keine Abende wie diesen hier. Und doch muss ich zugeben, dass ich niemals so glücklich gewesen bin. Er hat so wunderschöne Rituale: den *Windschweif*, das *Erdnest*, und erst recht das *Regenbogenfeuer* … Nachdem man in all diese Farben eingetaucht ist, braucht er einen nur noch zu berühren, und man verspürt einen Stoß, so etwas wie einen Elektroschock ohne Schmerz, und dann sieht man sein ganzes Leben an sich vorbeiziehen, wie es die Psychoanalytiker möchten, nur dass die einen zwingen, jahrelang zu reden, während er nur einen Augenblick braucht, und zack!, schon erlebt man die eigene Vergangenheit noch einmal, aber in der richtigen Version, so, wie man sie hätte leben sollen, und dann leidet man nicht mehr unter ihr. Leider hat das seinen Preis. Die Wahrheit ist, dass ich es mir nicht mehr leisten kann. Er ist nur etwas für die wirklich Reichen. Jetzt muss ich mich mit dem *raja yoga* begnügen. Aber Whiteagle ist schon ein anderes Kaliber … Klar, dass Cybill ihn nicht verlässt. Niemand würde von ihm weggehen. Glaubt mir, der Mann ist ein ganz Großer.«

»Schon kapiert, alles klar, aber wo finden wir ihn?«, unterbrach ich ihn.

»Das kann ich nicht sagen.«

»Verdammt, Kenneth, du bist wirklich ein Stück Scheiße«, fuhr Veronica ihn an.

»Ich kann es nicht sagen, aus dem einfachen Grund, dass ich es nicht weiß«, antwortete er und verzog die Lippe zu einer weiteren herablassenden Grimasse. »Wegen eines Energieproblems wechselt er alle sechs Monate das Dorf. Er wandert ständig umher, um die Pole der positiven Energieausstrahlung zu suchen. Vielleicht ist das auch nur eine Ausrede, damit er sich möglichst selten in den Aschrams blicken lassen muss … Eventuell sucht er sich seine Energie an irgendeinem Strand in der Karibik, denn er ist immer braun gebrannt. Aber er macht dich glücklich, und das ist die Hauptsache. Alle vier Monate schickt er ein Paket mit Weißadlerfedern und einem Hirschfell, auf dem der Name des nächsten Ziels und seine

Kontonummer stehen. Dann kann man sich entscheiden, ob und wann man sich ihm anschließt. Wenn man zwei-, dreimal nicht antwortet, schickt er nichts mehr. Dann gehört man nicht mehr dazu, und ich bin schon eine Weile draußen.«

»Wie nett«, höhnte Veronica.

»Cybill hat aber gesagt, dass sie nach Kanada geht«, versuchte ich es, hatte aber nur noch wenig Hoffnung.

»Ja, die Aschrams sind immer in Kanada.«

»Verdammt, Kenneth! Um das auszuspucken, hast du zwei Stunden gebraucht!«

»Eigentlich habe ich als Mitglied der Sekte schwören müssen, das Geheimnis zu wahren, aber …«

»Ach, scheiß doch drauf.«

»Heute Abend bist du wirklich unausstehlich, Veronica. Aber wie ich gerade sagte: Da mir die Mittel fehlen, bin ich verstoßen worden, betrachte mich demnach als von jeder Verpflichtung entbunden und kann euch sogar die Gegend verraten. Zufrieden?«

»Bravo, so gefällst du mir.«

»Dank dir, du liebreizende Maid.«

»Spuck's schon aus, los«, erwiderte besagte Maid.

Kenneth zündete sich umständlich eine neue Zigarette an. Dann führte er die Flamme seines goldenen Feuerzeugs an unsere Gesichter heran und sagte lächelnd: »Im finsteren Herzen der Wälder nördlich von Quebec City.«

35

Also ging ich ein paar Tage später zu einem Privatdetektiv. Tatsächlich hatte Veronica diese Entscheidung getroffen, so sehr hatte sie sich die Sache zu Herzen genommen. Natürlich ging sie dabei nicht ganz uneigennützig vor. Während wir über Cybill diskutierten und darüber, wie wir sie ausfindig machen könnten, erkundigte sie sich nach dem Praetiosa-Gemma-Bild, das ich Jeff B versprochen hatte, und vor allem bat sie mich um Aufklärung über die Idee, die sie in einen Rockstar verwandeln würde. »Sie ist genial, und ich sage das im Ernst. Aber versuch bitte, mir das genauer zu erklären … Okay, Gemma soll das Vorbild sein. Aber heißt das, dass ich jetzt geistliche Musik komponieren soll?«

»So etwas im Stil der Hildegard von Bingen.«

»Mit wem tritt die denn auf? Von der hab ich noch nie was gehört.«

»Das glaub ich gern! Sie ist ja auch schon seit ungefähr achthundert Jahren tot.«

»*Christus*, willst du mich verarschen? Ich mache Rockmusik!«

Dann seufzte sie flehentlich: »Ich bitte dich, lass dir was einfallen, für mich ist das wichtig, *sehr* wichtig.«

»Sei beruhigt, wir schaffen das schon«, ermunterte ich sie, auch wenn ich seit meinem Geistesblitz trotz ständiger Grübelei – es verging kein Tag, an dem Veronica mich nicht bedrängte – vollkommen im Dunkeln tappte. Und dass ich mir ihre Songs hatte anhören müssen, war eine echte Zumutung gewesen – Jeff B war in seinem Urteil noch viel zu generös gewesen. Und ihre Interpretation erst …

Die hohen Lagen waren ein derartiges Katzengejaule, dass es einem kalt den Rücken runterlief. Irgendetwas musste ich mir trotzdem einfallen lassen.

»Also, lass mal sehen … Jeff hat gesagt, die Songs sind okay. Das ist schon mal ein wichtiger Punkt. Und dann musst du dir eine Persönlichkeit aufbauen, richtig? Und wir haben gesagt, dass Gemma ein Vorbild sein könnte … Gemma ist doch eine Persönlichkeit, oder?«

»Und ob!«

»Andererseits kannst du dich nicht hinstellen und kirchliche Lieder singen, was einem als Erstes einfallen würde …«

»Vielleicht könnte ich mit meiner Musik weitermachen, mich aber so anziehen wie sie … Jaja, das ist es«, erhitzte sie sich.

Ich sah sie vor mir, klein, dick, gekämmt wie Gemma und mit Gemmas altgriechischen Gewändern am Leib: ein Nachtkasten mit Schirmlampe drauf. »Nein, nein«, sagte ich entschlossen. »Unter gar keinen Umständen.«

»Wie dann?«, fragte sie kleinlaut.

»Zuallererst musst du ein wenig Diät machen.«

Sie schaute an sich herunter und strich sich den Rock über dem Wanst glatt. »Findest du, dass ich Übergewicht habe?«

»Na ja … Jedenfalls muss ich noch etwas nachdenken. Ich brauche noch Zeit.«

»So viel du willst, mein liebes Christuslein … Unterdessen hat deine Veronica schon an dich gedacht. Halt dir den morgigen Nachmittag frei, wir haben einen Termin bei Ray Kapinsky.«

»Wer soll das denn sein?«

Es war ein Privatdetektiv, ein großer, knochiger Typ mit einem markanten Adamsapfel, der an seinem pockennarbigen Hals auf und ab hüpfte, während zwischen seinen kariösen Zähnen unverständliche Sätze hervordrangen – an Philip Marlowe erinnerte bestenfalls die Schäbigkeit seines Büros. Völlig unmissverständlich war hingegen, dass er einen Vorschuss verlangte: dreitausend Dollar für die ersten vierzehn Tage. Ich blätterte sie widerwillig hin, aber Veronica hatte recht: Das war die einzige Möglichkeit, etwas herauszubekommen, denn das finstere Herz der Wälder nördlich von Quebec City war doch viel zu groß, als dass man ohne genauere Angaben dorthin hätte reisen und Cybill suchen können. Kapinsky schien mir trotzdem der Letzte zu sein, an den man sich hätte wenden sollen. Als wir auf die Straße hinaustraten, schüttelte ich den Kopf, und auch das Dickerchen seufzte. »Manchmal trügt der Schein«, sagte sie. »Aber Vernon – und ich spreche von dem klügsten meiner Verflossenen – hat mir versichert, dass er der Beste auf dem Markt ist.«

Es vergingen fast zwei Monate, in deren Verlauf es mir gelang, Jeff B mit einem Praetiosa-Gemma-Bild zu versorgen, indem ich, so gut es ging, einen ihrer Entwürfe kolorierte. Nachdem ich die Summe eingesteckt hatte – ein Freundschaftspreis, natürlich, aber immer noch von erklecklicher Höhe –, die Jeff mir, ohne mit der Wimper zu zucken, ausgehändigt hatte, zog ich einen Handel mit Fälschungen auf, der es mir erlaubte, den Forderungen von Kapinsky nachzukommen, später dann auch jenen der anderen Detektive, an die wir uns nach seinem vorhersehbaren Scheitern wandten, ohne je den geringsten Erfolg zu erzielen. Whiteagle war unauffindbar und ich dermaßen deprimiert, dass ich Gemma zu ihrem *Christus auf dem Weg zum Kalvarienberg* inspirierte. Genau wie die Heilige, deren Namen sie trug, es mit dem Mann aus Nazareth auf jenem Unglücksberg getan hatte, kam Veronica, während ich posierte, zu mir, spendete mir Trost und flüsterte: »Jetzt schaffen wir es: Ich habe jemanden gefunden, der dein Problem lösen kann.«

Ich beobachtete sie in dem großen Spiegel, den Gemma vor mir aufzustellen pflegte, damit ich die gewünschte Positur beibehielt. Veronica war offensichtlich der verschiedenen Verkleidungen, mit denen sie den Aufbau einer Persönlichkeit versucht hatte, überdrüssig geworden; ein einfaches Kopfschütteln meinerseits hatte jeweils genügt, um ihre Aufmachung als – in dieser Reihenfolge – christliche Märtyrerin, mittelalterliche Mystikerin, barfüßige Karmeliterin und kühne Kreuzritterin zu verwerfen. Als sie an jenem Tag ins Atelier kam, war sie aufgemacht wie das junge Vorstadtflittchen, das sie war. Die rabenschwarzen Haare gekräuselt, ein offenherziges Oberteil über dem mickrigen, in einen Büstenhalter aus schwarzer Spitze gezwängten Busen und Lederjeans, die auf Pohöhe einen Riss aufwiesen. Und das wirkte, verdammt, und wie das wirkte! Will sagen: Allein die Tatsache, dass sie so vor mir erschien, der ich unter einem grün leuchtenden Kreuz niedergebeugt war, hatte schon etwas Skandalöses, Frevelhaftes: *Das* war es, was sie brauchte! Jedes Mal mit einem gekreuzigten Christus im Schlepptau auf der Bühne aufzutauchen ging allerdings nicht. Zu konstruiert, zu kompliziert. Man brauchte etwas Allusiveres, etwas Augenzwinkerndes. Aber was? Am Nachmittag danach wusste ich es. Und am selben Nachmittag erfuhr ich auch noch etwas anderes, was für mich viel wichtiger war.

Veronica hatte sich im Red Bell, einer jener schäbigen Spelunken in Queens, mit mir verabredet. Sie machte ein großes Geheimnis um unser eigentliches Ziel, doch als wir nach ein paar Häuserblöcken um die Ecke bogen und ich mich vor dem niedrigen weißen Haus wiederfand, stürzte ich erneut in Verzweiflung und murmelte: »Wohin bringst du mich bloß?«

»Wir haben alles versucht, jetzt kannst du das auch noch ausprobieren. Außerdem ist er der Beste von ganz New York. Man muss schon zugeben, dass es Dinge gibt, die wir Italiener einfach besser können.«

»Was, du bist auch …?«

»Meine Eltern, um genau zu sein: Ich denke, das ist der andere Grund, weshalb Gemma sich für mich entschieden hat … diese dumme Kuh.«

Er hatte mich nur ein einziges Mal gesehen, und seither waren ein paar Jahre ins Land gegangen, aber sobald ich eingetreten war, erkannte mich der Romita de la Muntagna sofort wieder. Er blies mir den Rauch seiner Cohiba ins Gesicht und verkündete oberlehrerhaft: »Du hast Richard sehr wehgetan, *sehr* weh.«

»Er mir noch mehr, und er hätte mich beinahe umgebracht.«

»Willst du wieder mit ihm zusammenkommen? Das wird schwierig, ich warne dich.«

»Nein, meine Schulden bei ihm habe ich bezahlt, das reicht. Ich komme wegen einer anderen Sache.« Ich erzählte es ihm. Als ich fertig war, stemmte ich die Ellenbogen auf die Kniebank, stützte das Kinn auf die Fäuste und sah ihn herausfordernd an. Dieser Scherz würde mich vierhundert Dollar kosten – vorausgesetzt, es hatte inzwischen keine Honorarerhöhung gegeben –, aber beim ersten Scheiß, den er daherredete, würde ich ihm ins Gesicht lachen. Diese Genugtuung wollte ich mir gönnen, schon als Affront gegen Onkel Richard.

Der Romita hielt meinem Blick stand und stieß eine bläuliche Rauchspirale aus. Immer noch in provokanter Laune, spaltete ich sie mit einer ungeduldigen Handbewegung.

»Du bist also gekommen, um herauszufinden, wo sich dieser Whiteagle Spencer aufhält?«, fragte er.

»Jawohl«, sagte ich und wiegte geringschätzig den Kopf hin und her.

»Wo er sich in *diesem* Moment aufhält?«, präzisierte er scheinheilig.

Er brachte mich wirklich auf die Palme. »Das dürfte doch wohl klar sein, oder?«, antwortete ich noch spitzer.

Dieses Mal durchlöcherte er kein Blatt mit der Spitze seiner Zigarre und las auch keine Zahlen vor, sondern sagte wie aus der Pistole geschossen: »Er befindet sich in Chakawaka Rise, am Bärensee, dreihundert Meilen von Quebec City entfernt … jedenfalls bis zum 30. März, dann zieht er weiter.«

Ich war baff. Er hatte mir nicht nur eines seiner idiotischen Rätselspielchen erspart, die er sich mit einem Haufen Geld bezahlen ließ, sondern seine Worte bestätigten voll und ganz, was Kenneth gesagt hatte. Es war klar, dass er genau wusste, wovon er sprach. Ich sprang auf, um ihn zu umarmen. »Romita, du bist ein großer Magier. Ich habe dich falsch eingeschätzt. Bitte, verzeih mir«, rief ich zerknirscht.

Er hielt mich mit einer Hand auf Abstand, schob sich die Wayfarer auf die Stirn, legte ein weißes, irisloses Auge von der Konsistenz einer fauligen Auster bloß und sagte dann auf Italienisch beziehungsweise in einer Abart des Italienischen: »Was heißt hier Magie? 'Nen Dreck hat das mit Magie zu tun.« Er zog eine Schublade in der Kniebank auf und holte einen völlig zerknitterten Brief heraus. »Das hier hat mir neulich 'n Kunde von mir geschickt, ein *ehemaliger* Kunde von mir … Dieser Scheißkerl von Uaidegol wirbt mir alle meine Kunden ab, und wenn ich ihm 'nen Tritt in den Arsch geben könnte, wär mir das 'n Vergnügen. Jetzt geh nur und dank der Madonna, die dich hergeschickt hat.« Sobald ich draußen war, lief mir Veronica entgegen. »Und?«, fragte sie hoffnungsfroh.

»Ich weiß jetzt, wo er ist«, antwortete ich. Dann fügte ich mit einem Lächeln hinzu: »Und ich soll dir danken … *Madonna.*« Ha, da war sie endlich, die Idee!

Als ich zwei Tage später ein Flugzeug mit dem Ziel Quebec City bestieg, bildete ich mir gewiss nicht ein, einen der größten Mythen unserer Epoche begründet zu haben, und ich war dermaßen glücklich, Cybill bald wieder in die Arme schließen zu können, dass es mir, selbst wenn ich es gewusst hätte, nicht wichtig gewesen wäre.

Ich hatte meine Abreise in großer Heimlichkeit vorbereitet und gut darauf geachtet, dass nichts über meinen Gemütszustand zu Gemma durchsickerte. In solchen Fällen muss man sich schon vor der Reaktion einer normalen Frau fürchten, wie sehr dann erst vor der einer Psychopathin! Dennoch musste sie als die große Künstlerin, die sie war, etwas geahnt haben, denn sie begann mit *Der verklärte auferstandene Christus.* Was mich anbelangte, so würde dies eines der vielen unvollendeten Werke bleiben, mit denen die Geschichte der Kunst gespickt ist.

Außer Gemma ließ ich in New York auch den Frühling zurück, und als ich am Jean-Lesage International Airport landete, spürte ich eine Eiseskälte am Kopf – um die triste Zeit endgültig hinter mir zu lassen, hatte ich mir die Haare so kurz scheren lassen, wie ich sie als kleiner Junge getragen hatte, und als ich mich im Spiegel betrachtete, hatte ich mich gewundert, wie wenig sich mein Gesichtsausdruck seit damals verändert hatte. Im Übrigen wälzte ich mich im Bett meines Hotelzimmers hin und her. Nach dem Überschwang der letzten Tage lasteten düstere Gedanken auf meinem Herzen. Wie würde mich Cybill empfangen, so viele Monate nach meinem Verschwinden? Und wenn sie einen anderen gefunden hatte? Einen mystischen Milliardär vielleicht? Es raubte mir wirklich den Schlaf. Am Morgen nach der schlaflosen Nacht mietete ich, sobald es möglich war, ein Auto und brach in Richtung Chakawaka Rise auf. Ich entschied mich für einen Cadillac. Endlich durfte ich einen fahren, und was war das für ein toller Schlitten! Bequem, gut gefedert, geräumig. Pit hatte wirklich recht gehabt. Von wegen Mercedes! Ein paar Meilen hinter Quebec fühlte ich mich schon wie ein legendärer Pionier, der auf einer Schneepiste verschütt geht. Die Straße war leer – man sah nur ellenlange rote Lastwagen, beladen mit Baumstämmen –, und obwohl der Straßenbelag vereist war, trat ich in meiner Ungeduld das Gaspedal durch. Vielleicht übertrieb ich es, oder vielleicht war Onkel Richard in Sachen Cadillac doch gewiefter, jedenfalls quoll irgendwann eine dichte Rauchwolke aus dem Motorraum. Ich schaffte es gerade noch auszusteigen, als in all dem Rauch plötzlich hohe Flammen aufzüngelten. Der nun folgende Knall veranlasste einen Brummifahrer abzubremsen.

Als ich am Abend wieder vom Truck herunterkletterte, ging ich in ein Motel, das an ein kleines Fort der Rotröcke erinnert hätte, wären da nicht das pastellfarbene Neonlicht und die Unmenge von Indianern gewesen – Inuit, um genau zu sein. Ich gab dem Autovermieter über die Panne Bescheid und unterhielt mich nach dem – auf der Grundlage von Karibufleisch und Kohl zubereiteten – Essen mit dem Geschäftsführer, der ebenfalls ein Inuit war. Er war fett wie ein Walross, und seine asiatischen Gesichtszüge sprachen eine klare Sprache: Lange vor Kolumbus hatten bereits die Chinesen Amerika entdeckt. Nicht ganz so klar war sein Englisch, in dem er mir immerhin begreiflich machen konnte, dass ich ungefähr dreißig Meilen über Chakawaka Rise hinausgefahren war und, um dorthin zu gelangen, einen Motorschlitten mieten müsste. Am nächsten Morgen fragte ich ihn, ob mir ein Inuit als Führer und Chauffeur dienen und mir einen Schlitten vermieten könne, aber er behauptete lachend, dass das Lenken ein Klacks sei und auch ein Kind nach Chakawaka Rise finden würde. Dann zeigte er mir die Route auf einer kleinen Karte.

Natürlich verirrte ich mich. Ich weiß nicht, von wo an ich in die falsche Richtung fuhr, aber welche Anhaltspunkte kann es in einem total verschneiten Wald schon geben? Betäubt vom Lärm des Motorschlittens, irrte ich verzweifelt zwischen den dichten Bäumen hindurch, bis zwei Dinge passierten, vor denen ich mich am meisten gefürchtet hatte: Das Benzin war alle, und um mich herum herrschte Nacht. Ich rollte den Schlafsack, mit dem das Höllengefährt zum Glück ausgestattet war, unter einer großen Tanne aus und schlüpfte hinein. Nur der Wind rauschte und wehte mir einen durchdringenden Harzduft zu, außerdem das, was mir wie eine diffuse geheimnisvolle Musik vorkam, die ich schließlich als Geschrei eines vorüberziehenden Vogelschwarms identifizierte. Für einen kurzen Augenblick stieß der Mond durch die Himmelsdecke und ließ die großen Eiszapfen erglänzen, die von den Zweigen herabhingen: Hier muss der Weihnachtsbaum seinen Ursprung haben, dachte ich. Es war mein letzter Gedanke, bevor ich in einen traumlosen Schlaf versank, aus dem ich, wie ich befürchtete, nicht mehr aufwachen würde. Doch die Sonne war noch nicht aufgegangen – und würde im Übrigen auch nicht aufgehen –, als ich die Augen wieder öffnete. Die Monate, die ich auf der Straße verbracht hatte, hatten mich offensichtlich abgehärtet. Nachdem ich einen vollkommen überflüssigen Blick auf die Karte geworfen hatte, marschierte ich los, hatte aber höchstens ein paar Kilometer zurückgelegt, als ich ein Dröhnen hörte: ein anderer Motorschlitten, sagte ich mir hoffnungsfroh. Es war aber noch besser, denn es handelte sich um einen Hubschrauber, der sogar so tief flog, dass ich den Typ am

Steuerknüppel sehen konnte, aber sosehr ich auch brüllte und die Arme schwenkte – er wich nicht von seiner Route ab. Ich fluchte ihm noch hinterher, als sich der Wald plötzlich zu einer Lichtung öffnete. Am hinteren Ende blinkte ein Schild – ich war also Gefahr gelaufen, in nächster Nähe zu einer Schutzhütte zu erfrieren.

Der Besitzer, ein Algonkin-Indianer dieses Mal, schimpfte telefonisch auf den Inuit ein – eigentlich wetterte er über alle Inuit –, weil er es zugelassen hatte, dass ich im Wald mein Leben aufs Spiel setzte. Dann legte er den Hörer auf und reichte mir die Tageskarte. Ich las: »Lost Caribou – Touristic Center. General Manager: Matthew Little Bear«, und auf der letzten Seite fand ich die nach Größe und Lage gestaffelten Zimmerpreise, und er fragte mich, wie jemand so verrückt sein könne, hierherzukommen, um in dieser trostlosen Ödnis auch nur einen einzigen Tag zu verbringen. Schließlich servierte mir der General Manager höchstpersönlich Eier mit Speck, geschmolzenen Käse und, als einzige exotische Komponente, Karibuschinken, dazu ein paar Gläser Bier. Mit ebenso vielen Bourbons begleitete ich das Stück Apple Pie, das der General Manager frisch aus dem Ofen geholt hatte. Beim Essen erklärte ich ihm den Grund meiner Reise, und am Ende blickte er mich versonnen an. Die Indianer haben immer diesen Ausdruck, sagte ich mir, als ich die unbewegliche Maske sah, auch wenn Matthew Little Bear – um die dreißig, klein, hager und so tapsig, wie sein Name andeutete – mit seiner eingetönten kleinen Brille, dem aus der Unterlippe sprießenden Spitzbart und dem abgebrochenen rechten Schneidezahn eher an einen Freak erinnerte. Trotzdem reagierte er wortkarg, als ich ihn nach Whiteagle fragte und danach, was für ein Typ das sei. Er beschränkte sich auf ein: »Der weiß, wo der Hase im Pfeffer liegt.«

Das sagt man auch in meiner Heimat, und so brauchte er mir diese Redensart nicht zu erklären. Er musste mir aber etwas anderes erklären, nachdem ich ihm schweigend den kleinen Pfad entlanggefolgt war, der von der Hütte hinunter zu einem niedrigen Landungssteg führte, wo wir in ein Kanu stiegen. Im Schutz des runden Stevens hatte ich schon angefangen, die Paddel ins bleierne Wasser zu stechen, als ich hörte, wie er sich hinter mir zu schaffen machte, und plötzlich klang – *Turlette tete tete turlette turlette* – eine schwermütige Melodie durch die Luft. Es war viel mehr als ein einfaches Lied, es war etwas, was aus den tiefsten Tiefen meiner Seele kam. Ich drehte mich um, sah unter einem Brett das kleine, in einer Kiste verstaute Tonbandgerät und blickte den Algonkin fragend an.

»Das ist das Lied aus *Der Weg, der geht*«, sagte er und deutete mit dem Daumen auf das Wasser: »Gemeint ist der Sankt-Lorenz-Strom … Wir nennen ihn eben anders.«

Aber natürlich: Wie viele Male hatte ich es nicht als kleiner Junge in meinem Lieblingsprogramm gehört, und wie ich es mir damals erträumt hatte, saß ich jetzt in einem Kanu auf diesem mythen- und legendenumwobenen Fluss. Bei der Erinnerung daran füllte sich mein Herz mit Rührung. Das konnte nur ein gutes Vorzeichen sein, dachte ich, und fing an, fröhlich vor mich hin zu trällern.

Nach der ungefähr zwanzig Minuten dauernden Fahrt über den Fluss setzte mich Matthew Little Bear am anderen Ufer ab, knöpfte mir für seine Bemühungen dreihundert kanadische Dollar ab und deutete auf das Häuschen auf dem Landungssteg: »Da drinnen findest du Leuchtraketen. Wenn du eine abschießt, komme ich und hole dich ab. Jetzt folge nur immer diesem Weg. Dieses Mal kannst du dich wirklich nicht verlaufen.«

Seiner beruhigenden Aussage zum Trotz stapfte ich eine Stunde durch den weichen Schnee, und mich beschlichen schon Zweifel, als ich hinter einer langen steilen Schneewehe Chakawaka Rise auftauchen sah. Es waren etwa zwanzig Holzhäuser an einer Straße, und kaum war ich in diese eingebogen, sah ich in dem kalten Licht jemanden aus einer Tür heraustreten. Es war Cybill, und sie blickte mich an. Schwarz gekleidet und mit einem Häubchen auf dem Kopf bot sie keinen umwerfenden Anblick, doch sobald ich in ihrer Nähe war, raubte mir ihre Schönheit die Sinne. Auch ihr distanzierter Blick haute mich fast um. Trotzdem versuchte ich, sie zu umarmen. Es war, als würde ich einen Eisblock an mich drücken. Dann trat sie zur Seite und ging, ohne ein Wort zu sagen, in ihr Häuschen zurück. Wie ein Narr blieb ich mitten im Schnee stehen, doch da sie die Tür wenigstens angelehnt gelassen hatte, trat auch ich ein.

36

Sie saß auf einer Bank und lehnte sich gegen eine Holzwand – drinnen war alles aus Holz –, aber das Licht, das hinter ihr durch ein Fensterchen mit blau lackiertem Rahmen fiel, beschien das Gold ihrer Haare und die markante, perlmutterne Blässe ihres Gesichts, ihrer Hände und ihres Mundes, den sie leicht geöffnet hatte, als hielte sie ein zerbrechliches Vogelei zwischen den Lippen. Sie sah wie ein Engel aus, und das sagte ich ihr auch. Ich sagte, dass ich sie liebte. Dass ich nie aufgehört hatte, sie zu lieben.

Sie zuckte mit den Achseln. »Auch Stewart hat mir immer gesagt, dass ich ein Engel sei, ein *einsamer Engel,* aber keiner, nicht einmal er, hat mich je so gedemütigt. Oder gibt es etwas Demütigenderes, als kurz vor der Hochzeit sitzen gelassen zu werden? Wir wollten heiraten, du erinnerst dich doch, oder? Selbst Whiteagle hatte seine Zustimmung gegeben, doch vielleicht hätte ich dieses eine Mal lieber insistieren und ihm erklären sollen, wer du bist und dass du schon einmal eine Frau vor dem Traualtar hast stehen lassen. Stattdessen kehre ich nach Hause zurück, in *unser* Zuhause, und du bist nicht da. Fort, verschollen, vom Erdboden verschluckt. Ich frage Charles, ich frage deinen Onkel, aber keiner kann mir etwas sagen. Ich weine, ich verzweifle, ich suche wochenlang nach dir und schalte am Ende sogar einen Detektiv ein« – das hatte sie also doch getan! – »und schließlich, als ich schon resigniert habe, als ich dank Whiteagle meinen Frieden gefunden habe, da tauchst du wieder auf und behauptest, du würdest mich lieben. Nein, das ist mir zu billig. Geh weg. Verschwinde. Das ist schließlich deine Spezialität. Ich will dich nicht wiedersehen, Carlino.«

»Cybill, ich flehe dich an: Hör mir zu!«, sagte ich, während ich mir die Haare raufte und im Zimmer auf und ab ging. »Du musst mir glauben, es war nicht meine Schuld«, und ich erzählte ihr, was geschehen war – meine Version zumindest. Ich berichtete ihr, dass mich ein paar Tage nach ihrer Abreise Cargallo angerufen hatte – »Er war deprimiert und hatte Lust, mit jemandem aus seiner Heimat zu plaudern« – und dass ich aus Dankbarkeit – »Wäre er nicht gewesen, hätte dein Mann mich um die Ecke bringen lassen« – mit ihm ausgegangen war. »Ein paar Tage später schalte ich den Fernseher ein, und da sehe ich mich zusammen mit dem aufstrebenden Boss der New Yorker Mafia, Frank Cargallo, ja, er war es wirklich. Man hatte ihm den Schädel in der Mitte durchgesägt, und ich soll der Mörder gewesen sein. Verstehst du? Ich soll einen Mafiaboss umgebracht haben, noch dazu mit einer Säge! Ich gehe zur Polizei, um mich zu stellen, was bleibt mir schon anderes übrig? Aber statt mich zu verhaften, informiert die Polizei seinen Clan, und als ich wieder draußen bin, falle ich um ein Haar einem Mitglied desselben in die Hände, demselben Halunken, der mich schon beim ersten Mal beinahe umgebracht hätte. Als ob das nicht gereicht hätte, lässt mich Onkel Richard ohne Vorwarnung von seinen Wachleuten per Fußtritt aus dem Büro schmeißen, wechselt mein Schloss aus und verfügt, dass meine Konten und Kreditkarten gesperrt werden. Ob ich tatsächlich etwas mit der Sache zu tun hatte, ich, der ich wie ein Sohn für ihn war, das war ihm ganz egal. Das Einzige, was zählte, war, dass ich seinen Namen mit der Mafia besudelt hatte, und dafür musste ich bestraft werden, erbarmungslos. Nicht einmal am Telefon hat er mit mir reden wollen. Mir wäre nichts übrig geblieben, als aus New York zu verschwinden, aber dann hätte ich dich für immer verloren. Deshalb habe ich mich als Stadtstreicher ausgegeben – und nicht nur ausgegeben. Mittellos, wie ich war, bin ich tatsächlich einer geworden. Ich habe ganze Tage und Nächte vor deinem Haus verbracht und darauf gewartet, dass du zurückkommst, aber du bist nicht zurückgekehrt, mein Liebling. Ich bin vor Kälte und Hunger beinahe eingegangen. Nur ein Wunder hat mich gerettet. Eigentlich waren es zwei Wunder: Heute Nacht hat das zweite stattgefunden, denn auf der Suche nach dir habe ich mich im Wald verirrt und wäre um ein Haar erfroren. Und jetzt, da ich dich endlich wiedergefunden habe, Cybill, da weist du mich zurück.« Ich legte eine kleine Pause ein und seufzte. »Nein, dann wäre ich besser gestorben«, endete ich zu meiner vollsten Zufriedenheit. Dem armen Cargallo sei Dank – sie hatten ihn wirklich genau an der richtigen Stelle zersägt, da gab es nichts einzuwenden –, war es mir gelungen, das ansonsten unerklärliche Verhalten von Onkel Richard zu begründen, und jetzt passte alles zusammen. Deshalb sah ich Cybill mit der unschuldigsten und hilflosesten Miene der Welt an und bereitete mich darauf vor, von ihr in die Arme geschlossen zu werden. Welche Frau würde angesichts einer solchen Geschichte nicht in Tränen ausbrechen?

Cybill war diese Frau. Sie legte die Hände in die Hüften und sagte: »Schon gut, ich glaube dir, Carlino« – und ich war inzwischen nicht nur im Vorhof zum siebten Himmel, sondern ganz in ihrer Nähe angelangt und wollte sie gerade küssen –, als sie ungerührt wie ein Automat hinzufügte: »Aber was passiert ist, hat mir die Augen geöffnet. Vielleicht bist du nicht wie die anderen Männer, aber du bist ein Mann, und die Männer sind die Leidenschaft, und die Leidenschaft macht uns zu Sklaven, und Whiteagle sagt, dass man sich von den Leidenschaften fernhalten muss.«

›Warum kümmert dieser Kerl sich nicht um seinen eigenen Dreck?‹, dachte ich, während ich aus meiner Wolke auf den Boden der Tatsachen stürzte, auch wenn ich, um ihr nicht zu widersprechen, philosophisch antwortete: »Cybill, aber hier spielt die *maya*, spielen die Leidenschaften gar keine Rolle. Wenn uns das Schicksal unbedingt und auf jede Art und Weise hatte trennen wollen und du mich weiter so liebst, wie ich dich liebe, was kann es dann Reineres und Schöneres und Spirituelleres geben?«

Zum ersten Mal war sie verunsichert. Ich merkte es am rechten Augenlid, das über ihrem ansonsten starren Blick zuckte – dieser Blick machte mich verrückt. Ich hätte alles darum gegeben, sie wiederzubekommen, und drückte fest ihren Arm. Ein bisschen zu fest. Sie verzog die Lippen, öffnete sie, und heraus kam: »Ich muss mit dem Meister sprechen … Ich traue es mir nicht zu, allein zu entscheiden. Ich bin verwirrt, Carlino.«

Sie war nicht nur verwirrt, sondern bildschön und milliardenschwer. Warum sollte sich ein Meister von diesem Kaliber eine solche Frau durch die Lappen gehen lassen? Dennoch gestand ich ihr blutenden Herzens zu: »Wenn es das ist, was du willst, dann geh zu ihm.«

»Er ist gerade fort.«

»Und wann kommt er zurück?«

»Morgen, in einer Woche, in einem Monat. Niemand kann das sagen.«

»In Ordnung. Das heißt, dass wir auf ihn warten«, antwortete ich erleichtert. Cybill war trotz ihres asketischen Getues eine Frau fürs Bett, und nach der ersten gemeinsamen Nacht würde ich sie schon umstimmen – ich würde es zumindest versuchen.

»Nein, das ist nicht möglich. Du hast dich nicht der Initiation unterzogen.«

»Keine Sorge. Ich kann zahlen«, erwiderte ich und hatte dabei Kenneth im Hinterkopf. Aber das war ein Fehler.

Sie durchbohrte mich mit einem Blick und herrschte mich an: »Das ist keine Frage des Geldes. Um in den Aschram aufgenommen zu werden, brauchst du die Zustimmung von Whiteagle.«

»Schon gut, schon gut. Aber wo bleibe ich so lange?«, fragte ich und appellierte an ihr Mitgefühl.

»Bei Little Bear, dem Fährmann«, antwortete sie ungerührt.

»Und wie erfährt man, dass der *Meister* zurückkommt?«

»Du siehst ihn am Himmel.«

»Ach, er erhebt sich in die Lüfte, wie die Heiligen?«, fragte ich noch bissiger.

»Das auch, aber für gewöhnliche Reisen hat er einen Hubschrauber.« Er war es also gewesen, der an jenem Morgen über den Wald geflogen war!

Trotz ihrer Gleichgültigkeit – immerhin hatte ich mein Leben aufs Spiel gesetzt, um sie wiederzusehen – konnte ich sie nicht hassen. Dann jedoch ging sie zu einer Kommode, öffnete sie und holte einen Stoß Blätter heraus. »Das hier hat mir dein Onkel geschickt«, sagte sie.

Es war mein Roman. Gott sei Dank war er nicht verloren gegangen, und ich stieß einen zweiten Seufzer aus, als ich merkte, dass sie ihn nicht gelesen hatte – ich hätte sie sonst zweifellos für immer verloren. Die Geschichte mit Jennifer würde sie mir niemals verzeihen, und das war ja genau das, was dieses Ekel von Onkel Richard beabsichtigt hatte. Als sie mir allerdings zornig erklärte: »Ich habe ihn nach nicht einmal dreißig Seiten hingeschmissen«, da hasste ich sie wirklich. Ich nahm das Manuskript von dem Tisch, auf den sie es geknallt hatte, und wollte schon gehen, aber aus einem unwiderstehlichen Impuls heraus drehte ich mich an der Tür um und fragte: »Was genau habe ich denn falsch gemacht, Cybill?«

Sie blickte mich fragend an.

»Im Roman«, ergänzte ich und hob ihn ein wenig hoch.

Wütend schüttelte sie den Kopf. »Bei der ganzen Liebe, die du angeblich für mich empfindest, denkst du nur daran … *Raus*!«, schrie sie. Dann faltete sie ihre schönen Hände über der Nase – ihrer schönen Nase. »Ich muss ruhig bleiben, die Leidenschaften vertreiben, meditieren …«, hörte ich sie flüstern, während ich mich wie ein geprügelter Hund davonschlich.

Sobald ich am Ufer des Sankt-Lorenz-Stromes angelangt war, schoss ich die Signalrakete ab. Keine zwanzig Minuten waren vergangen, als ich das Kanu näher kommen sah und das übliche Liedchen durch die Luft krächzen hörte; außerdem registrierte ich das spöttische Lächeln, mit dem Little Bear mich begrüßte.

›Verdammt, jetzt bekommst du gleich etwas zu lachen, du kleiner Scheißbär‹, dachte ich.

Er musste meine Gedanken gelesen haben, denn er sagte tatsächlich: »Ich war mir sicher, dass du zurückkehren würdest.«

»Tja, ihr Indianer könnt die Zukunft voraussagen, das sieht man ja immer in den Western«, grinste ich.

»Manchmal«, antwortete er belustigt. »Aber wenn man Whiteagle kennt, ist das nicht nötig. Als du gesagt hast, dass du dein Mädchen zurückholen willst und *wer* dein Mädchen ist, habe ich dich gleich für einen armen Spinner gehalten.«

»Ach ja? Und warum hast du mir das nicht gesagt?«

»Warum? Hättest du es denn nicht trotzdem versucht?«

Seine Argumentation war dermaßen schlüssig, dass ich es erneut versuchen würde, sobald Whiteagle am Horizont auftauchte, auch wenn die Hoffnung, Cybill zurückzubekommen – nach der Szene am Schluss zumal – gleich null war. »Ich brauche ein Zimmer in deinem Hotel«, sagte ich, vor Wut schäumend.

»Wir sind ausgebucht«, erwiderte er.

»Aber in diese Hütte verirrt sich doch kein Hund!«, sagte ich und versuchte, nervös, wie ich war, ihn mit einem Paddel nass zu spritzen, verlor aber das Gleichgewicht und kippte beinahe ins Wasser. Little Bear lachte von ganzem Herzen und sagte: »Schon gut, einverstanden, irgendein Loch finde ich schon für dich.«

Ich verbrachte dreiundzwanzig Tage in diesem »Loch«, einem nach Norden gelegenen Kämmerchen unter dem Dach. Dort herrschte eine Eiseskälte, aber wenigstens bekam ich kaum etwas mit von dem Remmidemmi, das sie bis spät in die Nacht unten veranstalteten. Das Lost Caribou war wirklich proppenvoll, beziehungsweise es füllte sich im Laufe der Nacht. Pelzjäger, Schmuggler, Holzfäller, Vietnamdeserteure, steckbrieflich Gesuchte, Huren – Letztere in großer Zahl, allesamt Inuit, sanft und sinnlich wie chinesische Huren – zum näheren Kennenlernen.

»Die Algonkin-Frauen machen so etwas nicht«, teilte mir Matthew mit einem gewissen Stammesstolz mit. »Den Inuit haben es ihre vielgehörnten Ehemänner angewöhnt. Wenn man in eines ihrer Dörfer gekommen ist, haben sie einem ihre Frauen angeboten, weil die Gastfreundschaft es so gebot. Der Unterschied ist, dass sie mittlerweile Geld dafür verlangen.« Unglaublich, dieser kleine Bär. Er dachte wie jedes männliche Wesen in meiner Heimat, ja, er wiederholte dieselben Wörter und sogar Sprichwörter. Ich erzählte ihm, dass Cybill Whiteagle fragen würde, ob sie zu mir zurückkehren dürfe, und darauf sagte er wörtlich: »Das ist, als wollte man der Katze das Mausen abgewöhnen.«

»Was kann ich also tun?«

»Sehr wenig, mein Freund. Whiteagle ist eine harte Nuss und deine Cybill genau die richtige Person für ihn: reich, labil und unterwürfig. Eine Henne, die goldene Eier legt. Warum sollte er sie loslassen? Whiteagle Spencer lebt davon ... Und wer weiß schon, wie er wirklich heißt und wo er wirklich herkommt? Er ist ein Weißer, blond und um die vierzig, und das ist auch schon alles, was man mit Sicherheit weiß. Was das Übrige anbelangt ... Fehlanzeige. Es geht das Gerücht, dass er als Säugling von einem unserer Schamanen aufgelesen wurde, nach einem Flugzeugunglück, aber er spricht Algonkin, wie du es nach einem Jahr beherrschen würdest. In Wahrheit ist er ein Schaumschläger und versteht es bestens, seinen Schaum zu verkaufen, keine Frage. Die Reichen nimmt er aus, aber er macht sie glücklich. Ich sehe sie, wenn sie kommen. Wenn sie in mein Kanu steigen, sind sie Zombies. Nach ein paar Wochen fahren sie dann wie neugeboren nach Hause zurück. Zumindest diejenigen, die zurückfahren – denn es gibt eine kleine Gruppe, die ihm überallhin folgt, und du kannst Gift darauf nehmen, dass es immer die Reichsten sind. Er ist ein geschickter Organisator und kümmert sich selbst um das kleinste Detail: Sogar für das Lied aus *Der Weg, der geht* werde ich von ihm bezahlt. Er hat da und dort ein Ritual geklaut, andere hat er selbst erfunden, und ihnen macht das Spaß. Und er hat auch seinen Spaß. Ab und zu verschwindet er – angeblich auf der Suche nach Energie. Einer der Jungs von hier hat mir erzählt, er habe ihn einmal in Miami in einer Corvette gesehen, zwischen zwei drallen Mexikanerinnen – ein schönes Plätzchen zum Energietanken, oder?«, endete er lachend.

Ich fand daran nichts zum Lachen, im Gegenteil. Je mehr ich über Whiteagle erfuhr, umso verzweifelter wurde ich. Ich verbrachte die Abende damit, dem Gerede über ihn zuzuhören. Jeder Gast im Lost Caribou hatte eine Geschichte parat. Es gab einen Whiteagle, der dem gegenwärtigen ähnelte und von einer Wölfin gesäugt worden war – nein, von einer Hirschkuh –, aber was sagst du da, es war eine Bärin. Sein erstes Wunder hatte er im Alter von sieben Jahren – fünf Jahren – gewirkt, indem er mit der bloßen Kraft seines Blickes eine Squaw vor einem Grizzly gerettet hatte – nein, es war ein wütender Elch gewesen. Er hatte Leute von der Paralyse – aber nein, von der Leukämie, nein, von der Syphilis, es war die Syphilis –, kurzum von jeder Art von Krankheit geheilt, Dutzende und Aberdutzende von Leuten, aber trotzdem hatte er, weil ihm die Magie der Algonkin nicht genügt hatte, die Gipfel des Himalaja erklommen, um ein noch pochendes Adlerherz jenem Lama zu überreichen, der ihn dann in die geheimnisvollsten Geheimnisse der tibetischen Esoterik eingeweiht hatte, darunter die Levitation, die Materialisation von Gegenständen, die Gedankenübertragung und die Fähigkeit, Regenbogen zu erzeugen – das Wunder, mit dem er seine größten Erfolge erzielte. Dann gab es noch einen anderen Whiteagle, der Einbrecher in London gewesen war, Jazzmusiker in Paris, CIA-Agent in Kairo, Zuhälter in Rio und Buchmacher in Las Vegas, bevor er sich schließlich ganz neu erfand. Ich hörte wirklich viele solcher Geschichten. Unter den Leuten, die sie mir erzählten, waren Typen von der übelsten Sorte, Gestrauchelte, Abenteurer, richtige Kriminelle – warum sollten sie sich sonst an einem solchen Ort verkriechen? –, aber auch einfache Menschen wie Fischer oder Holzfäller. Für alle aber war Whiteagle, ob sie nun an seine Kräfte glaubten oder nicht, ein ausgemachter Gauner, und ausgerechnet in den Händen dieses Gauners lag jetzt meine Zukunft.

Hätte ich mir diese Geschichten weiter angehört, hätte ich ein Buch darüber schreiben können; allerdings hatte ich bereits eines zu beenden. Ich verbrachte die langen Vor- und Nachmittage in meinem Kämmerchen, um es zu überarbeiten, und während jetzt von unten der Lärm der Musik zu mir heraufdrang, brütete ich auch in der Nacht darüber. Sicher, Cybills Urteil war nur eines von vielen möglichen – und unterschied sich beispielsweise von Charles' Meinung –, aber es hatte mich getroffen. Was genau stimmte denn nicht? Vielleicht der Teil über Pit? Dort ungefähr hatte Cybill mit dem Lesen aufgehört. Nur den konnte ich nicht weglassen: Pit war zu wichtig, er repräsentierte die Vaterfigur, die in meinem Leben gefehlt hatte. Der *ganze* Roman war nichts anderes als die Geschichte meines Lebens … *Mein Leben*: Das war es, was nicht stimmte! Ich war niemals wirklich Herr über mein Leben gewesen. Zuerst Nonnilde, dann Charles, mein großherziger amerikanischer Vetter, und Jennifer, seine noch großherzigere Gemahlin, und Onkel Richard, der Magnat, der zu melodramatischen Rachefeldzügen imstande war: Immer hatte jemand für mich entschieden. Und wenn Cybill, wie es aussah, bei Whiteagle bleiben würde – wenn also letztlich Whiteagle entscheiden würde –, was sollte ich dann machen? Ich sah mich mit der Schaufel in der Hand und mit schweißtriefender Stirn die Firma, die *Premiata Olii Superfini*, wiederaufbauen, während Inco, die wohlbeleibte süditalienische Witwe, mich schon am Altar erwartete. Nonnilde würde mit ihrem Gelächter die Erde um ihren Sarg herum auflockern, wenn sie mich an dem Platz entdeckte, an dem sie mich immer hatte haben wollen. Dann doch lieber hier stranden!

Also wartete ich, dass die Geigen und das Akkordeon mit ihren Polkas aufhörten – auch die Musik ähnelte der meiner Heimat –, und sobald ich die schwermütigen Balladen Akadiens hörte, die ich auf meinem Irrweg durch den Wald mit den Rufen der Nachtvögel verwechselt hatte, torkelte ich – da ich mich über Gides goldene Regel »Betrink dich beim Schreiben, bleib nüchtern beim Feilen« hinweggesetzt hatte – nach unten, wo mich Little Bear in Empfang nahm und mir das Beste aus seiner Kollektion chinesisch anmutender Nutten anbot, und in ihrer Gesellschaft verbrachte ich den

Rest der Nacht. Bis ich eines Morgens von einem fernen Dröhnen geweckt wurde. Ich schüttelte mir die Glückliche, die es gerade getroffen hatte, vom Leib, und schon auf dem Weg zum Fenster sah ich den silbernen Punkt am weißen Himmel.

Als ich in Chakawaka Rise ankam, lag es verlassen da, aber im dichten Unterholz des Waldes tanzten seltsame Lichter. Mit zitternden Beinen schlug ich diese Richtung ein und traf sogleich auf eine kleine Gruppe von Leuten, die beim Laufen Fackeln schwenkten. Ich folgte ihnen bis zu einer Lichtung, in der sie schweigend einen Halbkreis bildeten und die Fackeln im Schnee löschten, dass es nur so zischte. Dann war es, als durchliefe das Feuer eine unterirdische Bahn, um mit einem leisen Geräusch und einem tausendmal intensiveren Licht am gegenüberliegenden Punkt wieder aufzutauchen – von wo nun ein Regenbogen aufstieg. Und genau dort stand in einem weißen Gewand, den Rücken uns zugewandt und die Arme ausgebreitet, Whiteagle Spencer.

Ich trat mit den anderen in den Regenbogen und spürte, wie ich mich in seinem hellen, irisierenden Licht spiritualisierte. Zweifellos handelte es sich um eine Inszenierung, aber es war eine grandiose Inszenierung: Das war Kunst. *Reine Kunst.* Ich versuchte gar nicht erst, hinter den Trick zu kommen, während ich das Gefühl der Leichtigkeit genoss und ein feiner prickelnder Nebel mir über das Gesicht strich. Ich wollte nur mein Glück im Blick eines anderen Menschen spiegeln. Der spindeldürre Typ mit Schnurrbart rechts von mir war glücklich. Die langhaarige Nymphe zu meiner Linken war glücklich. *Cybill*, rief ich. Sie blickte mich verträumt an, und ich wusste, dass ich sie für immer verloren hatte, und genau in diesem Augenblick ließ Whiteagle die Arme sinken, und das wunderbare Licht verlosch. Jetzt herrschte Stille. Man hörte nur das Rauschen des Windes in den Bäumen und Cybills Stimme, die leise flötete: »Ich brauche deine Hilfe, Meister.« Ich sehe, wie sie an ihn herantritt, sich niederkniet, und auch ich trete näher. Sie sagt: »Er ist zurückgekehrt.« Sie fragt: »Ist es richtig, wenn ich ihn noch immer liebe?«, worauf er, den Rücken immer noch uns zugewandt, energisch den Kopf schüttelt, drohend eine Hand hebt und sich endlich umdreht.

Obwohl Jahre vergangen sind, erkenne ich ihn sofort wieder, und danach zu schließen, wie er mich ansieht, erkennt auch Pit mich sofort wieder. Er legt mir die drohende Hand jetzt wohlwollend auf die Schulter und nickt Cybill nachdrücklich zu. Dann lächelt er mich an, und wie im Traum höre ich seine Stimme auf Italienisch sagen: »Und Silvia? Was ist aus Silvia geworden?«